满族口头遗产传统说部丛书

伊通州传奇

温秀林 讲述

于 敏 整理

吉林人民出版社

图书在版编目(CIP)数据

伊通州传奇 / 温秀林讲述 ; 于敏整理 . -- 长春 :
吉林人民出版社 , 2019.5
（满族口头遗产传统说部丛书）
ISBN 978-7-206-16909-0

Ⅰ . ①伊… Ⅱ . ①温… ②于… Ⅲ . ①满族—民间故事—中国 Ⅳ . ① I277.3

中国版本图书馆 CIP 数据核字（2019）第 293271 号

出 品 人: 常　宏
产品总监: 赵　岩
统　　筹: 陆　雨　李相梅
责任编辑: 张靖锋　葛　琳　张文君
装帧设计: 赵　谦

伊通州传奇
YITONG ZHOU CHUANQI

讲　　述: 温秀林　　　　整　　理: 于　敏
出版发行: 吉林人民出版社（长春市人民大街 7548 号　邮政编码: 130022）
咨询电话: 0431-85378007
印　　刷: 吉林省优视印务有限公司
开　　本: 720mm×1000mm　1/16
印　　张: 32.25　　　　字　　数: 550 千字
标准书号: ISBN 978-7-206-16909-0
版　　次: 2019 年 5 月第 1 版　　印　　次: 2019 年 5 月第 1 次印刷
定　　价: 115.00 元

如发现印装质量问题,影响阅读,请与出版社联系调换。

出版说明

满族口头遗产传统说部是具有较高社会价值和文化价值的满族文化的百科全书。整理发掘满族说部的项目工作被文化部列为中国民族民间文化保护工作试点项目，并被国务院批准列入第一批国家级非物质文化遗产名录。

“满族口头遗产传统说部丛书”是千百年来满族各氏族对祖先英雄事迹和生存经验的传述，一代一代口耳相传，保留下来的珍贵的满族遗存资料。经过近三十年抢救整理，从二〇〇七年到二〇一七年的十年间，根据整理文本的先后，我社分四次陆续出版了五十部说部和三本研究专著。此套丛书无论从社会价值和文化价值来看，都是一套极具资料性、科研性和阅读性融为一体的满族文化的百科全书。

此次出版对以下两个方面做了调整：

一、在听取各方专家建议的基础上，对原丛书进行了筛选，选取最有价值、最有代表性的四十三部说部，删去原版本中与文本关系不紧密的彩插，对文本做了大幅的编辑校订，统一采用章回体表述方式，并按照内容分为讲述萨满史诗的“窝车库乌勒本”、讲述家族内英雄人物的“包衣乌勒本”、讲述英雄和历史人物的“巴图鲁乌勒本”、讲述说唱故事的“给孙乌春乌勒本”等，突出了说部的版本特色。

二、保留研究专著《满族说部乌勒本概论》，作为本丛书的引领，新增考古发掘的图片和口述整理的手稿彩色影印件。

特此说明。

吉林人民出版社

编 委 会

主　　编：谷长春

副 主 编：杨安娣　富育光　吴景春

荆文礼　常　宏

编　　委：（以姓氏笔画为序）

于　敏　王少君　王宏刚

王松林　朱立春　刘国伟

孙桂林　陈守君　苑　利

金旭东　赵东升　赵　岩

曹保明　傅英仁

序

冯骥才

任何民族的文学都包括两大部分。一是个人用文字创作的、以书面传播的文学，一是民间集体口头创作的、口口相传的文学。后一部分文学是前一部分文学的源头，是根性的文学。中国作为东方文明的古国，口头文学的历史去之遥远。就像西方文学始于古希腊罗马的神话故事，我国文学史上第一部作品是《诗经》，即民间口头文学集，这表明口头文学是一个民族文学的源头。在漫长的历史中，这两部分文学一直同根并存，相互滋育，各自发展，共同构成一个民族文化与精神的极为重要的支撑。

中华民族有着巨大文学想象力和原创力。数千年间，各族人民以口头文学作为自己精神理想和生活情感最喜爱和最擅长的表达方式，创作出海量和样式纷繁的民间文学。口头文学包括史诗、神话、故事、传说、歌谣、谚语、谜语、笑话、俗语等。数千年来，像缤纷灿烂的花覆盖山河大地；如同一种神奇的文化的空气在我们的生活中无所不在；且代代相传，口口相传，直到今天。

我们的一代代先人就用这种文学方式来传承精神，表达爱憎，教育后代，传播知识，娱悦生活，抚慰心灵；农谚指导我们生产，故事教给我们做人，神话传说是节日的精神核心，史诗记录文字诞生前民族史的源头。它最鲜明和最直接地表现中华民族的精神向往、人间追求、道德准则和价值取向。中国人的气质、智慧、审美、灵气、想象力和创造力，充分彰显在这种口头的文学创造中。

这种无形地流动在民众口头间的口头文学，本来就是生生灭灭的。在社会转型期间，很容易被忽略，从而流失。

特别是在这个现代化、城市化飞速推进的信息时代，前一个历史阶段的文明必定要瓦解。口头文学是最脆弱、最易消亡。一个传说不管多么美丽，只要没人再说，转瞬即逝，而且消失得不知不觉和无影无踪，所以联合国教科文组织把口头传统和表现形式，包括作为非物质文化遗产媒介的语言列为非物质文化遗产之一。

在中国，有史诗留存的民族并不很多，此前发现的有藏族史诗《格萨尔王传》、蒙古族史诗《江格尔》、柯尔克孜族史诗《玛纳斯》、苗族史诗《亚鲁王》。作为满族民族历史和文化传统的重要载体——“说部”，是满族及其先民世代相传的极其宝贵的精神财富。它最初用“乌勒本”（满语ulabun，为传或传记之意）指称，后受汉文化影响，改称为“说部”或“满族书”“英雄传”。说部最初用满语讲述，至清末满语渐废，改用汉语并夹杂一些满语讲述。在漫长的历史进程中，满族各氏族都凝结和积累了精彩的“乌勒本”传本，如数家珍，口耳相传，代代承袭，保有民族的、地域的、传统的、原生的形态，从未形成完整的文本，是民间的口碑文学。“满族说部迥异于其他文类，不仅涵盖了口头传统，也吸纳了民俗学中多种民间文艺样式，包容性极强。”

我以为，对于无形地保留在人们记忆与口口相传中的口头文学，抢救比研究更重要。它是当下“非遗”工作的重中之重，要清醒地认识到文化和文明于人类的意义。当社会过于功利的时候，文化良知就要成为强音，专家学者要在抢救非物质文化遗产中勇于承担责任，走进民间帮助艺人传承与弘扬民间艺术，这也是知识分子的时代担当。

让人感到欣喜的是，经过吉林省的专家学者近三十年的抢救、发掘和整理，在保持满族传统说部的原创性、科学性、真实性，保持讲述人的讲述风格、特点，保持口述史的原汁原味的基础上，将巨量的无形的动态的口头存在，转化为确定的文本。作为“人类表达文化之根”的满族说部，受东北地域与多族群文化的影响，内容庞杂，传承至今已逾千万字。此次出版的《满族口头遗产传统说部丛书》为四十三部说部和一本概论。“说部”分为讲述萨满史诗的“窝车库乌勒本”、讲述家族内英雄人物的“包衣乌勒本”、讲述英雄和历史人物的“巴图鲁乌勒本”、讲述说唱故事的“给孙乌春乌勒本”四大部分。概论作为全套丛书的引领，从学术研究的角度对乌勒本产生的历史渊源、民族文化融合对其的影响、发展和抢救历程等多方面深入思考。

多年来“非遗”的抢救、保护、研究和弘扬，已取得卓越的成就。但未来的路途依然艰辛漫长，要做的事情无穷无尽。像口头文学这样的文化遗产的整理和出版，无法立即带来什么经济利益，反而需要巨大的投资和默默无闻的付出，能在这个物质时代坚守下来，格外困难。

文化传统和传统文化不是一个概念，我们的终极目的不是保护传统文化，而是传承文化传统。传统文化是固定的、已有既定形态的东西。我们所以要保护它，是因为这些文化里的精神在新时代应以传承，让我们的文化身份不会在国际资本背景下慢慢失落。

现在常把文化自觉与文化自信并提，这两个概念密切相关同时又有各自的内涵。文化自觉是真正认识到文化的重要性和自觉地承担；文化自信的关键是确实懂得中华文化所具有的高度和在人类文明中的价值。否则自信由何而来？

对传统文化的抢救与整理，不仅是为了传承，更为了弘扬。我们的民族渴望复兴，复兴的重要精神支撑在我们的传统和文化里，让我们担负起历史使命，让传统与文化为民族的伟大复兴发挥它无穷的力量。

冯骥才

二〇一九年五月

目录

第三章

鬼神精怪故事 ……112

第四章

第五章

《伊通州传奇》传承考证

于　敏

《伊通州传奇》是流传在伊通满族自治县境内的满族说部，由景家台张氏家族传承。

伊通地域辽阔，历史悠久，为满族发祥地之一，有着深厚的文化底蕴。早在明朝中晚期，海西女真扈伦四部中的叶赫部和辉发部便驻足伊通，开拓基业，繁衍生息，后与建州女真融合，统称“满洲”。清朝显赫一时的孝慈高皇后、慈禧显皇后皆为叶赫纳喇氏的后代，叶赫所居之地距伊通只有几十里之遥，生活气息相通，文化血脉相连。

从地理位置看，伊通是自京师、盛京通往吉林乌拉以至北疆的交通要冲，当年清圣祖康熙东巡时途经此地，在一定程度上促进了这里经济、文化的发展。雍正六年，伊通开始驻防满洲八旗官兵，设立旗署衙门，由吉林镶黄、正黄二旗移拨佐领二员管理各旗户。嘉庆十九年，设伊通河分防巡检。光绪八年，设立伊通州，因境内的伊通河而得名，置知州，管理地方旗民事务。宣统元年，升改为伊通直隶州，辖伊通、磐石等地，居住着满族、汉族、蒙古族、朝鲜族、回族等民众，是一个以满族为主，各族文化相互交融的地方。

伊通山清水秀，人杰地灵，清末重臣、盛京将军、抗俄抗日名将依克唐阿就出生于伊通州马家屯，姓张名勇，扎拉里氏，满洲镶黄旗人，自幼颖异好学，兴趣广泛，喜爱听故事、讲故事。长大后投军，打仗冲锋在前，机智勇敢，在伊通城破马贼中荣立大功，遂逐步升迁。接下来参加了剿除捻军、太平军之战，以功擢升佐领、副都统，光绪十五年，任黑龙江将军，而后任盛京将军。由于他忠勇正直，屡立战功，为人谦和，老家伊通州又与慈禧太后的祖籍叶赫是近邻，加之擅书“龙虎”二字，所以备受慈禧的倚重，曾多次召见。慈禧太后喜爱书法、绘画，至今故宫仍存有她所书写的“龙虎”二字，同依克唐阿传世的“龙虎”二字颇为相似。出于对祖籍的好奇和热爱，慈禧常听依克唐阿讲唱家乡的传奇故事，诸如远古神话、七星山的传说、皇帝逸事、人物史话、鬼狐精怪故事，反映人们生产、生活方面的故事以及聪明人趣闻等。每次讲述之前，依克唐阿都要做些准备，起码需列个提纲，先讲什么，后讲什么，久而久之，渐渐地形成了以伊通州境地为大的框架，以依克唐阿的传奇故事为主线，汇集了置州前后满族先民创造的一百多个故事之满族说部——《伊通州传奇》的雏形，此后代代相传，至今已是第五代了。

《伊通州传奇》的第一代传承人姓张名云，扎拉里氏，满洲正蓝旗人，家住伊通景家台。景家台位于伊通的北部，是清代柳条边的一个边台，北面为蒙古族、汉族居住的平原，也叫"边外"。南面归伊通，称"边里"，离依克唐阿的家乡马家屯不远。二人互称本家，年龄相仿，童年时期，曾一起于伊通河边放猪、捞鱼、赶豹子，坐在树荫下讲故事，是要好的朋友。依克唐阿从小失去了母亲，继母非常苛刻，故而得到了张云父母的关心、同情，生活上多有周济。依克唐阿晋升为副都统后，张云也选择了投军，在其麾下当了亲兵，得以朝夕相随，不离左右。依克唐阿经常向张云介绍在京师祝贺慈禧太后六十大寿时，自己如何连续给太后讲唱他们小时候听本家族穆昆达所讲的有关伊通州境内的各种传奇故事，太后听了十分高兴，特收他为义子，并赐"黄垫"作为奖赏。二人的记忆力都很好，聊起那些故事来如数家珍，你讲给我听，我说给你听，互通有无。

甲午战争失利后，依克唐阿将军病故，张云回归故里，驻守盛京至吉林乌拉之间的边台——景家台。因其半生于沙场摸爬滚打，跟随依克唐阿东征西讨，阅历极为丰富，所以自然地成为张氏家族很有名望的穆昆达。张云有过耳不忘的本领，每到十冬腊月，将全家族聚集在一起，摆上八仙桌，然后净面、漱口、焚香、手拿扎板，按照依克唐阿给慈禧太后讲故事的顺序边讲边唱《伊通州传奇》。讲唱时，男女老少依辈分围坐，小孩儿不准啼哭，大人不准唠嗑儿。大家都洗耳恭听，场面安静、肃穆，此乃从老祖宗那儿一辈一辈传下来的习俗。

张云临终前，将《伊通州传奇》讲唱提纲交于其子张澍，张澍继任族长，成为张氏家族说部的传承人。张澍生活在清朝末年，勤奋、精明，擅说唱，是当地有名的"说书人"。他的口才特别好，能把伊通州的传说、故事讲得活灵活现，能把张氏的家族聚散、开荒占草讲得如临其境，能把依克唐阿将军的英雄业绩以及康熙爷东巡讲得栩栩如生，而且还增添了一些新的故事，内容也较之前丰富了，深受族众的欢迎。

十几年后，张澍又将说部提纲交给其弟张槐。张槐是个木匠，心灵手巧，读过私塾，在村子里算得上有文化的人了。在他的主持下，重修了张氏家谱，撰写了家族传承说部《伊通州传奇》的讲述传本，对故事进行了拣选。在整理过程中，张槐巧妙地组织素材，使每个故事都有头有尾，前后呼应，上下衔接，情节亦愈加生动，从内容到形式基本固定下来，便于更好地传承，做到讲述有所本，取舍有所据。

张槐生有四子，到了晚年，他将说部传本留给四儿子张勤。张勤也是木匠，待人诚恳，性情开朗，谈吐诙谐，有惊人的记忆力和讲唱才能。他为了生计，走南闯北，见多识广，每到一处也不忘搜集民间传说，并将其补充到《伊通州传奇》之中，如《大汉打虎》《降土龙》《板石庙搬家》《阿巴老爷》《劫皇纲》《那罗锅造船》《青牛郑的传说》等，故事情节曲折，引人入胜。

张槐有十个孙子、八个孙女，受家族讲古习俗的影响，个个都会讲唱家传说部。其中第六孙张文堂为木匠，会说书，每年正月从大年初一一直到月末，全家族的男女老幼都齐聚一堂，屋子中间摆张八仙桌，沏上一壶茶，张文堂戴上眼镜，开讲从父辈传承下来的成本大套的说部故事，主要是动植物传说、满族生产生活故事。除此，还讲《依克唐阿将军传》《刀砍杨玉树》等，只讲不唱，需好几个晚上才能讲完。

张勤之女张淑贞小时候读过几年书，聪明伶俐，承袭了张氏家族的说部。凡是父亲会讲的故事，她皆能绘声绘色地复述出来，只要一开口，就像一条扯不断的线，讲了一个又一个，没完没了，乃伊通出了名的满族民间故事家。每到冬日，夜长了，家里便会聚集不少邻居家的孩子，听她讲故事。讲唱时，她总是先漱口，再燃上三炷香，说是这些故事全是祖上传下来的，讲的时候必须肃穆、恭谨，否则就是大不敬。张淑贞语言朴实无华，简练明了，既有本民族的个性特色，又保留了口语的原汁原味，是重要的传承人之一。

张淑贞之子温秀林从小是听满族歌谣长大的，他生活在一个五彩缤纷的故事世界里，经常听姥爷、姥姥、姨姥、舅舅、姨妈、母亲讲些圣籍伊通州的传说，耳边萦绕着诸多有趣的歌谣："瞎话，瞎话，讲起来没把儿，东沟一咧，西沟一叉。三根儿羊毛，织件马褂儿，老头儿穿八冬，老太太穿八夏，扔在锅台后，结个大倭瓜……"温秀林不仅喜欢听故事，还现学现卖，在课间或放学的路上绘声绘色地给同学们讲唱，令大家一个个听得着了迷，久久不愿散去。

在长辈的熏陶、言传身教下，温秀林尤其对满族说部情有独钟。他多次亲耳聆听姥爷和母亲讲唱《伊通州传奇》，且边听边记。张勤病重时，将外孙唤到身边，语重心长地交代道："秀林，在家族的孩子中，你读书最多，文化最高，时不时地撰文发表于报刊。咱祖辈保存下来的满族说部《伊通州传奇》讲述传本在躲避土匪逃难时丢失的一部分，你要下功夫凭记忆把缺少的那些补充进去，以便承袭不渝。"温秀林眼含热泪地表示道："姥爷，此说部我听过不少遍了，已深深地刻在脑子里。请放心，外孙绝不辜负您老的期望，会细心整理的，了却您的心愿。"

张淑贞1983年病故前，也反复叮咛儿子，一定要按照姥爷临终嘱托去做，费点儿心让家传说部恢复本来面貌，千万不能失传。温秀林为实现二老的遗愿，怀着对先辈的崇仰之情，利用工作之余对《伊通州传奇》悉心进行补充、丰富、修改，终于形成了完整的说部讲述传本，并趁此次搜求、征集满族说部之机，提供给满族口头遗产传统说部丛书编委会，使这一珍贵的满族文化遗产得以拂尘面世。

第一章　远古神话

引　　子

大清光绪二十年刚进十月，京师紫禁城宫里宫外、上下人等都开始忙碌起来，为的是筹备慈禧太后的六十大寿。沿街二十来里地皆张灯结彩，鞭炮高悬，一片喜庆的景象。颐和园的前前后后整修一新，树上和房顶均披红挂绿，盖着幔天帐，五彩缤纷，异常华丽。昆明湖碧波荡漾，十几艘龙舟往来穿梭，有如群鸭戏水，令人心旷神怡。

到了初十寿诞日这天，外头刚蒙蒙亮，慈禧便躺不住了，起床后吩咐宫女给自己穿上龙凤寿服。由于平时就喜欢打扮，又逢万寿大喜，更是从头到脚用心修饰了一番。用罢早膳，由李莲英、缪素筠和诸亲王的福晋们陪侍着，摆起全副銮驾，长长的队伍浩浩荡荡地自紫禁城直奔颐和园而去。一路上，慈禧太后东瞅瞅西望望，不时地与大太监李莲英搭着话儿，问这问那，显得特别高兴。到了颐和园大门口儿，早有醇王、恭王、庆王等一班亲王率领着满汉大臣在那里跪迎銮舆。

慈禧太后一行进了园子，众亲王紧随其后，接着是满汉大臣跟入。排云殿上，已设好了象征权力的宝座，单等太后入座受贺。

慈禧刚入座，光绪帝偕皇后摆驾前来拜寿，侧边是瑾妃和珍妃。原来，珍妃被禁的年头儿未满，光绪此前趁太后万寿之机，替她求了情。偏巧赶上老佛爷心顺，蒙了特赦，珍妃才得以上前来给太后叩头。其后是福晋、格格们，还有皇亲国戚，一一叩贺。李莲英当众宣布了太后传下的懿旨：恩准诸亲王、大臣、福晋、格格们游园一天，并赐寿宴。

宴毕，所有的人皆到园内搭建的台子前观戏。锣鼓敲起来了，丝弦响起来了，特请的名角儿唱起来了。大家个个睁大眼睛往台上瞅，时不时地为高亢的曲调、圆润的歌喉、精到的武技鼓掌喝彩，可谓颐和园内从未有过的热闹。

当戏演到一半儿时，光绪走过来给太后请了安，然后与皇后、瑾妃、珍妃回宫了。

慈禧吩咐下去，诸亲王、大臣可先行退出，格格们继续听戏，婢女、仆从好好儿侍候着。说罢，回头叫上大太监李莲英，让其陪着去游智慧海。

智慧海乃颐和园中的第一处水景。海的四周镶嵌着珠宝玉石，悬挂着西洋的五彩灯笼，上画颇具特色的风景。海中停着一只龙舟，船身披着多种颜色的彩绫，鲜艳夺目。

李莲英扶着老佛爷缓步前行，登上龙舟。龙舟的甲板上铺着大红缎子，船头儿插着旌旗，船尾有一间明亮精致的小屋。慈禧饶有兴致地进了屋，小坐片刻，李莲英递过事先预备好的御点雪藕冰桃。慈禧挑着样儿尝了几口，随即摆了摆手，宫女赶忙端了下去。此刻，对面的洞箫、丝竹之声随风传来，清逸悦耳。慈禧眯缝着双眼，边仔细倾听边合着节拍轻轻点着头，顿觉精神格外舒畅，心旷神怡之感油然而生。

晚上，慈禧命李莲英在乐寿堂正厅设宴。厅堂上，坐北朝南地摆着三张描金花儿的方桌，桌上放着用金银玉翠制作的十分考究的精美餐具，闪闪发光。大小太监手捧盖有银盖儿的食盒从御膳房鱼贯而出，缓步来至厅前。

李莲英亲自布置菜点，上摆万寿羹、乌龙叶珠、荷包鸳鸯腿、荷包里脊、鸳鸯蛋、炸佛手卷儿、豌豆黄、芸豆卷儿，还有老佛爷平时爱吃的小窝头等。总之，喜寿菜应有尽有。半个时辰后，一百二十道满汉大菜，六十样儿饽饽、点心终于齐备了，这才去请老佛爷。

慈禧太后今儿个不同以往，笑容始终挂在脸上，看得出心情好着呢！落座后，吩咐李莲英把园子里候着的格格们叫来，同她一起用膳，李莲英屁颠儿屁颠儿地赶忙去唤。

该来的都到场了，慈禧拿起筷子指着一石盘儿问："这是道什么菜呀，叫啥名儿，咋没见过呢？"

传膳太监跪禀道："回老佛爷，此道菜叫'荷塘翠柳'。"

侧立一旁的李莲英接着奏道："老佛爷万寿，'荷塘翠柳'是奴才给起的名儿，主料为寒葱，产于圣籍伊通州。寒葱对生两片叶儿，形状如同小棵芦藜，根像葱，叶茎略扁中空。其味温辣，有补肾健脾、延年益寿之功效，是圣籍的奴才们特意在万寿之日孝敬老佛爷的。"

慈禧点点头，又问："何人送的？"

李莲英答曰："回老佛爷，乃圣籍将军依克唐阿进献。"

"噢，召依克唐阿来见。"慈禧说着，夹了一筷头子"荷塘翠柳"放进嘴里，果然清爽润喉，鲜嫩可口，遂让众格格们品尝。逐个尝罢，无一不啧啧连声，称许叫绝！

慈禧又夹了一口，觉得越嚼越有味儿，不由得食欲大增。于是，也顾不得宫中定下的“每道菜不得超过三口”的约束，连着伸筷，还吃下两个小窝头，一个肉末儿烧饼，晚宴一直持续到戌时才结束。

慈禧站起身来，刚欲离席，李莲英奏道：“禀太后，依克唐阿将军候见。”

慈禧应了一声，径直前往偏殿，召见依克唐阿。

不大工夫，依克唐阿进得殿来，跪地叩道：“奴才祝老佛爷万福！”

慈禧低下眼瞅了瞅，问道：“你是圣籍伊通州人氏？”

“回禀老佛爷，奴才乃伊通州东南二十里马家屯人。”

“圣籍伊通州距京师数千里之遥，刚刚尝到的寒葱却依然鲜嫩，是用什么办法保存的？”

依克唐阿回道：“启奏老佛爷，每当采挖寒葱时，必须先用山下的河水浸洗，再以新剥下的榆树皮缠裹。唯如此，方能保持长时间不枯萎，鲜味儿亦可不减。”

慈禧笑道：“难得你一片忠心，偏巧又是伊通州人，很是高兴啊！我的祖籍在叶赫，距伊通州不过百八十里的路程，隶属伊通管辖。忆当年，叶赫扈伦古国何等强盛，威震四方。可是太祖爷所率的兵马来势迅猛，不可抵挡，一攻城就破了。结果是人去城焚，残败不堪，叶赫部自此灭亡。光阴似箭，转瞬间过去二百多个秋冬了，如今我已到了花甲之年。每每见到圣籍伊通州人或者叶赫纳喇人氏，就感到十分亲近，脑海里立刻闪现出很多以前发生的事儿，不由你不想。”说到这儿，低头略一思忖，继续言道：“听宫中人讲，你不仅是个勇战沙场的武将，还擅笔墨，尤以‘龙虎’二字为佳。今儿个恰逢我的六十岁生日，能否写上两幅，挂在园子里，也好早晚看看。”

依克唐阿忙道：“既是老佛爷的懿旨，怎敢违背？只是奴才的功夫不到家，实感惭愧。”

此刻，李莲英早已让女婢备好了纸砚，依克唐阿起身走到桌案前，提起笔蘸饱墨，手腕在宣纸上飞舞，一挥而就，写了一个“龙”字、一个“虎”字。慈禧一看，果然笔法飘逸豪放，笔力雄健遒劲，不禁脱口赞道：“好哇，好！听说你自幼家贫，上不起学堂，未读过诗文。长大从军，东打西杀，战功赫赫，没想到竟能写出一手漂亮的字来，虽入武行，文也不孬哇……”慈禧越讲越来劲儿，话不落地，直说得神采飞扬，还目不转睛地盯着依克唐阿，上上下下仔细打量着，见他生得剽悍魁伟，仪表不凡，又点点头道：“依克唐阿，念你是圣籍伊通州人，忠勇有加，今收为义子，不知可愿意?”

依克唐阿猛然一惊，以为是自己的耳朵出了毛病，莫不是听错了?一时不知所措。

这时，站在旁边的李莲英可急坏了，赶紧提醒道：“大将军，老佛爷懿旨，收你为义子，此乃天大的好事啊，还不快快谢恩!”

依克唐阿好像忽然才醒过腔儿来，慌忙跪倒，连连叩头道：“谢主隆恩，奴才没齿不忘，终身孝敬老佛爷!”

慈禧太后说：“国家东部边境吃紧，如今正是用人之际。过些日子准备与吏部商议，打算任你为盛京将军，执掌辽东防务，守卫故都，全权管理故宫、福陵和昭陵。”依克唐阿诺诺连声，再次跪谢。

慈禧的兴致不减，忙让依克唐阿平身，坐在自己身边，笑呵呵地下了懿旨：“依克唐阿，你不用急着回去，暂时在园子里住着，待上两三个月。我这些日子心情好，又没什么大事儿，每天下晌等大家都跪安后，申时你就过来，由一位亲王陪着，给我讲讲伊通州的新鲜事儿。不拘泥于祖帝初始创业、圣籍的山川来历、史话以及虎豹狼虫、稀罕植物、土特产的传说，也可讲些族人的生活、民风民俗、聪明人逸事，或者是有趣的笑话，我还爱听老家的远古神话和神仙、鬼怪、妖魔的故事。一来解解闷儿，二来慰藉一下挂念故地的思乡之心。”

依克唐阿站起躬身道：“奴才遵旨，从明日起，申时来此，先把家乡流传的远古神话拣精彩的讲几段儿，望老佛爷开心。”

转天申时，依克唐阿随一位亲王去了偏殿，先向慈禧太后叩安，然后坐在椅子上，一边品茶一边讲故事，每天如此。

三天女浴天池水　佛库伦生清始祖

满族人都管母亲叫“额娘”，传说是从清始祖爱新觉罗·库布里雍顺那咱传下来的，其中还有一段儿故事呢！

在很早的时候，天上住着三个美丽的姑娘，她们是同胞姐妹。

有一天，小妹妹佛库伦对两个姐姐说：“咱们自打生下来，终朝每日住在这儿。整天看着那些玉帝呀、王母哇等一帮老头儿老太太们从早到晚忙自己的事儿，而且见到咱们老绷着脸，没个笑模样，你说让人烦不烦哪！”

二姐哲库伦接过了话茬儿：“可不是咋的，还有那些天兵天将，像没别的事儿干似的，一个个贼眉鼠眼的，总是盯着咱，真可恶！”

大姐恩库伦虽然嘴上没说什么，但心里也觉得天上的生活太单调，腻味透了，既无聊又没劲。

姐儿三个都有同样的感受，便悄悄儿合计起来，想寻个有趣儿的地方散散心。上哪儿去好呢？三人眉头紧锁，着实动了一番脑筋。

还是小妹妹佛库伦脑子来得快，对两个姐姐说：“天上除了云彩和宫殿没别的，听说人间有座郭勒敏删延阿林[①]，山上有个天池，非常漂亮，周围的景致十分宜人，咱们干脆到那儿玩玩儿吧！”

哲库伦和恩库伦一听，认为小妹的主意蛮不错的，便痛快地答应了。于是，姐妹三人全身披上洁白的羽毛，两只细长的胳膊一抖，成了长长的翅膀，瞬间就变成了三只美丽的天鹅，冲开层层云雾，飞出了天宫。

她们用力呼扇着翅膀飞呀飞，在空中盘旋了好几圈儿，终于找到了郭勒敏删延阿林，见这里四面全是陡峭的高山，异常险峻，有的山尖儿上还蒙着一层白雪。群峰中间的天池水清清亮亮，平静得似一面镜子，闪着银光，她们立马被眼前的神奇景色迷住了。

---

① 郭勒敏删延阿林：满语，长白山。

由于一路上不知飞翔了多长时间，又在空中绕了一个时辰，三天女早感到累了。加上头一回观赏到极为清澈的一片水，异常兴奋，便急不可耐地俯冲下来，落在天池边，三只天鹅刚一着地，立刻变成了三个美丽的姑娘。她们高兴地嬉戏着，互相往身上扬水，后来竟全然不顾地脱掉了衣裳，跑进天池里洗澡。

正当三天女快活地游来游去的时候，不知从哪里飞来一只金色的小鸟，嘴里叼着一颗闪闪发光的红果，在她们头顶儿上盘旋。小鸟怪得很，小妹妹佛库伦游到东，它就飞到东；游到西，它就跟到西，总不离左右。

佛库伦特别喜欢这只小鸟，遂仰起笑脸儿看着它飞。看着看着，只听吧嗒一声，小鸟叼着的那颗闪闪发光的红果不偏不倚，正好落进佛库伦张着的嘴里，咕噜一声咽了下去。她从来没有尝过这么好吃的果子，觉得比天上的仙桃还甜，心想："凡间真是令人向往啊，郭勒敏删延阿林太雄伟壮阔、丰美富饶了，若能长居于此，那得多开心哪！"

姐儿仨洗完澡，也玩儿好一会儿了，到了该回去的时候了。佛库伦突然觉得身子又沉又重，两只胳膊无论怎么抬都抬不起来，根本飞不了了。

两个姐姐见此情景，知道小妹是误食红果怀了孕，恩库伦安慰道："妹妹，不要着急，安心在这儿住一阵子，等生下孩子，我们再来接你。"说罢，同哲库伦转过身去，变成两只白天鹅，张开翅膀飞走了。

佛库伦忙喊姐姐，哪里还有回音？大姐、二姐早已飞得无影无踪了。从此，三天女中的小妹妹只好留在郭勒敏删延阿林了。饿了采山果吃，渴了喝天池水，转眼间怀胎十二个月了，生下个又白又胖的哈哈济[①]。

这孩子甚奇，一落地就会说话，佛库伦告诉儿子："哈哈济，要切记，你出生的地方为郭勒敏删延阿林，名字叫爱新觉罗·库布里雍顺。"

小哈哈济边点头边答应道："孩儿记住了。"

库布里雍顺一天比一天大了，佛库伦不能总在人间呀，早应回天宫了。几天来，她一直琢磨着把哈哈济送到什么地方好呢？想来想去，便用三天三夜的时间做了一只小桦皮船，形状同小孩儿的悠车一模一样。在小船里放了不少乌拉草，使孩子躺在上面舒服些，不至于着凉。又用树枝搭了个棚儿，采些鲜花做被，盖在身上可更加暖和。

一切准备就绪，佛库伦抱起孩子轻轻放到船上，再把小船拖进天池

---

① 哈哈齐：满语，小子。

里，流着眼泪嘱咐道："亲爱的小哈哈济，上天会保佑你，平安顺利地长大吧！"说完，摘下头上的簪子一划，将天池划了个豁口儿，水哗哗地顺着豁口儿往下淌。然后一推小船，船打了个漩儿，像离弦的箭一般朝着瀑布冲了下去。

佛库伦眼含热泪地望着小船离去的方向抖了抖身，变成一只洁白的天鹅，飞向了天际。孩子是妈妈的心头肉，母子分离的痛苦自不必说，她实在不忍离去，于空中来回盘旋。接着又跟着小船飞，直到船被密林遮住了，看不见了，才不得不飞向苍穹。

孩子同样也离不开娘啊，眼瞅着妈妈变成一只白天鹅飞到天上去了，急得挓挲着小手不住声儿地喊："鹅娘！鹅娘！"

打那以后，满族人就称自己的母亲为"鹅娘"了，一辈一辈传了下来，时间久了，便叫成"额娘"了。

天园撞怒恩都力　古井深锁金马驹

原先，叶赫河东西两岸各有一座雄伟、壮观的城堡，那是叶赫纳喇祖居的地方。东城里有眼古井，曾锁过一匹金马驹儿。

很早以前，在九重天上，阿布卡恩都力[①]建筑了一座万兽园，专供诸神观赏游玩。里面的动物可不一般，全是金铸的，有金牛、金马、金羊、金虎、金豹、金鹿、金貂等，金光闪闪的，十分好看。

其中有匹金马驹儿，铸得活灵活现，跟真的一样，深得诸神的喜欢。阿布卡恩都力和各路神仙只要来游玩，总爱在金马驹儿身旁多站一会儿，仔细打量一番，或者抚摸一阵儿，咋看看不够。

也不知过了多少年，马驹儿渐渐传上了神气，真魂附体了。忽然有一天，它眼珠子一转，眼皮一眨，前腿一跃，后腿一蹬，腾空而起，跳出了万兽园，踏着一片彩云来到了人间。

在广阔的大地上，金马驹儿开心极了，每天与牛羊相伴，同群鹿嬉戏，于千里原野上自由奔驰。说来也很怪，凡是金马驹儿走过的草原，嫩绿的青草长得格外茂盛；金马驹儿穿越过的山林，各种树木长得格外繁密；金马驹儿喝过的河水，格外清澈、甘甜。百兽愿与它为伍，飞禽愿落在它身边，人们更是离不开它。

圣节之后，天宫的阿布卡恩都力和诸神又到万兽园里游玩，发现最喜爱的金马驹儿不见了。阿布卡恩都力大吃一惊，心里琢磨开了："难道有煞神偷盗天宫的宝物？还是金马驹儿成了气候，私自跑到人间去了？"想至此，勃然大怒，立即派查斯哈恩都力率兵去人间寻找。

查斯哈恩都力带着天兵腾云驾雾，日行万里，夜走八千，找遍了奇峰异洞、名山大川、河谷平原，也未见金马驹儿的踪影。正犯愁呢，忽然在一片草地上，发现一匹金光闪闪的骏马同一群牛羊悠闲地吃着青草，

---

① 恩都力：满语，天神。

定睛细看，恰是万兽园的金马驹儿。

查斯哈恩都力乐坏了，随即一个跟头从空中折了下来，刚好落在金马驹儿身旁，伸手就要捉。金马驹儿机灵得很，忙腾身躲过，放开四蹄箭似的逃了。

查斯哈恩都力仗着人多势众，布下了包围圈儿，就是神人也插翅难逃。金马驹儿拼命狂奔，到处遇到天兵天将，后来实在一点儿力气没有了，终于被逮住了，带回了天宫。

阿布卡恩都力对金马驹儿私自跑到人间的行为非常生气，随即下令，鞭打金马驹儿五百神鞭，锁在万兽园里，由天兵精心看管。

金马驹儿早就成了精灵，对人间的自由自在已经习惯了，再也受不了这样的囚禁了，心中很是烦躁。尽管铁锁在身，却终日仰天长嘶，蹦跳不安，一心想要挣脱出去，回到人间。

一天，阿布卡恩都力和诸神品足了美宴，饮够了仙酒，兴致勃勃地来到万兽园里闲游。看见金马驹儿正卧地歇息，以为被驯服了，便凑到跟前伸手去摸。

突然，金马驹儿一跃而起，怒冲冲地向阿布卡恩都力撞去。幸亏一位戈什哈[①]手疾眼快，上前将阿布卡恩都力护住，才没被撞倒。

阿布卡恩都力气得咬牙切齿，高声儿喊道："来人！这个可恶的孽畜，放着天庭之福不享，那就成全它，将它打入人间地狱，从此永不见天日！"

勒富恩都力奉阿布卡恩都力之命，带领天兵押着金马驹儿，一路穿云破雾来到叶赫国地界。只见叶赫王城里鼓乐喧天，载歌载舞，好不热闹，勒富恩都力指派一位天兵化作凡人进去打探。

原来此地是叶赫国的都城，因城筑于丘顶，无有水源，所以人们吃水十分困难，平时得到城外二里多地的叶赫河去挑。叶赫国王为减少百姓的疾苦，派属下组织人掘了一眼十五丈深的井，刚刚竣工。叶赫国王见清水源源不断地打了上来，异常高兴，下令全城歌舞庆贺。

勒富恩都力正愁没地方处置金马驹儿呢，听天兵一报，不禁喜上眉梢，心想："真是个最合适不过的去处了，正好将它押入这口深井底，可谓地地道道的永不见天日。"于是，下令将金马驹儿沉入井底。

天兵天将等到夜深人静之时，飞越城墙，来到井边。先把一根百丈

① 戈什哈：满语，护兵。

长的铁链子锁在金马驹儿的脖子上，又坠上一块千斤重的大石头，再于井沿儿边钉了根一丈长的橛子，锁住铁链子的上端，然后猛劲儿一推，金马驹儿哐当一声掉进了井底。

正巧，此举被一个经常在夜间修炼法术的巫答有看见了，心里这个乐呀：“太好了，金马驹儿一定是触犯了天规的神物，若是把它弄到手，那可是一辈子享不尽的荣华富贵呀，何苦再干人不人、鬼不鬼的勾当呢？”

待勒富恩都力带领天兵天将走了以后，巫答有从暗处悄悄儿来到井边，往下一瞅，井里通亮闪光，越发坚信金马驹儿乃神物无疑。她握住铁链子，一下接一下地使劲儿往上拽，手麻了，腰酸了，浑身冒汗了，直至累得筋疲力尽，也没拽上两丈长。稍一松劲儿，铁链子哗啦一声又滑到井里去了，她气得一屁股坐在井沿儿上，寻思道：“唉，凭我一个女人的力量，是永远也拽不上来的。不如报告国王，他兵多将广力量大，还拽不上一匹金马驹儿？只要能弄上来，国王一定会给我重赏的。”

此刻，天刚放亮儿，巫答有不顾一夜的疲劳，急忙跑到古龙德音，说有要事报告国王。守门儿的戈什哈盯着她上下打量了一番，这才领着她去见尊贵的国王。

进得大堂来，巫答有扑通一声跪地给国王磕了头，然后煞有介事地编造道：“尊贵的陛下，昨夜阿布卡恩都力给小的托梦，说赐给陛下一匹金马驹儿。为了考验陛下的国力，把金马驹儿锁在深井里，让陛下派人前去打捞，如能成功，您就是世上最富有的国王了。”

国王听后大喜，立即派了二百名兵将，并亲自到井边指挥，定要捞出金马驹儿。

打捞开始时，国王站在井沿儿上，目不转睛地望着井里。士兵们轮番拽着锁链子，一个个累得呼哧带喘、大汗淋漓，稍一松劲儿，铁链子就会滑到井里。不知反复了多少回，足足捞了三天三夜，也没拽上金马驹儿。

国王不死心，冲巫答有命令道：“既然你的法术通天，还不赶紧施展，快将金马驹儿弄上来，否则就把你杀掉！”

巫答有吓得扑通一声跪在地上，哆哆嗦嗦，早已魂不附体。她明知自己的法术是不管用的，可是王意如山，怎敢违抗？没招儿，只好在井边儿搭起了法坛。

巫答有披头散发，手持神鼓，口中念着咒语，连扭带舞地折腾了一天，也不见金马驹儿上来。国王一气之下，不由分说，砍了她的脑袋。

这件事儿并没有因此而停止，后来又有许多痴心人来拽金马驹儿，可费了九牛二虎之力，连影儿都没见着。不过自从金马驹儿被锁在深井里，井内的水越发甘甜，人们不管多么疲劳，只要喝上几口，立马觉得全身清爽，疲劳尽失。

别看那么多人没能把金马驹儿拽上来，不是有句俗话嘛，功夫不负有心人，这得从头说起。

叶赫城里住着个穷苦的猎人，妻子一连给他生了九个儿子。他高兴极了，因为按照当地人传讲，只要生下十个儿子，就可以打捞到金马驹儿了。猎人很有信心，还想再生一个儿子。

一年后，妻子果然怀孕了，没想到生下的却是个丫头。虽然天不遂人愿，但猎人并没有失望，严格地训练着孩子们，从小就教他们骑马射箭，学习各种本领。眼看儿女们都长大了，个个身强体壮，勇敢、善良，唯有一点不称心，就是全不会浮水，没有水上功夫。

猎人想来想去，决心要找一个水性好的姑爷，当作他的第十个儿子。

猎人开始在叶赫城里选姑爷，选了九十九个皆不如意，到了第一百个才算可了心。小伙子忠勇、善良、水性好，且勤劳能干，猎人便让女儿跟他成了亲。不久，猎人择了一个吉利的日子，带着九个儿子和一个姑爷来到水井旁。姑爷按老丈人的吩咐，顺着铁链子下到井里，一头扎进井底，睁开眼睛一看，金马驹儿被大石头压着。他费了好大的劲儿，才解开铁链子，推开千斤重的大石头。

金马驹儿摆脱了沉重的石头，甩了甩头，腾地跃出了水面。井沿儿边，爷儿十个齐心合力加劲儿地拽，终于把金马驹儿弄到了井上。金马驹儿靠在猎人的身旁，用头亲昵地蹭了蹭他的手背，又舔了舔他的手心，说道："善良的救命恩人哪，我是个神奇的宝物，如今得到我，只能富了你们一家。若能把我放了，将会让整个叶赫国的山川更加美丽，物产更加富饶。"

猎人听后，与儿子、姑爷合计了一下，然后对金马驹儿说："如果真像你许诺的那样，为了叶赫，为了黎民百姓，我们愿意放了你，你可以去到你愿意去的任何地方。"

金马驹儿听后，接连点了三下头，表示谢意，随即一撒欢儿跑远了。

从此，金马驹儿按照承诺，其足迹踏遍了叶赫的山山水水。多少年后，叶赫的山川果然越发美丽，物产越发丰富，成了远近闻名的物华天宝、人杰地灵之地。

彩穗荷包育万户　巧格格映脑温江

长白山的北边，有条水面儿不大的江，叫脑温江。江里出一种宝石，如同晶莹剔透的玛瑙，太阳一照，闪闪发光。把宝石镶在衣帽、鞍辔、荷包上，好看极了，当地人称其为古拉玛珲。老人们说，戴上古拉玛珲，将吉祥幸福，故而无论男女老少都喜欢它。

有个心灵手巧长得比鲜花还俊美的格格，名叫义尔汗珠，嘎珊[①]的人称她巧格格，是一位贝勒的家奴生的女儿。从小便侍候贝勒的福晋，是跪着长大的，受尽了凌辱和折磨。

有一天，正是个漆黑之夜，伸手不见五指，巧格格从福晋屋内的月亮窗逃了出来。由于从小整天被关在大门里，她还是第一次见到高山、大河、树木、原野，感到外面真大、真美呀！她像小鸟离开了笼子，兴奋极了，从此可以自由自在地飞了。可山里的夜风呜呜劲吹，如狼嗥鬼哭，好吓人哪！天上没有月亮，不知东南西北，又举目无亲，往哪里逃呢？

恰在这时，巧格格猛然听到牛的叫声，便循着声音往前走。没走多远，就看见河边儿草地上卧着一群倒嚼的黄牛，巧格格钻进牛群里，所有的牛都温顺地贴着她，温暖着她。

天亮了，黄牛全走了，只剩下巧格格了。抬头一看，有条大路通向四面八方，可又不知往哪儿走好。正举足不前呢，一群大雁在头顶儿上嘎嘎地叫着，心想："大雁啊，大雁，会不会是阿布卡恩都力让你前来引路呢？对呀，我跟着大雁走吧！"她望着一字排开的雁阵往北飞，就按照大雁飞的方向，沿着滚滚的松阿里乌拉拼命地跑。

突然，贝勒派出的兵丁撵来，不住声儿地喊着她的名字。巧格格发现后头有追兵，寻思道："绝对不能被他们抓住，要是逮着了，我就没命了。"想至此，浑身来了力气，两腿不停地朝北跑。饿了，嚼把苦苦草；

① 嘎珊：满语，村屯。

渴了，趴在河沟儿喝口清凉水。不知趟过了多少条河，穿过了多少片白桦林，翻越了多少道山岭，追兵的马蹄声和狗叫声渐渐听不见了。可是，巧格格的脚底板儿却疼得钻心，被石头硌得全是大血泡，她就坐在河边儿伤心地哭了起来，直到哭得筋疲力尽，天昏地暗。

巧格格哭着哭着，忽听飞在头顶的大雁说话了："走吧，走吧，别惜步，到黄花甸子再安家。"

巧格格擦擦眼泪抬头往上看，见大雁抖落下来不少花翎毛，落地后，转眼间变成了乌拉草。她捡起乌拉草，用手揉了揉，把脚裹上，不仅脚不疼了，浑身也有劲儿了，于是爬起来跟着雁群继续跑。

巧格格一气儿跑了几百里，一直逃到开满野菊花的脑温江平原，她大口大口地喘着粗气，实在支持不住了，一头栽倒在花丛中。

不知过了多长时间，巧格格从昏迷中醒了过来，四下一看，竟躺在一座土窑里，身边儿坐着个穿白褂子、白裤子的哈哈[①]，正用温水给自己洗脚、洗头呢！而且她觉得这一洗，全身筋骨顿时不疼了，伤好了，长发乌黑发亮，内心很是感激。

小阿哥笑呵呵地对巧格格说："美丽善良的姑娘啊，我跟你一样，是脑温江上的独根草。要是乐意，你就别走了，咱俩一块儿在这儿过日子吧！"

巧格格无依无靠，从小就没有家，内心也很喜欢这个淳朴、善良的小阿哥。两个苦命人越唠越亲热，无话不谈，没一会儿就谁也离不开谁了，从此成了夫妻。

打那以后，小阿哥起早贪黑地耕种、打鱼，勤快能干；巧格格织网、做饭，忙里忙外。夫妻二人知冷知热，恩恩爱爱，小日子过得比蜜甜。

两个月后，巧格格问小阿哥："咱俩在一起过好多天了，我咋从未看见公婆、小叔、小姑们到家来呢？"

小阿哥犹豫了一下，告诉她："唉，怕你害怕，一直没敢说。江对岸很远的地方，住着一个残暴的千年雕精，害得脑温江不得安宁，被他吃掉的百兽比江里的石头还多。前两年，我的父母和兄弟们全让雕精抓走了，就剩下我一个逃到这里。巧格格，你要记住，我不在家时，不管谁来，千万不能出去！"

巧格格点头答应着，小阿哥好像还有话要讲，低头寻思寻思又不说

---

① 哈哈：满语，男人。

了，眼里含着泪拿起渔网到江里打鱼去了。

这天，巧格格吃罢饭，在土窑里熟皮子。忽听外边传来悲伤的哭声，而且一阵儿比一阵儿高，似乎有千只手推她快快出门儿看个究竟。巧格格的心像被揪到了一起，干不下活儿了，认为在大荒甸子里，准是逃难的人碰上什么不幸的事儿才如此哭。她心软了，忘了丈夫的告诫，赶紧打开了土窑的门。只见一个瞎眼老头儿趴在地上边哭泣边摸索，嘴里不住地喊着："天哪，天哪，我的拐杖掉哪儿了？"

巧格格忙跑过去，弯下身搀起老人，劝慰道："苦命的老人家，不要伤心，我帮你找。"她四处寻摸，终于发现花棵子里有一根歪把儿蛇皮拐杖，高兴得大声儿嚷道："老人家，拐杖在这儿呢！"弯下身拿起拐杖，回头一看，老头儿没了，手中的拐杖一下子变成了一条大蛇，死死地缠住了她。

巧格格惊恐得高声儿呼喊："阿哥，快来救我……"刚喊出一声，转眼间便被大蛇搅起的旋风卷得无影无踪了。

小阿哥远远听到了巧格格的求救声，急忙三步并成两步地往回跑，到家一看，人早就不见了，悲伤得号啕大哭，呼天抢地。

原来，小阿哥是脑温江一只受欺凌的白兔，巧格格对此并不知情。白兔阿哥一心要找到巧格格，可眼前的江水又宽又急，根本过不去。他只好沿着江岸上下狂奔，从早晨跑到傍晚，从初春跑到深秋，隔岸呼唤着巧格格。两个眼窝儿哭肿了，眼中淌出了血泪，仍找不到心爱的人。

再说那雕精抢来一个如花似玉、天仙一般美丽的巧格格，心里乐开了花，兴高采烈地大摆宴席，并于妖洞里威逼巧格格与自己成亲。巧格格泪流满面，怀念着勤劳、淳朴的丈夫，誓死不从。

雕精大言不惭地说："脑温江里的金银财宝任我用，脑温江上的生灵苦乐任我定，天宫的神仙也比不了我。巧格格，你得知趣儿，赶快答应我吧！"见巧格格一点儿不动心，又指给她看珠宫玉床，巧格格瞅都不瞅。雕精火儿了，把巧格格关进冰霜洞，让她尝尝冷的滋味。过了三天三夜，雕精一看，巧格格的诚心把冰霜融化了。

雕精一气之下，把巧格格扔进百兽群的血池子，池内有虎、豹、熊、狼等。巧格格吓坏了，在池子里爬呀爬，可是野兽并不咬她，也不吃她。只见一只金钱豹慢腾腾地走了过来，对巧格格说："巧格格，别怕，你的一片诚心感动了大伙儿。我们全是被雕精抓来的，都是他嘴里的肉，早已恨死雕精了。实话告诉你吧，要想跑出去，就得把雕精脖子上系的彩穗荷包弄到手。”

老黑熊也过来告诉巧格格：“雕精贪吃贪喝，你需用酒把他灌醉，待他倒地不能动弹了，方能拿走彩穗荷包。”

这时，黄蜂给巧格格送来“黄蜂针”，小雀给巧格格叼来“老苍子”和“螯麻子草”。巧格格看了这些东西，便知道其用意了。

一切准备好后，巧格格叫小妖传话，说答应和雕大王成亲。

雕精一听巧格格真的回心转意了，高兴极了，忙将她接回了宫。巧格格说：“我想好了，答应与你成亲。不过我昨晚做了个梦，梦见大王身上戴件宝物，我没见过，很想验证一下此梦到底准不准。大王若有宝物，不妨拿出来看看，否则就不应允亲事。”

雕精听后，哈哈大笑，摆出一副很了不起的架势，说道：“嗨，这有啥难的？本大王有的是宝物，想看什么吧，答应你就是了。”

巧格格回道：“我要看大王的彩穗荷包。”

雕精大吃一惊，半天才吞吞吐吐地说：“彩穗荷包嘛……没有，还是看别的宝贝吧！”

巧格格一听，雕精没讲实话，转身就往外走，边走边说：“心不诚，算啥夫妻？大王不给看，我宁愿回血池子！”

雕精左右为难，不给看吧，小女子不同意成亲；给看吧，日后丢失了怎么办？又一想，反正你捏在我手里，逃不了，看看也无妨。于是追上巧格格，应允道：“行，行，给你看。不过此件宝贝太珍贵了，本大王修炼千年，才把世间的幸福通通聚到里边。咱先说好了，只许看，不能打开。”说罢，把彩穗荷包从脖子上摘了下来，递给巧格格。

巧格格接过，仔细瞅了瞅，记熟了，又给雕精挂在脖子上，平静地说：“好哇，果然不错，是件稀有的宝物。大王，咱们可以成亲了！”

雕精如愿以偿，咧开大嘴笑了起来，忙吩咐小妖摆上十二碟十二碗的酒席。席间，巧格格给雕精倒酒，一杯接着一杯。雕精肚大贪吃，巧格格偷偷在糖馅儿饽饽里塞进了“老苍子”，那玩意儿满身净是钩刺儿，还带尖儿。雕精吃东西狼吞虎咽，根本不细嚼，刚咽下不久，就觉肚子疼，捂着肚子嗷嗷叫，躺在地上直翻跟头。巧格格暗暗高兴，趁机又抓出一把黄蜂针和螯麻子草，塞进他的衣袍里。雕精肚子疼痛难忍，再加上浑身肿痒，越痒越挠，两只眼睛都肿得睁不开了。

巧格格在雕精折腾打滚儿的时候，悄悄儿把彩穗荷包从他的脖子上解了下来，然后转身拼命往外跑，跑啊跑，终于逃出了妖宫。跑到江边时，打开手中紧紧攥着的彩穗荷包，急切地说：“荷包，荷包，快送我过江！”只见荷包里飞出一条彩虹，江上唰地出现一座桥。

此刻，巧格格恨透了恶魔，雕精给人们和飞禽走兽带来多少灾难和痛苦啊，我一定要解救他们。她顾不得过江了，手拿宝物大声儿呼唤道：“荷包，荷包，烧死恶雕！荷包，荷包，打开血池子！荷包，荷包，花开两岸！”

随着巧格格的喊声，彩穗荷包施展了威力，雕精被大火烧着了，血池子里的昆虫、鸟、兽逃出来了，两岸的百花盛开了。巧格格这才上了桥，往对岸猛跑，去寻找丈夫。

江那边的白兔阿哥到处驰奔寻找着巧格格，忽然看见江上出现一座彩桥，乐得直蹦高儿，这下可以过江了。他立刻往彩桥上跑，恨不得马上飞过江，早早见到心上人。

夫妻俩在桥中央相遇了，泪眼相望，那高兴劲儿就不用说了。乐极生悲呀，哪知雕精并没死，竟追巧格格来了。见心中的美人正与小阿哥抱在一起，垂死的雕精用爪子狠狠一抓彩桥，桥断了，巧格格和小阿哥不幸双双掉进了脑温江。

打那以后，脑温江出产了一种红艳艳的亮宝石，像白兔的眼睛，巧格格的红心。

雕精被火焚烧，元气大伤，最终让勇敢的猎手射死了，已夺走的人间幸福又回到了脑温江。百姓都说，富饶的江湾如同彩穗荷包一样，养育着岸边的千家万户。

脑温江两岸的人们看见亮晶晶的红宝石，就想起了美丽善良的巧格格，想起了那位勇敢的小白兔阿哥。

萨满力斩九头鸟　嘎珊传颂巴图鲁

此事发生在离咱们伊通州很远的地方，记不清是哪朝哪代的事儿了。

北方的安出虎有个诸申聚居的噶珊，那里年年牛马成群，五谷丰登，日子过得挺富裕，且太平安乐。

有一年，灾祸突然降临了，一只又黑又大的九头鸟飞到这里。它在天上飞旋着，刮起铺天盖地的沙土，山秃了，树断了，江河出槽了。从此，白天再也看不见太阳了，晚上也看不见月亮和星星了，大地、人畜没有光明可咋活呀？黑夜里，九头鸟把人畜都裹进洞穴，百姓哭男唤女，忧伤悲苦，眼瞅着城中生命一天天减少，往日和平安宁的嘎珊一下子变得比坟圈子还凄凉。

嘎珊里，有个年轻的巴图鲁[①]，是刚做了两个月的阿济格[②]萨满[③]。他为人正直，不怕邪恶，见族里父兄遭难，年老的穆昆达[④]也被风卷走了，不禁心如刀绞，暗暗地想："我是大伙儿荐选的萨满，得为族众办事儿，在恶魔面前怎能退缩？九头鸟为所欲为，残害生灵，作为穆昆达岂能坐视不管！"于是强压怒火，背起弓箭，准备前去找九头鸟。

老人们见小萨满怒气冲冲的样子，便劝道："唉，孩子，你初学乍练，能耐还太小，孤单一人去拼怎么行呢？不是白白送死嘛！"

小萨满说："总不能坐以待毙吧？捆着的箭杆儿能顶根粗树，阿浑[⑤]们要是有胆量，就跟我一块儿去找九头鸟算账！"

小萨满的话提醒了众人，呼啦一下跳出二十来个年轻小伙子，跟着

① 巴图鲁：满语，英雄。

② 阿济格：满语，小。

③ 萨满：司祭、巫师。

④ 穆昆达：穆昆即女真人的一种父系血缘组织，多以祖先名字及住地命名。组织成员公推一人为头儿，这个头儿即穆昆达。

⑤ 阿浑：满语，兄长。

他朝着九头鸟出没的地方奔去。

小萨满带领一帮后生还没等寻摸到洞穴呢，九头鸟就听见了，随之妖风一刮，不少人只觉得一阵头晕，身子早就被吸进黑洞了。

小萨满因为跟穆昆达学了几天武艺，所以妖风刚一起，他两手便使劲儿拽住地上的绿皮藤子，连人带藤被妖风吹出老远。藤子驮着他从半空中掉到地上，所以他并没摔着，睁眼仔细一瞧，原来身下骑的藤子竟变成一条八尺长的绿蟒。八尺蟒落地，打了个滚儿变成一个俊俏的格格，给小萨满施礼道："沙音西沙音[①]，巴图鲁呀，我的阿玛[②]和额娘叫九头鸟吃掉了，我恨自己报不了深仇大恨。你是全嘎珊最肯助人的小萨满，请替我们报仇吧，大家会感激不尽的！"

小萨满唉声道："遗憾的是我学萨满的时间短，技艺不高，怕是斗不过九头鸟呀！"

蟒格格说："不要紧，九头鸟虽有九个脑袋，但最厉害的只是中间那个脑袋，长两只夜眼，最怕见到亮光。大头两边各长四个小脑袋，只管吃，瞅不见东西，用亮光治住大头，就能杀死九头鸟。"

小萨满问："可是，上哪儿能找到亮光呀？"

蟒格格告诉他："你要是有胆量，就爬上最高的乌西哈阿林，到山顶取两颗天落石。拿回来后，用百人身上的热血把它温红，天落石就会像空中的流星那么亮。"

小萨满蛮有信心地表示道："只要能除掉九头鸟，再难攀登的乌西哈阿林也能上得去！"

蟒格格说："这样吧，我变成一根山藤子，你把它带在身上，就能钻进九头鸟住的洞里。杀了妖精，消除祸患，我们虫蛇忘不了你的恩情！"说完，就地一滚，小萨满低头一瞅，地上果真有一根小藤条儿，遂拾起藤条儿缠在腰间，直奔乌西哈阿林去了。

小萨满为了搭救全部落的人，不怕艰险，去寻找天落石。他昼夜不停地走啊走，越过一道又一道的深谷，爬过一座又一座的高山，穿过一片又一片的密林，攀登直上直下的石砬子。怪石倒木碰得他全身青一块、紫一块，手、脸和腿全刮出了血，皮袍子破碎成一条条儿的。腿肿了，脚磨破了，走不了路，就在地上爬。爬着，爬着，远远望见了高耸入云

---

① 沙音西沙音：满语，你好。

② 阿玛：满语，父亲。

的乌西哈阿林，山顶闪着耀眼的星光，半山腰飘着层层白云。可是，小萨满的双脚已经磨烂，走路一瘸一拐的，爬不上那高陡的山了。正着急时，忽听缠在身上的藤条儿说话了：“快，捡根儿白头鹰的羽毛，那是神鼓的鞭啊，骑上它能上山！”

小萨满一听，赶忙往地上瞅，真找到了一根儿白头鹰的羽毛，拿在手上一举，嘿！羽毛立刻变成一根鼓鞭，接着便传出“当当”的响声，将他风驰电掣般地驮上了乌西哈阿林。

小萨满刚到山顶儿，便见空中有两条火光唰唰地落在山上，变成两块石头。低头一看，不由得惊诧道：“这就是天落石！”他捡了两块温热的天落石，急忙下山，往安出虎方向爬。爬呀爬，碰得遍体鳞伤，后来实在爬不动了，只能像蛇一样朝前蠕动。也不知用了多长时间，终于来到九头鸟住的洞前，上前瞅了瞅，只见洞口儿用大石头堵着，进不去。他解下缠在身上的藤条儿，用尽全身力气往岩石上猛抽，岩石砰的一声碎了，露出一条深深的黑洞。于是他顺着岩洞往里爬，里边黑乎乎的，什么也看不见，只感到山洞里挂满了霜，扎骨凉。又爬了一会儿，忽然听见嘎珊族众的说话声儿，他们全被困在黑洞中。他摸到人堆里，小声儿说：“我是小萨满，我是小萨满！”

忧愁的乡民听说小萨满来了，乐坏了，纷纷说：“小萨满，你是真正的巴图鲁啊，快想办法救人吧！这妖精一天吃一头牛、一匹马，还喝童男童女的血，眼看就把那些孩子折磨死了。”

穆昆达看见心爱的小萨满来了，感到有救了，满脸的愁云消散了。小萨满悄悄儿摸到他跟前，拿出从乌西哈阿林取来的天落石，交给老玛发[①]说：“灾难很快会过去，光明就要来临了，咱们有望出去了。这是乌西哈阿林的天落石，每人在手里攥一会儿，然后往下传，待传过百人后，身上的热血就能把它变成一盏明亮的灯！”

穆昆达和族众听了，暗暗高兴，于是两块天落石便从一双热手传到另一双热手上。传呀传，石头渐渐由凉转温，由温发出红光，最后变成一颗明亮的珠子，照亮了整个魔洞。这时，大家才看清楚，原来是被困在大石洞里。洞穴很深，阴森恐怖，经宝石光一照，黑幽幽的洞穴顿时亮了起来，像水晶宫一样，如同白昼。他们四处分散开来，顺利地找到了洞口儿，沿着挂满冰霜的洞壁拼命地往外跑。

① 玛发：满语，爷爷。

此刻，九头鸟正在里边的小洞里吞吃着人畜，忽然瞧见从大洞里闪出了亮光，惊诧得嗷嗷怪叫。忙伸出九个脑袋，呼扇着翅膀四处张望，见小萨满一手举着明亮的天落石，一手握着宝剑向它走来。

天落石闪出明亮的光，照得九头鸟睁不开眼，吓得扭头就要逃。说时迟，那是快，小萨满挥起剑，冲着中间的大头砍去。九头鸟张牙舞爪地扑过来，可是它什么也看不见，八个小头撞在洞壁的岩石上，疼得四下乱碰乱抓，撞得石头啪啪直响。小萨满毫无惧色，接连挥剑，勇猛地砍掉了恶魔的八个小头。他以为九头鸟肯定死了，拿着天落石转身刚要走，不料恶魔哇地喷出一口污血，溅在小萨满身上。

九头鸟的大头还连着点儿筋骨，故而没有死，挣扎着逃出山洞跑远了。它的污血最脏，落在地上，传播瘟疫；溅到人畜身上，肌肉溃烂，很快会死去。小萨满未能幸免，为了拯救全嘎珊的人，他自己却被九头鸟的污血夺去了宝贵的生命。

从此，安出虎这个地方太平了，百姓又过上了富裕、幸福的生活。害人成性的九头鸟大头没有被完全砍掉，总是趁人们过年欢乐的时候，偷偷飞进宅院滴污血。因为它怕光，所以家家在腊月三十晚上拢一堆火，驱赶九头鸟。族众为了纪念小萨满，还将油灯放在冰块儿里，以便永远照亮人间。

玛发翻船入龙宫　喜凤食桃配佳偶

有位姓吕的玛发，为人老实厚道，淳朴善良，靠捕鱼为生。

一次，老玛发出海遇风翻了船，一下子就没影儿了，家人都以为他葬身海底了。万幸的是他命不该绝，掉到水下之后，被巡海夜叉发现了，将其带到了龙宫。

老玛发在龙宫足足住了八个月，天天吃喝玩乐，任嘛不用愁，还和龙王成了好朋友。尽管如此，也没拢住他的心，嚷嚷着要回家。龙王见实在留不住，又不好强求，便点头答应了。临行时，送给他一件东西，是双宝鞋。告诉他，穿上此鞋，随便说一声到哪儿，准能到哪儿。

老玛发乐颠颠地回到家中，全家人见他活着回来了，高兴得不知咋的好了。他把在龙宫住下的事儿向大伙儿讲了一遍，又将那双宝鞋给了儿子，并告知了使用方法。

儿子叫吕云，年方二十有三，尚未娶妻。认了个干妈，姓贺，以卖丝线为生。干妈有个干姑娘，名叫喜凤，乃王员外的千金。

一日，喜凤随干妈回家，路过老玛发的嘎珊，刚巧被正在干活儿的吕云看见了。他放下手中的活儿，愣愣地瞅着，被喜凤漂亮的容貌深深地吸引了。

第二天，吕云来见干妈，求其给他保媒。干妈听罢，心也动了，认为干儿子、干姑娘是天生的一对儿，于是到王员外家提亲。一连去了好几次，不知何因，喜凤就是不愿意。

干妈对吕云说：“我嘴皮子都磨破了，可人家姑娘说啥不乐意，实在是没招儿了。你要是能去她家就好了，不管喜凤愿意不愿意，背起就走，这门亲事准成！”

吕云忽然想起阿玛给的那双宝鞋，遂对干妈说：“有办法了，瞧我的！”他选了一个好日子，穿上宝鞋，说声：“上王家小姐的绣楼！”霎时，果真到了喜凤的绣楼。

吕云推开门，见屋内椅子上坐着一位如花似玉的美貌小姐，心怦怦直跳，本来面矮，未曾开口脸先红。可一想，既然进屋了，不能白来，随即上前搭话儿。

喜凤猛然抬头一看，这个小伙子可不是前些天那个模样了，英俊大方，仪表非凡，顿时产生了爱慕之心。然而又由于家规甚严，不敢放肆，于是起身问道："你是谁，从哪儿来？"吕云没吱声儿。

喜凤出于礼貌，倒了一杯茶，放在桌子上。刚想转回身，已被吕云抓住衣袖儿背了起来，说了声："走！"二人立马无影无踪了。

吕云一时心急，光想赶快离开小姐的绣房，也没说去何处呀！结果背着喜凤飘飘悠悠地飞过高山，越过大海，落到一个孤独的小岛上。他蹲下身，把喜凤轻轻放在一块光溜溜的石头上，说道："小姐，对不起，不知怎么竟把你背到这儿来了。看哪，此处的风景多美呀，我们要是在岛上度过一生，一定会很有趣儿。"

喜凤四下一瞅，是个没有人家的荒岛，不禁掉下泪来。她怕父母惦念，只想回去，哪有心思听吕云说那些？暗暗想着计策，怎样能让吕云把自己带回去。突然，眉头一皱，计上心来，问道："云哥，你是怎么带我来的？"吕云只顾高兴了，不假思索地回道："我穿着一双宝鞋，想上哪儿，就能到哪儿。"

喜凤听后，眼珠儿一转，轻声儿恳求道："云哥，能不能把宝鞋给我看看？"

吕云爽快地答应道："行啊！"马上脱下一只递给小姐。

喜凤把鞋挂在脚尖儿，又要另一只，吕云哪能料到是个计策呀，顺手给了她。没等反过磨儿呢，只听小姐说一声："回我绣楼。"人就没影儿了。

这下吕云可傻眼了，小姐走了，只剩下自己，孤孤单单的。岛上没有人家，四周是茫茫大海，怎么活下去呀！想着想着，不知不觉睡着了。待醒来时，已是第二天早晨了，睁眼一看，景色美极了，还有一股香气扑鼻而来。心里很是纳闷儿，坐起身举目望去，见前边不远处有一棵桃树，结满了红桃，鲜艳夺目，招人喜爱。

此刻，吕云感到饿了，饥肠辘辘。起身疾步走到树下，伸手摘下一个桃子，几口就吃没了。没等再摘第二个呢，忽觉一阵困意袭来，索性席地而卧，又沉沉睡去。

吕云一觉醒来，感到头重脚轻，浑身一点劲儿没有。走到海边往水里一瞅，不由得“妈呀”一声，头上竟长出好几只乱七八糟的角来，丑得不得了，心想：“这下算完了，有朝一日回乡，怎么见人哪？更不用说去向王小姐求婚了，那不是癞蛤蟆想吃天鹅肉嘛，根本不可能了。现在真是上天无路，入地无门，死不起也活不起了。”又一琢磨：“眼下不能顾这些了，得尽快离开荒岛，走为上策。”想至此，绕过小岛，顺着海边往前走。正当肚子饿得咕咕叫时，闻到一股儿香气迎面扑来，抬头一看，只见眼前一株桃树结满了白桃。心想，反正这条命豁出去了，填饱肚子要紧。他走上前去，摘下一个白桃，几口吃完了，然后仍倒地睡了一觉。

吕云这回醒来，只觉头清眼亮，格外精神。跑到水边一照，水面儿映现出一个俊美潇洒的面庞，比以前还精神几分，不禁乐得直蹦高儿，脑海里闪出一条计策。他摘下一个白桃，又摘了一个红桃，用手帕包好，准备带回家去。

一天，正当晌午，海面出现一只渔船，吕云感到有离开此地的希望了，便大声儿呼救。渔船飞似的靠近了小岛，吕云上了船，船老大把他送到渡口。吕云感激不尽，千恩万谢，告别船老大上了岸。

吕云回家以后，阖家团圆，自是非常高兴，咱就不说了。单讲干妈听说干儿子回来了，乐颠颠地前来看望，娘儿俩唠了一会儿，临走时，吕云掏出一个红桃递给干妈说：“干妈，这个桃子特香甜，是我从小岛带回来的，送给你老人家尝尝吧，以表干儿的孝心。”

干妈一听干儿子如此说，十分高兴，小心翼翼地把红桃揣在怀里告辞了。回到家中一寻思，干女儿喜凤爱吃桃，自己这么大年纪了，吃不吃能咋的，不如送给她。想到这儿，拔腿去了王员外家，把那个又大又鲜的红桃给了喜凤。

干妈一走，喜凤迫不及待地把桃子吃掉了。咽下肚不久，就觉有困意，眼睛都睁不开了，躺下便睡着了。一觉醒来，感到头又昏又沉，用镜子一照，大惊失色，啪的一声把镜子摔得粉碎，继而号啕大哭！原来小姐的头上长出几只角，丑得难以见人，人不人鬼不鬼的。

父母大人见心爱的女儿变得如此丑陋，整天郁郁寡欢、愁眉不展的，很是心疼。思来想去，便在嘎珊贴出告示，介绍了女儿的病症，并许诺，谁能治好王小姐的病，就将女儿许配他为妻。

吕云得知此消息后，暗暗高兴，立马前去揭了告示。他被请到王小姐的绣楼，丫鬟递过三根儿丝线，一头儿拴在喜凤手腕的寸关尺上，号完左手，再号右手。诊罢，吕云为小姐讲了病情，言称此病先是困倦难当，醒后头重脚轻，头上长角，丑陋不堪。

家人一听，跟小姐的病状一点儿不差，就请年轻人下药。

吕云拿出一个白桃递给喜风道："把桃子吃了吧，专治此病，治一个好一个。"

两日后，小姐果然痊愈，员外命人请来吕云。

吕云一进府上，员外见小伙子有模有样的，比以前英俊许多，心里分外高兴，决定把女儿许配给他，一切皆由员外操办。择吉日，二人拜了花堂，婚礼异常热闹。

第二天，吕云提出要看看宝鞋，喜风开柜一瞅，宝鞋不见了，原来是龙王收回去了。从此，吕云和喜风夫唱妇随，恩恩爱爱，过着幸福美满的生活。

为营生兄弟学艺　习吹笛宁三走运

伊通州的东南，离水边不远处，有片长满芦苇的大池塘。这一带以前没人住，荒无人烟，后来才从远处搬来几户人家。其中一家本姓宁古塔，后人单姓一个“宁”字，家里有老两口儿和三个儿子、三个儿媳。

一天，老头儿把三个儿子叫到跟前，对他们说：“我老了，你们哥儿仨不小了，也都娶上媳妇了，该出去闯荡闯荡了，不能总靠老人吃饭，那啥时候是个头儿哇？打明儿个起，带上盘缠，到外边去找个营生，三年以后再回来，听清了吗？”

三个儿子一齐回答：“阿玛，我们听明白了。”

当天下晌，三个媳妇分别把丈夫的衣裳、鞋帽收拾妥当，盘缠也备好了。晚上点灯的时候，额娘又把三个儿子叫到跟前，千叮咛万嘱咐的。告诉他们路上要多加小心，早住店，防备遇上坏人抢去随身携带的衣物和盘缠。找个好营生，不能做歹事，千万按时回来，免得阿玛、额娘惦记。

三个儿子连连点头道：“请额娘放心，您老的嘱咐，孩儿都记住了。”

第二天吃完早饭，哥儿仨带上行李、衣物走出家门，父母和各自的媳妇送到村头儿，一家人挥泪而别。

哥儿仨走到离村不远的三岔路口儿停了下来，他们约定，三年后的今天在此相会，然后一同回家。兄弟三人恋恋不舍地分手赶路，各奔前程。

老大、老二找个什么营生咱先不表，单讲老三。

老三虽说已是十八九岁的汉子了，可是长这么大，从未离开过家门，外面什么样也没见过。自从跟两个哥哥分手以后，他也不知要到什么地方去，更想不出能找个啥营生，只是走到哪儿算哪儿，过一天是一天。

老三一路上经过不少村庄，看见许多名山大川，对一切都感到新奇。遇到集镇，看看热闹，买点儿吃的，然后急忙赶路。碰上名山大川可就迈不动步了，坐在山坡儿或河边，得仔仔细细地观瞧一番，看够了再走。

原来，宁三自幼喜欢山水，愿看花草树木、鸟兽虫鱼。听见小鸟唱歌，便跟着学鸟叫；看见河里的游鱼，就自言自语地跟鱼儿唠嗑儿，与山水、花草、鸟兽、鱼虫结下了不解之缘。

此次离家远游，一路上风和日暖，宁三观赏了绮丽的山山水水，还有那么多叫不上名儿的奇花异草、珍禽怪兽，心里别提多高兴了，早被那些美好的景色迷住了。

一日，宁三正在一座树木繁密的山下行走，忽然从远处传来悦耳的笛声。那笛子吹得太好了，他不由得停下脚步，站住细听。笛声有时像高山流水，有时似百鸟歌唱，有时如清风徐徐，有时若暴雨飞降。

优美的笛声牵动了宁三的心，他身不由己地循着笛声走去，穿过树林，越过花丛一看，原来是个道童正坐在松树下吹笛子呢！

宁三走到跟前时，道童已经吹完，在那儿静静地坐着。宁三上前一步，躬身施礼，叫了一声小师父。道童慢慢抬起头来，见是个白面书生，忙起身让座。

宁三问道："小师父，你的笛子吹得太好了，跟谁学的呀？"

道童回道："跟我师父呗！"

宁三商量道："小师父，我拜你为师，收个徒弟可否？"

道童笑了笑说："那怎么行？我作为徒弟还没出徒呢，怎好当师父呀！"

宁三一听，怔住了，一时不知说什么好了。正在为难之时，忽听身后传来脚步声，回头一看，是位身穿道袍、头戴道冠、仙风道骨、鹤发童颜、一副慈祥面孔的道长，立马迎上前去，躬身施礼问安。

道长问他，为啥一人来到此地？宁三说明了原因，并请求道长能允许其徒弟教自己吹笛。道长听罢，笑了，说道："此乃出家人待的地方，所收的徒弟都是为了修仙行道，从来没听说过凡人要来这儿学吹笛子的。既然你有此番诚意，就留下吧，虽然不是出家，但也不要违反了我们的山规哟！"

宁三见道长应下了请求，再施一礼，连声儿称谢。

从此，宁三与小道童住在一起，早晚帮着打扫庙堂，一起进山采药挖菜，担水拾柴，烧水做饭。小道童见他干起活儿来手脚利落，不偷懒，且勤勉好学，也就真心实意地教他吹笛子。告诉他怎样运气，怎样按拍子吹，怎样能吹得好听，怎样能吹出感情来。宁三认真地听，一一记在心里，然后抽工夫练习。

老道长看他们二人一个耐心教，一个虚心学，相处得挺好，如同师兄弟一般，十分高兴，有时也亲自指点一番。

时间如梭，转眼间两年半过去了，宁三一合计，再有几个月就到回家的日子了。他只好告别道长和小道童，离开深山古庙，顺着来的道儿往回走。

这天，宁三到了来时走过的那条江边儿，坐在一块石头上歇歇脚，并吹起笛子来。真没白下功夫，经过两年多的刻苦学习，不断地琢磨，大有长进，听起来比小道童吹得还好。笛声高低起伏，亦轻亦重，亦急亦缓，他的笛声悠扬悦耳，美妙动听。只吹得小鸟成群地落在枝头，一声不出；江里的鱼儿漂在水面，一动不动；林中的野兽停止了奔跑，一步不挪，好像都在倾听他的笛声。

宁三正吹得出神时，忽听身后有人喝彩："好哇，笛声太好听了！"

宁三不由一愣，回头看去，见身旁站着个英俊少年，穿一身雪白雪白的衣裳，年纪不过十五六岁，满面笑容，举止文雅，忙起身施礼，少年还过礼后，坐在他身边，两个人攀谈起来。少年仍不住嘴地夸奖宁三的笛子吹得好，并提出能否交个朋友，拜个把兄弟，跟他学吹笛子。

宁三看少年面目和善，很是诚心诚意，便没推辞，一口应承了。

于是，二人在江边儿插草为香，跪地磕头，对天盟誓，结为生死弟兄。随后又坐在石头上唠起嗑儿来，越唠越亲，越唠越近，不知不觉间天已经黑了。

少年站起身来，说道："大哥，咱们回家吧！"

这时，宁三才想起问道："老弟，你家住哪儿呀？"

少年伸手往江心一指："就住在那儿。"

宁三一听，惊愕地张大了嘴巴，半天没合上。

少年看出了宁三的心思，连忙说："大哥，实不相瞒，小弟不是凡人，家住水晶宫，乃龙王爷的三儿子，名叫小白龙。"

宁三又惊又喜，侧过头仔细打量着对方，果然非同一般，身上确有几分仙气。可仙人怎么来到人世间了呢？他半信半疑，捉摸不定。

正在宁三暗自思忖的时候，小白龙催促道："大哥，别再犹豫了，快跟小弟回家吧！"一边说一边拉起宁三的手就往江心走。

说也奇怪，二人前脚儿刚刚迈进江里，翻腾的江水便裂开一道缝儿，闪出一条大道，他们沿着大道往前走，越走越亮堂。走着走着，忽然眼前出现一座宫殿，宫门两旁由虾兵蟹将把守。整个宫殿如同水晶石一般，透明瓦亮，闪着银光。宫殿里面，摆着一排排的珊瑚、玛瑙、珍珠、翡翠，令人眼花缭乱。过了三层宝殿，来到后宫，小白龙领着宁三拜见了龙王、龙母。

从此，小白龙每天带宁三在龙宫里游玩，宁三则尽心尽力地教小白龙吹笛子。小白龙聪明伶俐，不但很快学会了，而且跟宁三的水平差不多了，若两个人一块儿吹，很难分清哪个音是谁吹出的。

宁三在龙宫吃喝玩乐，过着神仙的生活，可还是想家。一日晚膳后，宁三对小白龙说："我离家快三年了，挺想阿玛、额娘的，得回去了。"

小白龙这些日子与宁三结下了深厚的友情，不愿意让他走，又不好强留，只好说道："大哥，人人都有一个家，实在要走，小弟也不留了。走的时候，龙王很可能送你点儿东西，到时候啥也别要，就要桌子上的小葫芦。那是个宝物，有了它，啥都有了，要啥来啥。大哥，千万记住哇！"

宁三答应道："嗯，我记住了。"

第二天，当宁三辞别的时候，老龙王令宫娥、彩女捧来珍珠百宝让他挑。宁三左看右瞧了半天，只是摇了摇头，表示没有相中的。

老龙王说："孩子，这么多人世间少有的宝物你都不要，到底想要什么呢？"

宁三往桌子上瞅了瞅，用手指了指小葫芦说："我就喜欢那个小葫芦。"

老龙王说："好吧，既然你跟我的儿子八拜为交，还教会他吹笛子，你又喜欢这件东西，那就拿去吧！"

宁三接过小葫芦，叩头道谢，然后拜别了龙王、龙母，跟着小白龙出了龙宫。两个好兄弟难舍难分，一边走一边抹眼泪，互相嘱咐着。小白龙送出好远好远才停下脚步，两眼含泪地站在那儿一动不动地瞅着继续往前走的宁三。宁三走到要拐过山脚的时候，回头一看，小白龙还在原地向他招手呢！

宁三走了大半天，觉着肚子饿了，便坐在路旁歇息，顺手把小葫芦拿出来，按照小白龙教的方法，用手拍着小葫芦说："小葫芦，我饿了，来一盘儿包子、馒头吧！"

你别说，还真灵，话音刚落，一盘儿热气腾腾的白面馒头和香喷喷的肉包子便摆放在眼前。

宁三高兴极了，拿起包子左一个右一个地往嘴里送，待一盘儿馒头、包子全吃光了，又站起来继续赶路。走着走着，觉得两腿发软，累得慌，走不动了。他再次从怀里把小葫芦掏出来，冲小葫芦要了一条小毛驴，骑驴当然比步行快呀！接连走了几天，眼看快到哥儿仨分手的三岔路口儿了，宁三将小毛驴收回葫芦里，仍步行往前走。

再说宁三的两个哥哥出外三年，老大学了木匠手艺，老二成了买卖人，哥儿俩都混得不错。按离家时的约定，二人先后来到了三岔路口儿。兄弟见面好亲近，一面述说着别后的情况，一面坐在那儿等着弟弟。眼看天要黑了，仍不见宁三的影儿，心里不免有些着急。不大一会儿，看到从远处走来一人，到了跟前，才认出是他们的弟弟。

两个哥哥见宁三穿的还是三年前那套旧衣裳，破得补丁摞补丁；脚上穿的仍是三年前那双鞋，已经不成样子了，十个脚趾在外面露着五六个；身上什么也没带，只是手里拿着一支笛子，可倒好，轻巧！

大哥、二哥一看三弟这副模样，很是难过，猜想他在外边这三年没务正业，八成是靠要饭活着，不管咋样，能回来就好哇！哥儿仨高高兴兴地往家走，等到了大门口儿，已是掌灯时分了。

家里人听见哥儿仨叫门，急忙出来迎接，开门一看，只见老大身上背着锛刨斧锯，老二牵着高头大马，再看老三那寒酸相，皆觉着不大是滋味。

哥儿三个一一拜见了高堂父母之后，各自回到房中。到底是结发夫妻感情深哪，宁三媳妇对丈夫既不嫌弃，也没抱怨，一边给他换衣裳，一边好言好语地安慰着，说是不用想别的，只要有人在，什么都不怕。

全家人又团聚了，乐乐呵呵的，本是件好事儿。可是，老二媳妇见丈夫在外面做生意挣钱了，就闹着要分家。大嫂劝她，根本不听；婆婆劝她，也不理会；公公说话，照样不灵。没招儿了，只好请来老亲近友帮着分家。大伙儿合计来合计去，最后是老大跟阿玛、额娘一起过，住老房；老二分去两间新盖的砖瓦房；老三表示："我啥也不要，就要咱家东大壕边儿上的那座破草房。"

全家人商量妥了，写了分家单，作为凭证，当天哥儿三个就各住各处。老大媳妇没啥说的，跟以前一样；老二媳妇心里美滋滋的，挺得意；老三媳妇带着分到的一点儿东西，住进了破草房。抬头一看，房顶儿露着天；低头一瞅，地下存着水，四周的墙根儿还长着草，这哪是人住的地方呀？不由得一阵心酸，眼泪滴滴答答往下掉。

宁三凑到媳妇跟前，安慰道："别愁哇，不是说只要有人在，什么都不怕吗？忙活一天了，早累了，快睡觉吧。放心，跟着我过，今后的日子会好的！"媳妇听后没吱声儿。

宁三虽然嘴上这么说，但心里不得劲儿，挺好的一家人，活活分开了。他躺在炕上翻来覆去睡不着，越寻思越难受，索性起身从墙上摘下笛子吹了起来。

媳妇终于忍不住了，气呼呼地说："你真没正行，到了这步田地，还有心思穷欢乐呢！"

宁三摆出一副无所谓的样子，言道："这步田地怎么了？不是挺好嘛，啥时候也不能忘了乐呀！"说着继续吹。

宁三媳妇想不听都不行，起初是心烦，听着听着便入耳了，笛声太好听了，竟如此幽婉、美妙！气渐渐消了，火儿也撤了，心里舒坦了，不知不觉睡着了。刚躺下时，觉得身下有点儿凉，可越睡越暖和。

天亮时，宁三媳妇睁眼一看，怔住了！啊？我不是在做梦吧，怎么一宿工夫就变了呢？这哪是座破草房啊，分明是个四合院儿呀，既宽绰又亮堂。白灰刷的墙，青砖铺的地，窗户上镶的花格子，地上放着八仙桌，桌上摆着南泥壶、细瓷碗，好看极了！又抬头往院子里瞅，只见鸡、鸭、鹅、狗撒开欢儿了，满院子跑，嘎嘎直叫。槽头拴着几匹高头大马，匹匹膘肥体壮，家奴正在喂上等草料。她两眼都看直了，完全蒙了，不知是怎么回事儿，急忙问丈夫，这一切是不是真的？宁三便把龙王爷送给他宝葫芦的事儿说了，可把他媳妇乐坏了！

咱们再说老二媳妇，早晨出门儿倒泔水，一抬头看见大壕边儿上有座青砖大宅院，以为看花了眼。擦擦眼睛仔细又一瞅，一点儿不差，确实是新盖的大院。再一瞧，原来那个破草房也没有了，心里挺纳闷儿，急忙跑回屋里，告诉丈夫快去看看，到底是咋回事儿。

老二不信，出外一望，果然不假，遂一路小跑前往新宅院。到了地儿高声儿叫门，三弟笑呵呵地迎了出来，将二哥让进屋，斟茶倒水，装烟点火。

老二没顾上喝茶，急不可耐地询问是咋回事儿，只一宿工夫怎么出来的这所宅院呢？

宁三没有隐瞒，如实地对二哥说了。

老二问明了情况，烟也没抽，拔腿跑回家告诉了媳妇。老二媳妇一听，忌妒得要命，连忙梳头打扮，换了一身儿新衣裳，非要去亲眼瞧一瞧不可。她一进院门，满院儿的鸡、鸭、鹅、狗欢蹦乱跳的，直往身上扑。家奴们有的在槽头喂马，有的打扫庭院，那个阔气劲儿就不用说了。

老二媳妇进屋以后，尽管宁三夫妻俩再三让座，可她的屁股连炕沿都没敢沾，为啥呢？只见炕沿有如一汪水似的，里边的金鱼、银鱼来回游。再瞅瞅屋里的新奇摆设，真是让人羡慕啊，眼馋得直往肚子里咽口水。她看了一会儿，心里来道道儿了，转身就走了。

老二媳妇回到家跟丈夫说："我还寻思你在外头做买卖发财了呢，差远了，哪赶上咱家老三呀！你看人那个家，比知府大人的官宅都阔气。再看看咱们，是个啥破家呀，多咱能住上那样的好房子啊，我跟你这辈子算没那福气了！"说着，大哭大闹起来，硬逼着丈夫去跟老三换房子。

老二没辙了，只好硬着头皮去弟弟那儿，吞吞吐吐地说明了来意。万没想到，宁三竟爽快地一口答应了，宁三媳妇却很不乐意，心想："这么好的宅院，还有那些值钱的家当，哪能被他们用两间瓦房给换去呢！可是，胳膊拧不过大腿呀，丈夫答应了，我能说啥？只好同意了。"她知道二嫂好占便宜，说话总变卦，便提出空口无凭，得立个字据，又请来亲朋好友做证人。他们当面儿商定，双方屋里院内的所有东西一概不动，只是人换过去就行了。一切商量妥了，立下文书为凭证。

当日，老二领着媳妇来到东大壕宅院，宁三夫妇住进两间砖瓦房。到了晚上，吃罢饭，全家人各自想着心事。

老头儿、老太太和大儿子、大儿媳咋琢磨都不明白，老三两口子咋那么傻呀，为啥把一所大宅院换给老二呢？

宁三媳妇心里不快活，憋着一股怨气，埋怨丈夫不该这么做。

老二媳妇住进大宅院后，乐得前半夜没睡着觉，得意扬扬的，那个美劲儿就别提了。到了后半夜，又翻来覆去地折腾了半天，总算睡着了。先是做了个梦，忽然觉得身子发冷，把被子往上拽了拽，仍不暖和。不一会儿冻醒了，睁眼一看，隔着苇箔看见星星了。惊得翻身坐起，点灯一瞅，傻眼了，这哪是白天看见的那所华丽的宅院呀，原来是座屋顶儿露天、四壁透风的破草房！她懊丧极了，肠子都悔青了，可又有什么办法呢？换房时当着众亲友的面儿立下了字据，想抵赖也抵赖不了啦！

这是咋回事儿呢？原来，宝葫芦被龙王收回去了。

后来，老二一家受了穷，在村子里住不下去了，不知搬到哪儿去了。宁三夫妻俩老实厚道，加上人又勤快，日子过得红红火火。

货郎救蛇识龙子　珍珠借匣淹州衙

很久以前，伊通还是个人烟稀少、荒草丛生的地方。在一座小山下，住着个货郎，姓张，扎拉里氏，光棍儿一条，人称“张货郎”。他心地善良，为人诚恳，整天挑着担子走村串户地叫卖，谁有个遭灾患病、大事小情的，皆前去相帮。

有一天，张货郎出了家门去卖货，途经一条小河旁，老远看见几个孩子在抽打着什么，便加快脚步向孩子们走去。到跟前一看，哎呀，他们正用鞭子抽打着一条小白蛇，遂连忙制止道：“孩子们，别打了，把它送给我吧！”

其中的一个孩子问道：“我们好不容易抓到的，凭啥送你呀，给什么好处哇？”

“噢，你们看……”张货郎边说边从箱子里拿出十多个烧饼，举起来商量道：“我用烧饼换行吗？”

孩子们看见香喷喷的烧饼，全乐了，异口同声地答应道：“行，行！”随即争先恐后地接过烧饼跑了。

货郎低下身小心翼翼地捧起小白蛇，走到河边放进水里，小白蛇在河中向他连摇头带摆尾的，小眼睛眨了几下就不见了。

货郎刚想挑起担子走，忽听传来哗哗的水声，循着声音望去，见一个俊俏的小伙子从河里朝他走来，跳上岸便给货郎跪下磕头，谢救命之恩。小伙子说：“我是方才你放走的那条小白蛇，乃龙王的三儿子。由于醉酒了，便躺在这里，险些丧命，多亏恩人相救。回龙宫后，立刻把此事告诉了父王，父王让我来请恩人到龙宫，要重重地酬谢呢！”

货郎连忙将三公子扶起，摆摆手道：“不必了，算不了什么，救你是应该的，谈不上谢不谢的。至于去龙宫嘛，我不会水，再者挑子也没人看，怎么去得了呀？”

三公子说：“尽管去，东西放到这儿，有人看着，丢不了。不会水不要紧，我背着你，只要闭上眼睛，一会儿就到。当听到叫你睁眼睛时，你再睁。”

货郎觉得盛情难却，拒绝人家不礼貌，便答应道：“那好吧！”

三公子又嘱咐道：“还得告诉你一件事，到了龙宫，父王准得赏给你东西。到时候，别的啥也别要，就要我家桌子底下的小哈巴狗，可千万记住哇！”

货郎很是不解：“我自己都养活不过来呢，还得喂条狗，要它有什么用？”

三公子忙道：“可不要小看那条哈巴狗，用处大着呢，它关系到你一生的幸福。”

货郎说：“好吧，我记住了。”

于是，三公子背起货郎钻入水里，让他闭上双眼，只听见流水哗哗地响。不一会儿，三公子叫他睁开眼睛，货郎睁眼一看，已经到了龙宫。宫内坐着龙王爷，还有龙王的大公子、二公子、龟鳖大臣、虾兵蟹将。龙王见三公子把货郎请来了，忙起身相迎，并命令大摆酒席，招待恩人，场面十分热烈。

宴后，货郎急着要回家，龙王命人拿来金银送给他，货郎不要。又赠予珍宝、玉器，货郎还是不收。龙王一看货郎啥也不接受，便开口道：“你救了本王的三儿，如此大恩大德哪有不酬谢之理？不知是嫌少呢，还是不得意呢？要啥尽管讲，没有不行的。”

货郎说：“龙王在上，救你小儿是本分，何足挂齿。既然大王有心，我只要一件东西，不知给否？”

龙王笑道：“当然给，说吧！”

货郎说：“我不要金，不要银，就要桌子底下的那只哈巴狗。”

龙王听罢，长叹一声道：“如果是要别的，什么东西我都不心疼，可是却偏偏要它，还真是舍不得。唉，一言既出，驷马难追，拿去吧！”

货郎把哈巴狗抱在怀里，仍然由三公子送出水面，二人依依不舍，挥手告别。三公子走后，货郎把哈巴狗放在箱子里，挑起担子回家了。进了家门，把哈巴狗放在饭桌底下，四面用花布围上，每天自己吃啥喂它啥。

货郎特别喜欢这条狗，从此白天挑担子出门卖货，晚上回来就跟哈巴狗在一起，有时还同它唠嗑儿。哈巴狗像懂人语似的，不时地向他眨巴眨巴眼睛、点点头，可有趣儿了。

一日，货郎卖完货往回走，打老远就闻到自家烧饭的香味儿了。进屋一看，锅里饭菜已经做好了，热气腾腾的，心里不免犯了嘀咕："咦？奇了，谁做的呢？得弄个究竟。"

第二天一大早，货郎挑起担子出外卖货，没走多远，绕着村头儿转了一圈儿又回来了。离家不远就看见房上的烟囱冒烟，急忙三步并两步地赶到窗前，用舌尖儿舔破窗户纸，往里一瞅，啊！一个如花似玉的姑娘正在灶台前忙活着。怪了，她是从哪儿来的呢？货郎没敢惊动她，继续观察。

不大一会儿，姑娘做完了饭回到屋里，从桌子底下拿出一张狗皮铺到地上，然后在狗皮上一滚，变成了小哈巴狗，钻进饭桌底下了。

货郎看得出神了，恍然大悟道："噢，原来小哈巴狗是个大姑娘，怪不得龙王爷舍不得给呢！"

货郎进了屋，装作什么都不知道，同往天一样，与哈巴狗一起吃饭。到了晚上，货郎躺在炕头儿，翻来覆去睡不着，心想："活二十多岁了，从未见过这么美丽的姑娘，要能给我做媳妇该多好呀！"

天一亮，货郎就起来了，吃完饭挑起担子便走，走不远返身回来，见自家的烟囱又冒烟了。他悄悄儿来到窗前，轻轻打开窗户，跳进屋内，伸手从桌子底下掏出狗皮揣入怀中。

正在外屋做饭的姑娘听到里屋有动静，赶紧跑了进来，见狗皮被货郎揣在怀里，忙跪地磕头道："张郎，你救了我小弟的命，小弟让你把我要来。你已经看见了，用不着瞒了，我本是龙王爷的三小姐，叫珍珠。从今儿个起，咱俩就是夫妻了，不知张郎嫌弃否？"

货郎听罢乐坏了，上前牵着小姐的手说："这是哪辈子修来的福呀，我要与你恩爱百年，今生今世永不分离！"

从此，小两口儿在一起和和美美的，日子过得有滋有味。

单说州城有位老爷，专爱吃野味，天天派两个当差的到山里打猎。

偏巧这日，两个当差的打了两只野鸡，转回来时，走到张货郎的家门口，想进屋暖和暖和，顺便再把野鸡烧熟了带回州衙。一推开门，见主人是个年轻貌美的媳妇，不由一愣。二人说明了来意，珍珠马上生了一盆火，让他们烤野鸡。

两个当差的一边烤着野鸡，一边直勾勾地盯着珍珠，不料一分神，手里的野鸡烤煳了。这下可把他俩吓坏了，不知如何是好，在屋里直转圈。

珍珠一看他们吓得那个样儿，便道：“二位不必着急，我自有办法。”

当差的心里琢磨：“说大话了不是，一个女子能有啥招儿？”尽管这么想，却睁圆眼睛瞅着珍珠。

珍珠当即和了一块面，用手捏了两只野鸡，然后吹了口气，便见野鸡满屋乱飞，当差的好不容易才逮住。珍珠拿过野鸡放在火上烤，不大工夫就熟了，焦黄焦黄的，喷喷香。两个当差的见此，长出了一口气，乐颠颠地拿着烤好的野鸡回府了。

州老爷吃着鸡，感觉又香又脆，颜色亮黄，和往常不一样，遂问是在什么地方烤的？当差的不敢隐瞒，一五一十地说了。

州老爷随即派人到张家，声称要娶珍珠做小老婆。货郎一听气炸了肺，但又惹不起人家，蹲在地上直劲儿地唉声叹气。珍珠心里有数，对来人说：“你们老爷想娶我也不难，可比试斗禽畜，如能赢了我，肯定嫁给他。”

派去的人回来告知州老爷：“货郎的妻子要和老爷比试斗禽畜，老爷要是赢了，她就自己过来；如果老爷败了，休想娶她。”

州老爷一听，乐坏了，忙让当差的准备比赛，并提出了三个回合的项目：第一比鹌鹑叨架，第二比牛顶架，第三比跑马，还得意扬扬地说：“她想比赛？一个小女子能赢了我嘛，等着瞧吧，那个既漂亮又聪明的女人准是本老爷的了！”

再说张货郎为此整天愁眉不展，郁郁寡欢，一肚子气没处撒。珍珠安慰道：“郎君，不用愁，我有办法对付他！”然后把高招儿告诉了丈夫。

比赛日期到了，珍珠用面做了一只小鹌鹑，吹口气，面鹌鹑就活了。她叮嘱道：“鹌鹑哪，记住，比赛时，第一口让着对方，第二口也让它，第三口把它的脖子叨开。”

州老爷领来不少人给自己助威，还带了一只又高又大的鹌鹑，而张货郎带的是那只小鹌鹑。一声哨儿响，比赛开始了，两边一齐把鹌鹑放入斗场。两只鹌鹑在众人围观之下斗了起来，第一口没分上下，第二口大的把小的骑上了。

州老爷乐了，心想：“怎么样，你输了吧？”

到了第三口，只见小鹌鹑一低头，一口把大鹌鹑的脖子叨透了。州老爷顿时急了，脸都青了，吩咐明天比牛顶架。

张货郎回到家中，把转天要比啥跟媳妇说了，珍珠遂用面捏了一头小牛，吹了口气活了，并嘱咐道：“牛哇，第一回合让着对方，第二回合还让它，到第三个回合，你把它的肚皮豁开。”

第二天，双方把牛牵到斗场上，州老爷一看，不禁哈哈大笑！自己的牛又高又壮，货郎的牛又瘦又小，这回准能胜，看你认输不。

比赛开始了，头两个回合还算顺利，到了第三个回合，货郎的小牛越顶越猛，竟把州官的那头牛肚皮豁开了，肠子肚子淌了满地，州老爷又败了。

州老爷没想到连输两局，认为再不能丝毫大意了，回到州衙精选了一匹又高又大的千里马。货郎到了家中，见珍珠和面仍捏了一匹小马，照样吹口气便活了，并告诉小马，等州官的马要跑到头儿时你再跑，几步就撵过去。小马咴儿咴儿叫了几声，围着货郎转了一圈儿，意思是知道了。

第三天，双方都把马带到了赛场，一声令下，州老爷的高头大马撒开四蹄就蹿出去了，货郎的马却站那儿纹丝不动。州老爷一看，笑得前仰后合，认为此次赢定了。没想到等州老爷的马眼看要跑到头儿了，货郎的马才跑，猛地向前一跃就到终点了，州老爷的马落在后面，他见又输了，于是气急败坏地吼道：“啥也不比了，打道回府，明天带人去抢亲！”说完扬长而去。

货郎一听害怕了，州老爷手下的人多，一个小老百姓怎能抗得了，咋办呀？又犯起愁来，回到家往炕头儿一倒，把州老爷的话学给了媳妇。

珍珠说：“郎君，不必忧愁，有的是招儿。你把那张狗皮拿出来，我回家一趟，取点东西马上回来，放心吧，他抢不去我。”

货郎从箱子里翻出狗皮，珍珠在狗皮上一滚，变成了小哈巴狗，跑到河边，回到龙宫，叩见了父王，借了一个小匣子，反身回到家中。

过了几天，州老爷果然带着大队人马抢珍珠来了。一进院儿，货郎见州老爷的人马来了，赶紧搬了架梯子，夫妻二人上了房顶儿，珍珠把小匣子盖儿抽出来，高声儿说：“涨水，不管高个矮个都没脖儿！”呼啦一下涌来了大水，越涨越高，眼瞅着就没脖儿了。

珍珠又道：“开河，冲走！”水哗哗地向大河流去了，州老爷和随来的差役、兵将一瞬间全被大水冲走了。

打那以后，货郎和龙女开开心心地过上了平静、幸福的生活，还生下了三男四女，传宗接代。

第二章　圣籍传说　人物史话

引　子

这一日，天晴气爽，艳阳高照，是半个月来难得的好天气。慈禧太后传下懿旨，在颐和园夕佳楼设宴，邀内阁总理衙门大臣恭亲王与依克唐阿一起进餐。慈禧单坐一席，桌上摆的菜肴达百种，有她爱吃的燕窝、熊掌、鹿筋、海参，还有清汤鱼翅、蒸肉掌、鸡蛋饼、香肉、白菜煨肉、樱桃烧肉、竹笋炒肉丝、红白肉丸等。菜饭由太监用食盘儿端入，食盘儿是绿色的，其中可放两个大碗、四个小碗，上画黄底绿龙，写有“寿”字。

依克唐阿现在是太后的干儿子，地位显赫，故而与恭亲王一席。宴席间，慈禧叮嘱恭亲王陪依克唐阿说说话儿，千万别冷落了他。餐毕，众人随老佛爷前往仁寿堂，太后赐茶果。慈禧冲依克唐阿说：“你们都看见颐和园了，它凝聚着我的全部心血，我非常喜欢此处的一草一木、一山一石。前山富丽开阔，后山幽静深远，湖波荡漾，岛屿、亭阁点缀其间，真是一个静心养老的好地方。时下光绪皇帝已经亲政，我早该退出歇歇，过安稳日子了。可世道挺乱的，朝廷的大政又放心不下，谁叫我生逢多事之秋呢，唉，真是没法子。不说这些了，依克唐阿，你前几天讲的故事很是好听，今儿个正好恭亲王也在，圣籍伊通肯定还有不少传说，不妨再给大家讲一讲。”

依克唐阿起身回道：“启禀老佛爷，伊通自古民风淳朴，文化源远流长，故事颇多，不知老佛爷想接着听哪一方面的？”

慈禧略一思忖，言道：“听说伊通素称‘七星福地’，人杰地灵，是我满洲龙兴之地。那里有七座秀丽的山峰，状如天上的北斗，你把七星山的来历拣精彩的讲一些，让我们享受一番。”

依克唐阿说：“伊通确有七座山峰，神奇秀美，景色宜人，每座山都有诱人的传说。难得老佛爷在日理万机中稍有空闲，并有此雅兴，奴才遵旨讲上几段儿。说起七星山，本是远古数千万年前形成的火山。尽管不高，却钟灵毓秀，节理分明，座座突兀挺拔。这七座火山分别是大孤山、小孤山、东尖山、西尖山、莫里青山、马鞍山和小尖山。奴才先从七星山的来历讲起，其间穿插些此地广为流传的关于祖帝的传说和人物史话可否？”

老佛爷催促道：“好好好，那就开讲吧，大伙儿可都眼巴巴地等着呢！”

因司职两斗争雄　觅归宿七星下界

在早，即盘古开天辟地的时候，上天有两组七星，一组叫北斗，一组叫南斗，南北相对，交相辉映。后来，玉帝给两组七星分了工，北斗专照夜晚，南斗专映白昼。

每当夜幕降临之时，茫茫的天际中，北斗七星晶莹闪烁，大放异彩，为人们辨别方向，指引航程，故而生活中离不开它。

南斗七星就不同了，与北斗星恰恰相反，每天清晨，金鸡啼鸣，东方出现鱼肚白，太阳冉冉升起。没等南斗星大显身手呢，那璀璨的光芒早被耀眼的阳光所淹没，谁也看不到它。

日久天长，南斗星越来越感到不是滋味，便同北斗星商量，能否换一换位置，由南斗照夜晚，北斗映白昼。北斗不答应，三谈两谈竟吵起来了，而且越吵越激烈，双方还动了手。这下可不得了啦，只打得天昏地暗，日月无光。

到后来，由于北斗夜出昼往特别勤快，经过磨炼，愈加明亮，技高一筹。加上能给万物生灵引向导航，人们十分偏爱它，它便自然占了上风。

而南斗无有声援，孤军作战，渐渐不支，终因没啥作为被噼里啪啦打下了天庭。南斗七星战败，憋了一肚子火儿，又无可奈何，只得飘飘悠悠地下界寻找落脚生根之地。

南斗星在低空中找啊找，中原大地、长江黄河都寻遍了，也没发现有可心的地方。

这一日，南斗七星飘到郭勒敏删延阿林脚下，只见山脉蜿蜒起伏，襟接千里平原。虽不甚高，但松涛滚滚，葱茏苍翠，山下河流好似一条玉带直奔松花江。河两岸水草丰美，牛马成群，风景秀丽，是个天上难找、地上难寻的人间宝地。

南斗七星高兴极了，连连称赞这是个好去处，便一同降下云头，在伊通河畔落下了脚。为了显示天宫的威严，七星仍像在天庭一样，长勺儿般摆开。

从此，南斗七星和北斗七星一组在地上，一组在天上，遥遥相对，相互媲美。打那以后，七星落地的伊通州成了人杰地灵的一方胜地。

鬼斧神凿落奇石　护河敬山昭儿孙

一天，伊通州知州书瑞没有什么公务，闲来无事，便找来南学堂启文书院名儒张道存对弈。棋子刚摆上，突然一个衙役走进来，说是有件奇事要向知州老爷禀报。

张道存觉得自己在跟前不妥，连忙起身要回避，书瑞一把拉住他，笑着说:“既是奇事，听听无妨。”

衙役禀道:“州城的南门里有座城隍庙，几天前的一个夜晚，风雨交加，雷鸣电闪，一声巨响，把庙四周的百姓都震醒了。第二天早晨起来到庙里一看，有一块高高的巨石从天而降，而且被劈成两半儿，其一端深深扎进地里。更奇的是，两块巨石竟像人工磨过的一样光滑，石上图纹清晰可见。小的不知老爷是否有兴趣亲自前去察看，故而特来禀报。”

张道存见知州老爷有公务，自己不该坐着不走，再一次起身告退。

书瑞忙又拉住他说:“先生是伊通名流，本地出如此稀奇之事，哪有不看之理？正好与我一起前去。”随即令衙役备了两顶轻便小轿，与张道存各坐一顶，不一会儿就到了城南的城隍庙。

原来，城隍庙是伊通州内一百零八个庙宇中香火最盛的一座，庙内有前后三殿，中殿立有城隍夫妇木像，早晚经常有善男信女烧香叩拜。有人还为城隍夫妇做了衣裳和被褥，很像居家过日子一样，庙宇虽然不大，但粉刷一新，倒也清爽。

书瑞与张道存来到巨石前，仔细一瞅，见石头一裂为二，中间平整，如刀切斧劈一般。一面光滑无图，另一面满是图纹，上面整齐地分布着七座山形。有的似虎头，有的像马鞍，有的如鹰嘴。七座山峰中间，有一条弯弯曲曲的沟壑。

张道存脱口而出:“这不是咱伊通州的七星山和伊通河吗?”

书瑞连连点头道:“竟有此等事，奇了，真是奇了!”

张道存说："曾听老辈人讲过，伊通的七座山峰是那南斗七星下界，伊通河是天上银河边儿上的一条星河，今天看来，果然应了那句话了。"

此刻，城隍庙内观看奇石的人越来越多，就听一个须发皆白的老者言道："这座城隍庙不同其他的庙宇，听老辈人讲，庙内的城隍奶奶腿脚特别勤快，天天到了夜深人静的时候，便从庙内走出来，沿街巡查。如遇有存心不良、做坏事儿的，她就把名字记下来，定要使其得到报应。看见了吧，殿前石阶上那些坑穴，乃城隍奶奶出来进去时踩的。"

围观的人听罢，低头细瞧，果然石阶上有深深的脚印儿。

知州书瑞回到知府衙门，给州城百姓定下规矩：七星山是天上七星落地，即日着专人看管，不准随意上山挖土采石；伊通河是天上下界的一条星河，必须好生保护，不准沿岸人等投放污水脏物；城隍庙内的两块奇石将派人常年把守，不准闲杂人等触摸刻画。

从那以后，城隍庙内香火日盛，进庙烧香叩拜的善男信女络绎不绝，伊通河和七星山的故事随着时间的推移越传越远。

梨花命名七星山　璋地祭天氏纳喇

明朝永乐年间的一个初春，松花江畔冰消雪化，万物复苏，塔鲁木卫部族开始往南迁徙。部族首领打叶老爷年岁大了，须发全白，已是耄耋之年。小女儿义尔罕，乳名梨花也十七岁了，不但长得俊俏，而且武艺超群，练得一手好箭法，部落无人不知，无人不晓。

迁徙的队伍风餐露宿，翻山越岭，涉水过河。这天来到一地，只见水天相接，青山隐隐，连绵不断。一条大河向东流淌，水深流急，清澈见底。两岸草木茂盛，碧绿而稠密，一眼望不到边的柳条通围绕四周。山间珍禽鸣叫，地上獐狍野鹿无数，河中鱼肥虾壮，真是个难得的好地方。

梨花格格找来当地的几个土著，详细一问，方知此处名为“璋地”。打叶老爷亲自挑选了向阳有水的地儿，让大家暂时安下营帐，并打发女儿与爱将星根达尔汗等人四处哨探。

梨花格格一行攀上山岗，举目远眺，见一条大川伸向远方，宛如玉带，苍莽的山峦空阔辽远，没有边际。他们尽情地观赏着美景，一边策马飞奔，一边欢呼歌唱。当来到一座孤峰脚下时，仰头上望，此山好像一块精美的翡翠。往前瞅，共有七座，错落有致地排列在弯弯曲曲的河流西侧，犹如一把把张开的伞点缀其间。

梨花用马鞭指点着说：“你们看，眼前这两座山圆乎乎的，树木葱翠，枝叶繁茂，多像黑熊的双耳，咱给它起名儿叫‘东勒富善岗’和‘西勒富善岗’吧。”

一行人向北走去，见一山下有片盛开的荷花，山形如马鞍子，梨花兴奋地说：“此山就叫‘马鞍山’吧！”继续北行，又见一山，形状同东西勒富善岗相似，山中野花烂漫，梨花叫它“北勒富善岗”。

他们回过头来西行，转过弯儿看到一座山，形状酷似鹰嘴，山尖儿无数飞鸟盘旋，梨花拍手道：“嚯，好有趣儿呀，它叫‘莫里青山’啦！”

再西行，见一峰，形呈蘑菇状，坐落在平洼之处，离其他几座山稍远，梨花叫它“小孤山”。

一行人转而向南走，来到一山，山顶儿东、西、南、北共四峰，石柱林立，梨花格格称其为“阿勒坦额墨勒”。

看过几座美丽的山峰后，大家来到一条河边，见河水洪大，河中野鸭嬉戏，梨花格格为其起名儿为“伊通河”。

梨花格格一行走遍了璋地的山山水水，处处绮丽如画，令人为之心醉，回到驻地向阿玛做了传报。打叶老爷听后，召集各部族长议事，决定在这块宝地上建立城寨。不久，又于伊通河畔建起了乌苏城，在赫尔苏河畔建起了赫尔苏城。至此，塔鲁木卫部族占据了东至伊通河，西至赫尔苏河的广阔地域。

数十年后，塔鲁木卫部与费提卫部在此宰七牛祭天，两部族同姓纳喇，这便是叶赫呐喇和辉发纳喇的祖先。

降妖怪仙翁指路　吞玉珠小孤成山

在离伊通州城西大约六十里的地方，有座孤山，人们叫它“小孤山”。

相传很久以前，小孤山这儿根本没有山，是片一马平川的大草原。住在此处的人们勤劳、善良，靠双手种地、干活儿，日子过得顺心、安宁。

可是，不知从哪儿来了个妖怪，把当地搅得稀巴烂，弄得人心惶惶。妖怪可邪乎了，不仅抢东西，还吃人畜，无恶不作。脾气又挺大，你稍一反抗，它就兴风作浪，人畜遭劫。村里的人只好赶着牲畜从早到晚四处躲藏，生怕被它抓去吃掉，从而致使田园荒芜。大伙儿虽然恨透了它，却没有办法制服，十分伤脑筋。

附近嘎珊有个叫小孤的年轻人，见妖怪欺压百姓，随意糟蹋人畜，气愤已极，决心杀死它，为民除害。于是，挨家挨户找来乡亲们，共同商量制服妖怪的办法。

众长辈皆言：“妖怪会法术，凭你那点儿能耐怎能打过它呢？”

小孤听后也寻思：“是呀，要想置妖怪于死地，非练就一身本事不可。”

转天，一心要除妖的小孤告别了父老乡亲，背着行囊外出学艺去了。路上，他翻越了七七四十九座山，蹚过了九九八十一条河，历尽千难万险，足足走了八八六十四天，才来到一座高山上，已累得筋疲力尽，便躺在一棵大树下睡着了。

小孤于朦胧中，见一位白胡子老头儿手拿亮闪闪的珠子站在自己面前，笑呵呵地说：“小伙子，我知道你缘何而来，你是个好后生。给你这颗玉珠，把它含在嘴里，就能战胜妖精。”

老者停了停，瞅着他又叮嘱道：“千万记住，不能把珠子吐出来，更不能咽下去。如要吐出或咽下，你必将变成一座山。”

小孤接过宝珠，正要道谢，老者忽然不见了。醒来四下一瞅，除了高山就是密林，方知原来是场梦。再看自己手里，果然握着一颗玉珠，这可是真的。他按照白胡子老人的指点，把珠子含在口中，反身往回走。

小孤到了家，歇息一会儿后，拿上快刀去找妖怪，终于寻到了它。仇人相见，分外眼红，不容分说，小孤举刀就砍。这场恶斗，人与妖势均力敌，刀来剑往，直杀得天昏地暗，飞沙走石，一连打了七天七夜，难解难分。

第八天头儿上，小孤感到没有力气了，怎么办呢，难道就这样白白地放过妖怪吗？正琢磨对策呢，妖怪忽地用利爪抓向他的喉咙，想用刀挡已经来不及了。危急之中，小孤嘴一张，将玉珠向妖怪猛吐过去，刚好落在妖怪的身上，只见它陷进地里一丈多深，而小孤却变成一座石山压在上面了。

后来，当地百姓为了纪念小孤降妖，舍己除害，就把那座石山取名“小孤山”了。这座山像颗美丽的宝珠镶嵌在一望无边的草原上，点缀着大地，护佑着善良的人们，使其平安、吉祥。

除恶狼红马拜母　葬义弟新冢变山

在伊通州城北二十里的地方，有个住着十几户人家的小村子，其中一家只有母子二人。

母亲王氏六十多岁了，孝顺的独生子立本二十出头儿，靠每天出外打柴维持贫苦的生活。

这一日，立本一大早就起来了，扛起扁担，手拿镰刀对额娘说："孩儿打柴去了。"

王氏望着体格瘦弱的儿子，心疼地说："儿呀，你还没吃饭呢！"

"额娘，我不饿。"王氏叹了口气，没再说什么。

立本暗自思谋着："昨天下了一天雨，不能进山打柴，缸里的米眼看吃没了。没有柴火换粮，额娘又得挨饿了，今天必须多打些柴回来。"这么想着，便出了家门。

立本大步流星地走在山间的小道儿上，一边往两边瞅一边寻思："附近山上的草几乎被我割光了，今天上哪儿呢？"又向四周望了望，噢，对了，听人说西边马头岭的草多，不如去那儿一趟，于是三步并两步地向西走去。到了马头岭一看，野草果然长得又高又密，遂放下扁担，拿起镰刀，不一会儿就割了两大捆草。然后用绳子绑好，用扁担钩儿钩住绳子，担起来准备回家。

正在这时，忽地刮起一阵狂风，一匹小红马从草丛中跑过来，马后面有几只凶狠的恶狼紧追不舍。立本见此情景，急忙放下担子抽出扁担，让过小红马，冲着跑在前面的大灰狼抡去。那只狼只顾追马了，根本没注意到人，脑袋当即被砸个粉碎。其余的恶狼见了，都嗥叫着往后退，不敢靠前了。

立本拔腿刚要去追赶那几只狼，忽然听见小红马在草棵子中咴儿咴儿地叫了两声，抖了抖颈上的鬃毛，开口说话了："恩人哪，谢谢你救了我的命！"

立本激灵一下，心想："怪了，马怎么会说话呢？"

只见小红马前腿扑地，对恩人说："哥哥不必惊慌，我本是天庭的宝马，因违犯了天条被罚落人间。"

立本忙上前去扶，可小红马说啥不起来，并请求与立本结拜为兄弟，还要跟哥哥一块儿回家。立本听闻，喜出望外，赶紧收起扁担，挑着柴草带着小红马回家了。

立本到了自家的院门前，放下担子，手拍着小红马推开大门冲屋里喊："额娘，快出来，看谁来了！"

王氏出屋一瞅，不知儿子从哪儿弄来一匹小红马，一时愣住了，立本便将在马头岭如何遇到了小红马一五一十地告诉了额娘。

小红马一进屋，即前腿弯曲跪在王氏面前，低下头说："额娘，请受孩儿一拜！"

王氏忙扶起小红马，小红马又把自己的身世讲了一遍，王氏对天祷告道："感谢阿布卡恩都力呀，让老妇又添一儿，请保佑我的两个孩子吧！"

从此，母子三人相依为命，过着清贫的生活。小红马非常勤快，干起活儿来从不知疲倦，天天乐呵呵的。对母亲也像立本一样，很是孝顺，王氏别提多高兴了。

一晃两年过去了，有一天，小红马对家里人说："额娘、哥哥，你们对我恩重如山，我真是感激不尽啊，可又没什么能报答的。这样吧，你们把我的粪拿到外边用火点着，会炼出金子来，往后别再过苦日子了。"

立本便按照弟弟的话做了，果不其然，用小红马的粪便炼出了很多金子。除了自家买一些粮食外，立本还把金子分给村里的穷苦人，使穷哥儿们也过上了好生活。

世上没有不透风的墙，此事很快传扬开了，村里有个见钱眼开的孟财主也知道了。他忌妒得要命，眼珠儿一转，计上心来，吩咐管家邢六取三十两银子，去王家把那匹小红马买下。

邢六拿着银子，带着一帮打手来到王家，一脚踢开板门，手摇着马鞭高声儿嚷道："立本，我家主子看中那匹小红马了，给你三十两银子，你卖不卖？"

立本回道："别说是三十两，就是三百两、三千两，我也不卖。"

邢六一听来气了，怒冲冲地说："怎么？给银子还不卖，真不识抬举。

我家主子的厉害你是知道的，可别敬酒不吃吃罚酒哇，不卖行嘛！”说到这儿，又怕把事情整僵了，回去不好交差，便缓和了一下口气道：“你不妨算一笔账，三十两银子到集市上能买三四上等的好马呢，一点儿不吃亏。”然后扭过头，眨着一双鼠眼斜视着老太太，让她劝儿子赶紧卖马。

不管邢六怎么说，立本翻过来调过去还是那句话：“邢六，你就死心吧，给多少钱都不卖！”

邢六顿时变了脸，把鞭子啪地往地上一扔，吼道：“兔崽子，啥时候长胆儿了，不卖就动手抢！”

立本也不示弱：“凭啥逼我卖呀？你要是敢抢，我就去衙门告你们！”

邢六冷笑一声，气急败坏地说：“好哇，算你有种，不卖也行。”然后回过头吩咐打手们：“让他先尝尝皮鞭的滋味，给我打！”

话音刚落，几个打手恶狼般扑上前，抡起皮鞭啪啪啪好一顿抽，立本疼痛难忍，昏了过去。王氏见儿子被打得躺在地上，人事不省，当即气绝身亡。

邢六大嘴叉一咧，冲打手们命令道：“还等什么？牵着马回府！”小红马不走，愤怒得咴儿咴儿直叫，硬是被那帮打手前牵后推地拽到孟财主家的院子里。

孟财主见了小红马，乐得嘴都合不拢了，连忙唤来管家，叮嘱道：“快牵入新盖的马棚，喂上等草料，精心伺候着！”

可是，不管多么好的草料，小红马瞅都不瞅，接连三四天一口没动。孟财主着急了，对小红马说：“你在我家多享福哇，不仅住着宽敞的马棚，还净给吃好的。那王家有什么好呀，穷得叮当响，要啥没啥，连件新衣裳都没有。我这儿绫罗绸缎、山珍海味样样儿不少，也不用你干活儿，只需多拉点儿粪就行了。”

从那日起，孟财主天天来接粪，小红马却一个粪蛋儿不拉。由于它不吃草料，渐渐瘦了，快成皮包骨了。

一天早饭后，孟财主刚来到小红马身边接粪，小红马后腿一扬，把他掀起老高，刚巧跌落在马屁股下面，紧接着就听扑哧一声，小红马拉了财主一脸一身的稀粪。老财主也顾不上浑身摔得青一块、紫一块了，抓起稀粪就往衣兜里装，并让家奴赶紧去炼。然而折腾了好几个时辰，稀粪怎么炼也不干，更变不成金子。

老财主见小红马不中用了，自己啥也没捞着，便伸手指着马对打手们说：“它纯粹是个废物，留着一点儿用没有，干脆打死算了！”就这样，小红马的性命就葬送在狠心的财主手里了。

小红马死后，孟财主令家奴将尸首扔到野地里，喂狼吃。立本听说了，忙跑去将小红马埋葬起来，心疼得哭了一场又一场，趴在坟头儿上昏昏沉沉地睡着了。等醒来一看，小红马的坟变成了一座山。

后来，因为山的形状两头高、中间低，像个马鞍子，所以人们称此山为“马鞍山”。

抗旱两兄弟重诺　感恩二龙泉得名

伊通境内一个叫羊草沟的嘎珊里有两眼清泉，一年四季水流不断，且清凉甘甜，特别好喝，人们称其为“二龙泉”。提起“二龙泉”，还有一段儿动人的传说呢！

早些年，羊草沟是个长满青草、干旱无水的沟岔子，住着几十户人家，全靠种点儿薄地、打些羊草卖钱维持生活，日子过得紧巴巴的。村里的百姓四处掘井，可就是打不出水来，吃水得到三十里以外的地方去挑。家家户户盼望着哪一天，能有股儿清泉从地里冒出来，日子或许能好些。

这一年，久旱无雨，满山的羊草枯黄了，地里的庄稼旱得成了柴火，收成毫无指望，不少人抛家舍业、拖儿带女地逃荒要饭去了。眼看着羊草沟的人家快走光了，只剩下沟里破庙中的老和尚和一些走不了、爬不动的老弱妇孺，除了渴死或饿死别无他法，处境十分悲惨。

一天晚上，村里来了两个年轻人，自称是哥儿俩，到破庙投宿。

老和尚见二人长得膀大腰圆，心慈面善，说话既和气又有礼貌，便答应他们在庙里住下，还做了几个糠菜饽饽给他们充饥。

晚上，兄弟俩同老和尚唠了起来，兄长问道：“请问师父，此村房舍破旧，人烟稀少，难道是遭了什么灾难吗？”

老和尚叹了口气道：“唉，二位有所不知，这个村子叫羊草沟。本来地下无水，加上一连几个月没有下雨了，地里庄稼颗粒无收。为了活命，不少人家只好逃荒去了，故而成了这般荒凉模样。”两个年轻人听了，嗟叹不已。

第二天，哥儿俩一觉醒来，为感谢老和尚的热情款待，跑出三十多里地，给庙里挑了两大缸水。见村里人眼巴巴渴望的样子，二人心里很不好受，哥哥对弟弟说：“兄弟，乡亲们实在太苦了，人畜都离不开水呀，咱们干脆去找水源吧。如果能把水引进来，大伙儿安居乐业，从此不愁没水喝了，那该多好啊！”弟弟连连点头称是。

村里人听说哥儿俩要帮他们引水，高兴得不得了，有的赶紧跑回家，把仅有那么一点儿吃的拿来，让兄弟俩带着，路上好充饥。

哥儿俩见大伙儿非常诚恳，企盼着能有水吃，顿觉身上力气倍增，遂告别了老和尚和众乡亲，上路找水去了。

兄弟俩离开羊草沟后，整整走了七七四十九天，来到一座大山下。由于行路又饥又渴，便想坐下歇口气儿，吃点儿干粮再走。忽然看见山路上来了一个手拿葫芦的小孩儿，头上扎着钻天锥，身上穿着红肚兜儿，蹦蹦跳跳的，十分可爱。

哥儿俩刚巧不知该往何处走，哥哥上前问道：“小兄弟，打听一下，你知道山前山后哪里有泉水吗？”

小孩儿仰起头，笑盈盈地反问道：“两位大哥哥，找泉水干啥呀？”哥儿俩就将羊草沟因干旱无雨没水喝、村里人出外逃难的情景和为啥决心要给乡亲们找到水源的原因述说了一遍。

小孩儿听罢，明亮的大眼睛里闪出钦佩之情，点点头道：“两位哥哥，你们肯于助人之举令人敬重，请跟我来！”

哥儿俩见小孩儿知道哪里有泉水，似乎很有把握，心里十分高兴，便跟着小孩儿走，向一座更高的山顶爬去。

山顶上，有一个幽深莫测的石洞，小孩儿领着二人摸黑儿进了洞。往前走了一会儿，忽然渐渐明亮开阔起来，仔细一瞧，许多鲜花和古树展现在眼前，景色美极了。

哥哥问道：“小兄弟，这是啥地方啊？”

“此乃有名的九龙泉哪！”

弟弟低头一看，果然有九眼大泉正在咕嘟咕嘟地往上冒水，遂问道：“小兄弟，我们怎样才能把泉水引到羊草沟，让村里人喝上清亮亮的泉水呢？”

小孩儿回道：“哥哥，实不相瞒，二位若不变成真龙，泉眼是移不过去的。要是真心实意地救乡亲，就得牺牲自己，不怕痛苦才行。”

兄弟俩异口同声地说：“小兄弟，只要能帮我们把泉水引到羊草沟，变成什么都行。”

小孩儿见二人心挺诚，便道：“那好吧，你俩看着我！”

哥儿俩抬起头，见小孩儿手中的葫芦朝自己头上倒来。刹那间，葫芦里涌出了如同瀑布一样的泉水，从他们的头顶哗哗往下流。只听得一声霹雳，二人立时变成了青龙，摇头摆尾，左右游动，随即各自钻进两眼大泉之中。

不大工夫，从大泉中冒出两股儿袅袅腾腾的青烟，绕着山盘旋了两圈儿后，径直向羊草沟飘去。

这天，羊草沟庙里的老和尚正在睡觉，梦见曾来此借宿的兄弟俩变成了两条青龙，在空中朝羊草沟而来。睡醒后，急忙起身去村里，把梦中所见告诉了众乡亲。

村里人听老和尚一讲，很是惊诧！疑虑之时，从远处走来一个不认识的小孩儿，到了跟前，抬手指着天空说："你们看，两条青龙把泉水给引来啦！"

老和尚和乡亲们仰头一看，见半空中烟雾弥漫，两条青龙时而露出全身，时而隐进云层，不住地向人们点头致意。随着一阵电闪雷鸣，两条青龙嗖地钻进羊草沟大地里，地上立即出现两眼清泉，泉水翻滚着不停地往外冒。久渴的乡亲们见到了救命水，争相用手捧着大口大口地喝，泉水清凉爽口，甜美无比。大家光知道高兴了，顾不上感谢报信儿的人了，回头一看，小孩儿早已无影无踪了。

从此，羊草沟有了泉水，万物复苏。逃荒在外的父老乡亲听说后，纷纷回到村子，日子过得一年比一年好。人们感谢两位恩人，为了让子孙后代永远记住那兄弟俩，就把两眼清泉取名为"二龙泉"。

思凡俏莲花盟誓　践约草莓果殉情

在伊通州城西北，有座形如马鞍的山，人称“马鞍山”。山的东侧不远有片挺大的莲花泡，每逢夏日，莲叶儿如盖儿，莲花儿盛开，粉白相间，清香扑鼻，堪称关东奇景。

相传很早以前，玉帝手下有位天将，共有七个女儿，最小的叫莲花。

莲花天生一个美人坯子，面如桃花，体似柳枝，俏丽无比，从小娇生惯养，父母视若掌上明珠。因此，她可以自由地出入天庭，无论干啥皆很随便。

莲花长大以后，不愿终朝每日在天庭，感到特别无聊。出于好奇，她多次偷偷来到人间，与放牧的孩子们一起玩耍，渐渐地迷上了人间。

穷马倌儿草莓果年轻英俊，勤劳能干，心眼儿又好，赢得了莲花的爱慕。她偷偷把自己的心爱之物——天宫中的金马鞍作为信物送给了草莓果，俩人指天盟誓，非彼不娶不嫁。

莲花回到天庭，将心事悄悄儿告诉了母亲，没想到她非但不同意，还把姑娘要嫁草莓果的事儿透露给了做官的丈夫。父亲听后大怒，令属下把莲花姑娘锁在一间屋子里，不许出来。

莲花被困，心里又着急又难过，一连哭了三天三夜，最后横下一条心，就是死，也要死在人间。

一天夜里，莲花撬开上锁的门，溜出南大门，看准向往的地方一头扎了下去。顿时从地里冒出一股儿白烟，烟雾消失后，地面陷进去挺大挺大的一个坑，从里面渐渐涌出一汪儿清水。不过三日，水面儿长出一棵嫩嫩的莲花，亭亭玉立，随风摇摆，千娇百媚，美丽极了。

且说父亲不见了女儿，连忙派人四下寻找。一日，天兵天将寻踪到伊通州西北长满莲花的水坑处，见莲花姑娘已葬身于此，立即回天庭禀报命官。

草莓果知道这件事后，犹如万箭穿心，悲痛至极，连夜来到水坑边看望莲花。莲花见了心上人，一个劲儿地摇头，水里接连不断地往上冒泡儿。

草莓果流着眼泪跑回家，把莲花姑娘送的金马鞍取出来，埋到他们常在一起玩耍的草坪上。说也奇怪，草坪随之长出一座山，形如马鞍子。

草莓果又匆匆返回水坑边，纵身扎进水中，寻找心爱的莲花去了。据说，他的尸体始终没有漂上来。

打那以后，此处的莲花一年比一年多，叶茂花盛，人们称这里为“莲花泡”，称马鞍形的山为“马鞍山”。

英哥井旁遇白羊　豪女街头惩色狼

提起伊通城的洼坑街三眼井，还有一段儿来历呢！

当年老罕王爷带兵打仗那咱，时值伏暑，气候炎热，兵将们一连走了三天三夜，又累又渴。当大队人马来到洼坑街时，罕王爷觉得嗓子直冒烟，令侍从赶紧去井边打水。

侍从遵命而去，很快便回来了，禀报说附近无井，没有水。

罕王听后，不禁大怒，质问道："此处乃洼坑之地，岂能无水？"并用金柄大枪连续戳地数下。

说也怪，大枪戳处，竟咕嘟咕嘟地冒出水来。罕王爷见此，令兵丁深掘三丈，很快便打了一眼井。水很旺，十分清澈，将士们喝了个痛快。罕王爷又令兵丁抬来一块巨石，上面凿了三个水孔，再将巨石压在井上。

此后，人们便给此井取名"三眼井"，渔猎商贾相继来此，成了伊通城内最热闹的地方。店铺栉比，摊馆林立，人声鼎沸，好不热闹。

单说洼坑街有个小伙儿叫英阿里，每天早起去山里砍柴，再去集市卖掉换些粮食，一直自己顶门儿过日子。

有天早晨，英阿里拿着扁担出了家门，见三眼井旁围着几个人。走上前一看，井旁趴着一只小白羊，像是睡着了。

对门儿肉铺的店主手指白羊说："我最先看到的，它是从井里出来的，得归我。"说着，拿出刀就要宰。

英阿里见那只羊毛色白得如同雪花一样，十分可爱，杀了实在太可惜了。于是赶忙拿出砍柴攒下的钱，与店主好一番讨价还价，将小白羊买下了。

英阿里把羊抱回家，放在炕头儿上，让它歇着，转身又砍柴去了。晚上回来，割来一大捆草，喂给小白羊。

英阿里特别喜欢小白羊，晚上不仅和它一起睡在炕头儿，有时还小声儿跟它唠嗑儿呢！小白羊像懂人语儿似的，不时地向小伙子眨眨眼睛点点头。

这一日，英阿里砍柴回来，见家里的饭菜已经做好了，热气腾腾的，闻着可香了！他感到很蹊跷，是谁做的呢？

第二天一早，英阿里又挑起担子假装出去砍柴，在街里晃了一圈儿后赶紧往回返，离家老远就看见自家的烟囱正冒烟呢！他悄悄儿进了院儿，走到窗前，用舌尖儿舔破窗户纸往屋里一瞧，见一如花似玉的白衣姑娘正站在外屋灶台边忙活着。

英阿里十分纳闷儿，这姑娘从哪儿来的呢？待把饭做得了，白衣姑娘眨眼工夫变成一只白羊，回到屋里趴在炕头儿上。

英阿里看得出了神，心怦怦直跳，小白羊原来是个姑娘！他开门进屋上了炕，像往天一样，盛上饭，边吃边喂小白羊，心想："活了二十多岁，从没见过这样美丽的女子，要是给我做媳妇该有多好呀！可是，得想个啥法儿呢？"

转天，英阿里照旧出门儿砍柴，不到晌午就回来了。进了院儿来到窗前往里一瞅，见白衣姑娘仍在做饭，遂急忙推门走进屋内，一把拉住她的手，生怕她跑了似的。

姑娘知道小伙子全看在眼里，便说："英哥，井旁相救，恩情难报。数日来，见恩公勤劳忠厚，心地善良，不忍舍弃。我本是伊通河中的一条小龙，由于三眼井与伊通河水相通，那日夜间出来游玩，不慎蹿出水井，只好睡在外边。多亏恩公出银施救，万分感激，愿与你结为夫妻，永不分离。"

英阿里高兴极了，真是求之不得呀！第二天，叫来些街坊邻居，购置了点儿生活用品，很快将喜事儿办了。

再说州城里有一好酒色的无赖火龙阿，听说穷小子英阿里娶了一个年轻貌美的妻子，忌妒得要命。这天头晌，带着打手上了山，找到正在砍柴的英阿里，非要花钱买下他媳妇不可。

英阿里觉得这也欺人太甚了，一怒之下，与火龙阿厮打在一起。火龙阿可不是好惹的，见敌不过，令十多个打手一齐上，把英阿里狠狠揍了一顿，并扬言："臭小子，听好喽，给你三天时间考虑。要是不识时务还不答应，那我就不客气了，小心硬抢！"

英阿里被打得鼻青脸肿，又气又恨，挑起担子趔趔趄趄地回了家。妻子一看，郎君受了伤，询问到底出了什么事儿？英阿里一五一十地告知。妻子笑着言道："郎君，不用急，没什么难的。明天你告诉他，就说让我跟他去也行，不过有个条件，限定七天之内，必须把他家的房子和土地都卖了。等把银子给了你，第七天夜里我肯定跟他去。”

英阿里愣怔怔地瞅着媳妇，不明白是啥意思，无论如何不同意。妻子告诉丈夫：“你去吧，照我刚才说的做，到时候我自有办法。”

英阿里只好去找火龙阿，把妻子的话转告之。火龙阿听罢，十分高兴，别说卖房子卖地呀，只要能得到那个美人儿，让干啥都行。转天马上张罗开了，各处找买主，把家产全部典卖了。

到了第七天，火龙阿拿着银子屁颠儿屁颠儿地来到英阿里家，当面儿交给了他。妻子对丈夫说：“郎君，把钱收好，在家好好儿待着，不要出去。等到天黑时，我就跟火龙阿走了。”

天刚擦黑儿，火龙阿迫不及待地催促英阿里媳妇赶快上路，二人一同出了家门。走了没多远，火龙阿按捺不住了，借着酒力上前搂抱英阿里媳妇的腰，亲吻其面颊。待女子扭过头来，只见那是一张青面獠牙的脸，丑陋无比，火龙阿当即被吓死了。

后来，英阿里媳妇又恢复了漂亮的外貌，与英阿里相亲相爱，生活到老，被人们传为佳话。

周老坏欺邻霸水　义舍礼护珠化泉

早些年，世上总是闹饥荒，每次都有无数的人被活活饿死。

南山沟里有个村子，人人皆很勤劳，男耕女织，不辞辛苦，过着安稳的日子。

可是，不知何年何月，村子里来了个大财主，把乡亲们的平静生活搅乱了。因为他横行乡里，为人乍古，爱财如命，对穷人特别狠，无恶不作，所以大伙儿称其为“周老坏”。

有一年，两个多月没下雨，别人家地里的苗儿都快旱死了，唯独“周老坏”家种的苗儿水灵灵的。何以如此呢？原来他家地里有口天然井，水总是满满的，长年不断，尽管是大旱之年，井里的水却不少。

村民们眼看地里刚长出的小苗儿枯萎了，一点儿辙没有，只好去求“周老坏”给些水，浇浇秧苗。“周老坏”立睖着眼睛说：“哪个打算用我家的井水浇秧苗，得先交十两银子，否则谁也别想动一滴水！”

那时候，百姓连饭都吃不饱，到哪儿去弄十两银子呀？只能眼睁睁地看着秧苗慢慢枯死。

村里有个叫舍礼的人，为人善良、耿直，谁家有个大事小情的，只要跟他说一声，他总是尽全力帮忙。夜晚，他躺在炕上望着屋顶寻思道：“地里的禾苗要旱死了，一春一夏的辛劳白搭了不说，往后的日子咋过呀？”想到这儿，他不禁流下了眼泪，昏昏沉沉地睡着了。忽然，金光一闪，眼前出现个白胡子老头儿，拄着龙头拐杖，拐杖上挂着一个用五彩丝线系着的宝葫芦。老人家问舍礼：“小伙子，想要水吗？”

舍礼连忙回道：“是呀，做梦都想！”

又问：“倘若有了水，你打算怎么办？”

“我会立即告知村里的人，让大家一起用水浇秧苗。”

“那好，我告诉你，在南山有一墩绿色的扁叶草。你把草割下来，再用锹挖，必须得九九八十一锹，便能挖出一颗神水珠来。我教你几句咒语，只要一念，水就会源源不断地冒出来。切记，有了水，不要忘记自己方才许下的诺言。”说完，老人教舍礼一套咒语，然后化作一道金光不见了。

舍礼从炕上一骨碌坐起，使劲儿揉揉眼睛往四下瞅，什么也没有，原来竟是场梦！遂穿衣下了地，操起镰刀和铁锹就往南山跑。到了山顶，寻摸了半天，终于找到了那一墩绿色扁叶草。于是按白胡子老头儿的话去做，一锹一锹地挖，直至九九八十一下，真的挖出了一颗神水珠。

这颗神水珠雪白雪白的，一个黑点儿没有，里面如同装着一汪清水那样透明，闪闪发亮，真乃一颗神珠啊！舍礼乐颠颠地捧着宝珠下了山，把它放在自家地里，念了一遍咒语后，滚滚的清水从神水珠里哗哗地涌了出来。

舍礼乐坏了，撒腿飞快地跑回村子，将乡亲们全叫来了，挨家挨户给地里的小苗儿浇水。

此事很快被“周老坏”知道了，立马带着家丁怒冲冲地来到地里，见舍礼正拿着神水珠往村民们的地里放水呢！他一面令家丁上去抢神水珠，一面手指着舍礼说：“全给我听好喽，谁要是敢帮这个穷鬼，就抓起来去见官问罪！”

村民们都怕“周老坏”，谁也不敢上前，只是在旁边呆呆地瞅着。舍礼与如狼似虎的家丁们厮打起来，可寡不敌众啊，眼看神水珠要被抢去了。就在这时，他急中生智，忙把宝珠放在嘴里并咽了下去。

待那些家丁再找舍礼，已经无影无踪了。忽然间，在舍里原来站过的地方，出现了三个泉眼，咕嘟咕嘟地往外冒着清凉的泉水。一股儿往东面的地里流去，一股儿往西面的地里流去，还有一股儿向“周老坏”的家流去，此泉眼水势最猛。

“周老坏”一看泉水直奔自己家去了，怕冲走了屋内的金银财宝，赶紧带着家丁往回跑。一帮人刚到院门口儿，就见院内已进满了水，而且越聚越多，很快便把“周老坏”和家丁们连同房子一块淹没了。

乡亲们为了纪念舍礼，将那个泉眼称为“舍礼泉”，后来叫白了，说成“猞猁泉”了。

南山沟里，自从有了三个泉眼，祖祖辈辈再也不愁没水喝、没水用了。

路泥泞天子私访　水浩荡罗锅造船

清圣祖康熙是一代有道明君，在位六十一年中，曾多次东巡。目的不单单为祭祖，也为了体恤民情，警惕罗刹[①]入侵咱们的疆土。

有一年，康熙爷东巡，途经伊通。正赶上阴雨连绵，河水暴涨，没法儿行船，而且旱路泥泞，车轿难行，东进只好暂时搁浅。

康熙爷用罢午膳，在御帐中歇息，不一会儿便睡着了，并做了个梦，梦见一只喜鹊落在肩上。醒来后，觉得甚是奇怪，遂将梦中所见对身边的太监说了。太监奏道："禀皇上，梦见喜鹊好啊，必有吉人相见。"

转天，康熙爷带侍卫来到伊通河边，只见水深流急，白亮亮一片，有艘大船正在装货，等待起航。看毕，沉思多时，令亲随去找货船的船主。

船主姓那，外号儿"那罗锅"，原是伊通地方有名的木匠。别看此人总是躬着腰，其貌不扬，却颇有心计。他见伊通河连年水势浩大，于是造了一只船，由于伊通产粮食，就在河上做起了贩卖粮食的生意，还越做越红火，"那罗锅"渐渐成了伊通河两岸有名的人物了。

亲随把"那罗锅"带到御帐中，拜见皇上。康熙爷问道："船主，你家祖居伊通吗？"

"那罗锅"答曰："回皇上，奴才家祖居伊通。"

"你知道伊通河水有多深吗？"

"夏秋两季水深二三十丈。"

"这两个季节里，伊通河上能行多大的货船？"

"旺水季时，可行三丈五尺的货船，大船一次可装粮食五十石。"

康熙爷接着问："伊通河上行船运粮食，最远能去多远？"

"那罗锅"回道："途经松花江，北抵黑龙江。"

---

① 罗刹：原意指恶鬼，此为对俄罗斯入侵者的蔑称。

过了十几天，康熙东巡刚刚抵达吉林乌拉，便派人火速返回伊通，把“那罗锅”带到吉林。同时下旨，在吉林乌拉建造船厂，抗击罗刹的靖边水师，所需船只将在这里建造。从此，“那罗锅”到了船厂，当了一名造船的师傅。

康熙令吉林昂邦章京沙尔虎达主管造船，他按照皇上旨意，招募直隶各省流民数千户从事造船业，每年可造各种船只上百艘。

康熙皇帝还命令沙尔虎达，尽快沿江河视察水势和运粮的航道及陆道，做到心中有数。沙尔虎达经过几个月的巡察后，奏报皇上，沿伊通河、松花江、黑龙江可设粮仓四处，其中伊通河所处位置最佳。由伊通河运粮到松花江，水路运输极为方便，尚有旱路百余里，可直接抵达吉林乌拉。运送乌拉的军粮，可从辽河运至等色屯，再征用内蒙古运力陆运到伊通河，于伊通装船顺流而下至松花江。

自此，伊通水陆联运，把盛京同吉林乌拉连接起来，伊通成了关东水陆交通的要冲。商事日繁，人口越来越多，愈加受到朝廷的重视。

康熙皇上东巡回京之前，又一次接见了“那罗锅”，赐予七品官，隶镶黄旗，以表彰他奏报伊通河能运粮之功。

私进边野兔罹难　幸碾坊圣祖赦罪

这一天，康熙爷东巡的大队人马来到了赫尔苏驿站，御轿刚落定，正巧路边有个村妇在一处破旧的碾坊里碾黄米。只见她衣衫褴褛，玉腕抱杆儿，筛扫簸扬，头上沾满了糠粕。满洲人家的膳食除以各种肉类为主外，还喜黏食，碾黄米为的是做黄米面饽饽。村妇一看有人来，赶忙驻足整发，然后继续推碾。

康熙皇帝一向鼓励勤勉耕织，今唯见女人干活儿，不见男人，便让随从询问村妇，为啥只她一人推碾，家里的男人在做什么？

村妇回道："我家男人被押走了。"

随从问："为什么？"

村妇说："因为越过柳条边打猎。"

原来，赫尔苏是御路上的一个驿站，也是柳条边的边门。柳条边分东段、西段和新边三段，没有边栅，不许私自出入，违者将获罪。边门即关隘，吉林将军所辖四个边门，包括赫尔苏边门。边门设防御官一名，兵士二十人，壮丁一百五十人。主要稽查出入人等，有私自逾越者，必处重刑。

村妇的丈夫姓温，名乃兴，在当地是个狩猎能手。有一天，他进入边门，打了三十多只兔子。按当时刑律，私入围场偷捕猎物十只以上者，杖一百，流放三千里；二十只以上者，遣往乌鲁木齐种地；三十只以上者，发配乌鲁木齐给兵丁当奴，永世不返。此时的温乃兴，已被押送到吉林府。

康熙爷听完随从的禀报，触景生情，遂命奉上文房四宝，提笔挥就诗一首：

登古道，
过野荒，

见一美女碾黄粱。
玉腕杆头抱，
金莲裙下忙，
勤筛扫，
慢簸扬，
几番驻足整容装。
粉面俊俏花含露，
糠扑蛾眉柳带霜。
勤而俭，
贤而良，
可惜佳妇配罪郎。

写罢，康熙爷动了恻隐之心，随即下了一道御旨：“赦免温乃兴之罪，令其世代为农，永不得逾边打猎。”

侍从将赦免温乃兴发配的御旨告知了村妇，村妇感激涕零，忙到轿前向皇帝叩头拜谢。

三日后，温乃兴回到了赫尔苏，与家人团聚，从此男耕女织，勤劳守法，幸福百年。

见奇联惊天动地　逢高宗扬名发家

有一年，乾隆皇帝在盛京参拜完祖陵，带领随行人马东巡吉林乌拉。

一日，乾隆在诸皇子和众大臣的陪同下，来到一座山下，见此山很有特点。从远处看，如同虎卧平川，中间耸立两个主峰，一大一小，如同骆驼的脊背。再细瞅，又似一个很大的马鞍子。山上怪石林立，有的像乌龟望日，有的像宝塔凌空，可谓天然佳景，妙趣横生。一行人对此饶有兴致，一边仔细地观瞧着，一边赞叹不已。

乾隆看罢山景，便问随行大臣，可知这是什么地方？

随行大臣奏道："启禀皇上，此山名叫大孤山，乃伊通七星山之首。伊通有七座这样的山峰，传说是南斗七星来到了人间，所以人们再也看不到天上的南斗七星了。"

乾隆命落轿，歇息一会儿后，再到附近的村民家转转。恰巧路边有户人家，门上贴着一副大对联儿，很是显眼。乾隆平生喜欢诗词歌赋、书画文章，对民间的楹联也颇感兴趣，不过这家的对联儿甚是奇特，实为罕见。

上联儿是：惊天动地门首
下联儿是：数一数二人家
横批是：先斩后奏

乾隆看罢，沉思片刻，然后问侍从："这是一户什么人家，竟敢如此自命不凡？找户主询问一下。"侍从"嗻"地应了一声，遵命而去。

原来户主姓刘，老两口儿有三个儿子。长子刘金，是在法场门前斩犯人时放炮的，炮响三声，惊天动地；次子刘银，是个量米的斗官，为财主收地租，量起斗来数一数二；三子刘铜，是个杀猪的。平时他把猪杀了，然后吹气，使猪身鼓起来，便于煺毛。为能鼓得更圆，边吹边揍，所以说是先斩后奏。户主求人写了此副对联儿，是为了显示他三个儿子的手艺与众不同。

乾隆听了随行官员的回禀，不禁哈哈大笑，连声儿称好。

后来，这户人家由于受到乾隆爷的夸奖，名气大增，无人不知，无人不晓，日子越过越红火，生意做到了伊通州，成了州里有名的财主。

乾隆御书兴小店　梅花欣喜嫁故郎

伊通河边住着一户姓吴的扎拉氏人家，满洲镶黄旗人，兄弟俩，来乌苏城已有十几年光景。老大无子无女，老二过了三十岁才有了一子，取名吴里西。中年得子，全家无比高兴，十分溺爱这个孩子。

冬去春来，吴里西转眼间十八岁了，兄弟俩张罗着让他与邻村开旅店的韩掌柜女儿梅花订婚。结亲那天，吴家张灯结彩，来了许多亲朋故友，大伙儿高高兴兴地把喜事儿顺顺当当地办完了。

到了晚上，里西的舅舅离家远，又不常来，便住下了。他喜欢推牌九，吴氏兄弟不会，免不了找来邻居陪着玩儿。

里西从没见过玩儿牌九，挺好奇，就挤在人群里抻脖儿看。阿玛几次催他回房，可里西没看够，咋说不动地儿。阿玛十分生气，抡起巴掌啪地打在儿子脸上，顿时鼻口蹿血。

里西从小娇生惯养，从未受过一点儿屈，对父亲的这巴掌感到羞辱难当，甚至认为没有脸面见亲人和妻子了。越想越憋闷，心里连条缝儿都没有了，觉得不如一走了之来得痛快。于是推开家门，出了大院儿，一直往南跑。

里西不知走了多少天，一日天将傍晚，来到一户人家借宿。原来这家是个鞋铺，只有老两口儿，店主年近半百，为人善良、谦和、热情，里西便住了下来。到了第二天，里西吃罢早饭，就到院子干活儿，留在店中没走。

里西一连住了七八天，店主见小伙子很聪明，还能干，就详细盘问起来。里西言称家乡发大水，父母没了，只好漂流四方。店主觉得他挺可怜的，遂与老伴儿商量，不妨让他留在店里做些零活儿。

时间过得真快，转眼里西来鞋店两年了，老两口儿收他做了义子。里西十分高兴，从此更加勤快了，小店的生意也越来越兴隆。

一晃到了八月十五中秋节这天，店主买来糕点、水果，又打了一壶好酒，吩咐老伴儿给里西拿个酒盅儿，让他陪着自己喝点儿。

老店主特别高兴，吃了几口菜后，举起酒盅儿连着和义子干了三盅儿。谁知小伙子不胜酒力，几盅儿酒进肚，胃里烧得难受，不由得想起了父母、大爷、大娘和妻子，失声痛哭起来。

店主忙问缘由，里西这才把家事及出走的真正原因毫无保留地告诉了义父、义母。

店主是个明事理的人，听了义子的诉说，当夜与老伴儿合计了一番。转天，给里西备了一匹马，马背上驮着个装吃喝的包裹，让他回家看看，并叮嘱一定要返回来。

里西骑着马一路向东而去，一边走一边寻思，离乡快三年了，不知妻子是否改嫁，于是改道儿向丈人家驰去。

里西一路疾行，来至韩家店，下了马，早有店小二迎出，将他领进上屋。没想到店主只见过女婿一面，原本印象不深，加上时过三年，并未认出，吩咐店小二安排住下了。

到了晚上，店主来到客人的屋子，想打听一下还需要点儿啥。里西抢先问道："老爷，家里都有什么人哪？"

店主叹了口气道："唉，三口人，老两口儿和一个闺女。成亲当晚，姑爷出走，不知去向。闺女一直在家侍奉公婆，三年未归，昨天才接回来。"

里西商量道："老爷，能否找一女子相陪？愿出二十两银子。"

店主想了想，言道："请客官稍等片刻，我得跟老伴儿合计合计。"说罢转身出门，回到上房，把里西的话跟老伴儿学了。老太太以为是要女儿陪客，气不打一处来，张口就骂老头子。店主咋解释也不行，你一句我一句地互不相让，竟吵了起来。

老两口儿刚才说的话，里屋的梅花听得一清二楚，心想："父母年迈，膝下无儿，只有我这么个闺女。他们整天忙碌，作为女儿不仅什么忙帮不上，今天还因自己，惹得两位老人家吵得脸红脖子粗，这不是白生了我吗？"越想越惭愧，抬手掀开门帘儿出来对父母说："二老别吵了，消消气，晚上我去陪他！"说完扭头就走了。

梅花来到客房，啥也没说，一眼也没瞅，摘下首饰，倒在炕上便睡。

里西一看，心中十分难过，坐在椅子上思绪万千，一言不发，一直坐到大天亮。

清晨，梅花起来后，头都没抬，拿起里西扔过来的二十两纹银抬腿就走了。

里西让店小二牵出黄骠马，骗腿儿而上，打马往家奔。家里人一见出走三年的儿子回来了，那个高兴劲儿就别提了，老父忙打发伙计去接儿媳，里西让伙计骑他的马去。

黄骠马一路小跑，很快到了韩家店，伙计高声儿叫门。店主开门一看，一眼瞅见黄骠马，顿时大吃一惊！伙计上前躬身道："吴家少爷今早到家，老爷打发小的来接少奶奶。"

韩掌柜一听，心里全明白了，赶紧喊来梅花，让她快点儿回婆家去。

当天晚上，梅花问丈夫这三年到哪儿去了，里西默默无语。梅花又催丈夫上炕睡觉，一路挺累的，早点儿歇息，里西也不理，梅花难过得直掉泪。

里西见状，便将昨晚住韩家店的事儿说了。妻子一听，如五雷轰顶，张大了嘴巴一句话也说不出来，继而痛哭不止。

到了后半夜，里西鼾声大作，梅花却翻来覆去睡不着。左思右想，觉得自己昨晚所为，跳到黄河也洗不清了，无颜活在人世，遂起身下地拴根绳儿吊在门框上了。

第二天早晨，婆婆做好了饭，来喊儿子、儿媳。推门一看，儿媳吊在门框上，吓得不是好声儿地呼喊救人。大家忙不迭地跑来一瞅，人已挺尸，半点儿热乎气儿没有了。

里西啥也没说，一面吩咐伙计买口棺材，一面派人给韩家送信儿。到了韩家，韩掌柜推说有病去不了，叫亲家随便埋了算了。里西一气之下，收拾收拾，将妻子所用之物全陪葬于墓中。

单说里西有个远房叔叔，名叫吴进，因好耍钱，人称"吴赌"。日常以赌为业，游走于附近各个村屯，赢了吃肉喝酒，输了垂头丧气，时常干些偷鸡摸狗的勾当。

这天傍晚，出外三天的"吴赌"输了钱，无精打采地回到家，问老伴儿饭做好没。老伴儿乐呵呵地回道："早就做好了，还给你烫了一壶酒，炒了两盘儿菜。等吃饱喝足了，我告诉你一件好事儿。"说完，转身去了厨房，把饭、菜、酒一并端到小炕桌上。

"吴赌"脱鞋上了炕，拿起筷子端起碗，连吃带喝地填饱了肚子，一抹嘴问道："快说吧，到底有啥好事儿呀？"

老伴儿悄悄儿言道："咱侄子昨儿个头晌回来了，到了晚上，不知怎的，或许是小两口儿话不投机，侄媳妇竟哇哇大哭起来。今儿个一早，大家吃了一惊，发现她上吊身亡了！下葬时，里西把媳妇所用的物品及结婚那咱韩家陪送的嫁妆，全埋在坟里了。这可是千载难逢的机会，今晚正好去盗墓，可得许多财物呢！”

“吴赌”听罢，连连点头称是，急忙下了炕，去仓房找出了家巴什儿。待到三更，他匆匆来到新坟地，刨了三镐五锹，便露出了墓穴。“吴赌”对着棺材说道：“你是侄媳妇韩梅吧？我是吴进，你的叔公。因连赌连输，实在没法儿了，今日掘墓借衣物用用，以后逢年过节定来多送纸钱儿……”叨咕完了，用力撬开棺木，取出所有陪嫁而去。

回过头来再说梅花，那日因羞愧难言，决心一死。哭了一阵子，见丈夫早沉沉睡去，公鸡已叫，于是嘴里念叨着：“父母大人，女儿不孝先去了，待来世再报答二老的养育之恩吧！”然后取出绳子吊在门框上了。时间不长，便被家人发现，并入棺抬到坟地，葬于墓穴中。由于去坟地时一路颠簸，下葬后躺在棺木里的梅花渐渐苏醒过来，发现四周黑乎乎的。仔细一想，才明白自己已被当成死人埋了，悔恨交加，泪如雨下。

过了好半天，忽然棺外传来响声，吓得梅花魂胆俱散，大气儿不敢出。这时，她听到了“吴赌”的一番话，方知道，是叔公来盗墓。

“吴赌”离开后，梅花才慢慢起身，从棺木中爬出，跌跌撞撞地往家走。到了院门前，不敢从正门进，绕到后院儿再来到前院儿的窗下，听到父母正在哭，便小声儿唤额娘。谁知这一喊，竟把夫妇俩吓得跪在地上，连声儿求屈死的闺女莫怪。梅花见二老不信，开门进了屋，用牙咬破手指，鲜血滴滴答答往下掉。额娘一见有血流出，方知女儿没死，忙将她扶起来，拉坐到炕上细问根由，梅花一五一十地讲了实情。

老两口儿听罢，阿玛蹲在地上直打唉声，母女二人则抱头痛哭。过了一会儿，店主对老伴儿和女儿说：“事到如今，哭也没用，此处我们不能再住了，干脆远走投亲吧！”娘儿俩合计了一下，认为别无他法，只好如此。

当夜，老两口儿带着闺女离开家乡，骑马来到一个很远的村子，投靠了亲戚。后来又重新开起一家小店，改姓赵，人称“赵家店”。

里西自从葬了妻子，天天没着没落，更觉家中无趣，遂投奔鞋店而去。义父母听义子述说了归家后的伤心事，只得好言相劝，大可不必悲伤，日后定帮他另择佳偶。

不久，有人上门提亲，说邻村赵家店的老两口儿有一闺女，聪明能干，貌美贤良。义父母和里西商量了一下，结果都很满意，马上过了彩礼定了亲。待一切准备好了，选了吉日良辰，欢欢喜喜地把赵家闺女娶进了家门。

到了晚上，当里西揭下新婚妻子的盖头时，四目相对，一下子全怔住了。梅花悲喜交加，涕泪满面，把以往事情的来龙去脉详详细细地告诉了丈夫。里西这才恍然大悟，同样是热泪盈眶，激动地说道："今生与夫人的姻缘乃天意呀！"

此后，里西将双方的父母都接到店里，夫妻和睦，恩爱有加，孝敬老人，鞋店越办越兴旺。

有一年，乾隆帝巡幸吉林，沿途之上，百官恭接，百姓相迎，前呼后拥，好不壮观。腊月底，来到了乌苏城，住进了行宫。一日晚膳后，乾隆闲来无事，想出外走走。于是扮成商人，出了行宫，随着人群来到大街上。见街两边座座客店悬灯结彩，户户门上张贴着对联儿，一片繁忙热闹的景象。

那么，今天是个啥日子呢？正是年三十，家家皆忙着过年。乾隆边走边看，不知不觉来到了街心，并跳上一个台阶四下观望。忽见一家鞋店没有贴对联儿，心中很是纳闷儿，走到跟前推门就进去了。

原来，这是里西家开的鞋店。乾隆见屋子中央站着一个老汉，一对儿年轻夫妇在干活儿，炕上摆着八仙桌，桌上放着纸和笔墨，遂开口冲老汉问道："掌柜的，你家门上怎么不贴对联儿呀？"

老店主苦笑了一下，回道："我儿子不会写字，这不，纸、笔、墨全备好了，想请位先生来写，还没倒出工夫去呢！"

乾隆说："不用请先生了，来，我给你们写吧！"

"好，好哇！"老店主立即摊开红纸，乾隆爷提起笔，蘸饱墨，一挥而就。

上联儿是：大楦小楦噼啪打出穷鬼去
下联儿是：粗线细线缝挫引进财神来
横批是：独一处鞋店

写完对联儿，乾隆放下笔，含笑而去。

老店主哪能认识乾隆爷呀，觉得此人写得太好了，便乐呵呵地把对联儿贴上了。鼓打三更时，大街小巷响起了阵阵鞭炮声，大年到了。

转年春天，吉林将军赴京述职，路过里西家的鞋店，见店门上的大副对联儿文笔奇崛，有些眼熟。立即翻身下马，凑到跟前细瞧，不禁大吃一惊，急忙跪拜。

众随从见将军跪下了，也跟着叩头，将军说：“依我看，这是皇上的御笔！”然后起身进店，细问根由。里西便将年三十那天，一路人进屋，为他家书写对联儿的经过讲了。众人皆拍手道贺，并告知对联儿出自当今皇上之手。

打那以后，这个不起眼儿的鞋店名声大震，无人不知，无人不晓。从此，御批“独一处鞋店”名扬关外，“独一处傻鞋”穿遍全国。

访桐州小孩当家　悟治道皇帝退兵

康乾盛世一百三十多年，国泰民安。

这一年，乾隆爷再下江南，打扮成道人到民间私访。一天，来到桐州，听说此地有户二百多口人的大家，便前去看个究竟。谁知进了这家的门，竟是一个十五六岁的小孩儿接待了他，乾隆问道："小家伙，当家的在吗？"

孩子回道："我就是当家的。"

乾隆寻思道："这不胡扯嘛，有大人不用，一个小孩儿能当什么家？"想至此，反正也没啥要紧事儿，就和孩子唠了起来。二人一直聊到天黑，乾隆问什么，小孩儿回答什么，说话滴水不漏。临走时，出了一道题："要是给你一个柿子，全家每人必须吃上一口，得怎么个吃法儿？"说完就走了。

两个月后，乾隆爷又返回了桐州，来到小孩儿家，问他那道题做上没有。

小孩儿回道："我把柿子用磨磨了，把汁儿倒进缸里，大伙儿一块儿喝的。"

乾隆爷觉得孩子挺聪明，小脑袋瓜儿不简单，于是又出了道题，拿出一个梨，让小孩儿给家中所有的成员每人分一块儿。

小孩儿说："这个梨我不能分，一个和和睦睦的大家，哪能分梨（离）呢？"乾隆听罢，笑了笑，不再问什么了。

乾隆回到京城，乐呵呵地将此事跟西宫娘娘说了，西宫娘娘言道："陛下以为这是好事儿吗？那是个奇人，说不定将来有一天夺了大清的江山呢！"

乾隆暗自思忖，觉得言之有理，当即亲自带兵去桐州，要对那个大户抄家问斩。到了大门口儿，仍是曾见过的那个小孩儿出来挡驾，乾隆心里纳闷儿，问道："怪事儿呀，一个二百多口人的住户，为什么是你当家呢？”

小孩儿说：“男人长大了，有一个算一个，得娶媳妇。有了媳妇，一来二去的，就听媳妇的话了。因为媳妇有媳妇的心眼儿，如果什么事儿都为自己的小家想，必会把大家折腾乱，所以要小孩儿来当家。”

乾隆一听，琢磨开了：“朕不也是听了西宫娘娘的话才来抄家的吗？倘若啥事儿全听嫔妃的，她们各揣各的心眼儿，同样会把国家弄乱呀！”想到这儿，立马把兵退了。

八年之后，桐州的当家小孩儿成了文武奇才，乾隆帝将其召至身边做谋士。从此，乾隆凡事更加深思熟虑了，且从不轻信嫔妃的话，当了六十年皇帝，天下美名扬。

祖地龙脉惊圣驾　驿道戏楼奏春阳

伊通州的伊巴丹驿站有座戏楼，乃康熙年间修建的。

此楼雕梁画栋，飞檐红柱，十分精美。正面有一副对联儿，写的是：“金榜题名虚富贵，洞房花烛假姻缘。”每逢佳节或庙会，台上锣鼓喧天，才子佳人舞得欢；台下人山人海，喝彩鼓掌，热闹非凡。说起这座戏楼，还真有一段儿来历呢！

相传，当年康熙帝坐守京城，由于三藩之乱，他被搅得心神不宁，寝食难安。

有一天，康熙让手下的一位大臣夜观星相。大臣站在皇宫内的御花园中，抬头细细观瞧茫茫的天幕，忽见东北方向上空悬着一颗格外明亮的星星，闪闪发光，乃一朝帝王之兆。屈指一算，有亮星的地方，正在长白山下，于是连忙将所见奏给皇上。

康熙听后，不敢怠慢，在群臣和数百侍卫的护驾下前往察看。一路上，大队人马浩浩荡荡，直奔长白山而去。

这日，人马行至一处，只见群山环抱，峰峦起伏，白云缭绕，雾气腾腾。康熙看罢，不由得一惊，急令大臣派人打听一下。原来此地叫伊巴丹，左右共有九十九个山头儿，山北十五里处立一峻岭，山南五里处立一山峰，山石红白似玉，两峰相对，很是壮观。

康熙听完禀报，转过头对众臣言道：“百山出帝王，九九出娘娘，伊巴丹正合此说。左山红是赤龙山，右山白是白虎山，文武俱全，此乃天数。”

一位大臣献策道：“皇上，微臣以为可征本地百姓，两年之内削平伊巴丹左右山头儿，便不会出帝王了，天下岂不太平了吗？”

康熙琢磨了一会儿，又道：“你想啊，伊巴丹左右山头儿亘古就有，南面群峰罗列直抵磐石，东面山峦重叠延至吉林，西面峻岭逶迤连着长白山脉，若平此山谈何容易？倘若真的下旨，伊通境内数万黎民年年劳顿，搬山运石，同秦始皇修长城、隋炀帝凿运河如出一辙。到那时，百姓怨声载道，没有生计，官逼民反，岂不比平‘三藩之乱’难上加难?”群臣纷纷点头称是。

康熙命人连夜赶画三张草图，谕旨道：“不用削平山头儿，在伊巴丹左右山头儿修筑庙堂，选一中心平坦处建座戏楼。”

太监当即宣诏，征调少量民工，于伊巴丹街中央建一座高三丈、宽二丈五尺的楼宇。因伊巴丹的左右有九十九个山头儿，似一条巨龙的身子，街中心是龙头，所以在那儿建楼宇最合适。修楼依照金銮殿形状，面北而立，此乃应了古话“面南称帝，面北称臣”之说。

康熙传旨，这座楼还可供本地豪绅及百姓演戏用。除此之外，又在红石山上修了座老爷庙，于白石山上修了座娘娘庙。

不久，一座巍峨壮观的大戏楼便矗立在伊巴丹的街中心了。

过了一个月，康熙东巡吉林乌拉，视察黑龙江防务，回来又在伊巴丹看了三天大戏，然后才返回京城。打那以后，康熙爷在伊通州的伊巴丹看戏的事儿，一直流传至今。

清二帝东巡赋诗　员知州细话柳边

这年冬底，大年已近，伊通州知州员启章着手筹建书院，派人找来州城绅耆齐长贵，共议制图监修事宜。齐长贵自承派监修，视如己事，勤勤恳恳，任劳任怨，并首捐白银五百两。齐长贵由此功成名就，获吉林将军示赏五品功牌一枚，此乃后话。

书院建毕，吸引了八方人士，其间还特别邀请了江南才子驻院讲学。知州员启章对其中的袁术士赞赏有加。一日，着人将其请来，一起谈古论今。

袁术士问员知州："在下来伊通州时间不长，常听学生称什么家居边里边外，请知州大人给讲一讲柳务边到底在哪里。"

员知州呷了一口茶，开口道："说起柳条边，虽日久年深，但仍清晰可辨。盛京边墙，南起凤凰城，北至开原，折西而至山海关，接边城，周长两千五百五十余里；又自开原威远堡而东，历吉林西部至哈达门，长六百九十余里，插柳结绳，以定内外，谓之'柳条边'。我朝康熙年间，柳条边共设边门四个，即法特哈边门、伊通边门、赫尔苏边门、布尔图库边门。除法特哈边门在舒兰，其余三个均在伊通州境内，各边门置门楼儿一座，以青砖、石料、木材、灰鱼鳞建筑而成。门楼儿东西长一丈八尺，南北宽一丈五尺，高一丈八尺，门洞儿高六尺。门洞儿两侧配身房，左边做囚室，右边住巡差。门楼儿悬竖匾一块，楷书边门名字，每门皆设防御、笔帖式、领催各一名，披甲二十名，壮丁若干。其差事为掌管边门启闭，稽查行人，催征租税，植柳疏壕。经过边门的车马须纳税，出边二百文，进边四百文。不克边，谓之犯边，以罪论处。柳条边除设边门外，还有许多边台，置于两边门之间。每台设台丁一百五十人至二百人不等，负责补篱浚壑，司采山梨等事务。"

袁术士说："听了员大人的介绍，顿开茅塞，获益匪浅，原来柳条边工程浩大，不亚于秦汉之长城。在下还有一事请教，据讲我朝康乾盛世，皇帝多临边巡视。康熙、乾隆皇帝皆雄才大略，文武兼备，东巡经过柳边时，可留下恢宏大作？”

员知州笑了笑道：“当然有。一则康熙爷、乾隆帝皆将东北视为老家，乃大清龙兴之地。二则柳边山水钟灵毓秀，岂能不留诗作？”

袁术士请求道：“烦请大人能把康熙爷、乾隆帝的诗作吟诵一二，让在下抄录下来，也好传于学生。”

员知州说：“好吧，本官记有康熙爷东巡边塞诗三首，第一首是《柳条边望月》：

雨过天高霁晚红，
关山迢递月明中。
春风寂寂吹杨柳，
摇曳寒光度远空。

第二首是《村行》：

语言不异旧音声，
新到颇怀故土情。
白叟黄童皆忭喜，
山村水郭幼逢迎。

第三首是《经叶赫废城》：

断垒新生草，
空城尚野花。
翠花今日幸，
谷口动鸣笳。

另有乾隆帝御制东巡诗《入伊通边门》：

部落将行遍，
吉林望不遥。

迎人山色近，
碍路涨恨消。
村墅经枫叶，
边墙进柳条。
初来原故土，
所迁匪新招。
瞻就心何切，
勤劳竞岂骄。
省方逢大吉，
宝穑报丰饶。

乾隆皇帝御制柳边诗，又云：

西接长城东属海，
柳条结边画内外。
不关厄塞守藩篱，
更非春筑劳民备。
取之不尽山木多，
植援因以限人过。
盛京吉林各分界，
蒙古执役严谁何。
壁之文囿七十里，
围场岂止迁倍蓰。
周防节制存古风，
结绳示禁斯足矣。
我来策马循边东，
高可逾越疏可通。
麋鹿往来外时获，
其设还与不设同。
竟存制具细何有，
前人之法后人守。
金汤巩固万年青，
讵击区区此树柳。

袁术士听罢，兴奋异常，感慨万端，表示道："这些诗作文采精美，气势雄伟，饱含对肇兴之地的一片厚意浓情。请放心，在下一定认真教给学生，使其发扬我朝昔日之荣耀，亦不枉大人今日的谆谆教诲。"

秀才石桌梦神仙　康熙热河招贤能

早些年，伊通州城东的刘家屯，位于驿道北边的下三台。下三台西面有座山，当地人称“塔子沟山”，虽然不高，但山上的石头十分奇特，洞穴颇多。其中最大的石洞三面皆依山石为壁，洞内地上的石头平坦如床，洞顶儿危石高悬如石棚，洞阔可容二十余人。它的南面有一条窄道儿可通洞口儿，道两旁乱石堆砌，有的如奔腾的骏马，有的像静静吃草的青牛。走到跟前仔细观察，“马”也好，“牛”也罢，其头、耳、鼻、蹄均真切可见。山顶儿立着巨大的石桌，桌面儿平滑，四角儿有棱儿，桌中央依稀可见棋盘。上面的圆石为棋子，共三十二枚，可在沟纹上来回挪动，但不能拿起。

塔子沟山下南五里的刘家屯住着一户曲氏在旗人家，祖上有过一位千总，到了这辈儿，尽管出了个秀才，却一贫如洗。

曲秀才是个孝子，因额娘身子骨儿不好，所以从不远行。为了糊口，只好到伊通州城为人代写文契或状子，早晚照看老母。初秋的一天下晌，曲秀才提前回到家中，伺候额娘吃完饭，闲来无事，便顺着入山小径上了塔子沟山。时逢八月，秋风瑟瑟，他紧了紧衣服走进石洞，坐在石桌边。回想起先辈们驰骋疆场何等的威武，自己却落魄失意，无限感伤。想着想着，不觉有些困倦，趴在石桌上很快就睡着了，并做了个梦，梦见一白胡子老头儿拄着根长长的榆木拐杖向自己走了过来，到了跟前商量道：“年轻人，咱俩下盘棋如何？”

曲秀才二话没说，便与老者摆起棋子，一连下了三盘，秀才输了两盘。老者站起身来说：“年轻人，老叟累了，今天先下到这儿吧。咱们连弈三局，各不相让，算得上棋友了。听说你很有才气，又是个少有的孝子，心地善良，为人坦诚。我喜欢这样的后生，愿意指点你，只要能按我说的去做，将来会好起来的。”

秀才问道：“老人家，谢谢，您打算指点些什么呢？”

老者说："明日头晌，你到塔子沟山下的岔路口儿等着。正午时刻，如果有人过来，赶紧跪地磕仨头，他会给你一件东西。不论是啥，必须留着，指定是个宝贝。"说完，一闪身不见了。

秀才一愣，立马醒了，发现自己竟睡在石桌上，梦中所见的白胡子老头儿交代的一番话清清楚楚记在心里。他起身出洞，沿着山路往回走，一进家门儿，便把自己在棋盘石上做的梦告诉了额娘。额娘听罢，很高兴，笑道："儿子，一定是神仙在为你指点，要提早去等着，千万别误了时辰。"

翌日，秀才天没亮便起来做饭，为额娘煎药，待全打点好了，就早早来到塔子沟山下的十字路口儿等着。塔子沟地处偏僻，平时很少有人打此经过，秀才站了整整一头晌，竟连半个人影儿也没见着。到了晌午，从山上下来一个人，待至跟前一瞅，原来是个要饭花子，蓬头垢面，好像两三个月没洗脸了，又黑又脏，穿一身儿破旧的棉衣。花子见了秀才，眼皮未挑一下，继续往前走，秀才赶忙扑通一声跪地给花子磕头，边磕边说："这位仙家好，小生在此等候多时了。"

花子转过身来，见有人给他磕头，停住了脚步，说道："后生啊，看起来你还不错，懂得礼貌待人。我没什么东西可送的，把这个留下吧。"说着，从破棉袄的底襟儿撕下一块棉花，随手递给了秀才。

秀才接过，仔细瞧了瞧手中的棉花，与普通棉花没啥区别，可用鼻子一闻，却有些香气。秀才谢过后转回家，额娘问他得了什么宝贝，秀才遂将见到花子的经过一五一十地告知了额娘。额娘说："儿子，别看是块旧棉花，或许是宝物。一会儿额娘缝个荷包，你把棉花放在里面，说不定会有用处呢！"

傍黑儿时，额娘把荷包缝好了，秀才将花子送的棉花装在里面。说也奇怪，当晚，秀才画了一只猫，顺手拿起荷包刚挂在身上，那只刚画完的猫立即从画纸上蹦了出来，还"喵喵"地叫着。秀才一惊，忙叫额娘来看，娘儿俩别提多高兴了。

曲秀才画的物件能从纸上跳下来的奇闻，一传十，十传百，于是求他作画的人络绎不绝，一时他成了远近闻名的画师。此事越传越远，越传越神，一年后传到了京城。

当时，康熙皇帝正在热河筹建避暑山庄，听大臣一说，马上下了道圣旨，召曲秀才赴热河。曲秀才如期前往，到了热河开始作画，康熙亲自带着皇子、皇孙于一边儿观瞧。大约画了半个时辰，画布上全是飞禽，果然听见行宫里莺鸣燕啼，百灵歌唱，不少美丽的小鸟在宫里宫外飞舞。皇帝龙心大悦，又下了一道圣旨，封曲秀才为四品画官，主管避暑山庄行宫的画事，并将其额娘也接到热河，封为诰命。

后来，曲秀才在康熙、雍正、乾隆三朝都极为有名，成为热河避暑山庄行宫技艺最高的画师。

扎拉幼子始抓周　依克唐阿初扬名

伊通城南的马家屯有户人家，隶属镶黄旗，扎拉里氏。夫妻俩生活虽然一直很清贫，但二人的感情挺好，和和美美的。过了三十来年，只生养一个孩子，取个汉名儿叫张坤。

张坤十岁那年，额娘忽然身怀有孕，于寒冬腊月的一天晚上，又生下个哈哈济。此儿腰粗体大，五官端正，天庭饱满，地阁方圆。

夫妻俩老年得子，高兴得眉开眼笑自不必说，转天大清早，便按满族人的习俗，在屋门上方的房檐下挂了一副用红布条儿裹着的小弓箭，象征和预祝孩子长大成为一名射箭能手。

邻里、亲戚听说后，纷纷登门祝贺，有牵羊羔儿来的，有送鸡蛋的，也有手拎鸭鹅的。满月那天，老张夫妇把大伙儿全请来了，热热闹闹地吃了顿满月饭，还在扎拉里氏的祖宗家谱上，正式用满文填上了哈哈济的满族名儿——依克唐阿，他从此成了全家族中的一员。

依克唐阿的父母很希望他将来能成为一名出色的勇士，所以在官府注册时，给二儿子取了个汉族名字，叫张勇。

一晃张勇一周岁了，按照旗人的习俗，孩子过生日那天，要“抓周”。夫妇俩事先将刀、笔、印、弓、胭脂、牛、马等小玩具摆在炕的里头，让小哈哈济任意抓取，并根据所拿的东西来判断他以后的志向和爱好。

张勇一边爬一边抓，首先拿到的是弓和刀，然后又抓了一个印。阿玛和额娘见此，可乐坏了，异口同声地喊道：“巴图鲁！巴图鲁！”

从此，夫妇俩逢人便讲：“我们哈哈济长大了，一定会成为真正的巴图鲁，说不定还能当将军呢！”

一日晌午，屯中来了个会相面的南方人，夫妇二人便让他给小哈哈济观观相。相面先生一看张勇，不禁高声儿赞叹道：“将相！将相！”

老额娘忙问：“什么，先生是说我们的哈哈济将来能当将军？”

相面先生回道：“是呀，没错！不过这孩子是大命之人，克父母，年少受苦。”说罢，没等夫妇俩明白此话的意思，便转身出门了。

事也凑巧，在张勇不满六岁那年，其父母因年老多病先后离世了，抛下了兄弟二人。屯邻私下里说，他们的阿玛和额娘双双下世，是小张勇命硬克的。

两年后，张坤取丁氏为妻，张勇只好靠阿浑、阿沙[①]抚养。可是，嫂子本就不太贤惠，再加上轻信了屯邻对小叔子的议论，怕他命硬，将来克自己，故而对小弟弟相当刻薄，常常是非打即骂，不给吃饱穿暖。

别看张勇只有八岁，但很懂事，每日起早贪黑地帮助嫂嫂做家务。尽管如此，嫂子仍不满意，把他看成眼中钉、肉中刺，恨不得他嘎嘣一下死了才好，少了个吃闲饭的。

两年间，张勇时常流泪，却不敢向在外地做长工的兄长说，怕哥哥与嫂嫂吵架。就这样，他又熬了两年。

两年后，张勇感到在家实在待不下去了，过了正月十五，便偷偷对兄长说：“我不小了，不能老在家待着，请阿浑帮着找点儿活儿干吧，在外边能有个吃饭挣钱的地方，也好给哥嫂减轻些负担。”

张坤抚摸着张勇的头叹道：“唉，好弟弟，你岁数尚小，今年才十岁，筋骨都没长成呢，不能到外边做工，还是帮嫂子料理家务吧。再过几年，哥哥肯定给你找事儿做。”

“不，我不在家，就想到外边去闯闯。阿浑，求你了！”张勇说着，眼泪顺着脸颊流了下来。他抬起头，眼巴巴地望着哥哥，期待着他能够答应。

张坤看着苦苦哀求的弟弟，眼前顿时浮现出二老撒手人寰时的情景。面黄肌瘦的阿玛那失神的目光瞅着自己，断断续续地叮嘱道：“坤儿，勇儿太小，只能靠你抚养了。阿玛不行了，有个兄长照顾他，我也就放心了。”额娘有气无力地拉着小勇的手说：“我死以后，你可要听哥哥的话呀，千万别淘气，有点儿眼力见儿，多帮家干些活儿。”想至此，张坤感到一阵心酸。

张勇见兄长沉思不语，更加着急，催促道：“哥哥，行不行啊？”

张坤可怜心爱的小弟弟，只好点了点头道：“好吧，明天我该出去干活儿了，给你问问再说。”

小张勇一听哥哥答应了，高兴极了，乐得直蹦高儿，拍着手嚷道：“阿浑呀，太好啦，可得抓点儿紧哪，弟弟快急死了！”

---

① 阿沙：满语，嫂。

一周后，出外打短工的张坤回来了，没等张勇开口问呢，哥哥就说了：“小勇，那个事儿哥已经办好了，在东尖山老周家给你找了个放猪的活儿，管吃管住，一年二十两银子。”

“明儿个就去吗？”

“行，阿浑送你去。”

这一宿，张勇兴奋得两眼瞪溜圆，觉也没睡好。

转日天刚放亮儿，张勇就起来了，扒拉了几口饭，便跟着哥哥来到周家，当上了长工，在伊通河畔放猪。

伊通河水势很大，沿岸树木参天，野兽出没不定，时常咬人伤畜。张勇对此毫不惧怕，他不但练就了一身骑射功夫，而且胆大过人。每天外出放猪，总忘不了带上弓箭，打几只飞禽走兽，到了晚上扛着山珍野物而归。

这年夏天，阴雨连绵，伊通河水猛涨，张勇不得不来到虎豹成群的东勒富善岗山脚下放猪。有天傍晚，他刚要赶着猪回家，一只大金钱豹突然窜进猪群，叼起一只小猪崽儿就跑。

张勇并没害怕，他立刻把两个手指放进嘴里，打了声长长的呼哨，豹子因而受到了惊吓，撒腿朝丛林奔去。手疾眼快的张勇操起弓箭从侧面追了过去，拉满弓，发箭猛射，正中豹子左眼。豹子嗷地吼叫一声，丢下猪仔，向他扑来，小张勇连忙隐身躲避。豹子转悠了半天，连个人影儿都没见着，只得很无奈地走了。

张勇乐颠颠地赶着猪群回来了，把豹嘴夺猪的事儿向东家讲了，唯利是图的周财主只是不咸不淡地夸奖了几句。

打那以后，小张勇劲射金钱豹的故事便在东尖山各村屯传开了，大人、小孩儿皆竖起大拇指，游手好闲、故意找碴儿的人也得高看他几眼，不敢随便欺负。

光阴荏苒，转瞬五年过去了，张勇个子长高了，已是肩宽臂厚，虎背熊腰，出落成英俊潇洒的小伙子了。他将做长工所挣的银两全交给了哥嫂，自己仍是衣衫褴褛，冬天披不上棉，夏天穿不上单，过着困苦的生活。

尽管如此，张勇却从不懒惰，勤习武功，认真刻苦，最终以练就的浑身能耐入伍从戎，并一步一个脚印儿地从马甲[①]升为将军，他的事迹也被人们广为传颂。

---

① 马甲：清代兵种名，即马兵、骑兵，又称骁骑。

出身微末猛当先　少年英雄首立功

伊通城南马家屯住着一户扎拉里氏，家徒四壁，生活十分贫穷。其二儿子张勇给东家放猪、打杂儿，干到十四岁时，已是身高五尺、肩宽背厚、敦敦实实、体格健壮的后生了。

转年正赶上伊通扩征兵丁，张勇的伯父就为其报了名，从了军，成了八旗兵中的一名马甲。

张勇老实厚道，出身微末，刚入伍时，常受同旗兵丁的欺负。哈番[①]和一些年长的超哈[②]时不时地让他搬运兵器，打洗脚水，张勇从不计较。他平时少言寡语，但兵丁中有些什么难解的事儿求他帮忙，他总是欣然相助，从不推托。久而久之，张勇的做法得到了上司的赞扬，经常给以夸赞，称其为兵甲中的典范。

张勇打起仗来非常勇敢，威猛善战，冲锋在前，以一当十，没有不佩服的。

有一年，一伙儿马贼的首领叫刘发，带领数百人攻陷了伊通城。上司考虑张勇是伊通人，熟悉那里的地形，且聪明、果敢、不怕死，遂派他率百余骑兵前去夺城。

张勇心想："马贼是几百人，我不过百人，怎样才能以少胜多呢？"眼珠儿一转，计上心来，遂令少数兵丁把树枝绑在马尾巴上，在伊通城外南、北、西三面成队地奔跑，掀起烟尘，并趁机在城东布下了骑兵。

城中的贼首刘发一早刚刚起床，只见城南、城北、城西三面烟尘四起，根本弄不清究竟来了多少清兵，忙命手下向东撤退。

此刻，聪明的张勇恰恰打了个马虎眼，他将人马早已集中在东城，率领骑兵一路向城内截杀。刘发见此，只好退了回去，仓皇中，马贼们

① 哈番：满语，官。
② 超哈：满语，兵。

互相践踏，死的死，伤的伤。张勇催战骑紧追刘发，狭路相逢，手起刀落，只听咔嚓一声，便把贼首的头颅斩于马下。

张勇奋勇杀敌，屡建奇功，每战必胜，仅仅几年，就成为八旗军中一员赫赫有名的战将了。

巴奇兰勇冠三军　旅顺口殊死夺城

再说先祖努尔哈赤为了给祖父报仇，以十三副遗甲起兵，攻城略地，所向披靡，迅速崛起。

在伊巴丹河畔，有一支女真部落，酋长叫巴奇兰，纳喇氏。他智勇双全，威猛过人，素有大志。

一日，巴奇兰把部落中几位德高望重的长者请到营帐，对他们说："伊巴丹虽是我祖祖辈辈繁衍生息的地方，但部落小，人寡地少，难成大业。今建州努尔哈赤以十三副遗甲起兵，先后统一了建州诸部，声威大震。今天要与大家商量的，便是准备投奔建州，各位前辈看看是否可行?"

巴奇兰一向做事稳重，待人诚恳，很有威望。所以，几位老者听罢，皆表态说，就依酋长。

于是，巴奇兰率领本部落女真人拔营起寨，一路西行，投奔建州。到了赫图阿拉，受到努尔哈赤和舒尔哈齐等建州头领的欢迎，并设宴款待。

之后的日子里，努尔哈赤对巴奇兰很是器重，经常委以重任。有一回，巴奇兰奉命统领步兵围歼盘踞在旅顺口的明军，战斗十分激烈，屡次攻城未果，双方伤亡惨重。巴奇兰身上已有多处箭伤，眼看着兵力越来越少，天也渐渐黑了下来。他心急如焚，不顾伤口还在流血，冲兵将们呼喊道："弟兄们，谁先登上城楼，就给他报功请赏！"随即顶着城上飞来的箭雨和砸下的石头，带头向城内冲去。

建州兵见首领冒死冲在最前面，便在佐领的率领下紧随其后，一拥而上，左砍右杀，终于破了城门，与守城明军短兵相接，展开了一场殊死搏斗。

巴奇兰英姿飒爽，奋勇当先，边举刀击敌边高声儿助战："弟兄们，誓死不当孬种，建州兵个个是好样儿的，给我杀呀！"八旗官兵顿时士气倍增，矛来盾挡，剑来锤抵，全力夺城，一举攻克了旅顺口。

战后，巴奇兰因功晋升为男爵。

袁术士围场踏春 富氏女书院讨簪

光绪年间，伊通州出于培植士子的考虑，开办了一家书院，知州为其命名“启文”。

院址在州衙的东面，有头门三间，东西房十间，讲堂五间，长卧并厨房五间，围墙、照壁、通道全以砖砌门，门上绘彩画儿。建成后，发告文招请德才兼备者为师长，有位江浙名士袁术士应邀前来任教。

六月的一天，袁术士赴阿穆巴克围场踏春，一路山清水秀，美景无限。走着走着，不觉天色已晚，空中布满了乌云，雷声隆隆，眼看要下雨了。抬眼望去，见前面有处房舍，便跑到跟前叫门。敲了半天，才有一女子探出头来，问道：“何事叩门？”

袁术士忙上前施礼道：“大嫂，打扰了。敝人乃州城书院的先生，本姓袁，因天气突变，难以返回城里，烦请借住一夜。”

女子说：“对不起，恐怕不行。家中男人去州城做生意尚未归来，眼下只我一个，留宿多有不便。”

袁术士抬头望了望天，见淅淅沥沥地下起了小雨，看样子一时半会儿停不了，于是继续商量道：“大嫂，天已黑了，又刮风又下雨的，实在是无处可去，请行个方便吧。”

富氏听说来人是书院的先生，觉得倒可以放心，偏偏又碰上这样的鬼天气，确实没法儿再走了，只好开门把袁术士让了进来。然后拿过蜡烛，在外屋搭了个临时的床铺，让他住下了。

翌日，天刚蒙蒙亮，袁术士就起来了，把房间收拾干净，里里外外打扫一遍，不声不响地走了。

晌午，富氏的丈夫广陆垂头丧气地回来了，原来是做生意赔了本，让夫人赶紧把金簪拿出去当了。

富氏抬手一摸头顶儿，发髻上的金簪不见了，立马着急了，里屋一趟外屋一趟地寻开了，边找边说：“昨晚傍黑儿时下雨了，州城书院的袁术士正巧打此路过，请求借住一宿。黑夜中我给他开了门，莫非金簪掉在地上被他捡去了？要不然，怎么一大早就不声不响地走了呢？”

广陆听罢，有点儿吃不住劲了，不是好声儿地嚷道：“按说呢，书院的先生是应该信得过的，可你的金簪却不见了，谁知道是不是有外心送人了！”

此刻，丈夫因急等着用钱，越说越生气；妻子受了委屈，自是不肯相让。两个人你来一句，我往一句，声音越来越大，最后竟吵了起来。广陆逼着夫人去书院找袁先生要金簪，能讨回来便罢，若讨不回来，必休了她，让她从此别登富家门！

富氏没招儿了，跑了十几里路赶到州城，去书院找袁先生。袁术士正坐在书案旁低头看书呢，见富氏来了，忙起身相迎。富氏直截了当地问道：“袁先生，昨晚在我家是不是捡到东西了？”

袁术士被她劈头盖脸地一问，当即怔住了，边请她坐下，边劝有话慢慢说。

可富氏正在气头上，哪里听得进？又追问道：“我是说，我昨晚头上戴的一根金簪不见了。家里只有先生去了，是不是在给你开门时，金簪掉在地上，被你捡去了？今天晌午丈夫回到家，急三火四地让我去当铺当金簪，我才发现金簪没了。要是先生捡到了，请千万还给我，若找不回金簪，丈夫就不要我了。”说着，急得哭了起来。

袁先生沉思片刻，说道：“大嫂，我今早临走时，确实捡到一根金簪。请等一下，我马上去取！”然后拉开抽屉拿些银子走了。

过了一会儿，袁先生回来了，将金簪递给了富氏。富氏接过金簪，啥也没说，转身出了书院往家走。到了家，推门进屋把金簪往炕上一扔，冲丈夫说：“给你，快去当吧！”

广陆把金簪拿到手一看，是新的，比夫人的那根儿要重些。他感到有些蹊跷，遂告诉夫人，对别人不准提起此事。

两个月后，富氏称炕不好烧，催丈夫赶紧扒开重垒。早上，广陆卷起炕席，抱起铺炕的谷草往地上放，只听“当啷”一声，一根金簪掉在地上了。捡起来仔细一瞅，正是夫人平日头上插的那根儿，他赶忙推开门把夫人叫到屋里，将金簪递给她。富氏左观右瞧地看了半天，内心深感愧疚，叹道：“唉，都怨你，错怪了书院的袁先生。”

广陆分析道：“一定是袁术士见你丢了金簪，急得直哭，怕难为一个女人，才特意花银子买的。”

富氏问：“夫君，这如何是好？”

广陆说：“咱们一起去州城，向袁先生当面儿致歉，并把金簪还给人家。”

二人来至州城，去书院找到了袁先生，真诚地道了歉，奉上了金簪。袁术士接过金簪，摇了摇头道：“当时我也没有别的办法，情急之下，只能如此。要是真的找不回金簪，大嫂岂不被冤枉一辈子？”

关帝爷显圣悬首　新知州明察捉奸

在伊通州，曾有这么个知州老爷，上任不久，便穿着百姓的衣裳下去私访。

一天，他走累了，于是来到靠水边儿的满洲屯儿，想找一间比较清静的房子住。

村里人告知："要说清静，村西老李头儿的东下屋再合适不过了，但屋里有点儿说道儿，死过人，不知你敢不敢住？"

知州老爷问："那人怎么死的？"

一年轻人回道："前两年，老李头儿的独生子娶了媳妇，喜事儿办得热热闹闹。可只过了一个多月，好好儿的儿子突然死了，脑袋挂在关帝庙的旗杆儿上，大伙儿都说是关帝爷显圣了。"

知州老爷听罢，思谋了一会儿，随即去了老李家。到了地儿，叫开门，老李头儿热情地接待了来客，并答应他住在东下屋。晚饭后，知州老爷向老两口儿打听他们独生子的死因，老太太伤心地讲了事情的来龙去脉。

原来两年前，经人说媒，老李头儿的儿子和邻村的赵家姑娘结了亲。婚后第三天，儿子和儿媳买了些东西，拎着果匣儿回门了。可是到了晚上，只儿子一个人回来了，说是媳妇没待够，要再住几天。

媳妇在娘家一住就是一个月，阿玛和额娘几次撵她回婆家，说是时间长了公婆会不高兴的。然而无论怎么劝，闺女根本不听，哭着不愿走。

又过了几天，闺女好像是寻思过味儿来了，主动提出该回婆家了，让阿玛去送她。

爷儿俩吃完早饭，收拾收拾就上路了。走了二里多地，到了关帝庙，闺女让阿玛等她一会儿，然后转身去了茅厕。

老李头儿左等右等，一个时辰过去了，仍不见闺女回来，心里这才着了急，一边到处寻，一边唤着闺女的名字。可不管怎么喊，都没人应声儿，一直走到庙的后殿墙外方才找到。只见闺女赤身裸体地站在那儿，两眼直勾勾的，浑身哆哆嗦嗦。

闺女看阿玛来了，大声儿哭了起来，阿玛忙问：“孩子，哭什么呀，到底出啥事儿了？”

闺女回道：“我刚才正在茅房解手呢，忽然刮起一阵怪风，不知怎么就昏过去了。等醒过来，发现浑身上下的衣服全不见了。”

老李头儿听了，觉得此事有些蹊跷，一时又弄不明白，遂将外边的衣服脱下来，给闺女穿上，催促她还是赶紧回婆家吧。

到了婆家以后，儿媳将在关帝庙发生的事儿对婆婆讲了，婆婆叹道：“唉，年轻人不懂事儿，怎么在庙里解手呢？”

儿媳没吱声儿，换了衣服，到后厨房做饭去了。闺女的阿玛只抽了一袋烟，没等饭做好便往家返。

当天晚上，儿媳一直陪着婆婆唠嗑儿，后来在婆婆的一再催促下，儿子和媳妇才回屋睡觉。

第二天一早，婆婆见儿媳没起来，以为还没醒，便一个人先把饭做好了。等了一会儿，仍无动静，就去叫儿子，可无论怎么唤也没人答应，门在里边插着。她从窗帘缝儿往屋里一瞅，只见儿子躺在炕上，满被是血，儿媳被绑在板凳上，当即吓得差点儿没一屁股坐到地上。

老太太慌忙叫起了老头子，找来邻居，把窗户撬开了。进屋一看，儿媳已经昏过去了，儿子被杀死在炕上，头却不见了。

婆婆见儿媳活着，连推带喊的，过了一会儿，媳妇醒过来了，大家问她是怎么回事儿。

媳妇说：“睡到半夜，只听刮了一阵大风，我觉得头一晕就人事不省了，之后发生了什么，一点儿也不知道。”

邻居们议论纷纷：“奇怪呀，门插着，窗户也没开，男的被杀死了，女的被绑上了，真是邪了。”

正这时，一个后生急匆匆地跑来，告诉老李头儿：“听说关帝庙的旗杆儿上挂了个人头，我们几个忙到庙里取下来一看，正是你儿子的脑袋呀！”

老太太猛然想起昨儿个儿媳讲过的话，认为一切都明白了，说道：“不用问了，一定是庙里的神仙怪罪下来，关老爷显圣了。”

大伙儿一听，老太太都这么讲了，还能再说啥？只好动手帮着老两口儿把儿子成殓了，媳妇哭得泪人一般。

等过了百天，老两口儿合计，媳妇过门一个多月，儿子就死了，咱不能让她守一辈子寡呀！于是把儿媳叫来，老太太说：“我儿子死了，不能眼看着你年轻轻的总守在身边，以后有合适的人家就找一个吧！”

媳妇在公婆面前哭了一场，转天一大早，拿着几件衣裳和日常用品回娘家了。过了些日子，嫁给了北屯子的一个庄稼汉了。

知州老爷听了老两口儿的讲述以后，虽百思不得其解，但总觉得其中有问题，很像是一起谋杀案。

一天傍晚，知州老爷正在屋内看书，老李头儿一手端饭、一手端菜地推开了门，随之一阵风刮来，把桌子上的纸张吹得满地都是。老李头儿挺机灵，连忙用身子将门靠紧，回头用嘴巴子把门插关儿推上，门就这样关上了。

知州老爷看着这一举动，脑子里一闪，豁然开朗，高兴地说：“老人家，破了，破了！”老李头儿站在地中间儿，愣怔怔地瞅着知州老爷，不知所言何意。

第二天，知州老爷返回府衙，派人将李家老两口儿先前的儿媳妇提到衙门审问，果然是她与后嫁的庄稼汉合谋害死了丈夫。所谓关老爷显圣，都是淫妇和奸夫合谋造的假象，用来骗人的。

除霸刀砍杨玉树 靖安民赞程统领

某一年的正月，伊通州德兴门前人山人海，兵勇密列，戒备森严。两名刽子手手持鬼头刀，带上了五花大绑、背插亡命牌的犯人杨玉树，准备开刀问斩。

那么，杨玉树究竟是什么人，身犯何罪？这得从头说起。

杨玉树在伊通州无人不知，无人不晓。他家住北勒克山南杨家屯，有良田百垧，骡马成群，兄弟中排行第四，是个有名的大财主。他原本是秀才，却欺世盗名，挂着进士牌匾，为人阴险奸诈，心狠手辣。

杨玉树在州里横行霸道，多方勾结，进出州衙像走平地一样，连州官也让他三分。

伊通州的胡匪十四阎王、大五轮等绺子与杨玉树来往频繁，匪首“占中花”认其为干爹，他也公开做了胡匪的窝主、靠山，在当时已成为公开的秘密，只是无人敢说罢了。

不仅如此，杨玉树还结交了一些罗刹官兵，有人说他在勒克山一跺脚，伊通州也要颤三颤，此话一点儿不假。

快到年根儿了，吉林巨商牛子厚去沈阳办货，于火石岭子被劫。胡匪把赃物藏在杨玉树家，牛子厚得知后，状告到了吉林将军府。

吉林将军接过状子，深知伊通匪患严重，豪绅作恶，黎民受涂炭，经再三斟酌，决定派统领程明去伊通州剿匪。

程统领为官清正，有勇有谋，以前曾奉命到过伊通州剿匪。但是由于杨玉树暗中给胡匪通风报信儿，资粮送弹，致使官兵围剿受挫，程明不获而归。

而今，程统领又接了伊通剿匪的军令，心中暗暗盘算：“要想解决伊通多如牛毛的匪患，眼下最好的办法，则是必须先除掉杨玉树。”于是，便向吉林将军讨下先斩后奏的令箭，来到了伊通州。

州里的百姓听说程明大人再一次来伊通剿匪，皆喜形于色，奔走相告，一些曾惨遭胡匪欺侮、蹂躏的男女纷纷前往程明的临时所住“德兴当”处申冤告状。

人群中，有位白发苍苍的老太太高举一件血衣，连呼冤枉。程明一看，忙唤至跟前，细问根由。

张老太带着哭腔儿说:“我和老伴儿这辈子只生一女，长得十分标致。不久前，不幸被匪首‘占中花’看中，马上派人抢走了，将其藏在杨玉树家。老伴儿前去要女，不但挨了一顿毒打，而且还被‘占中花’枪杀在勒克山西沟。”说到这儿，老太太已泣不成声。

程明听罢，怒目圆瞪，紧咬钢牙，思忖了一会儿，心中暗暗有了主意，命人将张老太太搀扶回家。

第二天，程明派出了暗探，很快得报：“牛子厚被劫的赃物确实窝藏在杨玉树家，除此，还有十几个土匪正在杨家喝酒作乐。”程明想了想，遂派哈金奎去勒克山捉拿杨玉树。

哈金奎一听，愣怔了半晌，小心翼翼地轻声儿劝道：“统领大人，杨玉树是吉林将军夫人的干儿子，务要三思而行啊！”

程明高声儿喝道：“军令在此，限你三天，若拿不到杨玉树，提头来见！”

哈金奎无奈，只得带领人马到了勒克山，尽管没有堵住杨玉树，却抓住了那十几个土匪，救出了张老太太的闺女，起出了大量赃物。又听说杨玉树去了半拉山，急忙返回伊通，准备追捕他。

那么，杨玉树到哪儿去了呢？原来他带着两房老婆前往伊通街南门外，去看望把兄弟王振山了。王振山劝他不用急着走，多住几天，逛逛元宵花灯再回去也不迟。这天是正月十四，此刻他正在把兄弟家同几个绅士打牌呢！

忽然，衙门的捕班班头儿慌慌张张来报：“四爷，大事不好了，程明派人前来拿你了！”

杨玉树吃了一惊，经打听，方知是因为火石岭子一案。在场的人都知道案子的底细，劝他别吃眼前亏，赶紧躲一躲。

杨玉树说：“其实，程明早想锯倒我这棵大树了。遗憾的是至今没有真凭实据，定不了案，能把我杨四爷怎么样？”

王振山等人再三摆明利害，杨玉树才同意先前往大孤山，再去半拉山。众人当即备好车马，杨玉树带着家眷和亲随，登车往西门而去。

杨玉树的车马刚到西门，也赶巧了，哈金奎带领的一班人后脚儿烟尘滚滚地从勒克山赶来，与杨玉树的马头相撞。哈金奎勒马一看，正是杨玉树，真可谓踏破铁鞋无觅处，得来全不费功夫，便若无其事地甩镫离鞍下马，微笑道："下官奉统领之命去请四爷，幸好路上相遇，请光临统领舍下。"

杨玉树极想脱身，忙拱手道："请哈将军回禀程大人，待过完元宵节，在下定去登门拜访！"说完扬鞭打马就想溜。

哈金奎猛然向前跨了两步，一把拽住马笼头，说道："杨玉树，今天可走不了啦，有人击鼓申冤告状，上令传你务必归案！"

这时，军卒们也围了上来，杨玉树一看，根本跑不了，转念一想，算个啥呀，一个小小统领敢把我怎么样？遂满不在乎地把妻妾打发回家，然后跟着哈金奎进了"德兴当"。

程明听说捉到了杨玉树，还搜出了土匪，救出了张老太太的闺女，很是高兴，吩咐先将土匪带至大堂。通过审讯，方知这几个人有的是"二柜"，有的是"炮头"，都是绺子上的四梁八柱，其中还有一人曾参与火石岭子抢劫案。程明让他们在供词上画了押，承认所犯罪行，由兵卒带下堂去。

接下来，程明又传民女上堂。只见张家闺女由于不从"占中花"，被打得浑身伤痕累累，血迹斑斑。她号啕着扑倒在堂，哭诉了被土匪强抢的经过和关在杨玉树家的不幸遭遇，在场的人无不黯然泪下。

程明听罢，命人带民女退堂，好好儿看护，随即传杨玉树上堂。

杨玉树进得大堂，抬头一看，上面坐着一位三十多岁的武官，容貌俊秀，白净面皮，浓眉下的两道目光却咄咄逼人。心想，这一定是程明了。

程明低眼往案下瞅了瞅，见杨玉树头戴貉绒帽子，身穿羊皮马褂儿，脖子上围着一张银色狐狸皮，獐头鼠目，一脸奸诈之相，厌恶地问道："你是杨玉树？"

杨玉树往前走了两步，不仅不躬身施礼，还摆出老太爷的架势，只用鼻子哼了一声。

程明一看他扬着脸，大嘴往两边撇着，一副目中无人的丑态，非常气恼，厉声儿问道："杨玉树，见到本官为何不跪？"

杨玉树冷笑道："我杨某上跪天子，下跪父母，凭啥跪在小小统领面前？"

程明没理那个碴儿，又道："杨玉树，你可知罪？"

“我一不欠粮，二不欠草，私的不吃，官的不咬，何罪之有？”态度依然十分傲慢。

“你强霸民女，残害百姓，隐藏土匪，窝赃吃赃，难道不是犯罪吗？”

“纯粹是诬告，没一条儿真的，全是恶人故意给本大爷胡编乱造的！”杨玉树倒驴不倒架，瞪着眼睛辩解着。

程明知道，杨玉树在州里仗势欺人，豪横惯了，让他这种人认罪很难，肯定是不见棺材不落泪。于是手一挥，兵卒将人证、物证带到了大堂，当面对质。

杨玉树一看，立马傻眼了，铁证如山哪！一时间犹如怀里抱冰，凉水浇头，背后直冒冷气，两腿发颤，顿时矮了半截儿。又一琢磨，本大爷是有功名之人，你小小统领有多大的权呀，能奈我何？便强打精神，腆了腆胸脯，装出一副不屑一顾的样子说：“程明，上有将军府，下有州衙门。我即使真犯罪，也犯不到你手上啊，想咋的吧？”

程明听罢，心头火起，命军卒把杨玉树绑在当铺门前的马桩子上，狠抽四十皮鞭，先挫挫他的威风。

没容分说，军卒将杨玉树像拖死猪一样拖至马桩子前，紧紧捆住，抡起皮鞭一顿猛抽。四十皮鞭执行完毕，把杨玉树打得皮开肉绽，鲜血淋漓。谁知不仅没有打掉他的威风，他反而破口大骂：“程明，兔崽子，竟敢私设公堂，拷打有功名之人，我要告你！”

程明喝道：“既是有功名之人，更应遵守王法，安分守己。别说只是个小小的秀才，今天你就是状元，犯在本官手里，也决不轻饶！”

杨玉树以为程明不过是吓唬吓唬而已，脑袋一晃，轻蔑地说：“程明，好大的胆子，告诉你，要想杀我，走公文的毛头纸得先买上二斤！”

这一将军，致使程明火冒三丈，嗖地拔出一支令箭道：“吉林将军赐本官三支令箭，你可知道？以为树大根深，统领的刀砍不了你呀，那可大错特错了。别说二斤毛头纸，连两指宽的纸条儿我都不用，便能把你就地正法！”说完，传下军令，给杨玉树上法绳，推出西门问斩。

正在这时，一名兵丁来报：“禀统领大人，王振山串通了五百名罗刹官兵，杨玉树的干儿子、匪首‘占中花’勾结大五轮等绺子云集西门外，欲劫法场。一些富商豪绅在王振山的要挟下，前来保释杨玉树，城里的民众也在观望，把整个当铺围了个水泄不通！”

程明见情况十分复杂，为了避免麻烦，命军卒将杨玉树赶紧推出后门正法。

此刻的杨玉树已是威风扫地，面如死灰，两眼发直，魂飞魄散。几名军卒手执鬼头大刀，将他推到“德兴当”后门臭水泡子前，手起刀落，脖腔子的血唰地蹿出，脑袋骨碌到水里去了。

程统领验明了首级，即命军卒鸣号，霎时间，十几把牛角号呜呜地响成一片，整个伊通州震动了！当铺的保人听了，大惊失色，面面相觑；土豪劣绅听了，胆战心惊，丧魂落魄；匪首、胡匪听了，毛骨悚然，如坐针毡；黎民百姓听了，拍手称快，奔走相告，齐声赞颂程明不畏强暴、为民除害之举。

州城民众为褒扬程统领的功德，在“德兴当”西门，立德正碑一座。

断奇案春娇昭雪　斩蚰蜒青天扬名

伊通州有这么个人，姓齐，名耀琳，进士及第，奉旨到县衙做县令。上任不久，在审理积案时，发现一桩杀人大案，疑点很多，决定开堂复审。

衙役提进来的犯人是个十七八岁的农家姑娘，浑身伤痕，已被折磨得奄奄一息。

齐县令问道："你叫啥名儿？"

姑娘强打精神回答："我叫陆春娇"，然后抬头望了望县令，哭着申辩道："老爷，冤枉啊，人不是我害的，请救小女出狱！"

当班儿的衙役心想："这位县官可真怪，咋不拍惊堂木呢？"

齐县令深思片刻，言道："本官断案，该一是一，该二是二，冤不冤枉，待查明再定论，退堂！"陆春娇又被押回死牢。

次日，齐县令带了几名衙役，押着少女前往事发现场。

陆春娇家住县外的桃花村，屯邻们听说县老爷亲自下乡办案，觉得倒是个新鲜事儿。加上对春娇和尹河的不幸都想探个究竟，便纷纷赶来观瞧，一时陆家里三层外三层全是人。

齐县令进了院子，通过询问得知，有一天，陆春娇的未婚夫尹河在田里劳动。忽然天降大雨，赶忙跑回了村子，正巧在陆家的大门楼儿下避雨，被屋里的陆春娇看见了。她出得门来，把尹河拉进屋内，见其直打冷战，赶忙找了几件衣裳给换上了。

不多时，天晴了，尹河仍抖个不停。陆春娇心疼地说："河哥，还冷吗？俺阿玛和额娘串门儿去了，你多坐一会儿吧，我做热汤去。"说着，就在外屋的一个平时不用的锅灶下点起火来。

不一会儿，汤做好了，味儿很香。陆春娇转身到上屋取来碗筷，又炒了两盘儿小菜，盛上汤端给尹河说："河哥，多喝点儿，也好暖和暖和。"

尹河刚喝完热汤，忽然脸色青紫，浑身哆嗦，搓手挠心，紧接着啪啦一声，把碗筷碰翻了，口流涎水，摔倒在地。

姑娘一看，当即吓傻了，急得在屋里直打转转，不禁大声儿哭了起来。

正赶这时，春娇的阿玛和额娘回来了，见此情景，也顾不上细问缘由了，忙俯下身连唤带叫："尹河，怎么了？快醒醒啊！"可是小伙子什么也听不见，已经咽气了。

尹家接到信儿后，感到儿子死得蹊跷，立马告到了县衙。

齐县令请乡亲们退出大门外，只带着姑娘查验现场，进屋四下一瞅，见四壁挂满了蜘蛛网，尹河的尸首仍在原地，早就臭了。

齐县令让陆春娇刷锅点火，照原样儿再做一次汤，自己则站在门旁仔细观瞧。等汤做好了，他令姑娘把锅盖掀开，暂且回避一下。

正当那香喷喷儿的汤味儿扑鼻而来时，就听房梁上有咝咝的响声，齐县令抬头一看，竟爬出一条大蚰蜒，二尺多长，青肚皮，头朝下耷拉着。它之所以出来，显然是闻到了香味儿，馋得直流涎水，滴滴落在汤里。

县令疑团顿开，抽出利剑，忽地往前一蹿，手起剑落，把大蚰蜒拦腰斩断。然后令衙役唤进众乡亲，当场实验，将汤喂狗，狗死；喂猪，猪毙。

只一袋烟的工夫，案情大白，陆春娇的冤案终于昭雪了。百姓欢呼雀跃，无不称道，还送县令个美名叫"齐青天"。

段芝贵贿送美人　齐忠甲弹劾州官

伊通州西有个地方叫四台子，住在那里的大户齐家乃书香门第，阖家的小孩子一经懂事儿，务必在自家设的学堂念书，所请的先生都是伊通州有名的人物。

功夫不负有心人，就在光绪年间，齐家一连考取了三名进士，齐耀珊、齐耀琳皆为官，后来分别晋升至省长。

单说他们的侄子齐忠甲，表字迪生，自幼勤奋好学，天资聪颖，光绪二十年考中进士。齐家有人入仕，当然得摆宴，州里的官员纷纷前来贺喜。

齐忠甲的母亲是位十分贤淑的女人，在儿子赴京就任之前，少不了要嘱咐一番。她说："儿呀，当官不易，一定要替百姓做主。为人须秉正，不畏权势，时刻不忘向需要帮助的人伸出援手。"

忠甲保证道："孩儿中了进士，既是父母的训教，又是家乡父老兄弟的期望。请放心，孩儿一定矢志报国，决不以一己之利而误国事。"母亲听后，满意地点了点头。

齐忠甲进京后，做了朝廷御史。当时朝廷刮起一阵歪风，即常有贝子去各处视察，所到之处，无不前呼后拥，迎候之官员往往使出全力贿赂之。

单说赫尔苏知州段芝贵为讨好贝子，天天盘算着该送些啥，为此费尽了心机。

段知州正急得没有着落呢，倒是手下的一个小衙役出了个高招儿："大人，要想讨贝子得意，必须让他乐呵才是。别人都送金银财宝，咱赫尔苏地少人稀，财力没法儿跟大州县相比。听闻贝子年壮，何不送一美人。"

段芝贵问："不知应送何人？"

小衙役回道："听说伊通州有个名妓杨翠喜，不但长得美，而且能歌善舞，吹拉弹唱全行。老爷不妨花些银子把她买下，献给贝子，肯定能喜欢。”

段芝贵听后，顿开茅塞，认为此招儿太妙啦！就把这个差事给了小衙役。不几天，小衙役真的把妓女杨翠喜从妓馆里赎了出来，交于知州老爷。

段芝贵高兴之余，自然少不了对杨翠喜好好儿调教，让其要千方百计地讨得贝子欢心，以后的吃穿就不用愁了，可谓一步登天。还教杨翠喜如何在贝子面前为他这个州官进美言，说好话儿。

一周后，贝子果然来到州里巡视，段芝贵一面小心接待，一面巧妙地把杨翠喜送给了贝子。贝子得了美人儿，心里这个乐呀，果然对段芝贵非常满意。视察完了，说了许多不切实际的话，最后带着杨翠喜走了。

不久，此事被御史齐忠甲知道了，决定亲自前往赫尔苏。经过一番明察暗访，此事终于查实，齐忠甲立马返回京城。因事关重大，涉及八旗贝子，他便请求面见慈禧太后。

老佛爷听说御史齐忠甲去了赫尔苏，有事要回禀，便破例召见了他。齐忠甲把事情的前前后后详细禀报完毕，慈禧异常震怒，当即罢免了段芝贵的州官，训斥了贝子，对齐忠甲反对贿赂之举给予了封赏。

邹婆买盐讨公道　乡民留靴警后人

直隶有个曲固县，记不得是哪年了，朝廷新任命了一位知县。刚一到任，他发现大堂竟供着一只旧靴子，又不好多问，便没吱声儿。

过了些日子，知县悄悄儿问衙役："大堂之上供只靴子，本官倒是第一次见，怎么回事呀？"

衙役回道："上一任知县姓齐，名耀琳，字震岩，乃关东伊通州人，光绪乙未进士。齐老爷在任上，向来认认真真审案，仔仔细细倾听黎民诉冤，无论多辛苦、多累，从无怨言。而且执法甚严，即使是同僚幕友，也秉公办事，拒绝贿赂，当地百姓称其为'齐青天'。齐知县离任时，民众列队相送，登上轿后，有人拔其靴一只，供奉在大堂上，以警后人。"

新任知县对此颇感兴趣，让衙役讲一讲"齐青天"是怎么办案的，表示很想听一听。衙役低头寻思了一小会儿，就开讲了。

第一件事儿是齐知县来到曲固那天，前脚儿刚刚迈入大堂，还没来得及歇息呢，便转身出门微服私访去了，到市井听听百姓的街谈巷议。走了一大圈儿，让齐知县感到不解的是，此地骂街的人特别多，遂吩咐衙役把骂街最厉害的邹婆叫到县衙。

齐知县详细询问邹婆，到底为啥骂街？邹婆答道："回大人，曲固县的商人大都在秤上做手脚，欺骗买主，缺斤少两。一直以来，无人过问，穷苦的百姓对此怨声载道。"

齐知县听罢，让邹婆到集市买一斤盐，带到大堂，随即又打发衙役去同一家店也买一斤盐。二人拿回来一过秤，衙役的盐足斤，邹婆的却少了一两五钱。

于是，齐知县派人把盐商叫到大堂，当场过秤，盐商傻眼了，不得不服气。然后根据卖盐的数额，加倍罚了盐商银两，并将判罚文书遍街张贴。从此，曲固县缺斤少两的事儿少了，骂街的人也不多了。

第二件事儿是一位叫张老儿的来县衙喊冤，告一孙姓富绅巧取豪夺，无理占用了张家房舍所在之地。状子上说，富绅要扩宅，偏巧张老儿的房子碍着，没法儿扩，便要强买。张老儿硬是不卖，不为别个，因那是他家的祖宅。一日，张老儿带老伴儿去外地走亲戚，等回来时，发现先祖留下的房舍不见了，园田地也被孙姓富绅用杖板圈到自家的院中了。

齐知县看毕，感到此事有些蹊跷，遂让衙役传来孙姓富绅。

孙姓富绅到了大堂，并不慌张，声称是张老儿把房子和园田地卖给了他，自己用银子买下的。说着，拿出了买卖房屋的合同和土地文书，上有两个中人画押证明。

齐知县马上把中人传到县衙，经审问，二人皆说确有此事，是张老儿同意将房舍和园田地卖给孙姓富绅的。

齐知县问："写文书当天可备酒席？"

二人异口同声地回道："备了。"

这时，齐知县命衙役把两个中人分开，单个儿审，问的是同一句话："那天吃的是啥饭菜？"

一个说吃了饺子，一个说吃了面条；一个称在东家馆子，上了四道菜；一个称在西家酒馆儿，上了六道菜，根本对不上碴儿。

齐知县接着升堂再审，人证物证俱在，漏洞百出，无法抵赖。孙姓富绅只好招供，是他买房未果，故而设计强夺了张老头儿的祖宅和园田地。

齐知县听罢，啪地一拍惊堂木，朗声判令孙姓富绅退回张老头儿的园田地，重新给张家盖房舍。

此后没多长时间，齐知县公正廉明办案就在曲固县传开了，人们称他为"齐青天"。

郭星五暗访沉冤　故邻里明达结亲

伊通州出了个人物，名叫郭星五，字景恒，隶属满洲镶黄旗，二十家子人。

郭星五平和稳重，十岁入私塾读书，同治年间考中举人。初始任职于邮集部，后调交通部，再后来为浙江龙游县的知事。在任中，同情百姓疾苦，努力减轻农、工、商各业赋税，倡导廉洁奉公，反对贪污受贿。

单说这一年，郭星五去龙游县任知事，刚刚到任，就听一些官员和衙役讲，狱中在押囚犯七十余人。他心想："一个小小的龙游县，咋会有这么多囚犯呢?"于是决定亲自审理几宗案件。

狱中有个刚关进来的犯人，姓那，名志远，四十二岁。原告名叫夏长发，与那志远本是邻居，两家却一直不合。

那家生有独子，名叫那朋，年方二十。夏家生有独女，名叫翠儿，年方十八。两个孩子从小一起长大，渐渐相互爱慕，形影不离。怎奈此事夏长发无论如何不同意，还时不时地指鸡骂狗，那志远对此愤恨不已。

有一天，两人又吵了起来，那志远指着夏长发家的揣崽儿母猪说："你良心不正，下崽子不出三天都得死，连母猪也剩不下!"

说来蹊跷，两天后，夏家母猪一胎产下十多个崽子，长发挺高兴，起早贪黑地饲育。谁知到了第三天，仔猪一头头死去，最后连母猪也死了。长发感到十分可惜，伤心之余，忽然想起五天前邻居说的话，便琢磨开了："这哪是什么病啊，分明是那志远怀恨下了药，毒死了崽子和母猪。"一气之下，将那志远告到了县衙。

县官派人去夏家一看，果然母猪和仔猪全死了，就把那志远传至县衙。经再三审讯，那志远只喊冤枉，并不招认，遂羁押在狱。

转天，郭星五带着一个衙役扮成算卦先生，来到夏长发、那志远所在的村中。通过暗访得知，不光夏家的母猪、仔猪先后死去，还有四五家也是如此。据屯子里的兽医讲，近日来，附近的几个村子都害了猪瘟。

郭星五回到县衙，差衙役传来夏长发和村兽医，当堂对质，长发这才服气。

郭星五又遣人叫来那朋和翠儿，从狱中放出那志远，判其无罪，并让夏长发赔了不是。郭星五问那朋："小伙子，是否愿意娶翠儿做媳妇?"

那朋看了看翠儿，翠儿连连点头，那朋不好意思地笑了笑，回道："大人，我愿意!"

经郭星五做媒，将夏家闺女翠儿许给那家儿子那朋，两家结为儿女亲家。此事一传开，龙游县百姓交口称赞郭知县聪明过人，断案公正。

杨氏男密劫皇纲　左大人乔装缉凶

早先，伊通州以西大孤山一带，林木繁密，遮天蔽日，飞禽栖息，野兽出没，山南则是一望无边的荒草甸子。到了大清初年，大孤山又有一个名字，被称为阿勒坦额墨勒。

早在明朝末年时，海西女真于山下建造了雅哈城，阿勒坦额墨勒驿站就设在雅哈城内。它西接赫尔苏驿站，东连伊巴丹驿站，是盛京通往宁古塔的必经之路。

此驿站设置健全，有驿丞一名，驿卒四十五人。房屋的整体结构是南北正房和东西厢房皆为海青房，墙外有粮仓五座，拱形起脊门楼儿，青砖抹缝儿到顶儿。门楼儿四周围墙镶着木砖，木砖上钉有拴马铁环，门前卧了两块石鼓形枕石。院子中立着四丈高的灯笼杆儿，顶端高挑，写着阿勒坦额墨勒驿站字样的大红灯笼里，燃着两斤重的牛油制成的汤蜡，彻夜通明，数里外都能看到。

单说光绪年间，伊通州闹灾荒，知州谢汝欣奉命赈济、救助灾民。

忽一日，知州接到朝廷的八百里急递，阿勒坦额墨勒驿站出了事。原来就在前几天，由吉林通往京城解送的一万两俸银，在阿勒坦额墨勒驿站附近被人劫走。京城镖局奉旨，派人随两名钦差前往阿勒坦额墨勒驿站，详查侦办。

钦差下来数月，案情没有丝毫进展，知州谢汝欣如坐针毡。皇上震怒，一道圣旨下来，由皇命钦差大臣左宝贵受理此案。

左宝贵，祖籍山东肥城，幼年从军，作战勇猛，屡立奇功，皇帝亲赐黄马褂儿，头戴双眼花翎，他曾多次奉旨来伊通视察，被称为左大人。因其熟悉当地民情，又是经人推荐的，故而朝廷才特命他来伊通州侦办劫银案。

左大人接旨后，既没声张，也未带领大队人马前往，而是乔装打扮成乞丐，一面寻找线索，一面沿路私访。当到了阿勒坦额墨勒驿站附近的城子屯时，正巧赶上这里修缮清真寺，便向领头儿的请求能否准许自己留下干点儿杂活儿。领头儿的便让他在清真寺里做短工。

左大人和村民们一起搬砖抬石，不辞辛劳，没几天就和大伙儿混熟了，大伙儿说话唠嗑儿一点儿不戒备他。

那些干活儿的人中，有俩小子引起了左大人的注意。他们与普通村民不同，贼眉鼠眼不说，做啥事儿都是偷偷摸摸的，总背着人在一起嘀咕。常常是没干多少活儿呢，就找个地方睡懒觉去了，对此谁也不敢说三道四。

左大人从村民口中得知，这二人姓杨，是亲哥儿俩，哥哥排行老三，弟弟排行老四，人称“杨三”“杨四”。平时游手好闲，常与那些偷鸡摸狗的人厮混，还跟黑道有勾连。

修缮完清真寺，左大人离开了城子屯，立即带领官兵返回来捉拿杨氏兄弟。没承想却扑了空，一打听，才知道“杨三”“杨四”跑了。

左大人根据村里人提供的线索，捆了杨氏兄弟的一个同伙儿，并进行了突审。一开始，此人喊冤叫屈，矢口否认。当左大人说，自己是在清真寺做短工的时，那人顿时傻了眼。仔细一端详，哎呀，可不咋的！知道隐瞒不过，只好招认，供出劫银乃杨氏兄弟主谋，二人已逃往辽宁皮口。左大人立即遣人去皮口，没过三天，果然抓回了杨氏兄弟。

经审讯，“杨三”“杨四”供认不讳，交代了藏匿俸银的地点。左大人带人马到了伊通州，按照罪犯的口供，起出了赃物，连同“杨三”“杨四”一块儿押往京城。

钦差大臣左宝贵因侦破此案有功，被文臣武将交口称赞，并得到了朝廷封赏。知州谢汝欣由于不够尽职尽责，治理地方不得力，故而被调离了伊通州。

第三章　鬼神精怪故事

引　子

一天，大太监李莲英服侍慈禧太后在德和园戏楼观戏，演的是京剧《断桥》，很是精彩。散场后，慈禧意犹未尽，李莲英见势启奏道："老佛爷，天儿尚早，何不召依克唐阿前来讲故事，不是挺有趣儿嘛！"慈禧点头应允了，李莲英忙打发小太监去传话儿。

慈禧回到宁寿堂，侍女为其更了衣，在屋子里踱了一圈儿后，吩咐李莲英拿纸砚来。原来她平时常写小楷，擅长临摹碑帖，还喜欢作画。不大工夫，准备停当，慈禧走到桌案前，提笔在一张铺好的宣纸上先画一竹。然后直起身左瞅右瞧地端详了半天，现出不满意的神情，遂放下笔自言自语道："坏了，坏了！"而于一旁伺候的李莲英和太监们却交口称赞。一会儿，慈禧又高兴起来，重新拿起笔接着画。三勾两抹的，一幅雨后春笋图展现在大伙儿面前，未待墨迹干呢，画已被近侍讨走。老太后作画在宫内有点儿名气，所画兰竹寥寥数笔而已，然着色和布局必苦心琢磨。最愿画的是葡萄，弯曲的藤蔓，信笔走之，颇为神似。她才志高远，十分好学，别看年岁大了，求知欲蛮强。见光绪帝的英语进步很快，也跃跃欲试，没事儿时背些单词，偶尔与近侍们对上几句。这会儿，又随口迸出句英语"No！ No！"，逗得在场的人无一不笑得前仰后合。

刚过酉时，小太监传报："依克唐阿到！"慈禧令依克唐阿去仁寿殿候着，回头叫上李莲英、缪淑云等几个领头儿的太监来至仁寿殿，依克唐阿已于他们之前等在那儿了。

慈禧说："下晌，我看了京戏《断桥》，深为白素贞、许仙的未了情缘所感动。记得小的时候，常听长辈们讲些多年的鸟兽草木变成妖怪的故事，圣籍伊通州也一定会有此类传说。依克唐阿，你来京一个多月了，天宇地上地讲了一通儿，很是神奇有趣儿。从今儿起，咱专讲鬼狐精怪，可不拘时间，每天多来几段儿，如何？"

依克唐阿回道："老佛爷想听，奴才遵旨就是。说起伊通，地处白山黑水之间，自古百姓便在这片土地上捕鱼狩猎，繁衍生息。他们对各种生灵多有崇拜，故而鱼蚌成精、蛇蟒成妖、狐黄成仙的故事挺多，奴才的脑子里真装不少呢！老佛爷，要不要歇息一下，还是现在就讲？"

慈禧做了个手势，意思是马上开始。侍女奉上了香茗，依克唐阿端起杯子呷了一口茶，掏出手帕擦了擦嘴后，正襟危坐，口若悬河地讲了起来。

拾鸡蛋猜度儿媳　窥长虫寻见珍草

说起化石草，还真有段儿故事呢！

在一座大山根儿下的破草房里，住着一户穷苦人家，三口人，小两口儿和老额娘。

这些天来，家里出了件怪事儿——鸡下的蛋天天丢。前两天一天丢一个，后几天数量增加了，一天丢两个或三个。

老婆婆开始琢磨了："真是邪门儿了，家里除了他们小两口儿，再没别人呀，鸡蛋怎么会少呢？我儿肯定不会拿，哎呀，或许是媳妇偷嘴了？"这么想着，便时不时地盯着儿媳的一举一动，想弄个明白。

当媳妇感到身前背后总有婆婆那猜度的目光扫来扫去时，也犯了嘀咕："看样子，额娘是怀疑我了。难怪呀，家中从没外人来，鸡蛋却天天丢，不是奇了吗？噢，对了，是不是让狗给吃了？"她开始处处留心，想弄清到底是咋回事儿，以便解开老人心中的谜团。

一天，母鸡下完蛋刚离窝，媳妇便看见一条长虫从房檐儿下来把鸡蛋给吞了，然后爬到院门前，缠在一棵榆树干上勒。媳妇心里呼啦一下亮堂了，原来是它在捣鬼呀！忙跑进屋将此情况告知婆婆。老人半信半疑地说："是嘛，明天再看看。"

第二天，鸡下完蛋咯咯叫了两声后，娘儿俩赶紧躲在暗处。不一会儿，果然见一条长虫从房檐儿下来将鸡蛋吞进了肚儿，婆婆这才相信了。

站在身旁的儿媳说："额娘，咱家不是有两个石球子吗？放在鸡窝里，看长虫吃完了咋整！"婆婆点了点头。

第三天，母鸡刚下完蛋，媳妇就用石球子把蛋换走了。大长虫如法炮制，从房檐儿下来，一口将石球子吞了。娘儿俩藏在门后抻脖儿观瞧，心想，看它这回咋勒吧。

长虫爬到大门前，仍然缠在那棵榆树上，使劲儿一勒没勒动，便"呲愣"一声跑了。它嗖嗖地窜至半山腰，围着一小堆青草绕了一圈儿，肚子上的石头包儿很快就没了。

娘儿俩呼哧带喘地一直跟在后面，大睁着眼睛看着，一时全蒙了，这是咋回事儿呢？儿媳说：“额娘，咱明天把窗台上的那两个铁珠子搁到鸡窝里，让长虫吃，看它还咋整。”

第四天，儿媳将鸡蛋壳儿套在铁珠子上，大长虫照样吞进了肚儿，缠在榆树干上用力一勒没勒动，又窜到半山腰的那堆草前绕了一圈儿，肚子里的大包没了。

媳妇惊喜地嚷道：“额娘，那堆草很可能是宝哇！”

婆婆说：“听老辈人讲，这座山上有化石草，什么东西一碰上它准化，连铁珠子都能化没了，看来八成就是了。”

于是，娘儿俩动手把那堆草薅了出来，抱回家栽在窗户底下了。

过了些日子，一个骑骆驼的先生从草房门前路过，进屋找水喝，一眼看见了窗下的化石草。他左瞅右瞧了半天，便同老太太商量能否买一些，要多少钱给多少钱，保证一文不少。

娘儿仨一合计，卖就卖吧，正好没钱用，便给挖了一墩子，那位先生真的给了他们不少银子。

娘儿仨拿出一半儿银子盖了房子买了地，从此过上了好日子，吃穿不愁。珍贵的化石草在他家窗下一茬接一茬地长，越来越旺盛，延续至今。

陈起夜读逢灵芝　道士贪色遇参女

伊通州的北边有道大石岭，岭下住着一户姓陈的员外，妻子马氏生了个儿子，取名陈起。

一天傍晚，陈起正在书房读书，一阵风把门吹开，走进一个姑娘，长得十分俊俏，陈起遂问道："小姐，深夜来到书房有何事呀？"

姑娘回道："我叫灵芝，与公子有前缘，特来相会。"

陈起听罢，连忙起身让座，倒上茶，然后和灵芝攀谈起来，二人越唠越近乎。

这时，恰好老员外闲来无事，信步来到窗前，忽听书房内有女子的说话声儿。他悄悄儿用手指把窗纸戳了个小洞，往里一瞅，见一美貌姑娘和儿子聊得热热乎乎的。心里琢磨开了："我家深宅大院儿，戒备森严，从哪儿来的女子呢？定是妖精无疑了。"想至此，反身回了上房，把方才所见向大管家讲了。

大管家说："倘若真是妖精登门，可不能小觑，我提个办法，老爷看看行不行。北边有个清静寺，住持清静道人神通广大，不妨请他前来捉妖。"老员外想了想，眼下也没别的招儿，便点头同意了。

转天下晌，陈家请来了清静寺的住持，说明了情况。用罢晚膳，清静道人来到书房的窗前，从小洞往里观瞧，见陈起和灵芝正亲热得难解难分，随即推门进屋，冲着灵芝砍了一剑，随之闪出一道青光，灵芝没影儿了。

老道回头告诉员外："此妖定是花草精，以后不敢再来了。"员外很是感激，给老道二十两白银作为酬谢，并派侍从送他回了寺院。

小灵芝无缘无故地挨了老道一剑，十分伤心，又挺无奈，便去找好友山参姐姐。

灵芝姑娘见了山参姐姐，难过得流着泪说："清静寺的老道太坏了，拆了我和陈公子的姻缘，请姐姐想个办法替小妹报仇！"

山参姐姐答应道："妹妹放心吧，我略施小计，老道就难逃我的手心儿了，一定替你出这口怨气。"说着，二人手拉手向后山走去。

再说清静寺的老道睡到半夜，忽听外边哗哗地下起了大雨，过了一会儿，迷迷瞪瞪刚要睡，又听见有人敲门。他下了禅床，打开门一看，站在眼前的是位年轻女子，不由得向后退了两步。

女子忙道："住持不要紧张，小女路遇大雨，无处栖身，才前来投宿的。"

老道推却说："此寺院只贫道一人，多有不便，还是另找一处吧。"

女子商量道："出家人慈悲为怀，方便为门，让我进去吧，求您了！"

老道见年轻女子苦苦哀求，全身上下已经淋透了，便动了恻隐之心，放她进来了，二人对面而坐。

老道开口问："施主怎么称呼？"

女子答曰："我叫山参。"说着，冷得抖成一个团儿，赶紧把外面的湿衣服脱了下来，露出了薄薄的贴身小衫儿。

老道一看，立马浑身瘫软，神魂颠倒，伸手就去抱。山参一闪身，突然间不见了，怎么找也没有。

第二天早晨，来清静寺上香的善男信女看见寺院门楣上的匾额多了几行字，写的是：

清静寺，
不清静。
老道贪色，
死不归天！

老道想起昨天夜晚发生的事，感到羞愧难当，无颜再住清静寺了。只好简单收拾了一下，悄悄儿离开了寺院，远走他乡，一边走一边自言自语道："可惜我这么多年的道业，没曾想丢在一个野村姑手里。"

老道正低着头无精打采地往前走呢，忽觉一阵风袭来，抬头一看，灵芝姑娘出现在面前，冲着他迎头就是一剑，把他耳朵砍掉了一只。

从此，人们管清静道人叫"单耳道人"。"单耳道人"经常受到其他道人、和尚的讥讽，乡民也指指点点地冲他撇嘴，不久他便郁郁而终。

童僧戏识棒槌精　古刹升腾云幻影

这是很久以前的事了。

那时候，伊通州一带没有多少人家，只是在离伊通河岸边不远的地方，稀稀拉拉地住着些古老部落的后代。

伊通河边儿有座山，山上有处古庙，庙里住着一个老和尚和一个小和尚。老和尚背驼腰弯，小和尚十来岁，还是个孩子。

老和尚每天敲响晨钟之后，把小和尚叫起来，跟他一起念经。晚上敲响暮鼓之后，还是领着小和尚念经。

小和尚离开母亲怀抱没几年，白天想家，夜晚想额娘。师父告诉他："既然已经出家了，就不要再想家，这叫'跳出三界外，不在五行中'。要切记，今后不仅不许贪恋凡尘，更不能杀生。"

小和尚每天除了背诵经文，便是看庙门、扫院子，擦拭庙堂、烧香拜佛，再就是去山下小溪边提水。有活儿干还好，一闲起来就呆呆地站在庙门外，两眼时而望着远方，时而望着天空，感到又寂寞又孤独。

小和尚看见蝴蝶在花丛中上下飞舞，心想："我要是能变成蝴蝶该多好，也跟它们一起玩耍于百花间，那得多快活呀！"瞧见小鸟叽叽喳喳地在树上飞来飞去的，便想："我要能变成小鸟该多好，张开翅膀飞呀飞呀，一直飞回家乡，飞到阿玛身旁，飞到额娘怀里。"他就是这样百无聊赖地消磨着时光，苦熬着岁月，总是期盼着有那么一天，能同别的孩子一样，欢欢乐乐地生活。

一天，小和尚正在庙门前仰头望着树上的两只松鼠上蹿下跳地寻找食物，忽见山下跑来个胖娃娃，头顶扎着钻天辫儿，长着白里透红的圆脸儿，一双大大的眼睛，身上穿着红兜肚，笑嘻嘻地来到他身边。

小和尚一看，怔住了，空寂的大山里从哪儿来的小孩儿呢？还没等他问话呢，胖娃娃向上一蹦，一把搂住小和尚的脖子，又贴脸儿又抱头的，像亲兄弟一样。

两人亲热了一会儿，就一块儿玩儿了起来。都咋玩儿的呢？或到山坡儿采野花，在花丛中捕蝴蝶；或上树折柳条儿吹哨哨儿，去树林里捉迷藏。

天快黑了，胖娃娃说："我该回家了，明天再来。"小和尚点点头，目送着他跑下山去。打那以后，小和尚不觉得寂寞孤独了，胖娃娃天天跟他玩耍，还帮着他干活儿。

有一次，胖娃娃跟小和尚玩儿恋了，太阳快落山了还没走。老和尚化缘回来了，远远望见一个胖小子。咦？这可怪了，我在庙里待了几十年，很少看见外人来，附近又没人家，怎么突然钻出个孩子呢？再细看小孩儿的打扮，身穿红兜肚，头顶扎着根儿钻天辫儿，水灵灵的大眼睛，红扑扑的小脸蛋儿，怪招人喜欢的。他想了想，又瞅了瞅，故意使劲儿咳嗽一声。

老和尚这一咳嗽不要紧，惊动了玩儿得正高兴的两个孩子，小和尚刚一愣神儿，胖娃娃说声："不好！"一转身没影儿了。

小和尚甚是奇怪："这是咋回事儿呀，我俩玩儿得好好儿的，师父回来咳嗽一声，胖娃娃怎么一下子没了呢？"正琢磨不出所以然来，师父走到跟前，一把拉住他的手就往庙里走。

师徒二人进屋以后，老和尚取过早晨泡好的一壶清茶，倒入杯子里，喝了一口问道："那个胖小子是从哪儿来的？住在什么地方？家里都有什么人？"

小和尚就把胖娃娃每天怎么来，啥时候走，原原本本地讲了，并告诉师父："胖娃娃说，他家住在对面那座山上，离咱们的庙堂不远。家里人很多，有爸爸、妈妈、哥哥、弟弟、姐姐、妹妹、爷爷、奶奶、叔叔、大爷、婶子、大娘等，亲属更多，可全乎儿了！"

老和尚边喝茶边听，时不时地点点头，心里已拿定了主意。他站起身来，从柜子里找出一条长长的线绳儿，捻个纫头，纫上一根针，然后递给小和尚说："胖娃娃不是凡人，可能是棒槌精，以后不许跟他一块儿玩儿了。等明儿个再来时，趁他不防备，悄悄儿把这根针别在他的兜兜上，他一走开，你立刻放线绳儿，一准能逮住，到时候就会知道是怎么回事儿了。"

小和尚听后，半信半疑，可又不敢违拗师父。夜晚躺在炕上翻来覆去睡不着，生怕因按师父的话去做而伤害了一块玩儿的小伙伴儿，心里七上八下的，不知如何是好。

第二天下晌，老和尚假装去化缘，走出庙门不远，选了片树棵子坐在里面，不错眼珠儿地盯着庙门。

过了半个时辰，只见胖娃娃从半山腰蹦蹦跳跳地跑了下来，轻盈灵巧，穿过这个树空儿，越过那块石头，一直跑进庙里。

不大工夫，小和尚跟着胖娃娃出了庙门，到前面的山坡儿上玩儿了起来。二人开心极了，又蹦又跳，又说又笑，如同两只叽叽喳喳的小鸟儿。

老和尚见徒儿跟往天一样，只顾玩儿，也不把带着长线绳儿的针别到胖娃娃身上，而胖娃娃也不张罗走，眼看太阳西沉快落山了，老和尚急得了不得。他实在忍不住了，起身从树棵子里钻了出来，蹑手蹑脚地朝着两个孩子走去。当快接近他们的时候，两只眼睛只顾往前看了，脚下却被朽木绊了一下，一个趔趄差点儿没摔倒，幸好把住了一棵小枯树，树干随之嘎巴一声折断了。

小和尚扭头一看，师父来了，方想起昨天师父告诉他要做的事。

这工夫，胖娃娃也发现老和尚了，转身刚要跑，小和尚赶忙从兜儿里掏出那根针朝胖娃娃的兜兜上扎去。哪承想心里一慌，没扎准，竟扎到他的耳朵根子上了。只听胖娃娃嗷的一声，带着针猛跑，地上拖着线绳儿，眨眼之间就没影儿了。

老和尚见此，两步跨到徒儿面前，一把夺过其手里攥着的长线绳儿末端，跟着线绳儿往前追。到了半山腰，线绳儿到头儿了，蹲下一看，在一片茂密的草丛里，开着一团火一般的红榔头花儿，立马乐了，心想："好嘛，你跑不了啦，终究还是落到了我的手心儿！"

这时，小和尚也赶到了跟前，惊异地看着师父的一举一动。只见他用铲杖铲掉了红榔头花儿周围的杂草，又蹲下一铲一铲地挖土，挖呀挖呀，挖了好半天，挖出一个白嫩得像娃娃似的大棒槌，胖乎乎、沉甸甸的，身子比筷子还长。

老和尚如获至宝，站起身来，剥下两片儿树皮把棒槌包好，用手托着乐颠颠地往回走。

小和尚一直跟在师父的后面，心里琢磨开了："难道师父手里拿的是棒槌精吗？就是成天跟我一块儿玩的那个小伙伴儿？我看不一定是。若真如师父所说，胖娃娃可要遭殃了，我多对不起人家呀！"他又怀疑，又惋惜，又愧悔。

这一夜，小和尚仍没睡好，一闭上眼睛，就看见胖娃娃来到了身边。

睡着了，便没完没了地做梦，梦见跟着胖娃娃满山遍野地疯跑。一觉醒来，还不解地琢磨："师父为啥非抓棒槌精呢，到底想干什么呀？"

老和尚头半宿没睡，找了根绳儿把那棵大人参拴上，放在枕边，一会儿摸摸，一会儿看看，一个劲儿地折腾，生怕跑了。他想起师爷早先曾经说过："一般来讲，棒槌七两为参，八两为宝。吃了宝参，能延年益寿，长生不老。这个大棒槌少说也有八九两，是地地道道的宝参哪！我吃了它，或许真能成仙，可是得怎么个吃法呢？反正不能生嚼，干脆把它煮熟了，烂烂糊糊的，全吃下去，连汤都喝光。"老和尚想着想着睡着了，做了个梦，梦见吃了宝参一下子成了仙，飘飘摇摇地脚踩祥云上天了，不禁乐得前仰后合。谁知一不小心竟跌了一跤，一个跟头又从天上掉下来了，吓得出了一身冷汗。惊醒之后，他急忙伸手向枕边摸去，棒槌精没跑，还在那儿老老实实地待着呢！随即爬到窗前，隔着窗纸往外看了看，东方已现鱼肚白。他穿衣下了地，去膳房掀开锅盖倒了两瓢水，将宝参脖儿上系的线解开，放进锅里，然后点火煮上了。

天亮的时候，小和尚起来了，见师父蹲在灶坑旁烧火，赶忙凑到跟前，抓把柴火往灶坑里添。

老和尚一摆手道："这儿不用你，去敲钟、扫院子吧，我自个儿来。"

小和尚转身出了门，来到钟楼前，拿起木棒当当当地敲响了大钟，接着又操起扫帚扫院子，一边干一边寻思："不知师父逮住的棒槌精现在怎么样了，或许没拴住，挣开绳儿逃跑了也未可知。"想至此，推开庙门，抬头看着远处的山，东张西望了好一阵子，脖子累酸了，也没盼来身穿红兜肚的胖娃娃。

小和尚心里又着急又难过，早饭都没吃，在庙门前不停地转悠来转悠去的。转到快晌午了，忽听师父叫他，这才反身走进膳房。

老和尚见徒儿来了，从灶旁站起，吩咐道："你好好儿看着锅，不准掀锅盖，也不许离开这儿。我去解个手，一会儿就回来，听清了吗？"

小和尚回道："听清了。"老和尚慢腾腾地走出膳房，朝茅厕走去。

小和尚很是纳闷儿："师父这是干什么呀，从早晨到现在，一直蹲在灶旁。去解手还得叫我守着，一再叮嘱不让掀锅盖，究竟是为啥呢？"

正在小和尚百思不得其解的时候，一股奇异的苦香味儿从锅里飘出，直冲鼻子而来。说实在的，自打小和尚长这么大，从没吃过啥好东西，更没闻过如此又苦又香的味儿，馋得直吧嗒嘴，一时竟忘了师父刚才嘱咐的话，一伸手把锅盖掀开了。这一掀不要紧，苦香味儿更浓了，见锅里煮的原来是棒槌，嫩生生、香喷喷。他伸手从碗橱里拿出一双筷子，想夹起来咬一口尝尝，哪知将煮熟的棒槌刚送到嘴边，棒槌吱溜一声全钻进他嗓子眼儿里了，哎呀，真好吃！小和尚觉得不过瘾，又从碗橱里拿出饭碗和勺子，把锅里的汤舀出来，一碗接一碗地喝。待喝得差不多了，小和尚觉得浑身轻飘飘的，好像要飞起来似的。这工夫，才想起师父的话，糟糕！棒槌让我吃了，汤也喝了，等师父回来可咋办哪？心一慌，手一哆嗦，饭碗掉到地上了，碗打了，汤洒了。

说也奇怪，只见洒在地上的汤水立刻化作一朵彩云，忽忽悠悠飘出门去。小和尚感到头一晕，整个庙院和佛殿随自己离开了地面，驾着彩云腾空而起，刹那间飞到天上去了。

过了一会儿，老和尚解完手回来，一下子愣住了，他发现庙没了。惊诧之时，张大嘴巴抬头一看，庙在天上呢，徒儿正站在庙门前朝师父招手哩！他根本不知是咋回事儿，长长地打了个唉声，一屁股坐在地上瘫倒了。

小和尚好奇偷尝宝参成了仙，老和尚贪心，不仅没吃着人参，庙也没了，不久便死了。

小妞筐装仓龙米　舅妈柜藏珍奇宝

很久以前，在一个山旮旯的地方，住着户三口之家，两口子和一个小名儿叫妞妞的女儿，十三岁了。

妞妞的阿玛姓王，人称“王大懒”，是个游手好闲之人，锄镰不摸，锹镐不动，吊儿郎当，不务正业。赌钱是他的营生，酗酒是他的本事，赢了坐在饭馆里喝得满脸通红，输了回家打老婆、骂孩子。

妞妞的额娘乃关氏女，名叫玉珠儿，善良贤惠，心眼儿好使，能描龙，会画凤，做一手好针线活儿。妞妞同样心灵手巧，从八岁起就跟额娘学针线，习绣花，是个好帮手。一家人的生活全凭娘儿俩给有钱人家刺绣哇、洗洗涮涮哪、做些针线活儿挣点儿碎银子支撑着，日子过得挺艰难。

有一天，妞妞同往常一样挎上荆条筐，找来了小伙伴儿，像一群叽叽喳喳的小燕子连蹦带跳地朝大草甸子奔去。那里的野菜可多了，什么婆婆丁啊、柳蒿芽呀、济济菜呀、老牛锉呀遍地都是，剜回家后，可和到面里做饽饽吃。

孩子们到了草甸子，放下筐，拿出短把儿刀，分头蹲在地上挖野菜，不大工夫，一个个的小筐儿都装满了。看看天儿还早，孩子们没有马上回去，而是就地玩儿了起来。有的捕蝴蝶，有的采野花，有的听鸟叫，有的唱山歌，有的你拍我一下、我推他一下地疯笑着。玩得正在兴头儿上呢，忽然一个小姑娘大声儿喊道：“喂，你们快来看哪，这是什么玩意儿？”

随着喊声，小伙伴儿们呼啦一下全跑过去了，到跟前一看，可不是咋的，有个一筷子来长、雪白雪白的小东西正在草棵子里一屈一伸地爬呢！一个哈哈济举起刀就要砍，妞妞急忙伸手阻拦道：“别砍，我把它带回家去，让额娘看看是个啥玩意儿。”边说边弯下身拾起来，装进菜筐里，怕它跑了，还用手捂着筐沿儿。大伙儿见状也不玩儿了，拎起装满野菜的小筐儿，跟着回家了。

妞妞到了家，推开大门便急不可耐地高声儿唤道：“额娘，快出来呀，看看这是个啥？”

正在厨房做饭的玉珠儿听女儿叫她，忙放下手里的面盆来到院子，亲昵地问道：“看你吵吵巴火的，得什么宝贝了，乐成这样儿？”

妞妞撂下小筐儿，把野菜扒拉了一下，说：“额娘，你看，在这儿呢！”

玉珠儿低头一看，原来是条白长虫，偎在野菜堆里一动不动，遂问道：“妞妞，怎么逮住的？”妞妞把经过讲了一遍。

玉珠儿告诉女儿：“这是条长虫，不过白色的很少见。早年我听你姥姥说，白长虫乃神物，有灵性，老辈人都叫它仓龙米。如果放在粮仓里，粮食总是满满的；放进米柜里，米总也吃不完。你逮的这条白长虫，八成就是仓龙米，咱不妨放到米柜里试试。”说着，伸手从菜筐里将白长虫取出，然后进屋放进一个盛米的柜子里。

说来也怪，自打那天起，米柜的小米不但干吃不见少，而且一天比一天多了起来，直至快装不下了。娘儿俩乐坏了，真的得了宝贝了，从此再不会挨饿了。

尽管有米吃了，玉珠儿并没有因此放懒，还是照常揽些针线活儿，贪黑起早地忙个不停。

再说妞妞的阿玛“王大懒”在外边游逛够了，方想起回家，天天吃现成饭。油瓶子倒了他不扶，水缸没水他不挑，跟住店一样，啥活儿不干。顺气儿了，往炕头儿一躺，仰脸儿数房箔；不顺气儿时，眼珠子一瞪，冲老婆孩子发邪火儿。

一天头晌，“王大懒”喂饱了肚皮，一推饭碗四仰八叉地倒在炕上，犯开寻思了：“没承想老婆和闺女挺能忙活的，不缺穿，不少烧。虽然我没往家拿一个铜钱，但不管干的还是稀的，总算没断顿，锅盖没粘到锅沿儿上，真是不错呀！”想至此，慢慢腾腾地爬了起来，想趁娘儿俩没在屋，看看米柜还有多少粮食。

“王大懒”走到米柜前，掀开一看，里面装着满满的小米，黄澄澄的，一粒粒像珍珠一般。他高兴极了，扪心自问，也觉得惭愧：“唉，这些年，真是难为她们母女了。一个是妇道人家，一个是小闺女，竟能把穷家撑起来，还存下一柜小米，不容易呀，我对不起她们哪！”一边想着，一边不停地扒拉着，忽然碰到一个软软的东西。咦？这是啥呀？仔细一瞅，是条小白长虫。怪了，它怎么钻到米柜里来了，娘儿俩成天舀米也没看着？要是冷不丁看见了，还不得吓一跳哇！心里琢磨着，嘴里叨咕着，回身取过一把菜刀，照准白长虫就是一下子，砍得还挺正，把上半身连同脑袋剁下来了。然后出门绕到后院儿，撅了两根干树枝儿，进屋夹起长虫就要往外扔。

恰在这个当口儿，妞妞和额娘抱着揽来的刺绣活儿进了屋，二人一看，不由得“妈呀”一声，手中的衣物全掉到地上了。玉珠儿一拍大腿道：“你这是干啥呀？完了，可坑了我们娘儿俩喽！”说着，眼泪噼里啪啦往下掉。妞妞也哭了，撅起小嘴儿，嘟嘟囔囔地埋怨起阿玛来。

“王大懒”一下子愣住了，不解地问道：“哭的哪门子呀？因为怕你们娘儿俩看见这玩意儿害怕，所以才剁死的，反倒埋怨起我来了，真是不知好歹。再说了，为啥心疼一条长虫啊？怪膈应人的。”

妞妞擦了擦眼泪，把小白长虫的来历一五一十地讲给了阿玛。“王大懒”听罢，一屁股坐在地上，自言自语道：“我真是个穷命鬼呀，没福哇，咋不早点儿说呢？”

玉珠儿冲丈夫来了一句：“别叨叨了，要是告诉你，还不得拿着柜子里的小米上赌场啊！”嘴里说着，眼睛却盯着那个挨了一刀的小长虫，蹲下身来，把小长虫捡了起来，打了个唉声道：“仓龙啊，仓龙，多亏你保佑，我们一家才吃上几顿饱饭，今后又得挨饿了。”

玉珠儿不舍得扔掉白长虫，便把它的上半身装入盆子里，重新放进米柜，将下半身拿到院子，挖了个坑儿埋了。

打那以后，“王大懒”一天到晚又不着家了，柜里的米越吃越少，眼看要见底儿了。已经到了年根儿，有钱人家天天去赶集，早把年货买全了。可王家呢，饭都快断顿了，见天喝稀粥，哪还能办什么年嚼咕呀？

玉珠儿坐在炕上忙针线，准备挣上几个钱，到集市上买些米面和油盐，心里思谋着：“要过年了，该给女儿扯块儿花布，做件新衣裳穿了。”

妞妞坐在额娘身旁，左手拿着花撑子，右手穿针引线，一面绣花儿一面寻思：“快过节了，额娘一年忙到头，应歇歇了，要是能吃点儿可口的饭菜就好了。”

正在这时，妞妞忽然闻到一股香味儿，再抽抽鼻子一闻，味儿越来越浓，忙不迭地问道：“额娘，你闻闻，哪儿来的香味儿呢？”

玉珠儿说：“干活儿吧，别胡思乱想了。柜里的那点儿小米快吃光了，稀粥都要喝不上溜儿了，又没生火，哪会有什么香味儿呀！”

说话之间，可不咋的，一股儿香味儿扑鼻而来。娘儿俩觉得很是奇怪，细一闻，香味儿是从饭锅里飘出来的。

妞妞赶忙下了地，去厨房掀开锅盖一看，里面放着一盘儿雪白雪白的包子，香喷喷的，还冒着热气呢！便顺手端了出来，放在桌子上。

玉珠儿抬头看了一眼，顿时怔住了，过了一会儿才说："闺女呀，很可能仍是仓龙米在保佑咱们一家呀！"边说边把放在米柜里的那个装着小白长虫上半身的盆子端了出来，一瞅乐了，惊喜地说："妞妞，快看哪，仓龙还活着，眼珠儿还直转转呢！"

真是天有不测风云，妞妞一家的生活刚刚不错，一天晌午，玉珠儿的大嫂来了。

说起这个女人，妞妞和她额娘都怕她，为什么呢？原来她额娘在家排行老小，七岁时没了双亲，只好由大哥和嫂子抚养。大哥是个老实巴交的庄稼人，话语少，就知道干活儿。大嫂凡事好要尖儿，无论什么东西，有她没别人的，特别霸道，还不讲理。亲戚、屯邻全知道她的为人，不愿与其一般见识，通常情况下，皆让她三分。

妞妞的大舅母一进屋，便闻到了香味儿，大声大气地说："妹子，做啥好吃的了？快拿出来，让嫂子尝尝。"

玉珠儿连忙从锅里端出一盘儿热气腾腾的白面肉包子，大舅母伸手拿起一个咬了一口，细细地咀嚼着，边吃边满脸堆笑地问道："妹子，妹夫是不是赢大钱了？平常你家总是吃了上顿没下顿，这不年不节的，咋吃起肉包子来了？"

玉珠儿是个实在人，遂将妞妞怎么捡到的小长虫，带回家后放进了米柜，又怎么被砍成两截儿，锅里见天有一大盘儿雪白的肉包子等等，一五一十地告诉了嫂子。

大舅母听得眼睛都直了，哪还能坐得住，站起来拉着玉珠儿的手嚷道："妹子，快让大嫂开开眼，看看那条小长虫！"

二人来到米柜前，掀开盖儿一看，果然有条雪白雪白的小长虫趴在里面，被砍掉的下半截儿身子已经长了出来，小眼珠儿叽里咕噜地转个不停。

大舅母瞅了一会儿，玉珠儿刚要放下盖儿，她横扒拉竖挡地不让盖，故意问道："妹子，掏心窝子说，嫂子待你怎么样？"

玉珠儿回道："大哥、大嫂待我当然好，没有你们的照顾，哪有妹子的今天哪！"

大舅母说："没忘哥嫂的恩情，还算行，够得上有良心。既然认为嫂子对你不错，就把小长虫借我用两天，等家中的米柜满了，一准儿送回来。”边说边拎起妞妞挖菜用的柳条筐，脱下身穿的外衣铺在筐底儿，然后抓出白长虫放在衣服上，挎起筐儿就走。玉珠儿留她吃饭，她说啥也不吃，匆匆忙忙地打开院门出去了。

大舅母回到家里，汗都没顾上擦，赶紧取出小白长虫放进了米柜。又一想，这不行，米柜太小，盛不了多少。于是，把装衣服的大躺箱倒了出来，里面放了些米，再让小白长虫爬进去，没忘找了把锁，将躺箱盖儿锁了个严严实实。

转天一早，大舅母打开箱盖儿，看到躺箱里的米不断地涨。又跑到厨房掀开锅盖，里面摆放着又白又香的肉包子，整整一锅呀！心里琢磨开了：“这条白长虫可不一般，看来是天底下最有用的宝贝了，谁得到它，谁的日子就富哇！”暗地里铁了心，说什么不能还给玉珠儿了，傻子才那么做呢！

一晃三天了，妞妞见大舅母没送回小白长虫，便要去取。额娘不让，说道：“不急，让大舅母多放两天，兴许米柜还没满呢！”

十天过去了，仍不见大舅母的影儿，妞妞急得哭了一场又一场。玉珠儿也吃不下睡不安的，实在没招儿了，只好去一趟了。

娘儿俩到了大舅母家，一进屋，玉珠儿便笑着说：“自从嫂子带走了小长虫，妞妞想得都上火了，哭了好几场。今天我先把它带回去，将来嫂子用时，可以再去妹子家取。”

令玉珠儿万没料到的是，嫂子竟然翻了脸，高声儿吼道：“呸！我当是什么稀罕宝贝呢，不就是一条小长虫嘛，何必如此在意？放在这儿十天八日有什么了不得的，还上门儿索要。要我看哪，你们全是没良心的东西，人事儿不懂！”

站在一旁的妞妞受不了了，委屈得哭了起来，边哭边央求道：“大舅母，你老别生气，让外甥女把小长虫带回去吧！”

大舅母眼珠子一瞪，恶狠狠地说：“早没了，已经好几天看不着影儿了，我还能给你变一条哇？说不定那小畜生不愿意在这儿，自己跑回去了呢！”说着，打开米柜让娘儿俩看，又气呼呼地冲妞妞去了：“我说丢了你不信，自己好好儿瞅瞅，看清了吧？以后不许到我家来要什么白长虫，又哭又号的，成何体统？让左邻右舍听见，知道的还好，不知道的，以为我在欺负你们呢！”

玉珠儿气得嘴唇哆嗦头发晕，无奈之下，拉着女儿转身回家了。从此，妞妞闷闷不乐，整天想小白长虫，泪水没干过。玉珠儿见柜子里的米一天比一天少，愁得长吁短叹的，夜里睡不着觉，常常抱着妞妞坐到天明。

单说妞妞的啼哭声，惊动了家中的小狗和小猫。平时，她不仅把小狗、小猫看成是自己的朋友，有点儿好吃的，也总是想着分一半儿给它俩。这一天，小猫来找小狗，问道："狗大哥，你最近没发现妞妞整天都在哭吗？"

小狗回道："是呀，听说好像是家里丢了什么东西。"

小猫说："你很少在屋待着，而是围着房前院后看家，主人的一些事儿没我知道得多。妞妞心眼儿好，头些日子救了一条小白长虫，是仓龙米。自从有了它，柜子里的米天天舀不见少，到了吃饭的时候，锅里还有蒸好的一大盘儿肉包子。前些天，妞妞给咱俩的肉包子，就是小白长虫变出来的。可惜呀，小白长虫被妞妞那个贪心的大舅母用筐挎走了，说好了两天送回来，眼下已十多天了，根本不想还，还谎称丢了呢！"

小狗气愤地喊道："真有此事？这也太欺负人了，必须想法儿夺回来！"

小猫说："千真万确，小白长虫没丢，仍在妞妞的舅母家。物归原主的办法我倒是想出一个，可是路挺远，我没去过那儿，怕找不着。"

"很好办呀，前年我跟妞妞去过一趟，到现在还记着道儿呢！"

小猫、小狗商量好了，等到天黑下来，便悄悄儿出发了。小狗于前面带路，小猫紧随其后，在皎洁的月光映照下它们跑得飞快。跑着跑着，眼前横着一条大河，水流湍急，小猫立刻停下了，无可奈何地瞅着小狗。

小狗站在岸边向河里望了望，蹲下身子，吩咐道："猫老弟，河面儿太宽，趴我背上吧，背你过去。"

小猫听话地趴在小狗背上，不一会儿游到了河的对岸，小狗往左指了指，告诉小猫："看见黑乎乎的一片村子了吧？东边门口儿有棵大榆树的那家即是。"

小猫和小狗噌噌地疾速进了村子，来到一户用木板围的栅子外，小猫说："狗大哥，你在窗根儿下守着，有情况赶紧叫几声通知我，剩下就看老弟的了。"

小狗答应道："行，放心去吧，快去快回！"

小猫往前一蹿，从门缝儿钻进屋内，里面很静，主人睡得正香。小猫睁大双眼悄无声息地搜寻着，这时，忽听西边墙角儿处传来老鼠嗑木头的声儿。跑过去一看，发现一只大老鼠正在躺箱的侧面咔咔地嗑着，一副旁若无人的架势。

小猫一纵身，两只爪子牢牢地摁住了老鼠，使其动弹不得。老鼠吓得瑟瑟发抖，浑身抖如筛糠，颤声儿哀求道："猫爷爷行行好，饶小的一命吧，求你了！"

小猫抬起一只爪子，厉声儿说道："鼠孙子，饶了你并不难，有个条件，得替爷爷完成件差事。办好了，肯定不吃你，各走各的。要是办不好，别怪我不客气，绝饶不了你！"

老鼠连连作揖道："猫爷爷，感谢你的大恩大德，有什么事儿只管吩咐。"

小猫松开爪子说："这个箱子里有条白长虫，把它小心地叼出来，动作要轻，不能出半点儿差错。"

老鼠点点头，不大工夫，便将躺箱嗑出一个洞，钻了进去，从里面叼出一条白白的小长虫，撂在小猫的身边。小猫见白长虫还活着，高兴极了，放了老鼠，重新叼起白长虫从屋子里钻了出来。

趴在窗根儿放哨的小狗一直不眨眼地盯着门口儿，看小猫出来了，知道事儿办完了，随即一前一后地离开了村子。过河的时候，小狗仍然背着小猫，天亮了，它们也赶到家了。

小狗、小猫进了屋，小猫才松口，将白长虫放在炕上。妞妞一眼瞥见了小长虫，惊喜得连忙喊额娘，双手捧起放进了米柜。只半个时辰，屋子里又飘起了肉香，额娘从锅里端出一盘儿白面肉包子。

妞妞拿几个肉包子分别递给小狗、小猫，只见它们头、脸及四肢又是水又是汗的，毛全贴在了身上，很是心疼。待吃完了包子，小狗和小猫累得一个躺在地上，一个瘫在炕头儿睡着了，呼噜呼噜地打起了鼾。

小狗、小猫帮着找回了仓龙米，妞妞和额娘感激万分，从此过上了不缺吃不少穿的好日子。

欧立挖出聚宝盆　东家施暴赴阴曹

在一个偏僻的山沟里，住着这么一家，两口人，老太太领着个儿子。儿子叫欧立，今年十四岁了，额娘五十多岁，一老一小都给林姓财主家干活儿。老太太喂猪养狗，缝连补绽，浆浆洗洗，烧茶做饭；欧立割草、喂马、劈柴火，捎带干些零活儿。

东家既凶狠又黑心，限定欧立每天要割回两挑子青草，必须是鲜嫩的。起初还行，天长日久，近处割没了，就得往远走。割得少了，肯定挨打；草不鲜不嫩，也得挨骂。

有一天，欧立手拎镰刀扛着扁担出了门，走到很远的一个山坡上，找到一片茂盛的青草地，忙撂下扁担脱下上衣，光着膀子抡起镰刀割了起来。这草又高又密又嫩，哈腰一搂便是一大把，不大工夫，就割够了一挑子。

下半晌，欧立再次来到山坡儿上一看，头晌割过的那片地，嫩草又齐刷刷地长出来了。他来不及多想，弯下身来割了一大挑子，没用一个时辰便回家了。

林财主看他回来得挺早，草又鲜又嫩，心里挺乐，遂吩咐道："听着，明儿个要多打一挑，一天得保证三挑。"

欧立能说啥呀，给谁干活儿就得听谁的，只好照着东家的话去做。让人奇怪的是，那块儿地方的青草赶着割赶着长，连成片，供上刀，草割得当然快。欧立是天天三大挑，每次往回返时，太阳还没落山呢！

财主见此，告诉欧立，每天得打回四挑子青草。他听了，还是不能讲啥，从早到晚忙着割草。

欧立的额娘心疼儿子，怕他累坏了身子骨儿，暗地里嘱咐道："孩子，干活儿悠着点儿，别卖傻力气。额娘问你，这几天割了那么多草，回来得又不特别晚，是在什么地方割的呀？"

欧立听额娘一问，马上将那个山坡儿上的草干割不见少，一边割一边长的事儿告诉了母亲。老人起初有点儿不相信，可她知道自己的儿子不会说谎，于是准备亲自看看到底是咋回事儿。

第二天，老太太早早就起来了，把财主家的猪喂饱、沏茶的水烧开、饭做好之后，跟着儿子来到远处的山坡儿。放眼一看，可不是咋的，绿茵茵的青草在阳光的照耀下显得翠生生的。儿子放下扁担开始割草，老太太站在一边看，只见那草随割随长，割下一片，立马又长出一片。

老太太犯了寻思："我活了这么大岁数，没见过也没听说过世上竟有此等怪事。山坡上的草远比其他地方稠密，还赶着割赶着长，八成是有宝吧？"想至此，在儿子割过的地方留下个记号，欧立刚好割够了一挑子草，娘儿俩便转回家了。

吃完晌饭，老太太带着一把铁铲子，又跟儿子来到了山坡儿，找到留下记号的那个地儿，娘儿俩换着班挖了起来。挖来挖去，已是很深的坑了，最后挖出个泥盆来。欧立一看，失望地说："额娘，咱挖了老半天，竟是这么个玩意儿，白费劲儿了。"

老太太言道："啥都有用，带回去吧，还能装点儿东西呢！"欧立拿起镰刀，割够一挑子草，把泥盆放进草捆儿里，娘儿俩就往回走了。

从此，那个山坡儿上的青草割多少少多少，再也不是随割随长了，欧立每天只能到更远的地方去割草。

一天头晌，欧立的额娘在喂财主家的猪时，见一个小猪羔儿抢不上槽，吃不着食，呼啦一下想起那个小泥盆了。回家取来，倒上猪食放到一边，让小猪羔儿单独在泥盆里吃。谁知奇事出现了，盆里的猪食不仅干吃不见少，还一个劲儿往外淌。偏巧这工夫，被财主婆看见了，气冲冲地走过来，指着老太太鼻子说她干活儿不经心，糟蹋猪食不心疼，并痛骂了一顿。

过了几天，老太太在喂财主家的狗时，见一条小花狗站在旁边不敢抢食，又想起了那个小泥盆。回家取来，倒进一碗饭和菜汤，把小花狗叫过来在泥盆里吃。奇怪的事儿随之又发生了，盆里的剩饭和菜汤不但干吃不见少，而且满得往外流。正赶上老财主从屋里出来，看见后，同样也大骂了一顿。说什么老太太没安好心，有意作践家中的粮食，将来连家都得败在她手里。骂还不算，一赌气把母子俩赶出门去，不用他们了。

老太太觉得挺委屈，好心好意地喂狗，反倒挨了一顿骂，又把我和孩子赶出来，财主的心真狠哪！只好手拿喂猪的那个泥盆，领着欧立回家了。到家以后，掀开放在墙角儿的米坛子看了看，里边还有几碗小米。捧出一捧，熬了点儿稀粥，娘儿俩喝了。

吃罢饭，老太太坐在炕上犯了愁：“孩子还小，没长成，干不动重活儿。自己的年岁大了，一般没人用，今后的日子咋过呀！”抬头瞅瞅站在炕边的儿子，见身上的衣裳补丁摞补丁的，有的地方已露肉了，心里怪不好受的，遂让欧立把上衣脱下来，找出线穗儿想缝一缝。不料没拿住，线穗儿掉进放在身旁的那个小泥盆里了，只见泥盆里的线穗儿顿时多了起来，不一会儿，盆子装不下了，噼里啪啦往外掉。

娘儿俩大睁着双眼目不转睛地盯着泥盆，全愣住了！欧立不知是咋回事儿，额娘忽然想到了，泥盆莫非是个宝？急忙伸手把泥盆端起，扣了过来，线穗儿不再往外掉了。这时，老太太才确信泥盆是个难得的宝物，八成就是人们所说的聚宝盆吧！

老太太随即下了地，从米坛子里抓出一把小米放进泥盆子，小米眼瞅着往上涨，不一会儿，米从盆沿儿淌出来了，她赶紧把泥盆扣了过来。

老太太回身又从炕席底下取出存放多年的两个压炕铜钱放进泥盆里，果不其然，盆里的铜钱一层层往上摞，转眼之间，稀里哗啦淌了满炕，可把母子俩高兴坏了。

老太太再一次将泥盆扣过来，收起炕上的铜钱，放进破柜里，笑着对儿子说：“这下好了，从今以后，咱娘儿俩不愁没吃没穿了！”欧立乐得直蹦高儿，狠劲儿拍巴掌。

转天，老太太让儿子带上一串串铜钱，到集市上换了几块银圆，再把银圆放进泥盆里，顿时淌出满炕的银圆。娘儿俩揣着银圆一起去了集市，用那些银圆换回了银元宝和金锞子，回家后，老太太告诉欧立：“钱够用就行了，人不能贪心，多了是祸害呀！”边说边把银元宝和金锞子装进坛子，叫儿子在屋墙角儿挖个坑，将坛子埋了进去。

娘儿俩的日子好了，吃像吃，穿像穿，露天的破房子苫上了厚厚的房草，空空的屋子摆上了柜柜箱箱，所用的东西应有尽有。欧立和额娘也变样儿了，再不似以前那样面黄肌瘦、愁眉紧锁了，如今已是满面红光、笑容天天挂在脸上了。

街坊邻居皆很纳闷儿，娘儿俩好怪呀，财主不用他们了，没有挣钱的道儿了，日子咋过得这么好呢？八成是得什么宝贝了吧？

世上没有不透风的墙，欧立家得个聚宝盆的消息，不知怎么到底被外人知道了，此事同样也传到了林财主的耳朵里。

有一天，欧立和额娘正坐在炕上吃饭呢，忽然从门外闯进一帮如狼似虎的打手，个个手里拿着棍棒，后边跟着老财主。一个黑大汉抬脚就把炕上的饭桌子踢翻了，饭菜洒了一炕，老财主横眉立目地吼道：“好哇，娘儿俩胆儿不小哇，竟敢偷走我家祖辈留下的聚宝盆。赶快交出来，不然就把你们送到官府衙门，蹲一辈子大狱！”说罢，不容娘儿俩分辩，命令手下：“快给我翻！”

众家奴狗仗人势，将母子俩推出门外，开始满屋子翻了起来。屋子小好找哇，眨眼工夫，从破柜底下把小泥盆给翻出来了。

老财主一看，眼睛随之一亮，咧开大嘴嚷道：“没错，就是这个聚宝盆！”

那么，财主怎么知道小泥盆就是聚宝盆呢？前些天，他不是亲眼看见欧立的额娘用它装食喂猪的时候，猪食直劲儿地往外淌嘛！

老财主带着家奴，手捧宝贝回到家，把老婆和儿子们一个不落地喊到跟前，亲手从柜子里拿出金、银元宝放进了小泥盆。他的家人像看变戏法似的，围成一大圈儿，站在那儿瞪眼瞅着。果然，金、银元宝在小泥盆里猛往上摞，没一会儿，就从盆沿儿往外掉。

财主婆看傻了，几个儿子乐得拍手打掌的，老财主更是笑得前仰后合。哪承想乐大劲儿了，财主没站住来了个倒仰，一屁股坐到泥盆子上了，只听嘎巴一声，泥盆碎了，金、银元宝呼啦一下全不见了，老财主也动弹不得了。

这一摔不打紧，老财主连惊带气，患上了半身不遂的病，没几个月便死了，最终只落得家破人亡。

叔婶谋财遭报应　刘昊因祸娶美妻

这是个古老的故事，在一处大围场的旁边，住着户姓刘的人家，只有两口人，老额娘领着儿子刘昊过日子。

老太太长得慈眉善目，热情诚恳，乐于助人。刘昊在额娘的言传身教下，为人处事更是让人喜欢，十里八村没有一个不说他心眼儿好的。早些年，祖上留下了一笔家产，由于娘儿俩使用得当，所以小日子过得很阔绰。

刘昊有个叔叔，已成家，夫妻二人一天到晚除了吃就是喝，奸懒馋滑都占全了。祖上留给他们的那些积蓄，哪架得住这么折腾啊，早一干二净了，眼下整天想的是怎样把大哥分得的财产糊弄到自己手里。

三月三的前一天，邻居李老三来刘家串门儿，对老太太说："嫂子，这些年来，你们孤儿寡母怪冷清的。刘昊呢，一天到晚里里外外地忙活，也没个去处玩玩儿。我吃完饭坐在炕上没事儿，忽然想起明儿个不是三月三吗，干脆带上你家小子去石门逛一逛，也好让他开开眼界，见见世面，嫂子看如何呀？"

老太太一听，心里挺乐，答应道："行，去吧！不过得早去早回，省得我在家惦记着，小子就托付给你了。"

第二天头晌，李老三和刘昊，还有孩子的叔、婶一同坐车来到了石门。别看刘昊年纪不大，却非常明事理，孝敬老人。虽说自己出来了，心里仍惦记着家中年迈的老母和没干完的活计，觉得把时间浪费在玩耍上实在划不来，便对叔、婶说："叔叔、婶子，你们到里边去吧，我在附近溜达溜达，玩一会儿就行了。"

刘昊在石门前东瞅瞅、西望望的，觉着没啥大意思，一看时候蛮赶趟儿，索性又往里凑了凑。刚进石门不远，看见前面有棵一搂多粗的大树，树旁立着一块石碑，上写："树是紫金树，窝是灵芝草，下的四棱蛋，叫唤像狗咬。"往对面一瞅，还有一块石碑，上写："吃一个活千千万，吃两个活万万千，吃三个赶上唐僧不老仙。”

刘昊心想：“写的是啥意思呢？”琢磨来琢磨去，也没弄明白。正要往前再走走，忽然想起日到午时，石门要关闭了，赶忙撒腿就往回跑，到了石门口儿，见人已散去，只有叔叔和婶子在等他。

刘昊左脚刚迈出石门，婶子冷不丁照他脑袋就是一烧火棍，还没等反应过来是咋回事儿呢，叔叔上前又是一棒子。刘昊三晃悠两晃悠，扑通一声趴在了石门里边，此刻正交午时，石门咔嚓一声关闭了。

不知过了多长时间，刘昊醒了，睁眼一看，四周一片漆黑，知道这下完了，非死在里边不可了。就在心里没缝儿的时候，离他三米远的地方有光闪了几下，寻思道：“反正也是这么回事儿了，坐着等死，不如向前挪动挪动，兴许还能有救。”想至此，开始往前爬，没爬多远，觉得浑身疼痛，饥饿难忍，只好停了下来，准备歇息一下再爬。可是不知怎么了，竟感到特别困，头一沉便呼呼睡去了。

在刘昊睡得正香时，似乎听到群狗在咬架，接着有人说话了：“刘昊，起来吧，奔亮处走，到你见过的那棵大树上去，会有好处的。”

刘昊一激灵就醒了，揉揉眼睛四下看了看，继续向前爬。爬着爬着，果真见到了那棵大树，使出了吃奶的劲儿噌地往上一蹿，好不容易才上了树，见树杈儿上有个窝，窝里有三个四棱儿蛋。四棱儿蛋？他一下子记起来了，此树是紫金树，此窝是灵芝草。四棱儿蛋更是宝贝，吃一个能活千千岁，吃两个能活万万岁，要是把三个全吃了，就能长生不老哩！忙伸手把蛋拿了出来，刚要吃，又放下了。为啥呀？原来想起了家里还有年迈的额娘，更需要四棱儿蛋，应带回去孝敬老母才是，怎能自个儿独吞呢？

刘昊手中握着四棱儿蛋，没等装进口袋呢，三个蛋像突然着了魔似的飞了起来，一齐钻进了他的嗓子眼儿，咕噜一声咽进肚儿了。这时，有人说话了：“刘昊，你的孝顺之心尽人皆知，但总不能为了孝顺而在石门里等死吧？让你吃蛋，正是对孝敬老人的回报。放心，老额娘会得到同样报答的，去吧！”

刘昊随即觉着忽忽悠悠地从树上飘了下来，全身哪儿都不疼了，肚子也没先前那样饿得慌了，思谋道：“还得走，必须想办法出去！”于是径直向前走去。

约莫走了半个时辰，刘昊来到一座四合院儿，院内有三间大房子，青堂瓦舍的很漂亮，除了三只巴儿狗没别人。

头一只巴儿狗见到他，蹲下拉了一泡屎，奔了上屋。刘昊一看，拉的全是金子。

第二只巴儿狗见到他，抬腿撒了泡尿，奔了西下屋。刘昊一瞅，撒的全是银子。

最后那只巴儿狗围着他转了一圈儿，放个屁，奔了东下屋。刘昊一瞧，在巴儿狗放屁的地方，有一堆元宝。

进了每间屋再看，更令人眼花缭乱了。上屋，金光四射，满屋全是金子，门上写着："刘昊金库"；西下屋，白花花一片，满屋全是银子，门上写着："刘昊银库"；东下屋，闪闪发亮，满屋全是元宝，门上写着："刘昊元宝库"。

刘昊静了静心，方恍然大悟："噢，明白了，原来是老天赐给我的福分哪！"转念又一想，心里犯了嘀咕："这些金子、银子、元宝有啥用啊，能当吃还是能当喝呀？有了宝贝，我不仍然出不了石门嘛！"他没有停留，继续向前走。

没走多远，眼前出现一座高门楼，门口儿坐着一个十六七岁的姑娘，刘昊一直悬着的心立马踏实了许多。说实在的，自从被关入石门之后，从没见过一个人影儿。这下可好了，她一定能帮我走出石门，遂上前施了一礼道："这位大姐，打扰了。三月三那天，我因贪玩，误了时辰，被关入石门无法出去，不知能否指一条出路，好与家中的老母团聚。如能给点儿吃的，则感激不尽，以后定将厚厚报答。"

姑娘没吱声儿，把刘昊让进了屋，开口道："上炕吧，我先给你弄点儿吃的。"说完，从墙里拿出一块儿木头，用嘴一吹，着了。接着又从身上拿出个抠耳勺儿，伸出手指轻轻弹了两下后，转身出去了。忽听后屋"叮当"一阵响，香味儿随之飘了过来，姑娘很快把饭菜端上了桌。

吃完饭，刘昊请求道："大姐，救人救到底，指给小弟一条走出石门的生路吧！"

姑娘说："别急，你的心情我理解，要出去，除非明年三月三。不过不要怕，先在大姐这儿住下，以后会送小弟出去的。"

刘昊一琢磨，实在没有什么更好的办法，只好住下了。

一晃三个月过去了，一天，姑娘对刘昊说："我得出去一趟，这儿的一切交给你了，务要好好儿看管，千万不能离屋哇！"

刘昊点头答应道："行，大姐，放心去吧！"

第一天没事儿，第二天仍没事儿，到了第三天，刘昊坐不住了，把门一关出了院儿。刚走不远，发现前面有座庙，进了庙门，见一个老道正在闭目诵经，遂上前揖礼道：“大师，打扰了。”

老道听得有人说话，睁眼一看，惊讶得忙道：“施主，你中邪了，已被妖魔缠身，如不赶紧救治，恐怕性命难保啊！”

刘昊大吃一惊，扑通一声跪在老道面前，请求道：“师父，快救救我！”

老道说：“不要紧，起来吧，只要按贫道说的去做，保管没事儿。告诉你吧，那是蝎子精，也就是被收留你的那个女人缠住了身体。此妖心狠手辣，恶毒至极，吃人不吐骨头。记住，等她回家睡觉时，你要用尽全力把她左手小拇指咬掉，剩下的就不用管了，一切由贫道来办。”

刘昊谢了又谢，出了庙门往回走，刚到住处，姑娘从外边回来了，一进屋便生气地说：“好啊，刘昊，大姐怎么嘱咐你的？不让出门偏出去，竟敢帮蜘蛛精害我！”说完，头朝里脚朝外地躺在炕上就睡着了。

刘昊仔细一瞅，姑娘左手的小拇指有半截儿是黑的，心里琢磨开了：“老道说得没错，她的确是个妖怪，挺能伪装啊！”想到这儿，轻轻抬起姑娘的左手上去就是一口。由于又紧张又害怕，哪承想没咬正当，姑娘“哎呀”一声坐了起来，对着小拇指吹了口气，只见那小拇指唰唰唰地长了好几丈长。随即抽身奔门外一头扎了出去，嘴里叨咕着：“蜘蛛精，看老娘今天怎么收拾你！”

刘昊吓坏了，躺在炕上一动不敢动，担心一会儿姑娘腾出手来准得收拾自己。过了一会儿，未见动静，忽听姑娘在耳边说：“起来吧，刘昊，小女已饶恕你的罪过了。因为师父告诉我，咱俩有夫妻缘分，吩咐在此等候，一是为你解难，二是了结你我之间的千年姻缘。”

刘昊听罢，头嗡的一声，昏倒在地，人事不省。待醒来之后，睁眼瞅了瞅，自己却躺在姑娘的怀里。就这样，二人便在一起生活了。

一年过去了，三月三又到了。这天一大早，小两口儿就起来了，收拾收拾东西准备回刘昊家。媳妇从怀里拿出两个珠子交给丈夫，叮嘱道：“这是可恶的蜘蛛精的两个眼球儿，已被我挖下，你把它尽心保存好。此乃无价之宝，今后必有大用，记住没？”刘昊点了点头。

小两口儿上路了，行不多时，来到先前的四合院儿。媳妇大声儿冲院子说道：“金库、银库、元宝库，跟我们一起走吧！”然后用手一指，就见四合院儿连同巴儿狗一道飞了起来。

到了紫金树下，媳妇又道：“紫金树啊、灵芝草，快快跟我们一块儿跑！”话音刚落，树也飞了起来。

出了石门，前面飘来两朵红云，媳妇告诉丈夫：“两朵红云是我的两个狐妹，她俩曾得到过你家的救助，现在也是奉师父之命为你做妾，前来报恩的。”话没说完，两个天仙一样的美女轻飘飘地落在了刘昊面前。

四人来到了刘家大门口儿，刘昊让三个媳妇在门外等着，自个儿先进了屋。见老母正在烧纸，一边掉眼泪一边叨咕：“小子啊，你离开额娘一年了，死得冤哪！”

刘昊一听，心里想，可别让老人家伤心了，马上接碴儿道：“额娘，别哭了，儿回来啦！”

老太太似乎根本没听见儿子的话，仍哭诉道：“孩子，额娘想你呀，也知道你会回来的。这点儿钱先用着，不够的话，过些天再给你送。”

刘昊说：“额娘，你老抬头看看，不但我回来了，还给您带回三个儿媳呢！”接着将被关进石门的经过以及怎么来怎么去都讲了，又把媳妇们喊了进来。

老太太一听，原来是这么回事儿呀，这才抬起头来，见眼前果然站着三个如花似玉的女子。又看看他们带来的各种奇珍异宝，摸了摸紫金树，相信是真的了，立马破涕为笑了。

刘昊的叔婶自从把侄子打进石门之后，天天盼着老太太快点儿死去，好继承她家的财产。偏偏巧得很，同一天，刘昊的婶婶又探听消息来了，刚走到屋檐下，就听屋里叽叽嘎嘎地又说又笑，热闹得很。赶忙趴窗户往里一瞅，傻眼了，侄子怎么回来了呢？这一惊非同小可，尿都撒裤兜子里了。她趔趔趄趄地跑到家，跟丈夫一学，刘昊叔竟一口气儿没上来，愣憋死了。她一想，丈夫已去，侄子必定找上门来算账，活着还有啥意思？当即嘭的一声撞在马石上，没一会儿便咽气了。

打那以后，刘昊成了这一带的富户，家里的日子越过越兴旺。老母也返老还童了，头发由白变黑，又长出一口新牙，一直活到百岁。

成师父挨打弃宝　猪老道化缘正果

有一年，伊通州出了宗怪事。

城东有两户人家，合养一口猪。因为猪食量过大，又喜号叫，所以两户都不愿养了，皆要求对方饲养。推来推去没个结果，一气之下，把猪送到城东马神庙。道家食素，又不能宰杀，只好养着。

马神庙里的安道人背诵经文时敲木鱼，猪在一旁哼叫，有碍于诵经，他便顺手扬些豆类或高粱给它吃。猪得食，大喜之，日久天长成习惯。每当木鱼一响，猪立刻跑出来，两腿跪下，嘴巴拱地，似在静听，其实是在等待食物。

安道人借此声称，此猪赋性灵慧，可成正果，并举行仪式，正式收为弟子，取道号安童。

附近村民得知，争相来看，给猪送号“猪老道”，不少人还扛些粮食来。

安道人一看，此乃一条生财之道，于是每天赶着“猪老道”去四乡云游化缘。

一传十，十传百，观看的人越来越多，小小马神庙竟香火日盛。一时间，进香的和看热闹的容纳不下，遂挪到宽敞的伊巴丹驿站院内。从此，安道人每天化缘回来，“猪老道”除喂饱肚皮外，还能背回几袋粮豆，安道人就把粮豆送到增兴粮铺收存。

只一年光景，“猪老道”已四五百斤重，体态肥胖，毛色光亮，走路慢慢腾腾，嘴里总是不停地哼哼。人们都说那是在诵经文，故而每当赶庙会时，它就招引了更多的善男信女来马神庙观瞧。

安道人为显示本庙的神威，又编造了一些故事，使得“猪老道”愈加神奇。

一晃两年过去了，马神庙安道人储有粮豆数百石，成了当地的富豪。

由于安道人钱粮日增，声名大噪，前来请求入庙当徒弟的越来越多。

他也不愿意再做烧饭喂猪的活，遂在本地收下一个叫成娃的男孩儿为徒，取名成远，人们都叫他“小成师父”。

一日，天特别热，小成师父和“猪老道”去河里洗澡，在河边儿捡到一个没檐儿的破盆子。洗完澡后，小成师父把盆子带了回来，准备用来给“猪老道”盛食。

这个盆子很奇怪，添多少食也不满，“猪老道”怎么吃也不没。

一天头晌，小成师父把安道人早上吃剩的饭菜倒进盆子里，“猪老道”足足吃了半个时辰，饭菜一点儿不见少。不料正好被安道人看见了，将小成师父责骂了一顿，不让“猪老道”和他吃同样的饭菜。

过了几天，安道人又来到猪圈，看到猪盆子里还有那么多自己吃剩的饭菜，气得把小成师父狠揍了一顿。

如此一来，小成师父因为那点儿剩饭菜常常挨打，一气之下，拎起盆子就扔到附近一个河泡子里了。没承想水中传出哗哗的响声，转眼间，河泡子不见了，泡子处长出一座与盆子一样的山来。

不久，“猪老道”死了。安道人把它埋在山顶上，盖了一座庙，人们供奉烧香，香火终年不断。

壮年妇生蛤蟆儿 孤身女嫁金线娃

早些年，伊通州出过一件奇事儿，说是一户老两口儿，四十七八岁了，仍没个儿子，连闺女也没有。夫妇二人天天盼、月月盼，嘴里不住地念叨："神佛保佑，让我家得后吧，哪管是蛤蟆那么大的儿子也行啊！"

还别说，他们没白念叨，老太太真的怀孕了。老头子乐得嘴都合不拢了，逢人便讲，并里里外外地张罗开了。扯布头儿，称棉花，给孩子做套小衣裳；买红糖，约大枣，准备给老伴儿补养身子。

两口子白天盼、黑夜盼，可下盼到月份了，谁知真的生下个蛤蟆儿。他一出生就会爬，第二天便会蹦，第三天能下地，老太太愁得躺在炕上直哭，不住声儿地埋怨老头子："都怨你，成天瞎叨叨'生个蛤蟆大的儿子，都比没儿强'，怎么样？到底给叨咕来了，生了这么个孩子，咋办哪？"

老头子说："愁的哪门子呀？不管怎么着，咱们有后了。你尽心伺候吧，咱们的孩子错不了，说不定将来能有大出息呢！"

孩子得有个名儿啊，叫什么呢？蛤蟆儿的脊梁骨上长着金黄金黄的三条线，老两口儿便给起名儿叫"金线娃"。金线娃跟二老可亲了，上炕就偎在额娘的身边，又贴脸儿又搂脖儿的；下地就围着阿玛的身前身后转，寸步不离。只要到了父母跟前，便"呱呱"叫几声，好像打招呼似的。虽然不会说话，但大人讲的啥，他全听得懂，并会照着去做。

老两口儿尽管得的是个蛤蟆儿，终归是亲骨肉，十分疼爱，怕他冷着，怕他饿着，更怕到外面受人欺侮，从不许儿子单独离开家门儿。

时间长了，老两口儿犯寻思了，孩子不能一辈子待在自己身边吧？总得让他出去见见世面哪！

于是，额娘对金线娃说："儿呀，你到外边跟邻居的孩子玩玩儿吧，省得待在屋里闷得慌。要是有人欺侮你，别跟他吵，赶快回家来。"

金线娃听了，"呱呱"叫了几声，蹦蹦跶跶地出门了。额娘不放心，悄悄儿跟在后面，隔老远睁大双眼盯着，生怕蛤蟆儿受委屈。

起初，邻居孩子皆把金线娃当成怪物，不敢靠近，谁见谁躲。可他一面呱呱地叫着，一面往孩子身边蹦，叫的声音好像唱歌儿，蹦的姿势如同跳舞，非常招人喜欢。这样一来，孩子们不仅不躲避，还愿意跟他一起玩儿。老额娘看了，心里如同一块石头落了地，不再担心了。

有一天，额娘问金线娃："儿呀，别人家的孩子全上学念书了，你这个样子，一个大字儿不识，以后咋办呀？"

金线娃听了，冲额娘"呱呱"叫了两声，蹦到地下，然后一蹦跶一蹦跶地蹦出门外了，到哪儿去了呢？上学堂了。人家的孩子在学堂里念书，他蹲在窗外听；人家的孩子用笔在纸上写字，他用小手在地上划拉。二老看到此番情形，又高兴又难过，心里挺不是滋味。高兴的是孩子很懂事、很要强；难过的是孩子再懂事、再要强，又有何用？长个蛤蟆样儿，将来能干点儿啥呢？

一晃金线娃来到世上十八个年头儿了，大年刚过，老太太瞅着儿子叹了口气道："唉，孩子，你今年十八岁了，成人了。要是长得像模像样的，应该娶个媳妇了……"下边的话没等说出来，就忍不住掉泪了。

金线娃见老人伤心了，便蹦到她怀里，一面用小手给额娘擦眼泪，一面"呱呱"地叫着。那声音有高有低，有起有伏，比唱歌儿还好听，直到将额娘哄乐才不叫了，蹦到地上出门去了。

打那日起，一连好几天没见金线娃回家，可把二老急坏了。东家找，西家问，都说没看见。只愁得坐不安站不稳，茶不思饭不想，觉也睡不着。

那么，金线娃到底上哪儿去了呢？

离他家很远的地方，南北向横着条乌龙河，水流舒缓，水质清澈。有天晌午，一帮姑娘来河边儿洗衣裳，一个个有说有笑、打打闹闹的，你推我一下，我撩她一身水，好不快乐。其中，唯有一个姑娘一面洗衣，一面流泪。这姑娘模样可俊了，一双水灵灵的大眼睛，一张粉嘟噜的脸蛋儿，如同出水芙蓉一般。

姑娘的眼泪也像小河的流水一样，流不完，淌不尽。不管姐妹们怎么苦劝，那如花似玉的脸上依然罩着乌云，因心里有愁事儿，不愿多说话，为了避开姐妹们的说笑声，她总是躲在一边，独自一人洗衣裳。可是，越怕吵闹越吵闹，偏偏有个青蛙浮在水面儿，仰起头来冲她"呱呱、呱呱"叫个不停。姑娘躲到东边，青蛙跟到东边；姑娘躲到西边，青蛙跟到西边。姑娘听着心烦，捡起一块儿石子朝青蛙打去，青蛙一蹦钻进水里，过了一会儿又露出头来，叫得更起劲儿了。

一个时辰后，姐妹们都洗完了，端着盆先后脚儿跟脚儿地走了，只剩下忧愁的姑娘还有半盆衣裳没洗，那只青蛙围前围后仍一声接一声地叫。

姑娘感到很是奇怪，犯了寻思："怎么回事儿呀，莫非它不是一般的青蛙？"正纳闷儿的时候，只见河对岸站着个小伙子，偷眼一瞅，长得眉清目秀，双耳垂肩，一表人才，一脸福相。

此刻，年轻人的两眼也死盯盯地瞧着姑娘。当两人的目光碰到一起时，小伙子冲姑娘微微一笑，姑娘的脸腾地涨得通红，赶忙低下头，端起装满衣裳的盆子快步回村去了。

转天，姑娘们又来河边儿洗衣裳。同昨儿个一样，那只身上长着三条金线的青蛙还是冲着忧愁的姑娘呱呱直叫，搅得她心里不消停。姐妹们一个劲儿地逗笑："山杏姐，这只青蛙八成是相中你了，若不然为啥老是围着你叫，咋不冲我们叫呢？"

山杏调皮地回敬道："可惜是只青蛙，要是个人，我就嫁给它！"

"那好，你可说话算数，当那个青蛙娘娘吧！"姑娘们戏耍了一阵儿，洗完衣裳又都回家了，河边儿只剩山杏一人。她心里着急，想趁天黑之前把衣裳洗完，欻欻欻地一顿搓。待刚要起身往回走时，一回头，那个小伙儿正在她身后站着呢！

山杏抽身赶紧往前走，小伙子却挡住了去路，拿过她手里的盆子放在地上，说道："这位大姐，请不要惊慌，我不是歹人。几天来，见你总是愁眉不展的，不知有什么心事，跟我讲讲好吗？或许能帮大姐分忧解愁，想个好办法呢！"

山杏看小伙子面目和善，不像坏人样儿，未曾说话，先流了一脸眼泪，哽咽着说："这位大哥，你是过路人，我是苦命人，既然问了，那我就说说吧。小女自幼没了额娘，生活艰难，全靠阿玛屎一把尿一把地拉扯大。谁知老天不睁眼，一年前，阿玛得了重病，不久便离开了人世，撇下我孤身一人。家中一文没有，为埋葬阿玛，只好借了财主的钱。如今已经到期，财主限十天之内还清，不然就得到他家抵债，终身为奴。自打阿玛下世，我每天给有钱人家浆浆洗洗，缝缝补补，攒下的几个小钱，将够一人糊口，拿啥还债呀！"说着，哭得更凄惨了。

小伙子连忙好言相劝："大姐，不要啼哭，我有个主意，不知当讲不当讲?”

山杏催促道:“大哥,快说吧!”

小伙子诚恳地言道:“大姐,要能信得过我,咱们一块儿远走高飞吧!”

山杏说:“大哥,我看出你是个好心人,可不知住在哪里,家中都有何人?”

小伙子回道:“我家离这儿不算太远,也就一两天的路程,家有双亲,别无他人。”

山杏答应道:“好心的大哥,那就请你领我找一条活路吧!”于是,一对儿年轻人一前一后奔向了大路,一边走一边唠,越唠越近乎,越唠越贴心,进而海誓山盟,订下了终身。天快黑了,前不着村,后不着店。又走出二里地,还算巧,遇到一座破庙,二人早已又累又乏了,进了破庙往地上一坐就睡着了。

山杏一觉醒来,睁开眼睛一看,吓了一跳,小伙子不见了。就着月光往地上瞅瞅,身边趴着只大蛤蟆,正是几天来在河边儿看见的身上长着三条金线的青蛙。

此刻,姑娘心里明白了八九分,原来他不是个凡人哪!正惊诧之时,青蛙在地上打了个滚儿,立马变成了俊小伙儿,见姑娘呆呆地瞧着自己,便问:“山杏,怎么了?”

山杏生气地回道:“问你自己吧!我已将终身许配于你,就应把实话告诉我,不该隐瞒。即使真的是只青蛙,我也甘心情愿跟你过一辈子!”

小伙子说:“山杏,既是这样,那就实话告诉你。我本是天上王母娘娘瑶池里的金蟾下凡,给一对儿无儿无女的善良老人做了儿子,没承想咱俩有夫妻缘分。”

山杏听罢,证实了自己的猜测,笑道:“怪不得与姐妹们在河边儿洗衣裳的时候,你总围着我叫呢,原来金线蛙就是你呀!”

再说家里那老两口儿自打蛤蟆儿走了以后,白天晚上地盼孩子快些回来,眼睛都急红了。

这一天,老太太靠着门框往外观望,见从远处的高坡儿上走下一男一女。当二人来到近前时,才看清前头是昼思夜想的蛤蟆儿,后头是个俊秀姑娘。

老太太忙回头喊老伴儿快出来,然后迎上前去,道了声:“孩子,你可回来了,把我和你阿玛快想疯了!”说着话,淌了满脸热泪。

金线娃猛地蹦到额娘跟前，“呱呱”叫了几声。山杏见此，笑吟吟地走上前来，亲亲热热地叫了声额娘。这下子倒把老太太弄蒙了，怔住了：“哎呀，我不是在做梦吧，难道儿子真的带回个媳妇？”

山杏看出了老人的心思，轻声儿说道：“老人家，不必犯疑，从今儿个起，我就是您的儿媳，您就是我的婆母。”

老太太听了，乐得满脸的皱纹儿都开了，一把拉过山杏的手就往屋里让。老头子见儿子果真回来了，还带回个好媳妇，也高兴得一个劲儿地笑。老两口儿一起动手收拾了新房，添置了点儿家具，当天晚上就让金线娃成了亲。

山杏自从进了婆家门儿，侍奉二老如同生身父母，屋里屋外收拾得干干净净，成天乐呵呵的，脸上从不离笑容。对待东邻西舍、亲朋故友也一样，总是和和气气、热热乎乎的，街坊没有不夸的，皆说老两口儿有福气，积德了，摊个好儿媳。

然而邻居的婶子、大娘心里一直纳闷儿：“小媳妇那么好，却找了个蛤蟆女婿，为啥还这么乐呵呢？”

老婆婆也觉得奇怪，世上好小伙儿有的是，姑娘为什么偏偏喜欢我的蛤蟆儿呢？她要仔细观察一下，看看到底是咋回事儿。

一天晚上，老太太躺在炕上始终没睡，等到儿媳妇吹灭油灯时，方悄悄儿下了地，推开门走到儿子的屋前，耳朵贴着门缝儿听声儿。只听屋里一男一女在说笑，不由得心里犯了疑，转身回到自己屋里，搬过一个板凳坐在门外，不错眼珠儿地守到天亮，也没瞧见有外人从儿子的房里出来。当媳妇扎着围裙出屋到厨房做饭时，跟往常一样，脸上仍是笑吟吟的。老太太后脚儿走进小两口儿的屋里，往炕上一瞅，蛤蟆儿正睡得香呢！

吃完早饭，老太太趁着老头子和蛤蟆儿不在，叫过儿媳询问昨晚谁在屋里说话。山杏瞒不过，只好将在河边儿洗衣和一路上如何定亲的过程从头至尾地说了一遍，又把丈夫一到天黑熄灯就变成漂亮小伙儿的事儿一五一十地告诉了婆母。

老太太听后，恍然大悟，并嘱咐儿媳：“山杏啊，我的好孩子，只有照额娘的话去做，你们俩才能永远在一起。”说罢，附在儿媳耳边如此这般地交代了一番。

当天晚上，山杏按照婆婆的话去做了：丈夫吹灯刚上炕，她急忙下地把灯点着，一把抓住地上的蛤蟆皮就往外走。这工夫，老太太也疾步走了过来，从儿媳手里拿过那张蛤蟆皮，揉巴揉巴给扯碎了。

从此，蛤蟆儿子再也变不回原形了，对父母特别孝顺，夫妻很是和睦。

转过年来，媳妇生了个白胖小子，一家人过上了和乐幸福的生活。乡亲们皆夸老两口儿晚年有后得了蛤蟆儿，乃修来的福气，也夸山杏姑娘苦尽甘来，找了个好夫婿。

接后娘香草受辱　念施惠白鼠报恩

有个小格格名叫香草，十岁那年额娘有病死了，窝窝囊囊的阿玛又给她娶了个后娘。

后娘对香草非常刻薄，一日三餐全由她做不说，还得喂猪、养鸡、放鸭、洗衣裳，天天从早忙到晚。每当做饭时，香草常看见一只小白鼠在锅台上吃饭粒儿，长得白白胖胖、干干净净的，很是招人喜欢，故而从不伤害它。

时间长了，小白鼠为了报答香草，经常帮她烧饭，本来下的米不多，却能做出满满一大锅。

后娘见饭做多了，一顿吃不了，气得连骂带打。说她是个笨蛋，没长脑子，连下多少米都算计不明白，养个白吃干饭的货！

香草自然觉得很委屈，没法儿了，只好照实说了。哪承想后娘听了越发气不打一处来，高声儿喊叫着："这不成心气我嘛，人家养猫抓耗子，你倒好，天天喂耗子，安的什么心哪，不纯粹是个败家子吗？"香草听了，不敢分辩，只能眼泪往肚子里咽。

转天，后娘去邻居家要了一只大花猫，打那以后，小白鼠不见了。

过了几年，香草长大了，而且越来越漂亮。后娘担心孩子大了不服管，愈加看不上，一心巴火地想把她弄死。

有一天，后娘逮了一只野猫崽儿，剁去腿和头尾，将皮剥掉，放在柜子底下。香草的阿玛干完活儿回来后，后娘就嚷嚷香草不学好，一个姑娘家出外乱扯，随即拿出那只剥了皮的猫崽儿，硬说是香草小产了。接着又添油加醋地编造道："不用说别人哪，连我都看见了，好几个不三不四的男人围着香草转，那还能有好儿？这样的闺女咱不能要了，败坏门风，还不如死了呢！免得人家说咸道淡的，让我们跟着丢人，脸都没处放。"

香草的阿玛想了想，没辙，只好让女儿坐在车上拉走。临走前，狠心的后娘去厨房拎起菜刀，咔嚓一声剁去了香草的双手。

一路上，香草疼得死去活来，边哭边诉说着自己的冤屈。走出很远了，也不知是啥地方，阿玛才对女儿说："你娘死得早，后娘又给气受，我实在没招儿了，日子总得过不是？今天就扔你在这儿了，是死是活不管了！"

爷儿俩抱头痛哭了一场，阿玛擦了擦眼泪，一步三回头地赶车回去了。

此刻，香草万念俱灰，索性走到一棵大树下，准备上吊，一了百了。可是没有手，费了半天劲儿，没能把绳儿拴上，加之又饿又累，倒在地上迷迷糊糊睡着了。睡梦中，忽听一个声音对她说："香草啊，不该寻死，得好好儿活着。我是你常见的那只小白鼠，受人滴水之恩，当涌泉相报，今天特意前来救你。照我说的去做，赶快把胳膊伸到树洞里，可将被砍掉的双手接上。"

香草一觉醒来，四下瞅了瞅，一个人也没有。抬头又看看眼前的大树，果然下面有个洞，遂把胳膊伸进树洞里。过了一会儿，双手竟奇迹般地长出来了，同原来的一模一样。她坐在树下寻思："既然有了双手，什么都能做，真的不该去死。"于是，站起身来，向前面的村庄走去。值得庆幸的是，一对儿好心的老夫妇看姑娘可怜，收留了她。

后来，香草找了个好丈夫，小两口儿相亲相爱，和和睦睦，日子过得火炭红。香草尽心竭力地侍奉收养自己的那对儿老夫妇，像对待亲阿玛、额娘一样，街坊邻居没有不竖大拇指的。

大黄狗两救傻子　毒巧姐误害亲儿

在一个偏僻的山沟里，有个小村子，住着十来户人家。其中一家姓董，老两口儿，生养两个儿子。老大聪明，是个教私塾的先生；老二憨傻，村里人都叫他“傻子”。

虽说“傻子”的心眼儿差点儿，头脑愚笨，但庄稼院儿的活计样样儿拿得起来放得下。他能挑水，能砍柴，能拴车喂马，能侍弄庄稼，每天都干不少活儿。

一年夏天，雨下个不停，致使山洪突降，发了大水。正赶上“傻子”的阿玛在地里干活儿，急忙跑回来时，连家门儿都没来得及进就被洪水卷走了。

老太太望着远去的丈夫，心如刀绞，一股急火儿攻心，病倒在炕上，没几天工夫也下了世。当时家中只剩下“傻子”，老大正在外庄教书，赶不回来。

“傻子”由于思念父母，哥哥又不在家，连悲带哭，一病不起。等老大回来了，弟弟只剩一口气了。

屯子里有户姓贾的，男人死了，女人带着个闺女，名叫巧姐。

巧姐的额娘是个有心计的人，一看董家老大父母全下世了，剩下个傻弟弟又重病缠身。家业那么大，三间正房，五间厢房，青石垒的大套院儿，猪、鸡、鸭、鹅应有尽有，并有一挂叮当三响的大马车。院内的园子不算数，外面还有十多亩山坡儿地，所有这些，最后都得是老大一个人的，心想：“要是能把闺女嫁给董家，那可太好了，真就是巧姐的福气哟！再说老大教书能挣几个钱，即使不挣，单凭现有的家产，也够他俩过一辈子了。”主意打定，立即托了媒人，把巧姐许配给了董家。

老大和巧姐结婚后，夫妻感情十分融洽，一年后生了个胖小子，长得俊俏精神，两只大眼睛水汪汪的，一看就机灵，取了个小名儿叫石柱。

这个家什么都好，只有一点让巧姐不快，那就是当她结婚时，本以为老二病入膏肓，用不了多久就得命归西天。可万没想到傻人命大，吃了药铺抓的几服药后，竟活过来了。

“傻子”病好后，依然是家里外头忙活，十几亩的山地年年只他一人耕种，家中的牛马畜禽也由他照应饲养。即使这样，照样讨不到嫂子的笑脸儿，天天不是指鸡骂狗地敲打，就是给吃些残汤剩饭。

“傻子”的哥哥在外庄教书，平时不回家，七八天回来一次。巧姐的嘴特别会说，每当丈夫在家，从来不叫其弟“傻子”，而是亲切地称呼“小弟”，还经常在丈夫面前夸老二好，能干活儿。正因如此，老大虽不在家，但对家里的一切非常放心。

巧姐心里忌恨老二，并不是因为他干的活儿多少或会不会来事儿，而是时刻担心“傻子”一旦成了亲，必然得分开过，一半儿的家产不就划在老二名下了吗？尤其是村里人没有不夸“傻子”能干活儿、心眼儿好的，跟他争哪能争得过呀！于是，白天黑夜地思谋着，怎样才能把“傻子”弄死。

刘家养了一条大黄狗，从邻居那儿要来的时候，只是刚刚断奶的小狗崽儿，如今来到刘家已有十年了。老太太在世那咱，对狗特别好，亲切地叫它“大黄”，人吃什么，喂它什么，还经常教狗说话。每当老二到田里干活儿时，老太太总让大黄跟着去，怕遇见野兽伤了儿子。大黄好像理解主人的心思似的，寸步不离地跟在老二身后，尽心竭力地守护着自己的傻主人。

五月的一天头晌，巧姐收拾完屋子，去后厨房剁起了白菜，开始包饺子，一半儿白面的，一半儿荞面的，在白面饺子里偷偷放进了毒药。快要包完时，天已正午了，唤来趴在院子里的大黄狗，吩咐道：“大黄，赶紧去山坡儿那儿，找‘傻子’回家吃饭。”

大黄点了一下头，摇着尾巴跑了，到了坡地边儿，大声儿喊道：“喂，二主人，吃饭了！”

“傻子”一边答应着，一边拽起衣角儿擦了擦脸上的汗，扛起锄头往回走。没走几步，大黄竟站在他的脚前，拦住了去路。“傻子”丈二和尚摸不着头脑，刚要发问，大黄说话了：“二主人，今天晌饭预备的是饺子，你可千万别吃白面的，白面饺子里有毒药。”“傻子”应了一声，和大黄一同朝家中走去。

老二到家时，巧姐早已等在房门口儿了，见“傻子”进了院儿，忙热情地迎上前招呼道：“他叔回来了，累了吧？快洗把脸，今天嫂子想好好儿慰劳慰劳你，特意包了白面饺子，我和你侄儿吃荞面的就行了。”

“傻子”一面往屋进一面说：“我不愿吃白面饺子，不筋道，还是吃荞面的吧！”

巧姐一听，心中很是恼火，哼，不吃拉倒！凭我这么聪明的人，还斗不过你个“傻子”？充其量多活一天罢了。转身进了厨房，端来荞面饺子放在炕桌上，三口人一同吃完饭，老二又到田里干活儿去了。

第二天晌午，巧姐依然包了白面和荞面两样儿饺子，这回她往荞面饺子里放了毒药，然后让大黄狗去叫“傻子”回家吃饭。

大黄到了坡地那儿，告诉二主人：“今天晌饭还是饺子，荞面饺子里有毒药，不能吃！”老二点了点头。

大黄在前，“傻子”在后，一同回到家中。巧姐笑吟吟地说：“小弟呀，昨儿个你说爱吃荞面饺子，今儿个嫂子又给你包了。刚才我尝过了，可香了，洗洗手快上炕吧！”

老二听完也乐了，说：“嫂子，我不吃荞面饺子了，硬个撅的，吃白面的吧！”

这下可把巧姐气坏了，不过只能憋在心里，表面得装着点儿。她转身去了厨房，端上了白面饺子，三口人一同吃罢饭，老二出去给牲畜添草料去了。巧姐也下了地，收拾桌子、洗碗，手在洗着，心在琢磨着如何置“傻子”于死地，却忘记了那盆儿有毒药的荞面饺子还没扔。

单说石柱把最后一个白面饺子咽下肚儿，抹抹嘴，放下筷子连蹦带跳地跑出去了。跟小伙伴儿们疯跑了一阵儿后，回到家一开门，仍能闻到饺子的香味儿，心想：“方才额娘说，荞面饺子可香了，我还没尝尝呢！反正老叔不愿吃，那我吃。”于是径直进了厨房，趁额娘没注意，从盆子里抓出几个荞面饺子就回屋了。石柱坐在炕上吃着吃着，忽然觉得浑身瘫软，肚子剧痛，刚要喊额娘，一口鲜血从嘴里喷了出来，接着鼻子、眼睛、耳朵里都流出了血，没一会儿便咽气了。

巧姐在厨房洗完了碗筷，扫了地，擦了锅盖，这才回到屋里，不经意间往炕上瞅了瞅，不禁“妈呀”一声！只见石柱手里拿着荞面饺子，脸色铁青，七窍流血，已停止了呼吸。她脑袋嗡的一声，一屁股坐在地上，鼻涕一把泪一把地放声儿哭号起来。

老二听见哭声，跑进屋一看，立马怔住了，继而抱起小石柱泪流不止。

偏巧这时，在外教书的老大回来了，前脚儿刚迈进屋，一眼看见躺在炕上的儿子，顿时蒙了。没等开口问呢，早已吓坏了的巧姐赶紧以她的三寸不烂之舌掩盖事实真相，边哭边解释道：“唉，我因为心疼老弟，看他见天儿下地干活儿挺累的，寻思得吃点儿好饭食，所以今儿个忙了一头晌，包了两盆饺子。吃完以后，石柱跑出去玩儿了，我开始收拾桌子，去厨房洗碗筷。等收拾完进屋时，发现孩子躺在炕上，不知啥时候已七窍流血了。这肯定是恶魔降到咱刘家的祸啊，想躲也躲不过呀，我的天哪！”

“傻子”终于忍不住了，气愤地接过了话茬儿：“别再编了，小石柱是吃了荞面饺子才死的，你不是在里边放了毒药想害死我吗？”

巧姐慌忙抵赖：“没有，没有，净瞎说，你别血口喷人！”

“傻子”吼道：“没瞎说，是大黄亲口告诉我的，不信问问它！”

巧姐这下傻眼了，光张嘴一句话也说不出来，老大顿时明白是咋回事儿了。他一直认为媳妇贤惠能干，善解人意，没承想竟是个人面兽心的刁婆娘。一时不知怎样办好了，只想狠狠地暴打她一顿，替孩子出出气，可实在是晚了。

后来，老大休了巧姐，与弟弟相依为命，直到晚年。

疗燕伤赠葫芦籽　图横财结瘪玛发

伊通河葫芦沟那块儿有个姓王的嬷嬷，常年以纺线为生，一辈子没开怀儿，无儿无女。

有一天，王嬷嬷在窗前纺线的时候，从房檐儿掉下来一只雏燕，正好落在了纺车上，一条腿摔断了。她伸出双手捧起雏燕，从柜子里翻出了花线，小心地把伤腿缠好。她每天喂雏燕一些黄瓜籽、葫芦籽什么的，它的腿骨很快就长上了，王嬷嬷用手托着将它轻轻送回了窝。到了秋天，小燕子飞走了。

第二年春天，被救的小燕子从南方飞了回来，嘴里叼着一粒儿葫芦籽，放在王家的窗台上，不停地叫唤了一会儿便飞走了。王嬷嬷拿起葫芦籽瞧了瞧，喊来老伴儿，让他种到园子里。没多长时间，小苗儿长出来了，嬷嬷精心地施肥、浇水、剪蔓。

转眼秋天来了，藤蔓上结了一个又大又实的葫芦，王嬷嬷老两口儿费了挺大的劲儿才抬进屋里。等锯成两半儿一看，一半儿里面是白花花的银子，另一半儿里面是黄亮亮的金子，今后可不愁吃穿了。

嬷嬷有个邻居也姓王，大伙儿叫她阿木巴嬷嬷，是个又贪婪又好吃懒做的人。当听说王嬷嬷家发了大财，便坐不住了，赶快跑去打听。王嬷嬷心眼儿实，为人厚道，就一五一十地将如何得金银的经过告诉她了。

阿木巴嬷嬷回到家后，赶忙搬出一架纺车，坐在窗下装着纺线，等着房檐儿上的雏燕掉下来。左等也不掉，右等也不掉，把她急得抓耳挠腮。等得实在不耐烦了，遂站起身来，手操竹竿儿把雏燕捅下来一只，正好掉在纺车上了，一条腿摔断了。

阿木巴嬷嬷乐坏了，连忙捧起雏燕，用花线把它的伤腿缠上了。每天喂一些黄瓜籽、葫芦籽什么的，待腿伤好了，用手托着雏燕送回了窝。到了秋天，小燕子飞走了。

转年春天，那只小燕子从南方飞了回来，也给阿木巴嬷嬷叼回一粒儿葫芦籽。阿木巴嬷嬷将葫芦籽种在地里就算完事儿了，很少侍弄它，只盼好日子快快到来。

阿木巴嬷嬷以为自己要发大财了，终朝每日眼前总是一大堆数不尽的金元宝、银元宝闪来晃去的，觉得与其这么等，不如先享受。于是，她开始东家借钱，西家赊账，全村几乎借遍了。

秋天到了，阿木巴嬷嬷见藤蔓上真的结了一个大葫芦，不禁欣喜若狂，忙喊来老头子，两口子趔趔巴巴地把葫芦抬进了屋。锯成两半儿一看，一半儿里面坐着个干瘪玛发，另一半儿里面坐着个干瘪老嬷嬷，都噘着嘴不说话。

阿木巴嬷嬷问道："你俩怎么了，为啥噘嘴呀？"

二人回道："我们是看你有气，没怀好心不说，还欠下那么多饥荒咋还？"

阿木巴嬷嬷听罢，顿时脸色煞白，差点儿没背过气去。

哈达城黄牛吃豆 玉娇娘葡萄联姻

在富饶美丽的哈达城西，有个小村庄，住着七八户靠种地为生的人家。其中有一户姓啥不知道，只知家中有祖孙俩，小伙子叫二牤，长得挺壮实。由于家境贫寒，缺吃少穿，只朝天跟着瞎爷爷抡镐头刨荒。

二牤身大力不亏，刨哇刨，刨了好大一片地，种上了豆子。

秋天到了，豆子荚黄退叶儿，眼瞅要割了。二牤怕人偷豆子，便挟张狗皮，用树枝和蒿草在地边儿盖了个小窝棚，躺在里边看着。一日又一日，一夜又一夜，都平安地过去了。

这天夜半，二牤在窝棚里正稀里糊涂地睡黏糊觉呢，突然听到沙沙的响声。他一激灵，一骨碌爬起来，拎起镰刀就出去了。

月亮底下，二牤蹲身一瞅，清晰地看到一头单犄角、脖子上拴着锁链子的大黄牛在吃豆子。见了人，那牛一蹿几丈远，飞快地跑走了。

二牤在后边紧追不放，一气儿追到了大水泡子那儿，见水边儿有根粗锁链子一直伸向泡子深处。他赶忙抓住锁链头儿，使出全身力气往上拽，随之泡子里传出隆隆的响声，脚踏的地面也跟着颤动。二牤吓得刚一松手，锁链子立即缩回泡子里，只剩下一尺来长的链子头儿搭在泡沿儿上。

二牤感到很奇怪，一阵风地跑回家，把所看到的一切一五一十地告诉了瞎爷爷。

爷爷听后，叮嘱他先别声张，接着看几个晚上再说。结果一连三晚，天天如此，豆子被黄牛吃得明显见少。

转天，爷爷让二牤找来四五个年轻力壮的小伙子，都藏在窝棚里。夜半时，看见单犄角、脖子上套着锁链子的大黄牛又来吃豆子，他们几个手拿勾杆铁齿，一直撵到水泡子边儿，低头一瞅，地上有条又长又粗的锁链子，一直延伸到水泡子深处。

大伙儿一同拿起锁链子，齐心合力地往出拽。拽着拽着，雷鸣般地响声传来，大伙儿只觉得山摇地动，头晕目眩，只好罢手，而那头吃豆子的独角牛仍然无影无踪。

再说二牤的豆地被独角牛祸害得够呛，当年的收成不好，比往年减少一半儿。瞎爷爷又得了急病，因为没钱抓药，不几天就下世了。买不起棺材，孙儿只好用秫秸编个帘子，卷上爷爷的尸体，含泪埋在豆地头儿了。

三天圆坟，二牤拿了根儿秫秸去了地头儿，烧了几张纸后，放声大哭起来。哭着哭着天黑了，迷迷糊糊睡着了，还做了个梦，梦见顺着羊肠小道儿走来个手提红灯笼的姑娘，穿一身儿黄衣裳，外罩海棠花儿色的坎肩儿，腰系黄蝴蝶飘带。一双水灵灵的大眼睛格外有神，白里透红的脸蛋儿如桃花绽放，头顶梳着高高的发髻，显得越发俊俏、秀美。姑娘笑吟吟地来到二牤身旁，伸手向西一指轻声儿道："牤哥，你看，西山沟儿有架金葡萄等你去摘呢！"说着，推了他一把就没影儿了。二牤忽悠一下就醒了，四下瞅了瞅，原来是个梦。

一晃到了腊月三十，二牤包了一帘儿饺子，放了几个炮仗就算过年了。等接完了神，他感到又困又乏，栽歪在炕头儿睡着了。睡着睡着做开梦了，梦见西边的大山轰隆一声裂开了，里边有条金光大道一直通向深处。他撒丫子就往里跑，越跑越亮堂，眼前出现一座青砖绿瓦的房子，屋里点着灯，上前敲门，只听屋里一女子应声儿道："是牤哥吧，快进来！"二牤推门进去一看，原来是上次梦里见到的那个黄衣姑娘。

姑娘从外面葡萄架上摘下一串儿光芒四射的金葡萄，递给二牤说："牤哥，我秋天那咱吃了你家的豆子，还你这串儿金葡萄，算是抵账了。从今以后，需将葡萄梗儿天天揣在兜儿里，遇到为难遭灾时，就有救了。"

二牤接过金葡萄，问道："姑娘，家中只有我老哥儿一个，咱们一起过日子好吗？"

"好！好哇！"姑娘边答应边甜甜地笑了。

梦做到这儿，二牤醒了，觉得特别晃眼睛。睁开双目看时，见手上真的托着一嘟噜金葡萄。他高兴极了，待天刚放亮儿，连饭都没吃就跑出去了，将金葡萄粒儿分给全村受苦的人家，金葡萄梗儿则揣在自己的衣兜儿里。

转年夏天，赫尔苏连唱三天大戏，热闹异常。最后一天唱着唱着，响晴的天霎时乌云密布，雷鸣电闪，下起了瓢泼大雨。大水冲垮了戏台，冲倒了买卖家的摊铺，冲毁了没长好心眼儿的财主的良田。

二犴那会儿也去观戏了，一看事儿不好，忙掏出金葡萄梗儿，梦里的姑娘立刻出现在眼前。金葡萄梗儿变成一条精制的小木船，二人登上船划走了，不知到什么地方去了。

苦哀求老虎拜师　留一招狸猫活命

老早老早以前，大约在天地间刚有万物的时候，猫的本领很高。老虎非常羡慕它，总想拜它为师，学点儿功夫，可是央求了好几回，猫始终没答应。

有一次，老虎给猫跪了三天三夜，苦苦哀求猫能收自己做徒弟。声称要是学会了本领，肯定忘不了师父，并将报答一辈子。猫见老虎态度十分恳切，终于被打动了，便点头答应了。

从此，猫实心实意地教老虎，把所掌握的窜、扑、捉、捕、追、跑、跳、蹦、闪、躲、腾、挪等本事全端了出来。

老虎则认认真真地学，过了几年，有能耐了，心里开始琢磨了："人世间的所有动物中，要论力气，谁也没我大；要论本领，除了猫，谁也没我高。看来到时候了，得找个适当的机会把猫除掉，我不就成了天下第一了吗？"

一天，老虎装出一副诚挚而又谦恭的样子问猫："师父，经过几年来手把手地耐心教授，不知徒弟的技艺能赶上您老人家几成？"

猫眯起眼睛，把浑身的本领一样儿一样儿地从头至尾想了一遍，觉得全部功夫差不多都教过了，于是回道："虎徒儿，你很聪明，学的功夫已经到了十成。要是不以力气较量，我只能跟你比个平手；要是凭力气加招数较量，我远不如你。"

老虎听罢，心里特别高兴，认为除掉猫的时机已经成熟，立马脸一翻，吹胡子瞪眼，大吼一声，露出了本性，恶狠狠地说："师父，对不起了，你应该知道，世上无二主。既然你把本领全部教给徒弟了，师父的使命就算完成了，没有必要再活在世上了，我今天得吃掉你！"

猫气愤地斥责道："你这个没良心的东西，我好心好意地教你，没承想竟恩将仇报！"

老虎不耐烦了："什么也别说了，啥用没有！"随之又吼了一声，趁猫不备猛扑过去，施展起猫教给它的功夫来。

猫依靠身子的小巧玲珑，熟练地施展躲、闪、腾、挪之招数，老虎费了半天劲儿未能捉到猫。狂怒之下，凶相毕露，张开血盆大口，咆哮着再次向猫扑去，猫转身就跑。老虎哪肯罢休，腰一伸、腿一蹬，紧随其后穷追不舍。

眼看老虎与猫的距离只有一步之差了，偏巧它们的前面是一棵大树，猫噌噌噌一口气儿爬到树上。老虎在树下瞪着眼睛仰着脖儿，呆呆地瞅着树上的猫，急得如热锅上的蚂蚁团团转。

原来，猫教老虎的时候留下一招儿，上高儿爬树的功夫没教。

老虎见状，只好装出一副笑脸儿对猫说："师父，如此看来，徒弟果然赶不上你老人家。快下来吧，别难为我了，方才是跟你比赛呢！上树这招儿，还得靠师父教给徒弟。"

此刻，猫气坏了，看透了老虎的本性，大声儿说道："哼，别想美事儿了，要是再教你这个忘恩负义的家伙，不是还得吃我吗？赶快走吧，往后别来见我了！"

老虎见猫真的不教了，顿时怒气冲顶，火冒三丈，一声长啸，接连上悬了三四次。

猫身体轻盈，蹿了几蹿，早爬到树梢儿上了。老虎既跳不了那么高，又爬不上去，一点儿辙没有。万般无奈之下，只好远远地跑走，钻进深山老林称王称霸去了。

打那以后，"猫教老虎留一招儿"这句话便流传下来了。

怜乞丐家门收婿　斗蛇鹊龙凤呈祥

伊通州南山的庄子里住着一户财主，家中有房子有地，日子过得挺富裕。

有一年，快到年根儿的时候，院门外来了个十五六岁的小要饭花子。腊月天特别冷，花子浑身上下穿的仍是单衣裳，冻得哆哆嗦嗦的。财主见他长得蛮结实，看上去挺机灵，便问道："你姓啥？住在什么地方，家中几口人？"

花子回道："本姓荆，排行老四，家住关里。因遭灾，父母都死了，兄嫂也不管我，只好出来乞讨。"

财主说："荆四，看你怪可怜的，要是实在没处去，就住我这儿吧，冬天烧烧炕，夏天放放猪，怎么样？"

小花子高兴极了，一口答应了，从此留了下来。他手脚勤快，样样活儿干得利利整整的，财主很是满意。

一晃四年过去了，小花子已经二十出头儿，财主和老伴儿商量道："咱的闺女是个瘫子，从小娇生惯养，什么也干不了。今年十八岁了，到出嫁的年龄了，干脆给荆四做媳妇吧，你看行不？"

老伴儿心里琢磨，虽说荆四是个穷孩子，可自己的女儿有残疾，俩人凑到一块儿还算行，便点了点头。财主遂将小花子唤到屋来，把咋打算的如此这般一讲，小花子没说的，第二年春天他们就把喜事儿办了。

花子媳妇尽管身体瘫巴，模样长得还不错，很有心计。

有一天，财主来到小两口儿屋内，对他俩说："这些年，我攒下了十几间房子和二十来垧地，就一个闺女，既然成了家，做老人的总得管到底。你们看咱家哪块儿地好，相中哪块儿给哪块儿，想要哪儿间房子，可立马腾出来。"

闺女开口道："阿玛，家里的房子、地是二老辛辛苦苦积攒的家业，我不要。如果一定要给，女儿先谢谢了，就把北沟那片林子送我们吧！"

老财主说："那怎么行？林子里长虫多，倘若开荒种地，肯定得让它祸害了。"

闺女坚持道："阿玛，我们还年轻，不能净赙现成的，就应了女儿的心愿吧！"

财主见闺女执意这么做，只好同意了，并找了些街坊帮忙，在林子边儿盖了三间房子，到了秋天，姑娘和女婿搬了进去。

按说呢，老财主有的是地，闺女为啥非要那片林子呢？原来她玛发活着的时候常讲，在北沟的林子里，曾多次看见喜鹊和长虫打架，这叫龙凤呈祥，是块风水宝地。很显然，花子媳妇是冲着宝地去的。

转年春天，荆四上山开荒，果然远远看见一群喜鹊围着一棵树飞上飞下。过去一瞅，地上有条长虫，喜鹊每次扎下来，长虫便抬头冲上咬，喜鹊趁机叨长虫一口。越瞧越有意思，一直到了晌午，头顶的喜鹊才渐渐散去，长虫爬走了。回头再看喜鹊跟长虫打架的地方时，顿时惊呆了！原来在那棵大松树的树根周围，长出好大一片人参。他心里琢磨开了："听老辈说，人参是宝，能治百病，何不带回一棵，或许能把媳妇的病治好呢！"想到此，蹲下身来，挑大的挖了一棵回家了。

荆四到家之后，马上生火，把人参放在水里煮上了。只用了一个时辰，人参水便熬好了，倒入碗里晾凉了，再端给媳妇喝。从此，媳妇天天喝参水，过了不长时间，瘫巴病果真好了，能蹦能跳了。

荆四领着媳妇来到长人参的地方，让她亲眼看看那宝贝，并合计了一番，认为这些参不能挖，现在挖将会越来越少。于是，他们把人参籽收集起来，垦出一块地种上了。待出了小苗儿，精心侍弄，加意看护。过了几年，参长大了，开始边卖边栽，进账的银子越来越多。

人们都说，这是姑娘有福气，挑了块风水宝地才如此。也有的说，那是花子和瘫巴媳妇有志气，自己开荒种参，辛勤劳动发的家。

阿巴驻驿大孤山　术士牵走青牛神

阿勒坦额墨勒[1]驿站又称大孤山，其驿丞姓郑名俊，当地人都叫他“阿巴老爷”。

“阿巴老爷”有个习惯，走路时，总是把手背到身后，何以如此呢？说起来有一段儿来历。

“阿巴老爷”的祖辈在平南王吴三桂手下听命，康熙爷平定三藩之乱时，将吴三桂的降兵发配到关东，于边台驿站当差。迁徙的时候，为防止降兵逃跑，得用绳子将他们倒背手捆上，到了地方才能解开绑绳。

“阿巴老爷”的先辈来东北后，对寒冷的气候不适应，便乘守卫不备逃向云南。哪承想没跑出多远，很快被清军发现了，重新绑上并押回关东，往返一次需走好几个月，渐渐地就习惯倒背手走路了。

“阿巴老爷”小的时候，看见长辈们无论走多远的路，胳膊从不像自己那样前后摆动，而是两手背于身后，于是跟着学。时间一长，觉得这么走路蛮舒服的，双手放在两侧反倒觉得不得劲儿了。

据讲，早些年，“阿巴老爷”的先辈被称为“青牛郑”，全家靠养牛、种地为生。后来不知怎么弄的，牛成倍地增加，越来越多，没几年竟达百头。而且打那以后，他家的牛不论是卖出多少、给出多少，还是宰杀多少，早上一数，圈里仍然是一百头牛。

这件奇事，初始是郑家牛倌儿发现的，觉得甚是不解，赶忙跑回屋告诉了当家人。当家的不信，骂他说胡话，可细品了几次，果然如此，遂打起了算盘：“圈里的牛怎么卖也不少，何苦还种地呢？专靠卖牛来钱多快呀！”你别说，五六年后，老郑家真的发了大财。

单说八月节刚过，从关里来了个风水先生，当家的请风水先生给重新选块祖坟地。

---

① 阿勒坦额墨勒：满语，金色的马鞍子。

风水先生问："当家的，有啥说道吗？"

当家的回道："不为别的，只求圈里的牛像现在这样，咋卖不少就行了。"

风水先生听罢，点了点头，为郑家选了坟地，又帮着把祖坟迁完，一住就是半个月。闲着没事儿时，还常到圈里去看看牛，添添草。

第十六天用罢早膳，风水先生简单收拾了一下，准备告辞了。当家的问他要多少银子，风水先生笑了，顺嘴问了一句："银子不要了，给头牛怎么样？"

当家的一听，慷慨地答应了："行啊，棚里的牛随便挑，要哪头给哪头。"

二人来到牛棚前，风水先生瞅了瞅，指着一头又老又瘦的青牛道："要它了！"

当家的说："哎，那怎么行？千万别客气，还是挑头壮实的吧！你在我家待了半个月，又选祖坟地又迁坟的，实在太过意不去了。要是让别人知道这么辛苦，只给了头老青牛，不得说老郑家小气呀！"

风水先生坚持道："不选了，就那头吧！"

当家的见风水先生非要老青牛不可，咋劝都不肯再挑，便让他牵走了。

自打老青牛离家，牛倌儿发现，圈里的牛卖一头少一头，怎么数也不够一百头了。

这时，当家的才恍然大悟，原来被风水先生牵走的那头又瘦又老的青牛是神牛！他赶忙吩咐家人四处去寻觅风水先生，打算用重金换回神牛，然而始终未见其人影儿。

见金鹿胞弟施计　违诺言老二暴亡

早些年，离雅哈城不远的马蜂岭上有只金鹿，身上的毛只要掉下来，就是一根儿细细的金条。

金鹿栖身在一个山洞里，很多人冒着危险攀爬马蜂岭去寻摸那个洞，多少年过去了，始终没能找到。

马蜂岭下的嘎珊住着一对儿亲兄弟，以打猎为生，老大为人憨厚坦诚，老二为人奸猾狠毒。老大知道老二的秉性，遇事总是让着他，从不计较。后来由于很多方面合不来，哥儿俩便有些矛盾，只好分开单过。

五月的一天，老大和老二去马蜂岭打猎，正行走间，眼尖的老二忽然嚷开了："阿浑，你看，金鹿！"

老大顺着老二手指的方向望去，果然有一只美丽的金鹿在前边的桦树林里悠闲地漫步，浑身闪着金灿灿的光。

老二急切地说："阿浑，我们快去抓吧！"

"那怎么行？明晃晃地去，没等到跟前它就跑了。只能借着树枝的掩护，一点儿一点儿地摸到它身边，才有可能捕到。"

老二觉得阿浑说得有道理，点了点头，于是哥儿俩一前一后地向金鹿靠近。

老二一边往前走一边寻思："俩人同时抓，即使得手，也得二一添作五，不划算。"想至此，图财心切的他没等摸到金鹿跟前呢，就忙着扑了过去。金鹿听见声音先是愣了一下，随即转身跑远了，老二扑了个空，重重地摔了一跤。

老大赶紧上前扶起了老二，问道："小弟，摔坏了没有？"

老二像没听见似的，理都没理，继续朝金鹿没命地追去。

老大在后面喊道："小弟，别撵了，咱们哪能跑得过金鹿呀！"

老二的脚步没停，心想："不用你管，抓到了是我一个人的，累死也得撵上它。"

老大很是无奈，又担心老二自己进深山不安全，只好跟着追了过去。

就这样，兄弟二人足足跑了一夜，不知道翻了几座山，过了几道梁，又返回至马蜂岭，追到一个大石砬子处，金鹿不见了。

老大和老二一合计，明白了，金鹿的洞一定在这附近，哥儿俩便分开搜寻。找啊找，两个时辰过去了，终于在一个立陡石崖的大石壁后面发现金鹿了。

老二开始琢磨了："没有亲眼看见金鹿跑进去，山洞又深又黑，里头说不定咋回事儿呢！要是有凶猛野兽，不就没命了吗？可是倘若真的有金鹿，好不容易找到的，总不能放过呀！"想到这儿，立刻装出一副十分疲惫的样子对老大说："阿浑，蹽了大半天了，实在是没劲儿了。不如这么办，我坐在洞口儿守着，你先进去看看，要是能抓到那只金鹿，抖下的金条多分阿浑一份儿。"

老大看老二满头是汗的，似乎累得够呛，也就没吱声儿，一个人钻进了山洞。

起初，老二不太放心，时不时地耳贴洞口儿的石壁上听听有什么异常的声音没有。后来干脆不管了，往地上一躺，在洞口儿边等着。

一个时辰过去了，洞里发出了响动。又过了一会儿，传出老大的喊声："小弟，抓到了，是金鹿，快来吧，它太沉了！"

老二一听抓到了金鹿，立马来了精神，一骨碌从地上爬起来，一头钻进洞里。

老二帮着老大把金鹿带回家后，早已忘了答应多分哥哥一份儿的话了，不过也知道自己没有理由独吞，只好商量道："大哥，金鹿单放在谁家都不好，我看不如你十天我十天，咱们两家轮流饲养，怎么样？"老大没言语，点了点头。

老大精心地喂养着金鹿，已经第九天了，金鹿对新环境渐渐熟悉了。第十天头晌，它突然抖了抖身子，掉下了一根儿长毛，瞬间变成了一根儿金条，老大乐呵呵地收起来了。

该轮老二家养金鹿了，十天很快到了，连半根毛都没掉。老二气得去找老大嚷嚷，说金鹿不公平，看人下菜碟儿。老大听罢，摇了摇头，把得的那根儿金条分给小弟一半儿。

一晃两个月过去了，金鹿每轮到老大家，回回给留下一根儿金条。轮到老二那儿，照样啥也没有，老大仍将所得分给老二一半儿。

天长日久，奸诈的老二觉着得一半儿金条还是吃亏，不如将老大置于死地，金鹿可全归自己了。

一天晚上，老二带刀来到老大家，刚进院儿便喊道："大哥，金鹿又掉金子了，你看哪！"

坐在炕上的老大头冲窗外说："大呼小叫的干啥，捡屋来吧！"

"不行，今儿个多，快出来吧！"

老大起身下了地，刚迈出门槛儿，藏在门后的老二举刀就要砍。在这危急关头，说时迟，那时快，金鹿一声长鸣，挣脱缰绳冲了过去。先是用头撞倒了老二，而后两只后蹄踏在他的脑袋上，老二当即脑浆迸裂，倒在地上不动弹了，咽气儿时，手里还攥着把尖刀呢！老大一看，方明白是咋回事儿，既气愤又伤心，套上马车把弟弟拉出去埋了。

从此，金鹿变成了一只可爱的梅花鹿，一年四季陪伴着老大，一块儿到田里耕作，一块儿去山里打猎，生活过得平安快乐。

后来，这只梅花鹿陆陆续续生了许多小鹿，老大的鹿越养越多并发了家。

亲姐妹知情蒙难　老虎妈害人害己

早先，在一个山旮旯里，住着一家四口儿，老额娘拉巴三个闺女过日子。大的叫门插儿，二的叫钌铞儿，小的叫扫帚结。

有一天，吃完早饭，额娘说要到姥姥家去串门儿，对三个闺女嘱咐道：“我不在家，你们要多加小心，把大门儿插上，别人谁叫也不给开。”

门插儿说：“额娘，知道了，放心去吧。”

老太太收拾收拾，挎上竹筐儿就出门了，一连气儿走了两个时辰，又拐过一个山头儿，感到有些累了，便坐在大石头上歇息。

这工夫，过来一只老虎妈子，坐在老人身边问这问那很是详细。老太太根本没寻思别的，不过是闲唠嗑嘛，将家中的情况都照实讲了。

老虎妈子忽然嚷道：“大嫂，你头发上有虱子！”

老太太说：“唉，不过一个虱子嘛，有什么大惊小怪的？帮我拿下来吧！”

老虎妈子赶忙凑到跟前，冷不丁上去就是一口，把老太太的脖子咬断了，然后扒下衣裳和鞋子穿在自己身上，挎起竹筐儿来到老太太家大门口儿，高声儿叫道：“门插儿，快开门，额娘回来了！”

大闺女出来从门缝儿往外一看，不认识，便说：“你不是我额娘，她手上没长毛！”转身回去了。

老虎妈子又叫道：“钌铞儿啊，开开门，额娘回来了！”

二闺女也像姐姐一样，瞅了瞅说：“你不是我额娘，她身后没有尾巴！”转身回去了。

老虎妈子接着叫：“扫帚结呀，开门哪，额娘回来了！”

三闺女真的以为额娘回来了，哐啷一声把门打开了，老虎妈子一头闯了进来，对姐儿仨说：“孩子们，我又困又乏，天黑了，赶紧睡觉吧！”

老虎妈子让门插儿跟她睡在一起，门插儿不干；让钉锦儿跟她睡在一起，钉锦儿不干；让扫帚结跟她睡在一起，扫帚结答应了。睡到半夜，老虎妈子爬了起来，把扫帚结吃了。

门插儿和钉锦儿听到“咔吧咔吧”的咀嚼声儿，遂问：“额娘啊，你吃啥呢？”

老虎妈子回道：“我这两天嗓子发紧，你姥姥给拿了点儿胡萝卜，说是吃了能压一压咳嗽。”

两个闺女一听，害怕了，门插儿灵机一动，嚷道：“额娘啊，我要去茅房撒尿。”

老虎妈子说：“这死丫头，净事儿，去吧！”

过了一会儿，钉锦儿见姐姐没回来，也嚷道：“额娘啊，我快憋不住了，得去撒尿。”

老虎妈子不高兴了：“那个刚走，这个又来了，诚心气我咋的？快去！”

天刚冒亮儿，门插儿、钉锦儿在屋外用木棒子把门顶上了，一时不知怎么办好，坐在院子里哭了起来。

这时，打南边来了个货郎，问道：“小姑娘，咋的了，哭什么呀？”姐妹俩把昨晚的事儿一五一十地说了。

货郎出招儿道：“孩子，不要怕，我给你们两个鸡蛋、一包针，进屋把鸡蛋埋在火盆里，把针别在炕席上。”

门插儿接过鸡蛋，钉锦儿接过针，仍在院子里哭。

不大工夫，打北边过来一个卖磨的，他瞅了瞅，问道：“小姑娘，大清早的不在屋待着，出来哭啥呀？”姐妹俩又把家里来老虎妈子的事儿讲了一遍。

卖磨的说：“孩子，不用怕，我把磨盘拴在你家门上。等老虎妈子走到这儿，你们一拽绳子，可将它砸死。”

门插儿和钉锦儿提心吊胆地回到屋，老虎妈子非常生气，恶狠狠地吼道：“我东山磨磨牙，西山磨磨牙，回来就吃你们俩！”接着问道：“死丫头，到底干什么去了，咋这么长时间才回来？”

门插儿说：“我给额娘买了两个鸡蛋，烧在火盆里了。”

钉锦儿说：“我买了一包针，好给额娘缝褂子。”

老虎妈子听了挺高兴，诡诈地阴笑道：“哎呀，看来闺女是长大了，还算懂事儿！”边说边去火盆里找鸡蛋。三扒拉两扒拉，只听“砰砰”两声，老虎妈子的两只眼睛被崩瞎了。它急忙往炕里躲，屁股一下子扎了好几根针，嗷的一声蹦了起来，反身跳到地上，往院子里蹿。刚跑到外屋门口儿，门插儿、钌铞儿一拽绳子，大磨盘掉了下来，老虎妈子当即被砸死了。

桃花女怒播幽魂　冯二小义传御状

伊通州东八里处，有一山拔地而起，名为东勒富善岗，山下是一片沃野。

相传早些年，一户周姓人家在此开荒，子孙日繁，依山立为村落，世代男耕女织，家业兴旺。后来，一些外姓人也纷纷迁来，开户永住。

东勒富善岗有座桃花庙，仙堂旷朗，殿宇巍峨，暮鼓晨钟，鸣响其间。阳春三月，杏花如海，和风轻送，馨香缭绕。

这一年，有个长白挖参人获得了宝参，路过东勒富善岗时被土匪追赶。情急之下，把参包扔在村西头一家的柴火垛里，然后躲进树林中。等土匪离开了，反身再到柴火垛里找，却发现参包不见了，当即急得满脸淌汗，两眼冒火。

那么，参包哪儿去了呢？原来挖参人将参包扔进柴火垛时，刚巧被这家的主人周财主，人称“周老贪”的看见了，他顿起贪心，捡起参包就回屋了。打开一看，立马惊呆了，原来竟是一棵约八九两重的大人参！常言道：“七两为参，八两为宝。”这真乃福从天降啊，乐得“周老贪”嘴都合不拢了，赶紧将参包收好。

正在这时，传来一阵急促的敲门声，正是挖参人到此寻问。“周老贪”一口咬定：“你肯定找错门儿了，我没捡到什么包哇裹的！”

挖参人苦苦央求：“老哥，包中之物是我一辈子的心血所得，看得如同这条命一样重要。你就行行善还给我吧，我将世世代代永远感激老哥呀！”

可是，不管挖参人怎么哀求，“周老贪”只是一个劲儿地晃脑袋，起誓发愿地保证道：“你这人可真是的，咋不信呢？我根本没看见什么包。如果捡到故意不还，有儿为贼，有女为娼，全家不得好死！”说完咣当一声把门关上了，嘴里不干不净地骂骂咧咧地回屋去了。

说也真巧，正当挖参人向“周老贪”讨要参包时，桃花仙女路过此地。她用手掐算了一下，朝着土茅屋指了指，飘然离去。

第二天一大早，屯子里嚷嚷开了，说有人吊死在村头儿的大树上了。“周老贪”也随着大伙儿往村头儿跑，到跟前一看，立马明白了。上吊的不是别人，正是那个来自家索要参包的挖参人，心里感到挺不是滋味的。可转念又一想，既然事已至此，干脆来个一不做，二不休。反正从此能发大财，人死永无对证，什么良心不良心的！

偏赶这个节骨眼儿上，邻居的女人向“周老贪”道喜：“周大哥，该吃红蛋了，嫂子给你生了个儿子！”不知咋的，他不仅没高兴，还不由得激灵一下。

单说“周老贪”到城里把参卖了，得了一笔钱，购置了良田，盖了五间大瓦房，添骡买马，拴了几挂大车，一下子成了十里八村上数的富户。那老来得的儿子，按族中排行第八，乡里人都称其为“周八”。

“周八”从小娇生惯养，放荡不羁，老子天下第一。仗恃家中有钱，横行乡里，无所不为，专好拈花惹草。为此，“周老贪”不止一次地暗自思忖：“我咋生了这么个孽种啊，莫不是因为太贪了，所以老天才来惩罚周家？”

周家有个佃户，姓冯，人称“冯老蔫”。其妻二十五六岁，妖艳淫荡，举止轻浮，眼皮子浅，动不动就数落自家爷儿们一杠子压不出个屁来，白白披了张人皮，整天羡慕“周八”财大气粗。

“周八”对冯佃户的媳妇早已垂涎三尺，凭借着东家的身份，经常出入冯家。男的有心，女的有意，一来二去勾搭成奸。

冯家媳妇自打跟“周八”鬼混以后，越发看不上自家爷儿们，天天一副疾首蹙额的样子。只要开口说话，就是疾言厉色，从不好好儿讲，还嫌他碍眼。于是与“周八”合谋，在一天吃晌饭时，以毒药下酒，把丈夫给毒死了。从此，光天化日之下，“周八”同冯家媳妇公开搂搂抱抱，寻欢作乐。

冯氏家族尽管知道内情，由于惧怕“周八”的财势，无人敢出面质问。

冯佃户有个侄子，家中排行老二，名叫冯二小，是个扛活的，为人刚直秉正。私下里常常为叔父之死愤愤不平，又耻于婶母之羞，忍无可忍之下，喊冤伊通衙门，代叔父控奸。

“周八”闻讯，慌了手脚，赶忙花钱买通了州衙上下。审案时，州官不但不问是非，反责二小诬陷好人，打了八十大板后撵出州衙。冯二小申冤无路，泪如雨下，愈加义愤填膺。

这一日，正值四月二十八庙会，来桃花庙祭神的可多了，人山人海。从晨至夕，香客摩肩，游人接踵，熙熙攘攘，络绎不绝，冯二小也夹在人群中。

突然，冯二小看见一乘软轿迎面而来，里面坐的正是“周八”和自己的婶子。“周八”一眼瞥见冯家侄子，气往头上撞，一边高声儿喊冯二小，一边故意把冯家媳妇紧紧搂在怀里叭叭地亲嘴，并以冷言冷语刺激冯二小：“小子，既然不忍心你婶子被别人霸占，有能耐再接着告哇！周少爷有的是钱，你个穷鬼怎配打官司?”

冯二小听罢，气得额头上的青筋暴突，两眼圆瞪，牙关咬得咯咯响。发誓与“周八”不共戴天，决心进京告御状，让冤情大白于天下。

转天，冯二小告别了亲人和乡邻，向京师走去。他一路沿街乞讨，风餐露宿，终于到了京城。接着又马不停蹄地东问西打听，才找了一个当佣人的差事，暂且栖身度日。

二小由于心中有事，整天愁眉不展，终于被细心的主人发现，遂问之。知其冤情后，感其诚朴，便对他说：“北京城寺里的僧人不少是皇族的出家替身，佛门慈悲，倘得垂怜，可入宫内诉与皇上。到那时，你的冤情才能昭雪!”

冯二小十分感激主人的指点，告别出门，找到皇家的寺庙，好话说尽，最后连酬劳也不要，好不容易干上了杂役。从此，天天朝夕劳作，常在僧人面前含泪不语，僧人几经细问，方知始末。

高僧得知了详情，愤怒之下，入宫将冯二小诉冤无门之事禀与皇上。地方黑暗，良民无辜，天子岂能不管？立即下旨传冯二小入宫，由刑部录了口供，并派御史为钦差，同冯二小一块儿前往伊通州调查严办。

州官听说皇上震怒了，吓得屁滚尿流，奉迎冯二小如同自己的老祖宗。钦差令人刨坟验骨，结果证明，二小的叔父果系中毒身亡。钦差随即判定：将“周八”和奸妇就地正法，州官免职，周家的财产全部查封。百姓闻之，奔走相告，人心大快。

打那以后，冯二小传御状告倒“周八”在伊通州传为佳话，且越传越远。

福库里射箭夺魁 土门岭架柴焚龙

伊通州有户人家，主人乃镶黄旗百总，这年天气刚刚转暖便得一贵子，起名儿叫福库里。额娘按照满洲人的习惯，把他的胳膊、腿用布缠上，既不能太紧，又不能太松，要适度。说是这样能使胳膊、腿长得平直，不至于罗圈腿或八字脚，长大好成为骑马射箭的能手。

州城西边的伊通河两岸地势平坦，树木茂密，大柳条通有二三里宽。柳林深处，雉鸟鸣啼，野兽出没，獐、狍、鹿、兔随处可见，是一个天然的围场。

每年初春，驿站丁甲、八旗子弟三五成群地踏青采柳，进山狩猎，好不热闹。此前，州官早已派属下在河汊子的平川地上开出方圆五里的小围场，专供旗人习武、比箭、赛马之用。

福库里一晃十岁了，尽管年纪尚小，个头儿却比同龄人高出一截儿，像个大小伙子。黑黑的脸膛儿，浓眉大眼，膀阔腰圆，长得特别壮实，小围场的七角亭是他每日必去的地方。

七角亭乃城内百姓建造的，七角象征着北斗七星，州官和旗人每年都要在这里举行盛大的祭祀七星的活动。那天将供奉神佛，供桌上陈设七盏油灯，七个香碟，七盅烧酒，七摞黄米面饽饽。各姓氏的族众按辈分、长幼分别跪在地上，头朝北方，虔诚肃穆。萨满捧着香碟，手拿哈马刀步入亭内，口念祝词，继而起舞，大家击鼓击板相合。然后宰杀神猪，卸为七块，煮熟放在桌前。祭祀七星时，青壮年皆在亭前比武射箭，故而称七星亭为“箭亭”。

单说福库里骑马射箭的本领大有长进，当年正月十五过后，州里满族人举行骑射大赛，十岁以下的哈哈济较量童子功。

比武这天，百总带着披挂整齐的福库里前来参赛。他头上戴着貂皮帽，脚蹬牛皮新乌拉，上身儿外罩羔皮坎肩儿，两臂带狐皮套袖，腰扎红色绸带，好个英俊孩子。参加的人很多，个个跃跃欲试，连赛了三天。在童子功的比拼中，福库里骑射出众，获大胜。

赛毕，知州大人亲临现场助兴，五里围场，载歌载舞，一唱众和，气氛异常热烈。百总与家人抬着福库里射中的鹿、狼、兔雉沿街夸耀，一时间，这个小哈哈济在州城中竟无人不知、无人不晓。

福库里姥姥家门前有座山，远远望去，如同一条土龙。进山的道从中间穿过，弯弯曲曲的，两侧土岭陡峭，岭前住着十几户人家，人们称其“土门岭”。

此地的百姓进州城，由于大岭相隔，交通十分不便，且雨水多，十年九涝。因此有那么句嗑儿：“土门岭藏土龙，中间下雨四面晴。”为此，大伙儿很是发愁。

据老辈人讲，只有挖开老龙背，才能风调雨顺。有一年，全村男女老少齐上岭，挖的挖，挑的挑，一干就是几十天。可是土门岭却总是不见低，头天挖了，第二天又长出来了，挖多少长多少。

有人说：“算了吧，别挖了，土山是条龙，得罪了它，祖祖辈辈都得受苦哇！”

福库里听说了这件事儿，心想：“一个土岭，那么多人挖，怎么会铲不平呢?”

到了夏天，福库里见族众又上山挖土岭，反身从家里拿把铁锹蹦蹦跳跳地跟着人群去了。他挖呀挖呀，连续干了两个时辰，感到有些累了，就势躺在土坡上琢磨：“如此干下去，啥时候能挖平呢?”想着想着便睡着了。朦胧中，听到坡儿下有人唠嗑儿：“这阵子可把咱们糟蹋够呛，锹镐齐上，腰砍得好痛，快招架不住了!”

另一个说：“别担心，甭管他们挖呀刨的，全不在乎。白天挖走的，晚上咱再搬回来，不怕锹和镐，唯怕马粪烟火烧。”

福库里突然醒了，站起来一看，四下无人，原来大伙儿都回家了，他撒腿就往姥姥家跑。

第二天，福库里套上马车，车里装着满满的马粪和干柴。到了土岭顶上，把干柴铺在下面，马粪撒在干柴上面，用火点着，顿时浓烟滚滚。人们看到土门岭上冒黑烟，纷纷跑来，异口同声地询问这是咋回事儿呀?福库里遂将梦里听到的话告诉了大家。

众人听罢，高兴极了，一齐动手，又烧又刨又挖的，一连干了三天，果然征服了山神土龙，土门岭终于被铲平了。

从那咱起，此地风调雨顺，进州城再也不用爬岭了。福库里长大后，随军入关，南征北战，成了有名的巴图鲁。

粘罕寨宁古学艺 陪新娘僧侣变金

从前，离叶赫东不远的地方叫粘罕寨，住在那儿的小伙子宁古与本寨的一个孤寡木匠学手艺一晃三年了。寨中有个姑娘，温和柔顺，为人宽厚。宁古和她从小青梅竹马，在一起有说不完的话，唠不完的嗑儿。经人说媒，两家定了亲，宁家又修房子又扫院子的，准备接新媳妇进门。

六月初十，是宁古结婚的大喜日子，亲朋故友欢欢乐乐地吃喝半晌后，各自回家了。一对儿新人刚上炕，就听门外有人念叨："阿弥陀佛，善哉，善哉。"

宁古急忙穿鞋下了地，推门一看，见一个身高丈二、膀大腰圆、黄头、黄眼、外穿黄道袍的老和尚站在门口儿，手里捻着一串佛珠儿。老和尚上前施礼道："施主，老衲饥饿多时，能否让你的妻子为我做些斋饭？"

此刻，宁古的额娘听到有人说话，也开门出来了。只听宁古回道："大师父，当然可以，请到上房用膳。"

老和尚致谢道："谢施主，不必去上房了，就在这屋吧。"说着，欲往洞房里进。

老太太不让了，刚要上前阻拦，却被儿子挡住了。其实，宁古的心里也有些不高兴，但想起师父常说的话："凡事要忍，百忍必有其益。"平时既然已经忍过多少回了，这次仍忍了吧！于是笑呵呵地说："大师父，请吧！"遂侧过身，与和尚一同进入洞房，撩起幔帐，把被褥卷到炕里，将老和尚让到炕上，吩咐妻子赶紧预备斋饭。

不一会儿，酒菜备齐，老和尚一边喝酒吃菜，一边两眼盯着新娘，看得宁古的媳妇怪不好意思的，只好转过脸坐在一把椅子上。

老和尚酒足饭饱，放下碗筷又道："阿弥陀佛，善哉，善哉，施主能让新娘陪老衲住一宿吗？"

宁古听罢，气得眼珠子都红了，心想："你让新娘给做饭吃，我答应了；又要同新娘住一晚，太过分了吧？哪有这么得寸进尺的！”刚欲拒绝，可脑子里又闪出了师父说过的话，冲顶的火儿立刻被压下，唉，九十九都忍了，继续忍吧！回头拉着额娘就走。

宁古到了母亲屋里，躺在炕上越想越不是滋味，哪能睡得着啊，翻来覆去地折腾了一夜。好不容易等到天亮了，跑到新房一看，媳妇仍面冲墙坐在昨晚那把椅子上。再往炕上瞅了瞅，老和尚蒙着被子没动静了，喊了几声未回音。他伸手碰了碰，一动不动，不由得吓了一跳。回过头来又看看媳妇，好好儿的，遂问害怕了没有？新娘不在意地摇了摇头。

再说宁古的额娘同儿子一样，憋了满肚子的气，也是一宿没合眼。进新房后，上炕就是一拳，正打在和尚的脑袋上，自己反倒疼得“妈呀”一声，手立马就青了。

宁古十分不解，忙上前去摸老和尚，感到又沉又硬又凉。掀开被子仔细一瞧，黄澄澄直晃眼，哪里是活人呀，原来乃一大金人，全身都是金子堆的！

从此，宁家发了财，过上了好日子。宁古知道，生活好了，多亏师父。于是把老师父接来赡养，一家人吃斋念佛，师父一直活到百岁。

老者秘赠石头人　金哥义结连理枝

在离乌苏城很远很远的一片密林的边儿上，有个只有十几户人家的村寨。住在此处的小伙子金哥父母早亡，孤身一人，常年靠打猎和做短工为生。

一天，金哥离开家，准备找个做短工的地方。一气儿走了三个时辰，觉得有些累，便想歇一歇。抬眼四下瞅了瞅，见一个慈眉善目的白胡子老头儿坐在路边的大青石上，便走了过去，坐在老者的身旁。

老者转过脸看了看金哥，开口问道："年轻人，不知是否有胆量，敢不敢除妖呀？"

金哥答曰："我从小经常一人上山打猎，捕获凶猛的野兽，胆量是有，但没见过妖精。"

老者又道："见没见过不重要，你要是除了妖精，就是为人类造福啊！"说着，从腰间取出一个高三寸的小石人，交给金哥嘱咐道："把它带好，哪里有妖，可以大胆去除！"

金哥躬身谢过，待再抬头时，眼前忽地出现一股儿烟雾，老人不见了。

金哥继续往东走，见前边有一深宅大院，青砖墙上贴张告示，很多人围着看。疾步走上前细瞧，有的字虽然不认识，大意却明白了。写的是张员外的千金招了妖魔，每到夜半，妖精必来会见小姐。谁能降妖，为其消灾解难，便把小姐许配给他。

金哥看罢，毫不犹豫地揭了告示，管家立马领他到张宅面见员外。老员外设酒款待，一边吃，一边与其商量着如何捉妖。

金哥说："请大人不要着急，今晚我观察一夜，明天自有办法降妖。"

晚上，老员外令管家将金哥安置在紧靠小姐绣楼的书房住下了。金哥把小石人当作门闩插在门内，然后躺在炕上，没敢合眼，仔细地倾听着外面的动静。

大约半夜时分，忽见窗外狂风怒吼，飞沙走石。金哥一骨碌翻身坐起，就听小石人说：“不要怕，此妖精是后花园废水井里的一条白鳔鱼精，用石灰粉便能治住它。”

第二天早晨，老员外心里直打鼓，以为那青年说不准被妖精吃了呢！忙跟随小童来到书房，见金哥坐在椅子上，笑容满面，平安无事，遂问他是否思谋好了降妖的办法。金哥回道：“请大人备一车石灰，叫上十名壮汉，多带些钩杆铁齿等家巴什儿。”老员外听罢，赶紧吩咐管家去张罗。

到了晌午，金哥带着壮汉来至后花园，指挥他们将石灰粉倒入废井中。不多时，只见井里卷起浪花，如同开了锅似的，白鳔鱼精浮上水面。大伙儿用铁钩把它钩上来，棍棒齐下，很快就打死了。不久，小姐的病渐渐好了。

一日早膳后，金哥准备回家，前去向员外告别。老员外让丫鬟唤来小姐，告诉她：“闺女，金哥是你的救命恩人，快快拜谢！”

小姐一展愁容，羞答答的不说话，深情地看着金哥。老员外笑了，对金哥说：“孩子，是你救了我闺女的命，真得好好儿谢谢你呀！我们全家已经合计好了，如果不嫌弃，就将独生女嫁你为妻，收作养老女婿，可否？”

金哥听罢，十分高兴，连连点头，并给老员外和老夫人跪下磕头。老员外立时高声儿宣道：“张灯结彩，设宴摆席，为小姐完婚！”

于是，金哥和小姐大宴过后，双双进了洞房，成就了美满姻缘。

挥斧断杈救义兽　知恩图报送奇珠

早些年，伊通州西北的老虎沟山高林密，老虎、野猪成群结队，獐狍、野鹿到处都是。

老虎沟的边上住着一户人家，姓郑，祖上是猎户。每当大雪封山之时，家中的男人都上山狩猎，然后拉着皮张去山外的集市上卖掉，换回些粗布、米面和盐，维持一家老小的生活。

到了这辈儿，人口少得可怜，只剩娘儿俩了。额娘特别心善，冬天一来，便让儿子往沟里树墩子上撒些盐面儿，给那些獐狍、野鹿吃。说也怪，老人家饲养的鸡、鸭、鹅、狗等，从未遭到老虎啊、野猪哇、恶狼的祸害。

老额娘的独生子叫郑秉仁，打小耳濡目染了额娘的一次次善举，也不伤害野兽。从十几岁起，他每天一早上山砍柴，傍晚回来，转天挑到城里去卖，日子还算过得去。

单说立秋那日，秉仁吃完早饭，带上镰刀和斧子去老虎沟砍柴。砍着砍着，忽听一种呲啦呲啦的声音传来，好像是上了岁数的人上气不接下气、憋得喘不过气的动静。心想："是不是谁家的老者闲来无事在沟里溜达，突然旧病复发了？"忙四处去寻。当经过一棵被风刮倒的杨树旁时，一看不好，原来一只老虎的脖子死死地卡在粗树杈儿上了。本来就卡得很紧，再加上老虎用力往后挣，越挣越出不来，双目憋得通红，身子开始瘫软，眼看快没气儿了。

秉仁疾步走到跟前，取下腰里别的砍柴斧，使劲儿朝树杈儿猛砍。不大工夫，树杈儿断了，老虎的脖子缩了回来，渐渐地苏醒了。秉仁见老虎还活着，非常高兴，拍了拍它的头。老虎丝毫没有离去的意思，趴在地上，看着秉仁砍柴。直到下半晌，秉仁挑着柴回家了，老虎才站起身，向树林深处慢悠悠地走去。

打这以后，秉仁只要去沟里砍柴，那只老虎必到，还用嘴巴将柴火叼到一起，以便于捆绑，使他省了不少力气。天长日久的，砍柴郎和老虎越处越熟，成了好朋友。

有一次，秉仁砍完柴前脚儿刚到家，老虎后脚儿跟来了。进了屋，把老太太吓了一跳，问儿子是咋回事儿，秉仁便将砍柴时救老虎的经过说了。额娘听罢，也乐了，夸赞儿子做得对。从此，老虎时常跟着秉仁回家，慢慢地通了人气，娘儿俩唠些啥，全能听明白。到了晚上，二人分头上炕睡觉了，它才离开。

一天，秉仁去城里卖柴，额娘和老虎在家。老太太说："你是我儿子的朋友，咱得多替他想想，都二十好几的人了，还没娶上媳妇呢，这可咋办?"老虎听完，点了点头，站起身出门了。

一个多月过去了，母子二人始终没见着老虎，心里很是纳闷儿。在一个雨后刚晴的下晌，秉仁上山了，额娘在家，老虎叼来个已昏死的姑娘，轻轻放在了秉仁睡的北炕上。看得出姑娘的身子骨儿很弱，气色不好，面黄肌瘦的。老太太赶紧去厨房做了一碗热汤，再一勺儿一勺儿地喂给姑娘喝下，方才慢慢苏醒。她睁开眼睛看了看四周，见自己竟躺在陌生人家的炕上，连忙坐起来，惊诧地问："老人家，怎么回事，我咋在这儿呢?"

老太太告知："孩子，是老虎把你叼来的。"

姑娘低头一瞅，地上趴着一只老虎，吓得"妈呀"一声抱住了老人。老太太安慰道："孩子，别怕，它通人气，不会伤害你的。"

姑娘听罢，这才定下神来，老太太问道："孩子，你是哪里人呀，怎么到老虎沟去了呢?"

姑娘顿时泪如雨下，抽抽搭搭地回道："小女八岁时，额娘就死了，从此阿玛一个人带着我，三年前又娶了一房。哪承想后娘也带来个闺女，半拉儿眼看不上前房生的，不是打就是骂，百般刁难。头些日子我生病了，后娘不仅不让治病，还说我是得了绝症，会传给全家，硬逼着阿玛套车把我拉到老虎沟扔了。我连病带饿的，两眼冒金花儿，浑身一点劲儿没有。只记得刚站起来，腿便抖个不停，一头抢在地上，啥都不知道了。没想到有缘来到这儿，也不打算回家了，如果不嫌弃，就给您老当闺女吧!"说完，跪在炕上咣咣磕头。

老太太忙扶起了姑娘，一个劲儿地点头，又心疼又可怜，娘儿俩坐在一起亲热地唠了起来，

天傍黑儿时，秉仁回来了，额娘告诉姑娘，这是我儿子。家里的房

子小，老太太让姑娘同自己睡在里屋南炕，秉仁去外屋搭铺。

日子一天天过去了，姑娘的病渐渐好了，能帮着洗衣、做饭、料理家务了。一日，她对老太太说："额娘，是你和秉仁哥救了我，又治好了病，否则活不到今天。秉仁哥勤劳、善良、心眼儿好使，我就给您老做儿媳吧，不知额娘愿意不？"

老太太说："孩子，太好了，求之不得呀！秉仁二十多岁没娶上媳妇，这么好的姑娘要嫁给他，是我们家的福分哪！"

太阳落山时，秉仁回来一进屋，额娘便急不可耐地把姑娘的意思对儿子讲了，秉仁乐得直摸后脑勺儿。不久，老太太找来亲友乡邻，把喜事儿办了，大伙儿好一顿热闹。

光阴荏苒，转瞬已是三年，秉仁的媳妇生了个大胖小子，那只老虎仍经常到家中来。胖小子特别淘气，两岁就骑在老虎的背上玩耍，高一声低一声又笑又喊的，开心极了，老虎从不伤他。

可是老额娘暗地里却犯起愁来，每当一个人去大地挖野菜时，总是长叹不止，老虎趴在她身边不解地瞪眼瞅着。老太太打了个唉声道："老虎啊，这几年秉仁娶了媳妇，生了个胖小子，多亏你呀！不过家里添人进口，只靠我儿上山打柴供吃供穿，总不是个办法呀，能不能再帮帮他？"老虎又点了点头，转身离去了。

第四天傍晚，老虎回来了，浑身是汗，似乎跑了很远的路。进了屋，来到炕沿边儿，将含在嘴里的一颗闪闪发光的珠子吐在炕上。

老太太一瞅，惊得怔住了，回过神儿来后方喊儿子和媳妇："秉仁哪，你们快来看呀，老虎给送宝贝来啦！"

秉仁和媳妇从外屋跑了进来，见炕上有一鸡蛋大小的珍珠，不用说看到过，连听都没听说过。额娘对儿子说："孩子，听老辈人讲，这么好的宝贝值很多银子。明天进城把它卖了，有了钱，咱以后的日子就不用愁了。"

秉仁用一块方布把珠子包好，转天一早进了城，找到一家最大的珠宝店。谁知刚拿出珠子递上去，老板顿时紧张起来，让他在店堂等一下，说是需到里间仔细瞧瞧珠子的真假。

秉仁等到过了晌午，突然来了几个当差的，不问青红皂白，上去就把他绑了，声称珍珠是偷来的。

秉仁被关进大牢，一连数日没回家，额娘感到不妙，急得直掉眼泪，对老虎说："老虎哇，快去救秉仁吧，准是进城摊上事儿了！"

老虎再次点了点头，出门一路狂奔，很快来到城门口儿。把门儿的兵丁见是只老虎，吓得手足无措，哆哆嗦嗦地将城门紧紧关上了，又加了几道锁。老虎一看进不去，反身回到山里大声儿吼叫，叫来了上百只老虎，把所有的城门全围起来了。

县官听说后，忙问怎么回事儿，当差的禀报道："不知为啥，城的四门聚集了不少老虎，连吼带叫的，里不出，外不进。"

县官下令："谁能把老虎赶走，赏赐一百两黄金！"一些贪财不要命的好事者前来驱赶老虎，一到城门口儿看见那么多只虎，早吓得屁滚尿流、撒丫子逃了。

这事被秉仁知道了，遂对看管的差役说："老虎是为我来的，只有放了我，它们才能离城。"

当差的没办法，只好提出秉仁，带着他来到城门口，禀告县官，此人能驱散老虎。县官说道："如能使老虎散去，不仅放了你，还赏赐一百两黄金，决不食言。"

秉仁站在城门上，放眼望去，看见了站在最前面为首的那只正是自己的虎大哥，遂向下摆了摆手，高声儿喊道："虎大哥，官家已经答应放我了，让你的兄弟们暂退吧！"

话音刚落，只听为首的老虎嗷嗷吼了几嗓子，上百只虎呼啦一下全退了。县官没敢食言，把一百两黄金如数给了秉仁，秉仁和虎大哥一块儿回了家。

秉仁有了钱，盖了七八间大瓦房，置了土地和骡马，成了一方富户。过了些日子，又以一大笔银子买下了老虎沟，从此再没人进沟打猎了，里面的老虎越来越多，老虎沟的名字亦越传越远。

连群归途挽危命 金鱼作法淹州官

驿站的东边住着几十户人家，其中的李家有个心地善良的小伙子，名叫连群，蚂蚁一样的小动物都不忍伤害。他聪明能干，乐于助人，谁见谁夸，只是二十六七岁了，还独身一人，没娶上媳妇。

一天下晌，连群铲完地回家，路过仅四米宽的小河，见有条金鱼干晒在岸边。他赶忙蹲下身，伸出双手将鱼捧起，再放入河中。转身刚要走，就听背后有个声音说谢谢。回头一看没有人，只见那条金鱼并没有游走，便又重新捧起金鱼带回了家，养在缸里。

过了十几天，连群从地里回来，一进屋，见炕桌上摆着热气腾腾的白面馒头和两盘儿香喷喷的菜，心中很是纳闷儿，暗想："或许谁看我是个光棍儿，偷着给送来的，世上真有好人哪！"

第二天，连群假装扛着锄头出门儿了，走出不远，又反身藏在家附近。天快晌午了，抬头一瞅，家里的烟囱冒烟了，怎么回事儿呢？没发现有人进屋呀，于是偷偷走到窗前往里瞅。这一瞅可不得了啦，当即吓了一跳，家里怎么有位俊俏的姑娘呢？他没有惊动屋内的人，大气儿不敢出，继续观瞧。见姑娘扎着小围裙，十分麻利地忙活着，洗菜、淘米、做饭，连群心里琢磨着："这是谁家的姑娘呢，或许走错门了？我要是能娶她当媳妇该多好，唉，哪辈子能修来这样的福气哟！"

不大工夫，姑娘把饭做好了，端到炕桌上，解下围裙，顺手拿起张鱼皮往身上一披，打了个滚儿变成一条小金鱼跳进缸里了。

连群惊诧得大张着嘴巴愣怔怔地瞅着，几乎看傻了，待回过神儿时，才装作什么都不知道，扛着锄头进院儿了，把锄头立在门口儿，进屋洗把脸就上炕，大口大口地吃了起来。到了晚上躺在炕头儿，翻来覆去睡不着，像烙饼似的一个劲儿折腾。难怪呀，他也是男子汉大丈夫，而且正当年，能不被姑娘的美貌打动吗？心想："如果有个幸福的家，我浑身是力气，吃穿肯定不用愁。媳妇里里外外忙家务，对丈夫知冷知热的，我每天下地回来，能吃上可口的饭菜，这日子神仙也比不了哇！”想着想着，扑哧乐了，脑海里闪出一个好主意。

早上起来，连群吃完饭，像往常一样，扛着锄头离开家了。到地里只干了一气儿活儿，便提前返了回来，躲在大门后。见烟囱冒烟了，遂走到窗前半蹲着往里细一瞅，见姑娘在外屋做饭，鱼皮放在炕上。忙起身一纵，噌的一声从窗户跳上炕，拿起鱼皮紧紧抱在怀里。姑娘忽听屋内有动静，慌忙放下手中的活儿，推门跑进来了，见小伙子正睁大眼睛盯着自己，知道露馅儿了，没必要再隐瞒了，只好照实讲了。原来她是金鱼精，为了报答救命之恩，想为连群做点儿什么，并愿意嫁给他。

连群高兴极了，找来几个亲戚帮忙操办婚事，很快把婚结了。从此，夫妻二人相亲相爱，你尊我让，小日子过得和和美美。

单说当地有个州官，是个出了名的色鬼，见着漂亮姑娘就馋得眼发直。

深秋的一天头晌，州官闲来无事，令手下衙役去山里打野鸡。出猎很是顺利，没用多长时间，几个当差的便拎着四只野鸡返回来了。走到连群家门口儿时，感到天有些冷，想进去暖和暖和，顺便烤烤野鸡。进得屋来，见有个天仙似的女人正在厨房忙活着，便一面烤着野鸡，一面直勾勾地盯着连群媳妇。由于光顾看人了，却把野鸡那个碴儿给忘了，结果全烤煳了。这还了得，回去怎么交差呀？可把他们吓坏了。

连群媳妇见衙役一个个害怕的样子，脸色由红变黄，由黄变灰，顿时产生了怜悯之心，觉得他们拉家带口的也不容易，随口来了一句：“不用愁，这算不了啥。”说着，用面做了四只小野鸡，扑地一吹，立马变成了烤得黄里透着红、香喷喷的、又肥又大的野鸡。

当差的连连道谢，回到州衙后，不敢隐瞒，将此事原原本本地禀报给了州官。州官听罢，惊喜万分，当即派人去说媒。衙役哪敢不从啊，去了没一会儿便垂头丧气地回来了，说是那女人不仅不允，还把他们赶了出来，好顿骂。

州官气急败坏，第二天亲自领一帮打手前去抢人，将李家的院子团团围住。连群惊慌失措，一时不知如何是好，话都说不出来了。媳妇一把拉过他，安慰道：“郎君，别怕，我有办法。”边说边推开门，把梯子竖到房檐儿上，拉着丈夫噌噌噌爬上了房顶儿，然后拿出一个小匣子，打开盖儿喊道：“发水！”顿时，大水呼啸着涌进院子，州官和打手来不及往外逃，全淹死了。

第二天，连群带着妻子走了，去了很远的地方，从此男耕女织，过上了好日子。

杨柳卖柴买美画 仕女升天遗根苗

早先，有个叫杨柳的光棍儿，靠打柴为生。由于双亲早早离世了，家境贫寒，也就没说上媳妇。

有一天，杨柳在街上卖完柴后，用得来的碎银子买了一张美女画儿，拿回家挂在了墙上。

第二天打柴回来的时候，远远看见自家的烟筒冒烟，感到很奇怪："咦，我光棍儿一人，无亲无故，从没有任何人到家里串过门儿，今天怎么有人烧火呢？"赶紧快走几步，到了窗户底下，往屋里一看，见炕中间儿放上了方桌，桌子上摆着一个盘子，里面装满了热气腾腾的大包子。他更惊诧了，进了屋，四下瞅了瞅，同走时一个样儿，没发现有人，心里犯了嘀咕："噢，对了，是不是有人在包子里搁了毒药，想害死我呀？"又一寻思："我没得罪过谁呀，也没跟哪家斗过气，再说了，害我有啥用啊？"看看香喷喷的白面包子，口水直往外淌，自言自语道："反正死活是一个人，无牵无挂，饱一顿是一顿。"伸手拿起包子狼吞虎咽地吃了起来，没一会儿一盘儿包子全进了肚，躺下便睡着了。

杨柳一觉醒来，已是大天亮了，揉揉眼睛四下看了看，没错，是自己的家，我还活着，高高兴兴地又出门打柴去了。晚上回来仍同昨日一样，桌子上放着一盘儿大包子，屋里没有人。他又抓起包子大口大口地嚼着，一个接一个地往嘴里送，边吃边想："真是邪门儿了，谁天天没事儿给我做包子呀，从哪儿弄的肉和面呢？"

第三天，杨柳长了个心眼儿，比头两天早回来一会儿，想看个究竟。他蹑手蹑脚地走到窗前，从窗户眼儿往里瞅，正赶上墙上的美女从画儿上飘了下来，到灶前做包子去了。杨柳悄悄儿溜进屋，一下子将美女抱住了，趁她不注意，伸手把墙上的空白画儿拽了下来。

美女发觉自己回不去了，便实话实说了："你想留下我当然好，但千万不能把那张画儿弄没了，咱俩只有八年的缘分。"杨柳听罢，乐呵呵地点了点头。

从此，二人恩恩爱爱地过起了日子，转年得了个大胖小子。

一晃八年过去了，美女说："郎君，到时候了，该把画儿还给妻了。如果执意不给，我不仅回不去了，也陪不了你，还是个死。"说着，跪在地上哭了起来。

杨柳见妻子哭得十分伤心，心疼极了，只好把空白画儿还给她，美女立马飘到画儿上去了。

砍柴人失去了心上人，非常难过，好在还有一个孩子，给生活增添了不少乐趣，不像以前那样孤独了。杨柳时常在睡觉时梦见自己的妻子，可是再没有见到她，唯有梦境陪伴一生。

附：异文

海东青勇驱鹞鹰　佟木斤幸网仙蚌

伊通的东边，住着个叫佟木斤的年轻人，勤劳能干，心地善良，养了一只勇敢的海东青，常年靠在伊通河打鱼为生。

有一天，他带着海东青出外打鱼，见空中一只鹤正被凶猛的鹞鹰追赶得无处躲藏。匆忙之下，放出手中的海东青，把那只鹞鹰赶跑了，鹤得救了。奇怪的是鹤竟会说话，向小伙子道了谢，打个旋儿飞走了。

转天，佟木斤又去伊通河打鱼，连撒了几网，半条鱼也没网着，最后一网却捞上来一个蚌。他把蚌带回家，见蚌身上的彩纹十分漂亮，便用水缸养了起来。

过了些日子，佟木斤发现每次打鱼回来，家里饭菜都做好了，心中很是纳闷儿。

第二天头晌，佟木斤装作出去打鱼，走了没多远，又偷偷返回来了，躲在窗户下想看个究竟。不大一会儿，只见那只蚌慢慢张开了外壳儿，从里面走出一位天仙般的姑娘。他站起身来，推开门突然闯进屋，把姑娘吓了一跳！佟木斤问道："你是何人，为啥到我家？"姑娘便将真情讲了，小伙子方知姑娘是那只鹤的女儿。

原来被鹞鹰追赶的鹤为了报答佟木斤的救命之恩，就让女儿变成蚌并嫁给他，照顾小伙子一辈子。

对佟木斤来说，当然是喜从天降，求之不得，立马答应了这件婚事。第二天，两人高高兴兴地成了亲，婚后的日子过得和和美美。

书生施伞结伉俪　仙娘钟情得郎君

谁都不知道这是哪朝哪代的事儿了。

州城里有位阿哥，是个书生，为人老实厚道。一天，他去学堂的路上下起雨来，刚好一个额莫喀[①]与其并行，书生便把雨伞让给老人家了。额莫喀非常感激，临别时送给他一幅画儿，上面画着一个美丽的姑娘。书生谢过，乐颠颠地带回家，看了又看，然后贴到自己的屋子里。

打那以后，书生每天除了读书就是观画儿，从不出屋。时间长了，被阿玛和额娘发现了，怕因此而影响学习，欲把画儿烧掉。经儿子再三恳求，二老拗不过，才勉强答应先留着。

三月的一个头午，书生正在看书，画儿上的姑娘突然走了下来，他感到很奇怪，开口问道："请问小姐，你是什么人？"

姑娘回道："你那天去学堂的路上遇到的额莫喀是个神仙，小女是她的女儿，老母见公子心地好，将我许配与你。"

书生听罢，高兴极了，频频点头。从此，姑娘白天陪他学习，照顾起居，洗衣做饭，晚上再回到画儿上去。

每当这时，书生感到很寂寞，遂问姑娘："咱俩怎么做才能成为长久夫妻呢？"

姑娘说："如果公子是真心的话，就把墙上的画儿拿下来，放在箱子里保存好，我才能和你永远在一起生活。"

书生照着姑娘说的做了，没几天，他的阿玛和额娘又知道了，让儿子必须将姑娘赶走。书生苦苦哀求，并表示非这个姑娘不娶。无奈之下，父母只好同意了，给他们操办了婚事。

婚后，小两口儿相亲相爱，举案齐眉，相敬如宾。媳妇十分贤惠，孝顺公婆，转年生了个男孩儿，取名望儿。

---

① 额莫喀：满语，老太太。

时光如梭，一晃望儿六岁了。当年，书生去京城赶考，媳妇一人侍奉双亲，操持家务。

一天头晌，媳妇下田劳动，望儿在家玩耍，忽然发现了一幅画儿，忙蹦蹦跶跶地拿到了爷爷、奶奶屋里，嚷着让他们看。两位老人得了此画儿，二话没说，立刻投进灶坑烧了。

媳妇回家发现画儿不见了，万分悲痛，自知末日来临，提笔给丈夫留下一封信。上书："你我夫妻缘分已尽，我只得回去了，不能继续陪伴郎君了。如果想见面的话，可到很远很远的完颜山去找妻。"写完后，放在桌子上就走了。

书生赶考得中进士，回来不见妻子，看了信方知已离去，哭得死去活来，决心带着儿子上路寻妻。

爷儿俩历尽千辛万苦，找哇找，边走边打听，转眼间三年过去了。这天，来到一座山下，大山挡住了去路。父子俩正犯愁呢，一个老头儿朝山根儿走来，书生上前施礼问道儿，去完颜山怎么走？老者告诉他，眼前就是。

二人登上山，看到一所宅院，于是来到院门前嘭嘭嘭地敲门，随之走出一个男仆，问道："你们找谁？"

书生回答："对不起，打扰了，我来找我的妻子。"边说边从衣兜里掏出媳妇留下的那封信，双手交给了男仆。

男仆看了信，客气地手一伸，将爷儿俩让到屋里。不一会儿，进来一个老太太，书生抬眼一看，正是当年在路上遇雨让伞的那个额莫喀。老人开口问道："请问进士，我有二十四个女儿，能认出哪个是你妻子吗？"

话音刚落，二十四个姑娘进屋来，站成一排。书生瞅瞅这个，瞧瞧那个，长得一模一样，上哪儿认去？正着急时，忽然心生一计，大哭起来，一面哭一面对儿子说："孩子，额娘心狠哪，扔下你不要了。阿玛又找不到她，望儿成了没娘的孩子了，活着也不会幸福。不如今天打死你算了，一了百了，省得以后遭罪呀！"说着，举起巴掌啪啪啪地抡开了，儿子疼得哇哇哭。

就在这个节骨眼儿上，书生发现第二十四个姑娘的脸色突然变了，眼圈儿也红了，于是他抬手指向了最后一个。

书生终于找到了自己的妻子，把她带回了家，一家三口儿重新团圆了。

苦命人沿街乞讨 棒槌鸟引宝成婚

早些年，大黑山的东阳坡儿有条既大又深的沟，名叫泉眼沟。泉眼位于沟的底部，泉水喷涌而出，清澈、甘甜，一年四季不间断，附近的村民都喝这里的水。

大黑山的南坡儿住着一户财主，姓张，外号儿叫“张大巴掌”。大伙儿为啥这么称呼他呢？他家地多，年年雇长工、短工，有干不完的活儿。张财主是个炮仗脾气，平日对扛活的要求甚严，动不动就不问青红皂白地抡起巴掌打人，故而得名儿。三呼两喊的，这名儿在屯子里叫开了。

“张大巴掌”老两口儿膝下无儿，只有一个闺女。孩子刚出生时，由于不足月，体重不到四斤。女孩的姥爷是个旗人，见外孙女长得小，便给起了个名字，叫阿济格旦旦。

这年冬天，气候奇寒，雪特别大。“张大巴掌”一早起来，看见门口儿的雪堆往外冒热气，伸手一扒拉，见里面有个十四五岁的半大小子，看样子快冻僵了。急忙回头喊人，把他抬进屋里，吩咐用雪搓。

四五个家奴到外面撮回几盆雪，又搓胳膊又搓腿的，忙活了一大阵子，男孩儿的身子才开始温热，紫青的脸色渐渐变红了。

张财主虽说好打人，心地倒不坏，见男孩儿苏醒过来了，让厨子熬了两碗小米粥，冲了一大碗姜汤。做好后，端到炕边儿，扶起孩子让他把小米粥和姜汤喝下去了。

过了一会儿，男孩儿有气无力地站了起来，又扑通一声跪在炕上，给张财主磕头。财主问他打哪儿来，男孩儿答曰：“回老爷，我家住在南山里，跟把头出来挖参。一天傍晚往窝棚走时，把头不小心掉下山涧摔死了，我只好各处讨饭，不知怎么来到了这儿。”

张财主又问：“你叫啥？家里几口人？”

“从小父母病死了，没有兄弟姐妹，就我一个，没起名儿。”

“准备到哪儿去？”

"没地方可去，四处流浪，走到哪儿算到哪儿。"

财主说："既然没处去，就留在这儿吧。从春到秋给我放羊，冬天喂牛喂马，供你吃穿。"男孩儿忙又跪下咣咣磕头，感谢救命、收留之恩。

这孩子勤快，也挺聪明，把牛哇、马呀喂得膘肥体壮，张财主很是满意。时间长了，大伙儿都管他叫"小牛倌儿"。

六月的一天下晌，小牛倌儿忽然病了，还不轻呢，脸色发灰，高热不退，水米不打牙。阿济格旦旦听说后坐不住了，又去药铺抓药又给送好吃的，一趟一趟往工房子里跑。过了十来天，小牛倌儿的病总算好了，对阿济格旦旦给予的照顾非常感激。

一晃小牛倌儿已经二十岁了，秋末的一天，吃了早饭他就赶着牛去大黑山北坡儿放牧。到了地儿，刚把牛撒开，头顶忽地飞过两只棒槌鸟。他立马想起过去曾听把头说过，哪里有棒槌鸟，哪里必有棒槌。抬头一瞅，见棒槌鸟向东飞去了，于是拔腿就往东边撵。小牛倌儿再能蹽，哪有鸟飞得快呀！跑着跑着，棒槌鸟不见了，这时才想起自己放的牛，于是又往回跑，到山北坡儿一看，牛一只也没有了。

小牛倌儿这下可急坏了，山前山后地寻，怎么也没找着。天黑了，更不容易找了，只好回去告诉东家。此刻，张财主正双手叉腰站在院子里气呼呼地盯着大门呢！小牛倌儿前脚刚迈进门槛儿，张财主二话没说，走上前冲着他的脸抡起大巴掌"啪啪"就是两下子，打得小牛倌儿两眼冒金星，天旋地转，一个趔趄撞到了院墙上。

张财主厉声儿问道："翅膀硬了是不是？不好好儿放牛，干什么去了？"小牛倌儿忙把看见棒槌鸟的事儿一五一十地说了。

张财主根本不信，摇了摇头道："好，既然你说有棒槌鸟，那就算是有。打明儿起，不用放牛了，上山找棒槌去。给你十天时间，要是找不到，别想再见我，回来本老爷也不留了！"说完，扭头便进屋了。

小牛倌儿晚上啥也没吃，躺在炕上翻来覆去睡不着，索性起身靠东墙坐着。这时，阿济格旦旦推门进来了，轻声儿劝道："牛倌儿阿浑，行了，别生气了。阿玛打你，是因为天黑了，牛都回来了，你却没影儿了。再说了，不光你呀，哪个干活儿的没挨过阿玛打？明天不是去找棒槌嘛，得多带些吃的，省得饿。要是十天寻不到棒槌，就到六道砬子下找我，咱俩一块儿走。"

"这怎么行？你从小不缺吃不少穿的，我穷光蛋一个，跟了我多苦啊，能受得了嘛！"

阿济格旦旦制止道："阿浑，什么都别讲了，看来阿玛是不想要你了。别说在山上待十天，即使是三天，也准保得让狼给吃了。要是命大，能活着，我就跟你走。"小牛倌儿听罢，张了张嘴，又把想说的话咽回去了。

第二天一早，阿济格旦旦果然给小牛倌儿送来一大包吃的，还有几葫芦水，并嘱咐他路上千万要小心。

小牛倌儿把包袱背在背上，左手提溜着葫芦，右手拎起一把铁锹上山了。走了约两袋烟工夫，来到了放牛时看见棒槌鸟的地方，放下包袱和葫芦，坐在地上等着。可是一连七天过去了，带的干粮快吃没了，水也喝光了，始终未见棒槌鸟。他犯开愁了，躺在一块比炕还大的黑石板上，思前想后："老东家收养我这么多年，虽然脾气粗暴，但有救命之恩。阿济格旦旦对我更好，有病时看护在侧，临上山时又带了不少干粮，还千叮咛万嘱咐的，生怕出啥事儿。要是找不到棒槌，怎能对得起人家呀……"想着想着，竟迷迷糊糊地睡着了。

也就是打个盹儿的工夫，小牛倌儿似乎听到了棒槌鸟的叫声，一骨碌爬起来仰脖儿往上看，哎呀，真是那两只棒槌鸟！它们叫着跳着，落在头顶的树枝上，双眼瞅着小牛倌儿。

小牛倌儿站起身来，对棒槌鸟说："棒槌鸟呀，棒槌鸟，这回小牛倌儿可有难了。请伸出援手吧，帮我找到棒槌，好去报答张家的恩人。"

两只棒槌鸟好像听懂了，点了点头，然后一前一后地向南飞去，小牛倌儿在后面紧紧盯着。飞了一会儿，棒槌鸟停了下来，落在树上叫，等着小牛倌儿。待小牛倌儿呼哧带喘地赶到了，它们又向东南飞，为其引路。

棒槌鸟飞飞停停，一直飞进大黑山东坡儿的一片松林里，在一棵千年古松上落了下来。小牛倌儿到跟前一看，古松一搂粗细，枝叶遮天蔽日，树下赫然盛开着人参花儿。他赶忙跪下，给两只棒槌鸟磕头，感谢它们为自己引路。又冲古松磕了三个头，捧了一堆土，折了三根柴棍儿，按照过去把头说的规矩，一样样儿全做完了，才拿起铁锹开始挖参。

原来，这是一株百年以上的人参，小牛倌儿足足用了三天的时间才挖出来，然后剥下一大块椴树皮将人参包好，揣在怀里，急急忙忙往回赶。

当小牛倌儿来到六道砬子下面时，见阿济格旦旦正坐在那儿等他呢！两人总算相见了，百感交集，不禁抱头痛哭。哭罢，小牛倌儿从怀里掏出人参，递到了姑娘手里。

阿济格旦旦深情地说："牛倌儿阿浑，咱们远走高飞吧，你走到哪儿，我就跟到哪儿。"

小牛倌儿却不同意："阿济格旦旦，咱不能走啊，张家不仅救了我的命，还收留在舍，此恩这辈子也报答不完哪！老东家就你这么一个闺女，要是走了，二老怎么办？"

阿济格旦旦犯愁了，问道："阿浑，那咋整啊？"

小牛倌儿说："不如这样，咱们到伊通州把宝贝卖了，带着钱回去孝敬你的阿玛和额娘。"姑娘听了，很是高兴，点了点头。

二人到了伊通州，卖掉了棒槌，得了一大笔钱，反身前往张家。一进屋，阿济格旦旦急不可耐地把小牛倌儿得参的事儿对阿玛讲了，张财主听罢，咧开嘴乐了。

三天之后，"张大巴掌"将掌上明珠阿济格旦旦许给了小牛倌儿，热热闹闹地办了婚礼。从此，一家人和和美美、团团圆圆，日子越过越兴旺。

过木桥豆芽遇仙　捞斧头二歪死难

叶赫占尼河的西边有条沟，每到秋天，满沟的树叶子都是红色的，人们称那儿为“红树沟”。沟里住着一个叫豆芽儿的男孩儿，家里很穷，阿玛和额娘实在养活不起了，就让他到财主二歪家打零杂。每天从早到晚要做很多活计，一刻闲不着，可是二歪还是打他、骂他，说他偷懒。

一天头晌，豆芽儿上山砍柴过独木桥，一不小心把斧头掉到河里了。河水既深又急，东西掉下去就算没了，捞不了。没有斧头怎么砍柴呀？砍不到柴，回去又得挨二歪一顿揍，豆芽儿急得哭了起来。

正这时，不知从哪儿来了位白胡子老头儿，开口问道：“孩子，为啥哭哇？”

豆芽儿抬头看了看，便把斧头掉了的事儿告诉了老爷爷。老头儿说：“不要哭了，爷爷下去给你捞。”说完，扑通一声跳进河里，潜水一摸，捞了把斧头上来，举着问道：“是这把吗？”

豆芽儿一看，斧头银光闪闪，不是自己的，怎么能要呢，忙摇头道：“老爷爷，谢谢您，那不是我的。”

老头儿反身又跳进河里，捞出一把金斧头：“掉的是这把吧？”

豆芽儿再一次摇了摇头：“老爷爷，谢谢您，也不是我的。”

只听扑通一声，老爷爷第三次跳下河去，捞了一把黑黑的斧头上来：“孩子，这是你的吗？”

豆芽儿仔细一瞅，正是刚才掉的那把，忙伸手接过斧子，连声儿致谢道：“谢谢，谢谢老爷爷！”

老者摸着豆芽儿的头，无不感慨地说：“唉，真是个诚实的孩子，你会永远快乐幸福的。”说完，一闪身不见了。

豆芽儿赶紧抡起斧子砍柴，不知怎么弄的，斧头比平时快多了，只一会儿工夫就砍了一担子。他挑着柴往回走，二歪见豆芽儿回来得挺早，认为肯定偷懒了，举手刚要打，豆芽儿忙将事情的原委说了一遍。二歪一听，豆芽儿不仅不要银斧头，也不要金斧头，偏偏情愿拿回那把铁斧头，气得骂他是这个世上最大的笨蛋。

第二天一早，二歪让豆芽儿干别的活儿，自己扮成穷人，拿了把破得不能用的斧头假装上山去砍柴。走到独木桥上，把斧头扔进河里，然后号啕大哭起来。白胡子老头儿真的来了，二歪一把鼻涕一把眼泪地说："我的斧头掉到河里了，回去就没命了，求你快点儿救救我吧！"

老头儿听罢，马上跳下河去，将铁斧头捞出来还给他。二歪连忙摇头道："不是这把，不是这把！"

老头儿瞅了瞅他，没说话，反身又捞出一把白亮亮的斧头上来。二歪眼睛一亮，忙说："银的也不错，最好是金的！"

老头儿将银斧头丢在二歪脚下，再一次潜入河里，捞起一把金光闪闪的斧头。二歪猛地夺过金斧头，弯腰捡起银斧头，笑得前仰后合、闭不拢嘴了，白胡子老头儿一闪身没影儿了。

二歪见老头儿离去了，没人向自己讨金斧头和银斧头了，高兴极了，不由得跳了起来，哪承想一脚踩空，扑通一声跌进河里淹死了。

那么豆芽儿呢，仍然用那把铁斧头上山砍柴，勤劳节俭过日子，生活越来越好。

木汗怜老获奇物　将军寻金招佳婿

伊通州的南面有座哈达岭，连绵百余里，山高林密，人家不多。

岭下住着户财主，姓辛名利，由于经常克扣长工们的工钱，人们便给他起了个外号儿，叫“黑心利”。

“黑心利”家大业大，农活儿也多，故而长工、短工皆雇。这年春天，来了个中年男子，还领个半大小子，说是家里困难，缺吃少穿，到老爷家干啥都行，只求给父子俩一口饭吃。

男孩儿叫木汗，十五六岁，胖乎乎的，乖巧伶俐。“黑心利”上下打量一番后，对中年男子说：“你留下倒行，可眼下没有孩子能干的活儿，就让他上山拾柴吧！”

小木汗每天头晌上山，下晌背柴回来，从不误工。若赶上下雨天，浑身淋得跟落汤鸡似的，阿玛看在眼里，疼在心里。

有一回，小木汗一早便上山了，拾了一气儿柴，到晌午时，坐下来吃玉米面饼子。这时，从南边来了个七八十岁的白胡子老头儿，瘦骨嶙峋的，后背背着一捆柴，走着走着，一个趔趄摔倒了，柴火压在他身上了。

木汗见此，赶忙跑过去，把柴火搬到一旁，扶起了老者，搀着他坐在一块石板上，关切地问道：“老爷爷，是不是饿了？”老者点点头。

木汗回身取过干粮袋，拿出大饼子放在老爷爷手上，又递上几块儿咸菜。

老者很快就吃完了，临走的时候，从肥袍子里掏出个蝈蝈笼子，里面圈着一只蝈蝈，说道：“小小年纪，挺善良的，是个好孩子，爷爷把这件宝贝送给你啦！别看蝈蝈不起眼儿，可它什么都知道，要是晴天呢，它就趴在横穿儿上；要是刮风下雨天呢，它就蹦到笼子底下；东西丢了呢，它能帮着找，无所不能啊！”说着，把蝈蝈笼子递给木汗，一闪身不见了。

木汗仔细打量着手里的蝈蝈笼子，是用艾蒿编成的，既光滑又结实。里边的蝈蝈比一般的蝈蝈大，豆绿色，很好看，立马喜欢上了。待拾完了柴，背起柴捆，提溜着蝈蝈笼子回家了。从此，每天吃饭前，木汗总要先喂蝈蝈，生怕它饿着。

一天早晨，木汗洗完脸，走到蝈蝈笼前，见蝈蝈从笼子的横掌儿上跳了下来，还“蝈蝈、蝈蝈”地叫，特别好听，好像在告知什么。他冷不丁想起了白胡子老爷爷说过的话，知道今儿个得下雨，上山得带蓑衣。吃罢饭他拎起蓑衣出了院门，刚到山顶上，果然天空布满了乌云，没一会儿下起雨来，心想：“多亏蝈蝈告诉我，不然肯定挨浇了。”

转眼到了秋天，庄稼该收回进场院了，吃早饭的时候，“黑心利”说：“秋收活儿多，人手不够，需到集上雇些短工……”

话未说完，木汗插了言：“老爷，今天不能雇工，过会儿得下雨，来了也干不了活儿。”

“黑心利”瞪了他一眼，骂道:“小兔崽子，闭嘴，哪有你说话的地儿？该干啥干啥去。我是当家的，想怎么样就怎么样，用得着你管吗？”

“黑心利”抬头看看天，响晴的，便去集上雇了十多个壮劳力。领到地里正分派活儿呢，忽地下起雨来，且越下越大，足足下了一整天，活没干成不说，还白搭了不少工钱，气得他直拍大腿。

转天，木汗发现蝈蝈早早就站在横掌儿上了，遂对东家说：“老爷，今儿个没雨，可到集上雇工。”

“黑心利”仰脖儿瞅了瞅，天仍阴着，不大放心，怕像昨儿个似的，再白搭工钱，想了想冲木汗说道：“这么的吧，要是下雨，那些人的工钱在你身上扣！”

“黑心利”到了集上，因为天儿不好，没人雇短工，所以劳力特别便宜，索性雇了二十多人。带着这些短工往回走的时候，空中的黑云不像要散的样儿，心里直犯嘀咕。没承想一到地头儿，太阳就露出来了，竟然晴了，一天下来收割了不少庄稼。

打这以后，“黑心利”每次雇短工，总要先问问木汗。一传十，十传百，十里八村的乡民皆称木汗有未卜先知之能。

九月初六，伊巴丹驿丞来了，说是站里丢了十多匹马。据大伙儿传讲，辛财主家有个扛活的男孩儿能掐会算，让他给估摸一下这些马丢到哪儿了。

“黑心利”一听，连驿丞老爷都来求木汗了，这可是件了不得的事儿，觉得自个儿也跟着沾了光，忙打发伙计去山上找木汗。

木汗得知驿丞老爷亲自登门见他，忙三步并两步地跑了回来，一进门便对驿丞说："老爷，请稍等片刻。"然后反身去了工房，拿起蝈蝈笼，询问蝈蝈那些马的去向。蝈蝈听罢，立即跳到笼子的东边，"蝈蝈、蝈蝈"地叫了起来。木汗明白了，进屋对驿丞说："老爷，马匹没走远，全在驿站东边的林子呢，快去找吧！"

驿丞老爷没敢耽搁，即刻离开辛家，带人往东寻去。未出五里，发现十多匹马被几个盗贼拴在半山坡儿的林子里，还没来得及牵走呢！结果是盗马贼被绳之以法，马匹安然无恙地返回驿站。

过了些日子，吉林府的两个衙役来到辛财主家，说是将军老爷的金银财宝丢了，传木汗前往将军府帮着找。

木汗啥也没说，转身到工房问蝈蝈，两个衙役也跟了过去。他们从未见过如此大的蝈蝈，高个子衙役伸手刚要摸，被蝈蝈一口咬住了手指，疼得嗷嗷直叫，非要摔死蝈蝈不可。木汗赶忙制止道："万万使不得呀，倘若蝈蝈死了，你们就没法儿交差啦！"

木汗见蝈蝈瞪着眼睛盯着两个衙役，心里已明白了大半，说道："二位老哥，金银财宝是你俩偷去了，没错吧？要是能讲实话，我可以在将军老爷面前为你们周旋；要是有意隐瞒拒不承认，别怪小弟不客气，只好如实禀报了。"

两个衙役一听，吓得面如土色，苦苦哀求木汗帮助周旋，并招出金银财宝藏在船厂北山的石洞里。

再说木汗随两个衙役来到了吉林府，将军把他叫到内室，说了丢金银财宝的经过。木汗假装掐算了一下，然后告知，那些金银财宝眼下在北面山上的一个石洞里。

将军老爷亲自带人前去搜查，果然在石洞里找到了丢失的金银财宝，经清点，一件没少。将军见木汗小小年纪，却聪明伶俐，又有掐算的本事，于是将其留用在府里。三年后，把自己的独生女儿许配给了他。

木汗为了感谢送蝈蝈的老者，在吉林北山修了一座大庙，起名儿"感恩护国寺"，每逢初一、十五必去进香。

季勒寨呼兰结义　扈伦地豪哥酬恩

早先，在叶赫季勒寨靠道旁的山根儿底下住着一户人家，祖姓董鄂，哥儿五个。阿玛得病死了，额娘跟老儿子呼兰一起过，母子俩靠上山砍柴为生。

有一天，呼兰在打柴回来的道儿上，捡到一条昏睡的白狐狸，到家以后，找根绳子，想勒死它，剥皮换钱。

额娘忙阻止道：“别价，放了它吧，怪可怜的。我闻着有股酒味儿，八成是喝多了才躺在路上的，一会儿能醒酒。”

呼兰是个孝顺孩子，自然不能拗着额娘，便把白狐狸放在柜子底下，吃了饭就睡了。

一个时辰后，狐狸果然醒了，老太太对它说：“你以后别偷酒喝了，快走吧！”

狐狸站了起来，冲老太太点了点头，转身出门了。

一天，呼兰又上山打柴，砍了一担正捆呢，一个白面书生来到他面前，说道：“老弟，看你挺憨厚的，我姓白，咱俩拜干哥儿们如何？”

呼兰笑着答应道：“好哇，多个兄弟多条路嘛！”

二人述了年庚，白书生为兄，呼兰为弟，又搂起一堆土，上边插根儿草棍儿，跪在地上磕了头，拜了把子。临分手时，白兄嘱咐道：“老弟，以后要是遇着什么险事儿，就叫三声白大哥，我准到！”说完顺手抓起一把草插在呼兰的柴捆里，告诉他：“给你的这点儿柴别看少，拿回去烧吧，肯定抗用，怎么烧也不没！”

说也奇怪，呼兰将柴草担回家后，白兄给的那把草真的上顿烧完下顿烧，总也烧不光，额娘乐得嘴都合不拢了。

过了一段儿时间，白大哥来了，邀请呼兰去南京走一走，见见世面，并一同回禀了额娘。老太太满心欢喜，临行前叮嘱道：“老儿子，跟你白兄去吧，一路上要听哥哥的。”

呼兰点点头道：“额娘，放心吧，我会的。”

白大哥领呼兰来到了自己家，从衣柜里取出一件半新不旧的衣裳给他穿上，并说：“老弟呀，穿上它到了南京，看什么好就拿什么，见啥好吃就吃，不必说话，没事儿，大着胆子用吧！”

三天后，兄弟俩来到南京，正赶上城里唱大戏，二人便挤进人群里观看。这时，从东边驶来一辆轿车，里面坐着个金枝玉叶，一看就是员外的女儿，恰好停在离呼兰不远的地方。见小姐下了车，白大哥说：“老弟，赶紧走过去，随小姐坐在轿车里。他们起车时，你不用动，只管坐着就行了。”

过了一会儿，小姐上车了，呼兰亦跟着上去了。由于车上地方小，只好挤巴挤巴坐在小姐身边，一半屁股勉强挨在座位上，另一半悬着。小姐心里挺纳闷儿：“车里咋忽然变得这么挤呀？好像有什么东西压在我身上，沉甸甸的，看也看不着，摸还摸不着，咋回事儿呢？”

轿车到一座豪宅院里停下了，呼兰先下了车，小姐顿觉轻松多了，下车后回自己楼上的房里去了。呼兰紧随其后，跟着上了楼，小姐坐床上，呼兰便挨着坐在她身边。

到用膳的时候，小姐拿起一个馒头刚要吃，呼兰一把抢过去嚼了；小姐夹菜刚要往嘴里送，呼兰一张嘴把菜也吞了。小姐明显感到眼前有个人，且跟她抢饭吃，可就是不见影儿。

天黑了，小姐睡觉，呼兰躺在她身旁。小姐能感觉到那人的呼吸，却如同瞎子一样，瞪眼看不见，急得心里一个劲儿地画魂儿。

呼兰在小姐的房里待了十多天，把她闹得吃不下睡不好，实在没辙了，便说：“请问，你是哪路神仙，能不能露脸儿让我看看？”

呼兰心想：“既然想看，那就看看吧！”顺手把帽子摘了下来。

小姐仔细一瞅，半空露出个脑袋！呼兰又将衣裳脱了，小姐看清了，原来是个二十多岁的小伙子，顿时吓得脸都变色了，惊恐地喊道：“来人哪，屋里有贼，快抓呀！”

喊声刚落，家丁、院公呼啦啦来了一大帮，不容分说，把呼兰绑了个结结实实，吊在后院儿的房梁上，抡起棒子狠狠地揍了一顿。

这时，呼兰猛地想起白兄了，连忙叫了三声白大哥。

不一会儿，一个家丁禀报员外：“可不好了，从南山坡儿下来三十头黄骡子，每头骡子驮着两个黄褡子，黄褡子上插了三面小黄旗，黄旗上全写着‘呼兰’两个字儿。后边跟着十多个骑马的人，其中一个领头儿的身穿白袍儿，来到咱家门口儿，说是他们的主人在这儿，管我们要人来啦！”

员外吩咐道：“让他进来！”

白大哥进得大厅，冲员外问道：“我家主人让你家小姐给带到这儿了，寻了十多天才找着，他人呢？”

员外纠正道：“准确点儿讲，是你家的主人自己送上门的，不是我家女儿领来的。”

“不管咋说，他在你家小姐楼上住了十多天，此话传出去，与我家主人倒没啥，你家小姐今后怎么见人？依我看，不如两好儿轧一好儿，我牵条红线，让你家小姐嫁给我家主人得了，这样两家都体面。再说了，我家主人挺有钱的，重要的是人品端正。”

员外低头想了想，觉得来人说得或许有道理，眼下没别的招儿哇，闺女的名声要紧，只好答应了这门亲事。

呼兰一听着急了，小声儿问白兄：“大哥，我啥也没有，咋成亲哪？”

白大哥说：“放心吧，听我的！”

白大哥先回到呼兰的家，站在房前手向四周一指，原先的两间破屋立马变成了一座有三间正房、东西厢房、青砖瓦盖儿的大套院，屋里的摆设多得很，要什么有什么。

过了些日子，呼兰同小姐从南京回来了，小姐下车前后左右地仔细打量一番，见呼兰的家房阔院儿大，啥也不缺，就把婚事顺顺当当地办了。

一切四脚落地后，白大哥来了，给呼兰带了不少银子，告诉他：“老弟，你得帮兄长一次忙。预备一把刀，我一会儿让你剁个东西，到时候你照办就行了。”呼兰当然没说的，点头答应了。

第三天早上，白大哥推门而入，问呼兰：“老弟，我让你办的事儿怎么样了？”

呼兰回道：“白兄，刀已经准备好了。”

白大哥说：“听大哥的，把我的尾巴剁下去！”

呼兰一下怔住了，惊诧道：“不！为啥这么做？”

白大哥有些生气了，吼了起来：“让你剁，你就剁！”

呼兰只好把刀拿来，白大哥坐在木板子上，露出尾巴，呼兰朝尾巴根儿咔嚓就是一刀，尾巴随之掉下来了。

白大哥松了口气，致谢道：“谢谢你帮了我这个大忙，咱们兄弟还有见面的时候，我该上天了。”说完就不见了。

人们说，白兄得道，成仙升天了。呼兰同小姐夫妻恩爱，白头偕老，时常想起白大哥。

阿达虔诚得木鱼　兄嫂妒忌变蛤蟆

早些年，伊通州附近有个泉头驿。从那儿南行五里，便是高台子山，虽然不高，也不陡，但山上的石佛庙却远近闻名。庙内立一石佛，高两丈余。据传，始建庙时，突有石佛而至。庙宇修成后，善男信女纷纷前来，求医问药，香火日盛。

山下住着十几户人家，其中一户姓苏，为古辉发土著人。苏家祖辈挖棒槌，曾得过宝，家资不薄。夫妻二人共生了三个儿子，长子阿尼，次子阿林，三子阿达。

时光如梭，转眼三个儿子已长大成人，娶妻生子。长子捐了官，在州里任防御，出入前呼后拥，十分显贵。次子做粮油生意，开几处米铺，买卖红火，家财万贯。三子整天吃斋念佛，初一、十五必去高台子山的石佛庙进香，坚持数年，无论寒暑，风雨不误。

单说这一年四月初八，正逢庙会，阿达前去进香。石佛庙不知啥时候，也不知从哪儿来了个胖和尚，天刚亮便敲起木鱼，焚香诵经。阿达早早来到庙中，帮着忙前忙后，一直到进香的人都散了才离去。

到了四月十八，阿达又是一早来到石佛庙，见胖和尚仍手敲木鱼，焚香诵经。他殿前殿后的忙乎了一大天，临回家前回头看了一眼胖和尚，见他依然坐在那儿叨叨咕咕地念着经文。

转眼四月二十八了，是庙会的最后一天，阿达还是一早来到石佛庙，一切同以前一样，胖和尚在诵着经文。巳时，赶庙会的人渐渐多了起来，有进香的，有许愿的，有上贡品的。到了下半晌，进香的人全回家了，佛堂里只剩下阿达和胖和尚。这时，胖和尚停止了诵经，冲阿达开口了：“施主，感谢你的虔诚和对本寺的厚爱。老衲没啥好东西，只有终日敲打的木鱼，送给施主吧。这是一件能救人出苦难的宝物，无论有什么要求，只要敲打三下，然后把愿望说出来，便可实现。”

阿达万分感激，伸手接过木鱼，抬眼一看，胖和尚已无影无踪了。

时过不久，阿达的阿玛和额娘双双过世，办完了丧事，老大阿尼开始张罗分家，老二阿林举双手赞成。阿达见两个哥哥决意要分家，很是无奈，表示道：“既然兄长非要这么做，老弟不想说啥了，那就分吧。”

兄弟三人经过商议，老大分到了家里的房子，老二分到了家中的土地、骡马，老三啥都没要，只要埋葬阿玛和额娘的南荒山。

分完家，老大仍到州里做官，老二还去经商。从此，哥儿俩更瞧不起老三了，即使偶尔碰到了，也装没看见。

再说阿达与两个兄长分了家，带着媳妇和孩子，拿上被褥来到了埋葬父母的那片荒山上。媳妇看着眼前光秃秃的山，要啥没啥，想到以后可怎么生活呀，难过得不禁哭了起来。孩子见额娘掉泪了，也跟着哭，阿达笑着劝道：“好了，好了，别哭了，咱们啥都会有的。”说着，从口袋里掏出胖和尚给的木鱼敲了起来，边敲边念叨：“先来个大院子，五间正房，东西厢房各三间，西跨院儿房子一套，还需马、牛、羊、鸡、鸭、鹅以及黄狗、狸猫、肥猪等，总之住家用的要应有尽有。”

话音刚落，一阵呼呼的响声传来，不大工夫，只见一座青堂瓦亮的宅院矗立在荒山顶上，正房五间，东西厢房各三间，另有为儿子预备的西跨院儿房子一套。宽敞的大院儿里设有马厩、牛棚、羊圈、猪圈，鸡、鸭、鹅舍以及狗窝、狸猫窝等，生活用品一样儿不缺。阿达领着媳妇、孩子前前后后看了一圈儿，惊愕之余，别提多高兴了。

一天，老大媳妇和老二媳妇闲来无事，打算去南荒山一趟，看看只会吃斋念佛的傻老三一家这些日子是怎么过的。二人说说笑笑地翻过一道岭，往南坡儿的荒山一望，忽见山顶有个方方正正的大院子，院内盖了十一间漂亮房子，西挎院儿还有一套，不时传来鸡鸣犬吠声，心里好生纳闷儿，不由得加快了脚步。

二人来到院门外，从门缝儿往里瞅了瞅，一边嘀咕一边敲门。穿着绫罗绸缎的三媳妇从正房走了出来，打开大门，见两位嫂子登门了，忙热情地让进了屋。二人四下一瞧，南炕摆着精致的炕柜，柜内摞着绸缎被褥，外加两对儿绣花方枕头；北炕炕梢儿放着花鸟图案的木箱，箱面儿铺了一块红绸子，上头摆满了梳妆用品；南北窗户全是木制的窗格子，亮堂堂的，窗帘、幔帐皆绣着花卉。两个嫂子眼睛都看直了，这可了不得，真是今非昔比呀！她们如坐针毡，只待了一小会儿，便推说家里有事儿起身告辞了。

那么，阿达的两个嫂子为啥急着走呢？原来是看三弟发了家，阔起来了，眼红了，而且心生忌妒，只想赶紧回去，同丈夫合计合计，无论如何得与老三换房子。

二人回到了家，跟各自的丈夫一学，阿尼、阿林也坐不住了，拔腿就去南荒山。到了地儿，见一切果然如老婆所说，老三一家的生活大变样了，州城的富户皆比不了。

于是，老大、老二在老三面前又是讨好又是哭穷的，请弟弟念手足之情帮衬一把，提出能不能先把房子换过来住。

阿达一听挺生气，不过转念一想，也是呀，毕竟是自己的兄长嘛，换就换吧，便答应了。

转天开始搬家，老大、老二住进了南荒山的大宅院，五间正房归阿尼，六间厢房和西跨院儿的那套归阿林，阿达搬回了原来的老屋。

过了些日子，老大、老二带着老婆从南荒山下来了，逢人便显摆他们的房子如何阔气，还得便宜卖乖，说什么谁住那老房子呀，死过二老，多瘆得慌啊！哪有老三那么呆的人哪，以为自己有多大能耐似的，那叫傻透腔儿了，这辈子不受穷才怪呢，后悔也来不及了。如果有一天寻思过味儿来，打算再换回去，门儿都没有！

晚上，阿达回来了，媳妇把兄嫂在屯子里说过的话学了一遍。阿达听罢，气坏了，于夜深人静之时，拿出木鱼，边敲边说："不是阿达不仁，实在是出于不得已，应该惩治那些贪得无厌者。请把南荒山的房子收回去，让没良心的哥哥、嫂子全变成癞蛤蟆吧！"

从此，屯子里时常传出癞蛤蟆呱呱的叫声，让人听起来心烦。阿达一家搬到了高台子山上，重新要了一套宅院，和南荒山的一模一样。又花钱重新修缮了石佛庙，早晚上香，初一、十五祷告，庙宇随之愈加远近闻名了。

附：异文1

力迟助老得宝瓢　贪兄欺弟失美屋

原起根儿，伊通州这疙瘩没人住，空旷沉寂。后来满族的老祖宗从长白山的三道沟下来，开荒占草，才有了人家。

不知过了多少辈儿，此地出了这么一个财主，姓何，膝下三个儿子。老大肯于卖力气，一门心思攒家业；老二心眼儿多，能想法儿赚钱；老三取名何力迟，纯朴憨直，老实巴交的。

秋末的一天，何财主和老伴儿合计着，将来这万贯家产咋给这哥儿仨分。财主说："老大、老二都挺能算计，脑瓜儿灵活，以后的日子错不了。老三还没娶媳妇，光知道干活儿，傻乎乎的，到老了那天不得受苦哇？实在不行给他多分点儿。"

老伴儿不以为然："可也不一定，或许傻人有傻命呢，咱想个什么招儿试一试。"

老两口儿琢磨来琢磨去，终于想出一个办法，当即把三个儿子叫到跟前，对他们说："现在地里没多少活儿了，快猫冬了，你们正好趁此机会出去一趟。阿玛和额娘商量好了，打算给你们每人一百两银子、一匹马，看谁能挣着钱。哥儿仨一人一条道，明年十月初一回来，在离村子五里远的那棵古榆树下聚合，一起进家门，各自分头做出行的准备去吧！"

两天后，兄弟三人一块儿离家往西走，来到了古榆树前，老大说："我往南走。"

老二说："我往东走。"

老三说："我往北走。"

老大一直往南奔，走了约莫一百多里地，来到一个镇子，见绸缎庄门庭冷落，便问道："掌柜的，你们这儿生意不好做吗？"

掌柜的说："由于经营不善，只出不回，本钱不多了。货进得少，顾客选择面窄，买卖当然做不旺，眼看铺子得关门了。"

老大心想："还有一个半月就到年根儿了，正是赚钱的时候，不妨与掌柜的合股儿试一试。只要经营得当，购进的货品上乘，花样多，不挣钱才怪呢！"于是，他把想法跟掌柜的一说，对方立马答应了，老大就做起了买卖。

老二一直向东行，走好远来到一座小城，开了个杂货铺，也做上了买卖。

老三往北走了二百多里地，愣是没看见人家，便来到一座庙前，已是又累又饿。庙里只有一个老和尚，挺大岁数了，眉毛、胡子全白了。力迟见老师父孤零零一个人住在土庙里，怪可怜的，遂请求他的同意，在这儿住下了。

力迟天天上山打柴，又把那一百两银子拿出来，给师父买了米和面。后来连马都卖了，用得来的银子重新修缮了庙堂，寺庙看上去不那么破旧了。

时间过得真快，一晃快一年了，眼看要到十月初一了。力迟恋恋不舍地告诉老师父自己要走了，想再多打些柴火，留着往后烧。老和尚听了，吩咐道："你到后院儿去一趟，把香炉底下的小瓢儿拿来！"力迟照做了。

老和尚手拿小瓢儿说："你回家以后，要是缺啥东西，可对着它叨咕一声，要吃有吃，要穿有穿。"说罢，将小瓢儿交给了力迟。

十月初一这天，力迟最先来到古榆树底下，身上仍穿着打柴时刮得破破烂烂的衣裳，脚上的鞋子早已不成样子了，像个要饭花子似的。放眼望去，两个兄长还没到，觉得有些累了，索性躺在地上等着。

不大工夫，老大、老二一先一后来到大树前，一看老三的狼狈相，马也没有了，就知道混得不怎么样，遂说道："三弟，咱们回家吧。"

兄弟三人到了大门口儿，清清嗓子高声儿叫门，全家人都迎出来了。老大媳妇把老大接回了东下屋，老二媳妇把老二接回了西下屋，力迟光杆儿一个，额娘把他接回了南屋。

晚饭时，何财主摆上酒席，将三个儿子唤来。酒桌上，老大声称一年来赚了多少多少钱，老二也讲自己挣了多少多少银子，只有老三没吱声儿。财主一看，明白了，打了个唉声，没说什么，心里一个劲儿地替小儿子犯愁。

过了几天，开始分家产了。老大要东院儿，老二要西院儿，每人分了一垧来地。老三说："我别的不要，只要咱们场院的更房，还要南边那个大石头山。"

老大、老二一听，全乐了，认为老三可是傻透腔儿了。

分完了家，力迟吃罢饭，当晚便去场院的更房住下了。到了半夜，一觉醒来，冻得直哆嗦，连被都没有。他想起老和尚送的小瓢儿，赶忙拿了出来，对着它说："小瓢儿哇，我的住处太冷了，快给两间房子吧！"话音刚落，更房顿时变成了两间宽敞的大瓦房，屋里吃的用的应有尽有。

当额娘的自然心疼儿子，一早来看看小儿子这一宿是怎么熬的，冷不冷。到了跟前愣住了，哪里有什么更房啊，而是两间亮堂堂的大瓦房。趴窗户一瞅，老三正盘腿儿坐在炕上喝酒吃菜呢，嚼得蛮香的！心里十分纳闷儿，屋也没进，反身回去向老伴儿说了。

财主不信，拔腿向更房走去，一看也糊涂了，寻思这到底是咋回事儿呢？站在那儿思谋了半天，仍不得而知。

秋天到了，老大和老二准备往场院堆粮食，遂对老三说："三弟，那更房在场院当间儿挺碍事的，你上额娘家住几天吧。”

力迟说：“场院给你们，我哪儿也不去，就上南边那座大石头山住。”

老大、老二听了，心里话：“看把你能耐的，去那连棵草都不长的山上，还不得饿死呀！”

力迟到了山上，拿出小瓢儿说：“小瓢儿，小瓢儿，给我修座楼台殿阁，再来些看家护院的。”不多时，大山顶上果然出现一座壮观、漂亮的楼房，另有不少打杂的和看家护院的。

半个月后，还是当额娘的心疼儿子，背着老伴儿拿了点儿银子来看老三。一到山上，老太太立马蒙了，光秃秃的石头山啥时候建这么多房子呢？就问把门儿的：“你家主人是谁？”

把门的回道：“主人叫何力迟。”

老太太一听是自己的小儿子，便道：“你告诉他，就说额娘来了！”

把门的没敢耽搁，忙转身进去通禀，力迟赶紧出来迎接。老太太见儿子穿得特别带劲儿，浑身上下皆是绸缎衣裳，光闪闪的，心里挺乐呵，便住下了。晚上，还有吹拉弹唱和歌女起舞，可谓神仙过的日子。

转天，老太太回到家，告诉老伴儿，老三那儿快赶上皇宫了。此话传到了老大和老二的耳朵里，眼气极了，遂以兄长的口气找来老三，商量道：“三弟，我们两家比起你来，生活太差了。咱们是兄弟，该相互照应，换换房子怎么样？”

力迟爽快地答应道：“行啊，换就换吧！”

于是，老大搬到山上的东院儿，老二搬到山上的西院儿，老三搬回原来的家。半夜时，力迟越想越生气，两位兄长也太过分了，凭啥好房子就得让给他们住？于是对小瓢儿说：“小瓢儿呀，请将南山上的房子全收回来吧！”顷刻间，南山上的房子呼啦一下没了，早上前去一看，老大和老二全家站在冷风里。

后来，老大、老二又搬回了自己的房子，老三把阿玛和额娘接到南山，过上了美满幸福的生活。

附：异文2

莫林滚崖祸成福　恶兄失仁喜变忧

有一家兄弟俩，老大叫莫赫，老二叫莫林，父母早离世了。哥哥做了官，为人狡诈，心狠手辣。弟弟二十四五岁了，因哥哥谁都不得意而受了拐，没人上门提亲，仍光棍儿一条。哥哥总觉得弟弟碍眼，又不精明，就想把他撵走，但不敢明来。晚上躺在炕上，与媳妇合计了半天，想出了一条毒计。

一天，兄弟二人上山打猎，走到一处悬崖前，老大猛地把老二推了下去，自己回了家。

单说莫林大难不死，骨碌碌往下滚的当口儿，恰好被粗树杈儿卡住了，只是摔晕了。明白过来后，见身边有个山洞，便钻了进去。走着走着，眼前亮堂了，发现一位老道坐在石凳上，遂将兄长害自己的经过讲了。老道缓缓言道："放心，你生来就是天养的，不会死。"说着，拿出一面铜锣递给莫林，交代道："你拿着它，只要一敲，就会要什么有什么，想做什么就能做什么。别耽搁了，快走吧，眼瞅天黑了。"

莫林谢过老道，出了山洞，敲了下铜锣喊了句"把我送回家"！一眨眼工夫，果然到家了。头脚儿刚迈进屋门，兄嫂二人侧过头一瞅，当即吓得魂不附体，以为鬼来了呢！

莫林故意装傻，漫不经心地说："我不小心掉下山涧了，以为这下可回不了家了，费了好大劲儿才爬上来的。"

莫赫见施计未成，遂提出分家，问老二想要点儿什么。莫林眉头紧锁，啥也没要，转身离去了。

从此，莫林天天手拿铜锣，身穿破衣，脚蹬露指头的鞋，装出一副无家可归、可怜巴巴的样子在外游荡。目的是想试试哥哥，看还有没有兄弟的情分。可是好几次，莫赫坐着轿从他身边走过，看都不看一眼，根本不理。

一天晚上，莫林来到哥嫂家的对面，边敲铜锣边说："给我五间砖瓦房，再送个美貌的媳妇。"转眼间，平地忽地竖立起一座五间青堂瓦亮的房子，推开门，屋里站着仙女似的姑娘，上前把他拉了进去。

第二天，莫赫早上开门一看，莫林从对过儿不知啥时候建起的大房子里走了出来，顿时嫉妒得眼睛都红了，寻思你个穷小子住的咋能比我做官的还阔气？反身回屋，赶忙与媳妇合计，想个啥招儿跟老二换房。

晌午，嫂子备好饭菜，老大以从未有过的热情请老二去家中用膳。莫林没拒绝，起身跟着去了哥哥家，进屋上了炕，大吃二喝起来。酒过三巡，莫赫开口了："弟弟呀，看得出你发财了，让人羡慕啊！我拼命干，也没住上那么好的房子，能否让哥也享受享受，咱们换着住几天行不？"莫林奔儿都没打，爽快地答应了。

老大来到老二家，见兄弟媳妇长得俊着呢，又动心了，把莫林招呼到跟前，小声儿商量道："弟弟呀，你一个平民百姓，能养住这么漂亮的媳妇吗？咱们干脆换媳妇得了。这样，两家的日子皆能过得长久，你看咋样？"

莫林听罢，火冒三丈，气不打一处来，心想："作为兄长，你太过分了，贪得无厌且不说，天理人伦也不讲！"于是，他假装同意了："行，照大哥说的办！"

到了晚上，还没吹灯呢，嫂子以为小叔子有钱，便主动上前贴贴乎乎的。莫林厌恶极了，哐啷一脚踢开门出了屋，敲了下铜锣说："给我收，收！"

话音刚落，对过儿的房子没了，天仙般的媳妇也没了，只有老大光着身子躺在空地儿上。

莫林指着莫赫道："哥哥，咱们本是一奶同胞，应念手足之情，互相关心才是。可你心中却只有自己，丧尽天良，坏事做尽。既然你不仁，我也不义，咱俩从此没任何关系！"说完，一敲铜锣没影儿了。

一个月后，有人看见莫林在很远的地方安家了，新房子宽敞明亮，媳妇美貌贤惠，小两口儿过得很幸福。哥哥听到此信儿，当即气昏过去了，老婆狼哭鬼嚎地唤个不停。

由于莫赫阴险狠毒，贪赃枉法，没过几年便丢了官，再不能像过去那样耀武扬威了。后来，他家偏巧又失了一场大火，烧得任嘛没剩，片瓦无存，只好领着老婆要饭去了。

赵家女含恨化泉　王扒拉逼婚丧命

伊通州北七十里处有个马家屯，东西两面临山，村头儿竖着一口老井，井裙用柞木砌成莲花形，村里的人都叫它“莲花井”。这口井究竟是啥时候挖的，没人知道，百姓中只流传着井名儿的由来。

早些年，马家屯住着十来户人家，顺着不太宽的川口儿从南向北排列。唯一的一户财主姓王，六十多岁了，住在屯子的最南头儿。此人吝啬又能算计，天天算盘不离手，村民们给他起了个外号儿叫“王扒拉”。

尽北头儿是户姓赵的，父女俩，阿玛叫凤山，闺女叫莲花。赵凤山给财主赶大车，扔下莲花一个人在家不放心，就多次哀求“王扒拉”允许把闺女也带上，多少能干点儿零活儿，“王扒拉”总算答应了。五年过去了，莲花长大了，出落成漂亮的大姑娘了。

“王扒拉”家土地多，上百垧，骡马成群。每当春天种地时，需雇些长工，只干半年活儿，入了冬就打发了，来年开春再雇。有一年，雇来一个小山东，二十一岁了，长得粗壮结实，话语不多，铲起地来谁也赶不上他。时间一长，小山东渐渐喜欢上了莲花，常帮她干活儿，莲花也觉得这小伙儿人不错。

“王扒拉”尽管妻妾四五房，儿女一大帮，精神头儿却不减，又打起了莲花的主意，想娶回家做小。于是，叫来车老板子赵凤山，一点儿不含糊地明侃了，要是同意闺女嫁给他，可白种两垧地，不交租子。

赵凤山只好将此事跟闺女学了，莲花说啥也不肯，哭了一场又一场，赵凤山很是心疼，劝慰道：“孩子，别哭了，阿玛只你这么一个闺女，不乐意就算了。实在逼急了，大不了一起走，不在这儿干了！”

吃完晌饭，赵凤山去了上房，告知财主：“老爷，我和莲花说了，她死活不答应。要是因此看着我们爷儿俩碍眼，也不多待，立马离开这儿。”

“王扒拉”一听，莲花不在身边哪成啊，还不得想死老夫哇！便假惺悝地说：“唉，闺女不想嫁，当阿玛的也没辙，在我家待了好几年了，哪能让你们走呢，先干着吧。”虽然嘴上这么讲，但事儿并没完，暗中让人看着莲花。

莲花估计“王扒拉”不会善罢甘休，当天晚上，偷偷把小山东叫到一边，将财主逼嫁的事儿如此这般地说了一遍，并让他赶紧想个办法。小山东说：“别的招儿没有，要是真心跟我，同你阿玛说一声，咱们回山东老家吧！”

其实，莲花和小山东的一举一动，都在财主的监视之下，所说的话也一字不漏地被盯梢的听到了。第二天一早快出工的时候，“王扒拉”把长工们叫到院子里，声称昨晚丢了贵重东西，要打开被褥挨个儿搜。之后装模作样地翻了半天，结果在小山东的被子底下，赫然发现两张银票。“王扒拉”冷笑一声，让家丁将小山东吊在马棚里，亲自抡起鞭子蘸水抽。打到晌午，又把小山东解下来，绑到拴牲口的柱子上，在烈日下暴晒。两个时辰过去了，小山东快被折磨死了，“王扒拉”也累了，转身回房睡觉去了。

这时，躲在一旁的莲花趁机悄悄儿来到柱子前，用斧头砍断了绳子，让小山东快跑，可他却一步也走不了。莲花只好拽着小山东的胳膊出了角门，费了好大劲儿把他拖到东山废坟茔里，二人约好，两天后一起逃走。

再说“王扒拉”一觉醒来，不见了绑在柱子上的小山东，一猜就是莲花给放走了。恨得牙咬得咯咯响，气急败坏地令管家捆了莲花，推到一间空房子里，接着喊来赵凤山，提出要么莲花嫁给他做小，要么把小山东交出来。莲花既不肯说出小山东在哪儿，也不答应嫁给“王扒拉”，而且拒绝进食。三天三夜，姑娘滴水未进，已经奄奄一息了。

“王扒拉”眼瞅着莲花快不行了，怕出人命官司，只好放人。赵凤山搀着闺女出了王家大院儿，有气无力地往东山挪，到了废坟茔一看，小山东不见了，只有几块骨头和破衣服片儿零七八碎地散落着。父女俩立刻明白了，小山东死了，被狼吃了。

莲花再也支撑不住了，一屁股坐在地上，拍打着坟茔号啕大哭。哭了一会儿，泣涕涟涟地瞅着阿玛说：“女儿的命苦哇，额娘去世早，是阿玛一把屎一把尿拉扯大的。我要是死了，你老千万多保重啊，不要想我。只是阿玛养儿一回，不能在跟前尽孝了……”说着说着，眼前一黑晕过去了。

此刻，赵凤山的心都要碎了，眼泪噼里啪啦往下掉，抱着女儿一声接一声地唤："莲花呀，莲花，好闺女，醒醒，快醒醒，不能扔下阿玛不管哪……"

过了一袋烟工夫，莲花悠悠气转，声音微弱地说："阿玛，我饿了，去采些野果吧。"

赵凤山放下女儿，起身就往山上跑，待捧着野果回来时，莲花却不见了。他的心一下子收紧了，四下高喊着女儿的名字，可是周围静静的，没有一声回音。

那么莲花去哪儿了呢？原来她趁阿玛离去之机，爬到了山根儿的水塘边，一头扎了进去。

天黑下来了，水塘的水越来越多，不断上涨，竟流成了河，发起了大水，直冲马家屯而去。村民们皆安然无恙，唯财主家的房子冲倒了，"王扒拉"被卷得无影无踪。村头儿骤然间出现一处泉眼，泉水清澈甘甜，大伙儿皆言是莲花的泪水变的。

后来，村民在泉眼处打了一口井，世代饮用，还给起了个好听的名字，叫"莲花井"。

牛娃挥鞭疙瘩山　神蟒吞噬蛇蝎王

在伊通州的西边，有个叫放牛沟的地方。

相传很久以前，放牛沟是一条无名的大沟，顺着沟往上走，两旁是奇形怪状的疙瘩山；往下走，乃一马平川的开阔地。沟头儿住着一个姓王的财主，凶恶、狠毒、贪婪，人称“蛇蝎王”。

王家雇了个小牛倌儿，上无双亲，下无兄弟姐妹，是个苦命的孩子。由于自打生下来就吃不饱，故而长得又瘦又小，像根麻秆儿似的。不过很机灵，脑袋瓜儿好使，伙计们特别喜欢他，给他起了个名儿叫牛娃。

“蛇蝎王”让牛娃一个人放三四十头牛，天没亮就得赶着牛群上山，太阳没落山不准回来，晚上还要担水、劈柴、扫院子。

一天晌午，牛娃因不停地跑东跑西聚拢牛群，感到实在太累了。于是趁牛吃草的时候，便坐在疙瘩山阳坡儿的一块青板石上，背靠着树迷迷糊糊睡着了，还做了个梦，梦见有人摸他的头，拉他的手。睁眼一看，跟前真有一位白胡子、白头发、白眉毛的老头儿，正蹲在地上冲他笑呢！

牛娃当即怔住了，心里琢磨着：“这是从哪儿来的老头儿呀，看样子有一百多岁了，咋还能上这么高的山呢？”

正纳闷儿时，老者开口了：“牛娃，你东家心肠太狠了，让丁点儿的孩子放好几十头牛，爷爷送你件东西吧。”说着，手向空中一扬，握住一把蛇皮鞭子。

老者又道：“牛娃，这鞭子不光能帮着看牛，还会要啥来啥。但别忘了，不准没完没了地索取，多了用不了，下次它就不灵了，再要啥也不给你了。”

牛娃心想：“哎呀，这可真神哪，那把鞭子一定是个宝贝。”刚要抬手去接，老爷爷接着嘱咐道：“先别急，我还没教你怎样使用蛇皮鞭子呢！要记住，用它赶牛不用甩，在空中晃三晃，牛便会乖乖地到你跟前来；

只要举着鞭子围着牛群转一圈儿，那些牛就老老实实的，不敢走出这个圈儿外。有了它，再不用满山遍野地撵牛了，而且牛能吃得饱，长得快。你冷了，可以向它要衣穿，饿了可以向它要饭吃。”

老者停了停，继续叮嘱道：“孩子，还有一点要牢记，这把鞭子不能让别人知道，除了遇到灾难，平时不准甩它。”

牛娃点头答应道：“谢谢爷爷，我记住了。”随后接过鞭子，跪下给老者叩头，白胡子老头儿哈哈一笑，扭过头变成一股儿青烟没影儿了。

牛娃自从有了蛇皮鞭子，放牛省劲儿多了，不用满山东跑西颠的了。时间一长，引起了“蛇蝎王”的注意，他不明白牛娃何以把牛放得这样好。特别是看到牛娃的衣裳不像以前那么费了，脚掌也磨不烂了，越思谋越觉得奇怪。

有一天，“蛇蝎王”偷偷跟在牛娃身后，想到山上去察看。只见牛娃把牛赶到草坡儿上，一头头的如同摆棋子一样，各吃各的草。牛娃往石板上一坐，有时还打个盹儿，来一小觉。哪头牛偶尔调皮跑出圈儿外了，牛娃就从裤腰沿儿掏出一把小鞭子，喊了声：“回来！”那牛便像有条线牵着一样，乖乖地回到牛群里。他一下明白了：“怪不得牛如此听话，原来他手中有件宝物啊，不行，我得将那把鞭子要来。”

晚上，牛娃圈好牛刚要上井沿儿挑水，就被“蛇蝎王”唤到后院儿去了，先是用软话儿套，牛娃说啥不告诉。一看软招儿不行，又来硬的，叫来管家，动手从牛娃的腰间把鞭子抢下来。“蛇蝎王”接过鞭子翻过来调过去地看了看，让管家把牛娃吊起来揍，非让他说出蛇皮鞭子的来历不可。牛娃被打得死去活来，满脸是血，咬紧牙关不吭声儿。财主暗自思忖：“不管怎样，宝物总算到手了。有了它，发财的机会就来了，准能要金有金，要银有银，想啥来啥。”想至此，学着牛娃的样子，想试一试宝物能不能听使唤。咋试呢？反正牛是喘气儿的，我也先喊喘气儿的，遂举着鞭子高声儿喊道：“大黄狗回来！”大黄狗真的跑家来了。

又喊：“打头的回来！”不一会儿，打头的满头大汗地回来了。

“蛇蝎王”发财心切，接着喊道：“给我来个金元宝！”话音刚落，立马飞来一个金元宝。

“蛇蝎王”乐坏了，正想继续喊下去，不料牛娃挣脱绳子猛扑过来，一口咬住他的腿肚子。财主疼得“嗷”的一声惨叫，随即扬起鞭子冲牛娃打去，只听嘎巴一声，鞭杆儿和鞭穗儿分了家。鞭杆儿变成一只梅花鹿，叼起牛娃就跑；鞭穗儿变成一条两丈多长的黑花儿大蟒，张着筛子大的嘴，没等“蛇蝎王”寻思过味儿呢，就被蟒蛇一口吞进肚里。一股浓烟烈火随即喷了出来，顿时淹没了整个宅院，把王家烧得人财两空，片瓦无存。

从此，牛娃再没露面，消失得无影无踪。乡邻都很怀念他，称其经常放牛的那趟沟为“放牛沟”，沟的名字就是这么来的。

妄占麦参丧人性　难当愧悔赴黄泉

从前，伊通州城南有个地方叫沙古鲁，住着二十几户人家。有的以挖参为生，有的靠上山打猎糊口，日子过得紧巴巴的。

村西头儿有两户人家，姓尹，是哥儿俩。哥哥叫大魁，弟弟叫二魁，年龄相差十几岁，自称是早年随驾扈从的后人。乍搬来时，弟弟尚年幼，大魁便带着他上山挖参打猎。过了几年，弟弟长大了，哥哥又张罗着给他娶了媳妇成了家。

谁知日子刚刚好些，冬日里，大魁却得了重病，百药不治，初春便死了，扔下个男孩儿叫尹义，十六岁了，长得挺壮实。

转眼秋天了，二魁来到侄子家，对嫂子说："嫂子，眼下正是挖参的季节，屯子里几伙儿进山采参的全走了。尹义不小了，今年我领他去，不知嫂子放心不?"

嫂子笑道："二魁，说哪里话，叔叔带侄子上山，我有啥不放心的?只是尹义还嫩着呢，不懂挖参的规矩，你这当叔叔的就得多费心了。"

第二天，叔侄俩吃完早饭，带了些干粮和必备的工具出发了。进了山，一连十天没开眼，只好继续往前走。这一日，来到一座山下，仰头望去，此山又高又陡。二魁感到累了，想在山根儿歇歇气儿，尹义鼓了鼓劲儿先爬了上去。刚登上山顶儿，发现山崖外侧的一棵大红松下有一株人参，遂冲山下喊道："叔叔，找到啦，是个大棒槌！"

此刻，二魁正躺在地上歇息，听侄子一喊，立马来了精神，起身就往山上爬。快攀到山顶时，觉得一点儿劲儿都没有了，浑身直突突，是靠尹义搭了把手才爬上去的。到红松下仔细一瞅，是个八品叶的棒槌，可把他乐坏了，忙从背筐里拿出一根红线，将棒槌牢牢拴住，然后唤过尹义跪地磕头，叩毕，掏出竹签子轻轻地剥土，并叮嘱道："尹义呀，能碰到这样的宝贝，是一辈子的福分哪！下手一定要轻，不能着急，不可挖断半根须毛，听见没?"

尹义说："叔叔，请把心放到肚子里吧，侄子手轻着呢！"

太阳快落山时，叔侄俩终于挖出了人参，颈须相加达二尺多长，重有八九两。二魁说："尹义，天很快就黑了，瞅不准道儿，今儿个只能住在山上了。"尹义当然得听叔叔的，点了点头表示同意。

夜晚，二人把棉袄铺在地上，以大地为炕，高兴得一直唠到半夜。尹义打了个哈欠道："叔，我困了，眯一会儿吧，明天还要下山呢！"

二魁说："你先睡吧，山上有野兽，我盯着，有动静叔会叫你的。"

二魁的确没睡觉，为啥呢？原来心里犯了嘀咕："参是挖到了，还不小呢，遗憾的是尹义发现的。一家分一半儿吧，侄子会认为不公平，恐怕不肯。多给侄子吧，那是个孩子，我不带着来，他哪能找着棒槌呀？虽说能卖些钱，但两家一分，轮到自己也没多少。"想着想着，竟琢磨出一个坏主意。

三个时辰过去了，太阳从东边升起来了，二魁叫醒了尹义，说道："侄子呀，这棒槌挺大，是咱家一宝哇！你岁数小，毛手毛脚的，还是叔经管着吧。你呢，背着干粮、工具，咱得赶紧往回返，要是碰到打扛子的给劫了，那就白挖了。"于是，二人赶紧收拾收拾，从山顶向下走去。

山崖很陡，几乎是直上直下的，叔叔让侄子走在前面。尹义刚准备攀石下去，一弯身的工夫，不料二魁在后面猛地一推，尹义骨碌碌地滚到了崖下。二魁趴在崖边向下望了望，深不见底，认为侄子肯定是命归西天了，起身独自下山了。

二魁先回到自己家，把棒槌藏了起来，之后匆匆忙忙去了嫂子家，干打雷不下雨地哭诉道："嫂子啊，二魁对不起你呀！我带着尹义上山，可是他愣头愣脑的，参没挖着不说，还不小心从山崖上滚下去摔死了，这可如何是好哇！"

嫂子听说宝贝儿子摔死了，这消息犹如晴天霹雳，她哭得死去活来。二魁假惺惺地劝道："嫂子，别伤心了，大哥和侄子不在了，以后我养活你，身子骨儿要紧哪！"

半个月过去了，尹义的额娘终日以泪洗面，泪水始终没干过。这天半夜，忽然听见有人叫门，边敲边喊："额娘，我是尹义，快开门！"

额娘顿时蒙了，不敢相信自己的耳朵，以为是做梦呢！过了片刻，又听儿子在叫，额娘下地打开门一看，真是尹义回来了，娘儿俩不禁抱头痛哭。

哭了一会儿，额娘问儿子："听你叔叔说，你不小心滚下山崖摔死了，怎么又回来了？”

儿子告诉额娘：“根本不是那么回事儿，叔叔说谎，是他把我推下山崖的！滚下后，刚巧落在山腰一棵斜长的树杈儿上，方免去一死。隔了两天，一个砍柴的大爷发现树杈儿上有人，便用绳子将我救下，见我脑袋和腰都摔伤了，又将我领到他家，炮制草药给我治好伤才回来的。”

第二天，吃罢早饭，娘儿俩一块儿去找二魁。二魁刚从炕上爬起来，见嫂子领着侄子来了，顿感无地自容，有条地缝儿都能钻进去，强装笑脸儿往屋里让:“嫂子、尹义，快坐，快坐！”说着转身去后院儿了。

这时，正忙着干活儿的二魁媳妇听说大嫂来了，也热情地嘘寒问暖，并张罗着给侄子做点儿好吃的。待饭菜端上了桌子，仍不见二魁的影儿，到后院儿一看，一棵棒槌平放在石头上，二魁已头撞石头咽气了。

屯里人得知后，纷纷来到二魁家，听尹义把挖棒槌的经过说了一遍。大家皆言二魁太贪，为财竟对亲侄儿下毒手，实在不该，棒槌应归尹义。二魁媳妇泣涕涟涟的，一句话没讲，点头同意了。

再说娘儿俩拿着棒槌回了家，小心翼翼地放在柜子里，当夜就听里面直响。额娘赶紧叫醒了儿子，尹义下地打开柜子一瞅，里面有个小人儿正赶着小毛驴拉磨呢！忙回头喊额娘，额娘过来一看，哎哟，可真稀奇呀！看着看着，小人儿慢慢长大了，变成了漂亮的大姑娘，从柜子里出来，冲老人家叩头道：“额娘，小女是千年麦参变的，会给家里带来吃不完的粮食。我跟尹义哥有百年的缘分，愿嫁给他为妻，今生今世不离不弃。”

额娘听罢，乐得直拍手，眼睛眯成了一条缝儿。天亮以后，找来众乡邻，为麦参姑娘与尹义操办了婚事，又将小叔子的媳妇和孩子接了过来。从此，一家人不缺吃、不少穿，和和睦睦地过上了好日子。

白小严冬避风雪　画眉舍药成嫁娘

伊通州的北面有座石头山，顶部是圆的，裸石乌黑发亮，故而称“大黑山”。每当夏日，山中层林叠翠，白云缭绕，雾气腾腾，溪水潺潺，珍禽鸣叫，是个幽静神秘的地方。

不知是哪朝哪代，大黑山的南坡儿搬来一户人家，姓石，三口人，老两口儿和一个女儿，靠挖参采药过日子。

闺女叫画眉，十八岁了，身材苗条，皮肤白皙，眉清目秀，十分俊俏，且聪慧过人，心灵手巧，是二老的掌上明珠。

距大黑山北坡儿五里处，有个小村落，住着七八户在旗人家。其中一户姓白，娘儿俩，儿子叫白小，二十岁了，靠打柴为生。小伙子勤劳能干，不怕吃苦，又特别孝顺，是老娘的心头肉。

这年冬天冷得出奇，大雪封山，北风刮个不停。白小吃完早饭，跟额娘打了声招呼后，便去大黑山砍柴。风越刮越猛，雪越下越大，白小来到山的南坡儿只砍了一会儿，手脚便冻木了，想找个背风的地方暖和暖和。左瞅瞅，右瞧瞧，就有一户人家，于是来到了石家的房檐儿下。

在屋做针线的画眉抬头一看，风雪中有个小伙子冻得浑身直哆嗦，忙冲阿玛说：“阿玛，快把那人叫进来，怪可怜的，别冻坏了。”

阿玛打开门，将白小喊进屋，随即拿起一把扫帚，一边拍打他身上的雪一边问：“后生啊，你是谁家的？下这么大的雪，咋还到山里砍柴呢？”

一脸愁容的白小叹了口气道：“唉，我姓白，叫白小，家住山北坡儿。额娘生病了，连咳嗽带喘的，憋得上不来气儿。家里没钱买药，只好上山砍柴，等明天把柴火挑到集市上卖了，换点儿银子好给额娘抓药吃。”

“孩子，额娘治病是要紧，可也不能冒着这么大的风雪上山哪！不用说碰上老虎，就是遇上黑熊、野猪，你照样会没命的。”

白小言道：“老人家，您是不知道哇，我三岁的时候，阿玛掉入山涧摔死了。十几年来，额娘吃了不少苦，受了不少累，总算把我拉扯大了。现在额娘卧床不起，作为儿子，即使豁出命来也得给她治病啊，报答父母的养育之恩天经地义啊！”

这时，坐在一边的画眉打开药柜，取出三包儿草药递给白小，嘱咐道：“这三服甘草和山地环是治咳嗽、气喘的，回家以后，用它熬水，一服熬三回，每次喝半碗，早晚各一次。如果见好了，再过来取，接着服。”

白小一听，额娘的病有救了，激动得一时不知说啥好了，扑通一声跪在地上，咣咣咣连磕三个响头谢之。告别了画眉一家，白小把药揣在怀里，乐颠颠地往回返。进了家门，放下扁担、镰刀、绳子，赶紧生火熬药。还别说，老人家服了一服后，不那么喘了，咳嗽明显见轻；服了两服，病好了一半儿，呼吸也匀和了；三服药都服完了，不咳嗽不喘了，跟好人一样。老额娘高兴得掉下了热泪，让儿子去集上买了粉条和肉，背着前往王家表示一点儿心意。

白小到了画眉家，告知额娘服了三服药，病已经好了。老娘说了，王家是咱们的恩人，不认不识的，却舍药相救，这辈子不能忘了人家的情，今儿个是特意打发我登门致谢的！

画眉一家听后，也很高兴，老太太还做了两个菜，非留白小吃饭不可。饭桌上，一对儿年轻人有说有笑的，十分开心，有唠不完的嗑儿。

吃罢饭，白小要回去了，画眉又取出几包药，叮嘱道：“老人家的病眼下虽然好了，但仍需继续服药，一定得把病根儿去了，要不然天冷还会犯。”白小谢过，拿着药连跑带颠地回家了。

再说画眉送走了白小，就一声不响地回自己屋了，似乎有什么心事。老两口儿见此，犯了合计，老头儿说：“老婆子，不对呀，刚才画眉有说有笑的，怎么白小一走，立马没嗑儿了呢？”

老太太笑了笑道：“要我看哪，是咱画眉心里有人喽，准是看上白小了。小伙子真不错，孝敬老人，身子骨儿挺壮实，心眼儿好使。老头子，待会儿问问画眉咋想的，要是乐意，去白家走一趟，跟那娘儿俩说说。倘若他们和咱想一块儿去了，岂不更好？就选个日子把亲事办了吧。”

吃晚饭的时候，老太太把这些话对闺女讲了。画眉低着头，羞答答的不言语，只是笑，额娘知道闺女乐意。第二天一早，打发老头子去白家一说，娘儿俩高兴得一个劲儿地点头，左一个行右一个好的。于是，很快看了吉日，热热闹闹地操办了婚事。

白小娶了个漂亮媳妇，一传十，十传百，竟传到了柳条边外。靠近柳边有一地癞，姓孙，人称“孙二虎”，是个吃喝嫖赌无恶不作之徒。听说白家小门小户，儿子却娶了个天仙，眼馋得要命，遂带着一帮打手前去抢亲。

“孙二虎”一行到了白家，二话没说，抬起画眉就走。老婆婆赶忙上前阻拦，“孙二虎”照其胸前猛起一脚，正踢在了心口窝儿，老太太当即口吐白沫儿咽气了。

白小见状，怒冲头顶，顺手操起粗木棍抡开了，两三个打手的脑袋当即开了瓢儿。“孙二虎”指着白小狂喊：“小的们，给我上，往死里打！”

尽管白小体格粗壮有力，一般人不是他的个儿，可好虎架不住一群狼啊，十几个打手棍棒齐下，哪能胡噜过来呀？终于被打倒在地，再也没起来。

就在这时，“孙二虎”抬眼一看，白小的媳妇不见了，急了，声嘶力竭地大骂道：“一帮废物！还不快找，傻瞅啥呀，我要的人呢？”

说时迟，那时快，正赶这个节骨眼儿上，从树上飞来一只小鸟，扑到“孙二虎”跟前，一口叨瞎了他的左眼。“孙二虎”忙用手去捂，小鸟反身又是一口，叨瞎了他的右眼。“孙二虎”疼得满地打滚儿，爹一声妈一声地号叫，那张脸都成血葫芦了，打手们只好抬着他回去，不久人就死了。

从那以后，大黑山多了一种鸟，天天叫着“白小、白小”。人们都说，此鸟是画眉姑娘变的，干脆叫它“画眉鸟”吧！

玉卿质朴中贡拔　家慧慕诚许终身

从伊通州西行五十里便是叶赫街，街名儿根据啥起的呢？原因是这里曾是满洲威赫一时的叶赫国王城，街西三里处，当年的土堡依存，长约五里，高三丈，基部宽四丈。形状如同土垄平地拔起，四周树木环生，重峦叠嶂，群山围绕，王者之风依稀可见。

叶赫街的西头儿有家杂货铺，门匾上写着“玉升源”，店主姓费，人称“费老太爷”，乃叶赫城被破时趁机逃出的后人。据传，“玉升源”院内有狐仙，店铺货架上的爆竹常常不燃自鸣。费老太爷感到很奇怪，雇木匠做了柜架子，将鞭炮放于抽屉中，照样噼里啪拉响。每当风和日丽的时候，不知何因，房顶儿无故浓烟笼罩，火光四起。伙计们赶紧拎水救火，喘息奔忙，力不能支，结果是此灭彼燃，零星的火点终日不绝。费家的一老者对店主说，那不灭的火种可能是狐仙捣的鬼，不妨在院内建一狐仙庙，晨昏烧香，早晚叩首。店主又没别的招儿，只好试试看，照做了。

过了些日子，费老太爷备了五斤上等白酒，供于神座前。奇怪的事发生了，每隔三天五日，瓶内的酒必干干净净。

随着“玉升源”越做越大，费家老少爷们儿已是四世同堂，人口逐年增加。当家的费老太爷从乐亭请来一位教书先生，要求费氏家族中的男童十余人一个不落地入塾当学生。每天分坐在南北大炕上，摆着书桌，先生教得尽心，男童学得努力，本无二话。可是其中有位学生年龄稍长，是店主的远房侄子，早年其父母周济过老太爷，后来双亲过世，只剩他孤零一人。费老太爷是个心眼儿好使、知恩图报的主儿，见侄子的处境不怎么好，就派伙计将其接了过来，与费家的男童一起读书。这个人叫费玉卿，论年纪，三十上下；论长相，眉清目秀；论心劲儿，憨厚有余，不十分聪敏。

由于玉卿晚来些时日，故而课业落下一些。然先生要求非常严格，玉卿又是个极要面子的人，不得不起早贪黑地往前赶，天天累得头晕目眩，寝食不安。

七月的一天，先生在《论语》一书中，找了个偏怪的文题让学生做。别的男童没用多长时间便交上了答卷，唯玉卿犯了难，搜肠刮肚，横竖下不了笔。苦思无文，越着急越来尿，遂请假出去小解。他漫不经心地走到院外僻静的角落，一边解手，一边仍在思索着如何写那篇文章。

正在这个节骨眼儿上，忽从废墙的东侧走来一女子，十七八岁，整张脸无刻意修饰，长相标致。她面有愠色，张口问道：“你是谁家的？咋这么不懂礼节，光天化日之下，竟对着女人解便，是何道理？”

玉卿刚抬起头，女子已站在眼前，吓得忙提好裤子，脸腾地红了，一边鞠躬一边连着说了好儿声对不起，并解释道：“小生乃费老太爷的侄子，因先生出的文题较难，一时答不出，心里在琢磨文章，所以没有顾及许多，请千万见谅。”

经玉卿如此一说，女子觉得倒也能讲得通，脸上的怒气明显消了些。仔细打量之，见书生一表人才，忠厚老实，遂轻声儿言道：“想要写出好文章，其实并不难，如果不介意的话，可随我来。”

玉卿虽不认识年轻女子，但听说她懂得作文，便跟着沿废墙向东走去。约莫过了一袋烟的工夫，眼前出现一个青堂瓦舍的大院子，女子领着他径直进了内室。环顾四周，布置得趣味幽雅，有一股儿清香之气入鼻，文房四宝一应俱全。女子取过放在床头儿的精致盒子，掀开盖儿，里面有不少写好的文章，从中选了一篇交给了书生。玉卿展开一看，文题恰是先生所出，一字不差，高兴得连忙施礼道谢。女子笑了笑道：“谢倒不必，以后啥时候需写文章，皆可来此处等候。”

再说玉卿怀揣几页纸急匆匆往回走，没一会儿就到了讲堂，见先生正在批阅学生的作文，顺手交上了自己的答卷。先生拿起文章一看，文辞优美，笔致超逸、清丽，不由得产生了怀疑，将他叫到一边，问道：“玉卿，不对吧，此文莫非出自他人之手？”

玉卿本是个诚实的人，遂将文章的来龙去脉详细说了一遍，然后静等先生的斥责。没承想先生却面露喜色，眼睛睁得大大的，说道：“费玉卿，这是你生来就有的缘分，所遇到的一定是位仙女。可速速与她结婚，明年京城科考，必会高榜得中！”

玉卿听后，心里这个乐呀，忙将此事禀告了店主。费老太爷特别高兴，当即托私塾先生做媒，决定操办婚事的一切费用由“玉升源”开销。

没出一个月，玉卿将女子娶进家中，住在“玉升源”的东跨院儿。新娘自称姓胡名家慧，不但年轻貌美，而且温柔贤德。

转眼间，半年过去了，京城贴出了科考告示。费家自然落不下，由老太爷出面，为侄子备好了马匹及赴京考试的盘缠。玉卿临行前，家慧对他说：“到了考场，不必惊慌，妻可为郎君答题。”

玉卿一路晓行夜宿赶到京城，歇息了两日，科考这天终于到了。在考场上，他虽作答卷样儿，但未往纸上写一笔，然试卷上一行行清晰的字不断显现出来。不多时，卷已答完，玉卿早早地交给了考官。在京城等了月余，喜讯传来，果然金榜题名。

此后，玉卿与妻子感情甚好，只是家慧臀部有尾。玉卿追问，妻子方哭诉道：“小女乃一狐仙，因爱慕官人善良忠厚，才以身相许。”

玉卿二话没说，眼含热泪，恳求贤妻相伴终生。家慧告知：“官人若与小女长相厮守，需做一件事，用刀剁去我的尾巴。”

玉卿因爱不忍，相伴三年，家慧悄然而别。以后每逢年节，常有书信捎来，为感念其恩，玉卿至死未再娶。

城子山壮士斩妖 荆棘丛大鸟报恩

从伊通河边门向西行七十里，就是另一处边台，即五台子。五台子街南有座小山，风景秀丽，当地百姓给它起名儿叫“城子山”。说起此山，还有一段儿来历。

据传，早在大唐时期，薛礼征东路过五台子。因这里地势险要，又是交通要道，薛礼便派总兵安荣率军驻扎。

自打京城长安起兵，由于征战路途遥远，一时难以返回，安荣将自己的家眷一起带上了。驻兵五台子不久，不知何因，女儿暴病而死，安荣心里十分难过。入殓之后，亲自带人选了街南的小山，把心爱的女儿埋在了这座山上，同时陪葬了许多珠宝和金银物件。为了防止坟墓被盗，安总兵花了三年零六个月的时间，于山的四周修起了两丈高的围墙，令兵丁严加看守。远远望去，俨然一座威严的城堡，人们称其为“城子山”。

不知过了多少年，城子山下搬来一户人家，家主是个二十岁的姑娘，姓秦，名叫吉了，容貌俊秀，举止大方，聪明伶俐。

这年夏日，天气很热，秦吉了吃完晌饭，端起盆去小河边洗衣裳。洗着洗着，忽然刮起了一阵旋风，她还未来得及躲避呢，就见从旋风中走出一个十分丑陋的妖怪，张牙舞爪地向自己扑来！秦吉了吓得惊慌失措，一时不知如何是好，眼看要被妖怪抓走了。

恰在这个节骨眼儿上，从城子山上跑下一位壮士，厉声儿喊道：“哪里来的妖怪，不准伤人！”转眼间疾步赶到跟前，举剑向妖怪猛地刺了过去，正中咽喉，一摊乌血喷洒在地上。妖怪现出了原形，竟是千年的老狼成了精，不知害死了多少人，连眼睛都变得血红血红的。

壮士救了姑娘，弯身薅了一把草擦了擦剑上的血，继续往前赶路。秦吉了一边道谢一边送壮士，走了一程又一程，一直送出十多里方停住脚步。临别时，秦吉了对壮士说：“今天多亏大哥救了我，才保住性命，日后定将报答！”

一晃到了秋天，树叶泛黄，壮士又一次从五台子路过。当时此地聚集了不少强盗，拦路抢劫，无恶不作，不论男女老少皆不放过。壮士前脚儿刚登上城子山，强盗后脚儿蜂拥而至，壮士手握利剑左砍右杀，一连撂倒好几个。怎奈寡不敌众，只好且战且退，退到了一片荆棘丛，不能再退了。

在这千钧一发之际，突然打城子山上飞来一只鸟，比鹞鹰还大，带着一股强劲的风呼啸着从强盗的身边穿过，顿时个个被风刮得睁不开眼睛。等大风过去了，强盗们再一看，壮士早已无影无踪了。

原来壮士刚退至荆棘丛，只觉一阵大风袭来，被刮到了空中，待睁开眼定睛细瞅时，发现自己已经站在离城子山八里远的大河边。仰脖儿上望，天上有只大鸟，绕着壮士飞了一圈儿后，开口说话了："大哥，小女是城子山的秦吉了。夏天那次偶遇妖怪，是大哥舍身相救，才使小女脱险。而今大哥碰到强盗行抢，小女伸出援手，以报大哥的救命之恩！"

壮士听罢，急忙叩谢，大鸟盘旋一圈儿飞走了。

后来，当地的百姓在城子山上时常能看到一只大鸟，有时绕着城子山展翅飞翔，有时静静地落在城子山的围墙上。人们说，大鸟就是秦吉了姑娘变的，并给起了个名儿叫"秦吉了鸟"。

临刹祈神九龙潭 毁宝愧死贪心汉

大千世界，无奇不有。

从伊通州内的莲花街南行二十里，有一奇山，名叫九顶龙潭山。山的形状天生奇特，平地里竖起九座孤零零的山峰，像九颗人头，九峰中间是一块平地，面积约为方圆一里。正南出现两座奇峰，二峰中间为二石生成的天然圆门，真乃鬼斧神凿，巧夺天工。圆门内是块平坦的草地，恰似一块碧毯，严严地铺在地上。草地中间有个大水潭，周围约四十丈，水面儿平滑如镜，冬暖夏凉。无论天旱水涝，酷暑奇寒，潭水如常，不增不减。水潭正北有座龙王庙，名叫九顶龙潭寺。它的东边住着一户姓苏的人家，祖上为叶赫人，户主叫龙海，娶妻金氏，生养两个儿子，长子赫以坦，次子德以满。

老大为人刁滑，鬼点子多，而且贪求无度，哪儿有便宜去哪儿占。老二老实忠厚，为人诚朴，心地善良，只知道干活儿，从不多言多语，总挨哥哥的欺负。兄弟二人分别娶妻生子，媳妇的性情也同自己的丈夫一样，可谓不是一家人，不进一家门。

后来，老两口儿相继辞世，赫以坦夫妇立马提出分家，好东西自己全留起来，只把一些不值钱的破烂儿给了老二，并让他们搬出去另过。

德以满家生活贫困，靠他上山打柴、射猎度日，十分辛苦。媳妇心疼丈夫，每天烙两张饼给他带着，作为出猎的晌饭。

有一天中午，德以满为撵兔子早已饥肠辘辘，拿出饼来刚要吃，从西面来了一位老者，衣衫褴褛，满脸污秽，步履蹒跚，饿得快迈不动步了。

老者走到德以满跟前，没等开口呢，德以满便把两张饼给了他。谁知老者三口两口地吃下后，连句话都没说，转身就走了。

德以满也没多想，空着肚子，挑起柴草回了家。一进院儿，媳妇看丈夫不同往日，走路趔趔趄趄的，以为没吃饱，正想发问，德以满放下担子，擦把汗将遇见老者的事儿说了。

第二天，德以满让媳妇烙四张饼，万一再遇上老者，可以把多余的两张给他吃。媳妇从来听丈夫的，笑了笑，照做了。

德以满扛着家巴什儿上了山，砍了一气儿柴，抬头看看天，晌午了。于是坐在地上，拿出饼来，没等往嘴里送呢，老者又到了。德以满仍同头天一样，笑呵呵地把饼递过去，让他吃。老者也没客气，好像几天没吃东西似的，一顿狼吞虎咽，转眼间四张饼全进了肚儿。再一看，不知老者哪里去了。

德以满忍着饿，打了一只狍子，太阳落山了才回家。媳妇见丈夫走路和昨日一样，一溜歪斜的，问明白后，也觉得老者很奇怪。

第三天，德以满又多带了两张饼，共六张。晌午到了，老者照来不误，盘腿儿坐在地上，把饼都吃了。他擦了擦嘴，望着德以满感慨地说："壮汉，我一共吃了你十二张饼，你自己挨饿从无怨言，看得出是个好心人。滴水之恩当涌泉相报，没啥可答谢的，送你一个泥人儿吧！"说罢，让德以满找来黄泥，不一会儿便捏成一个小泥人儿，递给德以满并嘱咐道："这泥人的名字叫哈银，拿回家放在桌子上，用小木棒敲它的头。每敲一下，必有一块银元宝从哈银的嘴里吐出来，三天后给我送回来。"

德以满高兴地拿着泥人儿奔回了家，进了屋便放在桌子上，用木棒一敲，果然从泥人儿口里吐出一块银元宝，直敲到天黑，家中的银元宝已装了半屋子。

咱再说赫以坦一家。两天后的下晌，赫以坦吩咐老婆："你到老二家去一趟，这两天德以满没上山，看看他在家里做啥呢！"

老大媳妇来到德以满家一瞅，屋内堆了不少银元宝，很是眼红。问明缘由后，忙不迭地跑回家告诉丈夫，说是老二突然发大财了。

两人一商量，也和了一块面，做了十二张饼。第二天一早，赫以坦来到德以满打柴的地方，等到晌午，老者真的来了。

赫以坦把饼拿出来，恭恭敬敬地呈上。老者接在手中，一张接一张地吃了起来，十二张饼全进肚儿了。这时，赫以坦开口问道："老人家，你吃了我的饼，打算用什么报答呢？"

老者回道："送你个泥人儿吧！"

于是，赫以坦取来泥，老者捏成一个泥人儿，交给赫以坦说："泥人儿的名字叫哈金，拿回家放在桌子上，用小木棒敲它的头。每敲一下，必有一块金元宝从哈金的嘴里吐出来，三天后给我送回来。"

赫以坦琢磨开了："小泥人儿能使我终生富贵，是难得的宝贝，怎么会还给你呢?"心里虽然这么想，但嘴上还是假惺惺地答应道："请老人家放心，三天过后，定当送还。"

老大手拿小泥人儿往回返，半道儿正巧碰上老二从对面走来，是到山上给老者送泥人儿的。赫以坦阻止道："别还了，把泥人儿给大哥吧，我跟你嫂子每人一个。"

德以满拒绝道："那可不行，已经三天了，一定要送回去，信用不可失。再说了，你有一个泥人儿了，足够用了，何必贪财呢?"

赫以坦一听着了急，忙把自己的泥人儿放在地上，扑过去抢德以满手中的泥人儿。俩人你争我夺的，结果泥人儿掉到地上了，赫以坦急忙哈腰去捡，眼见着泥人儿遇土变成了泥！再看看放在地上的那个泥人儿，同样也摊成了一块泥。

原来，两件宝贝乃九顶龙潭山的山神点化而成。赫以坦贪得无厌，顿失奇宝，没得到金子，悔恨交加，头嗡的一声昏过去了。德以满把哥哥背回家，赫以坦大病一场，不久因气脉不调而亡。

附：异文

舍饼得金由善举　夺泥失宝缘贪婪

流经伊通州的伊通河，发源于州城南六十里的青顶山，流入松花江，绵绵数百里。河水从南面流过来，到了伊通州城拐了个弯儿，由城东流向城西，再转向东，往北流去。

在伊通河的转弯处，长着一棵古榆树，三搂粗。丫杈蟠曲，枝叶繁密，树荫同院子一样大。树上栖息着无数的喜鹊，树下是城内百姓垒建的一人来高的围墙，大家称古榆为"神树"。传说此树生长久远，前清就有，常显灵验神迹。州里孩童患病，多有讨药者，将露水、土末儿取回，食后即愈。

清朝同治年腊月二十三，关东匪首马傻子率八百余众攻州城，破城后下令抢掠财物。因正值阴历小年，家家都要办年货，所以买卖铺里生意格外红火。店家见匪徒来了，怕挨抢啊，忙上闸板儿关门，但已经不赶趟儿了。这个节骨眼儿上，忽然河的北面浓烟滚滚，漫山遍野的官兵杀声四起。马傻子一伙儿大惊，仓皇失措，掉头逃遁。待匪徒们跑得无影无踪了，无一人看见有官兵赶到，百姓皆言此乃"神树"显灵。

距“神树”不远住着一户人家，娘儿俩，姓吴，扎拉氏。家主早亡，额娘给儿子起了个汉名，叫吴海。成人后，娶妻王氏，生下二子，长子百仪，次子百孝。

时光似箭，一晃二十多年过去了，吴海夫妇相继病故，两个儿子也娶媳妇了。老大百仪爱财如命，为人豪横、狡诈，其妻生性刁蛮、自私。老二百孝心地善良，为人憨厚、坦诚，其妻性情温和、贤淑。平日里，哥哥常欺负弟弟，啥事儿都要尖儿，渐渐地便过不到一块儿了，于是找来娘舅把家分了。

说是分家，由于百仪夫妇态度强硬，百孝夫妇一再忍让，加之值钱的物件事先已被大媳妇藏了起来，百孝只得到一些破东烂西。当天，百孝和妻子就搬了出去，家里一贫如洗。

从此，百孝每天头晌都去离家十几里的南山打柴，晌午吃媳妇给烙的两个玉米饼子，喝点儿山泉水。到了下晌，砍的柴够挑了，就担着回家了。转天一早，去集市把柴火卖掉，换些米面油盐，方勉强度日。

单说秋末的一天，快到晌午了，砍了一头午柴的百孝感到又饥又渴。于是放下斧子坐在大树下，从衣兜儿里掏出玉米饼子刚要往嘴里送，打东边来了个手拄拐棍儿、胡须雪白的老头儿，走到百孝身边，说是两三天没吃东西了，饿得迈不动步了，能不能施舍点儿。百孝心善哪，忙扶他坐下，递过去一个玉米饼子。老者接在手里，狼吞虎咽地几口就进肚了。吃完一个，声称没饱，还要一个。百孝尽管很饿，却丝毫没犹豫，把剩下的那个玉米饼子顺手给了他。老者不大一会儿又吃光了，也没言谢，起身就走了。

百孝没吃的了，也没力气继续砍柴了，只好挑着柴火担子下山了。一进家门儿，妻子问他今天咋回来这么早，百孝便将怎么周济白胡子老头儿玉米饼子的事儿学了。妻子听了，不仅没生气，还笑着说：“吃了就吃了，谁都有老那天。”

转天一早，百孝出了家门，照常上山砍柴。晌午的时候，白胡子老头儿又来了，连客气一声都没有，仍然说饿，百孝把两个玉米饼子全给了他。回家后又跟妻子学了，妻子说：“有啥法子呢，老人家怪可怜的，明儿个多带两张饼子就是了。”

第三天晌午，没等百孝坐下歇息呢，白胡子老头儿已经到了。百孝二话没说，拿出两个玉米饼子递了过去，转身工夫老者就吃没了。吧嗒吧嗒嘴仍称没饱，百孝只好把另外两个玉米饼子放在他手上，很快也进肚儿了。百孝没吃的了，转身走到山泉边儿捧些泉水喝，喝完回到了老者身边。

白胡子老头儿瞅瞅百孝，呵呵地笑了起来，言道："后生啊，看来你是个心地善良的人哪，好哇！我一共吃了你八个玉米饼子，也没啥感谢的，送个小泥人儿给你吧！"说罢，弯腰从地上抓起一把泥，顺手捏了个手掌大的泥人，并嘱告百孝："这泥人儿的小名儿叫小成全，只要放在炕上，唤他的名字，用筷子轻轻敲打头顶，每敲打一下，嘴里就会吐出一个小粒儿的金豆来。到第三天头儿，你给我送回来。"

百孝高兴极了，谢过后，拿着小泥人儿跑回家。进了屋，让妻子在炕上铺了一床小被，边唤着小成全的名字边敲打他的头顶。果然应老者的话了，敲一下，小泥人的嘴里便吐出个金豆来，敲了整整一夜，箱箱柜柜全装满了金豆。小两口儿吃完早饭，还没来得及收拾呢，哪承想嫂子一脚迈进来了。看见弟弟家有这么多金子，一时惊呆了，眼红得不得了。详细问明了缘由，屁股没沾炕便急三火四地回了家，把百孝得宝物的事儿告诉了丈夫。

第二天一早，百仪吩咐媳妇烙了八张玉米饼子，用布包好带着来到百孝砍柴的南山。晌午时分，白胡子老头儿真的来了，百仪忙将玉米饼子拿了出来，恭恭敬敬地捧给老人。老者没客气，接在手上一次全吃了，又喝了一葫芦山泉水。百仪商量道："老人家，你吃了我的饼，能不能也送给我一个小泥人儿呢？"

老者看了看他，弯腰抓起一把土，三下五除二捏了个泥人儿，嘱告道："这泥人儿的小名儿叫大成全，只要放在炕上，唤他的名字，用筷子轻轻敲打头顶，每敲一下，嘴里就会吐出一个大粒儿的金豆来。不过不能超过三天，到时候，务必准时还给我。"

百仪乐得拍手打掌的，连声谢都没顾上说，接过泥人儿飞快地往家跑。跑到半道儿，正好遇到了百孝，问弟弟上哪儿去？百孝告诉哥哥，前往南山送还小泥人。百仪一听，忙制止道："唉，你可真够心实的，缓两天再送不迟。先交给哥吧，拿回家跟你嫂子一人一个，到时候我一起还。"

百孝说："这可不行，既然答应只用三天，今天正好到日子了，必须还，信用不可失。再说了，哥哥已经得一个了，干吗那么贪呢？"

百孝不肯给哥哥，百仪怕弟弟把宝贝送回去，情急之下，上前便抢。谁知一伸手，自己的泥人却掉在了地上，连忙哈腰去捡，可是大成全已变成了一堆泥，摊在地上捡不起来了。百仪气坏了，为外财哪还讲什么兄弟情面，起身拉扯着弟弟抢他的泥人儿。三争两夺的，只听吧唧一声，百孝手里的泥人也掉在地上了，再一瞅，小成全同样摊成了一堆泥。

结果是哥哥贪求无度，没有得到财宝；弟弟带着妻子连夜搬走了，再没回故里。

后娘妒齐义助兄　活佛愿齐礼结亲

早年间，在有名的吉当阿城里，住着一户齐达勒氏人家。老两口儿有两个儿子，大的叫齐礼，小的叫齐义。

齐礼是先房留下的，齐义是二房生的。齐礼自打三岁便没了亲娘，落在后娘手里，从此可遭殃了。十多年来，后娘始终看不上他，不是打就是骂，还不让吃饱。

老爷子是个买卖人，需到各地贩货，常年不在家。齐礼受了委屈无处诉，只好偷偷跑到亲娘的坟上哭，真是苦极了！邻居的婶子、大娘看大小子可怜，有的给他碗剩饭，有的给个苞米面饼子，他才算填饱一回肚子。

齐礼和齐义虽说不是一个娘生的，但小哥儿俩倒挺和气，哥哥爱弟弟，弟弟亲近哥哥。弟弟很懂事，后娘一打哥哥，他就上前拉，连哭带拽地不让打。见哥哥吃不饱饭，便背着额娘溜到厨房，偷偷端来饭菜给哥哥吃。齐义一直弄不懂，为什么额娘总是不让自己跟哥哥好，也不许自己同哥哥一起玩儿。

一年夏末，瓜果快熟了，后娘让亲生儿子齐义在家门口儿看山楂，叫先房孩子齐礼去岭上看瓜。齐礼临走的时候，后娘瞪着眼睛恶狠狠地告诉他，瓜不罢园不许回家，丢了一个别想活！

齐礼昼夜守在瓜园，蚊子叮，虫子咬，浑身都是包。晚上睡不好觉，白天吃不饱饭，饿极了便摘几个瓜吃。常言道，吃山楂胖，吃瓜瘦。这个没娘的孩子本来就不胖，加上天天遭罪挨饿，变得更瘦了，脸色蜡黄，肋条骨清晰可见。等到瓜罢园了，齐礼也饿得前腔儿贴后腔儿了，走路直打晃儿。

正赶上这时候，老爷子从外地回来了，看见齐礼瘦得不成样子，以为病了呢，遂问后老婆是怎么回事儿。后老婆不阴不阳地说："大小子嘴馋，喜欢吃瓜，不愿意吃饭，总吃瓜能不瘦吗？"

天黑时，老爷子趁后老婆不在屋，又问齐礼：“小子，咋的了，是不是有病了？”

齐礼回道：“阿玛，我没病。”说着，掉下泪来。

齐义在旁边插嘴道：“阿玛，哥哥不是有病，是饿的！”然后一五一十地将额娘怎么给哥哥气受，在瓜地呆了一夏天，不许回家，也不给送饭，饿了只好摘几个瓜吃，成天成夜蚊子叮、虫子咬、吃不饱、睡不好的事儿讲了。说完，见哥哥掉眼泪，自己也止不住了。

老爷子听了齐义的一番话，齐礼那也是亲儿子呀，能不心疼吗？张开胳膊把两个儿子搂在怀里，手抚摸着他们的头，难过得哽咽不止。

爷儿三个正在哭，后老婆捂着心口窝儿“哎哟、哎哟”地叫着进屋了。老爷子见此，忙松开两个儿子，上前问道：“老婆子，怎么了？”

后老婆哭咧咧地说：“不好了，我的心疼，如同针扎似的。快去请郎中来家看看吧，不然就得死了！”

老爷子一时慌了神儿，三步并两步地出门请来郎中，先摸脉，后开方。第二日，天还没亮，又跑到药房去抓药。后老婆吃了药，声称此药不好使，一点儿不见效。就这样，连着折腾了三天三夜，光吃药，不吃饭，连口水也不喝，翻身打把式地在炕上滚，口口声声喊心疼。

老爷子急得直搓手，问道：“老婆子，想什么东西吃吗？”

狠毒的后老婆不是好声儿地说：“我呀，啥也不想吃，就想吃一样东西。听人讲，这样的心疼病神医都不灵，只有吃上一颗童子心，心病才能去根儿！”

老爷子听罢，吓了一跳，忙问：“哎呀，这可上哪儿去弄啊？”

“看你诚不诚心治！”

“你说咋办？”

后老婆抬手朝门外站着的齐礼一指道：“那不是现成的嘛！今儿个就实话告诉你吧，有这个孽障在我跟前，心病没个好。我问你，是要齐礼还是要老婆？有他没我，有我没他！”

老爷子本就是个怕老婆的人，从来一切顺着老婆。听后老婆这么一说，一时不知如何办好，只得点了点头。

转天一早，齐礼正在院子喂猪，忽听阿玛唤他。赶忙放下手中的盆，边答应边来到阿玛眼前，问有啥事儿。

老爷子说：“小子，阿玛今天正好闲着，咱们去你姥姥家看看。”

齐礼好长时间没见姥姥了，很是想念老人家，早就琢磨着啥时候去一趟呢，没承想老爷子张罗开了，别提多高兴了，马上同阿玛一块儿上路了。

爷儿俩一前一后地走着，齐礼见阿玛只闷头儿赶路，一句话不说，时不时地打唉声，遂问道："阿玛，怎么了，为啥唉声叹气的？"

老爷子摇了摇头，没吱声儿。再问一遍，还是不吭声儿。当问到第三遍的时候，只见阿玛的眼角儿流下了两行泪水。

齐礼虽然年纪不大，但很懂事，孝顺老人。他见阿玛愁眉紧锁，似有千斤砣压在心头的样子，也跟着难过起来，停下脚步说道："阿玛不告诉我，我就不走了，不到姥姥家去了！"

老爷子上前拉住齐礼的手，一字一泪地言道："我可怜的儿啊，到现在还闷在葫芦里，哪里是去姥姥家呀，而是后娘要吃你的心哪！"说着，已经泣不成声了。

齐礼茫然不知所措，世上竟有如此歹毒的女人！想到慈祥的额娘离自己而去，在冰冷的阴间看着亲儿受苦却无能为力，不禁一阵心酸，抱着阿玛号啕大哭。

父子二人正伤心痛哭的时候，忽听身后有"噗嗒噗嗒"的声儿，回头一看，是家里的大黑狗跑来了。它围着爷儿俩身前身后转了三圈儿，汪汪汪地叫了几声，然后仰巴脚儿躺在了地上，一动不动。

老爷子一看，立马明白了，忠实的大黑有情有义呀，是要代替我的儿子啊！他实在不想这么做，可又有啥招儿呢？只好跪下，插草为香，向西拜了三拜，请求道："祖宗有训，不得杀狗。今杀大黑，为救我儿，望列祖列宗宽恕！"随后从怀里掏出一把刀子，慢慢取出狗心，抬头对齐礼说："孩子，快走，逃命去吧！"

齐礼扑通一声跪在地上，磕了个响头说："阿玛，我走了，别太难为后娘了。不管咋的，有她在，弟弟齐义免得受苦啊！"

老爷子感叹大小子的善良、仁义，眼圈儿又红了，细细地嘱咐一番后，爷儿俩才恋恋不舍地分手了。

齐礼从小心里就有个疑问，为什么多数后娘都给先房孩子气受呢？如今自己已经十七岁了，仍然没弄懂到底是咋回事儿。他一边走一边寻思："人们说西天有个活佛，大慈大悲，救苦救难，愿帮天下所有不幸的人。我干脆上西天找活佛去吧，问问他，或许能把心头的结解开。"想到这儿，迈开大步，一直朝着西天走去了。

齐礼不知爬过多少座山，翻过多少道岭，蹚过多少条河，这天来到一个村庄。他饿极了，想讨点儿饭吃，便敲一户人家的院门。从屋里出来一个老太太，手里端着一碗饭，问道："小伙子，是饿了吧，要上哪儿去呀？"

"到西天见活佛去。"

"见活佛干啥呀？"

"问问活佛，为什么后娘给先房孩子气受。"

老太太一听，乐了，说："小伙子，你替奶奶问问，为啥十七八岁的姑娘不会说话呢？"

齐礼答应道："好吧，我记住了。"吃完饭，道了谢，继续往西走。

齐礼日夜兼程地赶了好几天路，来到一个叫杏树沟的地方，渴得嗓子直冒烟，就到路旁的一户人家讨水喝。出屋开门的是个老头儿，先打了个唉声，然后反身端出一碗水递给他。齐礼接过，一面喝水一面想："老爷爷见我讨水喝，为什么打了个唉声呢？"

齐礼喝完水后，递还水碗时问道："爷爷，你老为啥唉声叹气呀？"

"小伙子，看来你是外乡人，不知内情啊！我们这个地方掘井打不出水来，吃水得到十里以外去挑，难哪！"说完盯问了一句："看你身上的衣裳和脚上的鞋子破得不成样子了，一定离家很久了，要上哪儿去呀？"

"到西天见活佛去。"

"见活佛干啥呀？"

"问问活佛，为什么后娘给先房孩子气受。"

老头儿眼前一亮，说："噢，你也替爷爷问问，在杏树沟挖井，为啥打不出水呢？"

齐礼答应道："好吧，我记住了。"

齐礼喝足了水，辞别老爷爷又上路了，一直往西走。踏过了无数的荒山野岭、沙漠草原，走着走着，村庄越来越少，忽听哗哗的流水声。抬眼一看，一条大河横在面前，水面儿真宽哪，无边无沿的，岸上没有船，这可怎么办呀？正在一筹莫展之时，只见从河水的中间儿游过来一个扁扁的黑乎乎的家伙，仔细一瞅，原来是只碾盘大的老乌龟，到了河沿儿伸着脖子说："小伙子，上来吧，我驮你过河。"

齐礼一听乐了，腾地跳上了龟背，老乌龟转过身去，驮着他飘飘摇摇地走了。游到河中间儿，老乌龟问小伙子干啥去，齐礼照先前讲的叨咕了一遍。

老乌龟说："你也替我问问，千年龟为何不能得道成仙呢？"

齐礼说："好吧，我记住了，一定替你问。"

齐礼过了河，谢了老乌龟，一气儿走了好几天，越向西去，觉着天上的云彩越低，太阳好像就在头顶挂着似的。一日晌午，终于来到西天边儿了，他仰起头冲空中连声儿喊道："活佛呀，活佛，我要问你！活佛呀，活佛，我要问你！"

浓重的云彩顿时裂开一道缝儿，从里面出来一位白发苍苍的仙翁，手里拿着一端扎着马尾的拂尘，亲切地说道："齐礼，想问什么呀？讲吧！"

齐礼心想："真是仙人哪，知晓百世，若不然怎么会知道我的名字呢！"慌忙跪下，虔诚地揖礼道："活佛，我想问问，十七八岁的姑娘为啥不会说话呢？"

活佛回道："是因为还没有见着自己的丈夫，哪天看到了，就会说话了。"

齐礼又问："活佛，杏树沟为啥打不出水呀？"

活佛说："是因为他们至今没找着有水的地方。村南头儿那棵老杏树底下有块青石板，把青石板揭开，在原地就能打出水了。"

齐礼接着问："活佛，为啥千年的乌龟不能得道成仙呢？"

活佛说："千年龟的背上有两颗珍珠，将它取出来，就能得道成仙了。"

齐礼把三件事儿牢牢地记在心里，刚想叩头致谢，没承想云彩缝儿立刻合上了，活佛不见了。他跪地向西磕了三个头，起身乐颠颠地往回返，走了好远方记起，别人的事儿全问了，唯独忘问自个儿的事儿了。一想，行啊，弄明白了三件事儿也算没白来，赶紧走吧！

齐礼迈开大步朝东奔，感到浑身有使不完的劲儿，只三天便来到那条大河边，见老乌龟正趴在岸边等着呢！他一步跨到龟背上，没等发问，便将活佛的话转告了。到了河对岸，老乌龟说："年轻人，麻烦把我背上的两颗珠子取出来，送给你吧！"

齐礼小心翼翼地从龟背上取出两颗珍珠，随之眼前白光一闪，老乌龟不见了，遂把两颗宝珠揣在怀里继续往东走。

当齐礼来到杏树沟时，那个老头儿正站在村头儿东张西望地瞅呢！看他回来了，三脚两步地迎上前，齐礼将活佛的话告知了老人家。老头儿先把他让进屋歇一歇，脱鞋松松脚，并端上热腾腾的饭菜。然后叫来全村人，一齐动手砍掉屯南头儿的那棵老杏树，往下一挖，果然有块青石板。掀开青石板，露出一个坛子，打开盖儿，黄澄澄的金子呈现在眼前。取出金坛子，又挖了一丈多深，清凌凌的水咕嘟咕嘟直往上蹿。人们伸出双手捧起一尝，甜丝丝儿的，可好喝了。大伙儿高兴极了，从心眼儿里感激齐礼，不但做了好吃的款待恩人，而且给换了一身儿新衣裳，还捧着挖出来的金子相送。他说啥没要，当晚住了一宿，第二天一早便上路了。

齐礼走了好多天，终于看见了去时路经的第一个村庄，到了找饭吃的那家大门口儿，一个姑娘惊喜地喊道："额娘，上西天问活佛的大哥回来啦！"

齐礼趴门缝儿往里一瞅，是个十七八岁的俊秀姑娘，脸红得像朵花儿。随着她的喊声，从屋里急急忙忙跑出个老太太，正是那天给饭吃的老奶奶。

老太太听见哑巴闺女说话了，一下子怔住了，随即哐当一声推开门，当听齐礼把活佛讲的学了一遍后，乐得嘴都合不拢了，心里思谋开了："按活佛所言，我闺女能说话，是得见着自己的丈夫才会开口。长这么大，从没听她发出过声音，今儿个在院子里一见小伙子来家，便高声儿冲屋里喊额娘，莫非这个人就是她的丈夫、我的姑爷？"想至此，忙拉齐礼进了屋，又让闺女把阿玛叫来，马上将亲事定下了，当天晚上就给他们成了亲。

齐礼小两口儿真是天生的一对儿、地配的一双，相亲相爱，感情特别好。在岳丈家待了一个多月，齐礼想故乡了，张罗着要回家。因为姑爷也有父母，老头儿、老太太自然不能强留，雇了一辆二马拉的车，乐乐呵呵地将新婚夫妻送走了。

一天下晌，齐义正在地里干活儿，忽然瞧见从东边来了一辆带篷儿的马车。到了近前一看，赶车的原来是齐礼哥哥，旁边坐着个姑娘，两个人都穿着崭新的衣裳。他急忙跑过去迎接，哥儿俩离开好久了，一见面格外亲热。齐礼给他们二人做了引见之后，齐义一溜风地跑回家，推开院门高喊道："阿玛，额娘，我哥回来了，还领回个嫂子来！"

老爷子听罢，急忙下了炕，拔腿儿出了屋。后老婆趴门缝儿一瞅，果然是齐礼回来了，身后跟着漂亮媳妇，不由得吓了一跳，以为活见鬼了呢！她哪里知道吃的那颗心是狗心哪，又怕又羞，反身进屋躲到立在墙角儿的木柜后头了。

小两口儿一进屋，便嚷着要看看额娘、拜见婆婆。齐礼还当着媳妇的面儿说了后娘很多好话，说自己三岁没了亲娘，多亏后进家门儿的额娘辛辛苦苦地拉扯大，等等。齐礼的话，后娘在柜后全听见了，心里更觉有愧，越发不好意思露面了。大伙儿在屋里四下扫了一眼，没发现老太太的影儿，只听柜后有哭泣的声音，老头子上前一把将她拉出来说："别哭了，事儿都过去了，快见见儿子和媳妇吧！"

齐礼侧过头告诉媳妇："这就是咱的额娘！"说着，夫妻二人并排上前施礼。此刻，后娘面有惭色，感动至极，后悔当初不该那样虐待先房留下的孩子。

过了几天，齐礼拿着从龟背上取下的两颗珍珠去了城里珠宝店，卖了不少钱。从此，一家人过上了团团圆圆、和和美美的日子，齐礼和媳妇待继母如同亲额娘一般，被人们传为佳话。

附：异文

锁柱问佛行善事　穷人中榜联美姻

有个在旗人家，阿玛去世早，额娘领着儿子锁柱靠种点儿薄田糊口，生活非常贫困。

娘儿俩心地善良，为人诚恳，屯邻们时常帮助他家，老太太心里很是过意不去。

一天早饭后，额娘把儿子叫到跟前，说道："儿呀，额娘打算让你去西天见见佛祖，问问咱这辈子能不能翻身，究竟什么时候才能过上好日子。"

锁柱是个孝顺孩子，啥事儿一向听老人的，二话没说，收拾收拾告别了额娘离家往西去了。由于家里穷，没钱住店、吃饭，一路只能讨着吃，晚上找人家借宿。实在没地方住了，就睡在破庙内、柴垛旁或牛棚里。

有天太阳刚落山，锁柱来到靠道坎边儿的村庄借宿，看见村头儿的那家院门内，一个半大姑娘正在干活儿，一会儿劈柴，一会儿喂鸭，一会儿忙着淘米做饭。姑娘长得挺秀气，身上的衣裳破破烂烂的，一看便知道是穷人家的孩子。

锁柱走到跟前，敲敲门问能否借个宿，姑娘边答应边把门打开了。锁柱进了院儿，放下包袱就帮她忙活开了，不歇气儿地干了两个时辰，姑娘很是感动。

第二天一早锁柱要走时，姑娘问道："大哥，准备去什么地方，办啥事儿呀？"

锁柱告诉她："去西天，问佛祖什么时候才能过上好日子。"

姑娘请求道："我今年十五岁，订婚早，没等结婚丈夫就死了，成了'望门寡'。眼下已成婆家的用人了，啥活儿都得干，一口好东西吃不着，一件新衣裳穿不上。请大哥到了佛祖那儿，千万给小女问一问，还有没有出头之日？"锁柱看姑娘怪可怜见儿的，奔儿也没打，满口应承了。

三天后的傍晚，锁柱走到靠山根儿的庄子借宿，这家三口人，老两口儿领个闺女。姑娘长得十分俊俏，心灵手巧，什么都会做，就是不会说话。单凭姑娘的模样，很多人家想娶她，但一看是个哑巴，全摇头走开了。尽管如此，姑娘的脾气还特别怪，那些清高自傲的小伙子来了，她还不理睬呢！

锁柱进了屋，没顾上小歇一会儿，便操起家巴什儿忙活起来，担水、扫院子、登梯子上房修理漏雨的房盖儿等。站在一旁的老两口儿见此，不禁啧啧称赞，笑呵呵地说："你是个好后生啊，手脚勤快又踏实，可不知从哪里来，干啥去？"锁柱原原本本地告知了。

老两口儿一听，忙请求道："后生啊，麻烦你到西天给问问，我家的闺女多咱才能说话？"哑巴姑娘也望着他不住地点头，锁柱爽快地答应了。

锁柱离开庄子后，一边往前走一边打听，眼看快到西天了，一条大河挡住了去路。正愁没法儿过河呢，游来一条大鱼，开口问道："小伙子，你想上哪儿呀？"

锁柱回道："去西天找佛祖，问问我家啥时候才能过上好日子。"

大鱼说："这样吧，我驮你过河，到了佛祖那儿请给问问，我已有八百年的修行了，什么时候才能过龙门？"

锁住点头道："好吧，我答应你。"

于是，大鱼游到岸边，锁柱趴在它的背上，很快过了河。

锁柱走啊，走啊，不知跨过了多少座山，越过了多少道岭，蹚过了多少条河，终于来到了西天，叩见了佛祖。佛祖关切地问道："小伙子，走了这么远的路，干什么来了？"

锁柱连忙回道："有个十五岁的女孩儿，成了望门寡妇，很是可怜。求问佛祖，她有没有出头之日？如果有，大约在什么时候？"

佛祖掐指算了算，说："回去告诉她，等世上出穷人状元的时候，就能出头了。小伙子，还有事吗？”

“有个姑娘，心灵手巧，是个哑巴。求问佛祖，她能不能说话，什么时候？”

佛祖又掐指算了算，说：“回去告诉她，也得世上出穷人状元的时候，才能开口说话。小伙子，还有事吗？”

“有条修行了八百年的大鱼，求问佛祖，什么时候能过龙门？”

佛祖想了想说：“你回返时，需将大鱼的双目挖掉，它即可过龙门。为啥呢？因大鱼的双目本是两颗定国珠，在眼中反而碍事，覆盖了真正的眼球儿，所以见不得龙门。挖掉它的定国珠，眼球儿会更加明亮，便能过龙门了。而后，你把那两颗珠子藏在身上，将来会有用处的。”

锁柱跪地谢过佛祖，转身往回走。赶了大半儿的路程了，猛然想起偏偏忘了问自己的事儿了，但已不能回去了，心想：“行啊，收获不小了，别人让打听的事儿都弄明白了，总算没白来。”

锁柱走了好多天，同样是又翻山又蹚水的，终于来到那条大河边，一眼瞧见驮自己过河的大鱼，并将佛祖的话告诉了它。大鱼摆尾表示感谢，让锁柱把定国珠取出，果然眼球儿顿时明亮了。锁柱藏好珠子，同大鱼告别后，走了好远，大鱼还向他点头呢！

锁柱来到哑巴家，告诉姑娘：“佛祖说，世上出穷人状元时，你就能开口说话了。”

姑娘高兴极了，连比画带乐的，激动得眼泪噼里啪啦往下掉。老两口儿感叹道：“后生啊，等我闺女会说话时，一定忘不了你。不管家里怎么穷，是个好人这点最重要，如果不嫌弃，就把她许配给你啦！”一家人把锁柱送到山脚还招手呢！

锁柱走了一段路后，到了可怜的半大姑娘家，告诉她：“佛祖说，世上出了穷人状元时，就是你的出头之日，一切会好起来的。”

姑娘连连道谢，送锁柱出门时说：“等我得好了，必忘不了大哥，情愿以身相许，不嫌家穷，皆因你心肠热、善良、乐于助人。”

锁柱回到家，当额娘听说儿子只向佛祖打听清楚了别人的求问，而把自家的事儿给忘了，并未埋怨。低头一想也没啥，穷帮穷嘛，大伙儿不同样常常帮我们娘儿俩吗？还是安心种地吧！

当年正赶上闹灾荒，大雨夹着冰雹下个不停，好多人家地里的庄稼都淹了，到了秋末，几乎颗粒无收。锁柱家种的是谷子，不但没被淹，而且长势喜人，谷穗儿大，棵棵顶着双穗儿。到了粮食进场院的时候，

获得了前所未有的好收成，十里八村的人皆言此乃奇迹。

当朝天子也为涝灾造成的巨大损失整日愁眉紧锁，饭吃不下、觉睡不好，十分着急。他当然知道，如果无粮，不仅百姓没法儿活，国家也将衰败，于是请来众臣商议。

其中一位臣子乃三朝元老，会观天象，他向皇上献计道：“据老臣观天象测定，陛下身边缺少两颗定国珠，时下已落在一个平民之手。如陛下得此二珠，可保连年丰收，国富民强；如仍在平民手中，只能一家富裕，万户贫穷。”

皇帝忙问：“去哪儿寻找那两颗珠子呢？”

老臣回道：“禀皇上，这个不难，可到民间查访获得丰收的人家。有此二珠之人，所种庄稼不管是谷子还是高粱，必是双穗儿的，证明他见到了佛祖，陛下不妨亲自登门。”皇帝听后大喜，立刻领人四处去寻，很快就找到了锁柱家。

锁柱知道皇上的来意后，二话没说，立刻奉上了自己珍藏的两颗定国珠。皇帝见一介平民能如此明大理，不讲个人得失，保国为民，十分高兴，当场下旨，加封锁柱为穷人状元。

锁柱欣喜异常，慌忙跪地接旨，叩谢皇恩，心中暗自琢磨：“没想到刹那间，世上真的出了第一个穷人状元，并且是我！看来做人就应善良、诚恳、本分，好人有好报，佛祖定会保佑的。”

再说那个哑巴姑娘忽然有一天果真会说话了，阿玛和额娘乐得直掉眼泪，当即准备了行囊，让闺女背着找锁柱去了。走到半道儿，又碰上一个姑娘，一问才知道，原来是可怜的“望门寡”。婆家已把她放了，还了自由身，也是去找锁柱的。

锁柱自从当上了穷人状元，虽然生活很富裕，但仍不忘穷人，经常接济孤儿寡母渡过难关。

这一天，锁柱府门外来了两个俊俏的女子，说是找穷人状元。锁柱出门一看，一个是已会说话的哑巴姑娘，一个是受了不少苦的“望门寡”，遂热情地将她们请进屋来。二人之所以找上门，原本是打算嫁给锁柱的，可一看他当上了穷人状元，不是普通人了，都不好意思再提婚事了。

然而当锁柱知道她俩的来意后，令人把两个美丽、善良、聪明的姑娘收留下来，操办操办，娶为妻妾。婚后，一家人又勤劳又和睦，过上了幸福美满的生活。

画中女独怜二旺 亲兄嫂作恶身亡

吉林西围场的边儿上有座很高的山，山根儿底下的草房里住着老两口儿和两个儿子，大的叫大旺，小的叫二旺。

腊月底，老太太病故了。老头儿又难过又上火，也躺到炕上起不来了，临死前看着两个儿子说："咱家的三间草房，你们兄弟俩各一间半，两头牛一人一头。余下的东西，除一幅画儿给老二外，其他都归老大。"

大旺用老父亲留给他的家产托媒娶了亲，小日子过得不错，可心里还一直盘算："三间草房要是全归我，那该多好哇！不行，得想办法把老二撵走。"

大旺媳妇更是一肚子坏水，为强占二旺的一间半房绞尽脑汁，出了个鬼点子："让二旺牵牛耕地去，要是在一天以内不耕完，就把他赶出家门！"果然老二没完成，当天被兄嫂撵出去了。

二旺离家后，独自一人身处茫茫四野，往哪儿去呢？想走吧，又舍不得生养自己的这块土地，无奈之下，来到地处偏僻的一座破庙住下了。

二旺什么也没有，只拿了阿玛临死前分给自己的那幅画儿。此刻，他想起老父曾嘱咐过的话："二儿呀，大旺心肠歹毒，不要与其争家产。我死后，你要勤俭度日，有个为难遭灾之时，可拿出这张画儿。"

二旺龟缩在墙角儿，越想越伤心，眼泪顺脸唰唰流。再加上外面下着大雨，庙内又冷又潮，饿得前腔儿贴后腔儿，实在忍不住了，便放声儿哭号起来。

一个时辰过去了，二旺才止住哭声，起身把画儿挂在墙上，想试试看。不大工夫，见画儿上的姑娘手捧着一只金鸡微笑着走来，到了跟前，金鸡下了个大金蛋。姑娘告诉他："把蛋拿到集市上卖了，买点儿米和衣裳，剩下的钱再购置两间房，去吧！"二旺照办了。

转天，二旺上山打柴回到家，又看墙上的那张画儿，发现画儿上的姑娘没了，只剩下一张白纸，顿时蒙了。正着急呢，姑娘笑吟吟地从外边推门进来了，关切地叮嘱道：“二旺，要想过上好日子，得靠自己勤劳的双手。”说完，一闪身不见了。

二旺记住了姑娘的话，天天上山砍柴、刨荒、种地，不辞辛劳。三年后，用卖柴火和粮食赚的钱重新盖了三间大瓦房，高高兴兴地与画儿上的姑娘成了亲。

大旺自从弟弟离家，天天只知躺在炕上晒太阳，见活儿不愿伸手，见好嚼咕就张口，好吃懒做。没多长时间，便将老人留下的家底儿败光了，只得靠乞讨为生。后来，家中又着了一把大火，媳妇烧死了，自己的一只眼睛瞎了。

有一天，大旺要饭来到老二家院外叫门。二旺出来一看，原来是大哥，刚想说话，媳妇上前拉住了他，并对大旺讲了二弟被撵出家门之后怎么受苦、怎么变富的经过。大旺听罢，羞愧难当，一头撞死在门前的石头上了。

人们都说，好人有好报，二旺验证了此言。画上的姑娘给他生了一儿一女，夫妻二人勤俭持家，男耕女织，相亲相爱，小日子过得火炭红。

黑牛上山失大饼 龙女避索变花猫

很早以前，也不知是哪个朝代，在磨盘山的山根儿处住着几户人家。

把屯子东头儿的那家住个小伙子，叫黑牛，父母早早过世了，自己一人靠打柴为生。他天天上山砍柴，然后挑到集市上卖，买回米面油盐及生活用品。

有一天，黑牛同往常一样，带着烙饼上了山，将装饼的布包儿挂在大石头后面的一棵小树上。砍了一气儿柴，抬头看看日头，已到晌午，也觉得饿了。于是从树上取下包儿，打开拿出一张烙饼刚往嘴里送，见少了两个，以为是被小动物偷吃了，便没理会。

第二天，黑牛上山将烙饼包儿又挂在那棵小树上，晌午时打开一瞅，饼比头天剩得还少，只吃了个半饱，心想："可真怪了，咋回事儿呢？"

第三天，黑牛多带了几张烙饼，还是放在老地方。晌午再看，烙饼全没了，他有点儿来气了，自言自语道："是谁干的呢？偷吃了也不吱一声，都三回了。"只好勒了勒裤腰带，饿着肚子回了家。

第四天，黑牛仍多带些烙饼，挂在高树杈儿上，心里琢磨着："今天头晌不打柴了，看看到底是谁吃了我的饼。"然后藏在草棵子里，偷偷地瞅着。

快到晌午了，黑牛瞅着瞅着，就见小树前面的大石头动了，一个穿着黄袍儿、拄着拐杖的白胡子老头儿伸手摘下布包儿，拿出烙饼大口大口地嚼了起来。黑牛忽地蹦过去，到跟前喊道："你偷吃我的饼，也不言语一声，人家还怪饿的呢！"

老头儿笑了笑道："小伙子，我实在太饿了，才吃了你的饼，再说肯定不会白吃。"

"不白吃，那能帮我干什么？"

"今天不用砍柴了，你一直往东走，到最高的山上去。那里有三个石球，一个红的，一个白的，一个黑的。你拿回来，再到海边去烤蛇油，就

会得到幸福。”说完，老头儿闪到小树前不见了。

黑牛把剩下的饼吃了，觉得有劲儿了，操起家巴什儿按老者指的方向走去。爬过一座山，又有一座山，不知翻过了多少个山头儿，终于来到了最高山的顶端。果然不错，在一块大石头上面确有三个石球，还上下直蹦呢！他好不容易一个一个地摁住了石球，抱着下山回了家。

第二天，黑牛抓了一条蛇，背着小铁锅来到海边，支起锅点上火开始烤蛇。蛇油嗞嗞作响，可真香啊，香味儿飘出老远。

此海乃东海，住在水晶宫里的龙王也闻到了香味儿，忙将巡海夜叉唤来，吩咐道：“你出海看看，是什么人在烤蛇油，赶紧把他请到宫里。”

黑牛正烤着呢，突然发现海水直翻花，接着冒出一个怪物，黑牛吓得起身刚要跑，怪物喊道：“别害怕，我是巡海夜叉，龙王让我问问你干啥呢？”

黑牛照实讲了：“实不相瞒，是一个白胡子老头儿让我到这儿烤蛇油的。”

巡海夜叉一听，明白了，说道：“走吧，跟我去龙宫一趟。”

黑牛显得有些为难，巡海夜叉又道：“不用怕，我背着你，闭上眼睛一会儿就到。”

黑牛在巡海夜叉后背闭上了双眼，只听见耳边水声哗哗作响，没多大工夫，一睁眼到了。举目一看，高大的龙宫闪闪发光，水都在宫殿上边，各式各样的游鱼欢蹦乱跳地跃上撺下。巡海夜叉领着黑牛在虾兵蟹将的护卫下，进入宫殿，拜见了龙王。

龙王设宴热情款待之后，还让巡海夜叉领着黑牛到处游玩，他感到从未有过的快活。巡海夜叉也很喜欢这个小伙子，并好心地告知：“离开水晶宫时，龙王若问要什么东西，你啥都别要，只要他身边的那只小花猫，记住没？”黑牛点了点头。

一连住了三天，黑牛打算回家，龙王自然不好再留，遂问道：“黑牛，我要认你做干儿子，能答应吗？”

这时，黑牛猛然发现龙王说话的声音、长相有点像偷吃烙饼的那个老头儿，立刻跪在地上磕了三个响头，叫了声干爹。黑牛准备回家了，龙王送给他许多金银财宝，可黑牛一个劲儿地摇头表示不要，说道：“干爹，孩儿天天一人孤单，没有做伴儿的，请将身边的小花猫送给我吧！”

这下龙王可犯难了，迟疑了半天才答应道：“好吧，念你对我的好，把小花猫抱走吧!”说完流下了眼泪。

黑牛当然不知龙王缘何难过，只管叩头致谢，回到家后，将小花猫放在炕上，对它说：“干爹给什么我都没要，只把你抱来了，能帮着做点儿啥呢？这么的吧，我上山打柴，你看家。”

第二天早晨，黑牛吃完了饭，亲亲小花猫出门儿砍柴去了。晚上回家推开房门，一股儿香气扑鼻而来，往桌上一瞅，饭菜做好了，小花猫正在炕上睡觉呢！心想：“一定是好心邻居给做的，太感谢了，别把小花猫抱走就行。”再没多想，吃罢饭，搂着小花猫睡觉了。

第三天，黑牛照样去打柴，晚上回来饭菜又预备好了，一连好几天都是这样。黑牛犯了寻思：“怪了，到底是谁来家给做的呢？邻居不会天天如此呀!”连忙出门儿打听，几户邻居都说不知道。

又过了一夜后，吃完早饭，黑牛假装去砍柴，在外边随便转了一圈儿，反身回家藏在门后偷着观察。一直等到太阳偏西，见小花猫在炕上打了个滚儿，变成了美丽的姑娘。她从衣袋里抓出几个麦粒儿，撒在锅台旁边，眼瞅着长出了麦苗儿。看着看着，麦苗儿高了，结穗儿了，成熟了。姑娘取出簸箕，装上麦粒儿，揉搓两下，用扇子扇了扇，然后抓起一把两手轻轻一磨，立马成了白面，做成饼放在锅里，一会儿便做好了，总共只用了一袋烟的工夫。做完了饭，姑娘把猫皮往身上一披，又变成了小花猫。

黑牛看到这儿，呼啦一下明白了，怪不得巡海夜叉让我要小花猫呢，原来是个大姑娘啊！如果把猫皮拿到手，姑娘就变不回去了，那该多好啊！越思谋越兴奋，躺在炕上竟然一宿没合眼。

天刚蒙蒙亮，黑牛就爬起来了，草草地吃了早饭，仍去打柴。下晌转回家，躲在院门后窥探，小花猫又变成了大姑娘。趁她忙着在锅台前做饭的时候，黑牛轻轻打开窗户，跳进屋，一把抓起了炕上的猫皮。姑娘红着脸跪在地上，黑牛拉起她，说尽了好话，姑娘方吐出了实情。

原来，小花猫是龙王的女儿。黑牛到水晶宫时，龙王怕小伙子看中自己的女儿，故意让她变成小花猫的。不想巡海夜叉泄露了秘密，黑牛啥都不要，唯将小花猫抱回了家。

龙女笑着言道：“天意不可违，看来咱们应该有这段儿姻缘哪!”从此，再不管黑牛要猫皮了，二人成了夫妻。

单说黑牛得到一个人间没有的漂亮妻子，此事很快在十里八村传开了，天天有来看龙女的。龙女待人非常和蔼，懂礼貌，主动为大家赋诗作画。

这一年，恰恰赶上皇帝挑选美女进宫，他听说黑牛的妻子最美丽，便亲自登门拜访。一看龙女，眼馋极了，但不能直说，离开时把黑牛带走了。

黑牛进了皇宫，皇帝降旨道："命你今晚将宫前的十棵参天大树拔下来，倒栽上。如果做不到，就是死罪，拿脑袋是问，还得让你媳妇进宫。"

黑牛回到家中，望着妻子直掉眼泪，龙女问清缘由后，笑着说："这有何难，你不是有三个石球吗？带上红球，到那十棵树下告诉它就行了。"

晚上，黑牛拿着红石球来到树下，让它将十棵树全拔下来倒栽上。说完，把红石球放在树下，转身回家了。由于心里没底，躺在炕上翻来覆去睡不着，不知红石球能不能做到。

天亮了，黑牛睁眼一看，红石球还在炕上。急忙穿衣下了地，一口气跑到皇宫跟前，见皇帝和群臣都在围观，大树真的倒栽上了。他来到皇帝面前，皇帝什么话也没说，拂袖而去。

黑牛回到家，正高兴地对妻子讲所见所闻呢，皇帝二番脚派人来了，宣道："令黑牛到皇宫的北山，把山头儿铲平，盖起土庙五间，且雕梁画栋，庙内供上神像，摆设俱全。倘若一夜间完不成，拿脑袋是问，并让你媳妇进宫。"

黑牛又犯愁了，妻子说："这回稍难点儿，你须把三个石球全带去，到那儿吩咐它们就可以了。"

黑牛按龙女说的做了，事毕，很快返家了。夜间躺在炕上，黑牛忽闻一声惊天动地的巨响，抬眼瞅瞅，三个石球已回到自己身边。天亮时跑到北山一看，五间大庙全造好了，皇帝又没话说了。

皇帝一心想治死黑牛，霸占其妻，于是想出了第三条毒计："令黑牛进京城蹚风火池，倘若完不成，拿脑袋是问，并让你媳妇进宫。"很显然，这是打算烧死他，黑牛更犯愁了。

龙女说："我得回龙宫一趟，把父王的宝壶拿来，可以装很多海水，除了此件宝贝，其他任何宝物皆不管用。听我的，快把猫皮取来，不然是回不去的。"

黑牛二意忽忽的，不肯马上拿出来，担心妻子到了龙宫再不回来了。龙女早看出丈夫的心思了，说道："郎君，是不是怕我一去不返？咱们已经是夫妻了，你的麻烦是我给惹的，我能见死不救吗？"

无奈之下，黑牛打开箱子，拿出了猫皮。龙女一抖披在身上，变成了小花猫，说了声：“在家等着，一会儿就回来！”出门转眼不见了。

只半个时辰，龙女回来了，拿出个小水壶对丈夫说：“你把它藏在衣袖儿里，千万别让皇帝看见。蹚风火池时，只要袖子一甩，一切则不用管了。”

黑牛来到风火池一看，大火熊熊，足有半里地长。皇帝开口问道：“黑牛，你敢蹚吗？要是怕死，赶紧将龙女送来吧！”

黑牛不答话，袖子一甩，跑进了风火池。宝壶里喷出大量的海水，不光浇灭了燃烧的火，还把整个皇宫吞没了，皇帝、大臣们都被海水淹死了。

黑牛平安地回了家，从此与龙女过上了好日子，一直到百年。

夸布依兰拯雪狐　金梁玉柱觅生母

早些年，伊通州的西边有个挺热闹的夸布齐兰城，城郊东头儿靠道边的三间土房住着哥儿仨，依兰排行老三，屯邻称其“夸布依兰”。

七月的一天，依兰铲完地扛着锄头往家返，见山坡儿上有个白花花的小东西趴在草棵子里。走到跟前仔细一瞅，是只如同巴儿狗大小的雪白雪白的狐狸，腿上有血迹。看着怪可怜的，便抱了起来，回到家放在炕上，又喂水又端食的。还从山上采来一些草药，洗净捣碎了，再给小狐狸糊在伤口上。

依兰的两个嫂子看在眼里，笑话他：“我说老三哪，一个大小伙子，连个媳妇都没有，还有闲心摆弄那玩意儿？”

依兰像没听见似的，根本没理那个碴儿，伺候得越发精心了。小狐狸于家中将养了十几天，腿上的伤全好了，依兰才把它抱到山上放了。

说实在的，就凭老三这样的人，论相貌也好，论勤快能干也罢，讨个媳妇是不难的。可是虽然保媒的不少，小伙子却一个没相中，如今已经二十多岁了，仍单身一人。

到了腊月，又来一个提亲的，说是东村新从外地搬来娘儿俩，前几天老太太因病过世了，家里只剩下闺女孤零零一人了。姑娘不但长得俊、手巧，而且人缘好。依兰的哥哥和嫂子听后，认为挺相当，遂问老三乐意不乐意？依兰奔儿没打，立马答应了。

大哥、二哥和嫂子十分不解，这几年，不断有上门提亲的，老三总是摇头。今儿个怎么媒人一到，只介绍了几句，他就点头了呢？

其实并不奇怪，依兰心里早有谱儿。为何如此呢？因为每天从地里干完活儿回来，皆能看见这个姑娘，感觉人不错。加上平常也听大伙儿提起过，说她不仅心地善良，勤劳贤惠，开朗大度，通情达理，还会一手好针线活儿。哥哥嫂子一合计，既然媒提成了，婚事定了，姑娘家中又没啥人，赶紧选个日子接来，和老三拜堂成亲吧！

姑娘过门儿后，小两口儿的感情好得不得了，转年生了一对儿大胖小子，大的起名儿金梁，二的取名儿玉柱。兄弟俩长得可水灵了，团团的脸，大大的眼，腮帮子两边都有小酒窝儿，谁见谁想抱抱。孩子的两个大娘不光喜欢，还妒忌，暗地里嘀咕开了："咱妯娌过门儿好几年了，没生个小子不说，连个丫头也没有。老三媳妇真行啊，一胎俩，全是大胖小子，以后这份儿家业不得落到他们手里呀！"于是，二人偷偷地合计该怎么办。

一天，刚吃完早饭，谁知是不对劲儿了还是咋的，金梁忽然哭开了。玉柱看哥哥哭，立即跟着号，大嫂忙道："弟妹呀，想个啥法儿哄哄孩子呢？"

二嫂说："这有啥难的？上房檐儿掏个家雀儿玩玩儿吧！"

三媳妇边答应边搬来梯子，搭在房檐儿上了。

大嫂抢先登梯子，上到半截儿便打退堂鼓："哎呀，这么高，我可上不去！"随之赶紧下来了。

二嫂来神儿了："看我的！"撸胳膊挽袖子地刚爬了几个磴儿，就冲下喊道："哟，平时胆儿挺大的呀，咋不行了呢？"立马也下来了。

三媳妇说："还是我上吧！"她噌噌噌地一直爬到梯子顶儿，一只手把着房檐儿，一只手伸进窝里掏家雀儿。这工夫，两个嫂子冷不丁将梯子往旁边一撤，双脚登空的三媳妇扑通一声掉下来了，满以为肯定得玩儿完。可是，三媳妇从梯子上掉下来的一刹那，空中一个滚翻，稳稳地站在了地上，并说："大嫂、二嫂，看你们俩，闹着玩儿也不能这样啊，换了别人不得摔死呀！"两个嫂子脸涨得通红，一声儿没吭，转身回自己的房里了。

过了些天，正是三伏季节，大嫂和二嫂异口同声地对三媳妇说："弟妹呀，孩子热得觉都睡不好，顺脸淌汗，咱们到井沿儿给他俩打点儿凉水喝吧！"

三媳妇赞同道："好哇！"于是，妯娌三人放下手中的活计，一块儿来到井边。

大嫂又抢了先："我来提吧！"她将水桶刚一顺到井里，便故意惊诧道："哎呀，这井太深了，我可拎不上来！"说着，收回了手。

二嫂说："我试试！"随即接过绳子往下顺水桶，还没等到水面儿呢，身子故意摇晃了一下，手摸额头道："哎呀，我有点儿眼晕，更不敢提了！"说着，也收回了手。

三媳妇见此，上前接过绳子，一下一下地将水桶顺到井底。等水灌满了，刚想往上拽，两个嫂子突然一人提溜她一条腿，一使劲儿就把三媳妇扔到井里去了，寻思这回你可别想活了。哪知道，三媳妇不仅没淹死，还在水皮儿上站着呢！只听她说："大嫂、二嫂，你们开玩笑真没个深浅，多亏是我，要是别人不得淹死呀！"说着，飘飘悠悠地上来了。

两个嫂子本想把三兄弟媳妇害死，两个孩子一人一个，算是有了后。没承想两次使坏皆落了空，目的没达到，白费了心机。

转眼间，金梁和玉柱四岁了。这些天，三媳妇除了烧水、做饭、哄孩子，就是针线不离手。给儿子和丈夫做的衣裳一件又一件，缝鞋补袜一双又一双，从早干到晚，点灯时分还是忙个不停。

依兰见妻子十分疲惫，很是心疼，劝道："衣裳鞋袜慢慢做呗，忙啥呀？一天到晚总是闲不着，可别累坏了身子骨儿。"

媳妇没吭声儿，仍低头一针一针地缝着，连着好多天都是这样。

三个月后的一天晚上，依兰又劝妻子早点儿歇息，媳妇长出了一口气，打了个唉声道："夫君，实话对你说吧，不能再瞒了。那年我在山坡儿上玩耍，不慎被猎人打伤，多亏你及时救治，后来结成夫妻。如今，咱俩缘分已满，妻得走了，不然会给你和孩子带来灾难啊！我走以后，你要好好儿照顾咱们的儿子，供他们上学念书。等长大了想额娘时，可从这儿一直往北走，到青顶山狐仙洞去找！"说着，已是泪流满面，泣不成声。

起初，依兰还当媳妇是跟自己说笑话呢！忽见媳妇掉泪了，哭得特别伤心，才知道是真的了，眼泪也噼里啪啦往下掉，上炕后一宿没敢合眼。

天亮之前，依兰实在太困了，打了个盹儿，再睁眼看时，媳妇不见了。他急忙穿衣下地，开门到外边四处寻找了半天，仍不见人影儿。这工夫，两个孩子也醒了，哭着闹着喊额娘。

依兰把儿子一边一个抱在怀里，孩子哭，他也哭。两个嫂子听见哭声过来了，一问方知是咋回事儿，心里暗暗高兴。

大嫂劝道："三兄弟，不用哭不用愁，媳妇走了不要紧，衣裳嫂子给做，两个孩子我跟你二嫂一人哄一个。"

二嫂接着劝："三兄弟，照大嫂说的办吧，金梁归大嫂，玉柱交给我，不能让孩子受委屈就是了。"

依兰没理睬，心里话："要不是你们两个不做人事儿，我媳妇还不一定走呢！”从此，老三又当阿玛又当额娘，总算把孩子一天天拉扯大了。

金梁、玉柱六岁时，一起上学了。由于聪明伶俐，认真苦读，书念得特别好。到了十岁那年，《四书》《五经》学完了，背个响透，记得扎实。孩子白天去学堂，晚上则坐在阿玛身边，不住地叨念想额娘。

依兰说：“儿子，你们年龄尚小，等长大几岁，再去找额娘吧！”

过了些日子，两个孩子合计一番后，来到父亲跟前。金梁首先商量道：“阿玛，我和弟弟快十一岁了，是大孩子了，让我俩去寻额娘好吗？”

玉柱接过话茬儿：“阿玛，我们不小了，路上不会出事儿的，您还是答应了吧。不然的话，可想死儿了！”

做父亲的当然知道孩子想母亲的心情，儿子这么懂事，又念了五年书，能识文断字的。一狠心，同意了，去就去吧！

转天，依兰给儿子收拾好衣裳鞋帽，拿出一串儿铜钱作为盘缠，又烙了两锅窟窿饼，用柳条儿穿在一起，预备路上吃。一再叮嘱他俩到啥地方寻，见到额娘后，要早点儿回来，免得阿玛惦念。该交代的都交代了，送出好远好远，爷儿仨才分手。

金梁和玉柱终于离家寻母了，兴奋极了，大步朝正北方向而去。风餐露宿，一连走了好多天，带的窟窿饼吃没了。又走了不少时日，一串儿铜钱也花光了。起初还好，饿了，遇上有人家的地方要点儿吃的；渴了，讨碗水喝。后来，越往北越荒凉，几乎没有人家了。饿了，吃松柏籽；渴了，喝山泉水；困了，走到哪儿睡在哪儿，天做房子地当炕。

小哥儿俩走啊走，记不得爬过多少座高山，蹚过多少条大河，翻过多少道大岭了。这天，在一座山上遇到个宽宽的洞挡住了去路，上面横着一根儿倒木。金梁伸手一摸，倒木直劲儿晃；往下一瞅，黑洞洞的深不见底。遂问弟弟：“你敢不敢从倒木上过？”

玉柱回道：“哥哥，为了找额娘，我啥也不怕，咱们爬过去吧！”

金梁说：“好吧，我在前边，你在后边，可要小心哪！”

于是，兄弟俩一前一后慢慢爬着。金梁怕弟弟掉下洞去，一步一回头地看着玉柱，还好，总算爬过去了。再一看，哪是什么倒木啊，乃一条大蟒蛇横卧在山洞的两头儿，不由得吓出一身冷汗。

金梁和玉柱继续往前走，走着走着，见路旁趴着一只老虎，正瞪着眼睛瞅他们呢！怎么办？绕过去吧，左面是立陡的石崖，右面是波涛翻滚的大河。不往前走吧，天眼看黑了，危险在即。

金梁又问弟弟：“你敢不敢从老虎跟前闯过去？”

玉柱回道：“哥哥，为了找额娘，啥都不在话下，咱们闯过去吧！”

金梁说：“好吧，闭上眼睛，我领着你。”

小哥儿俩手牵着手，哥哥在前，弟弟在后，从老虎眼前过去了。走了几步，回头一看，哪是真虎啊，原来是用石头雕成的一只石虎。

金梁和玉柱仍不歇气儿地往北奔，不大一会儿，见前头有个直上直下的山洞，洞口儿立着一块石碑，上面刻着“青顶山狐仙洞”六个大字，可把小兄弟俩乐坏了，功夫不负有心人，终于找着额娘的住处了！

金梁趴在洞口儿一看，底下黑咕隆咚的，啥也看不见。捡块儿石头扔进去，没听着回音，怎么下去呢？便问弟弟：“你敢下吗？”

玉柱回道：“哥哥，为了找额娘，山洞多深不在乎，咱们快下去吧，到那儿就能看见额娘啦！”

金梁说：“这么办，用衣裳大襟儿把脸蒙上，往下跳！”

金梁和玉柱把脸一蒙，哥哥在先，弟弟在后，身子一跃跳进山洞里了。谁知到底下竟没摔着，像落到棉花包上似的，咋也没咋的。

山洞里面如同一条小胡同，挺黑的，看不见啥，刚能过去两个人。哥哥拉着弟弟的手一步一步地摸着走，越走越宽敞，越往前越亮堂。走着走着，眼前忽然闪出一座海青房，院子里有个头上盘着发髻的女人在喂小鸡呢！看见两个孩子走来，急忙开门迎上前说：“哎呀，这不是金梁、玉柱嘛！”

两个孩子心想：“自打离开家，走了好几个月，全是陌生的地方。谁也不认识，没人知道我俩的名字，她一眼能认出，一定是额娘！”激动得扑通一声跪地叩头，连连喊道：“额娘，额娘，我们天天想您哪，日里夜里盼望见到您呀，您让儿子找得好苦哇！”

喂鸡的女人正是金梁和玉柱的额娘，母子三人分别七八年了，能不想吗？她弯下身把两个儿子扶起来，搂在怀里，流着泪说：“孩子，总算来了，我也想你们哪！”

从此，额娘见天给金梁、玉柱做好吃的，吃完饭，便领着他俩到各处游玩，目睹了风光秀丽的山山水水，观赏了五颜六色的花花草草和满山奔跑的珍禽异兽，真是大开眼界呀，小哥儿俩高兴得围着额娘直蹦高儿！

一天晚上，额娘问两个儿子：“你们来了一个多月了，想阿玛没有？”

金梁和玉柱异口同声地回道：“想了。”

额娘说：“此处不是你们常待的地方，玩儿得也差不多了，过几天就回家吧。千万要好好儿念书，下苦功夫学，将来进京赶考去。”

金梁、玉柱央求道：“额娘，别一个人留在这儿了，跟孩儿一块儿回去好吗？”

额娘叹了一声道：“唉，不行啊，那儿草舍茅庵的，也不是额娘能住脚的地儿呀！”说着，从柜子里取出一个布包儿，内装早已做好的两套新衣裳。又拿出两个绣着金龙的兜兜，将吊带儿挂在他俩的脖子上，扎于腰间，叮嘱道：“兜兜带回家后放好，平常不许动，等见到皇上的时候再穿。”又告诉他俩应走哪条道，路上务要多加小心，别贪玩儿，抓紧时间往回赶，省得阿玛惦念。长大成人后，孝为大，不能忘了老人，等等。

临别的话千言万语，总是说不完，金梁和玉柱一边一个地依偎在额娘怀里，舍不得离开。额娘则伸出双臂把两个亲生骨肉搂得紧紧的，亲亲这个，又亲亲那个，娘儿三个都哭了。

第二天早晨，额娘烙了一锅饼，说是今天南山坡儿上唱大戏，让金梁和玉柱前去观瞧。两个孩子穿上了新衣，乐颠颠地拿着饼，告别母亲看戏去了。离老远就听南山坡儿上锣鼓喧天，到跟前一看，有唱的，有打的，棍棒刀枪耍得令人眼花缭乱。小哥儿俩双眼紧盯着戏台，饿了，就吃额娘给烙的饼；累了，就坐在山坡儿上歇一会儿。不觉之间，太阳偏西了，二人手拉手地往回返。哪知到住处一看，海青房没了，额娘不见了，出现在眼前的是座大庙，庙里有尊泥像，模样跟他们的母亲差不多。

两个孩子看了一天的戏，早已又困又乏，便分别枕着泥像的大腿睡着了。梦中感到口渴得很，金梁喊道：“额娘，我要喝水，嗓子快冒烟啦！”玉柱喊道：“额娘，我渴啦！”只觉有人递过两碗黑水，他俩赶忙伸手接过来喝了。

天大亮了，小哥儿俩睁开眼睛一看，仍不见额娘，只好哭着出了庙门，边走边大声儿呼喊着：“额娘，额娘，您在哪儿呢？”“额娘，额娘，我们是金梁、玉柱，快回答呀！”呼唤了老半天，只听见山的回音，却没有母亲的影子。

金梁说：“弟弟呀，看来额娘是离我们而去了，咱们回家吧！”玉柱点了点头。

金梁和玉柱按着额娘指的道儿，一路非常顺利，很快就到家了。依兰一看，儿子回来了，浑身上下穿的都是新衣裳，知道是找着他们的额娘了，心里挺乐。一问，果然如此，两个孩子把寻母的经过详详细细地讲了一遍。

阿玛听后，又喜又悲，不禁落下泪来。喜的是尽管千辛万苦，儿子总算看见了额娘，又平平安安回来了；悲的是恩爱夫妻不得不分开，永世不再相见！

从此，金梁和玉柱继续上学念书，比以前更刻苦了。不但能背诵、解析所学的课本，而且文思敏捷，诗也写得好，出口成章，落笔成文。不觉之间，两个孩子已十八岁了，长成大小伙子了。

当年，正赶上京城开考，兄弟俩及时赴京，稳坐考场，眼不跳心不慌。所做文章可谓笔底生花，笔势沉雄，笔法豪放，笔力遒劲。待张榜一看，金梁中了状元，玉柱中了榜眼。

这一天，皇帝下旨，宣金梁、玉柱觐见。小哥儿俩穿上额娘做的兜兜到了大殿，皇上一眼瞥见兜兜上的两条金龙张牙舞爪，如活的一般，顿感惊奇，开口问道："小爱卿，你俩的兜兜是什么人绣的呀？"

金梁、玉柱禀道："回皇上，乃额娘亲手所绣。"

皇上说："你们的额娘不是凡人，而是神仙！"

后来，金梁、玉柱在朝廷做了大官，一家荣华富贵，阿玛也跟着享了福。

勒富善李清苦读 碧云洞接子会妻

农家书生李清与狐女结下的美满姻缘，伊通州人人皆知，这得从西勒富善岗说起。

伊通州的北面，有两座东西相对的山，人称东勒富善岗和西勒富善岗。西勒富善岗下住着一户农家，只有娘儿俩，老额娘汪氏省吃俭用地供儿子李清读书。

六月的一天，李清去上学，路遇一条河，怎么也过不去。正着急时，走来个身着一身儿青衣的姑娘，解下腰带往河上一甩，立刻变成了一座桥。

李清见此，十分惊讶，赶忙过了桥。回头刚要道谢，姑娘却不见了，桥也没有了。

转天，李清去学堂，昨天路遇的那条河又挡住了去路。刚一回头，走来个身着一身儿黄衣的姑娘，开口道："公子，要想过河，得答应我一件事。"

李清问："什么事儿？"

黄衣姑娘说："家中父母过世早，只剩小女一人，无依无靠。暗中观察多日，看出你是个可依托的好后生，愿以身相许，不知可否？"

李清婉拒道："我须继续读书，不能因此误了前程，所以不能答应。"

黄衣姑娘见小伙子不同意，非常生气，转身走了。

李清望着黄衣姑娘远去的背影儿，回头瞅瞅眼前的河，不知如何才能过得去，急得团团转。恰在此时，青衣姑娘微笑着迎上前来，说道："刚才的对话，小女都听见了。公子不用害怕，只要听我的安排，一切皆好办，否则后果不堪设想，她还会找你的麻烦。"

李清问："小姐，我该怎么办？请示下。"

青衣姑娘说："我给你一道符，小心收好。放学回来见到黄衣姑娘时，先向她道歉，然后把符拍在她的身上往回跑，跑出一百步再回头，千万记住我的话！”

李清听罢，连连点头称是，躬身致谢。青衣姑娘取下腰带往河上一甩，水面儿顿时出现一座桥，小伙子踏桥而过。

李清放学后，果然又看到了黄衣姑娘，正倒背脸生气呢！他赶紧上前揖礼道：“大姐，别生气了，都是小生不好。”然后照青衣姑娘交代的话做了，把符拍到黄衣姑娘身上，窝头往回跑。跑出九十九步时，只听后边“咔嚓”一声响，往前迈了一步回头一瞅，吓得差点儿没晕过去！只见黄衣姑娘不见了，道儿上躺着一条大蟒蛇，头已掉了下来，身子仍在翻动。

李清惊诧得大睁着双眼，愣怔怔地盯着地上的蟒蛇，对所发生的一切可谓丈二和尚摸不着头脑。忽听身后有人唤他的名字，转过头一看，不是别人，正是青衣姑娘，手持两把宝剑，剑刃带着血迹。

姑娘走到近前，对李清说：“公子，请跟我走，好吗？”

李清回道：“对不起，家中有老母，实在不能去。”

青衣姑娘告诉他：“公子还不知晓，你家失火，老母已被烧死了。”

李清不信，急忙跑回家，果然房屋已成一片灰烬，难过得蹲在地上大声儿号哭起来。

青衣姑娘走过去，轻声儿劝道：“公子，别哭了，咱们一块儿走，我母亲会喜欢你的。”随即在地上勾出个方块儿，又画了个“十”字，让李清闭着眼睛站上去，喊声：“起！”李清觉得耳边风声大作，不多时，只听姑娘说：“到了，睁开眼吧！”

李清睁眼一看，竟然身处深山峡谷，峡谷中间是一块碧绿的草坪，草坪上坐落五间瓦房，窗明几净，土砌院墙，黑漆大门。

青衣姑娘领着李清进了院儿，立马迎出男男女女一大群人，纷纷问候道：“小姐回来了，一路辛苦了！”

二人到了里屋，抬眼一看，炕上坐着个慈眉善目的老太太。姑娘介绍说，那是自己的额娘，并向家人一一引见了李清。老太太高兴极了，答应收李清为婿，整日大摆酒席，山珍海味应有尽有。

时过数日，姑娘同母亲商量道：“额娘，女儿得送李清回家，也好让他准备准备。”老太太听罢，乐呵呵地点头应允了。

姑娘反身去了李清歇息的屋子，说道：“公子，你该回家看看了，顺便筹备一下婚事。”

李清一听，迷惑不解，愣愣地望着姑娘。姑娘扑哧一笑道：“公子，你家没被火烧，那是小女使的法术。回家后抓紧置办，一定在本月十五迎亲，我那天下晌必到！”

李清急匆匆地往家赶，一进门，看到额娘果真好好儿的，始终提溜的心才算落了地。母亲听说儿子要娶媳妇了，乐得嘴都合不拢了，里里外外张罗开了。

迎亲那天，李家聚了不少亲朋好友和近邻，热闹非凡。太阳要落山时，一帮孩子手指院外高叫道：“看哪，来啦！来啦！”

众人顺手指方向望去，见一辆黄色的骡马车驶来，上面坐着新娘和一些送亲的人。到了近前，新娘首先下了车，丫鬟、使女前呼后拥地进了洞房，屯邻都夸从没见过这么漂亮的新媳妇。

转眼间一年过去了，有天头晌，媳妇心事重重地对李清说：“唉，郎君，妻有话讲。我本是狐仙，与你的夫妻缘分已满，不得不带着身孕走了。明年六月，你离家一直往南走，可见一个碧云洞，到那儿去接回咱们的儿子吧！”说完，化作一股儿清风飘走了。

冬去春来又是一年，李清天天想妻子及未见面的儿子，便按临别前的嘱咐，离家朝南走，到碧云洞去找他们娘儿俩。他跨过了九十九座山，蹚过了九十九条河，越过了九十九道岭，终于看见碧云洞了，找到了妻儿。

媳妇对李清说：“郎君，把孩子培养成人后，拜祖时，妻必到！”

光阴似箭，一晃六年过去了，儿子上学堂念书了。不但聪明伶俐，读书如吃书一般，一学就会，倒背如流，而且十分刻苦。后来进京参加了科考，笔底生花，得了头名状元。回家祭祖时，李清吩咐儿子，摆上香案，连叫三声额娘。此时一阵清风吹来，母亲现出身形，夫妻二人泪眼相望，倾诉着各自的别情。

李清说：“儿子已成大业，你我不要分开了，共享天伦之乐吧！”

妻子叹道：“唉，人间怎是妻久居之地呀，必归深山修炼哪！”

李清问：“将来虽有儿孙在身边，我也想你，怎么办呢？”

妻子说：“若实在想的话，五年后，可再去找我。”

李清盼呀盼，总算熬过了五个年头，心中十分想念妻子，又准备动身了。这一日，他上路寻妻，走啊，走啊，不知走了多少天，一条大河挡住了去路。正焦急时，过来一位老者，好像看透了李清的心思，告诉他，翻过前面的那座山，就是碧云洞。李清刚要道谢，老者不见了，李清便照其指点，攀山跨岭，来到了碧云洞。

精诚所至，金石为开，李清与妻子终于团圆了，相亲相爱，一直活到百岁。

酬谢馈送小红帽　却病求得灵丹丸

叶赫河边的一座破草房里，住着相依为命的娘儿俩，靠儿子垦点儿薄田为生。小阿哥不仅勤劳能干，心眼儿也好，左邻右舍没有不夸的。

一年初冬，白雪铺地，小阿哥从地里回来的路上，捡到一只小狐狸，见它冻得瑟瑟发抖，便抱到集市上卖。大伙儿立刻围了过来，好几个人相中了，准备出钱买走，做狐皮帽子用。

小阿哥见狐狸直流眼泪，样子怪可怜的，又决定不卖了。回家以后，自己吃什么，也给小狐狸吃什么，伺候得可精心了。

一天，狐狸对小阿哥说："谢谢你的搭救，我想家了，该走了。为报答救命之恩，以后你若遇到什么难处，我定会前来帮忙的！"说完就走了。

小狐狸回到家，对老狐狸讲了自己因喝酒，险些冻死的经过。小狐狸的父亲、母亲、爷爷、奶奶等一块儿合计开了，认为小阿哥既然救了咱孩子的命，怎么也得谢谢人家。咋个谢法儿呢？小狐狸的爷爷说："依我看哪，干脆把咱家的小红帽送给恩人吧，这样一来，他的吃穿就不用愁了！"全家所有成员异口同声地表示赞同。

于是，小狐狸拿着小红帽给小阿哥送去了，告诉他："别小瞧这顶帽子，是个宝贝，只要戴上它你便隐身了，谁也看不见你，愿意干啥就干啥。"

小阿哥接过来看了看，心想："这有什么用？我能干活儿，会种地，到秋天卖点粮食手中就有银子了，不是缺啥可以买啥嘛！"

一天头晌，家里来了个朋友，二人闲唠嗑儿时，小阿哥把这件事说了，并拿出小红帽给他看。哪承想两个人说的话偏巧被一个进屋讨水喝的猎人听见了，猎人喝足水出了门并没走，而是躲在了窗户下，偷偷地瞄着屋内。

小阿哥和朋友又聊了一会儿，已经晌午了，二人便同去厨房烧饭。

猎人趁机溜进屋，拿起小红帽赶紧戴在自己头上，立马隐身了。待小阿哥和朋友端着饭菜进屋时，忽然发现小红帽不见了，跟前又没别人，以为让狗给叼跑了呢！

那个猎人自从得到小红帽，可乐蒙了，再也不打猎了。整天戴着小红帽，想吃什么、想用什么，就到集市的摊床上拿，反正人家看不见他。

快过大年了，猎人戴上小红帽，美滋滋地去街里闲逛。抬头一看，前面是个大院儿，青堂瓦舍的，明亮好看，便走了进去。前脚一进门，见院子里有二十几条大大小小的狐狸，聚在一起有说有笑的，热闹极了。忙凑了过去，人家玩儿的东西，他拿过来就玩儿；人家吃的东西，他拿过来就吃，原来这院子正是小狐狸的家。

老狐狸瞅了瞅来人，气坏了，心想："还了得，小红帽竟戴在一个不相干人的头上，不行，我得收回来！"随即冲猎人的脑袋吹了一口气，小红帽忽忽悠悠地飘到手中，然后对打猎的说："此顶帽子是我们特意送给恩人的，你根本不该得，快滚吧！"打猎的自认倒霉，讪讪地离开了。

小狐狸走到老狐狸跟前，重新要回了小红帽，找到好心的小阿哥交还给他。一再叮嘱，以后要好好儿保管，千万不要把小红帽弄丢了。

小阿哥得了件宝贝的事儿越传越远，连州官都听说了，并主动找上门来，将独生女许给了他。从此，小阿哥一家三口的日子越过越好。

五年后，小阿哥得了场大病，不吃也不喝，百药不得疗治。到了快要死的时候，恍惚中想起了小狐狸，嘴里一遍遍地叨咕着，结果小狐狸真的来了。小阿哥告诉小狐狸，几年来，送他的小红帽一次没用，还是物归原主吧！

小狐狸说："小阿哥，你不但善良、勤劳，而且有骨气，绝不干不劳而获的事儿。好吧，我答应你，可以把小红帽收回去，再送你一粒药丸儿，吃下去病就好了。"

小阿哥服了药，病体果然康复了，活了一百二十多岁。

火狐狸有惊无险　单身郎迎娶双妻

早先，东勒富善岗的下边有一条水挺深的乌沙河，如今已变成平坦的田地了。

当年，乌沙河边住着一个壮汉，名叫苏巴尔汗。父母早逝，上无三兄，下无四弟，三十多岁没娶上媳妇，一个人在乐山烧锅干活儿。

五月的一天，苏巴尔汗去北边崔家沟催要酒钱。当走到沟东边上坎儿时，看见西北方向来了两个打猎的，马跑得浑身汗淋淋的。于是紧走两步，发现水漏子底下躺着两只火狐狸，同猫一样大，忙上前轻轻踢了两脚，边踢边说："醒醒，快醒醒！"

狐狸猛然一惊，噌地站了起来，苏巴尔汗说："你们看，打猎的朝这儿来了，快跑吧，慢了就没命了！"狐狸冲他点了点头，撒腿向南逃了。

半个月后的一天晚上，苏巴尔汗正在房内拢账，忽听有人敲门，遂问道："谁呀？"

"买酒的！"是个女子的声音。

苏巴尔汗说："打酒上前院儿，后院儿是收账人的住处，不卖酒，即使有酒，也是留给自己喝的。"

门外的女子商量道："我家离这儿远着呢，今天回不去了，借个宿行吗？"

"不行，这儿又不是客店，赶紧走吧！"

"快开门，不行也得行！"

苏巴尔汗一听来气了，蹦下地，咔嚓一声把门插上了。

门外的女子问道："你真不让进屋？"

苏巴尔汗说："不让！"

"好吧，你看着！"说完，门哗啦一声开了，进来一高一矮两个如花似玉的姑娘。

苏巴尔汗惊诧得张大嘴巴，愣愣地问道："你们俩要干啥？"

高个儿姑娘回道："很简单，想在你的屋里住一宿，别的没什么。"

苏巴尔汗拒绝道："那可不行，男女有别，一个光棍儿留俩姑娘过夜，成何体统？让人家好说不好听！"

矮个儿姑娘开口了："要是觉着不方便，怕别人嚼舌头，我俩给你当媳妇干不干？"

起初，苏巴尔汗无论如何不同意，姑娘咋说不吐口儿。后来架不住她们的一再劝诱，再加上两人长得皆如天仙一般，苏巴尔汗也就点头答应了。两个姑娘妩媚万分，苏巴尔汗从未接触过女人，整晚嬉笑耍闹，别提多快活了。

到了早上鸡叫的时候，姑娘起身穿衣下了地，告诉苏巴尔汗："今天晚上我们还来！"说完出了房门，转眼间不见了。

接连十几日，天天如此，太阳落山，姑娘必到。

单说烧锅屯打更的老谭头儿这几天晚上总看见苏巴尔汗的屋里通宵亮着灯，听起来似乎在同两个女子玩耍，白天还看不着有人进出，便将此发现报告给了管家。

当晚二更时分，管家和老谭头儿来到苏巴尔汗的窗户底下，手指蘸点儿唾沫轻轻地在窗纸上揉，只几下便揉出一个小洞。往里一瞅，可不真咋的，苏巴尔汗躺在炕上，身旁一边一个大姑娘正和他唠嗑儿呢！

管家赶忙跑去告诉掌柜的，掌柜的恍然大悟："我说苏巴尔汗咋半个多月没下去收账呢，原来领来两个跑腿子在这儿闲扯，这还了得，明儿个除名！"

第二天，掌柜的把苏巴尔汗找去，说烧锅不用他了，当即撵出了门。

苏巴尔汗没处去呀，只好背起行李卷儿在烧锅北山根儿的崔家小店住下了。天黑了，两个姑娘又来崔家小店找他，苏巴尔汗一看见她俩就掉泪了。二人问他为啥哭哇？苏巴尔汗便将自己怎么被掌柜的撵出来的一五一十地讲了。高个儿姑娘说："不要愁，咱不妨找个独门独院儿的房子住，越背静越好。"

转天一早，苏巴尔汗出门了，去乐山腰趟街老洪头儿家，求其给找间房子。跑了好几处没找妥，无奈之下，老洪头儿说："要不，你干脆去我家瓜窝棚住吧，拾掇拾掇就行，也算是独门独院儿。"

苏巴尔汗到那儿一看，窝棚倒不小，可既没窗户又没炕席，乱糟糟的，正经得归拢两天。

晚上，苏巴尔汗刚回到崔家小店，两个姑娘来了，让他去窝棚里睡觉。苏巴尔汗说："不中，没收拾呢，过几天再搬吧！"

大个儿姑娘莞尔一笑道："去吧，全安置好了。"

苏巴尔汗将信将疑地来到瓜窝棚一看，真的啥也不缺，要啥有啥。小个儿姑娘说："一切全备齐了，只差给亲朋好友送信儿了，三天后咱们结婚。"

苏巴尔汗听罢，乐得连喝了三碗酒，一觉睡到大天亮。吃完早饭便忙活开了，四处马不停蹄地跑，该请的都请了，两个姑娘在家准备婚宴用的东西。

结婚这天可热闹了，大小马车来了不少，客人多极了。特别是一夜之间，见瓜窝棚竟变成了青堂瓦舍的大院套儿，个个连连称奇！

婚后，苏巴尔汗啥也不干了，只剩下享福了。家里吃的用的应有尽有，牛、马、骡、驴成群，土地百垧，伙计满院，日子过得火炭红。

一晃三年过去了，这年冬月的一天，两个媳妇收拾完毕，大个儿媳妇对苏巴尔汗说："我俩该走了，不能多待了，咱们只有三年的夫妻缘分，已经四年头儿了，再不回去不行了。"

小个儿媳妇接着嘱咐道："郎君，别太伤心，此乃命中注定。以后要是想我们，可冲西北招呼三声'狐姑娘'，我和姐姐还能来。倘若有相当的，再娶一个吧，多保重！"说完，姐妹俩眨眼间没影儿了。

苏巴尔汗伤心极了，连哭了三天，猛然想起姑娘说的话，忙冲西北唤了三声"狐姑娘"，姐妹俩真的来了。打这以后，苏巴尔汗两天呼一回，三天唤一次，时不时地就召唤。有一天，姐妹二人告诉他："我们有十五次见面机会，你已经招呼十四次了，今个儿是最后一回。"说完，又陪了苏巴尔汗一宿，天一亮就走了。从此，苏巴尔汗不管怎么召唤，"狐姑娘"从未来过。

时光如梭，又过了几年，有人上门提亲。可是同"狐姑娘"一比，苏巴尔汗一个没相中，到一百二十七岁那年时，身子骨儿已经虚弱得不能动弹了。他知道自己不行了，要咽气了，不由得想起了"狐姑娘"，便在炕上连喊了三声，"狐姑娘"来了，仍像原先那么年轻。苏巴尔汗重新看见以前的两个媳妇到了身边，忍不住号啕大哭起来，哭着哭着没气儿了。

"狐姑娘"出钱雇人把苏巴尔汗埋了，还在坟头儿烧了纸钱儿，并祷告一番。一阵清风过后，两个"狐姑娘"不见了，再也没人看见过她们。

红胡汉驾车疾驰　接生婆受赏金豆

乌苏城北有座很高的山，名叫青石砬子。山里的小村子住着十几户人家，其中有一家三口人，小两口儿和一个娘，老太太是接生婆。

七月的一天傍晚，村民们吃过饭，坐在屋外乘凉。忽然听见花轱辘车响，转眼间到了跟前，车上跳下一个人来，长着一副红脸膛儿，红胡子，穿一身儿青衣裳，看样子能有四十多岁。他显得很焦急，没等站稳呢，便开口向大伙儿打听："听说你们村儿有个会接生的老太太，住在哪儿？我有急事找她。"

一个怀里抱着孩子的中年妇女往前一指道："看见了吧，村东头儿门前有棵大柳树的那家就是。"

红脸红胡须汉子谢过，撒腿向东跑去，三步并两步地走进接生婆的家，请求道："大娘，我姓胡，家住胡家庄。屋里的怀胎十月有余，折腾两天了，愣没生下来，怕是有生命危险。听说您老会接生，才特意赶车前来，望老人家走一趟，时间不等人哪！"

老太太为人接生大半辈子了，什么样的难产都见过，知道此刻正是裉劲儿的时候。她二话没说，回身拿起接生的家巴什儿，跟着壮汉出了门。

老太太上了花轱辘车后，壮汉叮嘱坐稳些，随即驾车马不停蹄地疾驰。天完全黑下来了，四下无人，老太太瞅了瞅，心里琢磨着："哎呀，漫荒拉草的，是个啥地方呢？"越想越觉得蹊跷，遂问道："你这是往哪儿走啊？"

壮汉没正面回答，只敷衍了一句："没多远，一会儿就到了。"

果然不大工夫，老太太发现前边不远处忽闪一亮，又忽闪一亮。待到了亮光跟前，车嘎的一声停了，眼前是个大院儿，有一间小房。

壮汉扶着接生婆下了车，一同进了院儿，越走越黑，老太太疑惑地问："怎么不点灯呢？"

壮汉回答得很简单："房内有灯。"话音刚落，竟越走越亮堂了。

二人进了门，里面是个圆形的屋。接生婆抬脚迈进门槛儿，也没顾得上细看屋内的摆设，更没坐下来喘口气儿，急忙问道："产妇在哪儿？"

壮汉往左一指："那不是嘛！"

接生婆走过去一看，产妇盖着被躺在地上，心里挺奇怪："为啥不在炕上生孩子呢？"伸手一摸肚子，身上毛乎乎的，不禁大惊失色，头皮发麻。仔细瞅了瞅，产妇不是人，而是一只母狐狸，浑身不停地哆嗦着，看样子很难受。

此刻，接生婆不再害怕了，取而代之的是怜悯之心油然而生。她给母狐狸做了仔细的检查，精心矫正胎位，半个时辰后，一对儿狐狸崽儿顺顺当当地生下来了。

壮汉的脸上露出了笑容，母狐狸以一种幸福的目光瞅着他，高兴得不时地亲昵着小狐狸，舔舔这只，又舔舔那只。

壮汉这下可忙坏了，吩咐抓紧造饭，再三感谢接生婆，并请她一块儿用餐。

接生婆说啥不吃，言道："你们的心意老身领了，估计还会有人找我去接生，务必马上回去，别耽误时间了。"

壮汉又道："母子能够平安，多亏你老了，没有什么可报答的，送老人家一把黄豆吧！"

接生婆寻思开了："家中有的是黄豆，天天当饭吃，要那玩意儿干啥？"随口婉拒道："谢谢，我不要。只要母子平安无事，老身便放心了，也算没白来一趟，赶快送我回家吧！"

壮汉诚心诚意地恳求道："老人家，拿着吧，别嫌少，总是我们全家的一点儿心意呀！这把黄豆是不起眼儿，你们也常吃，不过以后一定能用得着。"说罢，双手捧着黄豆送到老人面前。

接生婆被壮汉的真诚所感动，不好意思再推辞，伸手捏了六粒儿揣在兜儿里。

红脸红胡须汉子重新套好花轱辘车，搀接生婆上了车，说道："坐好，请你老别乱动，闭上眼睛。"

老太太照此做了，只听花轱辘车呼呼响，一阵风似的到了家。下车后，回头刚要招呼壮汉，一转眼花轱辘车不见了。

老太太进了屋，儿媳问道："额娘，你老给谁接生，咋去这么长时间呢？"

“噢，是只狐狸产崽儿了。”

儿子十分惊诧：“什么？给狐狸接生，真是怪事儿！”

媳妇不无担心地接着问：“额娘，你老不害怕吗？那可是吃人的狐狸呀！”

老太太回道：“我寻思反正已经去了，怕有啥法儿？人们都说狐狸不害人，也就不怕了。还算顺利，经过一阵忙活，两只小狐狸崽儿顺头顺脑地生下来了，母狐狸乐得冲我眯缝着眼睛直点头。那只幻化成壮汉的公狐狸非留我用餐不可，见我实在不想吃，就捧了一把黄豆相送，以表示感谢。”说着，从衣兜儿里掏出六粒儿黄豆，放在手心儿。

全家人一看，立马惊呆了，原来并不是六粒儿黄豆，而是六颗黄灿灿的金豆子！

接生婆自从得了那六颗金豆子，便小心保存起来，总也舍不得用，故而流传下来。

张娃砍柴得仙袋　赵五觅宝背朽棺

伊巴丹位于伊通州东行二十里处，康熙年间，修盛京至吉林乌拉的御路打此经过。由于这里是驿站，故而人口逐年增加，每逢开集日，来往客商不断。

驿站的东南有座王宝山，虽然不算高，但满目的青松翠柏挺拔秀丽，倒也壮观、雅致。山下是伊丹河，水面儿不太宽，弯弯曲曲向北流淌。

这一年，时值深秋，张娃吃完晌饭去山上砍柴。太阳快要落山时，见砍得差不多了，便用绳子捆好，担起来往回走。行至半道儿，觉得有些累了，于是来到一棵大柳树下撂下柴担子想歇一会儿。刚坐在树下的大青石上，忽听有人说话，声音不大，却很清晰，好像就在跟前。张娃不由得一惊，连忙站起身来，盯着柳树看。

原来，这棵大柳树乃百年古树，根深叶茂，约三人合抱粗细。张娃心里纳闷儿，开始围着树绕圈儿，边走边看。当转过大半圈儿时，眼前出现一只黄鼠狼，你说怪不怪，那声音竟是从它嘴里发出来的。

张娃仔细一瞅，黄鼠狼身上背着个小口袋，还没婴儿的枕头大呢，黄灿灿的，特别鲜艳，黄鼠狼口中不停地念叨着："二斗半，二斗半，二斗半……"

张娃从未亲耳听过黄鼠狼说话，感到十分新奇。平时额娘常对他讲，世间出名的仙有狐仙、黄仙、蛇仙、桦鼠仙等，个个神通广大，可以承受大神香火，能依附在大神身上，为人祛病消灾。诸仙中，黄仙的法力最大，会说人语，还能搬运许多物件。张娃过去只是听说，今天可开眼界了，可以一睹黄仙的真容。

张娃不敢怠慢，赶忙跪下，轻声儿致歉道："张娃不知大仙在此，有所冒犯，望宽容原谅。"

经这么一叨咕，黄鼠狼听了，只是一愣，然后慌慌张张地逃走了，连小黄口袋也丢在地上了。张娃弯腰捡起口袋，四下瞧了瞧，黄鼠狼早已无影无踪了。

再说张娃把黄布口袋揣在衣兜儿里，带回家中，并将口袋的来历和巧遇黄鼠狼的经过对额娘从头至尾讲了一遍。讲罢，以为老人家肯定得数落自己一通儿，砍完柴不及时回家，在路上耽搁啥呀，若不然能碰上黄鼠狼嘛！

不料额娘不但没生气，反而乐了，拍着儿子的头说：“孩子，这回咱们可是得了宝贝了。你快收拾收拾米柜，然后拿黄布口袋往柜子里倒米，边倒边叨咕：‘二斗半，二斗半，二斗半……’”

张娃照额娘说的做了，与此同时，奇迹发生了，眼看着从小黄布口袋里流出黄澄澄的小米。大约过了两袋烟的工夫，米才倒干净，一估摸，正好二斗半。

此后，额娘把黄布口袋珍藏起来，米柜没米时便拿出来，每次一倒就是二斗半。家里的日子越过越好，张娃也娶妻生子了，成了伊巴丹有名的富裕大户。

再说张娃有一表哥，姓赵，排行老五，人称“赵五”。打小就懒惰，不愿干活儿，专爱做投机取巧的事儿。

有一天，“赵五”去姨妈家，听说张娃得了宝，从此再不愁吃穿了。他惊诧得眼睛睁得大大的，详细地询问表弟得宝的地方，张娃毫无保留地将自己在大柳树下的奇遇告诉了表哥。“赵五”听罢，喜出望外，天天去大柳树下寻宝。

一日，“赵五”因一些闲事儿，很晚才回家。一进屋，连手都顾不上洗，端起碗扒拉几口饭又出门了。当天正值阴历十五,一轮明月悬在空中。“赵五”生怕漏掉得宝的机会，一溜儿小跑，眼看快到大柳树跟前了，忽然天空一下子黑了下来，星星和月亮都不见了，伸手不见五指，只好摸黑儿朝前走。可是走着走着，不知为什么，又回到了原来的地方，他吓得立马蹲在了地上。过了好长时间，仍不能辨别方向，心里害怕极了，忙从兜儿里掏出火柴划着照亮儿。一盒儿火柴快要划没了，才听见附近的公鸡叫了，天渐渐亮了，头顶的一团乌云已散去，月亮也慢慢露了出来。“赵五”忙往家跑，到大门口儿时，太阳刚刚升起。

“赵五”经历了这桩怪事，有些日子没去寻宝了，可心里一直惦记着。有天傍晚，他实在忍不住了，又去大柳树下。此次没步行，而是骑了一匹马，听人说马是认识路的，天再黑也能找到家。“赵五”走着走着，就听身后有人叫自己的名字，回头一看，只见黑压压的一片。再加上想起上次的经历，不免又紧张起来，幸亏在马上，连忙打马快走。可是后面往前赶的声音越来越近，过了一会儿，竟觉得有东西伏在了背上。“赵五”吓得浑身抖成一个团儿，手脚也不好使了，挥鞭用力打马疾驰，感到后背越来越沉重。他头也不回地跑到鸡叫头遍，忽听身后“啪嚓”一声响，借着曙色一看，原来是大棺材盖儿掉到了地上。

“赵五”到了家，进屋便栽倒在炕上，一病不起。邻居们抱来柴火把棺材盖儿点着了，烧得“吱吱”直响，他才觉得轻松点儿。打那以后，“赵五”老实多了，再不敢去大柳树下寻宝了。

壮士雷雨借方盘 愣子咳嗽惊婚宴

早些年，伊通州城西有个叫太平沟的屯子，沟口儿处是一个大水塘，里面游着许多乌黑的鱼，究竟多少条，谁也说不清。每当经过水塘边时，常能听到各种各样奇怪的声音从水中传出，村民们称水塘为“黑鱼泡”。

一年夏季，天像漏了似的，暴雨下个不停，黑鱼泡的水面儿比以往上涨了好几尺。洼地的庄稼泡在水里，一些人家的屋内进了水，有的住户房子被冲倒了。

这天晌午，天放晴了，忙了一头午的男男女女吃过饭后，躺在炕上歇乏。

离黑鱼泡不远住着一户黄姓人家，大小子名叫愣子，是家中的主要劳力。由于连日阴雨，堆在院子东南角儿的柴火全淋湿了，他想趁晌午晾一晾。

愣子正弯腰解柴捆儿呢，门外来了个壮汉，宽肩膀，粗胳膊，身量很魁梧，皮肤黝黑，进院儿便说：“咱们是邻居，我家今儿个办喜事儿，想借几个盛菜的方盘儿用一用。”

愣子边打量来人便暗自思忖：“既然是邻里，咋从未见过呢？唉，不过几个盘子而已，何况又有急用，那就借吧。”这么想着，转身回屋拿出四个方盘儿，递给了壮汉。壮汉伸手接了过来，向愣子躬了躬身，说是替家人表示感谢，并邀他去喝喜酒。

此刻，愣子因急着晾柴火，还没顾得上吃晌饭，肚子真的饿了。又觉得与邻居初次见面，拒绝人家的热情邀请不礼貌，没再多想，跟着壮汉一前一后地往沟口儿去了。

愣子发现，刚才地上还是一片水，转眼间出现了一条干爽的大道。二人走了不一会儿，转个弯儿，就见前面一个大院儿里鼓乐齐鸣，人头攒动，熙熙攘攘，长辈们已经坐在一字排开的喜宴桌边，桌子上摆着丰盛的酒菜。随着阵阵欢呼，一群青年男女拥着一对儿新人来到院子中间儿举行大婚，礼俗如常，非常热闹。

愣子被迎宾女领到靠南的桌边，示意让他坐在椅子上，先喝点儿茶解解渴。

婚礼进行得热烈而繁缛，每项仪式都不落空，所有在场的人连拍手带喊地助兴。愣子饿得肚子早咕咕叫了，看着满桌子的好酒好菜想吃又不能吃，因为大伙儿都没动筷，忽觉嗓子有些痒痒，禁不住咳嗽起来。

参加婚礼的人听到咳嗽声儿，一个个大惊失色，纷纷跳入水中。愣子一时怔住了，低头一瞅，自己竟站在黑鱼泡里，赶忙卷起裤腿儿涉水往家走。

愣子刚上岸，就听水中一声巨响，紧接着翻起高高的水柱儿。落下后，一条五尺多长的黑鱼尸体浮上了水面，头已被切掉了。

这个被斩的黑鱼，就是到黄家借方盘儿的那个壮汉。因为他错误地将凡夫带到了鱼精结婚的现场，触犯了主人，才被处以极刑的。

过了两天，正在地里干活儿的愣子听到从黑鱼泡处传来隆隆的响声。跑去一看，见泡子中间闪出一条笔直的大道，有人赶着一挂小车，车前套着两头黑色的毛驴，疾驰如飞，向西北方奔去。

愣子忙撒腿在后面追，没撵出多远，毛驴车已无影无踪，在其走过的路上，留下两行深深的车辙印。

打那以后，黑鱼泡里一点儿动静没有了。村民们说，是黄家愣小子把黑鱼精给吓跑了，鱼精不得不举家搬迁了。

面铺闹鬼扰四邻　老莫安民驱邪祟

伊通州的西边有个赫乐苏城，别看地方不大，倒挺热闹，光饭馆儿就有十多家。其中，周家面铺专卖烧饼和肉包子，招不来打腰的吃客，出来进去全是打尖上店的人。周家为了把生意做好，早开张晚关门，买卖挺兴隆。可是好景不长，不知何因，面铺里竟闹起鬼来。

那时候，赫乐苏设有分州衙门，是伊通州直隶的分署。衙门的领兵头目五十多岁，名叫科兴莫，大伙儿都喊他“老莫”。他平时有个嗜好，爱喝酒，朝天晚上得喝一通儿，醉了才睡。

一天刚擦黑儿，老莫酒兴大发，吩咐小喽兵上街打酒买肉，想痛痛快快地过把瘾。

当小喽兵来到周家面铺时，一看没挂帘儿，窗户、门全关着，门前站着一个披头散发的年轻妇女，像要敲门进屋似的。她突然一扭头，发现了小喽兵，转身便朝黑胡同儿跑了。

小喽兵见此情景，撒腿就追，一直撵到护城壕边，前边的妇女却不见了。正愣怔时，忽听“哗啦”一声响，似乎掉落了什么东西，弯腰往地上一摸，脚跟儿处有一沓儿官帖票。

小喽兵捡起官帖，又惊又喜，边喊店主边敲门。因他常来给老莫买酒，店主听出小喽兵的声儿，赶忙从里屋出来把大门打开了。在周家面铺打了酒，又去另一小店买了肉，小喽兵乐颠颠地回营了。

周店主打发走小喽兵，就关起门来上炕睡觉了，嘴里还叨咕着：“今晚早关门，挡住了女鬼；开门放进个小喽兵，又卖了酒。都说官兵能避邪，或许不会再闹鬼了，天神保佑周家吧！”

单说周店主有个习惯，天天一早点钱匣子。翌日，他打开钱匣子一瞅，当即怔住了：“怪呀，昨晚明明是小喽兵来买酒，怎么有沓儿钱灰呢？唉，真够晦气的！”越想越觉得倒霉，气不打一处来，遂大声儿嚷嚷道：“打明儿个起，咱关板儿不开了，女鬼光顾快一个月了，啥买卖也得被她折腾黄铺喽！”

周家面铺闹鬼的事儿很快在街面儿上传开了，左邻右舍及店家皆惶恐不安，一到晚上，所有的饭馆儿都早早关门闭户。三天两日的还能对付，时间一长，领兵头目先受不了了。特别是此事也传到了分州官的耳朵里，立马叫来老莫，命道：“百姓乃衣食父母，除害安民，是本分州官的职责。给我放暗哨捉鬼，火速办案，不得有误！”当晚还通令全街铺商张灯营业，招迎顾客，街道路口儿设暗哨查探动静。

天黑了下来，老莫带着小喽兵来到周家面铺，亲自询问闹鬼的经过。等问完了店主，老莫方恍然大悟，知此事与前些日子叫小喽兵去打酒有关。小喽兵见事已败露，无法隐瞒了，连忙作揖认错，招出了那晚是用鬼钱打的酒，留下了十吊官帖票，老莫气得打了他四十大板。

接着，老莫与店主来到内室，合计捉鬼的办法。店主拿出个粗线团儿和一根纫上线的针，递给老莫后，让他躲在柜台下。

不多时，果然走进一个披头散发的女人，买了十个包子匆匆离去了。老莫冲出柜台跟在后面，偷偷把针插在她身上，溜着线紧随那女人往大草甸子走去。走着走着，只见女人一侧身，钻进道边的墓穴里。

老莫一声令下，暗哨蜂拥而至，点燃灯笼、火把，挖的挖，刨的刨，棺椁露出来了。揭开棺材盖儿，一股浊气扑鼻而来，有个小孩儿哭叫一声，再什么也听不见了。

老莫命人把棺椁点着，随即大火熊熊，火灭一看，坟坑里剩下一堆残骨，还有大小两个脑瓜骨。

老莫回到分州衙门，上报了驱鬼的经过，分州官老爷说：“看起来，坟中大小两个头骨，乃女子和死后的生胎。女鬼为了喂养自己的幼儿，冒着风险出外买吃的，结果引火烧身，其子毙命。虽然人鬼有别，但其母爱，实在可嘉。”

黑大汉多情滋事 白小童咒恶降妖

伊通州城西三十里处，有个屯子叫二十家子，住着不少旗人。其中一户姓郭，夫妻俩，丈夫郭二顺在州里烧锅做事，不常回来。妻子白氏三十来岁，模样挺好，端庄俊秀。

一天头晌，白氏正在家里做针线时，院门被推开了。抬头一看，见一长得又粗又壮、胸膛黑黑的男子径直走进屋来，她遂放下手中的活计问道："你找谁？"

黑大汉回道："找你，我姓朱。"说着，上前就把白氏按倒在炕上，强行扒下了衣裤。无论白氏如何挣扎，都敌不过黑大汉身大力不亏，白氏根本不是对手，反抗显然是徒劳的，恶行终于得逞了。

过了一袋烟工夫，黑大汉跳下炕，告诉白氏，以后还会来。

果然没两天，黑大汉又来了，白氏只好任他所为，直至满意才走。从此，每隔三天五日，黑大汉必到，搅得白氏心神不宁，又惊又怕，不得安生。

有一回，黑大汉不光自己来，还领着一个人，进屋便冲白氏说："我自个儿走路太寂寞，就把好友黄兄带上了，正好做个伴儿。"又回过头嘱咐姓黄的："你先在外屋坐着，待我与白女子缠绵一会儿，咱们再一起回去。"说完，急不可耐地脱衣上了炕。

那所谓的黄兄举止文雅，拘谨而又腼腆，远远地坐在外屋屋角儿，一动不动。过了一会儿，黑大汉从里屋出来了，两人说说笑笑地走了。

转眼到了秋天，黑大汉在白氏那儿吃罢晚饭，抹抹嘴告诉她："家里已经收拾好了，我得把你接回去，不想来回跑了。"说着话儿，太阳落山了，黑大汉背起白氏便走。

原来，黑大汉在距二十家子七八里的八屋居住，背着白氏整整走了一宿，天蒙蒙亮时才到家。院内有草房两间，屋子收拾得干干净净，居家过日子的物件置备得很齐全。

再说白氏天性懦弱，即使一百个不愿意，也不敢不在朱家待着。虽说吃喝、用的任嘛不缺，但此处前不着村后不着店，总觉得不对劲儿，终朝每日魂不守舍。

一日，吃完早饭，白氏问黑大汉：“来到八屋有些日子了，心里免不了惦记家，想回去看看行吗？”

黑大汉并未阻拦，啥也没说，只是把白氏送出院子，顺手推了她一把。

白氏并不认识回家的路，因为来时是晚上，又是黑大汉背着走的，只好沿着脚下的一条山路往前寻。没承想刚转过一个山弯儿，竟看见自家的房子了，心里很是纳闷儿：“怪呀，去时走了一宿，回来咋这么近呢？”

白氏进了家门，见一切如旧，未丢失任何东西，一直悬着的心稍稍落体了。

还挺赶巧的，下晌，白氏的娘家嫂子来串门儿。白氏平时跟嫂子十分要好，无话不说，于是便将黑大汉的事儿一五一十地讲了。

嫂子听罢，想了想，对小姑子说：“那个大汉粗壮且黑，又称姓朱，估摸可能是个猪怪。以前曾多次听老辈人讲关于猪怪勾引民女的事儿，可从没经历过，这回兴许让你碰上了。”

白氏吓得直哆嗦，忙问嫂子咋办呀？嫂子寻思半天，决定让丈夫去吉林船厂的广济寺，求长老赐符，拿回家贴在白氏屋内墙上。

几天后，黑大汉来了，看见墙上贴着符，一点儿没害怕，举止行为同以往并无两样。

又过了些日子，打伊通州来个游走道人，声称口可吹仙气，专治各种妖怪。白氏的哥哥忙把道人请至郭家，求其降妖，道人在北墙上画符数道。

待黑大汉再来时，仍没见他有丝毫的惧怕，只是不像从前来得那么频繁了。白氏实在没招儿了，遂与哥哥、嫂子商量，能否将他们家的下屋倒出来，接妹妹去住，二人点头答应了。打这以后，黑大汉没有登门。

可是让白氏不解的是，每到夜晚吹灯睡觉时，棚上就发出奇怪的响动，好像有人扔大石头一样，一会儿“咕咚”一声，过一会儿又“咕咚”一声，吓得白氏心惊肉跳的，根本不敢闭眼。有时大白天的，屋顶儿吊着的器物常常莫名其妙地摇晃，挂在墙上的几个葫芦会撞在一起。

转眼到了年根儿，郭二顺从伊通州烧锅赶回来过大年，白氏又买米面又买肉的，里里外外忙，渐渐淡忘了猪怪骚扰的烦恼。

正月初一这天，二顺看家，白氏去给公婆拜年。走在路上，忽然迎面遇上了黑大汉，黑大汉急赤白脸地问白氏，这些天到底去哪儿了，怎么找不着呢？白氏告知，郎君回来了，你去恐不方便。黑大汉尽管不悦，却没纠缠，转身扬长而去。

过了二月二，郭二顺返回烧锅了，黑大汉立马上门强行与白氏亲热。白氏觉得总这么下去哪天是个头儿哇，便在黑大汉走后，愁眉苦脸地去了哥嫂家，看看能不能琢磨出个治猪怪的办法。

三人正合计呢，站在一旁的白氏的小侄儿插话了："姑姑，不要怕，明天我借一支枪来，放在姑姑家，小侄儿陪着你。如果那妖怪再来，我就一枪崩死他！"

四天后的掌灯时分，小侄儿忽听姑姑不是好声儿地喊："侄儿，猪精又来了！"

小侄儿连忙举起枪，可是却看不见黑大汉在哪儿，急得大骂道："你是何路妖怪，竟敢如此欺辱人？再要胡作非为，一定不得好死，我一枪崩了你！"由于看不到黑大汉，开枪也没用，唯一能做的，就是把枪紧紧握在手里。可是没等拉栓呢，枪却自己响了，把小侄儿倒吓了一跳！他赶忙重新装上沙子，枪又响了，小侄儿还怕伤着姑姑，只好不再装枪沙。

这时，黑大汉开腔儿了："小孩子别找死，如果不继续咒我，以后一准不会来了。"

从此，黑大汉果未食言，不再现身了。村里的老人们说，黑大汉是千年的猪精，那姓黄的是黄鼠狼精。这些东西专爱作祟，要是遇上了，总会有些麻烦的。

勒克山老妪过阴　冥司城官爷授命

从前，有一瞎话儿，越传越神。说的是伊通州勒克山房家屯里住着二十多户人家，都是房姓的宗族。

有一房姓老两口儿，老头儿姓房，老妇也姓房，六十八岁了，身子骨儿挺硬朗。三月间，老妇偶染微恙，服了几服药不见好。后来病越来越重，眼看生命不保，家人难过得整天掉泪，把身后事，包括棺殓、明器全都准备好了。

一天早晨，老妇神智忽然清醒了，招呼家人到跟前，安慰大伙儿不要哭，把葬殓的东西收拾下去。

儿女、孙辈十分奇怪，问老人家缘何如此？老妇缓缓说道："昨晚睡觉时，梦见到了阴司，看见那里有很多鬼。在一衙门里，一位戴着红缨帽的官爷坐在大堂上，两旁侍立着差役，戒备森严。这时，只听有人按册叫到我的名字，遂赶紧走上前，戴红缨帽的官爷和气地说：'你寿禄已终，但查生前多良善，可延缓。眼下冥中正缺传票差役，思来想去，决定由你在阳世充任。此差事要求做人正直，行事谨慎，而且须保守秘密。倘若泄露出去，造成后果，将严惩不贷。'接着派一个鬼差在前，让我随其后，引道返家。半路巧遇死去的祖父，仍穿着走时的衣衫，跟我说他挺忙的，需要处理的事很多，并嘱咐道：'孙女，你的差事很机密，要是不小心泄露了，必受重大责罚。所以，千万把住那张嘴，不要把阴司的事儿说出去。'"

家人听罢，欣喜若狂，立刻烧香酬神。老妇在小辈们的精心照顾下，休养数日康复，与常人无异。

打那以后，村中有患重病将离世及暴亡的人，老妇都是前一天通告这家，奉阴司命谴罚或票拘，次日查收，从无差错。

有一天，老妇对家人说："昨夜在阴司，闻我大闺女赵房氏被鬼绑在林中，用针刺手。我哭号着赶到，忙问缘由，群鬼横刀阻止，说道：'赵氏平时一不顺心，便打儿女，故而惩罚她的手。’我代其恳求，鬼才松绑，你们赶紧去看看吧！”

家人来到赵家，见赵房氏果然手上生疮，已化脓了。

从此，村民有病常拿着香纸到房家，求老妇在阴司设法。病轻者，以焚纸免罪，也时常有治好的。老妇归阴时，四肢僵卧，状如死人，隔时醒来，从不肯多说。因其平日待人诚实厚道，从不讲欺蒙言语，村民都特别相信她。

老妇后来又活了三十几年，天天里里外外闲不着，近百岁寿终。

富二烧酒换红狐　父子寻亲赴山堡

伊通州最北面的柳条边里，有个叫大榆树的屯子，屯中长着一棵古榆树，枝繁叶茂。年轮的总数多少没人知道，只知树有三搂多粗，高而直，影子可落在一里外的老富家水缸里。

老富家是哥儿俩，富大和富二。富大已说媳妇了，住上屋；富二仍光棍儿一条，住下屋。

屯子的西头有户靠打猎为生的人家，主人姓景，排行老五，人称“景老五”。正月十八那日，下了一天大雪，“景老五”上山打猎时，忽然发现玻璃哄子下的雪窝子里，躺着一只昏睡的小红狐狸，便用细绳儿把狐狸的四条腿捆上，扛着往家走。快到村口儿时，富二看见了，问道：“景大哥，你扛的啥呀？”

“景老五”回道：“噢，红狐狸。”

富二说：“咋赶这么巧呢，我刚好缺个帽子皮儿，能不能卖给老弟？”

“景老五”笑道：“啥卖不卖的，给我装五斤烧酒，就把这只狐狸送你。”

富二赶忙去酒店买了五斤烧酒，连酒罐儿一齐送给了“景老五”，把小红狐狸换了过来。这时候，红狐狸醒了，看见富二就掉眼泪了。富二将绳儿解开，对它说：“走吧，我不伤你。”红狐狸朝他点了点头，往西北的山里跑去。

一日晚饭后，富二又去买酒，回来时天快黑了，走到一个四不靠的地方，听见有人哭。紧赶两步近前一看，是个年轻姑娘，遂问道：“妹子，哭啥呀？”

姑娘回道：“大哥，我去哥哥家串门儿，走到这儿找不着了。天又黑了，连个认识人都没有，要吃没吃，要住没住，一个人在荒山野岭里好害怕呀！”

富二说：“也是呀，一个姑娘家，黑灯瞎火的太不安全。跟我来吧，家中有哥哥、嫂子，可同我嫂子住一宿，明天再帮你找兄长家。”

姑娘答应了，二人一同回了家，富二把她送到嫂子的房里。嫂子听他们详详细细地讲了经过，又见姑娘挺招人喜欢的，很会说话，便乐呵呵地留下了。

第二天，姑娘并没张罗走，而是先同嫂子唠了一会儿嗑儿，然后帮着干这干那的，一边忙活一边说：“嫂子，能不能在近处给我找个人家，只要人好，能干活儿就行。”

嫂子问：“你不回家了？”

姑娘答道：“我的父母都死了，没承想去找哥哥家又迷了路，一时还找不着。寻思老在这儿待着不是办法，倘若一辈子能过上安稳日子可也行，以后再慢慢去找哥哥。”

嫂子说：“那好，我先给你问问下屋孩子的二叔，看他愿意不。人挺好，没啥说的，干活肯于下力，心眼儿不错，你不是都看见了嘛！”

姑娘赶忙应道：“嫂子，行啊，你去问吧，我在屋等着听信儿。”

嫂子笑了笑，转身去富二的房里，问他是否愿娶那个姑娘为妻。起初富二不干，后来架不住嫂子的左说右劝，便答应了。于是，哥哥和嫂子帮着操办起来，富二很快把婚结了。

婚后一年多，小两口儿有了个胖小子，全家高兴得不得了。又过了一年，富二的舅舅来家串门，他本是个阴阳先生，一进院儿就感到富家有股子妖气，当即吃了一惊！寻思道：“看来富家有说道，妖精作怪，我得加点儿小心才是。”

富大、富二、大媳妇见舅舅来了，全跑出屋迎接，唯二媳妇没出来。等老人家进了屋，二媳妇才低头走到跟前，给舅舅装了一袋烟。

舅舅吃完晚饭往回走时，全家人都去送，只有二媳妇没出屋。老人家问富二媳妇的来历，富大一五一十地说了，舅舅胸有成竹地开口道：“她不是凡人，而是狐狸精，不能在这儿久呆，会吃人的。你们不用担心，我回去以后，立马找个高人来收拾她。”

富二一听犯愁了，回到屋里一声儿不吭，头朝里躺倒在炕上。

二媳妇正给孩子喂奶，一边喂一边自言自语道：“我儿命好苦，一岁离了母，想看生身母，得上西山堡。”喂完孩子收拾收拾，又干了点儿零活儿，天已完全黑了，便上炕睡觉了。

富二一早起来，见媳妇的被窝儿空了，以为上外头去了。过了一个时辰，媳妇仍未回来，开始着急了，拔腿去了哥哥、嫂子屋，说孩子他娘没了。

嫂子言道："昨儿个舅舅一口咬定弟妹是妖精，不能在咱家久呆。今天果真走了，大概不能回来了，临走时没跟你说啥？"

富二回道："啥也没说，黑天就睡觉了，不知道什么时候离开的。哥哥、嫂子，你们照看着家，我抱孩子找她去。"

富大点头道："放心吧，家里用不着惦记，不过上哪儿去找弟妹呀？"

富二把媳妇喂孩子时说的话学了，嫂子着急了："谁知那西山堡在什么地方啊？"

富二说："只要心诚，总能找到。"

第二天，富二准备好了路上用的干粮，抱着孩子朝西面的山里去了。一连气儿走了七八天，傍晚来到一个大山夹子中，看见里头挺远的地方冒白烟，便径直奔向那儿，走到跟前一看，烟是从一个院子里小马架子顶上的烟筒冒出来的。富二来到院门口儿，嘭嘭嘭敲门，大声儿问道："里面有人吗？"

马架子里有人搭话儿了："谁呀？"

"我是过路的！请问，能给碗饭吃吗？"

不一会儿，从屋里走出两个人，一个白胡子老头儿，一个白发苍苍的老太太，把院门打开，让富二进了屋。老太太给爷儿俩熬点儿小米粥，端上了苞米面饼子，富二吃完饭，搂着孩子就睡了。

天大亮了，富二起来一看，哪有什么马架子呀，竟睡在了露天地！他赶紧抱着孩子继续往前走，走啊走，不知离家多远了，带的干粮早吃没了，饿得实在迈不动步了，心想："再往前好像没路了，家也回不去了，干脆死了算了！"想至此，刚要抱孩子跳崖，忽听头顶有狗叫声。抬头一看，只见悬崖上露出一面青砖大墙，随即绕道儿向青砖墙走去。

富二费了九牛二虎之力，好不容易才攀到悬崖顶上，见前面有个青宅大院儿，院门开着，便背着孩子进去了。屋里走出一个穿青衣的老头儿，约莫六十七八岁了，上下瞅了瞅来人，问道："大侄子，打哪儿来呀？"

富二照实说了，又问老头儿："老爷子贵姓？"

老头儿忙不迭地回道："姓胡，快去吧，你媳妇在西楼纺线呢！"

富二高兴得浑身来了力气，抱着孩子登上了西楼，进屋一看，媳妇果然手拿梭子正忙着呢！女人听见有人进屋，回头一瞅，竟是丈夫带着儿子来了。她赶紧放下手里的活计，上前摸摸孩子的头，亲亲小脸蛋儿，眼泪噼里啪啦往下掉。

富二劝道:“别哭了，在这儿干啥呀，跟我一块儿回家吧!”

媳妇打了个唉声道:“不能回去了，我不是人，是狐狸。两年前，你从打猎的手里买下了我，为了报答救命之恩，才变成姑娘和你成亲的。要是再去，恐怕麻烦太多，还得连累富家。今天能见上一面，总算缘分未尽，该满足了。你要好好儿抚养孩子，供他念书，以后准错不了。等他长大成家时，一定要娶姓白的姑娘，千万记住哇！咱们今生还能见一面，那就是儿子结婚的时候，我会到场的。你快回去吧，不能在这儿住，我们要搬家了。”

富二哭诉道:“我和儿子肚腹空空，累得头昏眼花，咋回去呀?”

媳妇说:“给你一块手绢儿，走出大门后站在上边，眼睛一闭说声‘起’，睁眼就到家了。”

三人抱在一起痛哭了一场，媳妇送爷儿俩到门口儿，低头看了看孩子，朝富二点点头，回身关上大门，说声:“你们多保重!”青宅大院儿顷刻间不见了。

富二把手绢儿铺在地上，抱着孩子站了上去，眼一闭说声“起”，睁眼一看，到家了，大哥正在门口儿望着他呢!

打那以后，富二精心照料着儿子，长大后，送他去学堂念书。孩子非常聪明，肯吃苦，读书过目不忘。二十岁时，有人为其提亲，提了不少，却没有一个姓白的，都没成。

大比之年到了，富二的儿子果然考中了头名状元，有个姓白的尚书家小姐非要嫁给他，富二奔儿都没打，一口答应了。

结婚这天，从西南的半空中飘来几片彩云，上面站着一个漂亮的中年女人。她落了下来，瞧瞧新郎、新娘，看看富二，朝他们点了点头，然后驾云往西南方向飘去了。

富二告诉儿子、儿媳，那就是你们的额娘。儿子、儿媳仰头望着空中，大声儿喊道:“额娘！额娘!”可是，额娘不见了。二人跪在地上，眼含热泪，向着彩云飘去的苍穹连连磕头。

从此，富二带着儿子、儿媳过上了好日子，遗憾的是再没见过朝思暮想的妻子。

阿哥夜宿三合院　舅丈昼赠万红球

早些年，长白山天池的西边有座高山，从南向北上百里没有几户人家。

在这个老山老峪里，不知是啥时候建了个三合院儿，分上屋和东西厢房，青堂瓦舍的。可是，谁也没见过此处的主人，据说以前曾有人进去过，结果都没能出来。

一天傍晚，一个年轻阿哥路过这里，正赶上天快黑了，想找个落脚的地方。走到院门口儿，忽听院内有人说："今晚不同往常，咱的主人回来了，大家用点儿心。"阿哥挺纳闷儿，犹豫了一下，还是走了进去。

刚到院子里，冷不丁拥出一群女人，喊喊喳喳地喊着："姑爷快请上房坐，姑娘等你好久了，怎么才来？"

阿哥一时怔住了，不知如何是好，那些丫鬟模样的人纷纷走上前，不容分说，愣是把阿哥拽进上房。只见屋子宽敞明亮，陈设讲究，珠光宝气，炕上的桌子摆好酒席。大家请他上炕，这个喊姑爷，那个唤主人，把阿哥弄得丈二和尚摸不着头脑，一头雾水，只能任其摆布。

阿哥刚坐稳，便听一声喊："姑娘来了！"抬头一看，只见一个如花似玉的女子走到跟前，含情脉脉，道个万福后，命人开宴。

席间，这个劝酒那个干杯的，将阿哥灌得酩酊大醉，稀里糊涂地与姑娘成了亲。

光阴似箭，不觉月余，阿哥要走，姑娘不让，没办法，只好又留了下来。

这些天，阿哥发现一个秘密，每到夜深人静之时，姑娘的嘴里就吞吐一个大火球，暗想道："让你不告诉我根底儿，等把那宝贝弄到手，不愁你不说。"

当晚，阿哥装着睡觉，偷眼看着姑娘吞来吐去的。正好抓住一个空子，伸手把火球抢到手里，低头一瞅，原来是个大红球。

这下可不得了啦，姑娘扑通一声跪在地上，求阿哥饶了她。阿哥追问根由，她只是流泪，啥也不说。阿哥一急，刚把红球放到嘴边，没承想咕噜一下咽下了肚儿。只听姑娘“哎呀”一声喊，昏倒在地，不大工夫现出了原形，原来是只狐狸。

半个时辰后，狐狸睁开眼，流着泪开口了：“我马上得走了，要想再见，就去南山南。”说完没影儿了，院落不见了，阿哥双脚站在一片荒凉的坟地上。

此刻，阿哥的心里开锅了，寻思道：“反正已经这样了，甭管是死是活，我得看个究竟。是福不是祸，是祸躲不过，全凭运气了。”主意拿定，拔腿朝南走去，一路晓行夜宿，记不清走了多少时日，跨过了多远的路程。

一日，阿哥来到一座孤零零的小草房，推门进屋，见有个老太太在炕上纺线，赶忙上前施礼，老者带搭不稀理儿的。

阿哥问道：“老人家，去南山南怎么走？”

老太太抬头瞅了瞅他，回道：“眼看就到了，先在我这儿吃饭吧，然后有人送你到该去的地方。”

阿哥听罢，感激地道了声：“多谢了！”

老太太收起了手里的活计，下地到外间的灶房，从西墙上摘下一小袋黄米，倒出几粒儿扔进锅里。不一会儿，掀开锅盖，盛出一碗米粥放在桌子上，让客人吃。

阿哥心里话：“真抠门儿，做那么点儿米粥，稀溜溜儿的，还不够塞牙缝儿的呢！”又不能不吃，便拿起碗筷，一小口一小口地喝了起来。奇怪的是喝一口，长出一口，一点儿不见少。他放心了，左一口右一口一个劲儿地喝，直到喝饱了，也没吃了，开始犯难了：“继续吃吧，撑得咽不下去了；撂筷子吧，剩饭碗子不好。”

老太太好像看出了他的心思，笑道：“吃不了就罢了，放下吧。”说完端起碗，用手指在碗沿儿抹了一圈儿，晃了晃，一翻碗底儿，碗里什么都没有了。

这时，从院外进来一个牵马的人，把缰绳往窗棂上一拴，骂骂咧咧地进屋了，问道：“大姑爷在哪儿？”

老太太手指着阿哥说：“这不是嘛！”

“跟我走吧！”来人说完反身出去了。

阿哥一看是找自己的，忙起身告别了老人家，随其后走了。出门不远，一条大河横在面前，那人从河边儿拉过一条小船，让阿哥坐上，并告诉他："把眼闭上，我没让睁，绝不能睁。"

阿哥顺从地两眼一闭，觉得船飞快地向前疾驶，耳边发出嗖嗖的声响。没多大工夫，船停下了，那人说："睁开眼吧！上岸以后，从这儿往南走一百步，再向西拐，也走一百步，必须闭着眼睛走，无论听到什么动静都不许看。"

阿哥上了岸，闭眼朝南走了一百步，又拐向西数了一百步，就听前后左右鬼哭狼嚎，虎啸猿啼，浑身直起鸡皮疙瘩。好不容易熬到地方了，睁眼一看，眼前出现了一幢漂亮的楼阁，刚想敲门，门却开了，迎出的人领着他进去了。走着走着，那人使劲儿一推，阿哥一个趔趄差点儿没抢地，抬头一看，前面有只狐狸两眼挂着泪花瞅着他。

狐狸开口道："谢谢你能前来看我，要是还想施以援手相救的话，赶快去找舅舅。"

阿哥含着泪，又被领到另一座楼阁里，拜见了老丈人、丈母娘、七大姑、八大姨以及妻子的叔伯、舅舅、姨夫。

舅舅对阿哥说："小伙子，既然敢来，只得成全你们啦！"

话音刚落，有人拿来了盘子样的家巴什儿和一个棍子似的东西，摆在舅舅面前。舅舅从口里吐出一个火球，用棍子似的东西拨了几下，落在盘子样的家巴什儿里，火球渐渐变小了，然后对阿哥说："行了，你把她带回去吧！"

阿哥伸手接过盘子，捧着那个红球，来到先前的楼阁，领回了妻子。

从此，两人生儿育女，相亲相爱，又过了许多年好日子。

穆昆达盖房井顶 放牛郎喜做皇上

从前，有位会看阴阳宅的穆昆达，生养了三个儿子，大儿叫大宝，二儿叫二宝，三儿叫三宝。大宝、二宝下地干庄稼活儿，三宝给李员外家放牛，都喊他“牛倌儿。”

一年春夏之交，穆昆达见自家的房子太旧了，支撑不了多长时间了。再说孩子也大了，都会干活儿了，便让三个儿子在家南面的两口枯井上边盖新房。

过了些日子，新房盖完了，不过很潮，暂时搬不进去。老父亲叫来大宝，让他看新房子，并告知下晚在东屋睡。

大宝睡到半夜，忽听屋外大哭小号的，吓得跑到新房子左侧的石灰窑里待了半宿。第二天，将头天夜里听到些什么告诉了父亲，老父亲说：“行了，我知道了。”转过头来吩咐二宝：“今天晚上你去看新房子，要在西屋睡。”

二宝睡到半夜，又跟昨晚大哥遇到的一样，吓得藏在草堆里待了半宿。第二天，也把夜里听到的告诉了父亲，老父亲说:“行了，我知道了。”

大宝、二宝异口同声地说：“父亲，咱家新房盖在井顶儿不是地方，有点儿犯邪。”

老父亲上来倔脾气了，厉声儿道：“犯邪也不挪！”又吩咐三宝：“今天晚上你去看新房子，在外屋睡。”

三宝白天给李员外放牛，东跑西颠的没有闲着的时候，累得很。晚上吃罢饭，手里拿着放牛鞭子，背上背一捆草，到新房的外屋往地上一铺，倒在上面刚闭眼就睡着了。睡到半夜，忽听屋里呜呜直响，随之从外边进来一个黑乎乎的玩意儿，直向他奔来。三宝操起身旁的放牛鞭子啪啪一抽，那玩意儿不动了，伸手摸了摸，是块儿冰凉绷硬的东西。天亮时再看，那玩意儿黑黑的，不知是啥，回家对阿玛讲了。

老父亲说：“行了，我知道了。三宝，过来，听父亲嘱咐几句。大宝去的那天晚上来的是一块金子，二宝去的那天晚上来的是一块银子，他俩都没福，没得着。你命不好，昨晚来的是一块铁，而且得到了。阿玛过不几天就要归天了，死后别让你大哥、二哥发送。用那块铁打个大扁担，让他俩用铁扁担抬着我的棺材，围着南山岗子使劲儿走，绝不能歇着。多咱铁扁担折了，就把我埋在那个地方，千万要记住！”

三宝保证道：“父亲，放心吧，我记下了！”

到第七天头儿上，穆昆达真的离世了。三宝按照阿玛的嘱咐，让大哥、二哥用铁扁担抬着老父的棺材满南山岗子走，二人累得呼哧带喘的，一个劲儿地央求老三要歇歇。

三宝说：“不行，父亲一再叮嘱不让歇，快走！”

大宝和二宝走啊走，不知走了多少圈儿，累得腿直突突。当走到山岗顶上时，铁扁担嘎巴一声折断了，哥儿仨赶紧挖坑，把老父亲的棺材埋在那儿了。又在坟旁搭个小马架，兄弟三个轮班儿给父亲守灵。

头天晚上，老大守灵。到了半夜，听见大风呜呜地叫唤，不知是啥东西在坟前直转转，凉飕飕的，还不停地往下滴答水。说是水吧，又像尿，带一股儿特殊的味儿，大宝吓得慌忙跑回了家。

二宝、三宝一看，大宝满脑袋水淋淋的不知咋回事儿，忙问：“大哥，怎么了？”

大宝浑身抖成一个团儿，语无伦次地说：“哎呀，噢，当时蒙了，可把我吓坏了！”

第二天晚上，老二守灵。到了半夜，同样听见呜呜的风声，有个黑乎乎的东西围着坟上下翻滚，二宝吓得也掉头跑回来了。

第三天晚上，老三守灵。手拿着放牛鞭子，坐在坟前，到了半夜，刮来一阵风声。他瞪圆眼睛一看，是个大石人，正围着坟来回走呢！

三宝念叨着：“石人石人你挺好，来给我阿玛顶顶脚。”刚说完，石人立在坟后不动了。

到了白天，三宝仍为李员外放牛，晚上再去南山岗给老父守灵。到了半夜，又刮起阵阵的风声，不一会儿听到鲤鱼精和石人对话。

石人惊诧道：“鲤鱼精，是你呀！”

鲤鱼精问：“石大哥，咋在这儿碰上了呢？”

石人回道：“连着几天晚上去找有福的人，正好走到南山岗，听见有个人说让给他阿玛顶顶脚，所以我就走不了了。鲤鱼精，你这是干啥去呀？”

鲤鱼精说：“去京城啊！我在那儿把李丞相的闺女迷住了，一到晚上就上李小姐的绣楼。她现在面黄肌瘦，茶饭不思，眼看要死了。急得李丞相在京城四门贴告示，说是谁要给闺女治好病，就把她许给谁，还能当大官。”

石人又问：“鲤老弟，你住在哪儿？”

鲤鱼精回道：“噢，在李丞相家后花园的养鱼池里住着呢！要想治好小姐的病，必须用箭射下我身上的三片鳞，用瓦盆焙了，吃下去才能好，要不白费力气！石大哥，咱们说的话，可别让外人听见，否则可就糟了。”

石人说：“放心吧，这里没有外人，鲤老弟，什么时候还来？”

鲤鱼精回道：“过几天再来看你！”说完，驾着一阵大风走了。

三宝回家后，把听到的话原原本本地跟大哥讲了。大宝说：“你和二宝在家，我先去看看。”然后直奔京城，找到李丞相府，见府门墙上果然贴着告示。走到跟前仔细一瞅，告示上所写的内容正如鲤鱼精所言，遂抬手揭了下来。守门的一看有人揭告示，忙带他去相府，通报了相爷。

相爷命道：“把先生请进来！”

大宝进了正厅，问道：“小姐眼下在哪儿歇息？”

相爷说：“在后院儿夫人房里，还是先切脉吧！”

大宝跟随相爷来到夫人房内，老夫人先把红绳儿的一头儿拴到桌子腿儿上，之后将另一头儿交到大宝的手里，让他切脉。

大宝号了一会儿，开口道：“小姐是木脉。”

老夫人问：“先生，小姐的病怎么得的？”

大宝说：“木乃水为之，病根儿在于水，多为水中物所为。请相爷预备宝弓一张，金箭三支，石灰三车，在后花园养鱼池边搭一个三丈高的法台，上摆香案，明天正当午时，将石灰撒入池中。”

相府内，相爷吩咐家人照着大宝说的话行事，把一切都准备好了。

转天午时，大宝慢步走上法台，令人往池中撒石灰。当石灰全部撒进去的时候，小鱼、小虾都死了，漂了上来。不大工夫，就见水中翻花，忽然跃出一条红色的鲤鱼。大宝拿起宝弓，嗖嗖嗖连续发出三支金箭，正射在鲤鱼精的身上，将肋条的大鳞射下三片儿来。然后让人把鳞拾起来，研成末儿，给小姐冲水喝了。

果不其然，小姐的病一下子全好啦！相爷亦未食言，真的将闺女许给了大宝。不久，大宝在相爷的手下当了一个挺大的官。

再说鲤鱼精被大宝射伤了，赶忙跑到南山岗问石人："石大哥，那日我对你说的话，又跟谁讲了咋的？"

石人辩解道："我敢发誓，从没当任何人讲过！"

鲤鱼精有些生气了："不管咋的，我的秘密你给漏了底，大哥的脑袋里有颗夜明珠，怎么不告诉外人呢？"说完转身走了。

石人和鲤鱼精的对话，又被三宝听见了，回去告诉了二哥。二宝拿着锤子去老父亲的坟前，凿开石人的脑袋，果然里面有颗挺大的闪闪发光的夜明珠。

三宝让二哥带着夜明珠进京城献宝，二宝献珠有功，也当了大官。

大宝、二宝皆在京城做了官，家里只剩下三宝了。他一如既往，还是白天给李员外放牛，夜晚给阿玛守灵。

有一天，三宝放牛回来，看到李员外一大家人正在哭呢！一问才知道，原来员外在京城摊上事儿了。李员外还说，谁要是能将此事平息下来，可把自己的千金许给他做媳妇。三宝胸有成竹地说："这事儿好办！"

李员外喜出望外，许诺道："倘若能给办好，就把闺女许给你啦！"

三宝给大哥写了封信，让人送至京城。过了些日子，在大宝的斡旋下，李员外真的没事儿了。三宝提出要和小姐成亲，李员外开始推托打赖，说啥不干了。

不久，李员外又遇到了麻烦，害怕极了，一再央求三宝帮忙，还保证道："上次是我不对，食言了，没按许诺去做。三宝哇，这次要真能将麻烦解决了，小姐一准嫁给你！"

三宝说："员外大人，好吧，你等着。"

三宝没有写信，而是亲自进京去找二哥，说明了情况。半个月后，李员外没事了，并把千金许给了三宝。

一年过去了，在京城的大宝、二宝给三弟来信了，让他进京做官。三宝舍不得妻子，走一段路就回家看看，天天走，天天回来。媳妇说："既然想我，那这样吧，画一张像你揣着，每当想时就看看，刮大风的时候可别看，小心刮跑。"

三宝带着妻子的画像上路了，走到半道儿又想媳妇了，掏出来刚要看，从西边忽地来了一股儿大旋风，把画像刮跑了。

三宝一看画像没了，转身回了家，并对妻子讲了画像不在身上了。媳妇说："一准是让皇风刮去了，等着吧，用不了多久，就得有人来抓我。"

不到一个月，京城来人了，拿着画像抓李小姐。小姐临走时对三宝说："我离开家后，你别放牛了，学打猎吧。捕各种好看的鸟，把鸟皮剥下来，毛摘下来，粘成一身儿漂亮的衣裳和裤子。到皇宫我就装病，吵着要不过手的梨，吃扁担宽的韭菜。"

不久，传出信儿了，李小姐被抓去给皇帝当媳妇了。

李小姐一到皇宫，就装起病来，皇帝四处找名医诊治，怎么也瞧不好。三宝听说后，穿上用各种好看的鸟毛粘成的衣裳和裤子，挑着担子前往京城。先去大哥那儿，大宝听说三弟来了，忙吩咐在道的两边挂彩，红毯铺地，亲自把三宝接进了院儿。又请来了老二，大哥好酒好菜款待，留两个弟弟待了三天。哥儿仨叙完旧情，三宝说："二位兄长，我得去皇宫了。"于是，挑着担子来到皇宫门口儿叫卖："扁担宽的韭菜，不过手的梨，谁买呀！"

正好把门的听见了，忙告诉大管家，管家禀给了皇上。皇帝到后宫请出了李小姐，把三宝叫了进来，李小姐一见三宝就笑了。皇帝很是诧异，问道："你笑啥？"

李小姐故意撒娇道："皇上，看他穿的衣裳多好看呀，你俩换着穿吧，行不行？"

皇帝笑道："当然行！"说完和老三互换了衣服。

李小姐眼睛一瞪，指着皇帝命道："来呀，把这个穿怪衣裳卖东西的人给我杀了！"皇帝稀里糊涂地被砍头了。

就这样，小牛倌儿当上了皇帝，李小姐成了皇后。

雍顺网得千年鱼　知县逼缀锦皮衣

要讲的这个故事，不知道是哪朝哪代的事儿了。北海岸边住着个年轻小伙儿，名叫雍顺，十来岁就死了父母，剩下孤零零一个人，靠打鱼为生。

有一天，雍顺驾船到大海去打鱼，还没等撒网呢，一条红色的小金鱼噌地跃进船舱里。

雍顺高兴极了，特别喜欢这条小金鱼，傍晚回家后，将小金鱼放进水盆里养着。

夜里，雍顺做了个奇怪的梦，梦见那条金鱼说："阿哥，倘若能网到海里的千年鱼，把它的宝珠要来，放进我嘴里，我立马会变成姑娘嫁给你。"

早上起来，雍顺把昨晚做的梦跟金鱼学了，问它是不是真事儿。小金鱼像是能听懂话似的，摆摆尾巴点了点头，雍顺又乐颠颠地出海打鱼了。到了海上，将船划出很远，快晌午了，才开始撒网。收网的时候，觉得渔网沉甸甸的，好不容易才拉了上来，低头一看，真的网上一条大鱼。

大鱼开口说话了："好心的渔夫，我是条千年鱼，求您了，放了我吧，我定会奉送好多好多金子的。"

雍顺说："我不要金子，如果能把嘴里的宝珠馈赠，将感激不尽。"

千年鱼没办法，放生之恩当涌泉相报，便吐出了宝珠，然后游向了大海。

雍顺怀揣宝珠，鱼也不打了，急忙划船返回岸上。回到家一进屋，顾不上生火做饭了，从水盆里捞出了小金鱼，仔细地看了看，小金鱼似乎正冲他笑呢！雍顺把宝珠放进金鱼的嘴里，金鱼摆了摆身子，刹那间变成了美丽的姑娘。

雍顺和鱼姑娘成亲后，仍然天天出海打鱼，鱼姑娘在家织布结网、烧水做饭。夫妻情爱甚笃，你疼我让，小日子过得和和美美。

后来，此事被知县知道了，立即派人把雍顺叫到县衙门，逼他给缝一件鱼皮衣裳。雍顺愁坏了，想不出什么辙来，只好告诉了鱼姑娘。

鱼姑娘微微一笑道："郎君，别急，我有办法。"说着，从头上拔下一根儿头发晃了晃，顿时变成一件闪闪发光、没有一块儿补丁的鱼皮衣裳。雍顺把鱼皮服包好，赶车去了县衙门，送给了知县，知县乐呵呵地收下了。

到了晚上，知县急着要穿鱼皮衣，刚往身上一搭，鱼皮衣突然变成了无数条鱼，把他活活咬死了。

从此，雍顺和鱼姑娘过上了安稳、幸福的生活。

羊倌勤劳引春情　鱼精睿智胜昏官

头道沟南边青顶山下的小河沟旁有个泉眼，终年流水不断，那是伊通河的源头。岸边的小屯子里稀稀拉拉住着十来户人家，其中一家姓张，户主是个员外，屯邻都管他叫“张员外”。屯子的前边有个大而深的泡子，水总也不干，里面有条小鱼成了精。

张员外家雇的羊倌儿天天在泡子附近放羊，水中的鱼精总能看见他，天长日久的，便对勤劳质朴的羊倌儿产生了爱慕之情。忽一日，鱼精变成一个美丽的少女，故意在羊倌儿放羊的地方走动。由于二人此后经常碰面，渐渐地熟悉了，慢慢就好上了。

六月初三这天头晌，羊倌儿正在放羊，小鱼精来了，冲他莞尔一笑，说道：“咱俩认识挺长时间了，通过交谈，相互也了解了。你心地善良、勤快能干，是个好后生。我想有个家，终生与你相伴，不知愿意否？”

羊倌儿听后，那是打心眼儿里高兴啊！没承想一个穷放羊的，能娶上这么个好媳妇，真像做梦一样，忙答应道：“我愿意，愿意！”

鱼精说：“那好，你回去到老东家那儿租一间房子，咱俩好成亲。”

羊倌儿回去了，见了老东家，请求道：“大人，我想租间房子，您看行不行？”

张员外十分诧异，问道：“小子，租房子干啥？”

羊倌儿回道：“我要娶媳妇！”

张员外笑着说：“一个穷羊倌儿，什么也没有，谁家的姑娘肯嫁给你呀？”

“大人，先把房子租给我吧，明天她肯定来！”老东家答应了。

第二天一早，伙计们帮着羊倌儿收拾好了房子，里里外外打扫得干干净净、一尘不染，专等他要娶的媳妇来。

快晌午的时候，从南面来了个四抬小轿，一路吹吹打打，挺热闹，丫鬟、婆子跟了一大帮，前呼后拥地到张员外家找羊倌儿。

前面引路的进院儿就喊："羊倌儿，快出来，你媳妇来啦！"

东家、伙计全在一旁观瞧着，嚯！小媳妇如天仙一般，十里八村也找不出比她更俊秀的，个个赞不绝口。

羊倌儿急忙出门，把媳妇接进了屋，丫鬟、婆子在家里嬉闹一大阵子后，鱼精说："到此为止吧，你们还有事儿，都回去吧！"于是，这些人相继走了。

过了些日子，鱼精同羊倌儿商量道："郎君，咱们不能总租房住，得自己盖房子。"

羊倌儿十分为难，苦笑道："我身无分文，穷得叮当响，拿啥盖房啊？"

鱼精说："不用你管，全包在我身上，三天保证把房子盖完！"

羊倌儿不服气地笑着甩出一句："好哇，看你怎么盖！"

"那就等着瞧吧！"鱼精说着，拿起一根棍子往地上一插，地面立马出现一眼井，从井里冒出腾腾的烟雾。一眨眼工夫，烟雾聚拢来了石匠、瓦匠、木匠等，帮工的不计其数。有的搬石头，有的抬木头，有的和泥，有的上梁，不到三天，一座有高大门楼儿的四合院儿矗立起来了，漂亮极了。

时隔不久，州官从羊倌儿家门前路过，抬头一看，眼前是个青堂瓦舍的四合院儿，心想："这是谁的家呀？太敞亮了，我的衙门也没这么壮观哪！"遂叫过一个衙役说："去，把这家的主人给我带到衙门！"

羊倌儿进了衙门，迈入正厅，州官马上升堂审问："穷小子，本官问你，四合大院儿是怎么盖起来的？从哪儿弄的钱？如实招来！我访查过了，听说你媳妇有妖术，不到三天就把房子盖完了，可有此事？"

羊倌儿眼不跳心不慌，反问道："房子是我们两口子一起盖的，人都得有住的地方，有什么不妥吗？"

州官一听，这小子嘴还挺硬，眼珠儿一转想出了个坏点子，说道："既然你们两口子能盖出如此阔绰的房子，看来不可小觑，能耐蛮大的。那么限你三天之内，植二十棵柳树，树干拴二十头大叫驴，都得是白眼圈儿、白嘴巴、白肚皮、嘎嘎三叫的。如果做不到，本官可就不客气了，不仅把你打死，房子也得没收归官府！"

羊倌儿听罢犯愁了，回到家往炕头儿一栽歪，连饭都没心思吃了。鱼精见丈夫的心情不好，关切地问道："郎君，州官传你去，说了些什么？"羊倌儿原原本本地把州官的话学了一遍。

鱼精笑嘻嘻地把丈夫拉起来说："我以为啥了不得的事儿让你犯这么

大难呢，不用愁，先吃饭，一切都好办，包在我身上，放心吧！明天去柳树通给我撅二十根儿柳条子，再准备一张大白纸，拿把剪子就行了。”

第二天，羊倌儿把柳树条儿、白纸、剪子全备好了。只见媳妇拿起柳树条儿一根根地插在地上，将叠好的白纸用剪子剪了二十头纸驴挂在柳树条儿上，使劲儿一吹气儿，眼瞅着柳树条儿长高长粗，不一会儿变成了枝叶繁茂、遮天蔽日的大柳树了。纸驴也活了，头头是白眼圈儿、白肚皮、白嘴巴，拴在树干上嘎嘎直叫的。

这时，州官来了，到跟前一看，傻眼了。眼皮上下一翻，又想出了个坏点子，说道：“穷小子，这个太容易了，不算啥。给你一斗芝麻，一斗酥子，混合在一起。一宿的工夫得给我分别挑出来，芝麻放一边，酥子放一边。如果做不到，四合大院儿就是官家的了，然后把你杀掉！”

羊倌儿去官府把两斗混在一起的芝麻和酥子扛了回来，又犯愁了，一头躺在炕上，两眼盯着棚顶儿不出声儿。鱼精问他怎么回事儿，羊倌儿一五一十地说了。

鱼精笑着拍拍丈夫的肩膀道：“愁什么呀？小事一桩，看我的！”说着，把羊倌儿扛回的口袋往炕上一倒，用一根儿木头条儿从中间隔开，伸手一指吹了口气，说声：“分！”芝麻和酥子自行窜腾开了，泾渭分明，一堆是白色的芝麻，一堆是褐色的酥子。

羊倌儿乐不可支，从炕上噌地蹦到地上，搂着媳妇直转圈儿。第二天一早，羊倌儿饭都没来得及吃，便把已经分好的芝麻和酥子送到了州衙。州官抻脖儿一瞅，彻底蒙圈了，眼睛当即就直了。

偏赶此时，突接圣旨，由于有人告发州官贪赃枉法，欺压良民，皇上下旨将他押到京城去了。

打那以后，没人再找羊倌儿和鱼精的麻烦了，夫妻俩过着平静、安宁的日子。

兔大哥赠葫芦藤 扁担钩娶天上仙

在伊勒敦部世代居住的大山脚下，有个叫扁担钩的小阿哥，靠上山打柴养活额娘。

冬季的一天，扁担钩砍了两捆柴，踏着积雪往回返。走到半山腰，从山顶儿跑下一只兔子，到他跟前拱拱爪道："兄弟，救救我吧，不然我就没命了！"

扁担钩心眼儿好使，打开一捆柴，让兔子钻进去，再重新捆上。

不一会儿，来了一帮打猎的，问小阿哥看见一只兔子没有？扁担钩朝西一指道："看见了，往那边跑了。"

打猎的走后，扁担钩打开那捆柴，对兔子说："快走吧，他们回来可不好办了。"

兔子连连磕头道："谢谢，感谢救命之恩！哎，得怎么报答你呢？对了，咱俩拜个把兄弟吧，你叫我兔大哥。当哥的头一次见弟弟总不能空手啊，送根儿小棒儿给你吧，往后有什么为难遭灾的事儿，一定及时告诉兄长。向南走三十里，可见一座山，山上有棵歪脖儿树，用小棒儿敲三下树干，就找着我了。"说完，连蹦带跳地跑了。

冬去春来，万物复苏，小阿哥的额娘却得了重病，卧床不起，无钱医治。扁担钩忙着在家照料老母，不能上山打柴了，吃烧都断了，怎么办呢？他想起了兔大哥曾交代的话。

扁担钩用了一天的工夫，才找到南面三十里的那棵歪脖儿树，拿出小棒儿敲了三下，从树洞里走出了兔大哥。问明了弟弟前来的缘由，从怀里掏出一锭纹银，又抓了几把米，交给小阿哥说："这米一次捏几粒儿放进锅里就行，管保够吃，好好儿伺候额娘。"

小阿哥回家后，用兔大哥给的银子去药铺抓了药，额娘连续服了几服，病渐渐好点儿了，扁担钩开始上山砍柴了。可是没过多长时间，额娘的旧病复发，只三天便离世了。乡亲们纷纷前来帮忙埋葬老人，为了让大伙儿吃顿饭，扁担钩把剩下的米全下锅了。

又过了一年，扁担钩好不容易熬过了寒冷的冬天，感到很是孤单寂寞，便去找兔大哥，倾诉道：“额娘死后，我连个说话的人都没有，无亲无故，无依无靠，有时甚至感到无路可走。兔大哥，你说我今后的日子咋过呀？给想个办法吧！”

兔大哥说：“是啊，弟弟该成个家了。这样吧，你家房后有个大泡子，是神仙洗澡的地方，每年七月初七，仙女都来洁身。到时候，你躲在暗处，趁机把脱在岸边的红色衣衫拿回家。倘若仙女追你要衣裳，千万别还，她就做你的媳妇了。”

扁担钩听罢，很是感激，连连道谢。

七月初七这天，大泡子里果然有几位仙女来洗澡，连玩耍带嬉戏的。扁担钩按照兔大哥说的，偷偷将一件红色衣衫拿回了家，那个仙女怎么磕头作揖也没还，最后真的嫁给了他。

三年过去了，仙女给扁担钩生了两个孩子，一个沙里甘居[①]，一个哈哈济。一天下晌，妻子对丈夫说：“咱们在一起这么长时间了，又有俩孩子，我不可能走了。你把红衣衫烧了吧，省得老惦着，总放心不下。”

扁担钩想都没想，从柜子里取出红衣衫瞅了瞅，投进灶坑烧了。就在当天晚上，仙女捧着衣服灰，抱着两个孩子离去了。

扁担钩后悔极了，没招儿了，又去找兔大哥。兔大哥说：“弟弟，不该烧衣服，你上当了。”经扁担钩的再三恳求，兔大哥心疼他，只好又想了个办法，送给弟弟一粒儿葫芦籽。

扁担钩回家后，按照兔大哥的吩咐，把葫芦籽用碗扣在门前的枯井里。不几天挪开碗，葫芦藤长出老高，抬头看不见梢儿。他顺着藤条儿闭着眼往上爬，爬了好长时间，手才摸到天门。睁开双眼跨了进去，一直向东走，看到两间小房，一个女子正在门前洗衣服，见扁担钩过来了，忙站起身躲进屋。

扁担钩来到跟前叫门，屋内有两个小孩儿喊他阿玛，正是自己的沙里甘居和哈哈济。扁担钩深情地对女子说：“我的妻，你怎能狠心丢下丈夫呢？自打你领着孩子走后，我难过极了，天天想夜夜盼，几次从梦中哭醒。我喜欢你，更爱孩儿，难道咱们在一起不好吗？还是回家吧，我浑身是力气，有一双勤劳的手，日子会越过越富裕的。”

---

① 沙里甘居：满语，女孩、姑娘。

妻子终于被丈夫的话打动了，流下了两行热泪，上前抱住扁担钩坦言道:“郎君，实话告诉你，妻和孩子回不去了。要是你恋着我们娘儿仨，你就留下吧，咱们在这儿过好吗?”

扁担钩点了点头，咧开嘴乐了，两个孩子高兴得连蹦带跳又拍手的。

从此，一家四口儿在天上和和睦睦地生活了一辈子。

叶赫寨危涉百顺　雷公僧射杀蟒精

在叶赫寨南的大山里，住着一户人家，记不清姓什么了。家里只有老额娘和一个儿子，儿子名叫百顺，以打猎为生，娘儿俩日子过得很贫穷。

五月的一天下晌，百顺进山打猎，没一会儿，黑压压的乌云布满了天空，倾盆大雨骤降，百顺身穿的单衣立马淋透了，随之感到浑身发冷，急忙向山下跑去，想找个人家烤烤湿衣。待到了半山腰，抬头一看，前面真有户人家，青堂瓦舍的，就直奔那儿去了。

百顺呼哧带喘地跑到房子跟前，见黑大门半开着，便推门往里走。正一脚门里一脚门外时，出来一伙儿人，有的问候道："姐夫来了，一向可好？"

有的表示道："姐夫，好长时间不来了，挺想你的！"

百顺一听此话，愣住了，心想："真是怪了，我从没娶过媳妇，缘何叫'姐夫'呢？"

那伙儿人不由分说，连推带拉地把他让进了屋里，换了衣服烤上火。

这时，从外屋走进一个老太太，冲周围的人吩咐道："哎，都傻站着干啥？快给你姐夫烧火做饭去！"

不到一袋烟的工夫，摆上一桌丰盛的佳肴，香喷喷的。百顺也没客气，盘腿儿坐在炕上，大口大口地吃了起来。

用罢晚膳，又唠了一阵嗑儿，百顺告辞回家了，进屋忙不迭地把所遇奇事的经过对母亲讲了。

老额娘一听来气了，骂道："你个混账东西，当哪门子'姐夫'啊，准是没媳妇瞎想的，媳妇在哪儿呢？"百顺是个孝子，从不顶撞老人，晃了晃头没吱声儿。

隔了几天，百顺又去了半山腰那幢房子，受到了同上次一样的热情款待。这次老太太把闺女叫了过来，让她陪百顺闲聊，好生侍候着。

百顺一看这情景，光顾乐了，忘了回家了。到了晚上，和姑娘睡在一个被窝儿，仔细端详，发现她长得挺俊，十分招人喜欢。

第二天，百顺仍不愿走，连呆了三天才回家。进了门，本不想跟额娘说，又觉着不对劲儿，当儿子的，啥事儿哪能瞒着老人呢？于是一五一十地讲了。额娘听后，气得直哆嗦，又昏天黑地地大骂了一通儿。

从此，百顺心里总是放不下半山腰的那家人和姑娘，又怕额娘骂，老人要气出个好歹的不上算。寻思好长时间，还是孝为大，决定不再上山打猎了。

开集的日子到了，百顺到镇子去赶集，见有卖皮货的、以米换布的、抽帖算命的、卖艺唱戏的，总之啥都有，热闹异常。他这儿走走、那儿逛逛，正溜达时，碰到一位算命先生，一看百顺就喊："你站住！"

百顺怔怔地停下了，疑惑不解地问道："啥事儿？"

"后生，依老朽看，你有性命之灾呀！"

百顺蒙了："你我素不相识，唠点儿啥不好，凭什么说我有难哪？"

算命先生又道："小伙子，我没说假话，看你挺实在才告知的。曾去过一个地方吧？吃过几回饭，住了三宿，是不是？"

百顺一听心慌了，见说得全对，知道不是好征兆，忙承认道："先生说得极是。"又跪下求助道："恩人救命！"

算命先生很是无奈："唉，老朽救不了你的命，那姑娘是条蟒精，把你迷住了。"

"先生，请想个办法搭救我吧，一辈子忘不了您的恩德呀！"

算命先生想了想，说道："要想活命，只有一招儿，你在镇上有无亲属？要是有的话，马上借匹快马去雷公寺，那里有个老僧能搭救你！"

百顺遵照算命先生的话，借了匹快马，疾驰向雷公寺。半道儿上，看见北山坡儿有个老太太和姑娘下山了，飞快地向他追来。尽管百顺挥鞭一个劲儿地打马向前奔，仍比不了人家的速度，老太太和姑娘一阵风地到了马后头。百顺回头一瞅，已在近前，吓得"妈呀"一声摔下马来。

还算幸运，刚巧此时，已到雷公寺门前。叫声惊动了雷公寺的大和尚，他三步并两步地赶过来，箭搭弓弦嗖地就是一箭，只听"哎哟"一声，一条蟒精倒地而死，另一条老蟒精化作一股儿清风不见了。

打那以后，百顺得救了，并以此为戒，自觉约束自己的言行，成为一个人见人夸的好后生。

兜兜寻得绿皮松　拐子命断神牛湖

伊通州方圆百八十里的人都知道伊巴丹，它的南面有一村子，村中住着个十多岁的男孩儿，名叫兜兜。九岁那年，由于暴雨成灾，父母双双被淹死，只剩下一头老黄牛和他相依为命。白天，兜兜与老黄牛一起耕作，晚上就和牛睡在一起。

一天清早，兜兜起来吃完饭后，把牛牵到草甸子撒开了，拿出笛子坐在山坡儿上吹了起来。老黄牛边低头吃草边慢悠悠地走进了旁边财主李拐子家的菜地，结果被其管家看见了，遂带着几个家丁搬起大石头把老黄牛砸死了。

兜兜吹了一阵儿笛子后，抬头一看，老黄牛不见了，赶忙起身到处找。寻来寻去的，后来发现心爱的老黄牛竟躺在李拐子家的地阁子上，已经死了，头几乎被砸烂了，难过得趴在牛身上号啕大哭起来。这一哭不要紧，招来家丁一大帮，拎起兜兜一顿拳打脚踢。一个家丁冲他喊道："小子，听着，你的牛吃了老爷家的菜，我们把它打死了。你得赔偿损失，三天后，到老爷这儿当长工！"说完，家丁们扬长而去。

兜兜整整哭了两天两宿，到了第三天，还是泪流不止。这时，天空忽地刮起一阵风，一个胡子拖地、满头白发、手持拐杖的老头儿出现在兜兜面前，抚摸着他的头说："孩子，别哭了，起来吧。南边儿的那片松林里有棵绿皮神松，附近有头神牛，可日耕八百，夜耕九千。要想找到它，一路得吹你的笛子，笛声会吸引神牛走出松林。不过有危险，务必小心从事，因林子里有三只恶狼。"

兜兜听后半信半疑，刚想开口问，白发老人似一股儿清风消失得无影无踪。心想："反正明天也得给李拐子当长工，不如按老爷爷的话试一试，或许说得准呢！"于是，从牛身上爬起，带着笛子和弓箭一直向南走去。

兜兜一气儿走了三天三夜，未见松林，心里不断地给自己鼓劲儿：

“已经出来了，决不能回去，一定找到神牛。”他不停地往南奔，渴了喝点儿清泉水，饿了薅把野菜充饥，困了卧在树下睡一觉。十几天过去了，仍不见松林，然而他并不气馁，大踏步地向前行。

一天晚上，月亮刚露头，兜兜影影绰绰看见远处黑乎乎的一片。“啊，松林！”他惊叫起来，拔腿飞快地向那儿跑去。

兜兜进了林子，继续往南走。摔倒了，爬起来，拍拍身上的土接着走；脚磨出了血泡，抓把草垫在鞋里，一瘸一拐往前迈；胳膊被树枝划破了，出血了，全然不顾脚不歇。一直走到三星出来，方望见了绿皮神松，也看到了三只在神松旁的恶狼。

兜兜拿下弓，搭上箭，对准一只狼嗖的一声射出，狼应声儿倒地。另外两只往起一蹿，向他猛扑过来，兜兜放箭又射死一只。还没等搭第三箭呢，剩下的那只恶狼已到眼前，兜兜手拿着箭与其滚在一起，趁机将竹箭深深刺进它的肚皮。至此，三只恶狼全部毙命。

兜兜走近神松，拿出小笛子，坐在一块大石头上吹了起来。笛声别提有多美妙了，使得天上的飞禽停止了飞翔，地上的走兽放弃了觅食，纷纷围在周围静静听着一首首动听的曲儿。一直吹到第二天晌午，果然一头神牛走了过来，到了兜兜跟前站住了。他立马骑了上去，牛转过身来，像认路似的，返回兜兜的家乡。

兜兜刚到村口儿，见别人家的谷子已经抽穗儿了，自家的地还没耕呢，别提多上火了，心里琢磨开了：“一粒米没有吃啥呀？撒种子肯定不赶趟了，不妨种点儿菜籽吧，有青菜吃就饿不死。”

第二天，兜兜牵着神牛出了院门，来到自家的地里。神牛果然奇特，耕完一垄，眼瞅着一大片地全耕完了。他带着试试看的想法种了几粒儿谷种，刹那间不少的谷种都种完了，而且小苗儿随之从地里一节一节地钻了出来，不到一天谷子竟抽穗儿了！

兜兜高兴极了，越发亲近神牛，喜爱神牛，有点儿什么好吃的，自己一口不动，全喂给神牛。

时隔不久，兜兜得神牛的事儿被李拐子知道了，立刻亲自带着十几个家丁找上门来，一口咬定神牛是他家的，并让家丁把牛牵走。兜兜硬是不放手，被打得死去活来，最终神牛还是被抢到财主家去了。

当天晚上，兜兜思念神牛，吹起了笛子。笛声传出，不大工夫，神牛跳过财主家的高墙逃走了，回到兜兜的身边。李拐子闻讯，派人将兜兜抓了起来，关进地窖里，笛子也抢走了。

转天，李拐子要亲眼看看神牛如何耕地，将一家老老少少一个不落地领到地头儿，让大伙儿开开眼。家丁牵着神牛走到一块最大的地里让它耕，神牛只耕了一条垄，大片的土地呼啦一下全部耕完了，李拐子乐得前仰后合。

正当李家人兴高采烈的时候，忽听轰隆一声响，整块的地从神牛站的那条垄上齐刷刷地陷进去了，全家连老带小一个没跑了，都被埋在地底下了，一片地变成了一片湖。

从此，村民称此湖为“神牛湖”。过了些日子，有人看见兜兜骑在牛背上，又吹出了悠扬的笛声。

憋闷寡妇遭怪撵 好心车夫骗獾精

听老辈人讲，从前，科尔沁的东边有个小屯儿，住着这么一户人家。本来是三口人，可是儿子不幸得病死了，扔下婆媳俩过日子。

年轻的儿媳名叫立珍，从此成了寡妇，又没有亲属，整天守在家里，心里感到很憋屈。闲来无事时，便站在门口儿念叨："哎呀，我是够孤单的，怎么没处串门儿呢？"

有一天，立珍正叨咕呢，让一个老獾精听到了。转日，突然来了一辆大马车，说是这家媳妇的远房舅舅，要接她去住几天。

立珍心想："这下可好了，有了一门亲戚，以后有串门儿的地方了！"于是就想跟车走。

婆婆制止道："立珍呀，不能去，我从没听说过你有个远房舅舅啊！"

立珍笑道："额娘，人家好心好意来接，怎好不去呢？没事儿，放心吧！"

马车走啊，走啊，走了好长时间，还爬山越岭的。立珍有点儿着急了，遂问道："舅舅，还有多远？"

那人说："上山坡儿，下山坡儿，一会就到獾子窝。"

立珍听罢，知道上当了，可又走不了，半点儿辙没有。到了一个洞口儿，从里面走出一帮人，把她让了进去。

晚上，立珍翻来覆去睡不着，还影影绰绰地看见接她的赶车人在磨刀，知道事儿不好。

半夜了，立珍轻轻跳下炕，发现赶车人坐在地上正打盹儿呢！回身急急忙忙穿上衣服，蹬上鞋子，扣子都没来得及系便跑出去了。跑啊跑，也不知跑出多远了，天亮了，才看清后头有人撵。正着急时，见前面有辆马车，紧跑几步撵了上去，向车夫哀求道："大哥，救命啊！蠢妇上当了，后头有老獾精在追我。"

车老板儿是个好心人，奔儿都没打，说道："正好车上有口缸，你快上来，蹲在里面吧！”

不一会儿，老獾精变的人提着刀撵上来了，上气不接下气地问：“老板子，看没看见一个女人跑过去？那是我媳妇，不正经过日子，想找她回去。”

车老板儿说：“看见了，往北跑了，快追吧，要不然撵不回来了！”

那人真信了，飞快地向北追去，立珍方得救。

后来，立珍为了感谢车老板儿的救命之恩，加上对方为人善良诚恳，就嫁给他了，北大山的那个老獾精再也没人遇见过。

金水劈风拾绣鞋　千金计杀九头妖

早些年，在伊通州南面的大山里，住着几户人家。紧靠山根儿这家是父子俩，儿子叫金水，从小跟着阿玛上山打猎，学得一手好箭法。

一天早上，金水吃罢饭，去山坡儿采蕨菜。正采得来劲儿时，忽然一阵旋风刮来，顿时天昏地暗。旋风刮翻了他的小筐儿，蕨菜散在地上，金水随手冲旋风就是一菜刀。旋风过后，见地上有一只绣花鞋，而且出现一溜儿血迹，遂蹲下身来，把蕨菜装进筐里，捡起那支鞋回家了。

过了几天，城里官府毕员外家传出信儿了，说是绣楼被妖风刮倒了，小姐不知去向。谁要是能找到，赏黄金千两，并将小姐许配给他。

金水听说后，前去看热闹，并向员外的老家人打听是哪天发生的事儿。当得知乃五天前采蕨菜遇到的那股儿妖风造的孽时，便求见老夫人，把捡到的那只绣花鞋拿给她看。老夫人接过来一瞅，泪如雨下，正是女儿失踪当天穿的那只鞋。

毕员外喜出望外，当即摆了桌丰盛的酒席，请金水就座。宴罢，准备了几辆马车，拉着粮草，派了一个领头儿的，带十几个年轻力壮的小伙子，拿着钓竿铁尺随金水找小姐去。

金水同这帮人赶着车，来到那天采蕨菜的地方，顺着血迹向大山里寻去。翻越峻岭，跨过河流，走了十几天，血迹在盘山道的拐弯处不见了，一块大石头横在地上。

大伙儿用力挪开石头，下面是个黑咕隆咚的洞，金水背上弓箭，两人用绳子把他顺到洞里。到了洞底，一直往前走，越走越亮堂、越宽敞。没多远，前面出现一个小院儿，一女子坐在板凳上洗衣服。金水到了大门口儿，女子抬头瞅了瞅，估计是从地上下来的，急忙起身迎了出来。金水见女子只穿一只鞋，赶紧掏出了另一只，同女子脚上穿的一模一样，于是递给她并讲明了来意。

小姐轻声儿说道：“你的胆量可真大，我是被九头妖抓来的，刚巧赶上妖怪的主头受伤了，正在睡觉，否则你是进不来的！”然后询问怎样做才能救她。

金水对小姐说：“上面来了许多人，我的箭法很好，射死那妖怪就能逃出去了。”

小姐担心金水射不死九头妖，反被妖怪伤害了，决定验证一下。小姐站在百步之外，举着左手，金水的箭倘若能从手的中指和食指中间穿过去，就带他进屋。要不然，是不能采用此种办法的，太危险了。

金水退到百步以外，张弓搭箭，只听嗖的一声，箭头儿不偏不倚，刚好从小姐的中指和食指中间穿过。小姐叮嘱道：“九头妖只有一个脑袋好使，其他那八个虽然滴溜乱转，但不起作用，什么也看不见。因此，不要慌乱，须稳当行事。”金水听罢，点了点头。

二人定好计策后，小姐把金水偷偷领到屋里，藏在四边带围子的八仙桌底下。

半个时辰后，九头妖醒了，睁开眼睛冲小姐吼道：“好生气，好生气！”

小姐假惺惺地哄道：“咋的了，哪个长多大的胆子敢惹大王发火儿？行了，消消气儿，我给你洗洗伤口。”边说边端过一盆水，轻轻地擦洗着，趁它没注意，忽地往主头上一拍。九头妖以为小姐跟自己闹着玩儿呢，还没等反应过来，金水噌的一箭射中，九头妖扑通一声栽倒在地。怕那妖不死，金水又连发数箭，直到九头妖气绝了。

金水拉着小姐快速朝洞口儿走去，小姐十分感动，向恩人许下了终身。还把头簪和镯子断成两截儿，二人各留一半儿，出洞后以此作为凭证。

到了洞口儿，金水拉响了铃铛，上面的人立刻放下一个大竹篓儿。小姐让金水先上，金水让小姐先上，两个人相互推让着。金水着急了，愣是将小姐摁进竹篓儿里，再一次拉响了铃铛，地面的人合力往上拽。

小姐终于回到了地面，大伙儿围了过来，让她赶紧上车。小姐手指洞口儿吩咐道：“快把竹篓儿放下去，救我的人还没上来呢！”

领头儿的说：“小姐，你坐上车先走，我们这就拉他上来。”

车走了，领头儿的命众人搬石头，重新压在了洞口儿。

金水在下面一看，知道完了，任凭怎么拉铃，上头毫无反应。他只好走回洞里，往右一瞅，有座小庙，顺手折了几根儿蒿子当香点着了，跪在庙前念叨着：“世上真不公平，好心不得好报，我救人，谁救我呀？”

话音刚落，忽听有个声音搭腔儿了：“金水，若能救我，我一定救你！”

金水四下一看，没人，可分明听到有人说话呀！遂大声儿问道：“你是谁，在哪里？”

“我是银龙，因为五百年前行雨行错了，所以被押在这里。”

“怎么能救你呢？”

“爬到旗杆上，杆子顶端贴着一道符，把它揭下来。再去第三个洞，有个老太婆在纺线，从她那儿要来钥匙，打开中间的抽屉就能救我。我出来了，才能救你。”

金水叹了口气道：“唉！管你能不能救我呢，我得救你，焉能见死不救？”他壮着胆子爬到旗杆上，揭下了那道符，下来后，走进银龙告诉的山洞，一个白发苍苍的老太婆头不抬眼不睁地纺着线。

金水进了屋，扑通一声给老太婆跪下了，过了好半天，老太婆才抬起头，金水忙向老人家说明了来意。老太婆交给他一把钥匙，金水用钥匙打开了中间的抽屉，从里边爬出一条弯弯曲曲的银龙。

金水怔怔地瞅着它，银龙头一晃，立马变成一个年轻的小伙子。二人到了庙前，烧香叩拜，结为把兄弟。银龙让金水趴在自己的背上，闭上眼睛，不要乱动，金水照做了。只听几声雷鸣，一阵儿风雨过后，银龙说：“大哥，睁开眼睛吧，快到家了！”金水睁眼一看，果然离家不远了。

银龙嘱咐金水：“大哥，以后要是有啥需要帮忙的，朝南天门叫三声银龙，我马上就到。”说完，驾着云彩飞走了。

金水朝自家走去，到了大门口儿，太阳已经落山了。他高声儿叫门，说是儿子回来了，阿玛就是不给开，以为他早死了。敲门的时间长了，阿玛终于忍不住了，冲外问道：“告诉我，你到底是人回来了，还是魂儿回来了？阿玛想死你啦！”

金水说：“阿玛，开门吧，真是儿子回来了！”

阿玛半信半疑地打开门，果然是儿子站在面前，激动得热泪盈眶，拽起衣角儿不住地擦眼泪，从此再不让金水出门了。

单说毕员外的千金自打被救回家后，不少人冒充是救小姐的恩人，并向她求婚。来人中，一个个全让小姐问住了，谁也讲不清在洞里小姐向恩人说了些啥，留下什么作为凭证。

小姐思念救命恩人，吃不下饭、睡不好觉，渐渐地病倒了。老员外一看着了急，派出不少人四下寻金水，责令务必找到。

一天，此信儿传到了金水的耳朵，便背着阿玛偷偷去看小姐。进了城里的毕员外家，小姐见到了救命恩人，病一下子全好了。

员外打算在府内给金水与小姐完婚，准备了几日，派人带八抬大轿吹吹打打地去接金水的阿玛。轿子到了村口儿，老父亲一听，是奔自家而来，以为儿子在外闯了祸，吓得哆嗦成一个团儿。来人向他解释，是金水娶小姐做媳妇，特意接老人家去城里的。阿玛听罢，心里这个乐呀！没承想一下子高兴过劲儿了，竟昏死过去。众人一时没了主意，又怕员外怪罪，忙回城通禀。

金水得知后，急得直搓手，猛然想起银龙的话，随即向南天门连磕三个头，叫了三声银龙。银龙腾云驾雾来到大山根儿，径直进了金家，救活了老阿玛。

三天后，金水领媳妇回到家中，侍奉老阿玛，过着幸福的生活。直到晚年，两人仍相亲相爱、如胶似漆，共享天伦之乐。

二道沟门庭若市　洼坑街户限为穿

听老辈人讲，早先，伊通州的北边有片很大很深的泡子，泡子里有条黑鱼精。

一年春天，伊通州洼坑街来了个老头儿，大高个儿，身穿黑衣裤，头戴黑帽子，雇了辆小车，前往州东面二道沟西北角儿的一个独门独院儿。

到了门前，见这家人口不少，男男女女，老老少少，非常热闹。

小车刚停下，由两人搀扶着一个穿黑衣裳的老太太从屋里走了出来，上了老头儿的车后，老太太回头叮嘱家人："我先走了，你们七月十五再去吧！"说完，老头儿吩咐车老板儿起车，顺着大道一直向北赶。

车老板儿起早贪黑地驾车北去，整整走了三天，第四天头儿上，来到一个小镇。

老头儿和老太太下了车，告诉车老板儿："老板子，咱歇歇吧，在这儿住店，等天黑再往前走。"

车老板儿挺纳闷儿，心想："这对儿老头儿、老太太真怪，怎么总是白天住店、黑天坐车走路呢？"

吃罢晚饭，老头儿和老太太又坐上车，叫车老板儿继续往北赶。

约莫走了十来里路，本来天很黑，却越走越亮堂。小车来到一家独门独院儿，刚一停，随之从屋里拥出不少人，又是一些男男女女、老老少少，亲亲热热地接这对儿老人下车，有唤爷爷奶奶的，也有称叔叔婶婶的，还有叫哥哥嫂嫂的。

老头儿下车后，对家里人说："车老板儿辛辛苦苦走了四天，咱们没钱付，从米柜里扤两碗黄豆给他吧！"

车老板儿一听来气了，寻思道："跑了这么远的路，不付工钱不说，只给两碗黄豆。我家黄豆成袋子装，有的是，谁稀罕你那点儿玩意儿？"

正想着呢，有人把黄豆拿来了，车老板儿百般推辞不要，后来便直截了当地说了："我看明白了，一路上你们有银子住店，该付车费时，却装作没钱，这不是欺负人吗？”

可是，不管车老板儿怎么讲，这家人硬是要给黄豆。推来推去的，最终还是被车老板儿推了回去，已经倒进兜儿里的一把黄豆也掏了出来。

车老板儿气呼呼地回到旅店，因没有挣着工钱，越想越憋闷，便和店主唠起了此事。

店主听罢，问道：“你把他们送到哪儿去了？回来得够快的。”

车老板答曰：“从这儿往北走，大约十来里的地方。”

店主吃惊地说：“那哪对呢，往北几十里没人家呀！”

车老板儿一口咬定：“明明送的是一个老头儿和一个老太太，而且那家人特别多，这还有错嘛！”

店主恍然大悟：“附近的人都知道北面有片大泡子，里面住着黑鱼精，时常出来，准是叫你碰上了。要是不信，天亮时，再去找找那户人家。”

车老板儿对店主的话半信半疑，第二天天刚蒙蒙亮，他就顺着昨晚的车辙印儿寻去了。约莫走了十来里地，一路果然没有人家，只见前面有片很大的水泡子，车辙印儿一直伸向泡子里。这才醒过腔儿来，怪不得那老头儿、老太太让白天住店、晚上赶路呢，原来真是鱼精啊！急忙摸了摸兜儿，还剩下三个豆粒儿，掏出来一看，哪是黄豆粒儿呀，分明是金豆子！

车老板儿此刻老后悔了，唉，当初送我两碗黄豆粒儿，干吗不要哇？剩得太少了。三粒儿就三粒儿吧，总比一粒儿没有强，然后赶车返回二道沟。

车老板儿到了地儿，想找那个独门独院儿的人家再看一看，别说院子呀，连个人影儿都没有，跟前也是片大水泡子，车辙印儿同样是从泡子里出来的。绕过泡子一瞅，另一边是自己来二道沟时，进入泡子的车辙。他终于相信店主的话了，拿着三颗金豆子乐颠颠地回到了伊通州。

打那以后，黑鱼精的故事在州里州外传开了，越传越远。

莲花街满仓巧遇　柳条边义狼奇还

早些年，伊通州西莲花街东北边有个小村子，叫啥名儿没人知晓。其中一家是娘俩儿，儿子叫满仓，靠打柴养活额娘。

一天下晌，满仓正在砍柴，忽然看见从远处跑来一只狼，一晃儿又不见了，满仓也没太在意，接着干活儿。

这时候，不知打哪儿走来一个俊秀的姑娘，长得如同天仙似的，到了满仓跟前问道："你姓甚名谁？家住什么地方？"满仓一一告诉了她。

姑娘微微一笑，说道："满仓，你很辛苦，日子过得不容易，今后不用打柴了。可在你家房后插上一根儿杆子，上面挂个锡斗，缺啥东西上去取就行了。"说完，一转身没影儿了。

满仓挑起柴回到家，去房后插了一根儿杆子，上面挂个锡斗，甭管灵不灵，插上再说。第二天一看，米、面、油、盐全来了，还真灵。从这以后，只要缺什么，便去房后杆子上边的锡斗里拿，一年很快过去了。

一天，刚巧满仓出门了，家中来了个姑娘，坐下和老太太唠了起来。额娘一看姑娘的长相挺好，很会说话，性情温柔。想到自己家原来的日子过得穷，儿子老大不小了，也没个上门儿提亲的，至今未娶媳妇。这么好的姑娘要是能嫁给满仓，那敢情好，可谓哪辈子修来的福哟！于是劝姑娘留下，别走了，没承想姑娘竟爽快地答应了。

满仓回来时，额娘已将他的婚事定了，第二天便与姑娘成了亲。

满仓虽然结了婚，但心里一直犯寻思，不知道媳妇是人还是鬼，或许是那只狼变的要吃我呢！他把斧子磨得飞快，天天搁在枕头底下，媳妇都看见了，并没理这个碴儿。

转眼又是一年，满仓家添人进口了，生了个男孩儿，日子过得倒也平静。七月十五那天，媳妇没在屋，孩子一个劲儿地哭，怎么哄都不行。满仓气得照屁股啪啪打了两巴掌，并骂道："你个小狼崽子，哭啥呀，想老狼了是不是？"

偏偏此刻媳妇前脚刚迈进屋，丈夫的话全听见了，心里很是难过，一脸不高兴地说："满仓，我到底哪点儿对不住你，口口声声骂我们娘儿俩？唉，反正也呆到头儿了，要是孩子想我，你就抱他到以前砍柴的地方去连喊三声，也许能见最后一面。"说完，走到房后，打了个滚儿不见了。

满仓这才知道后悔，可已经晚三秋了，见媳妇打滚儿的地方，扔下了平日穿的衣裳，别的啥也没有了。

过了些日子，孩子想额娘，大声儿哭叫着，满仓无论如何也哄不好。没法儿了，又怕哭出毛病来，便抱着孩子到以前砍柴的地方，连叫三声："孩子他额娘，孩子他额娘，孩子他额娘！"话音刚落，从远处跑来一只狼，在两棵大树中间儿打了个滚儿，立刻变成了孩子的额娘。

媳妇走到丈夫跟前，接过孩子，解开怀喂奶。趁此当口儿，满仓赶忙走到两棵树中间，捡起脱在地上的狼皮，转身就往家走。媳妇在后面追着撵着管满仓要，满仓也没给，无奈之下，只好跟了回去。

满仓一进家门，趁媳妇没注意，偷着把狼皮扔到后院儿的枯井里。媳妇问他衣服搁哪儿了，满仓动情地说："媳妇，咱再也不要那衣服了，以前都是我不好，求你了，别走了，我和孩子离不开你。"夫妻俩泪眼相望，对视一笑，终于和好了。

从此，满仓的媳妇住了下来，两口子相亲相爱，白头到老。

那老二交运窘境　赵小姐恢复真身

早些年，辉发一山根儿底下住着户姓那的人家，家大业大，任嘛不缺。老两口儿年事已高，三个儿子也长大成人了，啥都可心，唯独老二不务正业，是个耍钱鬼，整日整夜不着家。

一天傍晚，不知啥原因，马圈突然起火了，全家老老少少一个不落地去救火。火是扑灭了，可仔细一查看，丢了匹马，这不是怪事儿吗？

老大的儿子好像冷不丁想起什么似的，嚷道："哎呀，我看见二叔回来过！"

一句话提醒了大伙儿，不用说，肯定是老二输了钱，偷马还债了。老头儿气得眼睛都红了，转身去磨刀，非要宰了二儿子不可。

一点儿没错，那老二确实赌输了钱，趁大火偷马还了债。在外面待了几天，身无分文，又没招儿了，只好于天黑时回到自家，嘭嘭嘭敲大门。

屋内人声嘈杂，大人唠着嗑儿，小孩子打闹嬉戏，谁也没注意敲门声儿，唯大媳妇听见了，猜想准是他二叔回来了。

好心的嫂子偷偷包点儿干粮来到大门口儿一看，正是老二，忙道："他二叔，马是你偷的吧？阿玛气得非要你命不可。赶快逃吧，越远越好，千万别回来了！"

老二听后，无奈地叹了口气，带上干粮走了。可是，黑灯瞎火的，往哪儿去呢？他含着眼泪，一边低头走一边寻思地方，心里乱糟糟的。走着走着，抬头一看，发现前边不远有座小房亮着灯。此刻的那老二如同久旱的禾苗逢雨露，不那么心焦了，觉得舒坦多了，拔腿乐颠颠地奔灯光跑去。

那老二径直进了屋，四下瞅了瞅，只有一个女子在灯下看书，遂上前施礼道："请问小姐，这是什么地方？"

女子抬头打量了一下来人，笑着反问道："大哥，深更半夜的，要去哪儿呀？”

小姐一开口，倒把那老二给问住了：“是啊，我往啥地方去，自己也不知道。又一想，房内只有一个女子，留宿太不方便了，可不住下又能咋办呢？一时感到十分为难，犹豫不定，愣怔怔地瞅着地。”

女子早已看出那老二心里想些什么，轻咳了一声，挽留道：“大哥，在这儿过夜吧，等天亮了再走。”

那老二长出了一口气，致谢道：“谢谢小姐，真是感激不尽，我就在门外蹲一宿吧。”女子低头不语，微微一笑。

那老二站在门旁，女子忙放下书，上炕铺了两床被子，回头深情地注视着他。

那老二偷眼看了看女子，长得蛮漂亮，也明白小姐的意思，便小心地走了过去，坐在炕沿边儿，双眼不住地前后左右寻摸着。小姐知道他瞧什么，笑着说：“大哥，放心吧，屋里没别人。小女在这儿住了好几年，从没来过谁，凄苦极了。今晚有缘与您相识，总算有个说话的人，我该谢大哥才是呀！”说着，流下了热泪，伸手去拉那老二。那老二着实被感动了，什么也不想了，脱鞋上了炕。

天亮了，那老二并没有走的意思，女子更高兴了。那老二把自己的情况一五一十地讲了，女子也介绍了本家姓赵，乃赵四小姐。二人越唠越热乎，互有好感，海誓山盟做了夫妻。

吃完早饭，赵四小姐包了几件值钱的衣服、首饰，让那老二去城里的当铺换了钱，再到集市买些米、面、肉、蛋回来，好过日子。临走时，叮嘱道：“千万记住：进城后，头一个当铺不能去，别的当铺哪个给钱多，就在哪儿当。”那老二满口答应，背着布包儿出门了。

那老二一路上边走边寻思，就是个乐呀！没承想一夜之间得了个媳妇，从此有了窝儿，这不是天上掉下来的美事儿嘛！等进了城，因为太高兴了，早把赵四小姐嘱咐的话忘了，看见头一个当铺就进去了，顺顺当当把衣服、首饰当了，又买了些吃的、用的，急急忙忙往回赶。

事实上，那老二走进第一家当铺的时候，赵四小姐已经感觉到了。她很生气，正焦躁不安地在屋里走来走去呢，那老二进门了。赵四小姐脸色铁青，劈头便问：“我白交代了，你一句没听进去，到底是在哪家当的东西？”

那老二被赵四小姐的举止惊呆了，不知闯了什么大祸，嚅动着嘴唇没敢吱声儿。

赵四小姐见他那样儿，更来气了，嚷道："那老二，今天我非教训你一顿不可！"说着疾步走出门外，只听山崩地裂般一声巨响，屋内顿时一片漆黑。那老二只觉得四周全是木板，一点儿空隙没有，既抬不起头又爬不出去。

赵四小姐在外面厉声儿质问道："从今以后还听我话不？说呀，否则永远不让你出来！"

那老二几乎被吓破了胆，苦苦哀求道："好，好，一定听你的，让我咋的就咋的。"话音刚落，随即一声巨响，真怪了，赵四小姐已在房中了。

赵四小姐接着说："事已至此，用不着继续隐瞒了，实话告诉你吧，我是赵家四小姐，十八岁那年得痨病死了。在这儿住了十年，修成精灵，因不甘寂寞才与郎君成婚的。今日去的当铺是我娘家，所当的衣服、首饰，父母都认识。我算定了，正午时，他们一准会来刨棺验尸骨。眼下只有一个办法，赶快出外雇车，一块儿回你家。"

那老二抬腿出了家门，去了多时也没雇到车，只好返回。赵四小姐骂了声："笨蛋，看我的！"只见她用篾条和秫秸扎辆二马拉的车，吹了口气，立刻变成了真车马。二人收拾收拾东西登上车，二马驰奔起来，像飞一样。

单说赵家当铺老板打开那老二所卖的衣服、首饰，立马认出是四小姐的随葬品，便收下了。全家商量一番后，晌午来到坟地，准备掘棺验尸。可是刨开棺木一看，里面是空的，知道来晚了，四小姐早没影儿了，只好作罢。

那老二很快来到自家大门口儿，这回不比上次了，娶了媳妇又有了套马车，想来老父亲或许能饶恕自己，胆子便大了起来，高喊开门。

孩子们先拥出来了，一看二叔回来了，忙跑回屋报信儿。老爷子一听，气冲头顶，正要发作，大媳妇赶紧走到跟前，好言劝道："阿玛，别犯急，消消火儿。老二坐着马车进家了，还领回了媳妇，想来是学好了，出去看看吧！"

老爷子听罢，火气消了点儿，慢腾腾地出了院门，把老二媳妇接进屋，全家人十分高兴。

那老二的舅舅是阴阳先生，听说此事后，感到很奇怪。认为二外甥本没钱，在荒山野岭遇见个女子便成亲了，恐怕不是人，务必得去一趟。他急三火四地到了姐姐、姐夫家，一眼瞅出二外甥媳妇果然不是凡人，而是死后成了精。临走时，趁家人出来相送，跟大姐说了实情。

姐姐不信，摇头道："哪能呢？二媳妇可会来事儿了，饭都比别的媳妇做得好吃！"

弟弟说："要不这样，明天姐姐去我家一趟，给你带道符，一看就信了。"大姐想了想，点了点头。

第二天，那母称娘家有事儿，得走一趟，出门转道去了弟弟家。回来得挺晚，天已黑下来了，身上带着一道符，到家门口儿时，装作很疲倦的样子喊道："大媳妇、二媳妇、三媳妇，出来接接我，走不动了！"

三个媳妇出了院门，正要上前搀扶婆母，可老太太却说："还行，一喊都来了，这我就高兴了，你们头前走吧！"

三个媳妇前边走了，老太太从后一瞅，二媳妇如绵羊般长着卷毛，人不人鬼不鬼的，吓得"妈呀"一声昏了过去。

大伙儿七手八脚地把老太太抬进了屋，放到在炕上，又喂水又揉身子的。待苏醒过来后，大儿子问额娘到底咋的了，老太太一个字儿没敢讲，只说是累的。这一切，二媳妇看在眼里，心知肚明，只是别人不知道罢了。

三天后，老太太又去了弟弟家，让他降妖。弟弟明知自己法力不够，十分为难，但为了姐姐和二外甥，还是硬着头皮答应了。

当天晚上，那老二的舅舅来到姐姐家的上屋，刚刚坐定，老太太就喊媳妇们挨个儿给舅舅点烟。大媳妇点了，三媳妇也点了，唯二媳妇叫了几遍仍没出屋。

大媳妇、三媳妇哪知是咋回事儿呀，笑嘻嘻地去请二媳妇，让她快去。二媳妇气呼呼地下了地，出了门，一直奔井沿走去。不一会儿，只见她拎着满满一柳罐斗水和井绳儿来到上屋，说了声："给我淹！"然后把水往地上一倒，撒开了手中的绳子。这下可不得了啦，眼瞅着水往上涨，已到了人的嘴边，就要灌进肚子里了。再一瞅，井绳儿变成一条大长虫，紧紧地缠在舅舅脖子上，眼看要勒死了，全屋人没有一个敢吱声儿的。

二媳妇向周围扫了一眼，回过头来说道："舅舅，还敢来不？这回要不看老二的面子，非要了你的命不可！怎么，专程来治我？倘若真有能耐，把二外甥媳妇还了阳啊，那多好哇！放心吧，我是真心爱你二外甥，不会加害他的。"

此刻，舅舅憋得满脸通红，只好求饶。二媳妇一伸手，井绳儿、水和柳罐斗仍是原样儿，屋地一点儿没湿。二媳妇拎着井绳儿、柳罐斗送回了井沿儿，舅舅乖乖地走了，一家人只剩瞪大眼睛发愣了。从那以后，谁也不敢惹二媳妇生气了，她对家里人非常和气，孝敬长辈。

过了些日子，老那家忽然来了个道士，坐在院子里化缘，接着开始作法。只见二媳妇在炕上翻身打滚儿，没好声儿地叫唤，不大一会儿，像睡觉一样没了声息，也没人敢上前看一眼。

道士走了，二媳妇渐渐苏醒过来，口中直喊疼。大伙儿近前仔细一瞧，她浑身上下脱了一层皮，满头都是汗。

从此，赵四小姐恢复了真身，拜望了娘家人，生了个胖小子。还煞费苦心地把那老二要钱的毛病改了，再不偷不赌了，日子也越过越好了，家中上下人等和邻里皆夸赵四小姐是个贤惠媳妇。

慕张郎郁郁离世　转尘俗嫩嫩生儿

听老辈人说，伊巴丹的南山南还有座山，叫望女楼山。山下有个屯子，叫望女楼屯，住着十几户人家。其中的两户相距不远，一家是满族大户，姓佟，生养个女孩儿，十七岁了。格格的乳名儿叫嫩嫩，身材苗条，模样俊俏，聪明伶俐，读了不少诗文，能书擅画，且家教甚严，住在深宅大院里，从不和外人来往。另一家是穷户，姓张，有个男孩儿，十八岁了，人称“张郎”。大高个儿，五官端正，口阔鼻直，长得一表人才，正在学堂念书。

几年来，张郎天天往返于学堂，早出晚归，每日两次经过佟家门口儿。时间长了，嫩嫩对张郎刻苦读书的毅力打心眼儿里佩服，但从来没正面瞅过他一眼，说上一句话。

最近这些日子，嫩嫩每到张郎要来时，便脸对着大门装作散步的样子偷眼观瞧。后来干脆开着大门，走到门外，大胆地望着张郎，越看越觉得小伙子可爱。

然而，嫩嫩的心思和举动，张郎丝毫没有察觉。每当二人的目光碰到一起时，嫩嫩总是嫣然一笑，含情脉脉。张郎则面红耳赤，急忙低下头，匆匆走过。

嫩嫩十分清楚自己爱上张郎了，一刻也离不开他了，晚上做梦都想和他在一起。醒来时，顿感异常孤寂，只能偷偷地流眼泪。知道两家贫富悬殊，门不当，户不对，父母是不会同意的。为此，心事越来越重，郁郁寡欢，茶饭难进。

父母见女儿愁眉紧锁，脸色不好，特别着急，又不知是什么原因。问她是不是病了，还是上火厌食，嫩嫩也不说。额娘没招儿了，便追问丫鬟，才明了实情。老父听说后非常生气，夫人劝他不要发火儿，又告知女儿，将来得找个门当户对的丈夫。

一来二去的，嫩嫩病了，病势日渐加重。这时，父母才开始认真考虑女儿的婚事，打算赶紧给她找个有权有势的人家嫁出去。谁知二老一张罗，愈加火上浇油，嫩嫩竟卧床不起了，求医问药无济于事，说是得了相思病，不久便离开了人世。

嫩嫩死后，父母和亲人难过自不必说，平时跟在嫩嫩身边的小鬟环成天啼哭，而佟家发生的这些事儿，张郎一点儿也不知道。

一天，小丫鬟在大门外看见了张郎，因可怜小姐，就怨恨张郎太傻，把嫩嫩对他的感情，由此得病离世的事儿一股脑儿全讲了，并告知了小姐埋在什么地方。

张郎听了此番话，十分惊讶，深感愧疚，心想："唉，一个穷苦读书人，难得人家小姐一片真情，舍命相爱。我咋这么笨呢，简直是个榆木疙瘩！"转身来到嫩嫩的坟头儿，放声儿号啕大哭，内心的话儿说了千千万万，又道出了对不起小姐的自恨之情。

几天来，张郎心绪烦乱，闭上眼睛就想起和嫩嫩见面的情景。晚上睡觉时，经常梦见嫩嫩站在自己面前，哭诉着内心的爱慕与向往。他再也没心思读书了，天天去嫩嫩的坟头儿痛哭，父母咋劝都没用，足足哭了七七四十九天。

一日，太阳落山了，张郎又来看嫩嫩了，眼泪噼里啪啦往下掉。突然坟里说话了："张郎，不要哭了，小女已经复活了。里面憋闷得喘不过气来，快去佟家报信儿，我要还阳！"

张郎喜出望外，马上又觉得有些为难，最后还是决定到佟家走一趟。为何如此呢？原来佟、张两家虽是近邻，却从未办过什么事儿，加上嫩嫩的死又是因为思念张郎，佟家每每想起来，对他很是怨恨。

张郎来到佟家说明了情况，嫩嫩的父母听说女儿又活了，高兴极了，连称这是天降福佑、喜事临门哪，值得庆贺，对张郎的怨恨随之也一扫而光了。夫妇二人赶紧带人去坟地，打开棺木一看，女儿正睁大双眼看着大伙儿呢！

嫩嫩回到家后，跟阿玛、额娘并不亲热，一看见张郎，便一头扑到他的怀里。二位老人由衷地感激张郎哭活了女儿，不忍心再拆散他们，爽快地答应了这门亲事。嫩嫩非要立刻去张家，父母不敢再阻拦，遂派人带上嫁妆，由张郎陪着到了张家。

张郎进了屋，忙将后来发生的事向二老详详细细地讲了一遍，父母自然没得说，转天热热闹闹地给儿子办了婚事。

嫩嫩到张家以后，哪样儿都好，就是不吃饭。张母一想起儿媳是死过的人，心里总有些发毛，背地里时常问儿子，媳妇究竟咋样？儿子满意地回道：“我二人感情挺好，很合得来，只是没有像别的夫妻那样睡觉。嫩嫩说，她身子凉，怕伤了丈夫。”

老太太听罢，觉得媳妇确实同常人不一样，怕儿子有啥好歹，整天提心吊胆的。

张郎有个远房舅舅，住得不远，是个阴阳先生。听说了外甥的婚事，觉得有些蹊跷，匆匆忙忙来到了张家。

婆母向儿媳引见道：“这是你舅舅。”嫩嫩显得很不热情，不理不睬，老太太十分纳闷儿，但没说什么。

舅舅要走时，嫩嫩也不送客，婆母和张郎送到院外。舅舅直截了当地说：“姐姐，你的儿媳是个鬼魂，眼下之所以不吃饭，是因为天天晚上出去剜人心吞噬。我看她的样子，大概剜了三十颗心了，吃掉七七四十九颗时，可就谁也治不了啦！”

老太太当即吓得没了魂，浑身直哆嗦，张郎说啥也不信。

舅舅又道：“外甥啊，不相信并不奇怪，因为夫妻睡觉时离得很近，她的妖气迷住了你，真魂却走了。等你醒来时，天早亮了，她早已回来躺在身边了。不过听大姐说，你们没有像夫妻那样睡过觉，看来她是不想加害自己的丈夫。我给你些朱砂，背着她喝下去，夜晚就不能被迷住了。你可以偷偷看她到底干些什么，真相便会大白，千万别害怕呀！”张郎半信半疑地点了点头。

晚上，张郎装作很快就睡着的样子，呼噜呼噜地打起了鼾。到了半夜，只见妻子悄悄儿从被窝儿钻出来，下了地，轻轻叨咕道：“长啊，长啊！”话音刚落，嫩嫩长得头顶棚盖儿，眼睛同柳罐斗那么大，嘴像盆似的，手跟小簸箕没什么两样儿，不用推门就开了，出了房门，一闪身不知去向，吓得张郎把被子全蒙在脑袋上了。

到鸡叫的时候，先是一阵风声，随后嫩嫩回来了。进了屋，和平常一样躺下了，发现张郎瑟瑟发抖，缩成了一个团儿。

嫩嫩知道事已败露，无法隐瞒了，只好如实说了：“郎君，全看见了吧？不要害怕，妻也是没办法，每天晚上务必得剜来一颗人心给鬼王吃，否则鬼王是不会答应的。妻一颗人心没吞过，只是喝点儿夜里的露水罢了，我是真心想变成活人和你做夫妻的。”

张郎吃完早饭后去了舅舅家，将看到的一切告诉了老人家，请求想办法把嫩嫩变成活人。

舅舅叹口气道："鬼魂的妖术很难破解，何况变成活人？我恐怕没那能耐，豁出命试试吧！"

当天下晌，舅舅带上降妖剑、黑驴蹄子、梆子、木鱼等东西来到张家院内，夜幕降临时，摆好架势，开始嘟嘟囔囔地念经。

屋子里，嫩嫩躺在炕上几次坐起，气得两眼通红，面对窗外发怒。张郎壮着胆子在一旁劝慰，生怕舅舅念经声音大，嫩嫩会越发生气。忽然一道白光闪过，嫩嫩冲出门外，将舅舅打翻在地，卸巴卸巴给吃了。

张郎看得清清楚楚，吓得浑身直起鸡皮疙瘩，噌地跳出后窗就跑了。

嫩嫩回屋一看，丈夫不见了。四下瞅了瞅，后窗开了，拔腿追到房后，把藏到柴火堆里的张郎一把拉了出来，背着进了屋。

嫩嫩看着郎君，哭着说："吓死我了，以为你被鬼王抓去了呢，为什么跑哇？"

张郎回道："看你吃舅舅的样子，凶得很，我怕极了。"

嫩嫩扑哧一声笑了，手指窗外道："你看，舅舅不是活得好好儿的吗？妻没吃他，只是施妖术给鬼王看的，不然是不会饶过我的。"

张郎抻脖儿一瞅，没错，舅舅果然好端端地坐在院子里呢！老人家知道自己不是外甥媳妇的对手，起身主动进屋赔了礼，然后回家了。

过了不长时间，有天傍晚，一个道人来到张家院内念经。这回同上次不一样，嫩嫩不但没出屋，而且浑身哆嗦如筛糠，可怜巴巴的。道人足足念了一个时辰，刚停下，便神不知鬼不觉地离去了。

天要亮了，嫩嫩像得了一场大病似的，晃晃悠悠地坐起来了，两眼木呆呆的。看看四周，这是什么地方呀，咋没见过呢？瞅瞅躺在炕上的张郎，似乎认识又觉陌生，越寻思越糊涂，心里乱成一团麻，理不出个头绪来。

张郎盯着嫩嫩的一举一动，感到很奇怪，发现她的脸色比原先红了，身上脱了一层皮，体温正常了，不似以前那样冰凉了，遂抱着她大声儿唤道："嫩嫩，醒醒，我是你丈夫啊！"

不大工夫，嫩嫩彻底苏醒过来，对自己死后都干了些什么，一点儿不知道。

后来，张郎考中了状元，当了官。嫩嫩生了两儿两女，携夫教子，夫妻二人一直活到百岁。

长豆角引出祸端　贪金桥夺命山门

阿勒坦额墨勒南面的村子住着二十几户人家，村边儿有个大水塘，长满了荷花和菱角。其中一户姓金，当家的叫金桥，他家种的庄稼和青菜都比别人家长得好。

一年春天，金家在菜园子里种了几垄豆角，到了农历六月，有棵秧上结了个特别大的豆角，约二尺来长，颜色由浅绿变成深绿。家人皆感到稀奇，很快传遍了全村，后来外村也听说了。

一天晌午，从南方来了个牵骆驼的，会识别珍宝，还带着一个随从。听了村里人的议论，径直到了金家，看了看菜园子里那个大豆角，便向金桥提出能否卖给他，愿出五十两银子。

金桥十分惊讶，心里琢磨开了："他出的可是能买十头肥猪或者四头耕牛的价码儿，看来长豆角是个宝哇，不管给多少钱也不能卖呀！"于是说道："这是我家的稀世之宝，十里八村全知道，不能卖。"

尽管拉骆驼的人几次加价，一直加到五百两银子，金桥说啥没卖，只好不甘心地走了。

金桥望着买主离去的背影儿，想了想，转身回到屋里，对儿子如此这般地嘱咐了一番，儿子赶忙出门追赶拉骆驼的人。撵上后，人家走到哪儿，他就跟到哪儿。一来二去的，拉骆驼的人和随从发现紧随其后的小青年是个聋子，经过几次试探，证实了的确耳聋。这样，二人一边走一边唠嗑儿，也就不背着他了。

一主一仆从屯子里出来的第七天傍晚，住进了一家客店，金桥的儿子自然落不下，他们仨睡在一个炕上。

晚上，随从小声儿问主人："前几天，你要用五百两银子买大豆角，有啥大用吗？"

主人低声儿回道："你是不知道哇，那个豆角是开大孤山的钥匙呀！"

随从又问："怎么才能让山门开呢？"

主人说：“等到豆角长到一百天，把它摘下来，拿到大孤山前从左往右跑三圈儿，大喊三声‘山门开’，山门立刻会自动开启。”

随从接着问：“里头有什么值钱的东西吗？”

主人笑道：“有啥东西？不瞒你说，全是金银财宝。等过些日子，咱们回去多给金家一些银子，务必将那把‘钥匙’买来。”

转天一早，主仆二人继续赶路，“聋子”却不见了。

金桥的儿子回到家，向阿玛讲了一路跟踪的经过和收获，老父很高兴。大豆角越长越长，差不多有三尺了，颜色逐渐变黑。估计快够一百天了，金桥早已等不得了，到园子就把豆角摘了下来。

金桥为防万一，没告诉别人，自己拿着长豆角来到大孤山前，从左至右跑了三圈儿，大声儿喊道：“山门开，山门开，山门开！”话音刚落，只听山崩地裂一声响，山门果然开了。探头往里一看，黄澄澄的一片，闪闪发光，全是金银财宝。

金桥心里乐开了花，几步冲了进去，拿起金银财宝就往衣袋里装，不一会儿便装满了。有心回家取大布袋，又怕来不及，只好把衣服脱下来，扎上袖口儿往袖筒儿里装。

这时，由于豆角没有长足一百天，神力不够，再一次山崩地裂一声响，山门合上了，贪心的金桥和大豆角被关在里边了。

打那以后，人们常能听见大孤山发出轰隆轰隆的响声，山门里的宝贝至今无人能得。

鬼头杨私语惊蟾　憨子李笃诚好报

柳条边里的一个小屯住着些回迁的在旗人家，其中一户姓李，小两口儿，男的叫常乐，女的叫阿香。常乐为人诚恳厚道，勤劳朴实，屯邻戏称“憨子李”。阿香善良贤惠，心灵手巧，纺线、织布样样儿行。他们从杨姓财主，人称“鬼头杨”家租来几亩山坡地，男耕女织，夫妻和睦，小日子过得挺顺心。

春天来了，冰消雪化，家家户户忙着开犁耕种。常乐的父母下世早，没给儿子留下任何家产，没牛没马，也没有绳套犁铧。人家用犁杖蹚地，他只能凭着一把子力气，一镐一镐地培沟打垄，每培一条垄就满头大汗，气喘吁吁。

有一天，正当常乐觉得很累的时候，一镐下去没刨动，以为是没劲儿了，接着使足劲儿刨了一镐，碰到一个硬东西。再来一镐，只听“当啷”一声响，镐刃儿锛了个豁儿。弯下腰仔细瞅了瞅，好像是石头，便用镐尖儿一点点儿地往两边扒拉土，扒拉来扒拉去，露出一块青石板。用力搬开青石板，板下是个洞，洞内立着个坛子，坛子口儿蒙着一层油纸。把油纸揭开，里面装的是白花花的银元宝，常乐立马惊呆了，寻思道：“这可真怪，财宝不放在家里，埋到地里干啥呢？不管咋说，是谁的东西，就应该归谁。”想到这儿，拿起油纸按原样儿蒙好，将青石板挪了回去，上面盖层土，然后举起镐头继续往前刨。

太阳落山了，常乐扛起镐头往家走，一进门儿就将在地里刨出银子的事儿告诉媳妇了。

阿香问：“你咋不把坛子抱回来呢？”

常乐说：“又不是咱家的东西，人家埋在那儿自有缘由，哪能随便给动呢！”

夫妻二人在屋里唠着嗑儿，没承想窗外有人听声儿，谁呢？“鬼头杨”家的二少爷。他闲来无事，见天东游西逛，四处乱窜，谁家的姑娘、媳妇长得漂亮便悄然而至，围着那家房前屋后地转悠。今晚恰恰来到常乐的窗户根儿下，想偷偷窥视阿香，故而方才小两口儿说的话全被他听去了。

二少爷这个乐呀，忙起身回家，急不可耐地把租给常乐的那块地里有人埋银子的事儿告诉了阿玛。老财主听后，啪地一拍大腿道："好嘛，正应了天上掉馅饼的话了，那坛银元宝就该咱家得，有这个福分，穷小子常乐没财命。等会儿家家都吹灯拔蜡了，咱爷儿俩来他个神不知鬼不觉，前去挖银子！"

到了夜深人静之时，"鬼头杨"跟儿子悄悄儿来到地里，就着月光像翻土豆子似的一镐一镐地刨，一垄垄地扒拉。从月亮东升刨到月亮西斜，两个多时辰过去了，总算找到了那块青石板。

父子二人搬开青石板，果然发现有个坛子，掀开油纸，见坛内白花花的，老财主竟乐了个倒仰儿。二少爷哪还顾得上扶起阿玛呀，赶紧弯腰用尽全身力气往出拔坛子，没拔动不说，手一松摔了个腚墩儿，一屁股坐在"鬼头杨"身上了。爷儿两个从地上爬起来，四只手死死抓住坛子口儿，一较劲儿，终于从洞里拔出来了。

正在这时，忽听坛子里呱呱直叫，"鬼头杨"借着月光低头一瞅，哪里是什么银元宝啊，这不是一坛子癞蛤蟆嘛！气得大骂儿子："二小子，吃饱没事儿撑的吧？深更半夜的，把老父亲折腾到大地里，跟你一块儿抓癞蛤蟆玩儿来了，真能想得出！"

二少爷更是蹦高儿跺脚地骂："常乐，你个混账，真不是东西！准是看见本少爷在窗外听声儿，故意调理人，把一坛子癞蛤蟆硬说成是银元宝。好小子，敢耍我，等着瞧！"

"鬼头杨"火上烧油道："对，咱爷儿俩哪吃过这亏呀，不能让他消停！"

二人如此这般地合计了一番，然后抬着坛子直奔常乐家，来到后窗户根儿底下一看，正好有扇窗户没关，爷儿俩合力将坛子使劲儿往屋一扔，转身就跑，一边跑一边寻思："嘿！这回可解恨了。小子，让你坏我们，等着可屋抓癞蛤蟆吧！"

单说常乐睡得正香，忽听地上哗啦一声响，忙起身披上衣裳划火一看，嚯，满屋地全是银元宝！

这工夫，阿香也醒了，点上油灯一照，地上除了银元宝，还有金锞子，白花花、黄澄澄，闪闪发光，直晃眼睛。

阿香拍着手笑问道：“郎君，你不说这东西是谁的归谁吗？金银财宝主动找上门儿来了，应该归咱了吧？”

常乐点点头说：“嗯，财神爷给送来的，干啥不收哇！”

从此，小两口儿不仅自己不愁吃、不愁穿，还经常拿出一些金银周济大伙儿，穷乡亲也沾了光，全村人都跟着过上了好日子。

寻胞姐误进妖窟 觅古画斩杀鹰魔

伊通河北岸住着一户在旗的吴姓人家，四口人，有老阿玛、老额娘及生养的一个格格和一个小阿哥。

六月的一个下晌，姐姐带着弟弟去姥姥家串门儿，二人蹦蹦跳跳地经过一片苇塘时，姐姐让弟弟等一会儿，说是去方便。

弟弟等啊等啊，直到天快黑了，也不见姐姐回来，急得不得了，左呼右唤没人应，找了一阵儿不见影儿，只好转身回家了。一进门，便向阿玛和额娘讲了姐姐丢失的经过，老两口儿感到很是蹊跷。

亲友邻居听闻后，都替吴家着急，众说纷纭，多数认为一准是被狼虫虎豹吃了。可小阿哥不信，经常独自一人离家，去苇塘附近寻找。

有一天，小阿哥在离苇塘不远的地方发现一个土丘，丘的左侧是个洞口儿。他走到跟前往洞内瞅了瞅，一眼看到了姐姐，惊喜得刚要发问，姐姐慌忙地说："不好，妖精回来了！"情急之下，一把将弟弟拉进洞，扣在一口空缸里。

这时，妖怪进来了，四下闻了闻，问道："有人来过？"

小格格一口咬定："没有！"

妖怪说："我打听好些天才得知，前屯王员外家有一宝物，是个金盆，一直放在后院儿的枯井里。不过每次去都弄不来，因那户有张古画儿，上画一只看家的鹰，特别厉害，谁也到不了近前。王员外只知家中有一金盆，至于藏在哪儿，古画有什么作用并不知晓。"

小格格听罢，没吱声儿。第二天一早，妖精又走了，姐姐把弟弟放了出来，嘱咐道："弟弟，要想救姐姐，只能将那家的鹰带来，除此没别的招儿。"弟弟点点头，依依不舍地转身回家了。

小阿哥到家后，脸都没顾上洗，便与阿玛、额娘合计搭救姐姐的办法，最后决定由他打扮成道人模样，去前屯游访。

单说王员外听乡民私下里议论，言称屯里来个能掐会算的小道人，遂前去请他卜一卦，算算凶吉祸福。

“小道人”一进门，便看见外屋墙上挂着一张古画儿，上画一只老鹰。由于时间久，白纸已变黄，并挂满了灰尘。又房前屋后地观瞧一番，然后开口问道：“员外大人，你家近来是不是有妖怪出没？”

王员外忙回道：“是，是呀！”

“小道人”以一种十分肯定的口吻又道：“看得出来，妖怪是为财宝而至。”

王员外说：“宗族先人留下一金盆，但藏在何处不知，始终没能找到。”

“小道人”问：“你家后院儿是不是有口枯井？”

王员外回道：“有，有哇！”

“小道人”胸有成竹地说：“员外大人，去那儿看看吧！”

员外把“小道人”留下，一面派人款待，一面派人去后院儿找宝。没一会儿，果然在井中发现一物，取出一看，正是金盆。

王员外非常高兴，很是感激，为酬谢“小道人”，命人拿来不少银子馈赠之。可“小道人”一文不要，说是喜欢古画儿，请求员外把外屋墙上挂的那幅画送给他。

王员外不以为然，爽快地答应道：“行，不就是一张画儿么，送给你了！”边说边将画儿摘了下来，掸去灰尘，用布包好，交给了“小道人”。“小道人”谢过，抱着古画儿连夜往家赶。

第二天一早，小阿哥拿着古画儿去苇塘，到那儿以后进了洞，将古画儿递给姐姐。两人正看呢，妖怪回来了，姐弟俩惊恐万分，手足无措，一时不知如何是好。

恰在这个节骨眼儿上，忽见古画儿动了动，画儿上的那只老鹰从纸上飞了出来，落在妖怪的头顶上，低下头两口便把妖怪突起的两个眼珠儿叼出，掉在地上了，随即又飞回到古画儿上。妖怪疼得翻身打滚儿地号叫，姐姐忙递给弟弟一把斧子，小阿哥接在手中，狠狠向妖怪砍去，只几下就断气了。姐姐弯腰把妖怪的眼珠儿捡起来，仔细一瞅，原来是两颗夜明珠。

姐弟俩回到家中，阿玛、额娘和亲友都非常高兴，放鞭炮庆贺，从此全家人又过上了平安幸福的生活。

小阿哥找到了丢失的姐姐，除掉了妖怪，得了无价之宝，在十里八村传为佳话。

喂石人获赏金豆　求外财白搭饽饽

伊通城北五十里有座大黑山，山下住着一户张姓人家，老两口儿领着两个儿子过活，日子不算宽裕。

老大聪明，心眼儿多，啥事儿不吃亏。后来经媒人提亲，娶了媳妇，成家立业了。老两口儿思来想去，觉得老少常在一起，没有舌头碰不着牙的，便做主让大儿子分出去另过。

老二心地善良，诚实厚道，乐于助人，至今未婚。每到冬季，他必去山上砍柴，途经一座庙，庙前有个石人骑在石马上的雕塑。

一天，老二又路过庙前，忽然听见石人小声儿叨咕着什么，心里琢磨开了："怪呀，本是石头人，咋会说话呢？"转念一想，世上的稀奇事儿多得是，不光我，谁也解释不清，还是多多行善积德吧！遂问石人："石人呀，石人，你常年在这儿守护，寸步不离，风雨不误，难道不知饥渴冷暖吗？"然后打开布包，拿出饽饽放进石人口中，石人真就吃了。

老二又惊又喜，从此，每天上山打柴时，总是多带点儿饽饽给石人吃。时间长了，他和石人越来越熟了，当再次喂石人时，石人从嘴里噼里啪啦吐出许多金豆子。老二高兴极了，弯腰捡起带回家，交给额娘并讲了得金的经过。

老太太听罢，让二儿子去镇上买来香火，早晚给石人烧香、磕头。

张家有了钱，老二张罗着盖新房子，只用了一个月的时间，三间大瓦房落成了，搬进去后，也娶了媳妇。

时过不久，老大听说了老二喂石人发财的事儿，很是眼红，也学着到庙前去喂石人饽饽，以坐等富贵，可石人却不吐金子了。

一天，老大媳妇随丈夫又去给石人送饽饽，还特意缝了个大布袋子，准备装金豆子用。

二人来到石人跟前，老大媳妇说："石人呀，石人，已经喂你不少饽饽了，快给吐点儿金豆子吧！"

话音未落，便见石人开始往外吐东西，老大媳妇乐得直拍手，仔细一瞅，吐出来的不是金子，而是铜钱。

站在一旁的老大着急了，伸手从石人嘴里往外掏，一边掏一边指责石人不公平，为啥不给吐金豆子。

正在这时，石人口中忽地喷出一股儿青烟来，先前吐的那些铜钱不见了。

两口子抱头痛哭，又后悔又心疼，不仅金子未得到，铜钱没影儿了，还白搭了不少饽饽，闹了个鸡飞蛋打。

遇奇缘千里相会　断红线对面不逢

从前，一个小村子里住着娘儿俩，儿子叫广玉，靠垦点儿山坡地种粮养家。

立夏刚过，家中飞来一只鸟，喳喳地叫着。娘儿俩从未见过这种鸟，屯子里有人说，此鸟的名字叫“缘”。

缘很懂事儿，白天跟小伙子侍弄地或上山打猎，晚上回来给他做伴儿，寸步不离。

有一天，娘儿俩吃完早饭，突然发现缘不见了，广玉急得到处找。过了大约两个时辰，缘才飞回来了，落在屋里的房梁上，向主人直点头，广玉咧嘴乐了。

第二天，缘又飞走了，干啥去了呢？原来缘头天得知，城里宋员外的三姑娘准备抛彩球招婿，它一心想把彩球叼回来，让三小姐给广玉当媳妇，先去看看。缘飞到宋员外家，只见门前人山人海，热闹非凡。缘刚落在房檐儿上，正赶上三小姐抛彩球，立马张开嘴一口将彩球叼住，反身往回飞。

员外见彩球被一只鸟叼走，便对女儿说：“孩子，此乃命中注定，是阿布卡恩都力的安排，你就随它去吧！”

三小姐不敢违背天命，很是无奈，只好告别了父母和家人，跟着那只鸟走了。缘在前面飞，时不时地回头看看后面的三小姐，见她走累了，就停下来落在树上。待小姐歇好了，缘再飞，天快黑时，来到一座破草房跟前。广玉见缘嘴里叼着个大彩球，后边还跟着一位貌美的年轻女子，顿时明白是咋回事儿了，心里美滋滋的。

转天，老额娘为了给儿子办喜事儿，将家中好吃的全拿了出来，只做了七个菜，还差一个怎么也凑不上了，急得团团转。实在没辙了，眼睛盯在了缘身上，想让它给想个办法。

聪明的缘明白了主人的意图，试探地指了指自己并点点头，意思是

你可以把我杀了当盘儿菜，然后飞到菜板儿上。

老额娘也够心眼儿实的，一点儿没犹豫，拿起菜刀就把缘给剁了。三小姐一看缘死了，红线断了，收拾收拾转身走了。

后来，此事渐渐传开了，人们说，这是“有缘千里来相会，无缘对面不相逢”。

小鱼仙嬉戏被钓 老渔翁搬宝葬身

从前，伊通州有个渔翁，春、夏、秋三季天天去河边钓鱼，然后担到集市上卖，换几个小钱维持生计。

一日下晌，他钓上一条身有美丽花纹儿的小金鱼，特别好看，不忍心卖掉，便放进水盆带回家里。

转天早上，渔翁下地往水盆一瞅，金鱼不见了，一个小人儿坐在里面，冲他说道："老人家，本人是鱼仙，一时不慎才被钩住。请把我送回河里，我将领你到家中，你可任选喜欢的宝贝作为报酬。不过丑话说在前面，只许拿一件，不能贪心，必须快快出来。"

渔翁十分高兴，急忙端着盆来到岸边，捧出小人儿，立马变成了小金鱼，摇着尾巴游进河里去了。随之水面儿被豁出一条玻璃一样明亮的大道，渔翁紧随其后，顺顺当当地到了水底。举目一看，四周光灿灿的，水晶的宫殿，金银质地的摆设，还陈列着不少金人，晃得他头晕目眩。

渔翁既羡慕又眼红，抱起一个大大的金人就往外跑，送到岸上后，还惦着里面的那些宝贝，忙跑回去接着搬。奇怪的是，每往外运一次，前面拿出的宝贝便无影无踪。他忙三火四来回不停地搬运，由于所用时间过长，水中道路突然合拢，并刮起了大风，波涛汹涌，渔翁再也没能出来，永远葬身水底了。

第四章 生产生活故事

引 子

时令已进十二月，严冬大地，白雪皑皑。

一日，慈禧太后因当晚无事，早早睡下，东方露出鱼肚白时方醒来，且再也躺不住了。

说起慈禧太后的衣食住行，可谓颇有讲究。住舍四处屋宇深邃，幽静而雅致，窗棂全上玻璃。帷幔低垂，做工精细，五色缭绕，令人目眩，里面的陈设外面不能窥见。睡觉前，宫女为老太后捶腿，一直到睡熟。太监侍立回廊，鸦雀无声，名曰“坐更”。太后睡醒后，须喝一杯人奶，练一套御医为她编的八段锦，然后离床洗漱。此刻，侍寝太监揭开绣花窗挡，冲外低声儿通报：“老佛爷醒了！”其他内监和宫女听罢，立马鱼贯而入，小心伺候。

慈禧太后今天穿的是黄缎锦袍儿，上绣粉红的牡丹花，发髻缀满珍珠。头左边垂挂珠玑，中间盘着牡丹，皆用宝石雕成，每粒大如鸟蛋，晶莹剔透，闪闪发光。两手腕各戴玉镯一只，右手指套金戒指三枚，鞋上有串珠儿，镶以各色玉翠。

由于东部边境形势日紧，老太后不敢轻慢，传来御前大臣荣禄，经一番计议，决定委依克唐阿为盛京将军，不日前往盛京全权督办辽东军务。

不多时，依克唐阿到，赐座后，太后说：“依克唐阿，你在京城已住些日子了，有关朝中的事，可能耳朵装得满满的了。有人说我贪图享乐，不顾当今民族危机之严重，为了给自己祝寿，颐养天年，动用海军军费修建颐和园，不惜举国债修缮宫苑，声称只修葺和筹办六旬庆典两项，所用白银不少于一千万两。其不知这些再好，待到百年那天，带不走一草一木、一砖一石，全都得留给后人。祖帝康熙爷、乾隆爷修了那么多园子，难道他们也错了不成？闲下来的时候我常想，纵观一生，思想并不颓废守旧，为振兴大清祖业，不夸张地讲，那是殚精竭虑，死而后已。

不但支持洋务运动，批驳清流派非议洋务言论，并且考虑到机器制造与天文算数学密切相关，同治五年设立天文算学馆，招收年满二十的满汉举人及恩、拔、岁、副、优贡生入馆学习。为取外国之长，补本国之短，前事不忘，后事之师。汉人妇女，大多缠足，由来已久。我认为此乃有伤造物之和，便首议倡导劝诫国人妇女，以后不要缠足。事实上，而今天下妇女早已释去裹足之苦，个个乐开怀。我力主裁冗官司，合并闲散机构，停捐纳，改科举，罢免礼部堂官。为了稳固政局，不致因变法引起新的震荡而使王朝遭到颠覆的危险，断然结束新政。所有这一切，不正是为国着想，尽心尽力地去做吗?”说到这儿，慈禧显得有些激动，稳定了一下情绪后，又道：“依克唐阿，朝廷已委任你为盛京将军，近日将赴任。此去辽东，肩负重托，不要辜负圣上的期望。祖陵在盛京，朝廷每年都去人祭拜，必须安排得周周到到，这些不用我费唇舌了。你要走了，不知何日还朝时能相见，御前大臣荣禄刚好在，想必圣籍伊通州还有不少民间传说，再给我们讲一些。荣大人忙得很，军国大事系于一身，难得空闲，让他也听一听，散散心。前两天，我给荣大人讲了几段儿，他说很有趣儿，其实那全是你讲的，我不过是现学现卖罢了。”

依克唐阿表示道：“老佛爷忧国忧民之心，令奴才敬佩之至，感谢老佛爷和荣大人对奴才的信任。外寇近年屡犯近海，此次赴辽东，深知责任重大。请放心，奴才定当竭尽全力，赴汤蹈火，在所不辞！说到家乡的故事，最多要数生产、生活、亲情方面的，情节曲折，生动离奇，世代相传，生生不息，今天奴才就为老佛爷和荣大人效劳。”

从这日起，依克唐阿每天晚膳后皆去仁寿殿，又连续讲了许多好听的故事。

武圣显威留双狮　旗庙呈灵旺香火

早些年，伊通城东有个大户人家，财主姓李名都，颇有文采，为人和气，乐善好施。家里骡马成群，土地百垧，房屋数十间。

这年春天，李财主大兴土木，重修宅院，正房添了一栋，新房盖了十间。尤其是院墙修得格外细致，高两丈，宽三尺，上覆琉璃瓦，站远处一看，很气派。

一日，大管家来报，言称宅院修缮一应完结，只是门前的一对儿石狮子还没运到，昨天二管家徐六已领人去了南山，八匹大马的铁车两辆，随车伙计二十，头晌便可运回来。至于石狮子该如何放置，没有想好，请老主子定夺。

单说徐六等人来到南山根儿一看，嚯！好一对儿石狮子，每尊一人多高，长五尺，重千斤，很是气派。

石狮子出自何人之手呢？乃关东著名石匠赵维所刻。据传，他雕虎生风，雕狮面吼，今日一见，果不虚传。徐六令人把两尊刻好的石狮装上大车往回拉，第二天日头一竿子高时，才进了伊通城，来到箭亭子。

俗话说："十个营城子，不如一个箭亭子。"此处多豪宅，商贾富翁满目皆是，车来人往，好不热闹。

车行到箭亭南，有人急报二管家，说是前边走不了了。徐六跑过去一瞅，车轮已深陷泥中，忙令摘挂往出拉。众人使出全身解数齐用力，车轮不仅纹丝不动，还越陷越深。

这时，围观的人七嘴八舌地议论开了，其中有位长者说："徐管家，没看铁车误的地方正在旗修庙前嘛，大概是关老爷相中这对儿石狮子了。关老爷想留，你能耐再大，哪里拉得出去呀？"

徐六一听没辙了，急得团团转，只好翻身上马回了李宅。

老财主李都正干等不来，站也不是，坐也不是时，忽报二管家回来了，忙让他进屋说话。

徐六落座后，把车为什么没有返回，误在旗修庙前的事儿讲了。李都听罢，想了想，言道："既然那对儿石狮子被关老爷相中了，没说的，就孝敬他老人家吧！"随即备马，与二管家一同去了旗修庙。

大家一看李财主来了，纷纷围上前，李都当众答应，将石狮子送给关老爷。

说也怪，只见徐六手执长鞭一甩，铁车竟毫不费力地拉了出来。李都吩咐把石狮子安置在旗修庙前，做关老爷的守护神，人们无不拍手称赞。

从那以后，李都家业日兴，子孙满堂，长寿百年，此为后话。

旗修庙本是住在伊通州的旗人修的一座大庙，有前后正殿，殿内供着关老爷像，终年香火不断。自打门前添了一对儿石狮子，常有人听到低沉的吼叫声，此庙的名声越传越远，香火越来越旺。

小察洛两箭射虎　俊百花龙山化石

早些年，二龙山住着一户姓汪的人家，老两口儿没儿没女，孤孤单单过日子。

汪家祖辈皆以打猎为生，汪老头儿名叫汪一谦，由于有一手百发百中的好箭法，人们称他“汪一箭”。

二龙山林子茂密，狼虫虎豹成群，“汪一箭”上山没一次空手回的。打的猎物除了向山主交税和留下自己吃用外，全送给邻里乡亲，大伙儿都夸老两口儿为人坦诚，心地善良。

好人有好报，汪老太太四十八岁那年怀了身孕，十个月后，顺利地生下一个女婴。老两口儿有后了，乐得逢人便讲，左邻右舍纷纷前来道喜。

小女孩儿长得白皙俊秀，聪明伶俐，生下来就会说话，阿玛、额娘叫得可甜了。满月那天，老两口儿商量着给孩子起名字，没等大人琢磨出来呢，女孩儿先嚷开了：“我早想好了，就叫百花，百花！”

百花格格在阿玛、额娘的照护下，一天天长大了，而且特别懂事儿，给父母带来了不少乐趣，老两口儿再不感到孤单了。

要说也快，百花一晃十八岁了，每天跟着阿玛上山打猎，学了一身好武艺，多么凶狠的野兽都不怕。特别是越长越漂亮，十里八村皆言山沟里飞出一只金凤凰，连九天仙女也比不上她。汪家天天有上门提亲的，全被百花拒绝了，因为她早已爱上了一个小猎手，名叫察洛。

百花十五岁那年，有一天，阿玛离家去集市卖皮张，百花为了试试自己的箭法和胆量，便背着额娘带着弓箭上山了。进山不远，发现一头豹子，正欲瞄准儿时，突然一只猛虎从背后张牙舞爪地向她扑来。

在这千钧一发之际，就听对面嗖地飞来一箭，射瞎了老虎的左眼，当即痛得嗷嗷直叫。百花忙回身接发一箭，老虎发疯似的张着血盆大口再次扑来，恨不能一口把她吞下去。恰在此刻，嗖的一声又飞来一箭，不偏不倚，正中老虎的右眼，老虎立马应声儿毙倒，鲜血淌了一地。百花擦了擦头上的汗向对面望去，只见一个英俊青年背着弓箭跑了过来，他就是察洛。

察洛住在邻村，从小父母双亡，一个猎户收养了他。百花早就认识察洛，只是没打过交道，亦未说过话。为感谢救命之恩，百花领着察洛回家见了阿玛和额娘，并留下吃了顿饭。从此，百花的内心深处，开始有了这个结下生死之缘的小伙子。

话接前书。来汪家提亲的人天天不断，应接不暇，百花很是烦恼。无奈之下，只好鼓起勇气去邻村见察洛，倾吐了自己的爱慕之情。还告诉他，如果愿意，赶紧托媒人到汪家正式提亲。

察洛听罢，高兴极了，乐不得娶百花格格，立刻照姑娘的意思办了。百花的父母懂得闺女的心，二话没说，痛痛快快地答应了。百花和察洛定亲的事儿一阵风似的传开了，乡亲们皆言二人特别般配，是天生的一对儿。

此地有个叫史二悠的，听到百花定亲的信儿后，急得三天没吃饭。他是二龙山最大的山主，趁良田千垧，方圆百里的山木都属自家名下。长工、佃户不计其数，光看家护院的就有几十个。史二悠阴险奸诈，荒淫无度，有六房妻妾还不知足，见谁家姑娘长得漂亮，总是想方设法划拉到手。他一直琢磨把百花娶来，做第七房姨太太，可托了几次媒全被顶了回来。

今天头晌，史二悠急巴巴地亲登汪家门，口口声声非娶百花姑娘不可。毫无疑问，又遭到了拒绝，他气得恶狠狠地骂道："哼，真不识抬举！我以为要找户啥人家呢，原来是个穷打围的，也就这么点儿脓水！"

史二悠转身回了家，仍不死心，既然软的不行，咱来硬的，当下派了五六个打手，手持刀枪棍棒去汪家抢亲。

百花的阿玛出门打猎去了，此刻，她正同额娘连说带笑地忙着做嫁妆呢！见一帮打手闯了进来，忙撂下针线，顺手操起一把打猎钢叉，圆瞪双目对准了来人。打手们自知抵不过百花，又怕伤着格格，比画了几下便回去了。

百花的额娘见人退走了，不无担心地说："孩子，史二悠决不会放过咱们的，赶快上山找你阿玛和察洛吧！"

百花听话地疾步出了家门，从这山找到那山，嗓子快喊哑了，也没发现阿玛和察洛。刚爬上一座更高的山，就听有人大声儿喊道："百花格格，下山吧，我们老爷来了。快跟史二老爷成亲吧，保你有吃有喝有钱花，一辈子享不尽的荣华富贵呀！”

百花仔细一看，原来是史二悠领着打手追来了，顿时气得浑身发抖，牙关紧咬，拉弓搭箭瞄向了史二悠。没等松手呢，忽听头顶发出咔嚓一声巨响，惊天动地，从山上掉下一块石头，足有十来间房子那么大。巨石带着轰鸣声向山下滚去，吓得史二悠和打手们连喊带叫，各自逃命。紧接着又听咔嚓一声响，巨石崩裂，碎成无数大大小小的石块儿，落在史二悠和打手们的头上，这些人全被砸死了。

百花终于解了心头之恨，不禁拍手叫好儿！转过头向山顶望去，见方才滚下石头的地方是个石洞，从洞里流出一股儿清清的泉水。

百花向上攀缘，来到石洞，见洞内摆着石桌、石凳、石筷、石碗，碗里装着两个大馒头，冒着热气，香喷喷的。她又饥又渴，顾不得多想，舀了一石碗泉水坐在石凳上，拿起馒头就吃。

这时，忽听背后有人走来，回头一看，竟是天上的雷公。

雷公笑着开口道：“百花，你的仇人已被震天山石砸死了，快跟我回天宫吧！”

百花舍不得阿玛和额娘，也放不下察洛，拒绝道：“不！在人间，我有阿玛和额娘，还有丈夫，决不能扔下他们。好心的雷公，求求你，为我说句好话吧！”

雷公说：“百花呀，你本是天上的花仙私自下凡，王母娘娘早已派人四处查询。为找你，我踏遍了三山五岳，走访了山神土地，才在二龙山见到影儿了。倘若不愿回天宫，休怪我无情，王母娘娘有旨在先，让本雷公施法将你变成石头。”

百花咬咬牙说：“变吧，即使成石头，也要留在人间。”

“好！”雷公念起咒语，向百花吹了口气，眨眼间，百花变成了一个冰冷的石人。

百花的阿玛回到家，听说闺女上山了，立刻叫上察洛，带着老伴儿一起上山找格格。在一座高高的山上，看到一个石洞，钻进洞内，见闺女已变成石人，遂抱着石头百花哭得死去活来。

三人守在石头百花的身旁，眼泪几乎哭干了，昏沉沉地睡着了。半夜里，察洛做了个梦，梦见百花向自己走来。察洛惊喜地抱住她，急切地说：“百花，你总算活过来啦！告诉我，是谁把你变成石头的？”

百花回道：“我本是天宫的玉女，名叫百花，因向往人间的美好生活才下凡的，一晃十八年了，即天上的十八个昼夜。天明后，你从一百个山头儿采来一百种山花儿，蘸着洞中的泉水天天擦拭我的石身，百日之后便可复活。”说完，轻轻地推开察洛走了。

察洛忙叫醒二老，讲了梦中所见，他们决心试一试。

第二天，“汪一箭”和察洛分头上山采山花，然后返回洞中，蘸着泉水，擦拭石头百花。

一百天过去了，翌日一大早，只见石头百花缓缓地舒展了一下身子，慢慢睁开双眼，像刚刚睡醒一样，百花格格果真复活啦！察洛和两位老人家非常高兴，跪地叩拜神祇的福佑，乡亲们也前来祝贺。

三日后，察洛和百花成了亲，小夫妻俩天天结伴儿上山打猎，收获颇丰，生活过得很美满。

格格私奔俏张生　化玉坐等美如意

叶赫何墩城里有个姓战的财主，有良田千垧，骡马成群，鸡鸭满圈，家值万贯，雇工无数。

老财主啥都可心，就是没儿子，只生了两个格格。大格格叫大妞儿，二格格叫二妞儿，每日居于闺楼里。随着年龄的增长，姐妹俩不觉春心萌动，向往嫁个好后生。怎奈家规严谨，不得随便出门，没机会结识个哈哈齐。

战家雇了不少长工，还有一个头长秃疮的伙计，家里家外的活儿全由他们干，天天忙得脚打后脑勺儿。

这年秋天，财主家人欢气爽，五谷丰登。到年根儿时，为了庆贺丰收，雇了一伙儿戏班子，在大院内搭了戏台，选定几折戏就唱上了。

两位格格早听说家里请班子唱戏，嚷嚷着要去看，老财主只好答应了。当天一早，大妞儿、二妞儿打扮得花枝招展，一前一后来到戏台下，抬头一看，演的是《西厢记》，有个小伙子装扮张生，长得十分俊俏。

戏接连唱了三天还没完，两位格格和那唱小生的混熟了，并有了私心，商议准备与小伙子私奔。

第五天锣鼓煞住，大妞儿和二妞儿赶忙约小伙子到一僻静处，共同合计出走的事儿。双方定下后，大妞儿告诉他："今晚二更，你在后花园墙下等我俩，千万别误了。"

再说战家的伙计姓佟，名叫佟化玉，长了满脑瓜子秃疮，谁瞅谁恶心。那时候，一个人不管有多大能耐，只要头上长秃疮，哪家的姑娘也不会给他当媳妇。

化玉因最近几天吃的油水大了，又喝不少凉水，所以闹开了肚子。偏巧这天晚上是月黑头，什么也看不清，蹲在后花园墙根儿底下刚要拉屎，被两位格格发现了，以为是扮张生的戏子来了，随口说了一句："来了？"

化玉不知底细，含糊地答应一声："嗯，来了。"

大妞儿笑着逗趣儿道："蛮听话的，挺准时呀，跟我们走吧。"然后递过两个包裹，化玉接在手里，感到莫名其妙。

两位格格出了后角门儿在前头走，化玉背着包裹紧随其后，匆匆往前赶路。三人不歇气儿地一直走到大天亮，大妞儿、二妞儿回头一看，原来不是戏子，而是小伙计，她们急败坏地一屁股坐在地上，心里琢磨开了："回去吧，名声不好听，人家该说战家的千金跟秃疮伙计跑了。不回去吧，真要嫁给一个穷雇工，将来怎么生活？事到如今，只能先顾眼前了，走哪儿算哪儿吧！"想到这儿，起身又继续赶路。

一路上，大妞儿一会儿吩咐化玉挑水，一会嚷着快烧饭，晚上叫他在灶坑旁边睡觉。

一天傍晚，日落西山了，三人刚好走到前不着村、后不着店的地儿。正愁没处投宿呢，忽然发现前面有座小房，便紧走几步去借宿。来到跟前，举起手嘭嘭敲门，从屋内走出一个白发苍苍的老头儿，推开门上上下下打量了一下来人，问道："什么事儿呀？"

二妞儿回道："老伯，我们想借宿。"

老头儿告知："村西头儿有一大院儿，院内三间正房，还有东西厢房，烧的吃的皆有。不过由于房内常闹鬼，好长时间没人住了，你们要敢的话，就去那儿吧！"说完把门关上了。

大妞儿一寻思，反正到了这步田地，有家难归，死活不算啥了。于是拉着妹妹，叫上伙计，拔腿儿往村子西头儿走去。到了瓦房前，推门进了院儿，两位格格动手打扫上房，擦拭门窗，铺上被褥，让伙计挑水做饭。

三人吃罢晚饭，二妞儿嘱咐小伙计关好门窗，仍在灶坑旁边歇息，别睡得太死。到了半夜，只听嘎巴一声响，从屋内东南角儿出来一个红脸大汉，西南角儿出来一个白脸大汉。

红脸大汉哑着嗓子边抽着鼻子闻边道："怪呀，哪儿来的一股生人气？"

白脸大汉说："不是咱的主人来了嘛！"

红脸大汉问："哪儿呢？"

白脸大汉回道："那不，在灶坑旁边躺着呢！"

二人的对话，两位格格全听见了，二妞儿说："姐姐，两个大汉口口声声称主人来了，指的是小伙计。看来佟化玉财大命大，咱俩不如干脆嫁给他，就在这儿过吧！”

大妞儿思谋了一会儿，觉得妹妹的想法蛮不错，便点头同意了。二人商量停当，马上起身下地，到灶坑旁招呼小伙计。

化玉正在熟睡，忽听有人连推带叫的，猛一抬头，当的一声碰到灶坑门儿上了。这下撞得可挺重，不起包也得缺块皮，他却觉得轻松不少。两位格格忙点灯一照，小伙计满头的秃疮磕掉了，落在地上的是个闪闪发光的金盔。

大妞儿拉起小伙计来到屋中，说道：“佟化玉，别在外地歇了，地上太潮。从今天起，咱们就是夫妻了，你上炕睡吧！”

化玉听后，先是一愣，慢慢才明白过来。

第二天早上，小伙计说：“昨晚做了个梦，梦见屋里东南、西北角儿都有金子、银子，咱不妨挖挖看。”

两位格格似信非信地去院子取来铁锹，分别在屋子的东南角儿和西北角儿往下挖，至五尺深时，发现东南角儿是五大缸金子，西北角儿是五大缸银子。

三人合计了一番，决定拿出一部分钱翻盖房屋，再添置些田产。从此，佟化玉和两个媳妇大妞儿、二妞儿成了这一带最有名的富户。

后来，姑爷子去何墩城将老丈人接来了，老战家又团聚了，日子过得红红火火。

阿浑试弟假出走　德子助兄真援手

一个依山傍水的小山村住着十来户人家，其中一家三口人，阿浑、阿沙和弟弟德子。

德子勤劳能干，心地善良，为人忠厚老实，啥说没有。左邻右舍总爱跟德子的哥哥开玩笑，说你家阿浑是王八，弟弟是扒火铲子。他一开始并没在意，一来二去的，便犯了寻思。

夏末的一天，阿浑对弟弟说："德子，挂锄了，天天在家待着反觉闷得慌。闲着也是闲着，哥想到外边找点儿活儿干，两个月后回来。"说完，收拾收拾就走了。

哥哥前脚儿刚离家，嫂子后脚儿进屋了，德子说："阿沙，阿浑这段时间不在家，我送你回娘家住些日子吧，地里的活儿我一个人干就行了。"

嫂子挺高兴，暗自琢磨道："怪不得大伙儿都夸小叔子人好，肯吃苦，会处事，想得多周到啊！"于是，拾掇拾掇屋子，乐颠颠地跟德子一同出门了。

叔嫂二人到了阿沙的娘家，吃完饭，德子准备当晚返回去。嫂子抬头看了看天，太阳已经落山了，于是找出一个粗木棒子让小叔子带着，一路防身用。

德子手拎棒子往回走，过了一片林子，见一男人拉着个年轻女子在前面跑。男的边跑边回头看，发现后边有人拿着棒子，以为是撵他的，扔下姑娘径自蹽了。

德子疾步走到女子跟前，瞅了瞅，询问是咋回事儿。姑娘吓得浑身直哆嗦，实话实说了，原来她是被那男人拐来的。

德子安慰道："别怕，没事儿了，眼瞅天黑了，你往哪儿去呀？要是不在意，先到我家吧！"姑娘点了点头。

德子领着姑娘回家后，让她一个人在屋睡，自个儿到邻居家借宿去了。邻居大哥问他为啥不在自家住，德子遂把路上捡到一个姑娘的事儿原原本本地讲了。

说也巧，二人唠的嗑儿正好被一个从窗下经过的车老板子听见了，他很想白占便宜，立马反身偷偷朝德子家摸去了。

再说那个被救的姑娘新到一处生地方，谁都不认识，外头黑咕隆咚的，越寻思越害怕，哪敢上炕睡呀？就到外屋柴火堆里藏了起来。

德子家旁边住个姓李的老娘们儿，手脚不老实，小偷小摸是常事儿。偏偏当晚她去德子家偷东西，先拎出一个包儿送回家了，二番脚儿又返了回去，还想拿点儿有用的。

这工夫，车老板子进院儿了，扒窗户一看，里面有人，以为是那个姑娘呢，进屋就扑向了老娘们儿。二人你扯我拽地滚到了一起，不大一会儿老娘们儿没劲儿了，车老板子把她拽到炕上，终于得手了。

话说回来，德子的阿浑只是为了证实一下外面的闲话是真是假，这才故意离家的，转了一圈儿当晚就回返了。进屋摸黑儿一瞅，一男一女正在炕上偷情呢！他认为肯定是德子和自己的媳妇了，拿起菜刀就把他们给剁了，然后跑到德子借宿的邻居家，说是将弟弟和媳妇杀了。

话音刚落，德子从里屋出来了，哥哥一下子愣住了，莫不是见鬼了？忙回家点灯仔细一瞧，女的是旁边李家的老娘们儿，男的是邻屯的车老板子。

此刻，躲在柴火堆里的姑娘看见德子随后进屋了，赶忙钻了出来，把听见和看见的学了一遍，哥儿俩才明白是咋回事儿。

姑娘通过这件事，认准德子是个正经人，高高兴兴地嫁给了他。从此，德子干得更欢了，从早到晚家里外头地忙活，帮助兄长置办家业，哥儿俩的日子过得火炭红。

临危境关财打虎　感深恩黄鹤殉情

原起根儿，伊通州没多少人家，树木狼林的。后来有个在朝廷当过大官的人，姓黄名天亚，到咱们这疙瘩开荒占草，那叫跑马占荒，从此住户才渐渐多了起来。

黄天亚仗着受过皇封，有钱有势，伊通人任谁不敢惹，皆言他比黄天霸还邪乎，大家伙儿背地里称他“黄霸天”。

黄家啥也不缺，要啥有啥，就是人丁不旺。总共娶了八房媳妇，前七房干脆没有生养，紧后尾儿那个小老婆还算行，好歹给生了个丫头。

小丫头出生那天，不知从哪儿飞来一只黄鹤，落在黄家门前的大树上，冲屋里连叫三声飞走了。前来祝贺的亲朋故友皆言黄鹤光顾预示着吉祥，“黄霸天”一听乐了，当即给女婴起了个名儿，叫黄鹤。

你说怪不怪，黄鹤自打出生便开始哭，除了吃奶、睡觉没声儿，其他时候总是号个没完，而且光哭没泪，一直号到六七岁，谁也没见她掉过一滴泪。父母请来个卜卦先生，一掐算，声称孩子犯天狗星，得给烧烧香、许个愿。照做后，根本没当事儿，依然如故。

黄鹤慢慢长大了，模样越长越好看，到了十六七岁时，俊秀得像天仙。她不愿在绣楼待着，喜欢游山玩水，时常跟丫鬟背着二老到树林子里溜达。

清明那天，黄鹤用罢早膳，又和贴身丫鬟偷偷跑到林子里，一边嬉戏着，一边采野花儿，可尽兴了。当时光顾乐了，不知不觉地越走越远，离家已有六七里地了。

两人正玩儿得高兴时，忽听“嗷”的一声吼，如同打雷一般，随之蹿出只大老虎，直奔黄鹤姑娘扑去，当即把她吓傻了，站在那儿一动不敢动。

命不该绝总有救，恰在生死攸关之时，从桦树林子里蹦出个年轻人，高举手中的扁担冲老虎的脑袋就是一下子，不偏不倚，正好打在后脑海上，老虎噌地跃出一丈多远，疼得倒在地上直打滚。小伙子生怕老虎不死，赶忙跟过去，噼里啪啦又是一顿扁担，终于给砸巴没气儿了。

打虎的后生姓关，名叫关财，今年十八岁了。四岁时，阿玛得病死了，扔下他和额娘，靠砍柴卖钱养活老母。

每天这时候，关财打完柴早回家了。正好今儿个是清明，他给阿玛上完坟，刚好走到这儿，正碰上老虎要吃人。哪有见死不救的？他豁出去了，抡起大扁担一口气将老虎打死了。

此刻，黄鹤方缓过神儿来，走到关财跟前深深鞠了一躬，感谢救命之恩，然后抬头打量着小伙子。见他体格健壮，虎背熊腰，一张四方大脸黑里透红，又高又直的鼻子长得恰到好处，一对儿浓眉大眼炯炯有神，很有男子气，黄鹤立马就相中了。

关财一看姑娘长得像朵花儿似的，瓜子脸，柳叶眉，毛嘟噜的两只大眼睛直忽闪，还一笑俩酒窝儿，也打心眼儿里喜欢。

两个人你有情，我有意，都抹不开张嘴。到底是黄鹤见过世面，先开口了："砍柴哥，能告诉小女名字吗？"

"我叫关财，小姐呢？"

"噢，小女叫黄鹤，才刚多亏遇上恩人舍命相救，否则的话，我和丫环都成老虎的美食了。你要是没……没娶亲，我情愿给大哥当……当媳妇。"说完，赶忙低下头，脸腾地红了。

关财高兴得一时不知说啥好了，两只手也没处放了，摸着后脑勺儿只剩嘿嘿乐了。转念一想，觉得恐怕不行，忙道："哎呀，小姐，我家可穷啊！"

黄鹤爽快地说："穷不怕，我不嫌弃，最好明儿个就托媒人上门。大哥是小女的救命恩人，平时父母最疼爱我，准能答应。"

关财逗趣儿道："谢了，谨遵小姐之命！"

于是，二人请丫鬟作证，搂土为炉，插草为香。一个表示非关财不嫁，一个声言非黄鹤不娶，对着老天爷盟了誓。之后，关财把主仆二人送出林子，才恋恋不舍地分手了。

黄鹤到了家，将已订终身的事儿跟父母一讲，没承想"黄霸天"当即气炸了肺，认为女儿简直是疯了！冲她好顿骂不说，还狠狠地教训了丫鬟一通儿，从此对黄鹤看管得更严了，再不让出大门了。

这下黄鹤可没招儿了，整天坐在绣楼哀叹，郁郁寡欢，思念着心上人，不久得了相思病，茶不思饭不想，后来竟卧床不起了。

再说关财与黄鹤分手后，第二天便托媒人上黄家提亲，不仅没成，还被“黄霸天”轰了出来。又听说黄鹤病了，几次去探望却未能相见，他能不着急上火嘛，没几天也躺下了。

老额娘见儿子病了，心疼得直掉泪，找了好几个郎中都没治好，而且越来越大发了，终于病入膏肓。关财临死前告诉额娘：“儿死后先不要埋，把心取出来装在碗里，再放些公鸡血，我的心就能重新跳动，而且会唱歌，一定让黄鹤姑娘看上一眼。”说完，眼睛没闭便咽气了。

老额娘难过至极，号啕痛哭，边哭边按儿子的生前嘱咐做了。没一会儿，关财的心果然跳了，并唱起歌儿来，可好听了，于是老额娘赶紧打发人抱着碗前往黄家。

黄鹤姑娘的病势一天比一天重，闭上眼睛就说胡话，口口声声喊关财的名字，急得家中上下人等团团转。

无奈之下，丫鬟给小姐的额娘出了个主意，可跟老爷说带黄鹤去还愿，偷着把她领到关家，见见关财，病或许能好。

黄鹤娘听罢，略一思忖，也没别的法儿，只好同意了。

偏巧在关财离世这天下晌，黄鹤娘派一乘轻便小轿，抬着女儿去关家。正走着，忽然一阵歌声传来，仔细听听，竟是唱小姐的。等手端碗的壮汉来到跟前时，听得越发真切了，唱的全是关财和小姐的事儿。

黄鹤很是奇怪，遂掀开帘儿下了轿，对壮汉说：“我就是黄鹤，此次离家，是专门去看关财的。”

壮汉把碗递给黄鹤，指了指里面跳动的心，告诉她：“今儿个头晌，关财因为思念小姐已死，留下的是他这颗心。”

黄鹤听罢，泪如雨下，耳朵贴在碗边儿倾听关财唱歌儿，眼泪掉在了心上。突然，歌声停止了，心也不跳了。

黄鹤又哭了一会儿，丫鬟扶她上了轿，抬着到了关财家。一进院儿，黄鹤扑到关财的棺椁前拍棺大哭，哭着哭着一头撞去，顿时没了声息。大伙儿上前一看，见小姐满头是血，倒地而亡了。

此刻，听到信儿的左邻右舍围了上来，人群中，一个白胡子老头儿说道：“这叫不见关财不落泪，不到黄鹤不死心哪！”说完，一闪身不见了，原来老者是土地老。

打那以后，这句话一阵风地传开了，传来传去传走样儿了，变成“不见棺材不落泪，不到黄河不死心”了。

半拉子算命起运　老东家漂棚嫁女

从前，有个半大小子，名叫福来。由于父母早亡，啥也没留下，他只得给邻村的财主当长工。因年岁不算大，没壮汉那么有力气，所以干活儿总落在别人后头。时间长了，没人喊他大号，皆称“半拉子”。

福来尽管起早贪黑地拼命干，省吃俭用，一年到头还是十分贫穷，心里琢磨开了：“要想日子过得好，可真不容易呀，或许是我的命太苦了。”

有一天，村子里来了个算命的，是个瞎子，福来拿出扛活挣的几吊钱，请先生给卜一卦。

没承想算命先生问完生日时辰后，拒绝道：“你才十六岁，上不了卦，不能算。”

福来一听着急了，一阵好说歹说，才使算命先生动了心。只见他一会屈指来回瞅，一会皱着眉头思谋，片刻后便说道：“孩子，你的命运不错呀，有大福啊！只要按我说的去做，不久大福便会降临。”

福来请求先生快告知高招儿，瞎子说：“从今儿个起，你找间没人住的房子，用布将门窗遮严，有空儿就到屋里招呼：‘大运，你咋还不来呀？’反复地喊，声音越大越好。”

福来回到财主家后，按瞎子的指点做了，每天都去东家多年没用的更房里招呼：“大运，你咋还不来呀？”有一回光顾喊了，忘记该担水了，东家亲自带人到更房里找，见福来还在那儿一句接一句地喊呢！他站在门口儿听了一会儿，越听越生气，心想：“怪不得天天喊呢，原来‘半拉子’和俺二闺女有事，看我怎么收拾你们！”

东家哐啷一脚踢开门，跨进屋气急败坏地打了福来一顿后，反身又劈头盖脸地质问二闺女：“大运，如实讲来，你和‘半拉子’到底咋回事儿？”

大运被这没头没脑的话问愣了，怔怔地说：“阿玛，怎么了？我和他啥事儿没有。”

“既然没啥事儿，‘半拉子’为什么在更房里叫你，说咋还不来呀？”

不管大运如何解释都无济于事，阿玛不仅不信，还嚷嚷二闺女败坏了李家门风，必须严加惩治，明儿个当众活埋了她。

说来也巧，当天夜里下起了瓢泼大雨，整个村子沟满壕平。老财主一早起来没好声儿地唤人赶紧找地方挖坑活埋大运，可一看这么大的水没法儿挖，一时又想不出更好的办法。站在身边的大舅哥出了个主意：“孩子十七八岁了，成大姑娘了，活埋太不忍心了。不如用院子里的车棚儿当船，让大运和‘半拉子’坐上去顺水漂走，命大就活，命薄就死。要是他俩前世有缘，老天注定的夫妻，谁也挡不了，啥事儿都该着啊！”

财主听后，觉得此招儿可行，遂让人将“半拉子”和大运推上车棚子，姑娘的额娘背地偷着给两个孩子装了点儿小米和盐。

众人抬着车棚子来到河边，放下后再一推，车棚子便顺水向下漂去了，越漂越远，大运心里憋屈极了，这算咋回事儿呀？不清不白的，干脆跳河算了，一了百了！转念又一想，托生来世一回，死也得死个明白，于是侧过头问坐在身旁的福来：“‘半拉子’，为啥天天在更房里叫我？自打你在我家干活儿，咱俩一句话没说过，这么做不是故意坑人嘛！”

福来忙把瞎子给自己算命的事儿一五一十地学了，大运认为很可能是土地老安排的，只好认命。

二人漂呀，漂呀，漂了三天三夜，不知漂出多远，车棚子忽然停了。迷迷糊糊、水米没打牙的福来和大运抬头一看，车棚子被岸边远远伸展到河内八米的一棵大树的枝杈儿挂住了，赶忙下了车棚上了岸，走进大山里。

大运让“半拉子”挖个坑，找点儿干柴，拿出小米做了饭。吃完了，又拾了些树枝，搭了个小窝棚。晚上睡觉时，二人离得老远，谁也不挨谁。

到了夜里，外面传来黑熊的吼声和狼嗥声，大运吓得浑身直哆嗦，直往“半拉子”那边靠。福来不知如何是好，觉得姑娘怪可怜的，是由于自己的过失才惹出的祸端，便轻声儿安慰她别怕，没事儿，有我呢！他们就这样过了一夜。

天亮了，福来和大运被上山采药的阿木巴纳纳看到了，上前问明缘由后，决定领到自家住。

两个年轻人很会来事儿，与老者处得挺好，帮着挑水、扫院子、晒药材。老人家把他俩当成自己的孩子，十分疼爱，并为二人办了婚事，说这是天意。成亲后，福来每天上山采药、砍柴，大运在家烧水做饭，小日子过得挺平静。

一日，福来在北山采药，刚刚还是响晴的天，忽地下起了大雨，掉下的不是雨滴，而是像小孩儿鞋似的东西。他弯腰捡两个带回了家，大运拿到手里一看，惊喜地嚷道："哎呀，从哪儿弄的？这是元宝啊！"

福来回道："北山有的是！"边说边拉着媳妇去了北山，三天才把地上的元宝捡完。

打那以后，福来成了当地的富户，还开了个"舍粥棚"，专门赈济灾民。

七月的一个头晌，粥棚前来了五六个要饭的，福来一瞅有些面熟，哟，那个人不是我的东家吗？也就是老丈人呀！他没敢声张，晚上向媳妇讲了。

转天，当这几个人又来粥棚时，大运看清了，讨饭的正是自己的阿玛、额娘和哥嫂、小侄们。亲人相见，悲喜交加，当年的财主拍着大腿，懊悔地说："全是我不好，罪过呀！你们走后，咱家遭洪灾，房子冲塌了，地也淹了，啥都没剩，总不能坐等饿死吧，只好出来乞讨。"

福来二话没说，收留了他们，全家人重新生活在一起。

秃男凭富娶娇娆 俏女背箱认姻缘

听老辈人讲，这是个真事儿。早些年，落罗寨有这么一家，老两口儿和一个儿子。儿子哪样儿都好，就是个头儿矮，十七八岁了，却像个孩子似的，脑袋上还没头发。故此，街坊邻居给他起了个外号儿，叫“小秃”。

别看“小秃”外形不咋样，但因家中不缺钱，日子过得挺富裕，所以上门提亲的不少。看来比去，最后选中了一个身材高挑儿、模样俊秀的翟姓姑娘。

结婚以后，一晃三年过去了，“小秃”还是那么高，一点儿没见长。媳妇本是冲钱来的，跟丈夫没感情，觉得越过越没劲，总想干脆离开算了。

媳妇既然要走，就成天琢磨着积攒的首饰和东西怎么办，反正不能留给丈夫，那更不划算了。

一天头晌，寨子来了个做木匠活儿的，“小秃”媳妇把他喊进屋，说是做个木梳匣子。又怕匣子小，东西装不下，告诉木匠必须做得大些，同小箱子大小差不多方可。

小箱儿做完了，媳妇把金银首饰、值钱的东西全装了进去，然后用绳子捆上了。

“小秃”尽管个头儿小，心眼儿可不少，一看媳妇把箱子捆好了，猜测大概是不想过了，要拍屁股走人了。眼珠儿一转，计上心来，便对媳妇说：“我去二姨家一趟，明天下晌回来。”

媳妇暗自高兴，顺口应道：“去吧，早去早回！”

“小秃”趁媳妇没注意藏到后院儿了，趁她去院门正对着的田地摘豆角时，反身又回到屋中，把箱子里的东西拿出来放在柜子里，然后钻进了小箱子，又让人照原样儿绑上了。

到了半夜，媳妇背着箱子离家了，越走越觉得不对劲儿，咋这么沉呢？转念一想，沉就沉吧，反正都是自己的东西，挨累也值。一气儿走了两天，感到又饥又渴，两眼直冒金星，实在迈不动步了，就坐在道边的倒木上歇着，一边擦汗一边自言自语道：“天哪，地啊，离了丈夫家，得上哪儿落脚哇？”

箱子里的“小秃”一听媳妇说话了，马上接过话茬儿：“天哪，地啊，背着‘小秃’打算去哪儿呀？”

媳妇猛然一惊，怪呀，旷野里咋会有搭话儿的呢？四下瞅了瞅，没人，打开箱子一看，原来丈夫在里面，遂问道：“你怎么在这儿呀？”

“小秃”故意叹了口气道：“唉，该着咱们是夫妻。我去二姨家串门儿，晚上应在那儿歇息，不知怎么却睡到箱子里来了。”

媳妇想：“那天晌午自己亲手收拾的箱子，‘小秃’竟会在里边，看来我与他是老天注定的姻缘，认命吧！”于是，乖乖地跟着丈夫回去了。

从此，媳妇的心收回来了，再也不张罗走了。

花氏女计除史六 佟二小恨杀无赖

早些年，头道沟的一个小山村里，住着一户姓佟的四口之家，夫妇二人和生养了一男一女。三年前，老两口儿先后病故，闺女出嫁了，其弟弟佟二小随姐姐去了夫家。

这年，二小十九岁了，长得虎背熊腰，身强体壮，为人厚道，从不惹是生非，学得一手好庄稼活儿，时常受到屯邻的夸奖。姐姐想："父母不在了，佟家只剩下我们姐弟俩，作为姐姐，对弟弟得多关心着点儿。二小不小了，已到结婚的年龄了，该给他成家了。"于是便备了几吊钱，托媒人提亲，让二小娶了南屯花家女儿为妻。

花氏貌美贤惠，通情达理，远近皆知，婚后仍住在大姑姐家。二小随姐夫下地干活儿，其妻帮姐姐料理家务，你尊我让，很是和睦。

一天，花氏与二小商量道："夫君，你一个堂堂男子汉，又不是养活不起媳妇，不能总依赖姐姐。咱不如找间房子搬出去，独立过活，你看咋样？"

二小一琢磨，认为媳妇说得极是，便把想法同姐姐讲了。姐姐说："好吧，既然你俩都合计好了，当姐姐的不该打横，出去过也行。不过最好不要离开咱屯子，我和你姐夫总还是不太放心，离家近点儿便于相互照应。"

转天，二小按姐姐的意思，在家附近租了两间草房，姐姐又给购置了几件家具。搬出后，二小在岭西的财主家扛活，农忙时回不了家。由于他活计好，手脚勤快，从不耽误工，东家很是满意。

半年过去了，到了三伏天，庄稼院儿挂锄了。东家对二小说："眼下正赶上农闲，没啥活儿，你回家歇几天，换洗、缝补一下衣裳。中秋节一过，赶紧回来，准备割地。"

二小谢过东家，简单收拾收拾，乐滋滋地拎着衣裳包儿上路了。一晃半年多没回家了，平日里，小两口儿感情深厚，花氏体贴丈夫，关照得无微不至。二小疼爱媳妇，虽身在外，但内心无时无刻不在思念妻子，恨不能一步迈到家。

二小刚下了山岗儿，发现几个小猪倌儿一边斜眼瞅他，一边叽叽喳喳的小声儿嘀咕，在说谭三怎么怎么样。当二小到了近前，立刻没声儿了，感到很是奇怪，心里琢磨开了："往次回家时，见面互相都打声招呼，有时还闲扯几句。今儿个咋的了，不仅不打招呼，说话还有意背着我，像是怕听见似的。"这么想着，也没吱声儿，从他们身边走了过去，有个猪倌儿嚷道："王八，王八！"随之是一阵哄然大笑，一回头又没声儿了。二小没理会，继续往家走，可是背后接着传来"王八、王八"刺耳的骂声儿，而且声音越来越高，这才察觉到是在奚落自己，气得回过头来吼道："你们说谁是王八？"

那个猪倌儿轻蔑地接茬儿了："说别人对不起你呀！"

佟二小听罢，脑袋嗡的一声，脸一下红到耳根，转身走了，边走边想："屯子里的谭三是有名的无赖，尖懒馋滑屁，吃喝嫖赌抽五毒俱全，没一个不知道的。媳妇一直对我挺好，从不与他勾连，怎能干出此等见不得人的丑事呢？不可能啊！"于是，转道儿去了姐姐家。

二小的姐姐正忙着做饭呢，看弟弟拎包儿进来了，笑着问道："二小，刚回来呀，咋没先到家呢？"

二小把包往炕上一扔，气呼呼地说："回啥家呀？得了吧，都成王八了。"

姐姐忙问："什么王八不王八的？你说的啥话呀，我咋听不懂呢？"二小只好一五一十地把在岗子下所听到的话学了一遍。

姐姐听后，松了一口气，埋怨道："我当啥呢，你已是做丈夫的人了，还那么不懂事儿，小猪倌儿嘴里哪有什么好听的，能信吗？你家离姐这儿又近，我差不多天天能看到弟媳，挺稳重的，哪会做出那种事儿呢？二小哇，不是姐姐说你，纯粹是娶个好媳妇烧的，不知东南西北了。花氏天天盼你哪，见了面千万别耍小孩子脾气或者说些乱七八糟的，快回去吧！"

二小被姐姐数落了一通儿，也没吭声儿，半信半疑地拿起小包儿往家走。一进院儿，花氏笑容满面地迎出门来，接过小包儿，亲热地说："哎呀，咋才回来呢？累了吧，快进屋！"

夫妻二人进了屋，花氏忙着给丈夫做晚饭，顺口问道："夫君哪，这回可得在家多住几天了，是不是过完中秋节再走？"

二小不知怎么了，总觉得媳妇虚情假意的，不像以往那样实惠了。虽说很想念妻子，但一寻思小猪倌儿的那些话，心里着实不得劲儿，不愿在家住，便信口胡编道：“不，一天也住不了，今儿个是回家换洗衣裳的。东家打发我去远处讨债，十天半月才能返回，吃完晚饭就回去，明儿个一早还得赶路呢！”

花氏信以为真，生怕误了时辰，脚不沾地儿地忙活着，只一会儿工夫，饭菜做得了，端到炕中间儿的小桌上，又烫了一壶酒。二小脱鞋上了炕，吃完饭换换衣裳，又包了几件干净的，推门出屋回岭西了。

二小登上山岗时，天黑下来了。由于喝了点儿酒，觉得头有些晕，想躺在草地上歇一会儿，不知不觉竟睡着了。忽然一阵凉风把他吹醒，睁眼一看，已是满天星斗，岭下池塘的青蛙呱呱直叫，蚊子在耳边嗡嗡作响，知道夜很深了，心想：“何不趁着黑夜回家，察看一下媳妇到底咋回事儿，也好弄个明白。”立马站起身来，拍拍衣服上的土，拿着小包儿往回走。

二小刚到村口儿，发现左前方有个火亮儿，一蹿一蹿地冲自己而来。离近了才看出是个人，口中叼着烟，谁呢？这么晚了还到处乱窜，莫不是谭三吧？他一闪身躲到树后，那人走过来了，吸烟的火光一亮一亮的，原来正是醉醺醺的谭三，奔屯子东头儿去了。

二小的心嘣嘣嘣跳个不停，你个没正流儿的东西，可别上我家呀，但愿没有那宗事，遂紧跟在后面。可谭三偏偏往佟家走去，而且不走大门，从秫秸障子豁口儿一迈就进院儿了。

二小看得真真切切，恨不得上前一把卡住谭三的脖子，把他活活掐死，最终还是忍住了。只见谭三来到窗前，轻轻敲了两下窗棂，屋里立刻亮起了灯，一个女人身影映在窗户纸上，正是花氏。她双手打开上扇窗户，谭三跳上窗台，迈进屋里，灯随之灭了。

此刻，二小像被当头泼了盆冷水，一下子凉透腔儿了，怎么办？找姐姐合计合计再说吧。反身去了姐姐家，把刚才所看到的和盘托出，并恶狠狠地骂道:“他娘的，简直欺人太甚，非宰了这两个畜生不可！”说着，操起菜刀拔腿便往外走。

姐姐上前一把将弟弟拽住了，劝阻道：“你疯了？这时候去，他俩能睡着吗？还不得让人家反过来把你给收拾了，岂不白白送死？再说了，急什么，等那对儿狗男女睡着了去也不晚呀！”边说边硬是拉弟弟坐在炕上。

二小哪里坐得住？咕咚一声跳下地，找块磨刀石磨起刀来。磨完了，蹲在屋角儿一口接一口地抽烟，呛得直咳嗽。鸡叫头遍了，他拎起刀刚要走，又被姐姐拦住了："你现在去还不行，人家要真是相好的，不得唠起来没完呀，能睡这么早吗？老实待着吧，我啥时候让你去，你再去。"

二小无奈，只好坐了下来，可谓心急如焚哪！好容易挨到鸡叫二遍，二小起身就走，这次姐姐没挡。

二小没走大门，而是哗啦一声分开秫秸障子，跳过去径直奔向自家。到了门前，哐当一脚踢开，闯进屋里，伸手往炕上一摸，正是谭三的脑袋，随即薅住他的头发，一刀把脑袋剁了下来。再摸花氏，从炕头儿摸到炕梢儿，竟没摸着，哪儿去了呢？转身到柜盖上找着火柴，点亮灯一看，砍死的正是谭三，却不见了花氏。他端灯屋里屋外、柜柜箱箱翻个遍，也没找着，心想："这可怪了，她没跑出去呀，莫非有隐身之术？"

二小正纳闷儿呢，忽听鸡叫三遍了，眼看要亮天了，不能久留，顺手把菜刀往地上一扔，蹿出门外，回到姐姐家。

姐姐问："杀了吗？"

"杀了。"

"两个都剁了？"

"没有，花氏不见了。"

姐姐着急了："你呀，真傻，没长脑子。常言道，捉贼捉赃，捉奸捉双，只杀一个怎么去报双头案呀，那不有罪嘛！准是花氏一哀求，你就心软了，舍不得了。也不想想，倘若告到官家，花氏能向着你说吗？"

二小解释道："姐姐，不是舍不得杀她，真的没找着。"然后将方才杀谭三的经过学了一遍，姐姐这才相信。

姐姐低头想了想，禁不住掉泪了，带着哭声儿说："唉，事已至此，咱们姐儿俩不得不分开了，你远走高飞，寻生路去吧！别惦记我，只要弟弟好好儿活在世上，姐姐心里就踏实了。"说着，拿出平日积攒下来的银子和首饰，打发二小趁着天没亮上路了。

弟弟走后，姐姐翻来覆去睡不着，始终没合眼。想着天亮后屯里人得怎样围着看热闹，衙门一定会传她，到时候这场官司该怎么打呢？越寻思越害怕。

天亮了，姐姐赶忙做完早饭，听了听，屯子里没有一点异常的声儿。出了大门，朝屯东头儿望去，由于弟弟的房子同自家只隔三户，一眼看到二小家的烟囱正在冒烟，心里很是不解："家里没人，烟囱怎么冒烟呢？

或许是花氏在烧火。”她想看个究竟，便来到弟弟家门口儿，抻脖儿往院里瞅。刚好花氏开门泼洗脸水，看到姐姐在院外东张西望的，忙走到跟前说：“姐姐，大清早看什么呢？快到屋里坐会儿吧！”

姐姐一看花氏的举止言行，像没发生啥事一样，正常得很，一边往屋走一边问：“听说二小回来了，咋还没起来呢？”

花氏回道：“人是回来了，可没在家住，说是去远处给东家讨债去，昨儿个吃完晚饭就回岭西了。”

姐姐进屋一看，花氏早已把饭做好了，摆在桌面儿上。炕上、地下收拾得干干净净，柜盖、窗台擦得锃亮，一个血点儿都没有，不由得怀疑弟弟昨晚说的是否真事儿，莫不是道听途说，气得一时着魔了吧？有心向花氏打听谭三，又不好开口，应酬了几句便回家了。

转眼一个月过去了，屯子里仍然很平静，谭三可确实不见了。谭三平日好耍钱，甚至去远处赌，十天半月不回家，这是常事儿。其兄长谭老大和谭老二根本不关心他，所以三弟失踪了，并没理会，以为又赌钱去了。

中秋节刚过，花氏离家去岭西找丈夫，东家生气地嚷道：“佟二小挂锄后回家了，一直没回来，正想打发人去找他割地呢！”

花氏说：“二小是回家了，可当晚就走了，说是东家打发他去远处讨账，到现在没回来。人到底哪儿去了，是不是被欠账户打死了？我今后指啥生活呀，你必须还我丈夫！”

东家是丈二和尚摸不着头脑，矢口否认遣佟二小去讨账，怎么能管我要人呢，我问谁要呀？花氏便将东家告到官府。因为佟二小到底从哪儿走的，上什么地方去了，至今下落不明。所以，官府认为此官司没法儿断，让花氏等等再说。在佟二小没回来之前，东家按月供给花氏柴米，就这样把案子悬起来了。花氏三天两头地去岭西闹一通儿，不是要人，就是要粮。东家无可奈何，一点辙没有，只能忍受。

再说二小逃走后，跑到山沟儿的金矿当上了淘金工，一晃就是三年，积攒了不少钱和金块儿，但是无处花用。没活儿时，不愿在工棚子里待着，常去附近的集市逛逛。

有一天，二小正在集市上闲溜达呢，身后有人猛然一拍肩膀道：“哎呀，这不是二小吗？”

二小冷不丁吓了一跳，以为官府派人捉他来了，回头一看，原来是本屯的李四，顺口问道：“李四，干什么来了？”

李四回道："噢，想买匹马，家里的老马已干不动活儿了。二小，怪不得好几年没看见你，到这儿发财了吧，咋不回家看看呢？"

二小真的很想家，想姐姐，也想花氏，可哪敢回去呀，便试探着问道："李大哥，我家现在怎么样？"

李四回道："你家日子过得可好了，媳妇特别想你，见人就念叨个没完。"

二小不便直接打听谭三的情况，又问："我走以后，家里发生什么事儿没有？"

李四一拍脑袋说："啊，你不问，我倒忘了。二小，你离家时间不长，媳妇就开始打官司了。"

李四此话一出口，二小当即吓出一身冷汗，以为谭三被杀的事儿吃官司了，立马闭嘴了，没敢再往下问。

李四接着告诉二小："你走了也不给家捎个信儿，媳妇天天哭哭啼啼地去岭西东家那儿要人，没见影儿，又告到衙门，如今东家还按月供给你家柴米哪！"

二小一听，原来是这么回事，才放了心，又打听一下屯子里的情况。李四说："屯里啥事儿没有，就是谭三没了，大概喝醉酒冻死在道上，狼掏狗拽了，或许输了交不上账被人打死了，反正那是个死了没人问的货，谭家老大、老二也不找他。二小，快跟我回屯子吧，不能总把媳妇一个人扔在家呀！"

二小被李四一连串儿的话说得心活了，寻思道："反正没啥大不了的，不能长年在外头呆，回去就回去。虽说那晚碰上了不该看的，媳妇对我还是不错，知冷知热的。"正好李四买好了牲口，二小到矿上结了账，带上银两和行李，二人一同回家了。

二小进屯以后，并没回自个儿家，而是先去了姐姐那儿。姐姐一见弟弟，又惊又喜，忙问："二小，你那天真的把谭三杀了？"

二小回道："是呀，我一刀把他脑袋剁下来了。"

姐姐疑惑地说："二小，是见鬼了吧？你说杀了谭三，第二天早上我到你家去，咋一点儿痕迹没看出来呢？花氏和往常一样，早饭都做好了。"

"我媳妇没跟你说啥吗？"

"没有，只字没讲，就告诉我二小给东家讨债去了。"

"谭三不见了，没人打听或四处找吗？"

“没有，连他两个哥哥都不闻不问，别人吃饱了没事儿撑的？”

接下来，姐姐又将花氏和东家打官司的事儿细学了一遍，然后说道：“这几年，你媳妇可守本分了，平日大门不出、二门不进。有一回，不着调的史六跟她说两句笑话，被骂个狗血喷头。打那以后，没人敢凑跟前逗闷子，不三不四的人更不敢着边儿了。现在行了，你回家好好儿过日子吧，以往的事儿别提了。”

二小听了姐姐的一番话，心里踏实多了，就此别过，背着行李往家走。一进家门儿，花氏急忙迎了出来，接过行李，亲热地埋怨道：“哪阵风把你刮回来了，以为早把我忘了呢，还知道有个家呀！”

二小见媳妇仍然那么美丽、温柔、体贴，心里感到暖烘烘的，只是嘿嘿地笑，再也说不出别的了。

夫妻二人亲亲热热地吃过晚饭，收拾完桌子，便吹灯躺下了，唠这个唠那个的，花氏只字不提过去的事儿。佟二小总想问个究竟，又不好开口，最后实在憋不住了，直截了当地问道：“媳妇，咱们屯儿的谭三怎么不见了？”

“别装糊涂了，他不是被你剁了吗？”

“那天晚上，我咋没找着你呢？”

“多亏没找到，要是发现了，不得一块儿砍了哇？”

“告诉我，你跑哪儿去了，谭三的尸首怎么销毁的？第二天早晨姐姐进门时，咋啥也没看出来呢？”

花氏说：“我原来和谭三是有点儿关系，因为他总威吓我，死缠不放。若是不从，不是要杀，就是要砍，被逼无奈，只好应付。那天他喝醉了酒，进屋衣裳都没脱，躺在炕上睡着了。我被酒气熏得睡不着觉，再加上当晚你满脸不高兴地走了，觉得或许你察觉了什么，心里老不踏实。半夜里一听秫秸障子响，就知道你没走，又回来了，赶紧爬了起来，待听到门被踢开时，我早登着柜盖上棚顶儿了。你像凶神似的杀了谭三，又端灯到处找我，这一切在棚顶儿看得真真切切，哪敢动一下？等你扔下刀走了好半天，我才蹦下来，一想尸首不收拾，第二天不得吃官司吗？急忙生火烧水，先将谭三的衣裳扔灶坑烧了，又把尸首卸成一块儿一块儿的，放到锅里煮上了。大约过了两个时辰，肉煮得稀烂稀烂的，轻轻一抖，全掉下来了。我把肉扔进泔水缸喂猪了，它们可爱吃了，小猪根本抢不上槽。”

二小问：“那些骨头呢？”

“连夜埋到南河套沙坑里了。”

“那把菜刀呢?”

“扔进烟囱道里了。”

二小竖起大拇指,称赞道:“好哇,媳妇,真行啊!”

花氏说:“不行咋整,你远走高飞了,我不收尸能行吗?等早上姐姐来时,已拾掇得利利索索了,神眼也看不出马脚来。”

夫妻二人唠着贴心话,哪想到隔墙有耳,蹲在墙外偷听的是屯子里的史六。

自从谭三和二小同时失踪,史六觉得此事有点儿蹊跷,便开始留意了。加上那天挑逗花氏不成,又挨了一顿骂,更是怀恨在心。傍晚听李四说二小回来了,背的行李内装着不少金块儿,不知咋发的财。为弄个明白,就乘黑夜来到二小家,蹲在窗外偷听。

谭三被杀的经过,史六听得一清二楚,心想:“花氏呀,不是红口白牙地骂我吗,这回看你还有啥招儿,不狠狠地治治你们,我就不姓史!”

史六起身跳出障子外,小跑着去了村西头儿,嘭嘭嘭敲谭老大的门。谭老大打开门问道:“是史六哇,深更半夜的,啥事儿呀?”

史六说:“大哥,三弟有消息了。”

“噢,他在哪儿?”

“让猪吃了。”

“我早料到准是被野猪吃了。”

“不,是家猪。”

“净胡扯,家猪还能吃人?”

“咋不吃呢?不会一瓢一瓢地喂嘛!”

谭老大着急了:“哎呀,史六,倒是快说呀,到底咋回事儿?”

于是,史六就把在佟二小家窗外偷听到的夫妻对话学了一遍。谭老大听罢,叹了口气道:“唉,算了吧,丑事张扬出去,谭家的脸面往哪儿搁?人死不能复生,三弟不学好,该着这个下场。”

史六怂恿道:“大哥,你和谭三可是一奶同胞啊,当哥的不给弟报仇,谁给报?再说佟二小这次回来,带回那么多金银财宝,诈儿个钱也是好的。你去衙门告他,我给作证人,佟二小不输官司才怪呢!”

谭老大让史六一说,心活了,见钱眼开呀!连夜告到了衙门,县官立刻派两名差役前去捉拿佟二小。

天刚放亮儿,二小夫妻俩正在梦乡,忽听有人敲门。花氏赶紧穿衣下地，开门一看，原来是衙门的差役。一进屋没容分说，从炕上薅起佟二小，用铁链子嘁哧咔嚓锁上了。花氏忙问因何抓人，差役言道：“佟二小被谭老大告了，说他三年前杀死了谭三，有史六作证。你俩昨晚唠的那些嗑儿一字不漏地全被史六听去了，还有啥讲的？连你一块儿跟我们走吧！”说完，一个差役在前边拽着佟二小，另一个在后面连推带搡着花氏往外走。

花氏回过头来，笑容满面地对差役说：“兄弟，大清早为公家办事儿够辛苦的，忙什么？反正佟二小也跑不了，我更不会逃，在家里吃口热饭，暖和暖和再上路吧！”

两个差役一听，肚子正饿得咕噜噜直叫呢，便道：“好啊，那就抓点儿紧，吃完了走。”花氏赶忙做了几样儿菜，又烫了壶烧酒，二人你一盅儿我一盅儿地喝得挺高兴。

花氏趁机央求道：“大兄弟，你们看我丈夫这么老实，敢杀人吗？实不相瞒，全是史六干的。二小扛活不在家，谭三强行霸占了我，天天来家纠缠。因史六也对民女存心不轨，一气之下，杀死了谭三。这次史六看二小带回许多金银，十分眼红，想陷害他，以便长期独霸民女。我们太冤枉了，真是有理无处诉哇，求二位好兄弟帮帮忙吧！”说着，从柜里取出一些金子，分给了差役。

两个差役见佟二小一副老实厚道相，不像是杀人凶手，其中一个答应道：“请大嫂放心，到大堂上，我们哥儿俩一定帮忙。”

差役吃罢饭，将佟二小身上的铁链子解了下来，押着他们夫妇俩出门了。花氏低声儿叮嘱丈夫，在大堂上什么也别承认，只说不知道，一切听妻的。

到了县衙，县官立刻升堂，先审佟二小为何杀人。二小反过来调过去地一口咬定：“我长期在外给东家干活儿，家里的事儿一概不知，从没杀过人。”

又审花氏，花氏哭诉道：“大老爷，可得给小民做主哇，佟二小实在冤枉啊！”

县官喝道：“到底咋回事儿？一一讲来！”

花氏说：“我和佟二小自打结婚，感情一直很好，虽然他总不在家，但我丝毫没有外心。本屯谭三流氓成性，千方百计勾引、威胁我，扬言不达目的，非杀即砍，民女不敢不从。史六见谭三有时上我家，也想占便宜，时常调戏我。大老爷请想，我被谭三糟蹋了，已经很对不起丈夫了，再和史六勾勾搭搭，成什么人了？有一回，我把史六骂了一顿，他从此怀恨在心。那夜谭三喝醉酒来我家睡觉的时候，史六忽然闯了进来，一刀砍死了谭三，反过来又要杀我。我当时吓得哆哆嗦嗦的，跪在地上苦苦哀求，他才把刀收回去，气势汹汹地让我赶紧生火烧水。他像屠夫似的，将谭三大卸八块，扔进锅里煮烂，令我用死人肉喂猪，并说：'今后你必须顺从我，此事不许对任何人讲，要透露半点儿风声，就毫不客气地宰了你！'我哪敢怠慢，只好照他的吩咐行事，然后把屋里收拾干净了。从那以后，史六常来我家，没完没了地死缠不放。这回见佟二小带回金子了，立马眼红了，不仅要害死他，还打算长期霸着我，便告到了官衙，诬陷佟二小杀人，这不冤出大天了吗？"

花氏讲完，县官瞅了瞅佟二小，见一副老实巴交的样儿，半信半疑，遂命人带史六上堂。

史六一进大堂，花氏没容分说一头扑了过去，一把薅住他的衣领，连哭带打地骂道："畜生史六，你杀死谭三，霸占了我，又要害死佟二小，真是丧尽天良了，该千刀万剐才是，今天非和你拼了不可！"

花氏一边哭喊着，一边用头撞向史六，把他弄得一时丈二和尚摸不着头脑。正在不知所措时，忽听县官高声儿问道："史六，花氏说的是真的吗？如实招来！"

史六忙辩解道："大人，不，不……"下面的话没等出口呢，花氏又上手挠他的脸，顿时满脸全是一条条的血道子。

这工夫，站在旁边那两个在佟家吃过饭的差役异口同声地禀道："老爷，史六太刁滑，不动大刑是不能招的。"

县官拿起惊堂木一拍，喝道："来人！给史六上刑！"差役们应声儿立刻抬出刑具，将史六摁在地上，狠狠地用大刑。

史六挺刑不过，喊道："我招……我招……"招毕，县官命史六画供，然后令差役将其押进牢房。

县官断案道："史六于佟二小在外做工其间，霸占有夫之妇花氏。又乘谭三醉酒，以刀砍之，杀人偿命，判处死刑。花氏行为不端，判处'官卖'。"判决生效后，佟二小又出钱把媳妇赎了回来。

从此，佟二小和花氏和好如初，为避闲话，搬到很远的地方去了。

白眼狼强娶雪花 巧木匠蒙冤获福

从前，在阿木巴克围场边上的屯子里，住着个狠心的白姓财主，人称“白眼狼”。大伙儿都说他为人奸狡刻薄，做事手段阴毒。他娶了好几房妻妾，生了一帮丫头，一个儿子没有。

本屯有个姑娘姓杨，名儿叫雪花，皮肤白净，模样俊俏，心灵手巧，谁见谁夸。“白眼狼”为了抱儿子，带着五六个家丁闯到杨家，硬是逼雪花成亲。姑娘的阿玛左拦右挡坚决不允，结果当场被打手一个窝心脚踢死了。一伙人抢走了雪花。

雪花刚刚十七岁，心地善良，生性柔弱。到了财主家后，“白眼狼”的闺女们立刻围了上来，七嘴八舌地问这问那。雪花抬眼看了看，心想：“我的年龄和她们一般大，却不得不跟一个老头子过日子，唯一的亲人阿玛又死了，孤苦伶仃，无依无靠，往后可怎么熬哇！”越寻思越难受，坐在炕上一声儿不出，眼泪像断了线的串珠噼里啪啦地往下掉。

一年后，“白眼狼”动工修宅院，雇来个年轻木匠，长得挺壮实，宽肩膀，粗胳膊，身量魁伟，不但活计好，而且心眼儿好使。

小木匠见财主抢来的媳妇整天闷闷不乐，手上干着活儿，心里想着事儿，时常背地抹眼泪，觉得这个穷家姑娘怪可怜的，平时只要碰上了，免不了劝慰几句。时间长了，雪花对小木匠给予的关切很是感激，并产生了好感。有时偷着为他拿点儿吃的，缝缝衣裳，两个人的心渐渐贴近了，见面总有说不完的话。

此情很快被老奸巨猾的“白眼狼”看出来了，他恨得牙关咬得咯咯响，为抓到证据，开始暗中盯梢。

一天傍晚，雪花又拿着吃的东西连同已缝好的衣服前往小树林，给小木匠送去。到了地儿，小木匠刚接在手中，就被藏在两搂多粗大树后的“白眼狼”看见了。他忽地蹦了出来，大声儿喊道：“快来人哪，给我捉贼呀，有人偷东西啦！”小木匠一愣，忙推了雪花一把，雪花转身跑走了。

宅院里的家丁们听到喊声后，手操家巴什儿纷纷跑了出来，“白眼狼”气冲冲地走到小木匠跟前，厉声儿吼道：“哼！原来是你干的缺德事儿，不仅勾引我媳妇，还偷嘴吃、偷衣裳穿，不学好，坏了良心，可知罪吗？从今天起，老子不用你了，给我马上滚蛋！”说完一扬手，家丁们如狼似虎一拥而上，冲小木匠抡一顿棒子，然后扬长而去。

雪花回到房中，脸又红心又跳，吓得直哆嗦，不敢作声儿。“白眼狼”进了屋，恶狠狠地骂道：“不要脸的东西，还吃里爬外，看来是把你惯坏了！”说着，上去就扇了俩嘴巴，回过头不是好声儿地唤丫鬟和奶妈进来：“你们给我听着，务必看住这个下贱货，要有一差二错，决不轻饶！”话音未落，哐啷一声摔门走了。

雪花没有了自由，每天饭不吃、水不喝，一个劲儿地哭。想到好心的木匠哥哥不知是死是活、身在何处，自己又落到这般田地，活在世上还有啥意思，不如一死了之。遂解下腰带挂在房梁上，搬过凳子站了上去，刚要自尽，被奶妈看见了，一把抢下带子，抱住雪花也落泪了，劝道：“孩子，不到万不得已，千万别走这条道儿啊，老天都不能答应。年轻轻的，应往远处想，阿布卡恩都力会眷佑你的。我豁出这把老骨头了，趁夜深人静之时，放你逃离虎口吧！”

雪花听罢，扑通一声跪在地上咣咣磕头致谢道：“老人家，谢谢您的大恩大德，不过我不能走，那会连累你老的。”

奶妈说：“你放心走吧，不用管我，我自有办法。”随即拉起雪花溜到后院儿墙根儿处，蹲下身来，雪花踩着她的肩膀翻墙逃走了。

奶妈回到屋内，约莫雪花已跑远，这才装作被打昏刚刚苏醒的样子，一溜歪斜地跑出去大呼大叫起来：“来人哪，雪花跑了，快追呀！”等“白眼狼”和家丁们闻声而至，连个人影儿都没见着，黄花菜都凉了，上哪儿追去？“白眼狼”气得一屁股坐在地上，差点儿没晕过去！

再说雪花深一脚浅一脚地一直跑到天亮，见前面一条大河拦住了去路，寻思这下完了，没活路了。正着急时，忽听身后有人叫她，转过头一看，原来是小木匠。

你知道小木匠为啥也在这儿？他自从被“白眼狼”赶走后，白天躲在林子里，晚上出来观察动静。为啥呢？因估计到雪花的处境会相当糟糕，在那个家没法儿待下去了，只能找机会离开。而此条河是逃出虎口的必经之路，他便不离大河左右，时不时地守在河沿儿，果然真就碰上了。

二人见面，泪眼相望，抱头痛哭了一场。哭罢，远远看见河面划来一只小船，小木匠招招手让船靠岸，扶着雪花上了船。坐定后，小木匠感慨地说："雪花，这回不用害怕了，天无绝人之路，上苍总会降福于善良人的！"

雪花笑了笑道："从此，你我二人永远在一起，再不分开了。"

后来，小木匠带着雪花去了很远的地方，并安家落户了。小木匠在外面给人做木匠活儿，雪花在家纺线织布，操持家务，日子过得舒心美满。

马兰花命运多舛　张状元时事曲挠

很早以前，伊通州的西边有趟深沟，沟对面是一马平川的溜平地。此外年年风调雨顺，庄稼长得旺，人家越来越多。

有户姓马的两口子，生个女儿，取名叫马兰花。全家以开客店为生，迎来送往，没几年便小有积累，日子过得不错。后来，女人死了，男的又娶了一房，也生了个女孩儿。当阿玛的考虑先房闺女的额娘没了，肯定会感到孤单，没有依靠，越发疼爱马兰花。而后娘则偏爱自己亲生的闺女，又怕冷着又怕热着，半拉儿眼看不上先房孩子。

二姑娘不是整天躺在炕上，就是四处闲逛，见活儿从不伸手，吃的是粳米白面。大姑娘天天从早忙到晚，连坐下来喘口气儿的工夫都没有，挑水、拾柴、洗衣、做饭，样样活儿全由她一人干，吃的是残羹剩饭。尽管如此，后娘仍不满足，并心生歹意，总想害死马兰花。

有一天，后娘吩咐马兰花把客店的所有被褥拆洗一遍，晾干以后再缝好。又喊来二姑娘，让她看着姐姐干活儿，一不许歇着，二不许偷懒。全店可是几十套被褥哇，马兰花洗了一天一宿没干完，累得实在坚持不住了，坐在浆洗房里睡着了。妹妹见状，连推带叫也不醒，便告诉额娘去了。

后娘一听，急忙弄了只剥了皮的死猫和一盆血，端着来到浆洗房，把血倒在马兰花的下身，将猫尸扔在她身旁，反身去向丈夫告状："怎么样，以前我总说大姑娘不正经，你就是不信。这回倒好，快去瞧瞧吧，生个死孩子，看你那老脸往哪儿搁！"边说边拉着他去了浆洗房。

马兰花的阿玛进屋一看，气不打一处来，二话没说，去店房操起一把菜刀，拽着大姑娘到了门外，不容分说，咔嚓一声把她左手剁下来了，还骂道："你干的好事儿，赶快滚，从今往后不准登家门！"

马兰花只觉一阵撕心裂肺的疼痛，头一晕昏了过去，啥也不知道了。等醒过来时，大门已上锁了，四处无人。她委屈得号啕大哭啊，使劲敲门，却没人理会，无奈之下，只好转身离去了。

马兰花一连气儿走了三天，又饥又渴，来到了一大户门前。抬头瞅瞅，院墙很高，一根杏树枝从墙里伸到墙外。她饿得也顾不了那么多了，捡起一块石头往上一扔，杏掉到地上几个。刚弯腰要捡，就听墙内有人说："何人在此打杏？"随之一个脑袋伸了出来。

马兰花慌忙跪地哀求道："小女由于继母诬陷，被砍断一只手，又赶出家门，已三天没吃东西了，求相公舍膳于我。"

原来，此处是张员外的府第，站在树下的人乃员外的公子，正在吟诗。听马兰花一说，顿生怜悯之心，将梯子竖出墙外。马兰花登梯上了墙，跳到地上后，在公子的引领之下进了书房。公子上上下下仔细一打量，见来人长得俊俏秀美，左手腕儿胡乱缠着从衣服上撕下来的布条子，脸色苍白，十分可怜，遂把嫂子送来的午膳给她吃了。

到了晚上，估摸嫂子快来送饭时，公子让马兰花先藏在柜子里。等嫂子放下碗筷一走，再唤她出来，两人一块儿用膳，并留马兰花于书房夜宿。

马兰花就这样在公子的书房待下来了，天长日久，细心的嫂子终于发现了蛛丝马迹。一日，嫂子端着膳食来到书房，放下后说道："二弟，这身儿衣服该洗了，找几件干净的衣服换上吧！"说着，伸手把柜门儿打开，只见一女子脸羞得红红的，从柜子里俯身出来，扑通一声跪下了。书生忙拉起马兰花，一边安慰不要怕，一边把这件事的来龙去脉一五一十地讲给了嫂子。

嫂子听后，很是同情，不禁掉下泪来，随后将此事替小叔子转告给了公婆和丈夫。全家人见马兰花不仅容貌好，还带福相，二公子又喜欢，于是择吉日给他们完了婚。

当年，二公子准备进京赶考，马兰花已有身孕，临走时嘱咐妻子："如果生的是女孩儿，就做件红褂子穿上；生的是男孩儿，就做件黄褂子穿上。"

二公子走后不久，马兰花生了个胖小子，老员外高兴极了，吩咐院公赶紧骑马去京城报喜。出发前，老夫人又给儿子写了封信，叫院公揣在怀里带去。

院公飞马驰奔，走到半路，太阳落山了，需夜宿客栈，正好住在马家店。酒桌上，马兰花的后娘问他从哪儿来，到哪儿去，办什么事儿。院公酒后吐真言，实话实说，全都照实讲了。

后娘一听，知道马兰花还活着，妒火中烧，眼珠儿一转，计上心来，左一杯右一杯地劝酒，院公喝得酩酊大醉。然后乘其熟睡之机，将信从兜里掏出拆开，让亲生闺女把里面的内容全改了，上写："吾儿见字如面：咱家收下的这个媳妇，可谓地地道道的丧门星，生个小子三天便扔了。在家打婆婆骂公公，好吃懒做，勾引男人，可恶至极。大考之后，倘若得中状元，千万另择佳偶。"改毕折好，又悄悄儿放回院公兜儿里。

第二天吃完早饭，院公前去告辞，并交店钱。后娘无论如何不收，说是不过几个小钱，急啥？等回返时住这儿一块儿算。院公紧催坐骑，马不停蹄地赶到了京城，得知二公子已考中头名状元，忙去状元府将信呈上。二公子看罢，大吃一惊！仔细想想，觉得不太可信，其中必有文章。于是，写了一封回信，称八月十五回家探亲，顺便查探实情。

院公回返途中，自然住在马家店，因来时的店钱还没交。马兰花的后娘同上次一样将院公灌醉，又让二姑娘把信的内容改了，上写："儿赶考离家，马兰花如此不守妇道，虐待双亲，败坏家风，实难容忍。见信立即将其赶走，死活不管，一刻不能留。如若不然，八月十五探亲之日，便是全家问斩之时。"

院公回到员外府，拿出信来，交给老夫人。老夫人让大儿子念一遍，一家老少听后都愣住了，弄不懂二公子缘何草拟此信，更不知怎么办才好。

这工夫，马兰花并没在场，正抱着孩子于后花园晒太阳呢！见府内上下人等慌里慌张的，仆人们直抹眼泪，不知何故，忙来至上房向公婆问道："父母大人，怎么了，家里出啥事儿了？"

公公瞅了瞅儿媳，没接茬儿，只是一声接一声地叹气。婆婆见纸里包不住火了，知道事到如今没必要隐瞒，就照实说了。马兰花一听，心如刀绞，强忍泪水道："既然这样，别因一人连累了全家，赶紧送我走吧！"

公婆实在不忍心，又没啥别的招儿，眼看快到八月十五了，不得不令仆人套上马车，让二儿媳抱着孩子坐上，由大公子赶着送出家门。

马兰花坐在车里，思绪万千，热泪滚滚，哀叹自己的命何其苦。三个时辰后，来到很远的荒郊野外，下了车，告别大伯子，背着儿子继续往前走。走着走着，一块小石头把她绊了个跟头，爬起来一看，被砍下的左手竟长上了。正感到奇怪呢，一抬头，见旁边站着个白胡子老头儿。原来，老者不是别人，正是土地老。当年马兰花的手被阿玛砍掉时，他飘然而至，拾起并妥善保管。今儿个借马兰花摔跟头手触地的一刹那，立马吹了口气，又给接上了。

马兰花怔怔地瞅着老者，刚要开口问，土地老抢先说了："孩子，别发愣了，所有的事儿本老头儿全知晓，也是特意为搭救你才来的。我家离此不远，你总不能睡在外面吧，先到那儿住吧。"马兰花见老人慈眉善目的，放心地点点头，跟着去了。

二人来到一个大院儿门前，土地老唤出土地婆，把马兰花领进屋内，叮嘱道："孩子，明日状元回家，路过此地，你在道边儿等着。看到轿，务必上前拦住，夫妻就团圆了。"

转天用罢午膳，土地老引领马兰花走了一里多地，送到大路上，一闪身不见了。马兰花知道这是遇到了神仙，忙跪地祷告一番，起身守候在道边。

不大一会儿，锣声由远而近，马兰花为把握起见，向路人打听轿上坐的何许人也？被告知乃状元回乡。她赶紧迎上前，挡住了去路，声称自己是状元的妻子，背上背的孩子是状元的儿子。

坐在轿里的状元正是张家二公子，掀开轿帘儿往外一看，真是马兰花。可奇怪的是妻子只有一只手，眼前这个人却有两只手，遂下轿仔细询问。马兰花声泪俱下，把前后经过讲了一遍，并将穿着黄褂子的儿子递给他。状元接过去抱在怀里，不觉一阵心酸，回头吩咐随从搀扶马兰花上轿，自己翻身上了马，缓缓朝家走去。

一行人进了张员外的府门，二公子与父母大人简单道过别后之情，便传来院公，让他讲讲往返京师途中住宿于哪里，院公如实说了。

马兰花听罢，恍然大悟，叹道："唉，怪不得呢，那正是我的娘家，老太太乃阿玛后娶的继母。"

众人议论纷纷，皆言一定是后娘施的毒计，在信上做了手脚。状元大怒，派人把马兰花的后娘抓来，经严加审问，后娘只好招认了。

后娘连羞带愧，大病一场，百药不治，不久归阴了。马兰花从此夫妻团圆，孝敬公婆，抚育幼子，过上了美满的生活。

贫春生做官枉法　义秋生行乞中榜

伊通州的大西边有个两姓屯，屯中住着两个财主，皆是从关里逃荒到这疙瘩的。两家各有一个儿子，一个叫春生，一个叫秋生。二人在一个学堂读书，相互间挺合得来，跟亲哥儿俩一样，不分彼此。

偏偏这一年的春夏之交，春生家失了一场大火，烧得片瓦无存。从此，不仅衣食无着，也念不起书了，到处求借无门。春生想："我和秋生在一起这么多年，很是要好，不妨到他家去一趟，看看大爷能不能帮一把，只要完成学业就感激不尽了。"主意打定，拔腿儿前往。

春生到了秋生家，其二老显得特别亲热，问明了情况后，爽快地将春生留了下来。从此，小哥儿俩更是形影不离，课业上遇有难题，一块儿切磋琢磨，长进不小。到了龙虎年，秋生的父母给他俩准备了盘缠，各带一个书童起程了，一同进京赶考。

笔试关过，到发榜之时，秋生落榜了，春生考中了进士，被朝廷任命为七品知县。

秋生回到家后心情郁闷，偏赶上夜间突发大水，全村都淹没了，只剩下秋生一个人。他难过极了，那真是呼天天不应，唤地地不答呀，没吃没住，他只好沿街乞讨，仍填不饱肚子。无奈之下，想起了春生，便去找昔日的兄弟。

到了县城，还不错，春生接纳了他。刚开始，好生待承着，过了三天五日，很快冷淡下来。秋生见此，寻思开了："当初我家对春生那么好，不仅供吃供穿，还供他念书。现在当官了，立马变了，一点儿不像从前了。"于是决定不住了，遂告辞往回走。

一路上，秋生没有盘缠，就伸手乞讨，叔叔大爷叫个不停。要来几个小钱，再饿也舍不得花，而是用来买书和笔。

一天，在路边儿歇脚的两位长者见秋生挺苦的，好心劝道："孩子，别读书了，都穷到这份儿上了，上哪儿筹措进京赶考的钱呀？"

秋生扑通一声跪下了，表示道："二位老人家，我决心下定了，不蒸馒头争口气，非考不可！"老者看小伙子有志气，是个肯于下苦功夫之人，分别把腰里的银子倾囊掏给了他，秋生连连叩头感谢恩典。

几个春秋过去了，到了大比之年。秋生背着小书箱，吃尽千辛万苦来到京城，找个客店住下了。转天进了考场，刷刷点点，几篇文章很快做完了，文从字顺，笔走龙蛇，用词优美。发榜一看，秋生中了头名状元，皇上赐了个八府巡按，三日后走马上任了。

再说春生在任期间，贪赃枉法，鱼肉百姓，当地乡民对知县恨之入骨，不久他便被免职。这时，他想起了秋生乃八府巡按，权力很大，何不投奔往日的哥哥呢？于是，带领老婆、孩子前去京师了。

到了八府巡按的官邸，秋生好长时间没见春生了，见了面自然很高兴，笑迎道："春生来了，好哇，我得赶紧下帖，把亲朋好友全请来，给兄弟接风！"说完，回头命大管家快去张罗。

工夫不大，一道道的佳肴上桌了，酒也备好了。客人到齐入座之后，秋生让各位缓动筷，在没开宴之前，先给大伙儿讲个故事，在座的人皆洗耳恭听。秋生讲道：

说的是在一座山上，住着一只老虎、一只梅花鹿和一只狼，它们三个结为兄弟。

有一天，老虎一时不慎，从山崖上掉进了山涧，被一粗树枝刮住了，倒吊在半空，旋了几次都没上来，加上肚子饿得咕噜噜直叫，早没了力气。这时，狼过来了，见老虎悬在半空，忙问："大哥，这是怎么了，咋掉下去的？"

老虎叹了口气道："唉，兄弟呀，别提了，能不能给我找点儿吃的来？"

狼爽快地答应道："当然能！大哥，你等着，我去找！"狼走了，一去就没影儿了。

过了一会儿，梅花鹿来了，见老虎悬在半空，遂问怎么才能旋上来？老虎告诉它，首先需喂饱肚子。

梅花鹿嘱咐道："大哥，千万别着急，更不能乱动，我马上给你找吃的！"边说边跑走了。

老虎心想："你不是白说吧？鹿哪有狼厉害呀，能给我找什么吃的？"

过了一袋烟工夫，梅花鹿回来了，还领来两只小鹿崽儿，把一双儿女交给老虎道："虎大哥，你看呀，它俩不就是你的口中之食吗？"

老虎听罢，感动得哭了起来，觉得实在不忍心。可又没其他办法，一狠心，只好将两个鹿崽儿吃了，然后说道："兄弟呀，你躲开，我上去！"随之一撅尾巴一调腚，蹿了上来。

老虎和梅花鹿一边走一边唠着，对面跑来个打猎的，把一只狼撵得夹着尾巴东一头西一头乱窜，没地方藏没地方躲的。梅花鹿见此情景，吓得浑身直哆嗦，忙道："虎大哥，那猎人还不得把我打死呀！"

老虎安慰道："兄弟，不要紧，快趴下，哥哥伏在你身上，他不敢打。"

狼跑了过来，向老虎求助道："大哥呀，小弟遇到了猎手，快救救我吧，好给你找食吃。"

老虎说："兄弟呀，不是大哥不救你，真的是无能为力。我怀抱一只梅花鹿，哪能再救狼呢！"

春生听完秋生讲的故事，又羞又愧，饭也没吃起身就走了，回到家乡后，秋生再没见过他。

见钱眼开金变水　立志报国中状元

伊通河边有座古城，叫阿奇兰，居住的人口不少。其中的两个书生十分要好，关系处得非常融洽，曾发过誓，定将对方当作自己的亲兄弟看待。

早先，龙年考文状元，虎年考武状元。这一年正是龙年，两个书生合计着，将搭伴儿去京师赶考。

住在城南的那位书生姓李，为人正直，家境贫寒，刻苦攻读，学业长进很快。住在城北的那个书生姓张，乃大户人家的阔少爷，生活富足，衣着讲究，不能吃苦，学业平平。对于考状元，他一想起来总是忐忑不安的，心里没底。但他的舅父在京城为官，寻思到时候考不好，可请舅父帮忙。

去京师那天，张书生骑着高头大马，天刚亮便来到了李家。李书生由于穷，买不起马，又不能走着去，就在集市上买了一头毛驴，兄弟俩上路齐奔京城而去。

走着走着，突然发现路边有个坛子，闪闪发光。二人很是好奇，下来一看，原来里面装的全是金子！张书生喜出望外，笑道："咱俩不必去赶考了，这些金子一人一半，一辈子也花不完。"说着，弯下腰去抱坛子，准备分金子。

可是，李书生不同意，劝道："兄弟，快走，别误了时辰，还是去赶考吧，将来好报国效民。再说了，这些金子哪能没主儿呢，人家肯定会来找的。"

张书生听了李书生的话，既想要金子，又觉得不好意思，红着脸一声儿不吭，跟在李书生后面继续赶路。

李书生心急如焚，紧催座下的毛驴，恨不得一步跨入京师。张书生却想："这个傻子，你不要金子，正好全归我。不过转身回去拿，没个理由，肯定被人耻笑。"眼珠儿一转，计上心来，连称肚子疼，在马上高一声低一声地叫唤开了。

李书生信以为真，忙道：“兄弟，咱们歇息片刻，等好些了再走。”

可是，一个时辰过去了，张书生仍嚷着不见轻，并说：“看来今天是不能走了，别等我了，你先走吧！”

李书生很是着急，见张书生疼得一会儿直起来，一会儿弯下去的样子，决定送他回家，然后再去京城。

张书生假惺惺地致谢道：“兄弟，谢谢你，不用了。咱们又没走出多远，等感觉轻一点儿，我自己回去。”

只过了一小会儿，张书生便声称轻多了，可以走了。回去以后养一养，待彻底好了，如来得及再进京赶考。李书生一琢磨，也没别的招儿，只好骑上毛驴，一个人奔京城去了。

张书生眼瞅着李书生走远了，才一骗腿儿上了马，调转马头按原路往回疾驰，见那个坛子还在，急忙下马，到跟前一看，金子不见了，而是一坛清水。他后悔极了，再撵李书生吧，不赶趟儿了，早已走远了。一气之下，蹲下身来，咕嘟咕嘟地把坛子里的清水全喝了，然后举起坛子摔了个粉碎。

张书生垂头丧气地骑上马往家走，走着走着，肚子咕噜咕噜响了起来，紧接着拧劲儿疼。好歹挺着到了李书生家门口儿，浑身直冒虚汗，说啥动弹不了了。李母将张书生迎进屋内，铺上被子，扶他躺在炕上，吃了点儿药稍好些。这时，天黑了，李母让他在儿子的房里歇息。

夜半，张书生刚睡着，肚子又疼起来了，急忙坐起身，胡乱穿上衣裳，准备去茅房。可是没等下地呢，已经来不及了，只听扑哧一声，裤子、炕上、被褥全是稀屎。好不容易跑到外边，又憋不住了，拉了一大堆。回屋后，感到轻松不少，肚子不那么痛了。张书生觉得实在是没脸见人，不能在此待下去了，于是偷偷跑回了家。

天亮了，李母做好了饭，去叫张书生用早膳，敲敲门，没应声儿。推开门进入房内，人不见了，地上、炕上、被褥上全是黄澄澄的金子。抬眼向窗外望去，院子里也有好几堆，一色的金豆子。

李母赶忙收拾了金子，放到箱子里，随即去了城北的张家，打听书生回来没，身子骨儿怎么样了。张母说：“儿子早回家了，病也好了，不用惦着。”张书生始终没敢露面儿，李母在有钱人家坐着感到很拘束，简单聊了几句就回家了。

五天后，李书生从京城返回，半道儿看见了摔碎的坛子。进了家门，李母把张书生来家当天晚上所发生的一切跟儿子讲了，李书生立马明白了。他去了城北，看望张书生，两人谁也没提那件事儿。

时隔不久，京城张榜，李书生中了状元，被召到京城做官去了。

张书生仍闲居在家，饭来张口，衣来伸手，过着阔少爷的生活。后来，家道败落，他出走了，谁都不知道他究竟去哪儿了。

观蹊跷疑结发妻　暗赌气刺山牲口

在伊通州城东边的大山沟里，有个不起眼儿的土岗子，岗下住着一户人家，男的叫乌春，媳妇娘家姓黄，没有大号。

小两口儿是三年前从长白山那边过来的，由于没处住，便一起动手，从山上砍来木头，在土岗儿下支起房架，像燕子垒窝似的，一锹泥一把草地盖起了两间小土房。没有地种，二人挥起镐头，一镐头一镐头地开了三亩山坡地，种上高粱、谷子、玉米等，总算在这个前不着村、后不着店的地方安顿下来了。

转过年，添了个白胖小子，取名百岁。小两口儿靠勤劳的双手和浑身的力气，一年到头家里、地里地忙活，日子过得虽说不富裕，倒也不缺吃、不少穿，和和乐乐，亲亲热热，挺美满的。

初夏，正是铲三遍地的时候，天气非常炎热。乌春吃完晌饭，抱起不满两岁的胖娃娃亲了几口后，便披上汗衫，戴上草帽，拎个水罐儿去铲地。临走的时候，媳妇嘱咐道："他阿玛呀，山里野兽多，晚上早点儿回来，省得我们娘儿俩在家害怕。"

乌春答应一声"知道了"，转身推门出了院儿，扛起锄头朝山坡儿走去。

到了地边儿，乌春放下水罐儿，开始一垄一垄地铲。天气热，雨水足，又是生荒地，草和苗儿一齐长。一锄头下去，草倒了，根儿还在，不下力气是不行的，工夫不大，他已累得浑身冒汗了。他一边铲着，一边撩起衣角儿擦汗，时不时地捧起瓦罐儿喝水。每当直起腰来时，会不自觉地隔老远向东山沟那儿望上一眼，看看家里的烟筒冒没冒烟，媳妇在院子里还是在屋中，小百岁跑没跑到院外玩耍。

太阳偏西的时候，乌春已铲小半天了，感到很乏，拄着锄头想歇一歇。他又抬头往家里望去，见院子里似乎静悄悄的，媳妇、孩子都没出来，烟筒也没冒烟，心想："这会儿，媳妇八成在屋里哄孩子呢，或许正在淘米做饭，再铲一条垄就回家。”

这时，乌春忽然瞧见从东山上下来一个人，头戴草帽，肩扛锄头，直奔自家的两间小土房走去。进院儿以后，把锄头立在门旁，推开门进屋了。他以为是过路的，因为天热，所以进屋找水喝。

过了一会儿，没看那人出来，又等了等，仍未见影儿，心里不由得犯了嘀咕：“咦？怪了，他是谁呀？已经半天了，不仅水早喝足了，就是一袋烟也抽完了，咋还不出来呢？”这么想着，心里七上八下的，赶忙拎起水罐儿，急匆匆地下了山坡儿，大步流星地奔家而去。

乌春进了院儿，故意咳嗽一声，把锄头立在门旁就推门进去了。到屋一看，怔住了！只见媳妇坐在炕上，正哼哼呀呀地哄孩子睡觉呢，再没旁人。他更起疑心了，明明眼瞅着一个人进了屋，根本没出去，干吗我一回来，他就躲起来了？

乌春站在地中间儿，正丈二和尚摸不着头脑呢，媳妇抬眼问道：“孩子他阿玛呀，今儿个回来得不算晚，进屋也不洗洗脸、擦擦汗，站那儿愣着干啥，身上哪儿不舒服吗？”

乌春没好气儿地说：“什么舒服不舒服的，我问你，那个男人呢？”

这一问，倒把媳妇问乐了，以为丈夫在跟自己开玩笑，便也逗趣儿道：“哪个人呀，累糊涂了吧？没看见哪，不是正在我怀里睡觉嘛！”说着，俯下身去，亲了一下小百岁的胖脸蛋儿。

媳妇的这些举动，使乌春越发生气，认为媳妇是在戏耍他，为掩饰自己的不贞，故意指东道西。于是，直截了当地把铲地时所见家中的情形说了出来，并高声儿问道：“那个人到底是谁，快说！”

媳妇此刻才恍然大悟，原来丈夫是怀疑我在家偷情啊！心里觉得十分委屈，也来气了，顺嘴甩出一句：“我始终没离屋，更没人来，你是见着鬼了吧？”

“不对，我看得清清楚楚有人进屋，绝不会错！”

“别在那儿胡扯了，看不上我休了哇，何苦编瞎话埋汰人呢？你找吧，看看咱家有没有外人！”媳妇毫不相让。

说实在的，小夫妻俩自打成亲以来，有福同享，有难同当，相亲相爱，从未红过脸。这是头一次你一言我一语地顶撞起来，乌春怀疑媳妇不讲实话，媳妇责怪丈夫故意找碴儿，两个人都动了真气。

媳妇气得饭也不做了，搂着孩子，头朝里躺在炕上偷偷抹眼泪。

乌春脸冲窗户喘粗气，心乱如麻，越想越憋闷。媳妇原本是个本分、贤惠之人，他们自幼同住在一个屯子，平时不苟言笑，只有在姑娘堆里才能听见她的笑声。出嫁以后，除了自己的丈夫，从没跟别的男人接近过，今儿个是咋的了？

日落了，天黑了，小两口儿光顾怄气了，门不闭，窗没关，都躺在炕上不动弹。一个时辰过去了，媳妇像没事人似的，呼呼睡着了。乌春铲了一天地，累得腰酸腿疼，十分疲劳。可由于心里犯疑，又生了一肚子气，既不觉得饿，也不感到困，只是心里一个劲儿地翻腾。

正在乌春冥思苦索的时候，忽听外屋柴火堆哗啦一声响，心中不禁一惊！遂翻身坐起，顺手操起放在炕头儿的扎枪，刚要下地，又听窗外呜的一声，一个黑乎乎的家伙蹿上窗台，直奔小百岁扑来。乌春手疾眼快，端起扎枪照着黑家伙猛劲儿刺去，只听扑哧一声，黑家伙被刺中了，嗷的一声怪叫，掉头就跑。

乌春红眼了，噌地跳上窗台蹦下地，拎着扎枪紧随其后就撵。撵着撵着，只觉左脚蹚起一件东西，哈腰一看，是个破草帽，抬脚踢到一边，撒腿又撵。撵着撵着，右脚又蹚起一件东西，低头一瞅，是件破衣裳，又抬脚踢到一边，这工夫，黑家伙已经没影儿了。他趁着月光，顺着地上的血迹一步一步往前寻去，找呀找呀，一直寻到小河边儿，才发现了黑家伙正在那儿呼噜呼噜地捯气儿呢！走到跟前仔细一瞧，原来是匹比狼大的山牲口。

乌春举起扎枪，照山牲口的头狠狠地扎了几下，见它不动了，才拖着这只害人的野兽往家走，一边走一边想："难怪人们说，世上有披着人皮的狼，此话不假。不是吗？披着人皮的狼我是没看着，今天倒是见到了穿着衣裳，戴着帽子，装扮成常人模样的山牲口！"

这到底是怎么回事儿呢？原来在深山野林里，有一种叫"狼虫"的野兽，形状跟狼差不多，个头儿比狼大，生性比狼还狡猾。它把人吃了以后，扒下衣裳穿在自己身上，帽子也戴到头上，装扮成人的样子再去害人。被乌春扎死的那只狼虫就是如此，当它走进乌春家院内，看见一个大人坐在炕上哄孩子时，就馋得直吧嗒嘴。可是大白天的，说不定啥时候回来人，轻易不敢下口。于是悄悄儿溜进房内，钻进外屋的柴火堆里，单等天一黑，吃上一顿美餐。哪曾想到害人不成，啥也没捞着，自己反而丧了命。

再说乌春媳妇在丈夫蹿上窗台的一刹那，她也从睡梦中惊醒，一骨碌坐了起来，心一下提到了嗓子眼儿，估计是有野兽进院儿了。赶紧往身边一摸，把小百岁紧紧抱在怀里，生怕遭到什么意外。又担心丈夫在外边被野兽伤害，两眼直勾勾地盯着大门，一直等到乌春拖着个黑东西气喘吁吁地进了院儿，心才落了地。

小两口儿的误会解除了，转怒为喜，从此更加亲密了。丈夫勤劳、勇敢，媳妇善良、节俭，日子过得一天比一天好。

十几年后，小百岁长大成人了，天天习功练武，成了一名好猎手。

真君子替入洞房　好知己再竣故庄

不知是哪个朝代，离咱挺远的地方有个路家庄，庄主叫路光远，无人呼其名儿，皆称“路员外”。

“路员外”出身于书香门第，待人和气，仗义疏财。百姓有个什么危难请他帮忙，向来有求必应，从不推辞。

路家家业俱兴，然遗憾的是人丁不旺，仅有一子，名曰路遥。路遥七岁时，“路员外”便将一位在当地很有名望的老先生请于家中，在书房教授儿子学习。

路家仆人中有个姓马的，为人忠厚，心地善良，踏实肯干。尽管不是大管家，但每逢大管家不在时，就由他来代职，样样事儿办得十分妥帖。路家庄的男女仆人皆另眼看待他、尊重他，因此他也很得路光远的欢心。

马仆人过去家里生活贫困，还是在少年时家乡发大水，他才逃难来到路家庄的。恰巧“路员外”外出回家的道上，看见他饿倒在路边，心生怜悯，于是将他收留下来。

马仆人也有一子，名儿叫马力，年龄与路遥相仿。马力每到路家来找阿玛，常遇到路遥，院内外唯有他俩是一般大的男孩儿，愿意一块儿玩儿，天长日久便成了好朋友。后来二人又在一个学堂念书，路遥见马力非常懂事，聪明伶俐，从心眼儿里喜欢他，并当成自己的兄长一样看待。

光阴荏苒，转瞬间十年过去了，路遥和马力长大了，二人亲如兄弟，“路员外”和马仆人在这个其间相继去世了。

冬去春来，大地复苏。一天，路遥对马力说：“你比我大两岁，早到娶妻生子的年龄了，该成家了。一切不用当哥哥的操心，由弟弟张罗，你看怎么样？”

马力听后，非常感激，不住地点头。

马力结婚这天，路家庄里里外外锣鼓喧天，迎来送往，人头攒动，真像过年似的。就在要入洞房时，路遥问马力：“弟有一事相求，不知兄长意下如何？”

马力寻思道：“从小到大，路遥待我如亲兄弟，他是马家的恩人，提出什么要求都不为过。”想至此，答应道：“说吧，哥一定照办！”

路遥平静地说：“今晚，我替你入洞房。”

马力听后，如五雷轰顶，几乎晕倒在地，但还是勉强点了点头。

当晚，路遥穿着马力的新郎官儿衣服，坐在洞房里点着蜡烛看了一宿书。新娘因折腾一天了，疲倦得很，困意袭来，只好一人和衣而卧。天将明时，路遥揉了揉眼睛，起身离去。

用罢早膳，新娘子轻声儿劝丈夫：“昨天晚上，夫君背冲着我看了一夜的书，今晚别再看了，小心累着。”此刻，马力心里全明白了。

不久，马力辞别娇妻，赴京赶考去了。由于平日勤奋刻苦，考场上笔答如流，中了进士，留京做了知府。回家接眷属时，路遥为他举行了家宴，张灯结彩，热闹非凡。

时光似箭，转眼又是三年，路家和马家尽管相隔几百里，却往来不断，时有信息传递。

天有不测风云，路家庄的一个仆人因晚间上灯没看好，失了一把火，将万贯家业烧个精光。刹那间，路遥由百万家产的富人，变成了要百家饭的穷人。

路遥沿街乞讨，风餐露宿，领着一家老小来到了马力的府衙。马力早已高官厚禄，一呼百应，仆人满门，看到童年的兄弟落到这般田地，深感痛心。每天除了在衙内处理公务外，就是三天一小宴，五天一大宴，并陪着路遥到各处游玩，以让其散散心。

然而路遥始终高兴不起来，回想起祖上的艰辛创业，如今自己竟无家可归，怎能不使他心酸呢？可又不好意思开口求助马力，每晚只是唉声叹气，度日如年。

而马力是何表现呢？他只当没这回事儿，从不提以前如何如何，更不问路遥什么时候回路家庄，使得路遥越发难以启齿。

郁郁寡欢的路遥终于病倒了，卧在炕上，水米不进。马力知道后，赶忙前去探望，动情地说道：“路遥老弟，你到兄长家才一年多，兄长在老弟家却有几十年。本想留你和全家老小多住些日子，共同快快乐乐地生活，可早看出老弟心不踏实，想念故乡，明天派车马送你回路家庄好了。”

第二天，两家人挥泪而别。

路上，路遥心情异常沉重，家乡现在是什么样子呢？很难想象出来。刚一入庄，一座青堂瓦舍的宅院呈现在眼前，和马力的府第毫无二致，几十名男女仆人在道两旁迎候。管家走上前来，说道：“府内上下人等已恭候路老爷多时了，是马大官人派我们来侍奉您及一家老小的，请进府吧！路家庄失火，马大官人立马知晓了，遂派人前来重新设计建造宅院。路老爷离乡后，便开始破土动工，直至此次回来前不久才竣工。”

路遥听罢，感慨万千，手捋胡须仰头冲天长叹道：“唉，知我者，马力也！”

这就是后来人们常说的名句：“路遥知马力，日久见人心”的来历。

各行事土地荒芜　齐协力家业兴旺

纳殷部的北边有条荒沟，人们叫它大南沟。沟旁住着一户十口之家，老阿玛的老伴儿去世了，他带着九个儿子，靠种地为生。

九个儿子皆有私心，该到田间侍弄庄稼的节令，总有一两个不按时下地，在外给自家的小股小份干点儿啥。为此，老阿玛常常责备他们："你们若都为小家，各干各的，将来肯定吃不上饭。"

儿子们听了，很不服气，寻思道："我们哥儿九个呢，少一两个种地不影响啥，怎么能说吃不上饭呢？"

一年初春，老阿玛得急病死了，在外做小买卖的九个儿子约好了，谷雨那天，一个不落地赶回家种地。

谷雨到了，老大心想："我不返家，八个弟弟都回去，地照样能种上，等到铲地时，我再回家吧。"

老二心想："我不返家，大哥和七个弟弟都回去，地很快就能种上，等到铲地时，我再回家吧。"

老三心想："我不返家，他们兄弟八个都回家，也能种上地，等到铲地时，我再回家吧。"

老四、老五直至老九全是这样想的，也是这么做的。

一晃到了铲地的时候，兄弟九人一个不落地往回返，以为小苗儿早长得老高了，而且每人皆为自己比其他八兄弟多赚不少钱而高兴。可是，当他们先后到了家去地里一看，立刻傻眼了，不仅一棵苗儿没有，土地也黄了。一个个站在那儿琢磨开了："为什么兄弟九人，只少我一个，就没种上庄稼呢？"

到了秋后，九兄弟家家将做生意赚的钱花光了，地又颗粒没收。当端着空碗面面相觑时，方想起老父亲说过的话："你们都为小家，各干各的，将来肯定吃不上饭。"

此刻，哥儿九个仔细品了品，才真正懂得了阿玛所言的含意。打那以后，他们改掉了老毛病，齐心协力地侍弄庄稼，谁也不再打个人的小算盘了。日子渐渐好了起来，变得家大业大，乡亲们称其为“大南沟九兄弟”。

臧员外怜悯留教 知足人戏女投江

叶赫删延城有个书生，姓谢，原本生在富豪之家。可是家中三年接连失了三把火，烧得片瓦无存，他只好以乞讨为生。

这年刚进腊月，天冷得出奇，厚厚的冰雪覆盖着大地。谢姓书生要饭来到臧员外家的大门口儿，由于腹中无食，身上无棉，冻得瑟瑟发抖，上牙磕下牙。

这时，正赶上员外家的用人挎着筐开门往外倒灰，书生寻思道："筐里装的肯定是昨晚的烧炕灰，现在仍会很热乎，不妨来个借灰取暖。"想至此，便俯下身子趴在灰上，嘴里自言自语道："知足啊，知足，太知足了。"

用人看到这个情景，怔住了，以为他是疯子呢，忙跑进屋向员外禀告。员外吩咐家人将要饭花子领进屋，一问，方知原是个穷书生，因家遭大火，取借无门才外出讨要。

员外思谋道："眼前的书生处境如此艰难，人生在世，何不以积德行善为乐呢？"于是对他说："我想在自家办个学堂，为子女授业，正缺一位教书先生。要是愿意留下来，每月供吃住，另给五两银子，你看怎么样？"

书生扑通一声跪地道："老爷，您大慈大悲，是小生的救命恩人哪！不用说每月给银子，就是让我白教书，也求之不得呀！"

就这样，员外把书生留了下来，于家中授业。先生讲得认真，举一反三，孩子们一听就懂，一学就会。

书生每天起床，用人立马端来洗脸水、漱口水，递上毛巾。一日三餐不重样儿，饭菜做得十分可口，晚膳还能喝点儿小酒。授课时，有专人给倒茶、研墨，侍奉在侧。晚上睡觉前，丫鬟早已将被褥铺好，照顾就寝。书生心满意足，常向周围的人讲："知足啊，知足也！"时间长了，大伙儿都管他叫"知足先生"。

书生虽然嘴上说知足，但觉得还有不知足的地方，时不时地想：“眼下可谓衣来伸手，饭来张口，日子过得不错。要是有个娇妻在身边，知冷知热的，那就更好了。”

说也凑巧，一天早上，员外家的使唤丫头腊梅端着饭菜进屋了，请先生用膳。书生定睛一看，小女子长着一双又大又水灵的杏眼，身材高挑儿，杨柳细腰，十分俊俏，顿起爱慕之心，伸手就往脸上摸了一把。腊梅连羞带臊，放下碗筷，含泪跑到卧房哭了起来。

晌午，员外又让腊梅给先生送饭，腊梅不敢不去，遂将早晨所发生的事儿原原本本地讲了。员外听罢，低头不语，沉思许久。

到年底了，员外同书生商量道：“本家二弟在杭州经营一处大买卖，人手不够，让我给他当掌柜的。可是家里一时脱不开身，想派先生前往，不知意下如何？”

书生一听去当掌柜的，挺高兴，满口应承。员外写了封信交给他，又给带上一百两银子作为盘缠，吩咐半个月后动身南下。

过了正月十五，书生准备起程了，临行前，员外叮嘱道：“那封信务必收好，必须亲自呈给二弟，他会按照信上交代的去做。”

书生牢记在心，一路策马驰骋，奔江南而去。到了杭州，四处打听员外的二弟，找了很长时间，连个人影儿都没见着。他急得满头是汗，遂拿出员外的家书，见信皮儿已磨破，打开一看，上面只写了四句话：“知足先生戏腊梅，忘了门口那堆灰，百两纹银打发去，永远别再回府门。”

书生傻眼了，回想当初，惭愧至极。他此时又无处可去，来到江边，一咬牙投进江中淹死了。

破落遴选福相媳　得势忘本灾殃身

在赫尔苏的东边，住着一户家境殷实人家，姓郎。本来日子过得不错，可是这几年运气不佳，时好时坏。最倒霉的是，自从儿子郎仁长大后，家业一天天衰败下来。屯中有个明白人对家主说："你必须选择一个有福相的女子做儿媳，郎家才能兴旺，永葆富贵。"

家主一听，马上请了相面先生，让其去四处寻找面带福相的女子。

一天晌午，相面先生正在街旁的鞋摊儿修鞋，从东边跑来个半大姑娘，招呼修鞋匠回家吃饭。他一问，方知是修鞋匠的女儿，今年十五岁，名叫惠妹。先生心里琢磨开了："闺女一脸的福相，如果郎家能把她娶进门，日子一定会过得谁也比不上。"

相面先生回去后，向郎家说明了情况，转天前去提亲。

修鞋匠见登门的是算命先生，十分为难，因想到家穷闺女小，眼下没打算嫁人，思来想去还是回绝了。后来老先生几乎踏破了门槛儿，今天送钱明天送物的，修鞋匠没招儿了，这才点头答应了。

郎家很快过了财礼，上上下下忙乎了十天，终于敲敲打打地把修鞋匠的闺女娶进了家门。不几年，果然时来运转，发了大财，惠妹既能干又会算计，日子过得兴旺不说，丈夫还当上了高官。

有一天，郎仁穿好官服，去宫廷朝拜皇上。宫门由两个神像把守，一边一个，很是威风。凡是入宫之人，身上不得带寸铁，如有一点点铁末儿在身，神像便会将其拒之宫外。郎仁到了宫门前，立刻被两个神像拦住，心中很是纳闷儿："我全身上下除了衣服，什么都没带，怎么偏偏被拦了呢？"随后侍卫上前搜身，仔仔细细查了个遍，没发现任何东西。穿毕衣服再进宫，又被神像挡住，反复几次皆如此，只好垂头丧气地反身回去了。

这时，正好郎仁的岳父来家串门儿，见姑爷闷闷不乐地坐在椅子上，遂上前打听缘由。郎仁先是打了个唉声，然后将自己尽管做了高官，却不知为何就是进不了宫门的事儿说了。岳父听罢，要过姑爷的靴子，打开底儿一看，里面有个断了的锥子尖儿，他随手拿起钳子拔了出来，再把靴子底儿上好，对郎仁说："行了，这回可以放心地进宫上朝了，身上肯定不会有铁了。"

此前，郎仁并不知岳父是修鞋匠，见他修鞋的技艺非常娴熟，好生奇怪，问道："阿玛，您老人家怎么会这手?"

站在旁边的惠妹忙接茬儿道："夫君，阿玛本是掌鞋的，啥鞋都能修。"

郎仁一听，很不高兴，心想："我走的是仕途，媳妇却是修鞋匠的闺女，要是让同僚知道了，多不光彩！本人既有高官厚禄，又有用不完的金银财宝，什么样的女人找不到，为何偏与他家轧亲呢?"越寻思越觉得不是滋味，干脆来个一刀两断，当即休了妻。

惠妹一句话没说，郎仁给啥也不要，只要了一匹马，还不打算回家，骑在马上任凭它走，边走边想："马走到哪儿，哪儿就是我的家，只能听天由命了。"

那匹马接连走了三天三夜，来到一片荒山野岭，惠妹仰望天空自言自语道："我大概到了绝境，人无食，马无料，命中注定该死在这里了！"恰在此时，马突然向河岔子跑去，河岔子旁有一间很破的小房，房顶上冒着缕缕炊烟。

马来到房前，咴儿咴儿叫了两声，便低头一动不动了。惠妹刚翻身而下，只听吱嘎一声，一个老太太开了门，将她让进屋。然后拿出一只碗，擦了又擦，洗了又洗，生怕不干净，忙着给倒水。惠妹抬眼四下瞅了瞅，见房漏屋子破，没有一件像样的东西。可她一点儿没在乎，喝了几口水后，就开始帮助老太太干这干那的，跟到自家一样。惠妹一问才知道，这家只有娘儿俩相依为命，生活贫困。儿子常胜成天上山砍柴，再挑到集市上卖掉，换些米盐勉强度日。

傍晚，常胜打柴回来，看家中来了个漂亮女子，脸早已红到脖子根儿，很是不安，站也不是，坐也不是。老额娘知道儿子一向腼腆，见谁都没话儿，忙让他管女子叫大姐。

惠妹倒蛮大方，上下打量了一番，认为小伙子虽是个穷汉，但很朴实，勤劳能干，遂对老太太说："老人家，我是听天由命，又是马给驮到这儿来的。如果不嫌弃，从今儿个起，就是你家的人了！"

娘儿俩一听，简直不敢相信自己的耳朵，老太太忙道："孩子，谢谢了！不过这可不行，我家穷得叮当响，要啥没啥，怎能让你跟着一块儿受罪呢？”

常胜说：“大姐的心意我领了，你那么善良，实在是不该过苦日子呀，还是另嫁豪门吧！”

不管娘儿俩如何劝，惠妹的决心已下，非嫁给眼前的穷小子不可。女子不愿走，小伙子当然求之不得，便与额娘合计，婚礼怎么也得简简单单办办呀！老太太把压箱底儿的几个小钱取了出来，让儿子去集镇买一些窗花儿、喜字、布匹等结婚用的东西。因集镇离家挺远，得翻两道岭，所以常胜骑上了惠妹那匹高头大马前往。

邻村老少爷们儿见常胜骑着马去买东西，说是结婚用，都不相信。第二天一看，穷小子果然娶了个俊俏媳妇，大家纷纷登门祝贺。

婚后，老太太见小夫妻俩相亲相爱，媳妇对丈夫知冷知热，又能干又会算计，满心欢喜。

一天夜半，惠妹做了个梦，梦见土地老来到身边，再三嘱咐务要修个金库，好装金子，而且翻来覆去一连做了几个梦，情景全一样。她感到挺奇怪，早上起来，便把梦里所见一五一十地向丈夫讲了，并合计修金库的事儿。

常胜挠了挠头，答应道：“惠妹，既然你说有用，那就修吧！咱家没钱，可用石头泥块儿对付搭一个，也不碍事儿。”

于是，夫妻二人动起手来，又搬石头又和泥地忙活开了。金库刚刚搭好，打南边来了一辆马车，车夫赶到常胜家门前停下了。从车上下来一个老太太，左手领着个孩子，直奔院子而来，进屋后一闪身不见了。

再说车夫在门外等着要车脚钱，干等不见有人出来，只好进了屋，左瞅右瞧，找不到带小孩儿的老太太，便伸手朝这家人要车脚钱。老额娘和儿子很是纳闷儿，说道：“真是邪门儿了，我家从没有客人来呀！”

媳妇心眼儿快，忙从小匣子里拿出仅有的几个钱，将车夫打发走了。然后打开金库一看，里面放着两个金人，一个老太太和一个小孩儿，都是金的，每人手中都捧着金元宝。

娘儿仨异常惊喜，拿出一块金元宝，去集市买了些好材料，重新修了一个像样的金库。

金库修完，没一会儿又来了个人，牵着匹马走进院子里。娘儿几个只见来人，不见进屋，立刻开门跑出去看，连影儿都没有。到金库跟前瞅了瞅，见里面增加了一个金人和一匹金马，金马身上驮着许多银子。

从此，常胜家变得富起来了，来往的人渐渐多了，日子过得红红火火。

穷汉变富的事儿越传越远，越传越神，竟传到了皇帝的耳朵里。他听说这家有金人、金马，特意下了一封诏书，请常胜入朝做官。

进宫那天，百姓风传穷汉献宝有功，当了高官，纷纷前来观望。惠妹坐在轿子里往外瞧，冷不丁看到一个乞丐正在人群中，仔细一瞅，竟是郎仁。原来惠妹走后，郎仁的日子一天不如一天，只一个月，黄金变成了黄土，银子变成了灰土，家业败空。皇上闻奏，说他为人狂妄自大，只知求财，无心做事。一怒之下，将其贬为庶民，郎仁一夜之间成了要饭花子。

郎仁见前妻坐在轿中，富贵显赫，非常懊悔，不过实在是晚三秋了，后悔药上哪儿买去？他羞愧难当，转身离去，一头撞死在路旁。

孝乌拉除夕行乞　贼侯七安赃害己

好几百年前，伊通河边住着个叫乌拉的年轻人，从小没了阿玛，全靠额娘给财主家间苗儿拔草、辛苦干活把他养活大了。

乌拉十五岁那年，额娘因下地着凉得不到及时治疗瘫痪了，从此下不了地，干不了活儿，一切全靠儿子服侍。

乌拉是个孝顺孩子，由于额娘生活不能自理，时常会将衣裳、被褥及炕上、地上弄得很脏，他从不嫌乎，总是笑呵呵地擦呀、洗呀、晾啊、晒呀，直到收拾得干干净净、利利索索，才操起渔网走出家门，去伊通河边儿网鱼。网上来之后，先拎一条大的送回家，做给额娘吃，随后才挑着其他鱼到集市上卖。卖了鱼，再花点儿银子给额娘买些好吃的带回来，村里人皆夸他是个孝敬老人的好后生。

有一年严冬腊月，连降几天大雪，冷得出奇，河里的水结成厚厚的冰。眼看来到年根儿了，有钱人家大车小辆、大包小裹地从集市上办回年货，准备过节。乌拉无处打鱼，没钱买米，不仅办不起年货，娘儿俩就是成天喝粥，米坛子也看着底儿了。

到了年三十晚上，乌拉抓把小米下到锅里，捞碗干饭端到额娘面前，自己则站在外屋地喝了碗带几个米粒儿的米汤。他心里很不是滋味，大过年的，额娘连顿饺子都没吃上。怕老人伤心，便凑到跟前陪着唠嗑儿，讲些有趣儿的笑话。看着额娘脸上露出笑容了，不犯愁了，他才走到屋外，找了一个袋子拎着出门儿了。

当天夜里黑得伸手不见五指，天上飘着雪花，乌拉肚腹空空，冷得直哆嗦。这样的天，他为啥还出门儿呢？原来是乞讨去了，想到有钱人家要点儿好吃的，带回来让额娘尝尝，又不愿在本村要，便去了南街。谁知接连到了三四家，全把大门关得紧紧的，叫了好几声，只听院子里狗叫，不见一人出来。从南街走到西街，一块儿饽饽没要着，手里拎的仍是个空口袋。

乌拉抬头看看天，已经是小半夜了，怕额娘在家惦念，只好往回走。走着走着，只见一户人家敞着大门，赶忙上前去叫了几声，还是没人应。往院内瞅了瞅，院子当间儿放着一张八仙桌，上面摆两个蜡台，蜡烛通亮。细一瞧，桌子上有两盘儿白面馒头，一只蒸熟了的小鸡以及一些祭祀的供品，寻思道："额娘要是能吃上这些东西，也算过个好年哪，得多么高兴啊！"想至此，看看院里没人，便悄悄儿推门进去了，走到桌子跟前，蹲下身来，伸手一样儿一样儿地拿桌子上的东西往袋子里装。

乌拉正装着呢，忽听有脚步声传来，吓得慌忙掀开桌帷钻进桌子底下，大气儿不敢出，生怕被主人发现，心怦怦直跳。他从来没干过这种营生，此为地地道道的偷哇！越是害怕，脚步声还越来越近，几步便到了跟前，只听来人高声儿喊道："不好了，有贼，是谁把供品偷走了？"

这一喊不要紧，呼啦一下从屋里跑出好几个人，吵吵巴火地四处寻贼。乌拉一想，别等人家抓了，主动认错儿吧！遂撩开桌帷子钻了出来，扑通一声跪在地上，咣咣地磕响头请求饶恕。

一个年轻人走上前，一揪脖领子把乌拉薅起来，抬手就要打。正这工夫，从屋里走出一个年过半百的老头儿，边走边大声儿制止道："住手！"

老者来到乌拉跟前一看，是个十六七岁的后生，身上穿的衣裳尽管十分破旧，洗得却很干净，面相也挺儒气，不像个为非作歹的人，就冲大伙儿说："这帮小子，咋六亲不认了呢？这是你们的一个远房表弟，日子过穷了，一直不好意思登门，想必是没钱过年了，无奈之下，才硬着头皮到咱家取点儿东西的。先去上屋吧，坐下暖和暖和，吃饱了再回去！"说着，一把拉过乌拉领到上屋，吩咐儿媳妇："快煮饺子，让你表弟吃饱了喝足了，然后回家不迟。"

不一会儿，饺子煮好了，端上桌来，老者一面让乌拉趁热吃，一面打听家里过得怎么样。

乌拉哪能吃得下去呀，家中还有个瘫额娘呢，不知怎么着急呐！大过年的偷了人家东西，主人不但没责骂，而且还让到屋里给煮饺子吃，他感动得眼泪唰唰往下掉，一五一十地诉说了自家有个瘫巴老母及生活境况。

老者边听边不住地点头，马上叫儿子用盆端来黏豆包、冻饺子，装了半袋子。又拿了两捆粉条和几斤猪肉，待乌拉将一大碗饺子全咽下了肚儿，方亲自送出门外。乌拉回身致谢道："多谢老人家恩典，乌拉牢记在心，日后必当报答！”然后眼含热泪一步三回头地离去了。

再说乌拉的额娘自打儿子走了以后，躺在炕上干等不回来，不知儿子到哪儿去了，心里非常着急。半夜了，听见屋外鞭炮噼里啪啦直响，更躺不住了，知道是该接神的时候了。刚坐起来抻脖儿往外瞅，忽听门响，只见儿子肩上扛着袋子，胳肢窝夹着粉条，手里拎着猪肉，身上落着厚厚的雪花进屋了。

老太太心里咯噔一下，以为这些年嚼咕是偷来的，声音颤抖地言道："孩子，咱可不能干那种勾当啊！就是穷死饿死，也要一步俩脚窝儿，走得直行得正……"

没等额娘的话说完，乌拉忙把东西放下，走到老人身边，坐在炕沿儿解释道："额娘，想哪儿去了？这些好吃的不是偷的，是人家送的呀！"接着，就怎么来怎么去原原本本地讲了一遍。

乌拉看额娘挺难过的，赶紧保证道："额娘，你老放心吧，孩儿记下了！"说着站起身，到门外抱点儿柴火，往锅里倒了一瓢水，烧开后，把冻饺子下到里面，不一会儿便煮好了。端上炕桌，拿来碗筷，看着额娘一口接一口地吃着香喷喷的饺子，心里别提多高兴了。

春天到了，雪化冰消，河水又开始流淌了。

乌拉一大早就起来了，扒拉两口饭后，到河边网鱼去了。头儿网鱼情挺好，弄上来不少，他便从网里拣出两条大鱼放在鱼篓里，扣上盖儿，背起鱼篓和剩下的鱼离开了河边。

乌拉特意绕道儿去了送给自己年嚼咕的那家大门口儿，把一条大鱼挂到门框上，转身回家了。进了屋，将另一条大鱼做好给母亲吃，其余的挑到集市上卖了，再给额娘买些好吃的带回来。从那以后，终朝每日皆如此。

单说送给乌拉年嚼咕的那户人家姓张，家主人称"张八爷"，是个租地户。靠儿子多，人家大，租种财主家十垧地，虽说不算富裕，也不缺吃少穿，日子过得去。老头儿心肠好，乐善好施，谁有困难总愿意帮上一把。

这天，老头儿早晨起来，一开大门，见门旁挂着一条大鲤鱼，足有三斤多。他当是过路的放在这儿忘了拿呢，在门口儿等了半天，也不见有人来取。太阳早出来了，怕鱼晒着，便拿进屋去，放到水缸根儿处凉快着。天黑了，还是没人来询问，老人心想："放一宿，鱼肯定臭了，只能吃了。倘若有人来找，买条新鲜鲤鱼还给他就是了。”随即唤来儿媳，吩咐把鲤鱼炖上，全家人尝了个鲜。

第二天早上，老头儿一开大门，见门框上又挂着一条大鱼。一直到天黑，仍没人来取，全家人就又吃了顿红烧鱼。就这样，天天如此，一天不落。

五月的一日头晌，乌拉打鱼回来走到张家大门口儿，从竹篓儿里拿出一条大鱼刚要往门框上挂，立马惊呆了！只见上面挂着一具死尸，细一看，是个八九岁的男孩儿，心里思谋开了：“哎呀，八成是什么人与这家有仇，故意安赃陷害他们吧？”想到这儿，急忙将死尸弄下来，挂上一条大鲤鱼。然后倒背着鱼篓儿，夹起尸体跑到村外，把死尸扔进坟圈子里，然后到集市上卖鱼去了。

那么，死去的小男孩儿是谁家的呢？咱得从头说起。

邻村不远有一家，娘儿仨，大闺女秀芝出嫁了，老额娘带着十三岁的二闺女秀文，过着穷苦的日子。

春季正是青黄不接的时候，家里断了顿，揭不开锅了。额娘让二闺女去大闺女家借点儿粮，掺些野菜吃，娘儿俩好度命。

穷人哪有富亲戚呀，大闺女家并不宽裕，年吃年用将供嘴。秀芝见妹妹来了，赶忙下地迎出门，抱进一捆柴烧火做饭。吃完饭，姐姐要留妹妹住下，秀文说：“不了，额娘让今儿个返回去，晚了该惦着了。”

秀芝听罢，从缸里扤出两升小米，拿出一串儿铜钱。看看太阳已经偏西了，娘家离此十来里地呢，她怕妹妹半道儿遇见狼啊、狗哇什么的，从柜子底下找出一把镰刀，让她一并带上。

待全都收拾好了，姐姐把妹妹送到村头儿，千叮咛万嘱咐路上要多加小心。秀文说：“姐姐，放心吧，不会出事儿的，回去吧。”

秀芝点了点头，挥了挥手，直到看不见妹妹远去的背影了，才转身往回走。

秀文急匆匆地朝家奔，走着走着，天黑了，眼前是一片密林，心里有点儿发毛。进了林子，只听树叶儿被风吹得沙沙响，树上的夜猫子也跟着凑热闹，嘎嘎直叫。她左手拿着铜钱，身后背着米袋子，右手紧紧握着镰刀，疾步紧走。

正这时，忽地打林子深处蹿出一壮汉，似铁塔一般。他个子高高的，穿着一身儿黑衣裳，脸上缠着一块黑布，手里拎个大棒子，够吓人的！

黑大个儿来到秀文跟前，举起棒子一横挡住了去路，吼道：“快把手里的东西放下，不许耍滑，否则别想活命！”

秀文吓得心怦怦直跳，定睛细一瞅，是个劫道的，跑是跑不了了。可光害怕不行啊，得想个主意呀，便悄悄儿把穿铜钱的绳扣儿解开了，说了声：“给你吧！”左手往上一扬，铜钱撒了满地。

劫道的一看是铜钱，乐了，忙哈腰去捡。秀文趁机冷不防举起镰刀，照准那人的脸就是一下子，劫道的“哎呀”一声，疼得捂着脸满地直打磨磨，啥也顾不上了。

秀文见状，撒腿就蹽，一气儿跑出二里多地。她怕劫道的追上来没处躲，琢磨着不如先找个人家住下，天亮再回家。于是来到靠道边儿的一户人家门口儿，见房内亮着灯，边敲边高声儿叫门。屋里出来个四十多岁的妇女，一看是个呼呼气喘、满脸淌汗的闺女，估计是走黑道儿害怕了，侧过身让她进了屋。

秀文四下瞅了瞅，见炕上躺着个八九岁的男孩儿，没别的人。还没等说要借宿呢，女主人便急不可耐地问她要到哪儿去，为啥一个人夜间走黑道儿。

秀文回道：“额娘打发我去姐姐家借粮，没承想回来的路上遇见个劫道的，实在不敢往前走了，才敲响了婶婶家的门。”

中年妇女听后，心里犯了嘀咕：“哎呀，那劫道的是不是我儿子小白鼠的爹呀，咋这么巧呢！”想至此，便道：“闺女，天黑了，别走了，住下吧。”说着，拽过一床被来，让她上炕挨着小白鼠睡。

秀文刚躺下，忽听外屋门响，接着一男一女的说话声儿传来，女人惊诧地问：“他爹，怎么了，咋满脸是血呢？”

男人愤愤地说：“今儿个真倒霉，被小丫头片子搂了一镰刀，左眼珠子冒出来了！”往下俩人嘀咕些啥，听不清，只听有霍霍的磨刀声。

秀文大吃一惊，知道他们要干啥了，头上顿时冒出了冷汗。她急忙从炕上爬起来，摸到了放在枕头底下的小米口袋和镰刀，轻轻打开窗户，跳出去跑了。

秀文更有心眼儿，没上大道，怕被劫道的撵上，而是朝着自家的方向，顺着两侧长满蒿草的羊肠小道儿蹽开了。

单说方才外屋说话的男人，正是劫道的那个黑大个儿，他本家姓侯，排行老七，人称“侯七”，是个输耍不成人的棒子手。当老婆告知，赶巧了，搂瞎他一只眼睛的小丫头正在家中借宿时，“侯七”冷笑一声，寻思道：“哼！总算能出气了，这回看你往哪儿逃，自己送上门来啦！”立马转过身，一只手捂着左眼，一只手从碗架柜里拿出菜刀开磨。待刀磨快了，“侯七”摸黑儿进了屋，朝着炕梢儿咔嚓就是一菜刀，随之噗的一声，被砍的人都没来得及叫出声儿来就丧命了。他点灯一瞅，傻眼了，这哪是那个丫头片子呀，原来将自己的儿子小白鼠的脖子砍断了，血蹿了一脸，像关公似的！再一看，小丫头没了。

“侯七”气得快疯了，推开门上了大道就撵，跑出六七里地也没见人影儿，只好垂头丧气地回来了。一进门，见老婆正号啕大哭呢，一边哭一边数落他：“你个丧尽天良的东西，成年到辈一件好事儿不做，净干伤天害理的勾当。怎么样，把自个儿的孩子剁了吧，这是天报应啊……”

“侯七”吓得急忙上前把老婆的嘴捂住了，厉声儿制止道：“行了，别喊了，叫外人听见还了得！已经这样了，错就打错上来，咱们的小白鼠不能白死，非抓他个垫背的不可！”说完，又冲老婆耳边喳喳了一阵儿。

那么，“侯七”要拿谁当垫背的呢？就是送给乌拉年嚼咕的“张八爷”。为啥那么恨他呢？咱得从头儿说起。

“侯七”是个外乡人，三年前领着老婆和孩子来到这个村子时，根本没人搭理他。“张八爷”看两口子穿着破衣烂衫，还带个小小子，没家没业怪可怜的，就让他们住到场院房了，并送了些柴米。

谁知“侯七”不是过日子人，成天四出要钱，装神弄鬼，东偷西摸。“张八爷”见此，多次劝他好好儿干活儿，养家糊口。“侯七”非但不听，还常翻墙到张家院子里，得啥拿啥。三天前，又来偷粮食，被“张八爷”的儿子抓住了，暴打了一顿，他为此一直怀恨在心。祸不单行，今天又误杀了独子小白鼠，越寻思越窝火。为了出气，便恩将仇报，想借此栽赃陷害，于是趁着天亮之前，把小白鼠的尸体挂在张家大门框上了。单等明日一早到衙门去告状，就说是“张八爷”指使人害死了自己的儿子，不让张家偿命也得讹一大笔钱。他哪里知道，小白鼠的尸体早已被乌拉扔到坟圈子里了！

天刚蒙蒙亮，“侯七”和老婆就在村子里嚷嚷开了，东家找西家问的：“大叔哇，看没看见我家小白鼠，这孩子钻到哪儿去了呢？”

“大嫂，我儿子昨天一夜没回家，跟没跟你那小子在一块儿呀？”村邻们皆摇头说没看见。

两口子装模作样地打听了一大圈儿，最后哭着喊着一齐奔向了“张八爷”家，心想：“孩子明晃晃地挂在你家门框上了，即使说出大天来，也逃脱不了杀人夺命的大罪呀！”

二人跑到“张八爷”家大门口儿一看，没见小白鼠，倒是门框上挂着一条大鲤鱼，立马蒙圈了，弄不清是怎么回事儿，难道小白鼠死了，还能变成一条大鲤鱼吗？“侯七”一琢磨，不管咋的，绝不能让老张家消停了。反身跑到了州衙，大呼小叫地把“张八爷”给告了，声称小白鼠昨天在张家门口儿玩耍，被他家的人害死了，尸体不知扔到啥地方去了。

州官派衙役将“张八爷”押至大堂，审问的时候，“张八爷”一口否认。乌拉听到了传闻，忙赶到大堂上作证，当着州官、“张八爷”和“侯七”的面儿，讲了早晨送鱼和移尸的来龙去脉。

州官打发衙头儿带着几个差役到坟圈子一看，果然不假，小白鼠的尸体在那儿横着呢！一验尸，先是刀伤，后用麻绳儿套住了脖子。

衙头儿回来向州官做了禀报，尽管如此，这个案子仍定不下来，因为“侯七”死死咬住是张家害了他的儿子。

说来挺巧，“侯七”诬告“张八爷”的事儿，秀文也听说了。她呼哧带喘地跑到大堂上，口口声声称自己是此案的直接证人，把回家的路上被劫、用镰刀搂瞎劫路人的左眼以及在他家借宿，听见磨刀声儿后逃跑的经过详详细细地说了一遍。

州官听罢，点了点头，令衙役去“侯七”家起赃，翻出了那串儿铜钱。

赃证俱在，“侯七”无法抵赖，诬告陷害未成。州官一拍惊堂木，命衙役打人犯五十大板，推进监牢，其老婆也蹲了大狱。到了秋天，判“侯七”斩刑，“侯七”人头落地，自食其果。

附：异文

小泥蛋岔路遭劫　大扁担栽赃杀身

听老辈人讲，这是件很久以前的事儿了。

早些年，璋城有户女真人家，姓纳喇，家境贫寒。老头儿去世了，老太太上了年纪，小儿子叫泥蛋，才十四岁，仨闺女都出门子了。每逢过年，老太太便打发泥蛋去闺女家取点儿吃的、用的，总得让小儿子同别人家的孩子一样，乐呵一回。

又到腊月底了，家家户户杀猪宰羊，准备过年。这天，老太太一大早叫起了泥蛋，让他去大闺女家拿点儿年嚼咕，快去快回。

大闺女住的屯子离娘家十五里地，小泥蛋挎着筐出了家门，连跑带颠地一直往东去了，待推开大姐家的院门时，已是满头大汗了。

姐姐见弟弟来了，忙递上手巾让他擦把汗，脱鞋上炕歇歇脚，然后转身进厨房做饭去了。

半个时辰后，饭菜端上了桌，小泥蛋边吃边同姐姐唠嗑儿。大姐打开箱子盖儿，拿出两件新棉袄，一件是给泥蛋做的，一件是给额娘穿的。又收拾了些年嚼咕，分装在两个布包里，放进筐内。

泥蛋吃饱下了地，姐姐怕额娘在家惦着，让弟弟早点儿回去，嘱咐路上别贪玩儿。

泥蛋从姐姐家出来，仰头看看天，已经快黑了。走到岔路时，从南边来了个三十多岁的壮汉，手拿一根大扁担。此人姓李，是个出了名的游手好闲的无赖，人送外号儿“李大扁担”，专干些偷鸡摸狗和劫道的勾当。

“李大扁担”见一个半大小子挎着筐独行，赶忙紧撵了几步，走到跟前问道：“小兄弟，这是上哪儿去呀？”

泥蛋心眼儿实呀，想都没想，便将额娘让他去姐姐家取年嚼咕的事儿一五一十地和盘托出。

“李大扁担”一听乐了，心想：“我正不知年咋过呢，连点儿好吃的都没有，偏巧这小崽子给送上门儿来了！”于是声称和泥蛋同路，不妨结伴儿一起走，并东拉西扯地没话找话聊个不停。

说话间，二人来到一条大沟前，泥蛋放下筐，背冲着“李大扁担”在沟边撒尿。“李大扁担”一瞅，机会来了，举起扁担冲泥蛋的后脑海打去。小泥蛋刚好一回头看见了，忙闪身往旁边躲，结果扁担落空了。而“李大扁担”是用了力的，身子自然向前悠，正踩在还冒着热气的尿窝子上，脚下一滑摔倒了，把脚脖子崴了。小泥蛋趁机拎起筐撒腿就跑，一气儿蹽了二里多地，见道边的一家亮着灯，便上前敲门。

这家的老娘儿们闻声从屋里出来了，见是个半大小子，神色惊慌，似乎被啥吓着了，遂问咋的了，出啥事儿了，小泥蛋实打实地讲了路遇劫道的经过。

老娘儿们听罢，低头沉吟道：“噢，是这样。”又抬头看了看小泥蛋，说：“那就进来吧，在我家住下，天亮再走。”

老娘儿们引小泥蛋进了屋，让他把筐放在厨房，人睡在炕头儿。

泥蛋脱鞋上了炕，见主妇的三个孩子睡得正香，挨在孩子身边躺下后，由于心里有事儿，翻来覆去睡不着。

过了一袋烟的工夫，忽听外屋门吱嘎一声响，进来一个人，老娘儿们随口问了一句："咋才回来呢?"

那人不耐烦地说："这还晚哪!"老娘儿们像突然发现了什么，惊问道："你怎么了?"

"我今天倒霉，脚脖子崴了。"之后，二人小声儿嘁嘁喳喳地嘀咕开了。

小泥蛋仔细听了听来人的说话声儿，觉得同劫道的那个很相似，下地趴门缝儿偷偷一看，正是！只见那老娘儿们手捂嘴巴低声儿说道："哎呀，咱们家来了个半大小子，胳膊挎着筐，是不是他呀?"

"李大扁担"低头瞅了瞅地上放的筐，眼睛立马冒亮儿了，欣喜地说："没错！他在哪儿?"

"在里屋炕头儿睡觉呢!"

"好哇，这回还想往哪儿跑，今天半夜就送他上西天，筐里那些吃的、穿的全归咱啦!"

小泥蛋听到此，吓了一跳，我的妈呀，总不能这么等死啊！忙回身上了炕，将挨着自己的那个孩子推到了炕头儿，自己闭着眼睛装睡。

这时，外屋传来霍霍的磨刀声儿，声声刺耳。不一会儿，"李大扁担"推门进来了，举起刀照着睡在炕头儿的孩子就是一刀，那孩子声儿都没出便被砍死了。两口子又摸黑儿把尸首抬出去，深一脚浅一脚地往前走，扔到离自家不远开酒铺的何掌柜家后院儿了。

这一切，皆被悄悄儿跟在后面的小泥蛋看在眼里，记在心里。半大小子腿快呀，他赶忙跑回了"李大扁担"家，进厨房找着筐，拎起来就逃了。

单说"李大扁担"两口子回到家推门一看，厨房地上的筐没了，进里屋往炕上一瞅，少了个孩子，方知道刚才是把自己的大儿子砍了。老娘儿们一屁股坐在地上，一把鼻涕一把泪地号啕大哭起来，边哭边骂丈夫不是人，连畜生都不如，哭得泪人一般。"李大扁担"听不下去了，厉声儿制止道："行了，别号了，我也烦着呢！咱儿子不能白死，明天就往何掌柜身上推，一口咬定是他杀的，谁让平时卖我酒从不赊账了。"

第二天一早，"李大扁担"到了何掌柜的店，推门劈头就问："昨儿个我打发大小子来店里装酒，身上还揣些银子，始终没回去，是不是在你家呆下了?"

何掌柜说："没有哇，你家孩子没来呀!"

“李大扁担”根本不听，装模作样地屋里屋外四处找儿子，最后去的后院儿，立马传出了爹一声妈一声地干号。

当“李大扁担”觉得栽赃得差不多时，才跑到州衙门告状，声称何掌柜为了几块银圆，把去店里买酒的大小子给杀了。知州老爷派衙头儿带几个差役前往何家酒铺后院儿一看，尸首果然在那儿，遂将掌柜的抓进了大牢，经严刑拷打，何掌柜被迫招认，判了死罪。

一个月后，知州老爷下令，从牢里提出何掌柜，押赴刑场处决。

各家各户听说后，男的、女的、老的、少的纷纷走出家门，前去瞧瞧怎么处决人犯。“李大扁担”当然落不下，心知肚明啊，对这起案子最关注了。

小泥蛋也去了，一到刑场，便向周围的人打听为啥处死何掌柜，一老者告知了缘由。他踮起脚往前一探头，竟发现了“李大扁担”，此刻正站在囚车旁幸灾乐祸地四下张望呢！泥蛋心里明白咋回事儿了，一窝身从人堆里钻了出来，走到衙头儿身边，手指“李大扁担”说：“差官，看到站在囚车左边身穿黑褂子的那个人了吗？杀人的不是何掌柜，而是他！我敢用脑袋担保，所言句句是真，没半句假话。”

衙头儿哪敢耽搁呀，赶忙领着小泥蛋向知州老爷禀报，说这个孩子知道谁是真正的杀人凶手。小泥蛋走上前，把“李大扁担”夜晚劫道、怎么误杀了自己的儿子以及移尸何家故意栽赃的经过，从头至尾详详细细地讲了一遍。

偏赶这工夫，“李大扁担”也看到了泥蛋，正比比画画地向知州老爷说着什么。他顿时傻眼了，浑身抖成一个团儿，两条腿如同灌了铅，一步迈不动了。

知州老爷立即命衙役捆了“李大扁担”，打入大牢，当场释放了被冤枉的何掌柜。

不久，不干好事儿、作恶多端的“李大扁担”获罪伏诛。行刑那天，州城里看热闹的可多了，人山人海的，百姓都想看看那个大难不死的孩子——证人小泥蛋，因为他必会在熙熙攘攘的人群中。从此，小泥蛋的故事不胫而走，城里城外全知道了。

杨杰逃荒闯关东 桑女婚配占山户

早些年，山东莱州府时常遭旱灾，致使作物枯死，颗粒无收。为求生计，一等人家卖骡马，二等人家卖庄田，而三等人家只好靠卖儿卖女度荒。

昌邑县的杨家庄有个壮年汉子叫杨杰，老婆生第三胎时难产死去，他拉扯着两个儿子苦熬岁月。

一天，家门前来了个打板算命的先生，由于天气炎热，汗流不止，感到口干舌燥，只好敲门讨水喝。杨杰将他让进屋，倒上水，打板先生咕嘟咕嘟地连喝了两大碗。抬眼四下瞅了瞅，见这家一间房子半铺炕，两个孩子衣不遮体怪可怜的，遂问道："生活如此艰难，何不出去另找生路，总不能在一棵树上吊死呀！"

杨杰无奈地叹道："唉，一个大钱没有，还有两个小孩子，往哪儿走哇！"

算命先生告知："没听说闯关东吗？那里山连山，有大片的黑土地，谁占归谁，怎么也比守在这儿挨饿强啊！"

杨杰觉得老先生说得也对，谢了又谢，于是收拾收拾，同乡亲们告了别，挑着两个儿子上路了。一道儿边走边乞讨，要得少，给两个孩子吃；要得多，爷儿三个匀着吃，就这样从山东来到了东北。

当杨杰走到伊通河畔时，见此处几十里无人烟，乃一望无边的大荒草甸子，便停下了。放下扁担，动手在山上搭了个简陋的窝棚，准备开荒种地。

到了放荒的时候，杨杰在山上点着了野草烧荒。这工夫，来了个人，声称自己是管放荒的。因为看见山上冒烟，知道肯定有人，并说道既然想开荒，可以给你一片地。说罢，拉着杨杰登上山顶往南一指道："你看，那是一马平川的草甸子，宽阔得很。不妨用手划个范围，指到哪儿，哪儿就属于你的。"

杨杰说："我想垦出一块地，东至东山，南至南山，北至北山，西至伊通河，不知可否？"

放荒人爽快地答应道："好吧，这一大片从今以后是你的了，开荒种地吧！"然后转身下了山。

再说让杨杰最头疼的是火种，从山东老家带来的火镰用完了，没有火便没法儿做饭、烧炕。为此，必须到伊巴丹驿站去，一年得无数次地下山，而且总是麻烦一户姓桑的人家。

桑家见杨杰开荒不易，主动给他搓了几捆火绳儿，点着了终日不灭。打那以后，杨杰感到轻松不少，再不用为火种犯愁了。

桑家老两口儿有个闺女，二十多岁，长了满头的秃疮。每到夏天，流脓淌水，臭味扑鼻，直招苍蝇，吃了几十服药也不见好，故而一直没能嫁出去。

老两口儿见杨杰为人忠厚，朴实能干，就想把闺女许配给他。同杨杰一说，杨杰没二话，简单准备了一下，没过三天便同桑氏女入了洞房。

说来也奇了，桑氏女自从结婚，一换水土，头疮不长时间全好了。她高兴极了，也越发勤快了，白天随丈夫去刨荒，晚上帮着杨杰经管两个孩子，小日子过得有滋有味的。

由于小夫妻俩天天刨荒，长年不断，渐渐地土地面积越开越大，粮食越打越多。杨杰把粮食卖到了伊巴丹，将住在那儿的岳父岳母接到了山上，盖起了三间大瓦房。

又过了几年，先前那个放荒人再次上山，给杨杰填上了放荒占单，杨杰正式成了这片土地的占山户。

很多年后，杨杰的子孙皆入了旗籍，隶属镶白旗，并与族众共同守卫着伊通边门，当地百姓称其后代为"边门杨"。

试胆力大汉打虎　招壮婿小店隆兴

很早以前，有个旗人叫程申，在伊通河边开了个小客栈。虽然住宿的人不多，天天迎来送往倒也闲不着，还远近闻名呢！

一天下晌，从辽河那边来了个大汉，到程申小店住宿。大汉说：“我的饭量大，一顿得三斗粮，晚上多做点儿，少了不够吃。”

大汉一连住了三天，程申开始坐不住了，心想：“他这么能吃，我得去问问，到底有没有钱付账。”于是来到靠东边的房间，叫醒正在睡觉的大汉，问道：“客官，打扰了，不知准备什么时候走？我家的店小，如此住下去，真有点儿供不起了。”

大汉回道：“店主，请放心，店钱饭钱一文少不了，肯定讲信用。我的力气大，上山能打虎，下海能擒龙，还能爬高儿，有什么需要帮忙的尽管说。”

程申听了挺高兴，忙道：“那好哇，离我们这儿十里左右的西北方向有条山沟儿，叫老虎沟，里面有老虎，经常出来吃人。你要是能降住那些虎，可是造福了，这几天的住宿钱就免了！”

大汉说：“今天不行了，晚了，太阳快要落山了。明儿个早上多做些饭，备点儿酒，我吃饱喝足好进山打虎。”

第二天一大早，大汉吃完饭就进山了，一路不歇气儿地往前奔，只一个时辰便到了老虎沟，擦了擦满头的汗，想先坐在树荫下凉快凉快。忽觉一阵风吹来，抬头一看，从林子里蹿出八只老虎。刚想站起，一只虎噌地扑了过来，他就势一滚，老虎扑了个空。大汉随即跳起，正赶上老虎又一次腾跃，比第一次还凶猛。他蹲身闪过，伸出双手，像两把铁钳子一样死死地将老虎的脖子掐住并摁倒在地，然后挥动铁拳，只几下便把脑袋击碎了，其余的虎全吓跑了。

此时，店主程申正在家跟老伴儿念叨大汉进山打虎的事儿，总是有些不放心，遂把闺女叫来，吩咐道：“丫头，出门瞅瞅去，大汉回来没有？”

闺女转身出去了，走到村口儿往西北张望，见远处有个人朝这边走来，好像是大汉。她赶紧跑回家告诉父亲：“阿玛，那个人回来了，肩上扛着个黄乎乎的东西。”

程申笑道：“是不是没降住虎，捡个死狐狸、狍子什么的背回来了？我去看看。”说罢下了地，刚推开门，就见大汉背着一只老虎进院儿了，程申乐坏了，嚷道：“客官，你真行啊，虎身上都是宝哇，这下咱可发大财啦！”

没有不透风的墙，此事很快被东山的几个强盗知道了，有这财宝他们岂能放过？他们担心夜长梦多，立刻手持刀枪，骑马下山前往程家抢虎。全家人听说后个个吓得浑身发抖，大气儿不敢出，大汉说：“你们别怕，有我呢！”然后大步流星地出去了，来到强盗进村的必经之路——一座木桥上等候。

强盗们到了村边，为首的见一个人站在村头儿的桥上拦住了去路，遂不容分说，举刀就劈。大汉躲过几刀，一把将那小子的腰带抓住使劲儿往下拽，头目一下子从马上摔了下来，闹了个嘴啃泥。大汉接着跨前一步把他拎起来，往旁边一甩，扔到河里去了。

众强盗一看，慌神儿了，一边不是好声儿地大喊：“我的妈呀，这是从哪儿钻出来的呀，可太有能耐了，赶快往回跑吧！”一边撒丫子蹽了。

大汉并没追他们，回到客栈后，对程申说：“没事儿了，让我扔到河里一个，剩下的都吓跑了。家里还有啥活儿没有？闲着也是闲着，我再帮你干点儿。”

程申想了想，便道：“村子东头儿有条伊通河，赶上水大时，得往河里放木排。那活儿需要力气，给的工钱高，你能干吗？”

大汉爽快地说：“行啊，正愁有劲儿没处使呢，我干了！”

第二天，程申和大汉来到河边，见河中十几个人共推一根大圆木。大汉吩咐程申：“店主，按我说的做，把每根圆木的头儿上都钉个马掌，用绳儿拴上。”程申听罢，照办了。

大汉脱下上衣，跳进河里，一手拽五根圆木，轻松地往前运着。众人全看傻了，交口称赞此乃神人，竟有这么大的力气！

后来，大汉留在了程家客栈，店主招他做养老女婿，并将小店交给闺女和姑爷经营。客栈由于有大汉坐镇，谁也不敢欺负，生意越来越兴隆。

谋地张老兴做扣　贿荒板石庙搬家

伊通州南五十里处有座板石庙，起先此庙不在这儿，立于另一处，是怎么搬来的呢？其中有段儿故事。

从前，营城子住着个名叫张老兴的，家中排行老五，是打山东逃荒过来的。

张老兴生性好动，聪明、爱学习、能算计，见人总是先笑后说话。由于心眼儿活，又肯出力，不几年，家底逐渐厚实了。尽管如此，他并不满足，一心想发大财。可是，当时发财没别的路，只能多种地，可上哪儿去弄那么些地呢？

这年春天，州里遣人到山中放荒，布告百姓：务必在划定的荒山野岭拓荒，谁开的，土地就归谁所有。

州衙门派的领头人是谁呢？乃孙先生，让他带人到州城以南放荒。张老兴打听到这个信儿以后，非常高兴，立即打发管家去州衙门请孙先生来舍一聚。

第二天，孙先生应邀到了营城子张老兴家，全家待如上宾，好酒好肉伺候着，肥吃肥喝了三天。

单说到了第四天，张老兴和老婆看差不多了，开始做扣儿。晚上，孙先生酒喝多了，张老兴两口子便将孙先生留下了，说啥没让走。到该睡觉的时候了，张老兴说得出去办件要紧的事儿，家中只剩下孙先生和他的老婆了，分别睡在南北炕上。子时初刻，孙先生忽然醒了，见对面炕上张老兴还没回来，索性跳下地，钻进人家老婆的被窝儿里了。

恰在这时，张老兴回来了，悄悄儿进了屋，上炕便将孙先生给摁住了，口口声声不依不饶的。他老婆也边哭边嚷嚷没脸活了，非要去死不可，装得可像了。孙先生无奈之下，答应给张家一大块地，张老兴又逼其写下字据，才算了事。

早上吃完饭，孙先生同张老兴骑上马，从营城子往南走了五里地，看见路边儿有一座板石庙，便指了指道："就以此庙为界吧，你看行不行？"

张老兴忙说："行，行！"

二人回到张家，拟就了地契文书，上面写道："东至东山，西至西山，北至营城子，南至板石庙，此片土地归张老兴所有。"

张老兴送走了孙先生，回到家中暗想："地是有了，不过少了点儿，得想法儿多弄些。"眉头一皱，计上心来，当天晚上摆了一桌酒席，请来了知近亲朋十多个。等吃完了饭，张老兴满脸堆笑道："今天请众位来，是想晚上能否辛苦一趟，帮我个忙。也不白用，每人给二十铜钱，看看意下如何呀？"

大伙儿异口同声地表示："都不是外人，有事儿咱就办，一定尽力。"

张老兴先把每人的那份儿钱付了，然后笑着开口了："实不相瞒，此事我一个人干不了，是求大家把营城子南五里的板石庙往南搬个家。"

众人一听，纷纷说："这有啥难的？行，咱现在就去！"

一行数人出了门，随着张老兴径直朝南走，前往板石庙。到庙跟前一瞅，庙搭建得很简单，是用八块大板石叠架而成的。于是，众人将八块大板石分别用绳索捆上，抬着往南去了。一宿工夫走了二十里，到了路边儿，又连夜把庙重新搭好。

从这以后，营城子南到板石庙二十五里以内的土地尽归张老兴所有，共千垧之多，张老兴成了富甲一方的地主。张老兴的发家是从移板石庙开始的，板石庙搬家的故事也就越传越远。

命无财懊恼沮丧 行善事积来富贵

听老辈人讲，这是件真事儿。

说是早些年，伊通州城里有个算命先生，卜卦出了名，人们称其为“神算”。

有个姓武的外地做大买卖的商人找“神算”卜了一卦，卜后被告知：“你本无财气，命中注定，非穷死不可。”

商人听罢，十分沮丧，愁眉苦脸地回到客栈。刚迈进门槛儿，偏巧一个乞丐上前讨要，心想：“将来既然得穷死，留那么多穿的有何用？不如做些好事儿呢！”便挑了几件值钱的衣服送给乞丐，乞丐感激万分。

过了几天，商人收拾好东西，带着钱物往家返。半道儿看到个白发苍苍的老太太坐在路旁，伤心得直掉泪，身边躺着一中年女子，两个幼小的孩子守着她号哭。他问了附近的人才知道，原来他们是婆媳四口儿，家中非常贫寒。老太太八旬高龄，老伴儿早去世了，儿子也得病死了，两个孙子不过五岁，全靠媳妇做些针线活儿维持生活。不幸媳妇染上了重病，老太太只好领着小孙子讨些粥饭给儿媳吃，根本没钱抓药。媳妇见婆婆和两个孩子衣食无着，心急如焚，想带病出外打小工挣点儿钱，谁知刚走不远就倒在路旁起不来了。

商人觉得这家人实在可怜，很是难过，心想：“反正我得穷死，要钱干啥？不如救了他们呢！”于是走上前去，把兜儿里所有的钱全掏了出来，递给老太太说：“老人家，光哭没用，赶快请郎中给儿媳看病吧！”

老太太看看手中白花花的银子，感动得热泪盈眶，连忙叫起小孙子，扑通一声跪在地上给商人磕头道：“老身谢谢了，先生救了我们全家四口儿哇，世世代代忘不了您的大恩大德呀！”

到了晚上，商人还没赶到家，因无钱住店，只好来到一座破庙栖身。夜里睡得正香，忽然狂风大作，雷雨交加，轰隆隆的雷声将他震醒了。这时，从门外闯进一个人来，仔细一看，是个姑娘，模样挺俊秀。姑娘见庙内有人，不敢往屋里进，就站在门口儿避雨。风不停地刮，夹带着雨，将姑娘浑身上下浇得湿淋淋的。商人急忙起身，将她让到庙里，自己则站在门口儿，心想："我早晚得穷死，对一切已无所谓了，还是让别人好受些吧！"

雨终于停了，商人见姑娘冷得直打哆嗦，遂动手生起火来，叫她把湿衣裳烤一烤。烤干后，姑娘仍然不想走，商人问她缘何如此？姑娘回道："我随家人前去故乡给长辈扫墓归来，走到半路天黑了，又来了阵急雨，为避雨各自走散了。我找来找去迷失了方向，见眼前有座房子，才走到这儿来了。眼下天黑路滑的，一旦走差了道儿，更找不着家了。"

商人心想："一个弱女子，要走很远的路，出点儿啥事儿可咋办？是应该留下来，我明日一早送她回家。"天刚放亮儿，由于大雨过后道路泥泞，商人找了一根长杆儿，用杆儿牵着姑娘的手一步一步地走下坡儿去。商人在前面一边走一边用石块儿垫道，后面的姑娘则踩着石块儿往前挪，整整走了一天才到家。家里人正为找不着闺女发愁呢，抬眼一看回来了，都很高兴。为了表示感谢，他们送给商人布帛和绸缎，商人丁点儿没要，婉言谢绝了。

三天之后，商人回到自己家中，对妻子说："我找人卜过卦，说咱们命中无财，必得穷死。如果谁有困难，不能眼瞅着不帮，把家里有用的东西拿出来给需要的人救救急吧！"

妻子大惑不解，以为丈夫开玩笑呢，并没在意。

夜间，商人因为累了，所以睡得很实，还打着鼾。忽然妻子把他推醒，说是听到有咚咚的响声，是从北侧屋角儿发出来的。再看那里，本来黑洞洞的，却闪闪发光。商人觉得奇怪，忙披衣下了地，拿起镐和妻子挖了起来。

夫妻二人忙活了一阵子，从地下挖出四筐金银来，丈夫并不因此而高兴，暗地里琢磨："那'神算'说我将来肯定得穷死，命中无财，挖出这些宝贝有啥用啊？"想至此，又埋上了。

过了一个月，商人二番脚去了伊通州城里，找到"神算"问："先生，您说我此生无财，必然穷死，我已认命了，可为何能挖出金银呢？"

"神算"仔细相了相商人的面，然后说道："你连做好事，积德行善，已改穷变富了，后半生会荣华富贵的。"

商人一听，由于做好事儿方改变了自己的命运，从此以后，更连连行善，一发而不可收，大伙儿称其为"武善人"。方圆百里一提起他，没有不知道的，皆伸出大拇指啧啧称赞。

买卖人一针不图　店掌柜万念俱灰

伊通州的南面有个叫磨盘山的地方，山下几个屯子相毗连，住着几户人家。

五月的一天下晌，一个买卖人赔了钱回家，路过这里，选处客店住下了。他发现身穿的衣服开线了，遂向掌柜的借来针线，坐在灯光下大针小线地缝了起来。等缝好送还针线时，掌柜的已经睡下了，买卖人只好把针别在胸前，天亮后再奉还。

第二天一早，买卖人因急于赶路，匆匆忙忙扒拉了几口饭便退店了。走出四五里地后，忽见胸前别着针，转身就往回跑。到了客店，还了针线，并一再道歉。掌柜的感慨道："唉，兄弟呀，如今像你这样一针不图的人太少了。我正想找个伙计，干脆别走了，一起开店吧，肯定不能亏待你。"

买卖人本来做生意赔了钱，觉得没脸回家，听掌柜的这么一说，高兴地满口答应。

从此，买卖人在客店住下了，办事很勤快，多次经手的钱款分文不差。时间一长，取得了掌柜的信任，什么事儿都愿交给他办，从来没出过半点儿纰漏。

一天，掌柜的要出门儿，临行前嘱咐买卖人："我不在的这些日子，须用心照管好客店，注意防火，不可马虎大意。记住，不管是谁，不得到后屋去。"买卖人听罢，连连点头称是。

店掌柜的走后，买卖人心想："怪了，店主为什么不让去后屋呢？其中必有缘故，我得到那儿看看。"

吃过晚饭，买卖人打开后屋一瞅，净是破烂，没值钱东西，心里琢磨开了："不对呀，假如只是作为仓房，掌柜的为啥不叫进呢？说不准会有宝物也未可知！"于是便小心翼翼地四下搜寻，尤其不放过屋角儿旮旯儿，终于在东墙根儿的破烂东西底下翻到一个小木箱。

买卖人蹲下身来抱起木箱，觉得挺沉，放到亮处打开一看，全是金子和银子！他惊呆了，不禁动心了："倘若把这些金银带走，不是一辈子享不尽的荣华富贵吗？"转念又一想："不应该呀，掌柜的待我不薄，人不能丧良心哪！"马上又将箱子放回了原处。

此后的几天来，买卖人心里总惦着那个木箱子，连做梦都能梦见。终于忍不住，又一次打开了后屋，把那箱金银偷出逃跑了。

过了些日子，掌柜的回来了，家人告知，买卖人忽然于一天晚上不见了。他一屁股坐在椅子上，哀叹不止，最担心的事儿还是发生了，积攒多年的金银被盗走了。一怒之下，他决心要找到忘恩负义的买卖人，哪怕上天入地！

店掌柜的出外马不停蹄地寻觅了几年，也不见买卖人的踪影，他后悔莫及，万念俱灰，感叹当初不该只凭表面和短暂的接触就轻信一个人，结果上了大当。

乖喜鹊吞蛋入殓　过路人撬棺还尘

距伊通州东三十里的勒克山，住着这么一家，老两口儿和独生女。姑娘小名儿叫喜鹊，聪明俊俏，心灵手巧，父母非常疼爱。

四月初六这天，额娘天没亮就起来了，煮了十八个鸡蛋。为啥呢？原来是喜鹊过十八岁生日，准备让她趁太阳没出来时吃掉。

老两口儿等啊等，半个时辰过去了，也不见闺女从房里出来。老头儿着急了，催老伴儿赶紧进屋叫，太阳快出东山根儿了。

额娘端着一小盆儿鸡蛋来到屋前，推门一看，闺女正睡得香呢！遂走到炕头儿推了推道："喜鹊，你今天过生日，还不快起来。看，额娘给煮了一盆儿鸡蛋呢！"说着，拿出一个刚剥完的鸡蛋送到闺女嘴边。

喜鹊笑眯眯地睁开双眼，一翻身坐了起来，撒娇似的把那个大鸡蛋一口吞下。哪承想额娘转身的工夫，闺女却倒在炕上蹬蹬腿儿咽气了，眼睛瞪得圆圆的，嘴张得大大的。这真是不能预知的横祸呀，老两口儿号啕大哭了一场，买口棺材把喜鹊埋在东山头儿了。

当天晚上，一个路过东山头儿的年轻人走累了，便坐在三搂多粗的杨树下歇息。忽然听到断断续续的哭声，站起来四下瞅了瞅，没见有人。一会儿，哭声又起，如此反复了几次。小伙子觉得很是蹊跷，顺着哭声寻去，见不远处有座新的土坟，趴在坟头儿仔细一听，哭声正是从里面传出来的。

小伙子不信邪、不信鬼，心想："人死不能复生，是不是没咽气儿就埋了？总不能见死不救哇！"于是，他折了根儿粗树枝，去掉叶子，费了好大的劲儿，终于将埋棺木的土掘开了。

这时，哭声越来越大，听得清清楚楚。小伙子赶紧撬开棺木，掀起盖儿一看，里面竟坐着个姑娘！忙弯下身，将她搀起，扶到棺外。姑娘扑通一声跪在地上，连连叩拜，感谢救命之恩！

二人来到树下，姑娘告诉年轻人，说是今晨过生日吃鸡蛋时，因噎

住了才昏死过去的，并恳请他送自己回家。

小伙子爽快地答应了，二人一前一后往村子走去，来到喜鹊的家。

老两口儿见闺女回来了，先是一愣，不敢相信。等听完喜鹊诉说昏死被救的经过后，这才确信是真的了，乐得嘴都合不拢了。当即杀鸡宰鹅，找来老亲少友，一来庆贺闺女大难不死，二来感谢小伙子的救命之恩。酒桌上，由家族的长辈做媒，把喜鹊许给了好心的过路青年为妻。

从此，小伙子与喜鹊姑娘结下了生死之缘，老两口儿与闺女、女婿一起过日子，共享天伦之乐。

不孝儿刀刺生母 贤惠妻摔子教夫

大黑山的北边有个不大的屯子，其中一家是娘儿俩，儿子名叫大新。

老太太早年没了老伴儿，家中只剩母子二人，他平日靠给地主家浆浆洗洗、缝缝连连，挣几个小钱抚养儿子。自己舍不得吃，舍不得穿，对大新却娇生惯养。做了好饭菜，都给儿子吃，邻居送点儿新鲜玩意儿，也从不尝一口。有件好穿的，给儿子披上，自己身上的衣裳破破烂烂，大窟窿套小眼儿，补了又补。有什么活儿，全是她一个人干，生怕累坏儿子的身子骨儿。日复一日，年复一年，在怕渴着、怕饿着、怕冷着的情况下把儿子拉扯大了，大新终于成了二十多岁的小伙子了。

老太太好不容易盼着大新成人了，然大新好吃懒做，游手好闲，啥活儿不干，干等吃饭。饭菜不可口，穿戴不遂心，张口便骂娘，说是老人没能耐，干吗要儿子？既然生儿子，就应养儿子，不能让儿子受罪。骂且不算，动不动还撸胳膊挽袖子地打额娘一顿！老太太有苦无处诉，心里憋闷的时候，只能跑到老头子的坟上哭一场。

住在隔壁的大嫂看老人家怪可怜的，成年到辈吃不着一口好嚼咕，穿不上一件囫囵衣裳，一天趁大新不在家，端来一碗饺子给她，老太太不敢吃。大嫂再三劝让，才答应自己吃一半儿，给儿子留一半儿。

隔壁大嫂走后，老太太刚放进嘴里一个饺子，大新回来了，看见额娘正吃饺子呢，瞪着眼珠子大骂道："这个老不死的，谁让你背着我吃好东西？今晚非杀了你不可！"一边骂，一边拳打脚踢。打够了，端起那碗饺子钻到自个儿那间屋，就着饺子喝酒去了。

老太太吓得赶紧出了大门，跑到邻居家，哭诉儿子今晚要杀她。邻居听罢，也替老人家担心，跟着难过，便给出了个主意。

再说大新喝得醉醺醺的，两眼通红，在外屋霍霍地磨起了菜刀，等磨快了，已是点灯以后了。这个丧尽天良的不孝之子趁天黑摸到额娘睡觉的炕边，手起刀落，只听扑哧一声，一股儿腥哄哄、黏糊糊的东西溅了一身。他慌忙扔下菜刀，磨过身就跑，以为真把额娘砍死了，吓得从此再没敢回家。

老太太并没有死，邻居出的招儿救了她一命。原来，当天正赶上邻居家杀猪，邻居接了猪血倒进一个葫芦头子里，让老人家放在睡觉的地方，把枕头挪进被窝儿，看上去好像有个人躺在那儿。大新哪知道哇，一刀下去，砍的正是那个装满猪血的葫芦头子。

儿子跑了以后，老太太省心了，过了几年安生日子。可是毕竟年岁大了，手脚发笨了，干活儿不灵便了，也就无人雇用了。挣不来银子，没钱买柴米，无奈之下，只好走出家门，到外边乞讨。要饭不能总在一个地方啊，有天下晌，老太太来到一家大门口儿，趴门缝儿一瞅，见一个中年媳妇在院子里喂猪，身边站着个三四岁的小男孩儿，长得胖乎乎、白净净的，挺招人喜欢，一看就是娘儿俩。老太太不由得打了个唉声，靠在门框上，开口乞讨。

中年媳妇听见有人讨要，马上撂下泔水瓢，回屋洗洗手，端出一大碗干饭来，送到老人面前。老太太饿急了，连声谢都没顾上说，接过碗便往嘴里扒拉。

中年媳妇看老人家挺面善的，似乎好几天没吃东西了，狼吞虎咽的，很是可怜，遂问家住哪里，为什么出外讨饭，有没有儿女等。

老太太回道："我呀，家住很远的地方，无儿无女。白天到处乞讨，仍填不饱肚子，夜晚走哪儿睡哪儿，铺着地，盖着天，月亮出来给点灯。"说着说着，不由得淌了满脸的泪水。

中年媳妇听了，心里怪不得劲儿的，眼圈儿也红了。天又快黑了，便把老太太让进屋，留她住下。

这家媳妇是个心地善良的人，帮着老人家脱鞋上了炕，叫她坐在炕头儿，一面做着针活儿，一面唠起嗑儿来，胖小子在跟前玩耍。

中年媳妇说："大娘，我无公无婆，孩子他阿玛经常出门在外，家中刚好缺个老人帮着看门望户。你老没儿没女，要是乐意，就留在我们家吧，省得到处讨要，没吃没住的。"

老太太当然求之不得，世上还有什么比要饭吃更苦、更难的呀，她感动得流下泪来，一个劲儿地点头。

老太太有了安身之处，心情好多了，把这里当成了自己的家。每天喂猪、放养鸡鸭、看孩子，一点儿不觉累。中年媳妇对老人如同亲娘一样，嘘寒问暖，关怀备至。

一天，中年媳妇的男人回来了，进院儿看见老太太吓了一跳，接连向后退了好几步，愣那儿了，以为活见鬼了呢！老太太一时也怔住了，大睁着眼睛瞅着他。怎么回事儿呢？原来这个人不是别个，正是老人家那个丧尽天良的儿子。

八年前，大新以为把额娘杀死了，知道犯下了死罪，便跑到这个人生地不熟的地方，被一财主收留。开始时，他干些杂活儿，后来当了外柜，替财主收租讨债。不久，又娶了媳妇，生了孩子，小日子过得蛮不错。八年后，老太太没承想一脚迈进了儿子家，高兴得早把以前的事儿忘到九霄云外去了，以为许久未见的大新能回心转意，踉踉跄跄地走上前去，流着热泪亲亲热热地叫了声“儿呀”，还没等往下说呢，大新双手拽着她用力一搡，老太太被推了个跟头，扑通一声跌倒在地，然后大新手指着老人的鼻尖儿吼道：“谁是你儿子？我哪有你这么个额娘啊，她早死了，骨头渣子都烂没了，赶快滚！”

老太太苦苦哀求道：“孩子，把我留下吧，额娘老了，没处去呀，给你们当个老妈子，伺候孩子还不行吗？”

这时，媳妇听见有人说话，抱着孩子从屋里走了出来，抬眼一瞅，是丈夫回来了，正跟老太太站在院子里说话呢，便插嘴道：“大新，这个大娘可好了，帮我干了不少活儿。她没儿没女，没家没业，怪可怜的，干脆留在咱家吧！”

大新听媳妇一说，知道额娘没吐露实情，媳妇的话又不好不听，就勉强答应让老太太暂住几日。

转天，大新又出门儿了，媳妇在屋里做针线，老太太去院子里喂猪。她看母猪带着九个猪羔儿吃食，小猪羔儿围着老母猪前钻后跳地不离左右，不由得冲着老母猪感慨道：“你生九子把你缠，我养一子把我嫌，儿子不认生身母，看谁把我来可怜！”

媳妇是个有心人，听老人家自言自语、叨叨咕咕的，觉得话里有话，遂撂下针线，抱着孩子出来了。看了看大娘，正在掉泪，忙关切地问她哭什么。

老太太撩起衣裳底襟儿擦擦眼泪说：“没哭，乐还乐不过来呢，哭啥呀？我这眼睛一见风就好淌眼泪。”

媳妇不信，非刨根问底儿不可：“大娘，别瞒着了，装在心里怪憋闷的。自从来到我家以后，我从没拿大娘当外人，你有什么话全抖搂出来，也许能替你老分忧解愁呢！”

老太太在儿子这儿呆了不少天了，知道媳妇心眼儿好使，于是哭着说出了事情的经过。媳妇听罢，流着眼泪安慰道："额娘，别难过，摊上这么个不孝的儿子，让你老受苦了。从今儿个起，家里的活计有我，额娘把小孙子带好就行了！"

老太太说："好儿媳呀，可不行啊，大新从小让我惯坏了，他是不会让额娘长住的呀！"

媳妇忙道："额娘，你老人家放心，我自有办法。"

没几天，大新回来了，瞧见额娘没走，正坐在炕上逗着怀里的小孙子玩呢，顿时来火儿了。刚要发脾气，只见媳妇从老人怀里夺过孩子，举起来欲往地上摔。他急忙上去阻拦，媳妇怒气冲冲地指着孩子说："这个小狼崽子，我不要你啦！阿玛是黑心狼，儿子的心尖儿也早变黑了，长大同样不会养活老娘，是个丧良心的货，今儿个非摔死你不可！"说着，举起孩子又要摔。大新吓得一步蹿了过去，一把抢过孩子，紧紧抱在怀里。

媳妇又道："大新，你可听好喽，若非要小狼崽子，那好，我走，今后再不回这个家！要想留住我，有一个条件，必须同额娘生活在一起。你孝敬老人，孩子长大才能孝敬他的父母；你不养活老人，孩子肯定照着学，不能养活我们。到底是只要儿子和老婆，还是儿子、老婆、额娘都要呢？你看着办吧！"

大新看看孩子，瞅瞅媳妇，又瞧瞧坐在炕上正抹眼泪的老母，扑通一声跪在地上，咣咣磕着响头认错道："额娘，我有罪，对不起你老人家，原谅不孝的儿子吧！"说着，啪啪啪狠狠抽着自己的嘴巴。

老太太急忙下地拽住儿子的手说："孩子，别打了，只要你学好，额娘就心满意足了。务要记住老辈常讲的一句话：'老猫炕上睡，一辈留一辈'呀！"大新点点头，老太太弯腰把儿子扶了起来。

从此以后，大新彻底回心转意了，一家四口儿、老少三辈乐乐呵呵地过上了团圆日子。老太太常对左邻右舍讲："老了老了，能有个家，多亏娶个好儿媳呀！要不是她收留了我，教育好了不孝的大新，这时候我说不定在哪儿呢，或许老命早没喽！"

热心肠吴哥认父 病老者破袄藏金

叶赫河的东面，坐落着一座小城，城名儿为鄂吉岱。有一年春天，不知从哪儿搬来一个六十多岁的老头儿，于城边儿的小树林子里搭顶帐篷住下了，谁都不认识他。老头儿平时省吃俭用，衣服破得没一块儿囫囵地方，那也舍不得扔。

一天头晌，老头儿穿上那件破褂子进城里买米，走到半道儿忽然病了，只好住进一家客店，躺在炕上昏迷不醒。等明白过来的时候，感到口渴得要命，便一声接一声地喊："谁是我的儿子，就给端碗水喝吧！"

客店里的人听了，没一个动地儿的，且议论纷纷："这个怪老头儿，病了还不忘捡便宜，端水送过去，不成他儿子了吗？"

"谁吃饱没事儿撑的，要一个穷老汉当爹，多晦气呀……"结果是不论老头儿咋喊，人们都像没听见似的，不予理会。

客店旁边住着一个小伙子，名叫吴哥，父母死去六七年了。当年，为发送两位老人，他向店掌柜借了二十两银子，驴打滚儿的利。由于没钱还，便为店主打更、推磨，媳妇给客店缝补浆洗，两口子日夜苦干，仍还不上那笔债。

天长日久的，媳妇终于累倒了，吴哥想找掌柜的借几个钱给媳妇看看病。刚走进客店，就听见一老者的哼哼声，还有一些人七嘴八舌地在争论着该不该给病老人端水。吴哥是个热心肠，平日谁有难处总是主动相帮，心想："老人就是老人，口渴了，要碗水喝，应该端给他，何况是在病中。再说了，为此当把儿子，又算个啥？"于是走到井边，提上一篓水，舀出一瓢送到老人跟前，说道："我是你老的儿子，快喝水吧！"

掌柜的一看，来气了，嚷嚷道："吴哥，我可告诉你，老头儿的店钱还没交。一个要死的人了，你哪辈子缺爹了，竟愿给他当儿子？那好，马上从这儿领走，把店钱付清！"

吴哥毫不示弱："掌柜的，我不是在你店里干活儿吗？跑不了。店钱记在那笔欠账上，我替这个爹还，一文不会少。”随即扶起老人，为他穿好衣裤，背家去了。

吴哥的媳妇也非常善良，心眼儿好使，待老人像亲爹一样。两口子东挪西凑地筹钱求医给老人家治病，老人吃了不少服药，却始终不见好。

一天晚上，老人的病势急转直下，一口接一口地喘着粗气，他知道自己快不行了，遂把吴哥两口子叫到跟前，指着炕角儿的破棉袄说：“孩子，你们俩就是我的亲儿子、亲闺女，没承想老了老了还有人伺候在侧，是这辈子积德了。我死以后，那件破棉袄要好好儿保存，算是留给善良人的一点儿回报吧！”说完，不大工夫就咽气了。

小两口儿你瞅瞅我，我瞧瞧你，不解其意。三天后，两人像发送自己的亲人一样送走了老人家，为此又欠下了不少债，生活越加贫困。

第二年春天，吴哥的媳妇收拾屋子，浆洗被褥，并从木箱子里拿出老人的破棉袄，想在太阳底下晒一晒。她拎棉袄来往绳儿上一挂，觉得沉甸甸的，伸手朝里摸了摸，硬邦邦的。忙拆开棉袄的一角儿瞅了瞅，立马怔住了，只见每个补丁里都藏着一颗金豆子！

从此，吴哥夫妇靠着这些金豆子，不但还清了店主的债，而且日子也比以前好过多了，不愁吃穿了。屯中的人都说，真的应了那句话了，善有善报。吴哥有善心，感动了上苍，老天有眼，福佑必至。

金镯银镯被遗弃　生父继母再认亲

早些年，叶赫寨住着一家四口儿，老两口儿和先房扔下的两个闺女，大的叫金镯，二的叫银镯，眼睛都瞎了。

后娘横竖看不上两个瞎闺女，把她俩当成了眼中钉、肉中刺，恨不得立马把她们弄走，为此时常跟老头子争吵。

一天头晌，两口子又较上劲了，老太太高声儿吼道："你那瞎闺女我是没法儿伺候了，哪辈子是个头儿哇，给谁家当媳妇也没人要。若不把她们送得远远的，那好，我走！"说着，开始收拾东西。

老头子见老太婆真要走，万般无奈之下，只好答应了。

金镯和银镯听见阿玛在院外套车，忙问要到哪儿去？阿玛含着眼泪说，送你们去姥姥家串门儿，二人乐呵呵地上了车。

老头儿赶着车一直往北走，来到一个老山老峪的地方，说是到了，让闺女下车。

姐儿俩下了车，阿玛叹道："唉，金镯、银镯呀，不要怨恨阿玛，实在没别的招儿哇，只能把你们扔在这儿了，是死是活，听天由命吧！"说完，留下一小袋米就回去了。

两个闺女朝着阿玛的背影儿，抱头痛哭，也不知哭了多长时间，银镯突然惊喜地嚷道："哎呀，姐姐，我看见你啦！"

金镯说："傻妹子，一时糊涂了还是说梦话呢？要能看见就好喽！"

银镯说："姐姐，我没糊涂，更不是什么梦话，清醒着呢，真的看到你了！"边说边伸手给姐姐擦眼角儿和脸上的泪水。擦着擦着，金镯也看到妹妹了，而且非常清晰。二人高兴得搂抱在一起，跳哇、蹦啊，情不自禁地冲着苍穹高喊道："阿布卡恩都力呀，谢谢天神的眷佑，让我们的双眼明亮了，看见世间的万物啦！"

过了一会儿，姐儿俩平静下来，金镯对银镯说："妹妹，咱不能死，得好好儿活着。"

银镯点点头道：“姐姐说得对，大路千条任我行，绝不钻死胡同！”

于是，姐妹二人顺着山路往北走，发现前边不远有座孤零零的房子，快跑几步进了屋，见有炕有锅，地上还有一张八仙桌。

恰在这时，忽听开门声儿，情急之下，金镯忙拉着银镯藏在八仙桌底下。此刻，天已经黑了，看不清进来的是人还是妖，只听其中一个问道：“哎？怪了，咋有生人味儿呀？”

另一个说：“嗨，咱们不是刚吃完人嘛，当然有生人味儿了。”

一个又问：“今晚怎么睡呀，睡圆炕还是方炕？”

答曰：“圆炕热乎，睡圆炕。”

紧接着便听外屋大锅的锅盖响，不大工夫，从锅里传出呼噜呼噜的鼾声。

姐妹俩吓得抖成一个团儿，浑身冒冷汗，知道是钻进妖怪窝儿了。二人赶忙从桌子底下爬了出来，去外头搬来几块大石头，全压在锅盖上，然后把干柴放进灶坑里，点上火，呼啦一下噼噼啪啪地烧了起来。

锅里的一个说：“我说睡圆炕好嘛，热热乎乎的，舒服极了！”

另一个说：“好是好，今儿个不同往常，咋这么烙得慌呢？”

锅越烧越热，里面传出鬼哭狼嚎声儿，还有碰撞锅盖的咚咚声儿。由于上面压的石头太多了，妖怪没法儿跑出来，半个时辰后，妖怪被活活烧死了。

第二天一早，姐妹俩把锅盖打开，妖怪全成了灰。

从此，金镯和银镯就住在这间房子里，白天出外开荒种地，傍晚回来织布缝衣，日子过得挺安定。

十几年后的一个冬日，天下着大雪，外面来了两个要饭的，一个老头儿，一个老太太，不是别人，正是金镯和银镯的阿玛和后娘。闺女过去眼睛瞎，没见过老人长什么样儿，当然不认识。后娘认出她们来了，对老伴儿说：“老头子，你快看，她俩是不是咱家送走的丫头哇？”

老头儿怕认错人，毕竟是十几年过去了，遂小心翼翼地盘问起二人的家世。金镯将自己和妹妹怎么被撵走的，怎么险些被妖怪所害的事儿从头至尾说了一遍。老头儿听罢，老泪纵横，哽咽道：“孩子，我就是阿玛呀，真是对不住啊，没脸见你们哪！咱家乡发大水，房子、地全淹了，颗粒无收哇！天天饿得头昏眼花，实在没招儿了，才出来乞讨的。”

老太太也是涕泪交加，愧悔不已，扑通一声跪在地上，哭着请求闺女饶恕她这个不干人事儿的后娘。金镯和银镯生性善良，收下了二位老人，一家人团圆了，重新生活在一起。

乌鸦反哺感悖儿　以娘顶门怒休妻

从前，有个女人四十多岁才生了个儿子，所以十分疼爱。冬天怕冷着，夏天怕热着，当成了掌上明珠。日子一年年过去了，女人黑发变白发，儿子也惯坏了。

儿子的名字叫阿库，长大以后，竟看不上自己的额娘，嫌她老了，不中用了，动不动还打骂老人家。

一天晌午，阿库干了一气儿活儿，感到累了，便躺在地头儿的一棵大树下歇息，双眼望着树梢儿。以往，他总是看见树梢儿上的鸟窝里住着几只小乌鸦，大乌鸦天天飞来飞去地给小乌鸦找东西吃。可是这日，却见大乌鸦待在窝里，小乌鸦开始到处寻找食物喂大乌鸦，并不停地衔草垒窝。

阿库正在纳闷儿，不知从什么地方走来一个老玛发，忙坐起来向其打听这是怎么回事儿。老玛发耐心地讲道："大乌鸦产下崽子后，须风里雨里地去觅食喂养后代，十分辛苦。好不容易把崽儿养大了，小乌鸦一想，妈妈费了那么多的心血才把我们伺候大，也该让其歇歇了。从此便不让大乌鸦出去了，自己出外找食喂妈妈，还把窝修得暖暖的，使得妈妈能吃得饱、睡得香。"

阿库听罢，很受感动，惭愧极了，寻思道："小小的乌鸦都知道反哺，而我这么大了，不仅不懂道理，还打骂额娘，连乌鸦都不如，可叹呀！从现在起，一定痛改前非，孝敬额娘。"想至此，刚要向老者道谢，老玛发却没影儿了，只见额娘手提食罐儿送饭来了，急忙起身去迎。

此刻，老额娘看见阿库突然起身朝自己走来，以为自己因送饭晚了又要挨打呢，吓得浑身直哆嗦。

儿子越走越近，额娘愈加害怕，心里一急，一头撞向身旁的大树，当即就没气儿了。阿库抱着额娘号啕大哭，边哭边说："额娘啊，原谅不懂事的儿子吧，我知道错了。本打算让你享享福，好好儿孝敬您老人家，没想到又撞死了，连个补过的机会都不给儿留哇！”

阿库埋了额娘，砍下了那棵大树，用树干雕塑了一个一尺多长的额娘全身像供在家里。木像前放一张供桌，吃饭时给额娘盛上饭菜，摆好碗筷，然后烧香磕头，每天每顿都不落。

一晃两年多了，五月里，阿库准备出门办事儿，临行前再三嘱咐妻子：“我不在家，你要用心照顾额娘，按时喂饭、烧香，千万别忘了。”媳妇点头答应了，阿库这才放心地走了。

阿库离家之后，媳妇琢磨开了：“额娘活着的时候，当儿子的不孝顺，死了这么做有啥用？”便没把丈夫的话当回事儿，黑天用木像顶门，白天用木像的背面切菜。

一天夜晚，阿库睡得很香甜，忽然梦见额娘来到身边，哭诉道：“儿呀，你不在家时，媳妇拿老娘切菜，后背已是道道刀痕，疼痛难忍。到了晚上，又用老娘顶门，累得直不起腰哇！”阿库醒来后，发现竟是个梦，翻了一下身又睡了。没一会儿，仍做同一个梦，醒来接着睡还是那个梦，如此反复了多次。他猛然醒悟，这不正是额娘给自己托的梦吗？立即起身急三火四地往家赶。

阿库进了家门，二话没说，劈头问妻子：“你是不是对额娘不好，白天拿她切菜，黑天用她顶门？”

媳妇吓坏了，忙否认道：“我……我没有哇！”

阿库取过木像一看，后背果然有无数道刀痕，不禁勃然大怒，休了妻子，带着额娘的木像弃家而去，走得很远很远，原来认识他的左邻右舍再也没见过他。

狠后娘包藏祸心 车老板鞭打芦花

从前，有个给财主赶大车的壮汉，不到中年妻子就死了，还撇下了个小男孩儿。壮汉只好又当爹又当娘，又洗衣又做饭，日子过得十分辛苦。

在好心邻居的撮合下，车老板儿续弦了，娶了一个拖儿带女的活人妻做老婆，指望她好歹能帮着自己把儿子拉扯大。谁知过门儿不久，后老婆对先房扔下的孩子一点儿看不上，非打即骂，净给气受。车老板儿看在眼里，疼在心里，暗地里泪水只能往肚子里咽。

这年冬天，气候反常，出奇的冷。车老板儿怕儿子冻着，从集上买回了蓝布和棉花，让后老婆给孩子做套新棉衣。

后娘看了看新布和棉花，眉头一皱，立刻起了坏心。到了十冬腊月，先房扔下的孩子穿着一套新棉袄、新棉裤还冻得上牙磕下牙，整天在炕头儿抱膀坐着，出不去屋。可是后娘带来的孩子个个不嫌冷，有时还当着后爹的面儿，拿着家巴什儿出去拾柴捡粪。

为此，后老婆动不动就指桑骂槐："好布好棉花做的新衣穿着，却整天蹲在炕上，一点儿活儿不干，真是个没出息的东西，养着有啥用？我算倒透霉了，瞎了眼，嫁到这么个穷家，哪辈子才能翻身哟！"

时间长了，丈夫越听越来火儿，有一回气急了，操起赶车的鞭子照儿子劈头盖脸地抡开了，一边抽一边骂："活着干啥，白吃干饭，打死你个不争气的畜生！"

儿子疼得嗷嗷叫，躺在地上不停地翻滚，父亲仍不住手。最后棉衣被鞭子抽开了，飞出了雪白的花絮，父亲弯下身仔细一瞅，哪里是什么棉花呀，分明是苇子草上的芦花！立马转过头来，呆呆地瞪眼盯着后老婆，终于看清了那颗蛇蝎心肠。车老板儿一咬牙，把她休了回去，重新领着儿子过日子。

后来，儿子长大了，娶妻生子了，夫妻二人对老父亲非常孝顺。车老板儿从此享福了，儿孙绕膝，其乐无穷，一直活到百岁。

第五章　逸事趣闻

引　子

慈禧太后每天需要阅览奏折，这些乃必办的公务，特别是那些紧急的军国文书。

一日头晌，太后来到排云殿，见光绪帝和皇后都在，便说了声："皇帝歇着去吧，皇后也歇着去吧。"光绪帝和皇后遂请安告辞，太后方拿起了奏折。整个大殿内，只有女官何荣儿和敬茶的玉儿，她们在紧贴门口儿外站着。太后的眼神深邃，脸色肃穆，不易捉摸，低着头看奏折看得特别仔细。时不时地在宣纸折子上用拇指的指甲反复画上几道儿，有的画竖道儿，有的画叉儿，有的打钩儿，反正军机处的章京们全明白其中所表达的意思。

两个多时辰过去了，太后感到有些累了，随手合上了奏折。崔玉贵见此，轻轻走了进来，太后吩咐几句，他立马拿起折子送到军机处去了。这时，太后才喊了一声："荣儿，点烟！"荣儿忙将烟敬上。

晚膳后，慈禧太后用茶水漱完口，准备出去遛弯儿。原来，她每天出外散步时间是很有规律的，早、午、晚各一次，而且讲气派，身后有提炉的、打伞的、捧着水烟袋的，还有扛着二人抬藤椅的，一步不落地紧跟着。

四格格在太后的左侧，随时听候使唤。万寿山上，昆明湖畔，满目净是苍松翠柏，空气清新。太后走了一里来地，四格格便请她坐在长廊的安乐椅上歇息，脚旁放一炉藏香，两个宫女站于两边。太后十分喜欢藏香，酷暑可驱蚊，严冬可传递暖意，身前身后飘散着诱人的香气。

四格格偷眼瞅了瞅微闭双目、头靠在椅背上、仰脸儿晒着太阳的太后，关切地问道："老佛爷，批阅奏章累了吧？让干儿子依克唐阿给讲几段儿笑话如何？"

太后点了点头道："噢，我正寻思呢，传依克唐阿！"

不大工夫，领班的太监禀报，依克唐阿到。依克唐阿请安后，太后睁开眼睛言道："头晌，我看了小半天奏折，觉得头昏脑涨、力不从心哪！四格格说传你过来，再讲些故事，让我换换脑子解解乏。"

依克唐阿小心翼翼地问道："不知老佛爷最想听什么？"

太后叹道："唉，当今国家，内忧外患，需要处理的事儿太多了。回想起先朝康乾盛世，何等辉煌，不能不令人感慨万千哪！我每天三次出去遛弯儿，就是效仿祖帝，目的为保持活力和精神头儿。乾隆爷在世时，日理万机，不忘健身，活了八十九岁，把国家治理得宇内升平，国泰民安，经济繁荣。想想这些，心里有愧呀！不说了，从今儿起，你讲点儿聪明人的逸事和笑话吧，只为高兴高兴。"

依克唐阿说："伊通州可称得上物华天宝，人杰地灵，先朝时，出了许多彪炳青史的人物，真是武有将军，文有翰林。满族先民聪明睿智，流传的逸事、笑话很多，其中不乏社会底层小人物的精于算计。老佛爷听后能开心，就是我们的福分，求之不得把脑子里的故事全掏出来呢！我就拣精彩的给老佛爷讲上几段儿。"

慈禧太后笑而不语，呷了一口茶，只等依克唐阿开口了。

颜拔毛刻薄招工　打头的计济穷人

善良的人想都想不到，刻薄的财主心会黑成什么样儿。

伊通州城北靠山的屯子叫孙家糖坊，住着一个姓颜的财主，外号儿“颜拔毛”。每当雇伙计时，总忘不了先跟人家讲明：车前马后，刀镰斧伤，蹲墙根儿拉屎砸死勿论。他的心特别细，规矩也不少，要求伙计下雨天干完活儿，进院儿不准光脚儿，挽裤腿儿不准过膝盖；伙计从地里回来或在院子里歇息，家里闺女、媳妇不得露面，必须马上把窗帘儿拉上；伙计穿的衣裳不能太破，不准露肉，还不要太干净；等等。

“颜拔毛”的儿孙多，伙计对他们稍有不慎，他们张口就骂，举手就打。这些年来，不知有多少伙计无缘无故地挨揍，又不许对外说，因此很多人不愿给他家扛活。

夏天到了，一日头晌，从外地来了个高挑个儿、浓眉大眼、衣着朴素、约四十来岁的庄稼汉，询问雇不雇打头的。“颜拔毛”正缺这么个人手，便与其讲了条件，来人一一答应了。

打头的留在颜家以后，农活儿样样儿精通，宅院料理有方，“颜拔毛”很是满意。

一晃三个冬夏过去了，转年春天，种完地快到五月节了。财主家的耕地多，人手少，侍弄不过来。眼看得铲头遍地了，准备招长锄，可近处的不愿来。“颜拔毛”遂让打头的带着钱，离家到外地雇二十人做长锄，快去快回。

打头的一去四五天没音信，第六天头儿上，屯子里来了一伙儿人，为首的穿戴非常干净，脑后一根儿到腿腕儿下的大辫子梳得又光又亮，他头戴瓜皮帽，身着长袍儿，手摇香扇进了颜家院子。

“颜拔毛”当即愣住了，仔细一瞅，原来是打头的回来了。一看那身儿打扮，心里老大不高兴，板着脸问道：“给我招来多少长锄哇？”

“二十多个，都在门外呢！”

“颜拔毛”听罢，转怒为喜，接着又道：“那好，招呼进来吧！”

打头的冲门外一摆手，二十多人鱼贯进了院儿。“颜拔毛”见这些人全是四十以里、二十往外的年龄，身板儿挺壮实，遂吩咐道：“让他们住在前院儿的西下屋吧！”

打头的把长锄领进了西下屋，这是处五间的大口袋房子，东西两铺大炕，他们就在这里住下了。

五月节那天，“颜拔毛”告诉厨子，淘些小米做点儿豆腐犒劳长锄。

过了节开铲了，长锄们哼着蹦蹦调儿上工了，一到地里便放开喉咙唱。晚上收工回来吃完饭，在西下屋化了妆，拿出带来的家巴什儿，敲的敲，拉的拉，吹的吹，弹的弹，唱起了蹦蹦戏，好不热闹，一连几个晚上皆如此。

“颜拔毛”慌神儿了，嘱告家里的闺女、媳妇，谁也不许看。可是趁他不注意，女眷一个个悄悄儿跑到前院儿西下屋，偷着看长锄们唱戏，有的也打开窗户听。赶上阴天下雨，长锄从地里回来时，不但裤腿儿挽到膝盖上边，而且光着脚，敞着怀，袒露着胸脯子。

“颜拔毛”气坏了，提溜个哑嗓子将儿孙们都叫来了，对他们说：“这个打头的太可恶，非得好好儿整治一顿不可，也好出出气。明儿个晌午让厨子做四个菜，烫两壶酒，送到西下屋。我把马棒儿坐在屁股底下，你们站在屋里墙边儿，一看我动手举马棒儿，立马就开打！”

第二天一早，打头的领着长锄们依然哼着唱着，手拽着锄头走，锄杠全拴上了铜铃儿和大钱儿，在地上拖得哗啦哗啦直响。“颜拔毛”见此，恨得牙根儿痒痒的，狠狠地瞪了他们几眼。

到地里以后，其中一个年长的长锄对打头的说：“兄弟，这么闹下去，得加点儿小心，东家好像对咱们要下碴子了。”

打头的丝毫没在乎，言道：“不怕，到时候我喊打，你们一齐上。晌午收工时，把应手的家巴什儿预备好，他啥时候动手，咱啥时候还手，别忘了回去照样唱。”

到了晌午，长锄们收工了，唱唱咧咧地敞着怀儿往回走。“颜拔毛”早等在西下屋了，一看他们回来了，忙唤儿子把打头的叫了进来，让他坐在条桌东头儿的马杌子上。打头的低头瞅了瞅道：“马杌子太高，脚够不着地儿，不得劲儿。”说着，把一块磨铡刀用的长条儿磨石垫在脚下，然后才坐在马杌子上。

“颜拔毛”开口问道：“打头的，知道找你为啥事儿吗？”

打头的说："回老爷，八成是看我们的地铲得好吧。"

"颜拔毛"厉声儿喝道："什么？地铲得好，你雇来的是些啥玩意儿，哪有整天唱蹦蹦戏的，谁家兴这个？看来呀，没点儿厉害不知趣儿，今天非给你开开皮不可！"

打头的笑了笑道："好啊，那我问一句，老爷想怎么开皮呀？"

"颜拔毛"气得浑身直哆嗦，从屁股底下唰地抽出马棒儿，照着打头的脑袋抡开了。打头的比他更麻利，一弯腰躲过了马棒儿，抓起垫在脚下的磨石朝老财主撇了过去，"颜拔毛"没等喊出"打"字儿呢，已被飞来的磨石砸倒了，那些儿孙们嗷嗷叫着围了上来。

众伙计见打头的动手了，一拥而上，棍棒、锄头、锹镐齐舞，向老财主的父子爷儿们抡去。正打得难解难分之时，"颜拔毛"醒过神儿来，站起身，声嘶力竭地吼道："少当家的，快将大门关上，别让这帮小子跑喽！"

打头的轻蔑地说："不用你们费事，我们自己关！"随即回头吩咐伙计们："去，把大门关上，正好可趁机教训教训老颜家。别让外人来拉仗，啥时候打老实了，啥时候拉倒！"

长锄们立刻关上了大门，院子里这下可热闹了，颜家的父子爷儿们被二十多个长锄揍得哭爹喊娘、连滚带爬，有的跪在地上好话说尽，一个劲儿地求饶。

一顿胖揍之后，老财主家的人全给打面了，只有一个孙子从墙头儿跳出，浑身带着伤到州衙门告状去了。

打头的见此，赶忙张罗开了："伙计们，杀鸡宰羊，焖上粳米饭，把酒拿出来，咱们痛痛快快地享受一把，反正这样了，吃完再说！"

长锄们纷纷动起手来，有淘米的，有主刀宰杀的，有烀肉的，有搬酒坛子的，只一个时辰，饭菜全做好了，摆到桌子上。大伙儿乐呵呵地围坐在一起，你一勺子他一碗的，咕嘟嘟地喝酒，大块头子夹菜，很快吃饱喝足了。刚撂下碗筷，州衙的差役便来传人，打头的吩咐道："伙计们，把行李背上，扛着锄头走！"

长锄们被带到州衙的大堂上，州官往下一瞅，是一帮穷百姓。问清了缘由，认为事儿不大，打算当场把他们放了。可是老颜家财大气粗，要是硬放人，会生出许多麻烦。州官灵机一动，想出个主意，于是将打头的叫到案前，小声儿对他说："都是平民百姓，家里有老有小，倘若断案放你们回去，老颜家肯定不会答应。我看这么办，判关四十日，先在大牢里住着，天刚放亮儿就可以出去，到城外帮人打短工，天黑时再回来。我让看牢的放你们出入，白天别闲呆，挣点儿银子贴补家用，怎么样？”

打头的致谢道：“太好了，承蒙州官大老爷关照，小民感激不尽，谢谢啦！”

就这样，二十多个长工白天外出打短工挣钱，晚上回到牢中，一连往返了三十九天，直到挂锄，每个人的腰包儿都鼓起来了。第四十天头儿上，州官把颜财主传来，和颜悦色地问道：“你雇的长锄们在牢里关了不少天了，差不离儿了吧，下步该怎么办呀？”

“颜拔毛”回道：“岂敢岂敢，请州官大人明断吧！”

州官说：“那好，官断民服。这些长工的狱期已满，你把以前欠他们的工钱一文不少地全部支付，然后我就放人了。”

其结果是，打头的领着那帮穷人分了钱，高高兴兴地回家了。“颜拔毛”被迫拿出些银子不说，还白挨了顿暴打，又憋气又窝火，不久竟瘫在炕上了。

小姐慕才识俊男　丑哥神助偿美姻

有个在旗人家，阿玛和额娘去世早，只剩下兄弟俩。二人自幼聪明伶俐，喜好画画儿，画什么像什么。长大以后，便以卖自创的画儿为生，所画飞禽、走兽、人像、花卉栩栩如生，远近闻名。

每逢年节，哥儿俩背着画儿到集市上卖，用不了多大工夫，一大捆画儿就卖光了。再用赚来的银两买米、面、肉、蛋及日常生活必需品，这样一来有吃有穿，不愁没钱花，日子过得蛮不错。

哥哥已娶妻生子，夫妻感情融洽，和和美美。弟弟小名儿叫丑小，因为长得丑，年方二十了，连个提媒的都没有。为给弟弟立家，哥嫂认真合计了一番，终于想出个主意。

八月节快到了，老大背起画篓儿，走街串巷地边走边吆喝："卖画儿了，卖画儿了！"转悠了几圈儿，来到东村王员外家的大门口儿，故意提高嗓门儿喊："卖画儿了，卖画儿了！"

王员外的二闺女凤英正和丫鬟在书房看书，一听有卖画儿的，忙放下书，让丫鬟把人请到院子里。

老大一进院儿，丫鬟上前给以引见："这是我家二小姐，想欣赏一下高师的绘画技艺。"

老大一句没客套，放下画篓儿，把画儿一张张展开，任小姐尽情观赏、挑选。当翻到最后一幅时，凤英双眼如同定了神，一动不动地盯看着，口中连声儿啧啧称赞。一会儿抬头瞅瞅卖画儿的，一会儿又细瞧那张画儿，脸腾地红了。

这是为什么呢？原来那幅画儿上画的是个年轻英俊的美男子，相貌与卖画人酷似，二小姐顿时起了爱慕之心。

凤英一边看画儿，一边想着心事："我的年龄不小了，快二十六了，早该找个如意郎君了。眼下十里八村的人家，门当户对的倒有，就是没有一个像画儿上这样的美男子。若能如愿嫁给自己相中的郎君，知冷知热，也不枉活一世。”想至此，遂问道：“师傅，这张人像是谁画的？”

老大回道：“乃小可的拙作。”

“画儿上的这个人怎么和师傅的容貌相像呢？”

“他是我同胞弟弟，能不像吗？”

其实，老大已猜出二小姐的心思了，一直注意观察她的面部表情，心里早有谱儿了。于是，装出一副漫不经心的样子，随口言道：“小姐，你挑了半天，准备选哪几张啊？若是都没看中，天不早了，我得回去了。”

凤英忙道：“师傅，请慢走，小女只想留你兄弟这张。”

老大面有难色地说：“今儿个出门时，弟弟再三告诉我，千万不要把他的这张画像卖了。既然小姐喜欢，就不收钱了，先留在你这儿吧。等回家同弟弟商量商量，他若是不答应，明天我再将画儿取回。”

转天头晌，老大来到王员外家，告知二小姐：“真对不起，弟弟不同意卖那张画儿，非让我取走不可。”

凤英无奈，只好恋恋不舍地把画儿还给了老大，从此一病不起，茶饭不进。

王员外得知女儿生病的缘由后，没敢耽搁，赶紧托人登门说媒。老大的回应更快，立马偕妻子到王员外家下了聘礼，给丑小定了亲。

结婚当天，老大怕事情败露，代替弟弟拜堂成了亲。入洞房前，背地里告诉丑小，待熄灯时再进洞房。丑小依计行事，晚上不熄灯不上炕，一连七八天皆如此。

老大暗自思忖，总这样下去也不行啊，得想个两全其美的办法。又跟妻子好一顿合计，可谓绞尽脑汁，到底琢磨出一个绝招儿来。

当天晚上，熄灯之后，丑小进屋了，脱衣上炕钻进了被窝儿。睡到半夜，忽然听到房顶响起了锣声，有人高喊：“别点灯别出门，我是上方查夜神，专查下方美貌人。若是两口子，一俊一丑能活九十九，一美一浪活不到天亮！”

凤英听罢，吓坏了，直往丈夫跟前凑，丑小乘机央求媳妇，“你快变丑吧，即使再丑，我也要。”

凤英拒绝道：“我不，男人丑点儿不算啥，还是你变丑吧！”

小两口儿你让我变、我让你变地推了半天，房上的查夜神似乎有些不耐烦了，大声儿问道：“你们到底变不变了？再不变我可不等了！”

屋里的人忙挽留道：“天神慢走，我们变，变！”

丑小问媳妇:“我若变丑了，你还能跟夫君一块儿过吗?”

凤英回道:“怎么不能? 能!”

丑小又道:“光凭嘴说谁信哪? 要想言而有信，得冲房顶儿的天神发誓!”

凤英扑通一声跪在炕上，对天神盟誓:“天神听真，郎君变丑，妻不变心，若有违背，五雷分身!”

这时，丑小在炕上翻身打滚地折腾，伴随着天神的喊声:“变哪，变哪，越丑越好，白头到老，速速变完，吾神走也!”

打那以后，丑小才敢在媳妇跟前露面。凤英见丈夫五官确实很丑，一想也不怪他，是自己让其变成了此等模样，也就没什么怨言了，夫妻二人真的活到了百年。

荡尼姑勾骗民女　冯货郎智斩汪三

伊通州的西边，有座赫尔苏城，正好在盛京至吉林乌拉的驿道上。城里住着个冯货郎，天天挑着担子走村串屯地叫卖，难得在家待一待。冯货郎的老婆年轻漂亮，白天没事儿时，好串门子。她家对门儿住的是汪先生，本名汪全，开粮栈的，人称“汪三爷”。

与货郎家相邻的尼姑庵里，有个不守庵规的年轻尼姑，常常和货郎的老婆扯些不堪入耳的话。

汪全看中了货郎的老婆，一心想弄到手，却苦于没有机会，便用小恩小惠拉拢庵里的那个年轻尼姑，让她替自己穿针引线。

尼姑贪财，加上畏惧汪三爷的势力，遂为其搭桥。不久，货郎老婆和汪全勾搭上了，背着丈夫与其私通。

一天头晌，汪全乘货郎外出卖货之机，与其老婆偷情。二人躺在炕上，汪全仰面咳出一口痰，吐到了棚顶儿，笑道：“你看，非丹田之气是吐不到棚上的！”一个时辰后，起身离去了。

下晌，货郎回来了，洗了把脸便脱鞋上炕歇息，猛然看见棚顶儿有口黏痰，一翻身坐起，高声儿问正在院子里喂猪的老婆：“谁到咱家来过？”

老婆忙跑进屋，回道：“没人来呀！”

货郎现出一脸的疑惑：“没有？棚上那口痰谁吐的？”

老婆答得挺快：“我吐的呗！”

货郎不信，心想，女人哪有这么大的气力？遂叫过老婆，吩咐道：“你快上炕，再吐一口我看看！”

老婆只好上了炕，躺下后面朝上一连吐了三四口，都没吐到棚顶儿。

货郎急眼了，薅住老婆的头发啪啪就是两耳光，咬牙切齿地吼道：“给我听好喽，今天若不说实话，一刀剁了你！”

老婆害怕了，跪在炕上一个劲儿地求饶，并将尼姑庵里的年轻尼姑

如何牵线，汪全怎么与自己勾搭成奸一股脑儿全说了。

货郎听罢，撒开手，让老婆赶紧备酒、炒菜。

老婆此刻自然百依百顺，起身跳下地奔进厨房忙活开了，不大工夫，酒菜都备好了。货郎求邻居跑一趟，务必把汪三爷请到家来吃酒，有要事相商。

汪全听说货郎备下了酒菜等着他，还真来了，见了货郎脸红一阵儿白一阵儿的，心里有些发慌。不过一想，我有钱有势的，还怕个货郎不成？谅他也不敢怎么样，便满不在乎地坐在了桌边。

货郎像没事儿人似的，热情地招待着，唤过老婆一杯接一杯地为其斟酒。直到把汪全灌醉，货郎方拔出刀来，将其舌头割下半截儿，让老婆把他脸上的血擦巴擦巴，送回家去。

货郎随后去了尼姑庵，找到那个年轻姑子，举刀冲心口窝儿刺了进去，尼姑当即毙命。他又拿出汪全的半截儿舌头塞到尼姑嘴里，将其身穿的袍子扯掉，裤子扒了下来。

第二天早晨，尼姑庵的老姑子见徒弟被杀了，身上的衣服被剥了个精光，吓坏了，慌忙跑到衙门报了案。

县官遣人验尸，发现尼姑全身赤裸，嘴里含半截儿舌头。据此推断：尼姑大概是遇歹人强奸不从，咬掉了对方的舌头，才被刀捅死的。于是，唤来衙头儿，带领二十几个差役，挨家挨户查访缺半截儿舌头的人。

差役们查到汪家，发现唯有汪全闭着嘴不说话，感到很是蹊跷，令其张开嘴，一看舌头缺半截儿，立刻绑到了县衙。

县官审问汪全时，他支支吾吾、比比画画的，一句也说不清。

县官宣判道："本县汪全，调戏尼姑，欲行不轨。尼姑不从，全力挣扎，咬下对方半截儿舌头。汪全一气之下，抽刀刺入尼姑心脏，致其倒地而亡。杀人偿命，本衙决不姑息养奸，判处汪全斩刑，立即执行！"

汪三爷被斩后，货郎领着老婆搬走了。

小石头三改乳名 老瞎子屡遭莫测

在早，有一家娘儿俩，额娘带着十多岁的儿子过活。儿子小名儿叫石头，聪明伶俐，性格倔强。

八月的一个头晌，从邻村来了个瞎子，额娘请他给儿子卜一卦。瞎子装模作样地算了一阵儿，言道："孩子命硬啊，克死了阿玛，还要克死额娘。"

这一说不要紧，额娘害怕了，问瞎子能否破灾？瞎子表示能破，简单得很，让小石头认堆马莲花儿做干娘即可。临走时，没忘了不能空跑一趟，要了几吊钱揣在兜儿里。

小石头非常生气，看透了瞎子算命纯粹是为财，倔劲儿上来了，非要治治他不可。

转天，石头看见瞎子又出来卜卦骗人，便走上前去，恳求道："先生，我天天啥事儿没有，干脆给你领道儿吧！放心，不要钱，只是觉得给别人算卦怪好玩儿的。"

瞎子一听，乐了，心想："好嘛，有人领着我，走得快一些，能多去几家，多挣点儿银两。"遂爽快地答应了，并问石头叫啥名儿，石头告诉他叫"下不来"。

于是，小石头手拿拄棍儿在前边走，瞎子在后边跟着，一人拽着拄棍儿的一头儿。走着走着，石头看见前方有个果园，就领瞎子进去了，将其弄到果树上坐下，让他手拿棍子打果子，自己在地上捡，等捡多了，两人一块儿吃。

瞎子一只手把着树杈儿，另一只手抡开棍子了，不大工夫，石头捡了一大堆果子，用布衫儿一包，跑到一边吃去了。

瞎子打累了，冲树下问道："'下不来'呀，捡多少了？"没人答话，他以为"下不来"怕被人发现，肯定是跑了，随即大声儿唤道："'下不来'，'下不来'，你回来！"

看果园的一听，哎呀，不好，有人偷果子！忙跑到跟前一看，果然树的粗干上骑着个人，还在上头不住声儿地嚷嚷下不来呢！

看果园的是个大高个子，稍一跷脚，扯着瞎子的两条腿就给拽下来了，抡起拳头好一顿揍。等打累停手了，瞎子才得空儿说了事情的经过，还不错，那人把他放了。

过了好一会儿，石头看瞎子慢慢地走出果园，方跑上前解释道："先生，刚才我去撒尿，时间长了点儿，怎么了，看果园的把你打了？"

瞎子生气地说："都是你那个倒霉的名字惹的祸，还有别的名儿吗？换一个！"

石头眼珠儿一转，告知："小时候，额娘管我叫'都来看'。"

瞎子没听清，忙问："叫什么？"

"叫'都来看'。"

"好吧，往后称你'都来看'。"

两个人一前一后接着往前走，走着走着，一条小河横在眼前。石头说："前边是河，水挺深，只能把衣服脱下来蹚过去了。"

瞎子答应道："中啊！"

二人将衣服裤子全脱了，石头一手抱着衣裳，一手领着老瞎子过河。到了对岸，石头赶忙穿上了衣裤，把瞎子的那套放在河岸上，坐到一边去了。

瞎子要穿衣服，等了一会儿没动静，便问道："'都来看'，我的衣裳、裤子呢？"无人应声儿。

瞎子着急了，大声儿喊了起来："'都来看'哪，'都来看'，你在哪儿？"

正在附近铲地的农夫和来往路过的男男女女全听见了，以为发生啥大事儿了，纷纷跑了过来，到跟前一看，一个瞎老头子不知道羞丑，光着腚在那儿扯嗓门儿喊"都来看"呢！

其中的几个小伙子气坏了，揪住老瞎子叮咣一顿踹，打完了，拿起衣裤往他身上一扔说："穿上吧，活腻歪了还是咋的，那张老脸不要了？真丢透人啦！"

瞎子摸摸索索地穿上衣服，没人领着，道又不平，只好一小步一小步地往前迈。

石头在一旁看得仔细，老瞎子又挨了一顿胖揍，心里别提多痛快了，又跑上前去给他领道儿。

瞎子不是好声儿地问："臭小子，刚才干啥去了？"

石头回道：“这几天肚子不好，拧劲儿疼，找处旮旯儿拉屎去了。”

瞎子打了个唉声道：“你别叫‘都来看’了，再换个名儿吧！”

石头说：“先生，那就管我叫‘才刚’吧！”

瞎子答应道：“中，这回你不许可哪儿走了。”

俩人继续往前走，走着走着，来到一个村子。也是够寸的，此刻石头真的觉得来屎了，四下瞅了瞅，村东头儿有个碾坊，赶紧领着瞎子进去了，让他老老实实地站在那儿等着，完事儿了再走。

石头见碾坊里没人，想最后调理瞎子一把，图方便，就蹲在碾盘上拉了一泡屎。

瞎子静静地等了一会儿，抬头问道：“怎么样，拉完没有？”没人吱声儿，知道又要坏事儿，赶忙摸着墙往外走。

这时，偏巧有个壮汉来推米，见碾盘上有屎，再看跟前没别人，指着瞎子骂骂咧咧地问道：“老不死的，那屁股金贵呀，是不是你拉的？”

“噢，是‘才刚’拉的。”

壮汉一听，差点儿气炸了肺，二话没说，操起棍子劈头盖脸地抡开了，边打边声嘶力竭地吼道：“好哇，可不是才刚拉的咋的，还冒热气儿呢！老瞎子是故意祸害人哪，白活呀，看我不狠狠地收拾你！”

老瞎子被打得满地滚，双手捂着头，爹一声妈一声地叫唤。屯子里的人闻声儿都跑来了，小小的碾坊被挤得水泄不通，将瞎子围在中间，不停地喊打助威。

这时，石头进屋了，张开双臂阻拦道：“叔叔，求求你了，快别打了！”

壮汉一看是个孩子，这才住了手，把棍子扔了。石头上前将老瞎子扶了起来，问道：“算卦先生，知道我是谁吗？”

“不……不知道，你不是……‘才刚’吗？”

“哼！你声称会卜卦，咋没算出我是谁呢？告诉你吧，我就是被你口口声声算出命硬的那个小石头！听我的话，别干这种见不得人的勾当了，回家安分守己地过日子吧。实在没钱花，冲谁要两个，总比昧着良心骗人强啊！”

瞎子扑通一声跪在地上，咣咣地磕着响头，哀求道：“孩子，我听你的，决不骗钱花了。求你行行好儿，杀人杀个死，救人救个活，把我送回去吧！”

石头弯腰搀起了真心悔过的瞎子，一路领着送回了家，家人感激不尽。打那以后，瞎子学好了，规规矩矩做人，再不卜卦蒙事儿了。

亲兄妹卖画谋生　恶佐领娶狗丧命

早些年，离伊通州很远的地方有条河，河水挺深，又清又亮，能看见底儿。靠河边儿是座城，城里住着一户姓刘的老两口儿，他们死后撇下了一双尚未婚嫁的儿女。

儿子名叫五更，为人忠厚老实，是个一杠子压不出屁的后生。女儿金花长相俊俏，能说会道，心灵手巧，画得一手好画儿。所画的花、鸟、鱼虫像活的一样，拿到街上去卖，只消一袋烟工夫，便会被全部买走。自从父母去世后，兄妹二人相依为命，就靠卖画儿过活。

一天，五更拿着妹妹刚画好的画儿到街上卖，碰巧被城中的洪姓佐领看见了。此人虽然年过花甲，但老有少心，且依仗权势欺男霸女，无恶不作。城中百姓对其恨之入骨，大小衙门因畏其势而谈之色变。

洪佐领见画儿上的飞禽栩栩如生，山水点染得很有神韵，不禁赞不绝口，并寻根究底地问五更是什么人画的。

五更是个实在人，不会转弯抹角儿，奔儿都没打照实说了。谁知洪佐领一听是位姑娘画的，立刻起了邪念，打听清楚了他家的住处后，脸上露出了得意的神情。

转天一大早，一帮差官和伙计抬着绸缎直奔刘家而来，正在院子里干活儿的五更和金花见此情景，一下子愣住了，可谓丈二和尚摸不着头脑。这时，一个管事儿的走上前来，躬身道："五更，这是我家洪爷送来的定亲彩礼，三日之后娶亲。"然后令差官、伙计们把东西放下，转身回府了。

兄妹二人听罢，犹如五雷轰顶，顿时惊呆了。二人抱头痛哭，从早晨一直哭到晚上，泪水流干了，嗓子嘶哑了，怎么也想不出个主意来。妹妹怨自己命苦，哥哥后悔心眼儿太实，不该把实情告诉洪佐领。两人越哭越伤心，越寻思越觉得无路可走，最后想到了死。

于是，金花和面包了素馅儿饺子，里面放进了毒药。刚煮好还没等吃呢，一个五十来岁的和尚手敲木鱼进了屋，二话没说，拿起饺子便往嘴里送。五更眼尖，慌忙往下夺，急匆匆地说："师父，快放下，不能吃！不是我们舍不得，饺子里有毒药，咽下去就没命啦！"

和尚看了看他俩，放下饺子问道："这是为什么？"金花便将佐领逼婚强娶的事儿说了。

和尚安慰道："生命可贵呀，不该寻短见，应好好儿活着。有老衲在，你们只管放心，此事我管定了！"然后指着趴在屋地的大白狗说："让他等着，这条狗会前去跟那色佐领完婚的！"

兄妹二人听后，感动得直掉眼泪，扑通一声跪在地上，咣咣地磕响头谢恩。

娶亲这天，和尚冲大白狗吹了口法气，拿过洪佐领送来的嫁衣、绣鞋给它穿在身上，头蒙上红布，装扮得如同人一般。洪佐领派衙头儿带着差役抬着花轿娶亲来了，和尚让金花藏好，五更把白狗扶进轿中，隔着轿帘儿一本正经地嘱咐道："金花呀，从今以后，你就是佐领的人了。千万别惹丈夫生气，手脚勤快点儿，尽心服侍，过三天五日哥哥再去看你……"

花轿里的白狗哼哼叽叽的，不时地挠两下轿门儿，好像姑娘在哭。衙头儿不耐烦了，制止道："五更，行了，别啰唆了，上哪儿去找这好事儿呀，别人还求之不得呢！你妹妹摇身一变，成了洪爷的夫人了，从此有享不尽的荣华富贵呀！"随即喊了一声，"起轿。"一行人呼呼啦啦打道回府了。

和尚眼看着花轿载着大白狗离去了，回头唤出金花，冲兄妹二人吹了口法气，口中念道："哥哥、妹妹飘山过海！"

五更和金花忽觉双脚离地，登空驾云，飘然远去了，老和尚眨眼间也不见了。

再说佐领府中上下人等喜气洋洋，吹吹打打好不热闹，溜须拍马前来道贺的络绎不绝。花轿刚停在门口儿，大家便围上前来嚷着看新娘子，洪佐领令人直接抬进洞房。他也顾不得应酬来客了，急不可耐地紧跟着进了洞房，连盖头都不掀，搂过"新娘子"就亲嘴，随即"妈呀"一声昏倒在地，满脸是血，鼻子竟被白狗咬掉了。

府内众人以为妖怪进宅了，惊慌失措，都四散逃命去了。大白狗甩掉嫁衣绣鞋，奔进宴厅，把桌子上的佳肴吃个精光，摇摇尾巴反身找主人去了。

洪佐领被狗连咬带吓的，不久就精神失常了，在一个大雨天掉到河里淹死了。金花和五更在和尚的安排下，住在一个离家乡很远的地方，仍以卖画儿为生。

州官丢面发淫威　差役捉来屁祖宗

有个州官从不注意自己的吃相，尤其是在酒席宴上，总像好几天没吃东西似的，狼吞虎咽的。

一次，为小妾生子摆宴，州官正吃得来劲儿的时候，嘟嘟嘟放了一串儿响屁。身旁一个当差的听见了，憋了半天没忍住，到底还是笑出声儿来。州官很是生气，不认为自己当众出丑丢面子，反倒怪当差的不懂事。

酒席宴散后，州官拿出一条锁链子，交给那个当差的，支派道："给你个好差事，去吧，将本官的屁抓回来！"

当差的一听傻了眼，可哪敢不从？只好接下。回到家，将锁链子往墙角儿一扔，头冲里躺在炕上发起愁来。

媳妇见丈夫这个样子，知道一定是遇上为难的事儿了，开口问道："郎君，怎么了，为何愁眉不展呀？"

"跟你说也是白说，我都一点儿招儿没有呢，一个女人家能办得了哇？"

"到底啥事儿呀？你倒是讲啊，兴许能办呢！有话别放在心里，窝出病可不上算。"

当差的叹了口气，坐起身来，向妻子讲了州官如何在宴席上放屁丢丑以及派他办一个特殊差事的缘由。

媳妇笑着安慰道："这有啥难的？不用愁，安心睡觉吧，明天早上我给你抓屁去！"

第二天天刚亮，媳妇便披衣下地了，到茅房用锁链缠了一泡干屎，然后进屋招呼还没睡醒的丈夫："夫君，起来吧，赶紧去州衙。到那儿你就说：'老爷呀，屁是一窝蜂，有声儿却无踪，没有逮着屁，抓来屁祖宗'。"

当差的揉揉眼睛爬起来，胡乱洗了把脸，拿着锁链子去衙门了。到了州衙，直奔后堂面见州官，跪地照搬了媳妇教的那几句嗑儿。

州官手捂鼻子一边听一边寻思："哎呀，这小子脑瓜儿挺活呀，讲得蛮有道理呢！"转念又一想，不对呀，平时没看出他有多少心眼儿，此招儿准不是自己琢磨出来的，遂问道："如实禀来，谁给你出的主意？"

当差的一看瞒不住了，只好照实说了："回老爷，本家媳妇让我这么讲的。"

州官思谋道："他媳妇够聪明的，不简单，干脆我俩换媳妇得了。"心里想着，嘴上就冒出来了："小子，挺有福气呀，与本官换媳妇咋样？"

当差的一听，忙拒绝道："老爷，小的不干。"

州官说："这样吧，咱们比藏猫儿，我藏起来你若找不着，你藏完我要能找着，那就得换。好了，赶紧回家吧，我先藏。"

当差的不敢得罪州官，万般无奈之下，只得垂头丧气地回到家里。媳妇见丈夫满脸愁云，遂问道："郎君，又咋的了？"

当差的气愤地说："别提了，州官要和我换媳妇，以藏猫儿定输赢。他先藏起来，让我去找，那么大的一座府衙，谁知能躲哪儿呀？"

媳妇轻声儿言道："郎君，别犯急，很好办。妻告诉你，他藏到大烟囱里了，快去找吧！"

当差的三步并两步跑到州衙后院儿，站在大烟囱旁边喊道："老爷，您藏在烟囱里了，出来吧！"

州官一听，真叫他找着了，乖乖地钻了出来，对当差的说："小子，该你藏了。"

当差的匆匆忙忙回了家，一进屋便告诉媳妇该自己藏了，随之犯了难："咱家屋里屋外本来地方就不大，躲哪儿都不稳妥，如何是好？"

媳妇思忖片刻，吩咐道："郎君，快！藏在柜子的顶针儿里。"说着说着，眼见丈夫一点点变小，成豆粒儿那么大，蹲在顶针儿里了。

当差的刚藏好，州官率百十来号人呼呼啦啦地来了，进了院儿，屋里屋外、房前房后一顿乱翻，终未见到当差的影儿。

州官白折腾了半天，一无所获，实在没辙了，才气急败坏地说："小子，出来吧，找不着了！"

当差的从顶针儿里跳出来，轻轻一抖身，立马变成原来那么高。州官一看，这上哪儿找去呀，愤愤地吼道："行了，今天不算数，明儿个本官带一千人马来吃饺子，你们务必准备好，若包不出来，就得换媳妇！"

第二天，州官果然领一千人马来了，当差的和媳妇迎了出来，把他们安顿好之后，开始上饺子。他们也不知是从啥地方端出来的，左一盘儿右一盘儿地一直端到这些人吃得几乎撑破了肚皮，还有饺子。

州官彻底认输了，知道咋整也斗不过眼前这两口子，只得领人马回去。临走之前，手指当差的威吓道："小子，不用得意，明天本官可硬抢了，看你怎么着!"说罢，扬长而去。

当差的害怕极了，浑身抖个不停，媳妇说："郎君，不用怕，去姑姑家借个小匣儿来。"

"好吧!"丈夫赶紧撒丫子跑出家门，到姑姑家借来一个小方匣儿，交给了媳妇。

夫妻二人睡了一宿觉，天刚放亮儿，州官果然带领衙役抢人来了。当差的和媳妇抱着小匣儿噌噌噌爬到房顶儿，等他们全部进了院儿，媳妇高举小匣儿摇了三下说："小匣儿，小匣儿，快快发水!"

转瞬间，院内呼呼往上涨水，平地深五尺。州官和衙役们皆泡在水里，只剩脑袋在外边露着，眼瞅着要被淹死了，他们吓得脸都白了，连连告饶，请求宽恕。

媳妇又举起小匣儿摇了摇，水撤了，州官和衙役们从水中出来仍惊魂未定，四下瞅瞅，那夫妇俩早已无影无踪了。

古城财主多忌讳　精明伙计巧吃鸡

叶赫的阿奇兰城有个财主，脑袋光秃秃的，没几根儿头发。尽管如此，却很好面子，最忌讳别人说“秃”或“几根根儿”。

财主对伙计非常刻薄，养了一只能起早的大公鸡，每日天刚放亮儿便打鸣儿，伙计们此时就得爬起来干活儿，个个从心眼儿里恨东家。

一天，财主外出要账，临行前嘱咐伙计：“你们都听着，在家好好儿干活儿，别偷懒。我明儿个回来，要是发现谁耍滑，可别怪东家不客气!”

财主走了，伙计们趁机合计了一番，遂把那只大公鸡杀了，然后放在锅里煮熟吃了。

转天晌午，财主回来了，四下一瞅，发现大公鸡没了，立刻去问伙计咋回事儿。

打头的回道：“今儿个一清早，不知大公鸡犯啥毛病了，不住声儿地喊‘几根根儿’‘几根根儿’！大伙儿一听，东家不在家，大公鸡竟敢骂我主，一气之下，拿刀给剁了。”

财主接着又问：“被杀死的公鸡哪儿去了？”

其中一个伙计插嘴道：“我们一合计，干脆将鸡炖上，等东家回来吃。可是这不知好歹的公鸡本已没气儿了，还在锅里‘秃秃’地咒骂东家，兄弟们忍无可忍，索性你一块儿我一块儿地分巴分巴吃了。”

财主听罢，气得鼓鼓的，眼睛都红了，又说不出什么，只好拉倒了。

为救妻婿骗丈人 贪得宝裘易单衫

从前，有个财主姓赵，人称“赵老抠”。他家财万贯，房屋百间，良田千顷，金银满柜。尽管如此，却总不知足，一门心思地想得件宝物。

赵老抠对伙计们非常刻薄，既怕干得少，又嫌吃得多，几乎算计到穷人骨头里了。他对待家眷和亲友也十分吝啬，可谓六亲不认，脑袋里装的就是一个字儿——钱。

这年冬天，赵老抠已出门子的大闺女百合病了，没钱抓药，眼看着病一天比一天重。姑爷急得火上房，实在没招儿了，便跑去向老丈人借点儿银子。

谁知姑爷进了家门，不仅一个子儿没借来，还挨岳丈一顿臭损，说他是无能之辈、废物点心，连媳妇都养活不起！

姑爷憋了一肚子气回到自家，坐在炕上越想越窝囊，越想越发愁。可光愁不顶事儿呀，得琢磨出个办法给媳妇治病啊，再也耽误不得了。寻思来寻思去，忽然眼前一亮，有了！赶忙告诉媳妇，务必得这么办，这么办我就有钱给你抓药了。

百合已被病折磨得不成样子了，一点儿精神头儿没有，谁也不愿躺在炕上等死呀，只好答应按照丈夫的意思办。

转天一早，东方刚露出鱼肚白，姑爷就来到岳丈家嘭嘭敲门报信儿，声称媳妇昨天夜里断气了。

赵老抠这会儿还没睡醒呢，家人连推带喊地把他叫了起来，他一听大闺女死了，当即傻眼了。待醒过腔儿来，忙吩咐老板子快套车，然后与老伴儿一同坐上去，不到半个时辰就赶到了女儿家。进屋一看，百合躺在炕头儿，脸上蒙着一块白布，早挺尸了。

老太太一屁股坐在地上，呼天抢地地号哭开了，一边哭一边埋怨老头子昨儿个不该不借钱给姑爷，若是手中有银子，抓了药，百合哪能死呢！

姑爷一直没吱声儿，只是站在靠东墙角儿的板柜前打开盖儿左翻右翻的，翻了半天，找出一个布包，从里面拿出一根儿擀面杖大小的木棍儿，嘴里自言自语道：“试试吧，看它灵不灵，求老天保佑我们呀！”说着，用那根木棍儿在媳妇身上拨弄开了。拨拨腿，腿动弹了；拨拨胳膊，胳膊能伸了；再拨拨脑袋，百合打个哈欠坐起来了，嚷嚷道：“哎呀，可闷死我了！”

老太太一看闺女醒了，乐得站起身来扑上炕就把她抱住了：“百合呀，你可把额娘吓坏了！这回行了，咱抓紧治病，很快就会好的。”

站在旁边的老财主瞪大双目瞅着眼前发生的一切，彻底蒙圈了，愣怔怔地问姑爷：“那是什么宝物啊？这么灵，竟能将死人拨活！”

姑爷回道：“岳父大人，这是我家祖辈留下的传家宝，叫‘拨魂杖’。唉，真恨自己一遇事心就慌，今儿个早晨要是想起它，二老便不至于受惊了。”

赵老抠听罢，眼珠儿一动不动地盯着那根棍儿，思谋道：“我要是能有此件宝物该多好，冬天没活儿干的时候，把家里雇来的伙计一个不落地全弄死。到春天种地的时候，再用‘拨魂杖’拨活，能省下不少粮食呢！”想到这儿，凑到姑爷跟前，满脸堆笑地问道：“女婿呀，阿玛跟你商量个事儿如何？”

姑爷爽快地说：“行啊！岳父大人，有啥事儿只管讲，干吗吞吞吐吐的？说吧！”

赵老抠故意轻描淡写地开口道：“噢，也不是啥大事儿，我琢磨着你家人少，就两口儿，留着‘拨魂杖’没啥大用。我家人多，吃闲饭的也多，用得着‘拨魂杖’。不如干脆卖给阿玛得了，要多少钱给多少钱，不带还价的，咋样？”

姑爷说：“哎，说哪儿去了，咱们谁跟谁呀！你老人家要是用得着，还用商量嘛，拿去吧，不要钱。只要能把百合的病治好了，比啥都强，命最重要啊！”

赵老抠听罢，乐得嘴都合不拢了，一口应承给闺女治病，让姑爷赶紧去请郎中，再按开的方子上药铺抓药，所需银两由他出。然后拿起“拨魂杖”，叫上老太太，吩咐老板子赶车回返。

一路上，马跑得飞快，下晌便到了家门口儿。赵老抠一进院儿，操起粗木棒子向闲着没活儿干的丝毫没有防备的伙计们头上抡去，把伙计们都打死后，堆到一个空屋子里，寻思这下可省粮食了。

第二年春天，到了该种地需要人手的时候了，赵老抠就拿着“拨魂杖”去空屋子一个一个地扒拉躺在地上的伙计，可干扒拉不动弹，一个也没拨活。

人们不禁要问，难道世上真有“拨魂杖”吗？唉，那不是胡扯嘛！原来姑爷知道老丈人见钱眼开，贪心不足，见到什么好东西无论如何得弄到手。为了能使他出钱给自己媳妇治病，遂将阿玛在世时用过的一根拐杖截断，谎称乃“拨魂杖”。他做梦也想不到丈人财迷心窍到如此地步，为了省粮食，竟把活人弄死这么一大堆。

再说赵老抠一看，“拨魂杖”不灵，只好打发车老板子赶车前去找姑爷。到了地儿，讲了原委，姑爷吓得满脑门子冒冷汗，我的妈呀，老丈人怎么能干出这等蠢事来！不去又不行，那就去吧，于是乖乖上了车。

姑爷在去的道儿上，已将到那儿该怎么说都盘算好了。因此一进院儿，便高声儿唤出岳丈，二人径直奔向空房子，推门一瞅，里面果然摞着一堆死人，姑爷故作惊讶状：“哎呀，你老倒是单摆浮搁呀，怎么全摞到一起了呢？这不捂着下水了嘛，当然拨不活了！”

老丈人一听，可谓哑巴吃黄连，有苦说不出，转身出屋了。

光阴似箭，一晃半年过去了，冬天到了。腊月初四是“赵老抠”的生日，亲朋故友皆登门祝寿，姑爷也来了。

数九寒天，当日下着清雪，姑爷买不起新棉衣，身上还要着单呢！前脚儿刚迈进门槛儿，小舅子看姐夫那个寒酸样儿，怕当着众多亲朋好友的面儿丢人，让大伙儿见笑。又想起“拨魂杖”的事儿，心里十分有气，后脚儿马上迎了上来，拉他去了碾坊，反身给圈到里面了。

碾坊朝北，进不来阳光，潮湿昏暗。加上成年到辈不烧一把火，四面透风，没多大工夫，姑爷冷得浑身打哆嗦，上牙一劲儿地磕下牙。他实在受不了了，便握住碾杆儿一圈儿又一圈儿地推碾子，一宿没闲着，身上始终没断汗。

天亮了，小舅子暗地里寻思，碾坊内的穷小子不得冻成瘪茄子色呀！可是推开碾坊一瞅，见姐夫正坐在碾盘上喘粗气呢，脑门儿的汗珠儿滴滴答答往下掉，脸红扑扑的。他顿时愣住了，双目睁得大大的，感到很是不解，不好意思地干咳了一声，问道：“姐夫，大冷的天，你只穿着一件单布衫儿，咋还热成这样呢？”

姐夫眯缝着眼睛，半认真半玩笑地说：“小弟，你不知道哇，我身上穿的是件‘火炼衫’。冬天穿上它不冷，夏天穿上它不热，是我家祖辈留下的传家宝啊！”

小舅子二话没说，赶忙去了上房，把姐夫的话学给阿玛了。

赵老抠听了儿子的一番话，捋着胡须乐了，心里琢磨开了：“凭我的家业，早该摆摆谱儿、显显阔了，再有件‘火炼衫’岂不更好？要能穿上这样的宝衣，站在人前可是够风光的，州官老爷也比不上啊！”想至此，当即打发儿子去把姐夫请来。

姑爷大步流星地进了屋，小舅子搬过一把椅子让他坐，老丈人笑呵呵地出了大价钱要买“火炼衫”。姑爷解释道：“岳父大人，我哪有什么‘火炼衫’呀，跟小弟开个玩笑而已。”

赵老抠见着稀罕物没弄到手岂肯罢休？欠了欠身子商量道：“一家人不说两家话，别讲别的了，还是看在我闺女的面儿上卖了吧！”

姑爷听了，暗自好笑，点头答应道：“好吧，既然你老人家喜欢，什么钱不钱的，留下了，给我找件衣裳穿就行了。”边说边脱下单褂子，双手捧着递给老丈人。

赵老抠乐坏了，让闺女的额娘从柜子里找出一件狐狸皮袄，姑爷穿上回家了。

偏赶第二天，故友给孙子过满月，请赵老财主赴宴。他想：“人家的贵客肯定少不了，我得把‘火炼衫’穿上，一来显摆显摆，二来让在场的人开开眼。”遂洗漱一番，穿好“火炼衫”，骑上大青马，出门了。

赵老抠一上路，立马觉得冷飕飕的，以为宝衣刚穿在身上，还没显效呢，过一会儿才能暖和。他怕误了赴宴，扬起鞭子使劲儿打马，大青马放开四蹄疾驰。跑得越快，带起的风越冷，赵老抠越冷越猛挥马鞭，恨不得一步就赶到热气腾腾的宴桌上。

约莫离故友家只剩半个时辰的路程了，赵老抠冻得实在受不了了，想找个避风的地方躲一躲，然后再走。恰好看见河边有棵空心儿大树，急忙下马跑到跟前，身子一缩钻进树洞里了。

天头东南晌了，老财主的儿子忽见院门外大青马空身儿回来了，一种不祥之兆袭上心头：“哎呀，糟糕，八成是出事儿了，不然马怎么自己跑回来，却不见阿玛呢？”想到这儿，慌忙骑上马，奔老父亲走的那条道儿寻去了。当经过河边那棵空心儿树跟前时，大青马不往前跑了，站在那儿“咴儿咴儿”直叫。跳下马绕着树仔细一瞧，发现老父竟蜷缩在树洞里，已经冻僵了。他没敢动，赶紧调转马头回家报信儿，又派人去找姐夫。

姑爷听说后，也吃了一惊，这些事儿咋全让老丈人摊上了呢？待急匆匆赶到空心儿树那儿一瞅，见岳丈脸色青紫，牙关紧咬，浑身是泡，人事不省。再看小舅子，正横眉竖眼地盯着自己呢！

姑爷打了个唉声道:“岳父大人，放着狐貉貂衣您不穿，一心要披‘火炼衫’。让我不明白的是，烧得浑身大泡，为啥不往雪堆里钻呢?”

呆丈夫杀猪请戚　抠媳妇轻言逐客

从前有这么一家，小两口儿，过日子哪样儿都挺好，就是丈夫特别呆，媳妇特别抠。吝啬得别人不能沾她的一粒米、一滴油，整天想的是如何占便宜。

这一年，进了腊月门儿，家家户户开始杀猪、蒸饽饽，准备过年。屯中有个习惯，无论谁家杀猪，皆要请一些亲戚、故友、邻居来家吃饭喝酒，以示庆贺。

抠媳妇家也杀了一口大肥猪，到了吃饭的时候，丈夫出门去请亲朋好友，让媳妇在家炒菜备酒。

不大一会儿，呆丈夫请的故友、邻居到了三四个，抠媳妇把他们让进屋，然后去厨房假装忙活起来。

只过了一袋烟工夫，媳妇见丈夫还没回来，请的亲戚也没到齐，便走进屋，冲着先来的客人发牢骚："这可真是的，任啥干不明白，什么时候了，该来的都不来！"

在场的人听罢，心想："该来的都不来，那我们是不该来的了？"于是，你看看我，我瞅瞅你，不约而同地悄然离去了。

那几个故友、邻居前脚儿刚走，呆丈夫后脚儿领来五六个亲戚进了屋，抠媳妇仍在厨房磨蹭着。

又过了一袋烟工夫，媳妇掀开门帘儿进了屋，脸冲着正和丈夫唠嗑儿的几个亲戚抱怨道："唉，这是咋说的，那几个不该走的全走了，怎么办哪？"

后到的客人一听，话里分明有话呀，心里琢磨开了："不该走的全走了，看来我们是该走的了？"想至此，立马起身向呆丈夫委婉地告辞了。

就这样，抠媳妇把前来吃饭喝酒的客人一个没落地打发了。

喂僵尸张李斗胆　施计谋伯仲难分

这是一宗早些年的事儿。

靠伊通河边儿的屯子里住着两位五十多岁的长者，一个叫张大胆，一个叫李大胆，胆量都不小，相互间谁也不服谁。

有一天，张大胆问李大胆："听说北屯王家吊死个人，你敢不敢摸黑儿去给死尸喂饭？"

李大胆不屑一顾："那有什么？明天一早你去看吧，要是死人嘴里没饭，就算我输！"

到了晚上，李大胆来到停尸的地方，从兜儿里掏出馒头便往死人嘴里塞。说也怪，死人竟主动张开嘴，一口接一口地嚼了起来。李大胆此刻可害怕了，伸手一摸，碰到一根木拐杖，立马明白了："原来死尸是张大胆装的，好哇，我接着喂，看你今晚能吃多少。"一连喂了五个馒头，再给，见张大胆一口不吃了，双唇紧闭。

李大胆暗暗笑道："老兄弟，你就这么大个饭量啊，回走喽！"于是，带着剩下的馒头转身回家了。

第二天，李大胆来见张大胆，张大胆问他去没去。李大胆说："别提了，那家伙一点儿没客气，连着吃了五个馒头，是个地地道道的饿死鬼。要是你呀，别说喂馒头哇，肯定得吓尿裤子啦！"张大胆听了，只笑不答。

李大胆又道："昨天西庄死了个没儿没女的老头儿，无人收尸，扔在山上的坟地里。你若敢在天黑后把他背到山下，就算赢家，我服你！"

张大胆毫不示弱："没啥难的，不就是百八十斤嘛！"

吃罢晚饭，张大胆离开家上了山，到坟地四下一寻摸，果然停着一具死尸。几步走到跟前，嘴里一边叨咕着，一边弯腰背了起来。没成想死尸竟用两手勒住了他的脖子，而且越勒越紧，他喘气儿都费劲儿了。

张大胆害怕了，觉得头发根子发乍心发慌，身子这时无意间碰到一个长烟袋。他顿时明白了，这不是李大胆的烟袋吗？一侧身将背上的人放下来，划根儿火柴一照，正是李大胆。老哥儿俩你瞅瞅我，我瞧瞧你，心知肚明，哈哈笑了起来。

媒婆耍嘴两头瞒　新郎瞎鼻美女瘫

伊通州的东边，有个挺背静的屯子，住着二十来户人家。其中一户日子过得倒蛮富足，不可心的是老两口儿只生养一个儿子，儿子五官还有点儿缺陷，快三十了，没娶上媳妇，二老特别着急。

一天头晌，邻村的媒婆上门提亲，说是女方年龄不过二十，长得漂亮，就是整天不出屋，哪儿也不去。

老夫妇俩听了挺乐，忙道："不爱出门儿好哇，那不是毛病，恰恰表明人家姑娘人品端正。"

相亲的日子到了，媒婆让小伙子带把扇子，见面的时候把鼻子挡上。

男方一行先到了女方家，一进门，看见姑娘正坐在灶旁摊煎饼，向客人点了点头道："请各位到屋里坐，等一会儿尝尝我摊的煎饼。"

相亲的人进了屋，媒婆指着小伙子对姑娘的父母说："这位便是我前些天提过的相公，身体挺好，勤劳能干，就是嘴上没啥。"

姑娘的阿玛接过了话茬儿："嘴上没啥好哇，那不是毛病，庄户人不喜欢花说柳说的后生。"

姑娘的家人见小伙子一表人才，相貌堂堂，爽快地应允了这门亲事。

结婚那天，新娘下了花轿不能走路，是个瘫子，被人搀到屋里。再看新郎，鼻子没有孔，是个瞎鼻子。

新郎、新娘以及双方家人气坏了，一块儿去找媒人算账。媒婆一拍大腿说："哎哟，这可冤枉了，当初并没瞒着呀！不是告诉你们了嘛，姑娘不出门，哪儿也不去；相公哪样儿都好，就是嘴上没啥。"

这时，两家人才傻了眼，原来媒婆保媒两头儿瞒，只介绍长处不讲短处。男女双方一掂量，人家缺彩儿，自己也有缺欠，只好认了。

独霸老峪熊逞能　以逸待劳虎占山

早些年，老山老峪的深处，狼虫虎豹四处乱窜，山里成了它们的天下。伊通河边的柳树林里有只大黑熊，凶猛得很，动物都怕它。

忽然有一天，不知打哪儿来了只老虎，想占山为王。大黑熊见了，气不打一处来，心想："啥风把你刮来了，不在自家待着，跑到这儿干啥？"恨不得一口将它吞了。

大黑熊遇上了老虎，那可是仇敌相见分外眼红啊，不容分说便交起手来。打着打着，老虎感到累了，转身跑到一边歇着，又找了点儿吃的、喝的。而大黑熊呢，它傻呀，光顾生气了，恨林子里的树太多，特别碍事。于是，连咬带拔地好一顿折腾，妄图把那些树全部拔光。

过了一会儿，老虎歇得差不多了，也吃饱喝足了，二番脚儿又来找大黑熊，双方立马滚到了一块儿。这回可不同上次了，打着打着，黑熊觉得支持不住了，渐渐地没了力气。而老虎却精神抖擞，越战越勇，浑身有使不完的劲儿。只一袋烟工夫，黑熊实在不行了，终于瘫倒了，被老虎咬死吃掉了。

追盗贼砍颈无伤 偷饭锅拎走嘎巴

有这么一户人家，夫妻俩过日子，膝下无子女。两口子懒得出奇，男的总不洗脖子，女的做饭总不刷锅，家里又穷又脏。

一天夜里，来了个小偷，用铁条撬开门之后，跳进外屋四处寻摸，碰得碟子碗叮叮当当直响，把屋里的人惊醒了。

男的一骨碌从炕上爬起来，披衣下地蹬上鞋，站到了门后。小偷摸黑儿转悠了半天，啥也没寻着，忽听屋里有动静，心想，做贼不能空身儿走，顺手将锅从灶台拔出拎跑了。

主人见小偷逃了，撒腿就撵，紧追不舍。小偷提溜着硬邦邦的锅也不得蹽哇，趔趔趄趄地没跑出多远便被撵上了，回头一瞅不妙，慌忙抽出别在腰间的菜刀，照着来人的脖子就是一下子。男主人被砍得嗷的一声，两手捂着脖子掉头往回跑，边跑边喊："杀人了，救命啊！"

再说这家男的追小偷时，女的也起来了，举着小油灯到外屋地看看丢什么东西没有。仔细瞧了半天，啥都没少，却发现那口饭锅变得锃光瓦亮的。

这时，只见丈夫呼哧带喘地进了屋，不是好声儿地嚷道："不好了，那贼太狠了，把我脖子砍掉半拉儿！"

女的走到丈夫跟前，跷起脚扒拉扒拉瞅了瞅，扑哧一声笑了，说道："哎哟，不洗脖子救了你一命，多年积攒的黑漆刚好砍下了半寸，离肉皮儿还有一个大钱厚呢！"

男的听说自己完好无损，当即不嚷嚷了，遂让媳妇跟他一块儿去撵小偷，夺回饭锅。女的十分诧异："锅没丢哇，仍在灶台上呢，不信你去瞧瞧！"

男的坚持道："净胡扯，是梦里见到的吧？我眼看小偷把锅给拔走了。"

媳妇不由分说，拽着丈夫到外屋去看锅，果然在那儿没动地儿，而且比以前亮多了，原来那贼竟将锅嘎巴儿偷跑了。两人你瞅瞅我，我看看你，不禁哈哈大笑起来，乐得前仰后合的。

男的说："多亏我不洗脖子。"

女的道："多亏我不刷锅。"

从此，懒丈夫不洗脖子，懒媳妇不刷锅的事儿，在十里八村很快传开了，成为人们茶余饭后的笑料。

猾夫狡妻自盘算 耽己误人各主张

伊通州住着这么一家，两口子，男的喜欢看戏，女的喜欢睡觉，谁也信不着谁。

有一回，打老远来了个戏班子，敲锣打鼓热闹极了。这家男的听说后，起身要去看戏，声称看戏好，并让媳妇一块儿前往，女的说啥不去。她让丈夫在家睡觉，声称还是睡觉好，男的说死不干。

夫妻二人坐下来合计了一番，决定媳妇在家睡觉，同时替丈夫睡觉；丈夫去看戏，同时替媳妇看戏。这样，两人不仅看戏没耽搁，睡觉也没误了。

单说那男的迈出家门，一边走一边想："我去看戏，媳妇在家肯定是只顾自己睡觉，不能替我睡。我要是替她看戏，不是被媳妇糊弄了？"

男的到了戏园子，刚刚坐下，戏就开演了。他马上背过脸去，心里话："此场戏宁可我不看，也不能白白替媳妇看。"

再说家中那女的躺在炕上翻来覆去睡不着，心里琢磨着："丈夫去看戏，根本不会替我看。要是替他睡觉，不是被丈夫调理了？宁可我不睡，也不能白白替他睡，实在困了，就用两根小棍儿支上眼皮。"

直到半夜，男的才回来，进屋一瞅，媳妇果然睁着眼睛没睡。女的问道："郎君，你替我看戏了吗？"

男的没答，反问道："媳妇，你替我睡觉了吗？"

女的说："没有，我用小棍儿把眼皮支上了。"

男的说："我没看戏，脊梁骨冲着戏台了。"

其结果是：两人谁也信不着谁，谁也没替谁，爱睡觉的媳妇在家半宿没合眼，爱看戏的丈夫于戏台下干坐了半宿。

拉驼人筑庙镇江　闲磕牙猜谜悟志

伊通州北有座娘娘庙山，山头儿椭圆，蜿蜒向西，一直连着大黑山。山下是条川，川口儿不宽，水量不大。川的东面还有一座山，也是椭圆的山头儿，东西两个山头儿的北面则是一望无边的平原。

早些年，有个南方拉骆驼的中年人经过此地，看了看眼前这两座山，说是得想法儿压一压，不然还会长，倘若两山扣了头儿，肯定出乱子。大黑山云雾缭绕，下面连着三条江，两山扣头儿之日，江水随之就要咆哮，方圆百里便会一片汪洋。

到了这年秋天，那个中年人又来了，拉着骆驼向各大户齐钱。钱齐够了，从吉林府雇来了工匠，在东山头儿修了座老爷庙，在西山头儿修了座娘娘庙，两座庙压住了两个山头儿。从此，两山停止了上长，此地一直平安无事。

不知过了多少辈子，娘娘庙山下搬来一户人家，哥儿两个。老大勤劳肯干，生活节俭，不怕苦累。老二好吃懒做，不爱动脑筋，没事儿时愿与邻居扯淡，人称“闲磕牙”。兄弟俩始终一起过日子，兄长处处谦让弟弟，后来二人都相继娶妻生子了。

过完大年，老大唤来老二两口子，商量着把家分了。开垦的两垧荒地每家一垧，四头黄牛各分两头，所剩零七八碎全给了老二。

转眼五个春夏过去了，老大的日子越过越好，土地越开越多，黄牛早已繁殖成群，家里啥也不缺。老二“闲磕牙”就不行了，庄稼地由于侍弄得不及时，打下的粮食根本不够吃，家里总缺钱，日子一年不如一年，连耕地的黄牛都卖了。

正月初一这天，“闲磕牙”去兄长家拜年，哥哥留弟弟吃饭。二人喝了几盅酒后，老大问：“兄弟，哥给你出一谜语猜猜如何？”

老二放下筷子回道：“大哥，出吧，我试试看。”

老大说：“眼望东山一片光，多少年谷子变成糠，多少钢针不纫线，独木桥上走双羊。”老二想了很久，终于猜出来了，当即羞得无地自容。

从此，“闲磕牙”改掉了懒惰的坏毛病，变得勤快了，日子慢慢好了起来。而那个谜语的谜底是：少柴无米针（真）穷难过。

憨男集市赊谜语　兰花聪慧传乡邻

一个小山村里，住着二十几户人家，其中一家是老两口儿加上小两口儿，儿子叫大顺，儿媳叫兰花。大顺是个老实人，心地善良，能干活儿，守本分。兰花不但长得俊，手头巧，而且贤惠能干，聪明过人。南北二屯也好，东西四乡也罢，都知道大顺摊上个好媳妇。

一天早上，阿玛把儿子叫到跟前，说道："大顺哪，一辈子不出马，顶天是个小驹儿。你今年二十八岁了，娶妻也几年了，得先学会办事儿。今儿个牵上马到集市卖了，用卖马得来的钱买两头牛，不仅省草料，还能多干活儿。"

大顺答应道："好吧，得卖多少钱呢？"

阿玛说："咱没谎价，多了不要，少了不卖，五十吊正合适。"

吃完早饭，大顺牵着马离家去集市了。到那儿一看，马市上人来人往、挤挤插插的，然问价的不多，站了一头晌，那匹好马也无人问津。

日头偏西了，市面儿的人越来越少，眼看要散集了。就在这当口儿，来了个买主，没争没讲一口价，要多少给多少，然后将马缰绳接过去了。不过他没给钱，要赊账，说是三天之内把钱送到家。

大顺心眼儿实，啥也没想，一口答应了。临分手时，没忘了问买马人姓甚名谁，家住哪村哪屯。买马人告知："姓东北风，名叫五十对儿东头钉，家住大烟筒。"

大顺回到家，说马卖了，人家没给钱，赊出去了，又把买主的话学了一遍。老太太听罢，埋怨道："儿子不会办事儿，老子也粗心大意，不该打发小子一个人出去。身不认面不熟的，赊账给人家，要是买主到时候不给送钱来，那匹马不等于白白送给他了吗？"

老头儿慢腾腾地说："不要紧，大多数人是讲良心、守信用的，等三天再说吧！"

头一天过去了，没人给送钱来；两天过去了，仍未见影儿；到第三天头上，还是没人登门。老头儿有点儿吃不住劲了，急得直叹气，老太太急得直叨叨，儿子急得屋里屋外一个劲儿打转转。找去吧，不知道买主姓啥叫啥，也不清楚究竟住在什么地方，干没辙。

这工夫，儿媳兰花开口了：“阿玛、额娘，不必着急，我知道买主是谁，本姓韩，名儿百川。他家房后有棵干杈子树，树上有个老鸹窝，到那儿一打听准能找着。”

公公、婆婆、丈夫听了，半信半疑，老太太说：“不管咋的，你们爷儿俩去找找吧！”

于是，老头儿领着儿子出了家门，向邻近的四屯寻去了。南屯没有，北屯没有，到西屯一问，真有个韩百川。来到他家门口儿，前后左右地仔细一瞅，房后果然有棵干杈子树，顶端有个老鸹窝。此刻，老头儿心里不得不服气，暗暗赞赏儿媳聪明过人，脑袋瓜儿灵！

爷儿俩刚一进院儿，买马人立刻从屋里迎了出来，笑着说：“行啊，真找来了，正要给你们送钱去呢！”说着话，把早已数好的五十吊钱交到老头儿手里。

老头儿手托铜钱边点头边说：“嗯，不错，还算守信用。”

买马人请父子二人别忙走，到屋歇一会儿，抽袋烟、喝杯茶。可老头儿说啥没进去，道了一声谢后，领着儿子回家了。

婆媳二人见爷儿俩拿着铜钱回来了，老太太乐了，遂问儿媳妇：“兰花，告诉额娘，你是怎么知道买马人姓名和住处的？”

兰花笑呵呵地回道：“买主言称姓‘东北风’，刮东北风即指寒，所以他姓韩。名儿叫‘五十对儿东头钉’，五十对儿乃一百，东头钉儿贯在车上钉透了不就是‘穿’吗？故而名字叫百川。又称家住‘大烟筒’，我估摸着，他家跟前必有棵又高又大的干杈子树，树上有个黑乎乎的老鸹窝，不是很像咱家用空心树做成的那种大烟筒嘛！”

经儿媳一说，老太太才恍然大悟，噢，原来是这么回事儿呀！

第二天早晨，爷儿俩吃完饭，准备去地里锄草。临走时，老太太问道：“老头子，晌午想吃点儿啥呀？我和兰花做好了送过去。”

老头儿回身甩出一句：“虫虫饭，白玉汤，铜钱拌酥油，珍珠盘里装。”说完，与儿子扛起锄头走了。

老太太心里纳闷儿：“这老头子，一夜之间咋变得像买马那个主儿了呢，说话拐弯抹角，一套一套的。要吃啥，干脆直说呗，都赶上破谜了，我哪知道你想吃哪口哇！不行，得问问媳妇。”想至此，随即去了后屋。

兰花正扫地呢，一抬头，见额娘进来了，未待开口，老太太先问道：“兰花呀，方才你阿玛说的话都听到了吧？那是啥意思呀，你懂吗？”

兰花未加解释，只是说：“额娘，你老上炕歇着吧，晌饭我做。”

老太太心想：“好哇，倒要看看你做些啥，是不是老头子要吃的那玩意儿。”

快晌午了，老太太听见外屋地有动静，知道儿媳开始做饭了，就穿鞋下地去帮忙。兰花怕累着婆婆，不让她伸手，老太太便一面往灶炕里填柴，一面看着儿媳到底做啥饭菜。只见兰花把淘完的粳米下到锅里，然后从酱缸捞出两根儿黄瓜，切成片儿，拌上几滴酥油。约莫一袋烟的工夫把饭捞出来，就着热乎锅熬大豆腐汤，做好了盛到小盆儿里。又将洗干净的一碗豆子倒进锅，噼里啪啦一顿炒，炒熟了倒入盘子里，回手连饭带菜装进篮子，挎起来说了声：“额娘，你老看家，我去地里送饭，待会儿回来咱娘儿俩一块儿吃！”媳妇干活儿就这么麻利。

兰花走后，老太太琢磨开了，过了好一会儿，忽然眼前一亮，自言自语道：“噢，明白了，‘虫虫饭’是粳米饭；‘白玉汤’是豆腐汤；‘铜钱拌酥油’是咸黄瓜切成片儿，再拌上几滴酥油；‘珍珠盘里装’乃一盘儿咸盐豆子，看老头子晚上回来说些啥吧！”

天快黑了，老头儿跟儿子满脸带笑地进了院儿，放下锄头一进屋，老头儿便忙不迭地夸奖兰花脑瓜儿好使，有心眼儿，反应快，几乎赶上诸葛亮了，啥也难不住她，老太太听了这个乐呀！

打那儿起，老婆婆对儿媳是走到哪儿夸到哪儿，走到东家夸到东家，走到西家夸到西家。

有一天，老太太去隔壁王大娘家串门儿，由于唠起儿媳来太高兴了，不小心一屁股坐在人家的大狸猫身上了，竟给压死了。王大娘不让了，非让她赔不可，指着死猫说道：“那可不是凡间的猫，乃王母娘娘的大狸猫下界了，上房拿耗子，下地能避鼠。为买这只猫，我花了铜钱五百五，人家不卖，又搭上两块儿臭豆腐！”

老太太听罢，犯愁了，两道眉毛拧到一起了，不知如何是好。

兰花见婆婆愁得饭吃不下，觉睡不好，不知咋回事儿，便询问缘何如此。老太太才将压死王大娘家大狸猫的来龙去脉和盘托出。

兰花眼珠儿一转，有了！遂问道：“额娘，王大娘有没有借过咱家东西没还的事儿？”

婆婆想了想，回道：“头两年她借过一个旧油篓儿，还有一把破马勺，直到今天也没还。”

兰花笑着说：“额娘，你老放宽心吧，等王大娘来了，我答对她。”

婆媳二人正唠着呢，王大娘扭扭搭搭、摇摇晃晃地进院儿了，看样子是故意做给人看的，一开屋门就嚷嚷赶紧赔她家的大狸猫。

兰花急忙迎上前说：“王大娘，不用扭，早年借我家一个旧油篓儿。买它时，花了铜钱九百九，还搭上一条小花狗。王大娘，不用摇，早年借我家一把破马勺。买它时，卖了一池韭菜苗儿，外搭一个葫芦瓢。”

王大娘一听没话了，笑呵呵地转身走了，再也不让赔大狸猫了。

原来，王大娘并非真要老太太赔他家的大狸猫，目的是试试这家的媳妇脑瓜儿究竟活到啥份儿！

从此以后，聪明的兰花名声越传越远，十里八村无人不知，无人不晓。

傻子卖羊遇智者 睿女弃夫逢高人

相传早先西勒富善岗那疙瘩，住着一家小两口儿，媳妇叫山杏，丈夫是个傻子。

一天，山杏打发丈夫去卖羊，临行前叮嘱道：“你把羊牵到集市卖了，拿到银子后买十斤盐，用羊驮回来。”

傻子一边赶路，一边叨念媳妇嘱咐的话，生怕忘了。可是他咋想不明白，要是卖了羊，又怎么用羊往回驮盐呢？

到了集市，傻子向一位满脸胡须，身穿长衫的老头儿请教媳妇那句话是啥意思，老者告知：“你妻是让你将羊身上的毛剪下来卖了，买了盐，再用这只羊驮回家。”

傻子按照老头儿的指点，剪下了羊毛卖掉后，买了十斤盐，放上羊背驮了回来。刚进家门儿，山杏一眼瞥见了羊和背上的盐，十分高兴，夸丈夫不那么傻了，脑子会转弯儿了。

过了几天，山杏又让丈夫去卖羊，傻子牵着羊到了集市，真是巧了，上次见到的那位老者要买他的羊。

老者说：“我姓西北风，住在东家打、西家骂、中间一家不说话的地方，买了你的羊不能马上付钱，月亮圆时才能给。”

傻子心想：“上回赶集时，是眼前的老者告诉我卖了羊毛买盐，妻挺满意，夸我会办事儿。这回偏赶上他要买羊，妻若是知道了，肯定不会反对，乐不得卖呢！”于是，显得很大方的样子，让老者把羊牵走了。

傻子卖了羊，转身回了家，向媳妇一五一十地学了老者买羊时说的那番话。山杏虽然未见着钱，但并没怪他，只是一笑。

到了年底，山杏打发丈夫前去要羊钱，告诉他：“买羊的老者姓韩，是个画匠。家宅所处之地，东院儿是铁匠铺，西院儿是学堂。”

傻子按媳妇说的，没费多大劲儿，果然找到了画匠，老者付了钱，问傻子是怎么找到他的。傻子摸了摸后脑勺儿，憨笑道：“嘿嘿，是媳妇告诉我地址的。‘西北风’乃姓韩（寒）；‘东家打’即东院儿是铁匠铺；‘西家骂’即西院儿是私塾学堂，学生不会老师就骂；‘中间一家不说话’就是画匠铺；月亮圆指腊月十五。”

画匠边听边点头，认为傻子的妻子聪明过人，他们俩的智力相差悬殊。临走时，老者递给傻子一个纸包儿，让拿回去交给他媳妇。

傻子返家一进屋，忙将纸包儿递于妻，山杏接过打开一看，里边是一根儿葱和一块儿肉。从此山杏一改常态，愁眉紧锁，闷闷不乐，动不动就吵着要离开傻子回娘家。

傻子没招儿了，只好去找画匠，一进门儿便直截了当地问道：“我媳妇自打见了你送的纸包儿，不知为啥，天天嚷着回娘家，咋劝都不行。你不能不管，务必去家里看看到底咋回事儿，总得让我明白吧？”

老者说：“实不相瞒，纸包里的葱象征你妻子聪颖过人，肉象征你没心没肺，蠢得如同一块没有生气的死肉。因为聪愚结合的婚姻不圆满，大多不幸福，所以她要走。祸既然是老夫惹下的，只好去一趟了，放心吧，我会管到底的。”

画匠简单收拾一下，牵来马，备好了鞍子，让傻子再带上一副马鞍子，一同出门了。二人到了傻子家，一进院儿，老者二话没说，拿过傻子手中的那副马鞍子就往马屁股上扣。马腾腾地尥起了蹶子，越不老实，老头儿越扣鞍子，反复几次皆扣不上。

山杏见此，忙出屋劝道：“老人家，停手吧，好马不备双鞍哪！”

画匠说：“是呀，人也一样，好女不嫁二夫哇！”

聪明的山杏扑哧一笑，当即理解了话外之音，施礼谢了老者。从此，小两口儿又和好如初了，日子过得有滋有味。

两员外指肚轧亲　佟大宝学乖现眼

从前，一趟沟里有两个屯子，一个叫腰屯，一个叫后屯，两屯之间相距不远。

腰屯住着杜员外，后屯住着关员外，二人是好朋友。他们的妻子先后怀了孕，两家商量好了，指肚轧亲。

十个月后，杜员外的妻子生个男孩儿，起名儿杜大宝。关员外的妻子生个女孩儿，起名儿关二妞，两个孩子结成了娃娃亲。

孩子渐渐长大了，遗憾的是杜大宝有点儿缺心眼儿，大伙儿管他叫“虎头”。

等到了该结婚的年龄时，杜员外着急了，大宝傻乎乎的，怎么娶妻过日子呀？遂同老伴儿合计了一番，决定让儿子带些银两出外走走，见见世面，也好学学乖。

转天一早，大宝吃完饭，告别父母怀揣银子离开家了。走了两个多时辰，快到晌午了，来到一个小屯子，见一五十岁左右的长者抱着两岁左右的男孩儿站在门口儿闲耍。孩子伸出小手抓打着他的脸，长者满脸堆笑地逗弄道：“哈哈，好孙子，再打爷爷俩嘴巴！”

大宝听了此话，觉得挺新鲜，走上前问道：“大爷，刚才你老说啥？”

那长者瞅瞅大宝，反问道：“噢，是哄孩子的话，打听这干啥？”

“大爷，如果肯告诉我，愿奉送二两银子。”说着，从兜儿里掏出了银子。

长者听说给银子，乐了，这不是白捡嘛，便将刚才的话重复了一遍。大宝说到做到，给了银子，边走边叨咕：“好孙子，再打爷爷俩嘴巴，好孙子，再打爷爷俩嘴巴……”

行不多远，从身后疾步走来两个人，一高一矮，很快超过了大宝。于是，他紧跟在二人一侧，极有兴趣地听他们闲聊。

这时，路旁树林里传来一群麻雀叽叽喳喳的叫声，突然飞出一只老鹰，麻雀立刻隐藏起来，一点儿声音都没有了。

高个儿慨叹道：“一鸟进林，百鸟哑音。”

矮个儿微笑着，赞赏地点点头。

大宝见此，急忙追上一步，问道：“大哥，大哥，你说啥？我没听清。”

高个儿侧过头看了他一眼，没吱声儿。

大宝又道：“大哥，如果肯告诉我，愿奉送二两银子！”边说边把银子递了上去。

高个儿乐了，接过银子，将方才说过的话告诉了大宝。大宝不住嘴地念叨着：“一鸟进林，百鸟哑音。一鸟进林，百鸟哑音……”

三人来到一座独木桥前，高个儿回头对矮个儿说了一句：“双桥好走，独木难行。”

等过了桥，大宝赶忙问：“大哥，大哥，你又说啥了？”

大个儿反问道：“若告诉你，还给银子吗？”

“当然，仍奉送二两银子。”

“我说的是：‘双桥好走，独木难行。’”

大宝很讲信用，拿出二两银子奉上，高兴地谢过，并记住了这句话。

三人继续往前走，到了河边抬眼一看，发现一头毛驴陷到淤泥里拔不出蹄子了，主人站在旁边无奈地瞅着。他见三个后生迎面走来，好像遇到了救星似的，忙跑上前请求帮忙，连连道：“妥了，妥了，太好了，真是天无绝人之路啊！掮的掮，抬的抬，扯着尾巴把我毛驴拽出来。”

三人丝毫没犹豫，走到驴跟前俯下身，有掮的，有抬的，绷住劲儿一齐用力，终于把毛驴从淤泥中拽出来了。

赶驴人谢过，牵着绳子正要走，大宝拉住他恳求道：“大叔，大叔，请将刚才的话再说一遍，我愿奉送二两银子。”说着，拿出银子递了上去。

赶驴人手掂着银子，乐呵呵地重复道：“后生，听着，我说的是：‘掮的掮，抬的抬，扯着尾巴把我毛驴拽出来。’”

大宝随之念叨了几遍，一直到记住为止，顺手掏了掏兜儿，银子已花光了，只好告辞回家。

杜员外正里里外外地张罗着给儿子盖房子，准备迎娶新人，见大宝进院儿了，让他赶紧去后屯拜见岳父岳母。

大宝一口气儿跑到后屯的关家，关员外的亲戚听说姑爷缺心眼儿，一个个打开了话匣子，七嘴八舌地跟他开玩笑。大宝只是嘿嘿笑，腼腆地看着众人，显得很拘谨。

这时，关员外开门进来了，大伙儿立刻没声儿了，屋子里一下子静了下来，大宝赶此空当儿开口道：“一鸟进林，百鸟哑音。”

众人一听，全怔住了，惊诧地看着大宝。关员外开始也是一愣，继而高兴得双眼眯成一道缝儿，心里话：“谁说我姑爷傻？多会说话呀，还文绉绉的呢！”

关员外吩咐家人快快摆酒设宴，款待姑爷，调皮的小姨子在姐夫的桌边儿只放了一根儿筷子，大宝手拿筷子冲岳丈说：“双桥好走，独木难行。”

关员外更乐了，寻思道：“我姑爷不但不傻，而且满肚子都是词儿，说话跟吟诗似的！”回头骂了二闺女一句，二闺女吐了吐舌头，又递给姐夫一根儿筷子。全家上下在欢快的气氛中把酒问盏，有说有笑，一直持续了两个时辰才结束。

大宝从关家回来时，见阿玛站在房梁上，正东一下西一下地指挥大伙儿上房柁呢！杜员外望着儿子穿一身儿新衣裳倒背着手走路的样儿，觉得蛮带劲儿的，乐得嘴都合不拢了，大声儿对众人说：“谁说我儿子缺心眼儿？出了趟门儿学乖了，你们看，变成另一个人了！”话音未落，高兴得一闪脚，一下子从房梁跌了下来，还不错，恰好落在地面的泥堆里了，没伤着。

大宝吃了一惊，扯着脖子不是好声儿地喊道：“快来帮忙啊，拥的拥，抬的抬，扯着尾巴把我毛驴拽出来！”

大伙儿听了，一阵哄笑，杜员外鼻子几乎气歪了，从泥堆里爬出来，抡起巴掌冲儿子的左脸就是一耳光。

大宝感到十分不解，边捂着肿起的脸边说：“好孙子，再打爷爷俩嘴巴！”

老阿玛赞婿教儿　二朝扣照搬露相

柳条边的边里住着一个大户人家，儿孙满堂，生活富裕，啥也不缺。唯一不可心的是小儿子二虎吧唧的，说话不着边际，是个出了名的“二朝扣”。

有一回，老爷子去集市卖粮，第二天才返家。一进门，便兴冲冲地对着小儿子夸起大姑爷来了，说他姐夫怎么怎么好，如何如何会说话，连比画带讲的，并让儿子学着点儿。

怎么回事儿呢？原来老爷子卖完粮赶着车往回走时，天已经黑了，不一会儿又哗哗地下起了大雨。他一看走不了了，衣裳全淋透了，琢磨着干脆去大闺女家住一宿吧。于是，拐进了路旁的村子，来到东头儿一处用树枝编的院墙外，跳下车，见大门关着，走上前敲了几下。

这工夫，姑爷正忙着呢，听见有人敲门，头没抬冲屋外大声儿甩出一句：“门外谁敲门？门上有门神，请你稍微等一会儿，随后就开门。”

老爷子一听，乐了，捋着胡子直点头，心想：“我姑爷行啊，不白给，说起话来一套一套的。”

这时，门开了，姑爷子一看老丈人来了，忙热情地招呼着往里让。

老爷子进了院儿，四下一瞅，院落当间儿的杏树下拴着一头驴，浑身上下干干净净的，遂问道：“这驴是你收拾的吗？”

姑爷子回道：“唉，畜类东西，何足挂齿。”

说着话儿，爷儿俩脚前脚后进屋了。半个时辰后，闺女把饭菜端上桌，老爷子见亲家没作陪，放下筷子问姑爷：“你阿玛怎么不上桌？”

“噢，他没在家，跟老道下棋去了。”

又问：“啥时候能回来？”

“早而归，晚了则与老道同床安眠。”

“二朝扣”听了阿玛的一番话，心里很不服气，小声儿嘟囔道：“这算啥呀，不用现学，赶明儿我也说几套让你老听听。”

话说一天晌午，“二朝扣”一人在家，正在院门口儿坐着，见远处来了一个人。仔细瞧了瞧，是大姐夫，立马起身将院门关上进屋了。

没一会儿，只听有人嘭嘭嘭敲门，“二朝扣”清了清嗓子冲屋外喊道：“门外谁敲门？门上有门神，请你稍微等一会儿，随后就开门。”

门开了，姑爷一看是傻小子，笑了笑，打了声招呼问道：“阿玛他老人家好吗？”

“二朝扣”回道：“唉，畜类东西，何足挂齿。”

姑爷听罢，一伸舌头，心想：“他今儿个犯啥毛病了，怎么骂起老爷子来了？”因早知道小舅子缺心眼儿，也就没说什么，抬腿进屋了。

姑爷坐在炕边儿，里外瞅了瞅，又问：“额娘没在家？”

“噢，跟老道下棋去了。”

经简短的一问一答，姑爷心里已有谱儿了，接着问道：“多咱能回来？”

“二朝扣”说：“早而归，晚了则与老道同床安眠。”

姑爷觉得真是又可气又好笑，再也待不下去了，起身告辞回自家了。

李四爷攀亲结贵 蠢女婿当众出丑

伊通州城东有个叫花鼓山的地方，一条大岭蜿蜒向南，连着长白山。

岭下住着二十几户人家，什么时候搬来的，没人知道，也不知住了多少辈儿了。其中一户姓李，家主人称“李四爷”，快五十了，拥有大片的土地，骡马成群，十里八村无人不晓。

别看李四爷家大业大，是数得着的富户，却仍贪心不足，总想巴结比自己更有钱有势的人家。他的闺女叫银杏，二十岁了，已到该出阁的年龄了，前村后屯保媒的不少。可李四爷脑袋摇得如同拨浪鼓儿，看谁都不行，没一个中意的。

李四爷有个远房亲戚，人称“张大嘞嘞”，在伊通州城里住。他听说城西开当铺的刘爷家有买卖好几处，大儿子在州里当差，二虎吧唧的小儿子天天吵着要娶媳妇，于是便去当铺找刘爷。进屋后，讲明了来意，说是要给老小子保媒，姑娘不错，是个大户人家的千金。刘爷乐不可支，麻烦他赶紧去给问问，并表示少不了跑道儿钱。

“张大嘞嘞”到了李四爷家，净挑好的说，刘家怎么怎么有钱，如何如何有势，闺女嫁到这样的人家准错不了。

李四爷听了挺高兴，认为门当户对，很合适，一口应承了，对小伙子是个啥样人根本没问。

刘爷比谁都着急，很快选好了日子，热热闹闹地把李家千金娶进了门。结婚以后，李四爷才知道姑爷是个“二朝扣”虎不虎、尖不尖的，心里这个气哟，一再叮嘱银杏，千万别把姑爷往家领。

转年，正赶上李四爷过五十岁生日，没办法，只好让闺女领女婿回来。

临回娘家前，银杏着急了，心想：“这可如何是好，怎么才能让别人看出夫君不傻呢?”琢磨来琢磨去，终于琢磨出一个办法，遂告诉丈夫：“夫君，我们家中堂墙上挂着一块匾，上写四个大字‘书香门第’，你一定要把这几个字儿刻在脑子里，随时随地能说出来。”然后一遍又一遍地教了一宿，天放亮儿了，傻女婿也没记住。

银杏可真上火了，这哪成啊，还得想办法，总得让他能念出那四个字儿呀！灵机一动，有招儿了，忙嘱咐丈夫：“你到了我们家，要先抬头瞅瞅那块匾，接着就看着我。我的手梳头，头一个字儿就念‘书’；我的手摸脸，第二个字儿就念‘香’；我的手扶门，第三个字儿就念‘门’；我的脚点地，最后那个字儿就念‘第’，记住没？”傻女婿摇摇头。银杏又叨咕两遍，丈夫说记住了，这回忘不了了。

小两口儿吃罢早饭，拿上给老父买的寿礼，赶着马车回娘家了。一进大门，管家喊道：“姑娘、姑爷回来啦！”前来祝寿的亲朋好友一齐拥到门口儿，因只听说李四爷姑爷傻，可一直没见过，所以都想亲眼看看。

管家把小两口儿接进了屋，傻姑爷抬头一瞧，中堂真的挂着一块匾，匾上的字儿一个也记不得了。这时，只见媳妇手放在头上，做梳头状，呼啦一下想起来了，头一个字儿是“书”，于是背着手高声儿念道：“书——”看看第二个字儿，摇了摇头，转过脸见媳妇用手摸脸，噢，是了，接着念道：“香——”随即见媳妇伸手扶门，好嘛，这个容易懂，继续念道：“门——”此刻，屋子里静静的，在场的人皆洗耳恭听，不时的小声儿议论：“谁说姑爷傻呀，不错嘛，还识字呢！”

那最后一个字儿，傻女婿忘得一干二净，说啥想不起来了，又瞅瞅媳妇，见她刚要抬脚点地，忽然老黄狗挤进屋来了，正好碰在媳妇的脚上。傻女婿一急，当即六神无主了，随口念道：“狗——”

话音刚落，屋子里顿时炸了窝，众人一阵哄堂大笑，边笑边指指点点地说：“‘书香门第’咋成‘书香门狗’了呢？李家女婿从哪儿请的先生啊，这不是胡教嘛！”

傻姑爷露了馅儿，银杏那张脸腾地红到脖子根儿，转身跑出去了。老岳丈气得脑袋涨，心堵得慌，哪还有兴致过生日？吩咐赶紧开宴，大伙儿吃喝只用了半个时辰，早早就散了。

俊八爷妙手留芳　愚子女拙笔遗笑

流淌在关东平原的辽河，有着农事、交通与军政的独特价值。它由遥远的辽河源流出，向北一百五十里，再经过伊通州西赫尔苏驿站，水流畅通，水势浩大，阔约五丈。每当夏秋两季，阴雨绵绵，河水暴涨，一片汪洋，可泊大船。纵观两岸，翠绿的稻谷给大地披上了盛装，郁郁葱葱，俨然江南水乡。渔民多养鱼鹰，驾船水上，捕鱼虾，钓龟蟹。伊通州原本多山少水，有了辽河，可堪为一胜景。

单说赫尔苏驿站的东边，住着一户在旗人家，姓齐，祖上曾任赫尔苏驿丞。齐家家主排行老八，名叫齐越衡，个子高挑儿，五官端正，浓眉大眼，英俊潇洒，人称“俊八爷”。

“俊八爷”颇有才学，满汉齐通，写一手好文章。膝下一儿一女，儿子叫德生，闺女叫金桂。二人都不爱读书，不管怎么教，一向心不在焉，虽识些汉字，但一写起来，总是错字连篇。

金桂二十岁那年，经人保媒，嫁到了伊通州西门外的胡家店。半年后有了身孕，食欲锐减，见啥烦啥，唯一想吃的是桃子。

金桂的丈夫整天忙着店里的生意，有时几日回不了家，根本顾不上媳妇。而齐家后院儿是片果园，种了不少果树，有苹果树、樱桃树、梨树、山楂树、桃树等。于是，金桂给阿玛写信，说最近想吃桃子，能否托人捎些来。遗憾的是她把“桃”字写成了“逃”，意思可大不一样了。

“俊八爷”收到信打开一看，心里不免有些划魂儿：“噢？金桂想逃，为什么呀，难道是姑爷欺负她了？不行，得马上去趟伊通州，弄个明白。”

第二天一早，“俊八爷”备了匹马，骑着急急忙忙往州里赶。赫尔苏距州城六十里，只半天的路程，刚晌午便到了西门外。进了胡家店的姑爷家一看，金桂好好儿的，正闲来无事坐在炕上趴窗望天呢！经细问，方知闺女怀上了，想吃桃。

"俊八爷"满头的汗没顾上擦，忙又骑上马，去城里坑洼街买了一筐桃子提回来放在桌子上。临走时，埋怨闺女从小不认真念书，净写错字，害得老父亲一天跑了个来回。

转眼大年过了，春天即将来临，"俊八爷"去莲花街走亲戚，两个月过去了，仍未回返。德生就给阿玛写了一封信，将家中眼下的情况告知，然后打发管家送到了莲花街。

"俊八爷"撕开儿子的信，见上面写道："拜上父亲大人，家里一切安好。只是春天种地，人手不够，又故了一人……"

"俊八爷"看罢，慌神儿了，寻思道："德生言称家里故了一人，看来不是老伴儿就是儿媳死了，除了她娘儿俩再没别人了，可能是不便说罢了。"想至此，一天也待不下去了，心急火燎地往回赶，到家一看，一切如旧，一个人没少，遂把信扔到了地上。

德生见阿玛面有愠色，忙弯腰捡起信仔细一瞅，才恍然大悟，原来是将雇人的"雇"写成病故的"故"了。正是：

八爷一手好文章，
子女二人皆不强。
女儿把"桃"写成"逃"，
儿子将"雇"写作"故"。

窦商贩夸诩美食 朋友妻调奉肉芽

从前，有个做买卖的窦姓商贩，平时总是到处炫耀自己，什么走南闯北呀，经得多见得广啊，还好说大话。

七月的一天晌午，窦姓商贩到朋友家做客，男主人热情地询问喜欢吃什么。他打算难为一下人家，言称所有的地方全去过，天上飞的、地上跑的、水里游的皆尝过。今天来到了偏僻小镇，想换换口味，最好做点儿从来没吃过的东西。

朋友妻想了想，转身出屋进了厨房，洗菜剁肉，不多时，端上一盘儿热气腾腾的白面饺子，笑呵呵地说："窦大哥，我包的是肉芽饺子，别说吃呀，你肯定连见都没见过，请尝一尝吧！"

商贩吃了几个，觉得有一股儿特别的香味儿，随之胃口大开，将一盘儿饺子全装进了肚儿。吃完以后，抹抹嘴问道："弟妹呀，饺子真的不错，是用啥肉做的？"

女主人告诉他："做这种饺子，得先把伏天买的肥肉放在房顶儿晒三天，待肉生出了蛆芽儿，再用它包饺子，故而称之为'肉芽饺子'。"

商贩听罢，浑身直起鸡皮疙瘩，原来刚吃的饺子竟是用蛆包的！立马觉得恶心，继而大口呕吐不止，后悔不该说大话。

逛街两亲家叙话　聚宴乖戾人遭辱

据传有这么一对儿亲家，一个住在城里，自称“城亲家”；一个住在乡下，自称“屯亲家”。

“屯亲家”是个庄稼人，为人诚恳，老实厚道。“城亲家”高傲尖刻，好卖乖，总以经得多、见得广自居，瞧不起“屯亲家”。

五月的一天，“城亲家”来到“屯亲家”的家中串门儿。膳后，主人领着客人去各处溜达。“屯亲家”边走边给以介绍，“城亲家”则自作聪明地边听边比画，时不时地抢话，似乎什么都懂。

二人来到一座妓院门前，里面走出一个男客，“屯亲家”装作不知，侧过头问道：“亲家，那个男的是干什么的？”

“城亲家”摇头晃脑地回道：“是常山老祖。”

“屯亲家”又指着门口儿站着的妓女问：“她是什么人？”

“此乃小红娘。”

他俩继续往前走，见路边有一大块牛粪排子，“屯亲家”笑问道：“这叫什么？”

“噢，那是千层饼。”

转至屯东，一农夫正在院门外搅拌大粪，“屯亲家”手指粪堆问：“那堆连干带稀的东西叫啥？”

“回笼汤呗！”

绕过木障子，往前走半里地，林子边儿立着一座大庙。当天正是赶庙会的日子，香烟缭绕，老和尚梆梆梆有节奏地敲着木鱼，前来进香的善男信女络绎不绝。“屯亲家”接着问：“此举应称为什么？”

“赶当当会。”

拐过墙角儿，忽见前方不远处一小仓房着火了，“屯亲家”故意惊问道：“那儿怎么了？”

“城亲家”不屑地说：“唉，火放光嘛！”

过了些日子，“屯亲家”去“城亲家”的家中串门儿，“城亲家”为了显示富贵，请了不少亲戚朋友，大摆酒宴。“城亲家”知道“屯亲家”话语少，书念得不多，便提议行酒令，一是想当众难为一下“屯亲家”，二是想以此提高自己的身价。

于是，按座位从左至右每人都说了一套酒令，轮到“屯亲家”了，他随口言道：“亲家短，亲家长，亲家住着三间大瓦房，饿了吃千层饼，渴了喝回笼汤。亲家好比常山老祖，亲家母好比小红娘，三天两头开当当会，五七八日火放光。”

“城亲家”一听，这不是用前几天他问我答、绞尽脑汁自编的那套嗑儿反过来嘲弄本亲家吗？这人小觑不得呀！从此以后，“城亲家”收敛多了，再不敢瞧不起“屯亲家”了。

以大凌小行酒令　仗富欺贫失风雅

传说从前有个张员外，家大业大，日子过得十分红火。唯一遗憾的是老伴儿没给生儿子，连着生了四个闺女，均已出嫁。

五月十三这天，是张员外的寿诞之日，闺女和姑爷一起前来拜寿。

单说那四个姑爷，大的是当官的，二的是做买卖的，三的是教书的，四的是庄稼汉。

大姑爷、二姑爷、三姑爷都看不起四姑爷，总想调理调理他，但苦于没有机会。

在岳丈寿诞的宴席上，大姑爷跃跃欲试，认为机会来了，不可错过。于是提出行个酒令，说对了，喝酒吃菜；说错了，菜免了，还得罚酒三杯。酒令是：每人说四句话，第一句的末尾为“本是一回事”，第二句的末尾为“多两根刺儿”，第三句的开头为“有人说”，第四句的末尾为“是也不是”。在场的人纷纷高声儿助兴，嗷嗷叫好儿，皆言此酒令妙也！

大姑爷先开口了：“蝙蝠和老鼠本是一回事，蝙蝠比老鼠多两根刺儿，有人说蝙蝠是老鼠变的，不知是也不是。”

话音刚落，掌声噼里啪啦地响了起来，大伙儿边鼓掌边喊：“好，喝酒吃菜！”

大姑爷斜眼瞅了瞅四姑爷，夹一口菜放进嘴里，显现出一脸的轻蔑之情。

二姑爷摇头晃脑地接着来：“象和猪本是一回事，象比猪多两根刺儿，有人说象是猪下的，不知是也不是。”

众人齐声儿喊道：“好，喝酒吃菜！”

三姑爷原本好摆架子，此刻当然不示弱，继续言道：“龙和鱼本是一回事，龙比鱼多两根刺儿，有人说龙是鱼变的，不知是也不是。”

在场的人又一声喊：“好，喝酒吃菜！”

轮到四姑爷了，他放下筷子想了想，唉了一声清清嗓子道：“本人大字儿不识几个，说得不好，请大家伙儿多担待。咱们四个姑爷给老丈人拜寿本是一回事，你们的毡帽比我多两根刺儿，有人说三个姐夫是四姑爷养的，不知是也不是。”

仨姑爷听罢，头摇得如同拨浪鼓儿，异口同声地嚷道：“罚酒三杯！这叫啥酒令啊，怎么能说我们是你养的呢？”

四姑爷笑着说：“别忘了，我是庄稼人，你们吃的粮食是我们种的，穿的衣服是我们织的。你们一不种地，二不织布，不是我们养的谁养的？”

三个姑爷为之愕然，面面相觑，脸涨得通红，一句话也说不出来了。

张员外见此，赶忙插话道：“四姑爷说得挺好，快，喝酒吃菜！”

打这以后，大姑爷、二姑爷、三姑爷不像先前那么显摆了，再不敢欺负四姑爷了。

和尚秀才戏村妇　伶牙俐齿谑斯文

伊通州城里，出了这么个笑话。

一个和尚和一个秀才搭伴儿而行，走着走着，来到了河边。放眼一看，虽然水面儿挺宽，但不深，故而不能行船，要想过去，非脱鞋蹚水不可。他俩觉得有些累了，便撩起长衫坐在草地上，打算歇息一会儿再过河。

二人正聊着呢，忽见一个村妇走来，年龄不过三十，长得十分俊俏，看样子也是赶路的。

和尚和秀才一合计，反正眼下没啥要紧事儿，与其干坐着，不如戏弄一下漂亮的村妇，一定会很有趣儿。于是，秀才站起身来，冲村妇言道："这位大姐，想必是要过河吧？不用着急，先歇歇脚，做个游戏消消汗再走不迟。咱们仨各作一首诗，有个要求，必须依据自己的身份拆一个字，结尾得落到'能吃山珍海味黄花菜'上，师父用'僧'字，我用'科'字，大姐用'娇'字。若合情合理，方可过河，你看如何？"

村妇爽快地答应道："好吧！我是个妇道人家，大字儿不认几个，更不懂啥叫诗。如果做得不好，请二位多加原谅，千万别笑话。"

和尚不无得意地抢先吟道："有'土'念'增'，无'土'念'曾'，去掉'增'边'土'，加'人'念做'僧'。老僧人人爱，木鱼两大块，天天出门来化缘，能吃山珍海味黄花菜。"

秀才装模作样地接着吟道："有'口'念'和'，无'口'念'禾'，去掉'和'边'口'，加'斗'念做'科'。新科人人爱，笔墨两大块，有朝一日高官做，能吃山珍海味黄花菜。"

二人都说完了，一同斜眼瞟着村妇，心想："这回该你的了，一个农家民女能做出什么诗，等着丢人吧！"

村妇看了看和尚，瞅了瞅秀才，显露出一脸的不屑，微笑着吟道："有'木'念'桥'，无'木'念'乔'，去掉'桥'边'木'，加'女'念做

‘娇’。娇妇人人爱，奶头两大块，一个奶和尚，一个奶秀才，既有两个儿，也能吃山珍海味黄花菜。”

和尚和秀才本想取笑村妇，结果反被戏耍，讨了个没趣儿，低着头自顾过河去了。

席姓男赋诗龙山　郭氏女蒙羞泉寺

伊通州的西境有座山，叫九顶龙潭山，距莲花街十八里。山的形状天生奇特，九个山头儿像擎天柱一样矗立着，山顶是大片平坦的开阔地，面积约一平方公里。开阔地的正南冲着两座孤峰，孤峰之间由两个天然形成的石洞相连，上下高，左右窄，酷似石板砌成的拱门。

令人更加叫绝的是，山内有一潭，方圆四十丈，经冬历夏酷暑严寒，青绿色的潭水从不增减。暴雨成灾，江河猛涨，庄稼被淹，潭水都不会溢过潭阶半寸；大旱无雨，土地干裂，草木枯焦，潭水也不会降下潭阶半寸。坐在潭边，放眼望去，四周峰峦缥缈，旷野翠微，真可谓青山为屏障，苍穹为华盖。

小潭的北面，早年建有一寺，名曰“碧泉寺”，后被称为“九顶龙潭寺”。每逢春旱的时候，村民纷纷来到山上，聚在潭边祈雨，据讲十分灵验。到了风和日丽的夏季，开原街、伊通州的各方人士，也成群结队地前往九顶龙潭山游览。

山下散居着二十几户人家，其中一户姓席，祖辈乃镶蓝旗千总，随多尔衮王爷南下，攻取山西时受重伤，遂留在了洪洞县。乾隆年间，朝廷征召旗人护守龙兴重地，千总偕家眷来到这里。席家这辈儿出了个人物，本朝考中贡拔，人称“席贡拔”。

“席贡拔”年方二十四岁，不但才华出众，而且长得一表人才。家中阿玛早逝，上无三兄，下无四弟，只同双目失明的老额娘一起生活。十里八村早有几个大户人家相中了“席贡拔”，托媒人上门提亲，可他就是看不中。

四月初八是进香的日子，“席贡拔”吃完早饭，禀过额娘，独自一人去了九顶龙潭山，路经石门洞，来到九顶龙潭寺。寺内香烟缭绕，人头攒动，善男信女持线香敬供在神佛前。

“席贡拔”代额娘花几文钱买了三炷香，刚要燃点，忽见一行仨女子同来进香。左边的那位年纪稍长，约在四十岁上下；右边的年龄小，也就十五六岁；中间的二十多岁，身着藕荷色旗袍儿，梳着满人头。再往下看，两只大得出奇的脚，一般男子也比不了。他想笑又不能笑，不禁诗兴大发，顺口吟道：

二八女娇娘，
金莲三寸长。
小脚真不大，
横量。

年轻女子听了，赶忙低下头，已是面红过耳。年长的那位怕惹出啥祸来，忙息事宁人道："珍珍，走吧，快回去，要是晚了，老爷、太太该惦念了。"

不料那个年龄小的却不让了，瞪着一对儿杏眼大声儿嚷嚷开了："嫂子，不能饶了他！嗨，那是从哪儿钻出来的酸臭男人呀，吃饱没事儿撑的吧，唯一的本事就是取笑别人，还有个出息嘛！"

此时，珍珍已羞得无地自容，没心计较，拽着二人回头便走。你知道珍珍是谁家的闺女吗？她是莲花街驿站笔帖式郭老爷的千金。另外那两个女子，一个是珍珍的嫂子，一个是珍珍的堂妹媛儿。

一行三人刚回到家，媛儿便急不可耐地把发生在九顶龙潭寺的事儿一股脑儿对二大爷说了。郭老爷听罢，气得跳了起来，吼道："臭小子，吃豹子胆了，竟敢嘲笑我的宝贝女儿！"

珍珍听阿玛这么一说，再也忍不住了，委屈得哭了起来。老爷子劝慰道："孩子，别哭，明天阿玛定将此事告到赫尔苏，让州官严惩那个不知好歹的人，为你出出这口窝囊气。"

第二天，郭老爷为弄清昨日吟诗的那位姓甚名谁，叫来几个差役，想先向他们打听打听。一放马的老差役告知："此人乃住在九顶龙潭山下的才子'席贡拔'，文笔了得，擅作十七字诗。"

郭老爷听罢，点了点头，随即前往赫尔苏，见到了分州的陆老爷，将"席贡拔"告到了衙门。

原来，分州衙门的陆老爷早年与郭老爷一块儿进的八旗兵营，共同打过恶仗，二人十分要好，像兄弟一样。他二话没说，立马派人把"席贡拔"传到了赫尔苏，升堂宣道："席姓男生，本系贡拔，行为轻薄，有辱名教，重责四十。”

“席贡拔”一听，分州老爷不问原委就处罚，不觉又引发了诗兴，高声儿吟道：

作诗十七字，
问责板四十。
若念千字文，
打死。

陆老爷勃然大怒，喝道：“怎么，难道敢说本老爷判得不对吗？你身为贡拔，却无端犯此谬误，决不可轻恕，发配辽阳充军！”

话音刚落，堂下的“席贡拔”再次来了诗兴，晃着头吟道：

发配到辽阳，
贡拔愁断肠。
含冤心流泪，
三行。

令人想不到的是，分州老爷听了“席贡拔”的十七字诗，竟喜欢上他了，随即先俯身向郭老爷耳语几句，然后一拍惊堂木道：“将‘席贡拔’暂押在此，听候发落！”

退堂后，分州老爷把郭老爷叫到侧厅，表示愿意做个红媒，说道：“老弟呀，都听到了吧？要是咱珍珍能嫁给才华横溢的席贡生，那可是地地道道的郎才女貌、门当户对呀！”

郭老爷仔细一想，觉得老哥的话不无道理，不妨回家跟老伴儿和闺女商量商量。于是告辞返家，同老伴儿和闺女一说，老太太认为再好不过了，乃天作之合。珍珍则表示：“阿玛、额娘只有我这么一个女儿，婚事当然得听二老的了。”

过了几日，由分州老爷做主，珍珍嫁给了“席贡拔”。婚礼很是热闹，不仅赫尔苏分州老爷来了，伊通州也来了人，郭老爷承担了所有开销。

喜宴上，“席贡拔”喝了不少酒，醉眼迷离地看着珍珍，发现她竟长得如花似玉，胜过天仙，心里非常高兴，冲着宾客又吟诗一首：

相识潭寺旁，
州官做红娘。
格格美如玉，
福相。

婚后第三年，“席贡拔”中了进士，带着家眷到南方做官去了。

附：异文

文士作十七字诗　配军流二三行泪

古时候，有位擅作十七字诗的文士，出口成章。

五月节这天，文士回家路遇一年轻女子，低头一看，发现她的脚长得特别大，立马诗兴大发，顺口吟道：

二八女娇娘，
金莲三寸长。
小脚真不大，
横量。

女子听了，羞得面红过耳，无地自容，一气之下，去州衙告状。

州官传来文士审问，获知实情后，断案道：“文士轻薄，有辱名教，当堂斥责，打四十大板。”

文士趴在地上被打的过程中，不禁又触动了诗兴，高声儿吟道：

作诗十七字，
问责板四十。
若念千字文，
打死。

州官听罢，勃然大怒，厉声儿喝道：“汝敢说本官判得不公？看得出来，你天性放荡不羁，决不可轻饶，押送辽阳充军！”

第二天，差役押解文士出了牢门，走不远遇见了文士舅父。舅父看到外甥这般模样，再也止不住眼泪了，低声儿抽泣道：“听说你被发配，全家上下人等难过极了，可又无能为力，好自为之吧！”外甥和舅父俩抱头痛哭。

文士一边哭一边给舅父擦眼泪，突然愣住了！原来老人的左眼已经瞎了，只剩一只右眼，于是又吟道：

发配到辽阳，
出门遇舅郎。
二人双流泪，
三行。

老翁宠美貌双女 奇词鉴文武状元

从前，有一刘姓老翁，其妻生养两个闺女，美貌出众。老翁发誓，要选上等门婿，光耀门户。后来终于得以如愿，长女嫁于“文状元”，次女嫁于“武状元”。老翁高兴异常，整天乐呵呵的，逢人便讲，亲戚乡里十分羡慕。

八月初六，正当老翁六十寿辰，亲朋好友齐集刘家为其祝寿。老翁大摆排场，七碟八碗地备了十几桌，并请二位得意女婿上坐。

文武状元也想当众出出风头，决定以连珠格式做寿词，以显示自己的文才。

“文状元”略一思索，即席吟道：“福如东海，海可大，大老人，人寿年丰，丰衣足食，食食可贵，贵所当来，来此有礼，礼(理)所当然。”

“武状元”见轮到自己了，一着急便有些慌乱，忙高声儿吟道：“寿比南山，山不老，老杂种，种不是人，人面兽心，心田不好，好大魂胆，胆绝将死，死无葬身之地，地气不来，来此后悔，悔之晚矣。”

众人一听，全怔住了，面面相觑，不知所以然，只好胡乱吃些酒菜，临走前连招呼都没打，早早离席了。

老翁更觉没面子，如坐针毡，无奈地打了个唉声，寿庆只好草草结束了。

后　　话

据后人传讲，这次依克唐阿在颐和园住了三个多月，协助朝廷处理了不少军国大事，给慈禧太后讲了一百六十多个故事。太后高兴极了，百听不厌，还现买现卖，时常讲给身边的王爷、福晋和格格们听。

转眼快立春了，辽东军事吃紧，依克唐阿请求返回。临赴盛京之前，太后专门设御宴，与依克唐阿同桌共饮。闲聊中，得知将军多年驰骋疆场，鞍马劳顿，伤病缠身，故而特赐自用黄垫一个，准允以后可在黄垫上跪拜祖陵。并首议，伊通州为满洲故地，祖宗肇兴之所，龙兴重地，为维护贡山、贡河之绥靖，升伊通直隶州治。

圣籍将军依克唐阿给慈禧太后讲的《伊通州传奇》，一时被宫里宫外传为佳话，以至于伊通州和叶赫城老幼皆知，流传至今。

后　　记

整理此传本耗费了很多时间，老花镜似乎小了若干度，但是觉得值，并由衷地感到欣慰、愉悦，且有那么一点点沾沾自喜。为什么呢？因为无论从形式还是内容看，《伊通州传奇》与其他说部迥然不同，有着些许特立独行的品格，会令你耳目一新，爱不忍释。

满族传统说部大多以本民族具有传奇色彩的英雄人物之经历为主线，展示某个历史时期氏族发轫兴亡、自强不息、迁徙征战、拓疆守土所创立的丰功伟绩，故被称为“英雄之大传”“部族之史诗”。然本说部讲唱的并不是一曲首尾连接、经纬交织的颂歌，而是由一百六十多个短故事缀合而成；情节不是围绕着中心人物铺开，而是各自独立、各不相干、各有特色；故事不是实打实地叙述满族先民的斗争史，而是编织腾飞的幻想、美丽的神话；再现的不都是真人真事，而不乏一些所谓的神仙、鬼怪、妖魔。

这样的内容，将对神话传说情有独钟的我深深打动了，从历史的沧桑萌发出一种相呼应的沧桑感，抑制不住的激奋感油然而生。仔细想过，大概是缘于它从多个侧面折射出满族的生活样式、风土人情、审美情趣、民族心理、思维动态；缘于它风格独到，气韵凝重，语言潺湲，情感凄美；缘于它同别个传统说部一样，人物多为侠肝义胆、扶危济困的好汉，待人质朴、忠厚又不失精明，鞭挞了为人们所不齿的见利忘义、取财无道、不劳而获、阴险狡诈的丑恶灵魂。情节的展开，采取设置悬念的手法，突显柳暗花明之境，使故事曲折生动，扣人心弦，有较高的文学和历史价值。

作为口耳相传的满族说部，有口语的优势，如果用文字表述，自然有不足之处，此传本也不例外。在一百多个故事中，有的情节前后矛盾，衔接不上，不能顺理成章；有的与同类传说不相一致，易受质疑；有的词语成分不全，表情达意不准确；有的人物行为不合逻辑，取向随意变化，失去了细节的真实。

面对这些不足，该如何整理呢？怎样才能在一张素洁的白纸上，用文字再现各色人物的心态、不断变换的脸庞、渴盼希望之光的眼睛、展翅飞翔的期冀呢？于是，我抚平了心境，回归到严峻和理性，并力求将其融入笔墨之中，一一进行梳理。

第一，说部乃满族长篇散文体叙事文学，其载体是口耳，所谓整理，就是把“口耳”这个载体换成文字载体。“口头传承”和“文字传承”皆为人类信息交流传播的手段，不能用“口承”排斥“书写”，因为文字的出现，使文学的传承与保存有了划时代的转变。也不能用“文字传承”去否定“口头传承”，因为口承文学具有天籁真趣、原始活力。只有及时性的口述和历史性的书写相辅相成，并行不悖，方能形成色彩斑斓的人文知识之光谱。本着这种认识，在具体操作过程中，既尽量保持了口传文学的原创性，夹叙夹议的讲唱形式，生动活泼的语言以及原汁原味的香泽，又力求符合文字载体的规则。口传文学的优势在于讲唱者利用声音、声调、语气、音色构成跌宕氛围，辅以绘声绘色，引人入胜。若用文字把所说的话一字不差地记录下来，则将出现语焉不详、重复拖沓、前言不搭后语等语病。故此，在出现语焉不详之处，根据语言环境领会讲述者的原意，添加必要的词语，填补以声音、声调、语气所表达的意思；对重复拖沓，采取删繁就简，突显故事的亮点；对病句，采取加一字、删一字、改一字，令全篇文通语顺；对前言不搭后语，采取添一句、去一句，昭示前因后果；对情节前后矛盾，认真梳理，使其来龙去脉合乎情理。

第二，民间传说、神话、故事等，都是根据现实社会虚拟的另一个世界之戏说，如果没有虚拟、没有幻想、没有不着边际的情节，神话、传说、故事也就不存在了。由于记忆的差异，传承人审美观、价值观、历史观的异化，使得同一个神话、同一个传说、同一个故事有着千差万别以及各自不同的情节。如传说《三天女浴天池水 佛库伦生清始祖》，称三天女降浴的地方是天池，而任奉吉勘界委员的刘建封于光绪三十四年著述的《长白山江岗志略》记载之民间传说则曰，三天女降浴之地乃布尔湖里，即位于天文峰东三十公里处的圆池。以此类推，整理时，不与同类传说、神话、故事相对照，也不强求所述情节及发生的地点相吻合。

第三，传本中，有些故事内容大体相同，只是人物身份、姓名不同，细节有所变化。这是缘于说部在流传过程中也有变异性，传承人从自身的感受出发，根据对内容的认识和理解，给故事增加一些神秘和亮丽的色彩所致。笔者采取保留其中的一篇，其余的作为“异文”附在后面。

《伊通州传奇》由“口头传承”转换成“文字传承”，必将祖传父，父传子，承继不渝。中华儿女总会在这些故事中，窥见先民的英雄风貌、勤劳勇敢的品德、对爱情的忠贞以及对未来的美好期望。

历史会用冷峻的声音告诉人们，什么是应该做的，什么是不应该做的。而神话、传说是要你感知、要你领略，从中悟出道理，得到祖先的神韵。

于　　敏

二〇〇七年八月